도적,

왕의 여인이 되다

도적, 왕의 여인이 되다

초판 1쇄 인쇄일 2019년 02월 08일
초판 1쇄 발행일 2019년 02월 20일

지은이 | 이은교
펴낸이 | 김기선

편집부 | 김아름, 박신혜, 김에너벨리, 유기웅, 배영주, 신현정, 전유정
디자인 | 금장미

펴낸곳 | 와이엠북스(YMBOOKS)
출판등록 | 2012년 7월 17일 (제382-2012-000021호)
주소 | 서울시 도봉구 노해로 379, 802호(창동, 대성빌딩)
전화 | 02)906-7768 / **팩스** | 02)906-7769
E-mail | ymbooks@nate.com

ISBN 979-11-322-4837-8 03810

값 10,000원

※파본은 구입처에서 교환하여 드립니다.
※저자와 협의하여 인지를 붙이지 않습니다.
※이 책은 저작권법에 따라 보호를 받는 저작물이므로 무단 전재와 복제를 금하며,
이 책 내용의 전부 또는 일부를 사용하려면 반드시 저작권자와 와이엠북스의 동의를 받아야 합니다.

도적

왕의
여인이
되다

이은교 장편소설

YMBOOKS
ROMANCE
STORY

차 례

조선시대를 배경으로 하였으나,
가상의 나라 '건국'을 배경으로 하여
조선시대와는 다른 법도로 이야기가
진행되었음을 미리 알려드립니다.

시작하는 글

영롱한 달빛이 비추고 있음에도, 어둠이 잔뜩 깔려 있는 숲은 폭우가 한바탕 쏟아져 내려 습하고 서늘했다. 몸이 움츠러들 만큼 차가운 바람이 우거진 나무 사이를 거침없이 유영하며 흔들고, 부엉이가 서글프게 우는 밤이었다.

"아무 죄가 없는 아이를 불쌍하게 여겨 주시옵소서."

바람으로 부대끼고 있는 나무 밑에서 젊은 여자가 찬란하게 떠 있는 보름달을 바라보며 눈물 섞인 목소리로 애원했다.

작고 가느다란 손목에서는 어찌나 절실함이 느껴지는지 마디의 뼈가 움푹 파였고, 여린 목에선 시퍼런 힘줄이 솟아오를 정도였다.

어느 누가 봐도 감탄할 정도로 어여쁘다 못해 우아하기까지 한 외모와는 달리, 얼굴 가득 퍼진 근심과 걱정이 그녀를 위태로워 보이게 만들었다.

"제발! 그 어떤 것도 선택할 수 없었던 아이입니다. 그 아이를 불쌍하게 여기시어 노여움을 푸시옵소서.”

여자는 마르고 차가운 맨땅에 몸을 엎드려 하늘에 대고 간청했다. 이제 더는 아무 희망도 없는 것 같은 괴로움이 마치 여자의 생명줄을 잡고 있는 것만 같았다.

이곳에 오면 조금이라도 차도가 보일 줄 알았다. 하지만 달라진 건 아무것도 없었고, 여전히 자신의 하나뿐인 소중한 아들은 고통을 받고 있었다.

“아이만 다시 원래대로 돌아온다면, 모든 것을 하겠습니다. 그러니 제발 아이를 보살펴 주시옵소서.”

아이를 위해서라면 목숨까지 바칠 각오가 되어 있었다. 여자는 필사적이었고 간절했다. 벌써 몇 개월째 이렇게 빌고 또 빌었다.

하지만 달라지는 것은 없었고 절망은 더욱 커져 갔다. 여자의 얼굴은 어느새 땀과 눈물로 범벅이 되어 있었다. 하늘을 향해 매우 절실하게 맞잡은 손을 들어 올리며 눈물로 호소하고 있는 그때, 갑자기 하얀 연기가 자신의 몸을 감싸는 것을 느꼈다.

단 한 번도 본 적 없던 갑작스러운 변화였기에 여자가 당황해서는 몸을 일으켰다. 여자의 주위에 떠돌던 연기는 천천히 움직여 아이가 잠들어 있는 방으로 향했다. 여자는 너무 놀란 나머지 몸이 굳은 듯 움직이지 않아 방으로 달려갈 수도 없어 버석하게 마른 입술로 옅은 탄식만 내뱉었다.

그리고 얼마 지나지 않아, 아이가 경기를 일으키며 문을 박차고 나왔다. 식은땀이 가득한 어린 남자아이는 하얗게 질린 얼굴로 급하게 달려 나와 여자의 품에 안겼다.

“어머니!”

남자아이는 옷이 축축하게 젖을 정도로 땀을 흘렸고, 무언가에 홀린 듯 고개를 쳐들고 자기만큼이나 놀란 여자를 보며 말했다.

"누군가가 제게 말을 했어요. 소리가 들렸어요."

"그것이 정말이에요?"

여자가 희망 섞인 얼굴로 말했다. 호소에 가깝던 자신의 기도를 누군가가 들어준 모양이라고 생각하며 좋아했다.

"그럼, 지금 이 어미의 목소리가 들리는 거예요?"

하지만 여자의 얼굴은 금세 다시 절망적으로 바뀌었다. 아이가 시무룩한 얼굴로 고개를 내저었기 때문이었다.

"아니요. 들리지 않아요. 아무 소리도 들리지 않아요."

절망을 감추지 못하는 아이를 여자는 꼭 끌어안아 주었다. 먹먹한 가슴에 연거푸 한숨만 나올 것 같았지만, 아이가 큰 상처를 받을까 한숨도 쉬지 못하고 그저 따뜻하게 안아 주었다. 그 품에서 아이가 낮게 중얼거렸다.

"그 목소리가 그랬어요. 달이 태양을 삼키는 시간, 그 아이로 인해 죽었던 제 세상이 다시 피어나게 될 것이라고."

여자는 숨죽여 한숨을 내쉬면서도 남자아이의 말에 희망을 버릴 수 없었다. 심하게 일렁이는 여자의 눈동자에 남자아이의 초췌한 얼굴이 가득 찼다.

"죽었던 제 세상이 다시 피어날 것이라고…… 분명히 그리 말했어요."

남자아이는 여자의 품에 안겨 무언가에 홀린 듯, 같은 말을 반복해 중얼거렸다.

1.

　자욱한 안개에 완벽하게 가려진 보름달이 유난히도 짙고 어두운 하늘에서 조용히 유영하는 밤이었다. 모두가 잠들어 평온하기 그지없어야 할 자시(子時)[1], 한양 중심에 있는 이조판서 집에선 모든 것이 박살 났다.

　"저쪽이다!"

　"저쪽이랴!"

　한 시진[2] 전.

　보슬보슬 내린 비가 촉촉이 적셔 놓은 땅 위로 여러 명의 발이 분주하게 어딘가로 향해 달려갔다. 어찌나 급하게 서두르는지, 들고 있는 횃불이 바람 때문에 금방이라도 꺼질 듯 아슬아슬하게 뉘어져 있었다.

질척질척.

누군가는 쫓기고,

질척질척.

누군가는 쫓는다.

누군가를 쫓아 그곳에 당도했을 때, 사람들은 당황하여 두 눈을 끔뻑일 수밖에 없었다. 당연히 있어야 할 그 존재가 게 눈 감추듯이 없어져 버린 것이었다.

"어디로 사라진 게야?"

"분명 방금 전까지만 해도 여기로 도망쳐 오는 것을 봤는데! 귀신이 곡할 노릇이구먼!"

잡지 못한다면 주인어른이 크게 화를 내고 처벌을 내릴 것을 알고 있기 때문에 종들은 우왕좌왕하며 걱정하지 않을 수가 없었다.

그때 한 놈이 어쩔 줄 몰라 하는 사람들 틈 사이로 불쑥 손을 뻗어서는 커다란 나무를 가리켰다.

"그놈이 이쪽까지 도둑고양이의 그것처럼 얍삽하게 뛰어오더니, 저 나무를 타고 담벼락을 홀라당 넘어가는 것을 내 봤소!"

남자의 말에 모두가 제 몸집보다 몇십 배는 큰 나무를 올려다보았다. 그것은 날렵한 몸과 날카로운 손톱을 가진 짐승이 아니라면 감히 사람이 넘을 수 있을 나무가 아니었다.

"저걸 넘어갔다고?"

믿지 못하는 사람들 틈 사이를 아예 비집고 나온 남자는 가느다란 목선에 푸른 핏줄을 세우고 작은 입술을 오물거리며 말했다.

"소문에 의하면 그자의 행동이 산속에 사는 짐승의 그것 같다고 하지 않았소? 날도 아니오, 날도! 그게 무슨 줄임말인지는 다 알고 계시죠?"

남자가 손가락을 치켜세워 사람들을 쭉 가리키며 묻자, 종 하나가 번쩍 손을 들었다.

"날다람쥐 도둑놈!"

"바로 그것이오! 우리같이 둔한 놈들은 쉽게 잡을 수 없는 날다람쥐 같은 놈이란 말이오. 그러니 저 나무는 그놈에겐 식은 죽 먹기와도 같은 것이지."

정답을 맞혔다며 눈치 없이 좋아하던 종 하나가 모두의 따가운 눈총 속에서 몸을 가만히 움찔댔다.

"내 듣기로는 그 날도라는 놈이 엄청난 놈이라지요?"

젊은 남자의 말에 종들은 약속이라도 한 듯 똑같이 고개를 끄덕였다. 종들은 마치 이야기꾼처럼 이목을 집중시키는 카랑카랑한 젊은 남자에게 이미 반쯤 홀린 상태로 그의 말을 집중해서 듣고 있었다.

"포졸 놈들 스무 명 사이에서도 칼 한번 맞지 않고 아주 재빠르게 도망갔다지 않소?"

젊은 남자는 땅 위에서 발을 요리조리 움직이며 도망가는 모습을 어설프게 재연하기도 했다.

"어디 그것뿐이오? 빛처럼 빠르고 시간처럼 흔적을 남기지 않는 자. 그래서 귀신이라는 소문도 있지 않소."

"그렇지. 귀신이 곡할 노릇이라는 소리를 나오게 하던 놈이지!"

"이런, 이런. 그렇게 빠른 녀석이라면 충분히 멀리 가겠는걸? 이렇게 망설이다가 주인어른이 아시기라도 하신다면……!"

젊은 남자의 마지막 말에 사람들이 '흐익!' 하고 놀라며 얼른 나무로 달려갔다.

"엎드려 봐! 내가 먼저 올라가 볼 텐게!"

종 하나가 엎드리고 다른 자가 그의 등을 밟고 올라갔다. 그래도 끙끙거리자 나머지 사람들이 엉덩이를 받쳐 올려 주고 있을 그때였다.

"근데 아까 그놈 누구지? 아까는 정신없어서 몰랐는데, 그런 놈이 우리 집에서 일을 했던가?"

"으응? 그러게. 나 역시 그렇게 곱상하고 아담한 놈은 단 한 번도 본 적 없는 얼굴인디, 그놈은 누구……."

정말 귀신이라도 지나간 것 같은 갑작스러운 정적 속에 모두가 공포에 질린 얼굴로 뒤를 살펴보았다.

그곳엔 방금 전까지만 해도 있었던 낯선 사내는 온데간데없이 사라지고 한지 한 장만 덩그러니 남아 있었다. 상당한 양의 금괴를 털린 이조판서가 새하얗게 질린 얼굴로 다급하게 달려와서는 제게 건네는 한지를 확 빼앗았다.

그의 손에 잡힌 한지가 분노로 인해 파르르 떨려 왔다.

〈세불십년(勢不十年)[3] 권세 10년을 넘지 못한다는 뜻으로 권력은 오래가지 못하고 늘 변함.

이라 하였거늘, 그 세월 동안 백성들의 덕을 쌓지 않고 오히려 가렴주구(苛斂誅求)[4] 한 자, 끝 망(亡)하여 피눈물을 흘리게 될 것이다.

이 모든 것들은 처음부터 너의 것이 아니니 가져가 원래의 주인에게 돌려주겠다.〉

---

3) 권세 10년을 넘지 못한다는 뜻으로 권력은 오래가지 못하고 늘 변함.
4) 세금을 가혹하게 거두어들이고, 무리하게 재물을 빼앗음.

"악, 아아! 내, 내 이놈의 좀도둑놈을!!"

이조판서의 악에 받친 고함 소리가 여전히 고요하기만 한 세상에 경박하게 울려 퍼졌다.

"성구 아재!"

보통 여자들보다도 조금 더 작은 체구를 가진 하린이 제 몸집만한 자루를 들고 금방이라도 쓰러질 것 같은 움막 안으로 들어왔다. 올 때마다 적응되지 않는 퀴퀴한 냄새에 하린은 코를 틀어막으며 미간을 구겼다.

"제발, 아재. 청소 좀 하고 살아요. 네?"

"너는 매번 올 때마다 무슨 냄새가 난다고 그리도 요란을 떠는 게냐? 아무 냄새도 안 나는구만. 그건 그렇고, 또 턴 것이냐?"

"예, 이번에는 꽤 상당해요."

구겼던 미간이 금세 펴지고 겉으로 대충 봐도 무게가 상당해 보이는 자루를 열자, 눈이 부실 정도로 금괴들이 휘황찬란하게 제 가치를 빛냈다. 성구는 그것을 보며 마른침을 꼴깍 삼켰다.

"그러다가 잡히면 목이 그 자리에서 댕강 날아갈 만큼 중죄이거늘, 계집아이가 그리도 겁이 없어서 어쩌려고……."

그녀는 '사내'라면 누구나 한 번쯤은 말을 시켜 보고 정을 나눠 보고 싶을 정도의 어여쁜 외모를 가지고 있었다. 이런 무모하고도 위험한 일을 하기에는 너무 연약해 보이기까지 했다. 오래도록 알고 지낸 하린이 이 위험한 짓을 이제 그만하길 바랐다.

"말씀은 그리하셔도 아재는 좋지 않아요? 이것을 팔아 주면 가장 두둑이 챙겨 가시는 분이 아재잖아요."

성구는 장내에서 골동품을 파는 장사꾼이었지만, 사실 청나라 상인들과 불법으로 각종 금괴와 보석들을 사고파는 거래인이었다. 성구는 하린의 말에 뭔가 찔리는 듯한 표정을 지으며 큼, 하고 헛기침을 했다.

"그래도 인마, 하나뿐인 목숨인데, 사리고 살아야지."

성구에게 여자인 것을 들킨 것은 얼마 되지 않았다. 그날은 으슬으슬 몸이 무척이나 좋지 않았던 날이었다. 물건을 훔치고 나오는 길에 어지럼증으로 잠시 휘청거렸는데 그때 하필이면 그 집 아들이 쏜 화살에 맞고 말았다. 화살에 맞고도 본능적으로 움막이 있는 산으로 왔다가 근처에 있던 성구에게 발견되었고 치료를 받다가 여자임이 들통 나 버렸다.

"보통 사내들보다는 훨씬 낫죠. 체력이며 속도며 잔꾀며 저를 따라갈 사내가 없어요. 그러니, 여태 그 난다 긴다 하는 양반 놈들도 저를 잡지 못했죠!"

괜히 하는 소리는 아니었다.

하린은 태어날 때부터 보통 여인들보다 유난히 힘이 세고 날렵했으며, 달리기도 누구보다 월등했다. 거기다가 사내도 쉽게 가질 수 없는 깡 또한 아주 단단했다.

"곧 날이 밝겠어요. 서둘러 주세요, 아저씨."

하린의 재촉에 성구가 자리에서 끙, 하고 일어나서는 움막 구석으로 가서 깔려 있는 망석을 거두어 냈다.

그 아래로 나무로 된 문이 하나 드러나자 힘껏 문을 연 성구가 안으로 쏙 들어갔다. 그리고 얼마 지나지 않아 하린의 발밑으로 자루 몇 개가 튀어 올라왔다. 하린이 자루들이 쏟아지지 않게 옆으로 부지런히 옮겼다.

하린은 성구가 던져 준 화폐가 들어 있는 자루들을 큰 자루에 가득 옮겨 담았다. 그 손길이 무척이나 야무지고 빨랐다.

"녀석아, 몸 좀 사리고."

"그럼요! 걱정하지 마셔요. 그럼 가 볼게요!"

상당한 부피의 자루를 짊어진 하린의 발걸음은 그 어느 때보다 가볍고 빠르게 산을 내려갔다.

"어머니, 조금만 힘내십시오, 제가 어떻게 해서든 약재를 마련해 보겠습니다."

어둠이 거두어지며 서서히 세상이 밝아 오고 있는 어느 초가집.

버석하게 메말라 버린 병든 어머니의 손을 부여잡고 한참을 울던 앳된 남자는 온통 억울하기만 한 세상살이를 원망하고 또 원망했다. 잔인할 정도로 가혹하게 정해진 세금 때문에 있던 소와 논도 전부 다 팔아 버리고 나니, 돈벌이를 할 수 있는 것이 없었다.

이건 아예 굶어 죽으라고 등을 떠미는 행위와 같았다. 제대로 된 효도 한번 하지 못하고 이날 평생을 고생만 한 어머니를 보내야 할지도 모른다는 죄스러움과 두려움에 한숨을 내쉬며 방에서 빠져나왔을 때였다.

흙 마당 위에 낯선 것이 보였다.

"저게 뭐지?"

신도 신지 못하고 맨발로 허둥지둥 마당으로 달려 나온 남자는 꽤 큼직한 자루를 들어 올려 안을 살폈다. 그 안에는 그토록 원하던 화폐가 들어 있었다. 두 눈이 휘둥그레진 남자는 빠르게 주변을 살폈다. 저만치에서 작은 점이 되어 멀어지는 사내의 뒷모습이 보였다.

"날도다! 우리의 영웅 날도가 나타났다!"

남자는 자리에서 일어나 감동 어린 눈물을 흘리며 하늘에 대고 수십 번이나 감사의 절을 올렸다. 다른 곳에도 날도가 다녀갔는지, 남자와 똑같은 말들이 여기저기에서 울려 퍼졌다.

궁궐 안, 사정(射亭).

금방이라도 심장을 뚫어 버릴 것 같은 날카로운 화살이 과녁을 향해 바람을 가르며 첨예하게 날아가 정확히 가운데에 박혔다.

"명중이오!"

붉고 하얀 깃발을 펄럭이며 외치는 신하를 바라보던 나인들의 눈동자가 조심스레 이겸의 뒷모습으로 향했다.

철릭을 입은 체격이 큰 뒷모습은 듬직하고 강건했으며 머리에 두른 금빛의 띠 아래로 보이는 굴곡 없는 턱선과 고른 콧날은 그야말로 여자들의 혼을 홀리기에 충분히 멋있는 모습이었다.

"정말 안타깝단 말이지? 저렇게 멋지신 분이 그런 괴상한 저주에 걸리시다니……."

오래도록 이겸을 사모한 나인 한 명이 한숨을 쉬며 말하자, 역시 그 옆에서 이겸을 사모하고 있는 나인이 옆구리를 쿡 찌르며 나무랐다.

"어허, 말조심해. 여기 듣는 사람이 얼마나 많은데, 주둥이를 함부로 놀려?"

"안타까워 그렇지. 이 나이 되시도록 그 빌어먹을 저주 때문에 아직 간택령도 내리지 못하시고, 그 저주 때문에 세자 저하가 왕위에 오른다는 거, 조금 아슬아슬하기도 하잖아.”

“안타깝기는 해.”

“무엇보다도 열아홉 살이 끝나는 해까지 저주를 풀지 못하면 세자 저하가 죽는 건 둘째 치고.”

나인은 주변을 살피며 아까보다 조금 더 신중하고 작은 목소리로 속삭였다.

“세자 저하와 몸과 마음을 통한 사람의 집안은 쫄딱 망한다는 저주의 신탁이 있으니. 이제 열아홉이신데, 저주 풀 수 있는 방도를 아예 찾지 못하셨으니…….”

궁에서도 대신들 사이에서도 이겸의 저주는 전부 소문이 나 있었지만, 백성들에겐 그 소문이 닿지 않았다. 자신들의 고충을 들어주지 않고 세자가 저주가 걸렸다고 한다면, 분명 신이 있을 거라 믿고 반란이라도 일으킬까 봐서였다.

“휴, 마음 같아서는 내가 세자 저하의 승은을 얻고 싶어. 난 고아라서 망할 집안도 없는데.”

올해 열아홉이 되었음에도 불구하고 이겸에게 시집을 보내겠다는 양반집도, 시집을 오겠다는 여자도 없었다. 저주로 인해 그의 운명이 앞으로 어떻게 변하게 될지 아무도 예측할 수 없기 때문이었다.

“퍽도, 얻겠다. 알고 보니 세자 저하의 가장 큰 저주가 ‘여자를 기피하는 것’이라는 소문도 못 들었니?”

“들었으니, 내 쉽게 다가가지 못하고 있는 게지. 저 아름다운 눈으로 나를 꼴사납게 바라보실 것이 두려워서.”

대화를 이어 나가던 중, 활을 내려놓고 돌아서는 이겸에 나인들이 얼른 입을 다물고 허리를 굽혔다.

"바로 비현각[5]으로 가겠다."

이겸의 말에 뒤에서 기다리던 신하들이 그를 따라나섰다. 그의 발걸음 하나하나에는 기품이 묻어났다.

이겸은 동궁 비현각으로 가는 길에 보이는 연못에 핀 붉고 청초한 연꽃들을 두 눈에 담았다. 필시, 그의 모습은 그 청초한 연꽃들보다 더 아름다우리.

그 사이를 자유롭게 헤엄쳐 다니는 금빛 잉어의 물길 질을 바라보며 생각에 잠겼다. 한때 이곳을 걸으며 듣고 보았던 것들을.

"지금 이곳에선 어떤 소리가 들리느냐?"

바로 뒤에서 걷던 김 내관이 이겸의 말에 항상 들고 다니던 종이와 붓을 꺼내 적었다.

〈바람을 만끽하는 나무들의 부스럭거리는 소리와 새들의 지저귐, 그리고 물길을 가로지르는 잉어들의 소리가 들려옵니다.〉

"그 소리를 나도 다시 들어 보고 싶구나. 참, 평온했던 소리였던 것 같은데. 연꽃의 색은 여전히 어여쁘더냐?"

김 내관이 다시 종이에 무언가를 적어갔다.

〈그러하옵니다. 세자 저하께서 기억하고 계시는 그 색이 분명하옵니다.〉

이겸의 시선이 다시 한번 연못 위를 떠돌아다니는 연꽃으로 향했다. 언젠가 본 적이 있지만, 이제는 그 색의 기억이 가물가물하다. 어느 날부턴가 색이 보이지 않는 세상. 아무것도 들리지 않는 세상. 그것이 지금 이겸이 살고 있는 세상이었다.

"휴……."

저주가 걸리고 나서부터 이겸의 곁을 절대 떠나 본 적 없는 깊

---

5) 세자의 집무실.

고 아련한 한숨이 김 내관을 아프게 만들었다. 그의 발걸음이 멈춘 것은 경북궁 근정전에 배치되었던 젊은 내관 때문이었다. 급하게 달려오는 내관은 허리를 굽혀 인사한 후, 고개를 빳빳이 들어 빠르고 정확하게 입술을 떼어 냈다.

사실, 내관들뿐만이 아니라 나인들 역시 세자인 이겸을 대할 때는 언제나 고개를 빳빳이 치켜든다. 그것이 세자를 대하는 태도에는 건방진 행동이지만 입 모양으로 상대방이 무슨 말을 하는지 알수 있는 이겸을 위한 어쩔 수 없는 배려였다.

"세자 저하, 전하께서 지금 바로 창덕궁 선정전으로 들라는 어명이옵니다."

"전하께서?"

선정전에 계실 때는 불러들이는 일이 없으셨거늘, 무슨 사달이 나도 단단히 났다고 여기며 이겸이 급하게 발걸음을 돌렸다.

선정전으로 들어서는 이겸을 바라보는 대신들의 눈빛이 한층 비아냥스러워졌다. 이겸이 지나가자 틈을 노리고 있던 예조판서가 옆에 있던 동료들에게 낮게 속삭였다.

"세자가 심장 하나만큼은 참 튼튼한 것 같소. 자신의 존재를 무시하는 대신들이 가득한 선정전에 들어서는 순간에도 주눅은커녕 저리도 당당하고 담담하니 말이오."

모두가 공감하듯 고개를 주억거렸다. 마침, 걸음을 멈춘 이겸이 왕인 제 아버지에게 예를 갖추었다.

"소자, 아바마마의 부름에 자리하였나이다."

고개를 들자, 가까이 다가오라는 왕의 손짓이 있었다. 왕의 손짓에 이겸이 자리에서 일어나 용상으로 향했다.

"요즘 궁궐 밖에서 흉흉한 일이 일어났다는구나."

이겸은 대충 무슨 일이 일어나고 있는지 알고 있었다.

"재산이 있는 양반들의 집뿐만이 아니라, 여기 있는 대신들의 집까지 털고도 아직 잡히지 않는 좀도둑 이야기다."

왕의 말이 끝나기가 무섭게 영의정이 한 발자국 앞으로 걸어 나왔다. 그는 이겸의 저주에 대해 가장 교묘하게 비웃는 사람 중 하나였고, 이겸을 왕으로 즉위하지 못하게 방해하는 데 가장 크게 일조하고 있는 인물이었다.

"세자 저하, 지금 궁궐 밖에선……."

다 알고 있으면서 또 저런 행동이다.

입 모양을 보이지 않고 말하는 건 세자인 자신의 자존심을 짓밟아 버리려는 행동. 하지만 다른 방도는 없었다. 자존심이 상해도, 자신은 부탁을 할 입장일 수밖에 없다는 것을 단언해야 했다.

"영의정, 몸을 돌려 나를 보고 말하라."

이겸의 말에 영의정의 입꼬리가 순식간에 비열하게 올라갔다가 내려왔다. 아마 일부러 노골적으로 보인 비웃음일 것이다. 찰나의 순간에도 이겸에게 좌절과 절망을 주기 위한 원석의 비열한 방법이었으니까.

영의정 김원석은 몸을 돌려 이겸을 똑바로 응시하였다. 위압감이 느껴질 정도의 그의 거친 눈빛이, 그 못지않게 날카로운 이겸의 눈빛과 허공에서 맞부딪혔다. 둘 사이에 종이가 있었다면 찢어졌을 정도로 두 사람의 팽팽한 신경전은 주변을 차갑게 식히고 있었다.

"지금 밖에선 많은 양반가들이 고통을 받고 있습니다. 그들의 것만 탐내는 요망한 도둑놈 때문입니다."

한양의 포졸들을 죄다 풀어 찾다가 못 찾아서, 왕의 어명으로 의금부의 힘까지 빌렸음에도 찾지 못한 도둑이라 하였다. 그 도둑은 재력을 가진 자들의 집만 털고 유유히 빠져나간다는 말도 덧붙였다. 영의정의 말에 이겸은 모든 것을 쉽사리 간파할 수 있었다. 자신이 왜 이곳에 와 있는지, 아버지가 왜 자신을 불러야만 했는지에 대해.

"하여, 저희 소신들은 용맹하신 세자 저하께서 이 일을 해결해 주십사, 전하께 간절히 통촉하였나이다."

들리지 않아도 들렸다. 그들의 비웃는 소리가. 당연히 해내지 못할 것이라고 얕잡고 정언하는 것을.

그들에게 비웃음거리가 되는 것은 싫었지만, 더 싫은 것은 그들에게 할 수 없다고 직접 말하는 것이었다. 그들에게 자신의 나약함을 인정하고 싶지 않았다.

"내 그리하겠소."

흔들림 하나 없는 그의 대답에 대신들은 모두 의외라는 반응을 보였다. 겁이 없는 세자는 맞지만 신중하지 않은 세자는 아니었기 때문이었다. 이번 일도 꽤나 신중하게 고려하고 결정할 줄 알았던 이겸이 단호하게 결심을 내리자 대신들은 잠시 술렁였다.

이겸은 그런 대신들에게서 등을 돌려 앉아 제 아버지를 마주 보며 예를 갖추었다.

"아바마마, 남의 것을 탈취하고 나라를 혼란스럽게 만든 그자를 제 손으로 직접 잡아 오겠습니다."

그 목소리와 표정은 비장하고 강단이 있었다. 그 어디에도 쉽게 흔들리지 않는 백두산의 그것처럼.

"반드시, 잡아 오겠습니다."

다시 한번 굳건하게 다짐을 하고 허리를 굽혀 예를 갖춘 후, 자리에서 일어난 이겸은 대신들로 가득 찬 선정전에서 천천히 걸어 나왔다. 그들의 수군덕거리는 비웃음, 실패할 거라고 확신하는 목소리들은 굳이 보고 듣지 않아도 고스란히 이겸에게로 전해졌다.

　숨이 막혔던 선정전에서 이겸이 나오자, 김 내관이 가지런히 신을 옮겨 주었다.

　"세자 저하."

　"동궁전으로 갈 것이다."

　"네."

　동궁전으로 돌아온 이겸은 지그시 눈을 감고 흐트러짐 하나 없는 반듯한 자세로 자리에 앉아 있었다. 몇 시간이고 부동의 자세로 앉아 있기만 하는 이겸에 김 내관의 안색이 점점 더 걱정으로 물들어 가고 있었다. 초저녁의 빛도 전부 어둠이 삼키고 그 어둠을 밝히는 양초만이 그 방에서 유일하게 움직이고 있었다.

　'양반가와 부자들의 집만 터는 도둑이라⋯⋯.'

　한없이 타들어 가 촛농이 그윽하게 차올랐을 때, 미동도 보이지 않고 곰곰이 사념에 잠겨 있던 이겸이 눈을 떴다.

　"밖에 아무도 없느냐."

　김 내관이 이겸의 부름에 안으로 들어오자, 유난히 선이 뚜렷하고 짙은 이겸의 눈동자가 그에게로 향했다.

　"묘시(卯時)[6]를 넘기기 전까지 무명옷과 짚신을 구해 오거라."

　사람들로 가득 찬 주막.

---

6) 오전 5시에서 7시.

주모는 바쁘게 움직이고 사람들은 허기진 배를 뜨끈뜨끈한 국밥과 시원한 막걸리로 채우고 있었다.

"자네, 그 소식 들었나?"

주막 가운데 놓여 있는 평상에 앉아 국밥을 먹던 남자가 무엇이 번뜩 떠올랐는지, 맞은편에 있는 제 일행에게 다급하게 물었다.

"뭘 말인가?"

"요즘 말일세, 이상하고 흉흉한 소문이 돌고 있다네."

"그러니까, 그게 무슨 소문인데?"

"왜, 그 외딴 곳에 떨어져 있는 집에 사는 동숙이네 말일세."

"아 참, 답답하네. 요점을 말하게. 요점을."

"그러니까, 동숙이네 서방이 산으로 나무를 하러 가 놓고 벌써 며칠째, 집으로 돌아오지 않고 있다고 그러네!"

말을 재촉하는 일행에 남자는 폭발하듯 말해 버렸다. 다소 컸던 언성은 주변 사람들의 이목을 집중시키기 충분했다.

"에?"

일행의 반응이 이어진 후, 사람들은 죄다 공포에 질린 얼굴로 수군덕거리기 시작했다.

"그 포물점을 운영하는 김 씨네 아들도 나무하러 갔다가 한 달째 돌아오지 못한다 하지 않았는가?"

"나무를 하러 간 사람들이 하나둘씩 돌아오지 않는다……."

남자의 말에 일행이 긴장한 얼굴로 마른침을 꿀걱 삼켰고 사람들의 분위기도 한층 가라앉았다.

"주모님!"

그때 말캉말캉한 하린의 목소리가 무거운 침묵을 깨고 들어왔다.

"분위기가 왜 이래?"

하지만 금세 주막의 분위기를 눈치챈 하린은 어리둥절한 얼굴로 의아해하며 빈자리를 찾아 앉았다.

"하린이 왔구나. 영운이도 왔고."

최 씨의 아는 척에 하린과 영운은 예를 갖춰 인사를 했다.

"국밥 두 그릇이지?"

"네."

주문을 하고 하린은 주막 안을 다시 살폈다. 방금 전의 무거웠던 분위기는 일행들과 대화를 나누는 사람들로 인해 금세 풀어져 있었다.

뜨끈뜨끈한 국밥이 나오자마자 하린은 팔을 걷어붙이고 숟가락으로 국밥을 듬뿍 떠서는 앞에 있는 그릇에 덜어 주었다.

"난 이 정도로 충분하니, 누이나 드시오!"

그러자 영운이 괜히 성을 내며 하린이 덜어 준 국밥을 다시 펐다.

"너도 알다시피, 난 소식을 하는 가녀린 여인의 몸이다. 이 정도면 충분해."

영운이 바로 콧방귀를 뀌자, 하린이 매우 당황해했다.

"뭐냐, 그 반응은?"

"아무것도 아닙니다."

"꼭 벌레라도 씹은 표정이다?"

"제가 누이를 모릅니까? 충년(沖年)[7]때쯤, 밥을 세 그릇이나 먹었다죠?"

---

7) 열 살 안팎의 어린 나이.

"쓸데없는 것에도 기억력이 좋은 것을 보니, 넌 반드시 장원급제를 할 녀석이야!"

고아인 자신을 데려다가 키워 주신 선비의 아들, 영운은 하린에게는 피 한 방울 섞이지 않았지만 세상에서 가장 소중한 가족 같은 아이였다.

"누이."

"왜?"

영운은 무언가를 말하려다 말고 입술을 꾹 다물었다.

"아닙니다."

"싱겁기는."

순간, 묘한 정적이 흘렀다. 그것이 무엇을 의미하는지 알 것만 같아서 하린의 마음이 시큰해져 왔다.

"얼른 먹어. 그러다 식겠어."

"예!"

든든하게 배를 채운 두 사람이 화선지를 사기 위해 저잣거리로 나서려던 참이었다.

"이럴 순 없소이다! 그것은 내가 몇 날 며칠을 일하여 겨우 구한 미역이오! 안사람이 아이를 낳았고 벌써 며칠 제대로 된 밥을 먹은 적이 없소! 그러니 부디, 부디 그 미역을 돌려주시오!"

눈물 섞인 한 남자의 목소리에 걸음을 멈추고 주변을 살폈다. 다 쓰러져 갈 것만 같은 초가집 흙 마당에서 미역을 빼앗기지 않으려는 남자와 미역을 빼앗으려는 포졸이 뒤엉켜 싸우고 있었다.

"넌 세금도 제대로 내지 않았다! 그러니 지금 이 미역을 걷어가는 것은 당연한 이치인 것이다!"

끝까지 미역을 빼앗기지 않으려는 남자에게 급기야 포졸들이 몽둥이를 들어 올려 인정사정 보지 않고 후려 패기 시작했다.

남자는 고통스러워했고 방 안에 있는 여자는 겁에 질린 얼굴로 울기 시작했다. 하린은 피가 거꾸로 솟으며 주먹이 꽉 쥐어졌다. 한 발자국 내디디려 했지만 옆에 있던 영운이 하린의 손을 붙잡고 말렸다.

하지만 하린은 마냥 지켜보고 서 있을 수만은 없었다. 파리한 얼굴로 문지방에 기대어 울고 있는 남자의 처와 갓 태어난 작은 아이의 눈물을 보고도 외면할 수 없었다.

"그만하세요!"

결국, 영운의 손을 뿌리치고 그들에게로 달려갔다.

"그만하시라구요!"

그러고는 포졸들과 남자 사이에 끼어들어 남자를 보호했다. 포졸들은 자신들에게 위협을 가하기엔 너무 여리고 어린 여자인 것을 확인하고는 한껏 비웃었다.

"이건 어디서 굴러 나온 계집애야? 저리 썩 꺼지지 않으면 너도 몽둥이맛을 보여 줄 것이다!"

"이리 가혹할 수는 없어요! 안에 있는 저 여인을 좀 보세요. 아이를 키울 어미의 몰골이 아니에요! 그러니 미역을 돌려주세요!"

"못 돌려준다! 이자는 세금을 내지 않았어!"

"말도 안 되는 세금을 내라고 하니까 그렇지요! 그건 나중의 문제고, 일단 아이를 위해서라도 그 미역은 좀 돌려주세요!"

자신의 간절한 부탁에도 포졸들이 꿈쩍도 하지 않자, 하린은 기어코 남자에게서 미역을 빼앗아 들었다.

"제발, 일부라도 돌려주십시오!"

하린이 뺏으려 하자, 포졸들은 본능적으로 몽둥이를 공중으로 치켜올렸다.

"내 그래도 이 계집아이가 겁도 없이!"

낮에는 평범한 여인이 될 수밖에 없는 몸. 모두가 보는 앞에서 제 실체를 들킬 수는 없었다. 몽둥이가 몸을 후려치는 고통으로 온다면, 기꺼이 그 고통을 감수하겠다고 다짐했다. 공중에서 날아올 제 팔뚝보다 두꺼운 몽둥이의 그림자에 두 눈을 찔끔 감았을 때였다.

"멈춰라."

뒤에서 들려오는 엄하고도 무덤덤한 남자의 목소리. 그리고 얼굴로 날아오지 않는 무시무시한 몽둥이. 하린이 온몸에 파고드는 호기심에 감고 있던 눈을 폭! 하고 떴다.

그리고 순식간에 두 눈이 휘둥그레졌다.

제 시야로 점점 폭을 좁혀 오고 있는 남자. 살아생전 본 적 없고 꿈에서만 그려 왔던 아름다운 남정네였다. 하린은 태어나 한 번도 본 적 없는 화려하고도 감히 아름답다는 단어로 표현하는 것이 송구스러울 정도인 사내의 외모에 넋이 나가 버렸다.

후줄근한 무명옷을 입었다고 한들, 그것이 어느 양반 규수가 입은 비싼 비단옷보다 훨씬 빛나 보였다.

어디 그뿐일까? 바람 불면 날아갈까, 비가 오면 젖을까, 귀중하고 곱게 키운 화초 같은 고급스럽고도 우아한 분위기가 물씬 풍겨 왔다.

사내는 자신이 입은 옷과는 판이하게 절도 있는 걸음과 몸짓으로 단숨에 포졸들 앞으로 다가와 근엄한 위상으로 주변을 얼어붙게 만들었다.

"댁은 뉘시오?"

"내가 누구든, 건국 법도엔 남형을 저지르는 것은 엄하게 금하고 있거늘. 어찌 그 법도를 어기고 장내를 소란스럽게 만들고 있느냐."

목소리와 얼굴만 봐서는 어느 귀한 양반집, 아니 분명 나랏일을 하시는 예사롭지 않은 분임이 확실했다. 하지만 그가 입고 있는 무명옷, 그리고 너덜너덜한 짚신, 그것이 그가 풍기고 있는 분위기를 낙동강 오리알 신세로 만들고 있었다.

그것을 포졸 또한 파악을 했는지, 잠시 주눅이 들었던 얼굴을 폈다. 그러고는 삐딱하게 서서는 건방지게 한쪽 다리를 떨며 자신보다 훨씬 큰 키의 사내를 올려다보았다.

"다치고 싶지 않으면 냉큼 가던 길 가쇼."

포졸은 귀찮다는 듯이 사내에게 손짓을 해 보이고 다시 미역에 손을 대려는 하린을 향해 몽둥이를 치켜들었다.

하지만 그 몽둥이는 공중에서 멈춰서 쉽게 내려오지 않았다. 뒤에서 사내가 포졸의 몽둥이를 한 손으로 가볍게 제지한 것이었다.

"끙! 끙! 아, 아니, 이게 왜 꼼짝도 안 해?"

포졸이 힘으로 몽둥이를 빼내려고 했지만 역부족이었다. 사내의 체격은 보통 사내보다 컸지만, 산적처럼 풍채가 풍만한 것은 아니었다.

그는 힘줄들이 튼튼하고 야무져 보이는 예사롭지 않은 몸매를 소유하고 있었다. 아무리 그래도 그의 힘은 지나치게 세게 느껴졌다.

"병조에 이 모든 사실을 고하기 전에 멈추어라."

사내는 말과 동시에 몽둥이를 뒤로 확 꺾어 버렸고 그 바람에 포졸이 몽둥이와 함께 바닥으로 내동댕이쳐졌다. 그의 절도 있는 몸동작이 눈을 쉽게 뗄 수 없을 만큼 멋있어 보였다.

"네 이놈! 글도 읽지 못하는 주제에 네가 무슨 방도로 병조에게 이 사실을 고하겠다는 게냐?"

냅다 드러눕혀진 포졸이 주변의 머쓱해하는 얼굴에 얼른 자리에서 일어나 사내의 맞은편에 섰다. 호기롭게 오긴 했다만 아까부터 예사롭지 않은 분위기를 풍기고 있는 그에게 포졸은 자신도 모르게 한 발자국 뒤로 물러섰다.

그런 포졸을 향해, 사내는 자신의 상체를 깊숙이 숙였다.

"그것을 할 수 있는지 없는지에 대한 미개한 너의 궁금증이 곧, 생명줄을 단축시키겠구나."

귀에 대고 속삭이는 그 목소리가 어찌나 살벌한지 포졸의 몸엔 순식간에 좁쌀만 한 소름이 돋았다. 남자와 눈이 마주치고 나서는 그 소름이 한층 더 짙어지는 기분이었다. 실없는 협박이 아닌 정말 일어날 일이 될 것이라 직감이라도 한 듯, 포졸은 다른 포졸들과 도망쳤고 주변에 있던 사람들은 무언가에 홀리듯 박수를 쳤다.

"와아!"

'와, 멋있다.'

그 틈엔 속으로 연신 감탄하는 하린도 섞여 있었다. 사내는 그들의 모습에도 아무 반응을 보이지 않고 미련 없이 돌아섰다. 빠른 보폭으로 사라지려는 그를 향해 하린은 자신이 사수한 미역을 주인에게 전해 주고 다급하게 발걸음을 떼어 냈다.

"저기요! 저기요?"

사내를 애타게 부르며 다가갔지만 사내는 돌아볼 기미를 보이지 않았다.

"저기요!"

하린은 다리에 더욱 힘을 주어 간신히 그를 따라잡아 앞을 막을 수 있었다.

"헥, 헥."

턱 끝까지 차오른 숨을 정리하며 고통에 일그러진 얼굴로 사내를 올려다보았다. 자신을 내려다보고 있는 사내의 뒤로 환한 태양이 떠올라 있어서 그런지, 그가 역광 속에서 더욱 빛나는 것처럼 보였다. 이리 보고 저리 봐도 빈틈없는 완벽한 외모였다.

하린은 마구 요동치는 심장을 잠재우며 입술을 살며시 떼어 냈다.

"나를 도와준 것에 대해 고마움을 표하고 싶어 국밥 한 그릇을 대접하고 싶은데, 시간 좀 있어요?"

"없다."

한 치의 망설임도 없는 단호한 대답에 환하게 웃던 하린의 얼굴이 금세 굳어졌다. 또 제 갈 길을 가려는 사내를 하린은 자신도 모르게 다급하게 잡았다.

"뭐 그리 생각도 없이 바로 대답을 하세요? 대접해 주고 싶은 사람 머쓱해지게. 정말 시간 없어요?"

사내의 날카로운 시선이 옷자락을 잡고 있는 그녀의 손으로 향했다. 함께 시선을 따라가던 하린이 화들짝 놀라 얼른 손을 떼어 냈다.

"어! 미안해요."

"시간이 금보다 더욱 귀하다는 말이 있거늘."

사내에게로부터 갑자기 엉뚱하게 튀어 나온 시간이며 금 얘기에 하린이 어리둥절해졌다.

"시간? 금?"

"남의 귀한 시간을 함부로 붙잡고 있는 너는 그것을 보상해 줄 정도의 마땅한 것을 지니고 있느냐?"

"금? 금이요? 지금 금을 말씀하시는 겁니까?"

"그래. 금."

"소녀, 하루에 끼니 챙겨 먹기도 어려운 처지인데, 어찌 금을 보상해 줄 마땅한 것이 있겠어요?"

"그런데 왜 아직도 비키지 않고 내 시간을 빼앗고 있느냐."

무뚝뚝함 속에 은근히 숨겨져 있는 부드러운 목소리가 묘하게 사람을 설레게 했다.

"아…….."

하린이 얼른 한 발자국 옆으로 비켜서자 사내가 차가운 바람을 일으키며 지나갔다.

"정말 시간 안 됩니까?"

마음속 깊은 곳에서부터 느껴지는 아쉬움에 하린이 급하게 돌아섰지만 그는 이미 저만치 멀어져 가고 있었다. 다리가 길어서 그런지 짧은 시간 내에 참 멀리도 갔구나 싶었다.

"그렇다면 존함이라도 압시다! 네? 존함만이라도요!"

하린은 아무리 애타게 소리를 질러 보았지만, 그는 단 한 번도 돌아보지 않고 자신의 길을 향해 묵묵히 걸어갈 뿐이었다.

"오지랖 누이, 얼른 갑시다."

어느새 곁으로 다가온 영운이 말했다.

"그래, 영운아."

"내가 누이 때문에 제명에 못 살겠소. 왜 그리도 오지랖이…….
아휴! 증말. 어서 집에 갑시다!"

갈 길을 재촉하는 영운의 몸짓에도 하린은 다시 한번 사내가 간
길을 미련 남은 사람처럼 바라보았다.

"잘난 건 알겠다만 사람 무시하는 게, 재수 없는 사내구만……."

이미 시야에서 완전히 사라져 버린 사내에 대한 아쉬움에 하린
의 작은 입술 밖으로는 낮은 탄식이 터져 나왔다. 그래도 여전히
아쉬움만 잔뜩 남아 있을 뿐 아무런 위로가 되지는 않았다.

하린의 눈이 어두운 방 안에서 여러 번 끔뻑거렸다.

자려고 누웠는데, 도통 잠이 오질 않았다. 머릿속 가득, 시간이
지날수록 더욱 선명하게 그려지는 그 이름조차 모르는 사내 때문
이었다.

"후우! 왜 이렇게 더운 게야?"

아직은 완전한 따뜻함이 찾아오지 않은 초봄이 조금 지난 시기
임에도 불구하고 지나치게 더워 덮고 있던 이불을 휙 거두어 냈다.
더운 얼굴이라도 식히기 위해 방에서 나온 하린은 오늘따라 유난
히도 영롱한 달을 올려다보았다. 툇마루에 앉아 달을 올려다보며
또다시 그 사내가 떠올랐다.

'시간이 금보다 더욱 귀하다는 말이 있거늘, 남의 귀한 시간을 함부
로 붙잡고 있는 너는 그것을 보상해 줄 정도의 마땅한 것을 지니고 있
느냐?'

참 무뚝뚝한 표정과 말이었음에도 불구하고 왜 이리도 자신의 심장을 뛰게 만드는지 알 수 없었다.

"얘가 줏대도 없이 왜 이래? 넌 자존심이라는 게 없어?"

두근두근거리는 심장을 주먹으로 콩콩 때리다가 문득 불순한 생각을 하고 말았다. 달빛 아래 그가 자신의 어깨에 손을 올리고 품으로 살포시 잡아당겼다. 열을 식히려 나왔던 하린의 몸이 더욱 달아올랐다.

"와! 공하린 미쳤다. 미쳤어."

부끄러움에 생각을 떨치려고 머리를 세게 내저었다.

하린이 그대로 몸을 벌러덩 드러누웠다. 영롱한 달빛이 눈에 한껏 들어왔다.

"예쁘다. 예뻐."

그 뒤로도 그에 대한 관심은 오래도록 떠나지 않았다.

그러다 자시경. 하린은 영운이 완전히 잠든 것을 확인한 후, 방으로 돌아와 바닥을 뚫어 만든 공간을 열어 숨겨 두었던 무명옷을 꺼내 들었다. 그 옷을 그러쥐고 한참을 내려다보던 하린은 몸을 감싸고 있던 치마를 스르륵, 바닥으로 떨어트렸다.

날도가 양반들을 기피하고 가난한 백성들을 가까이 둔다는 정보에, 위장을 했지만 앞으로 어찌해야 할지 깊은 사념에 잠겨 있던 이겸은 지금 자신이 머물고 있는 초라할 정도로 작은 방을 가만히 둘러보았다.

창호지 너머로 김 내관의 움직이는 인영이 보였다.

"들라."

김 내관은 안으로 들어와 공손하게 허리를 굽혀 인사한 후 이겸을 마주했다.

"저하, 어디 편찮은 곳은 없으신지요."

김 내관의 물음에 이겸이 고개를 내저었다. 그러다 계속 마음에 담아 두었던 낮의 일을 떠올렸다. 미역을 뺏기지 않으려고 애쓰던 사내와 그런 사내를 겁에 질린 얼굴로 바라보던 아이를 안고 있던 부인의 모습에 이겸은 마음이 착잡해졌다.

"오늘 장내에 있던 소란스러운 일은 어찌 되었는지 알고 있느냐. 그 뒤로 행여나 그들을 찾아가 해코지를 했다거나."

웬만한 일에는 자신을 노출하지 않는 것이 좋았다. 행여나 섣불리 노출했다가 제 정체를 알아차린 백성들의 입을 통해 그 소식이 날도에게까지 들어가면 모든 일들을 그르치게 될 테니.

그럼에도 이겸이 나섰던 건, 백성의 일이기 때문이었다. 약한 자들이 강한 자들에게 속수무책으로 당하는 것을 그냥 보고 지나칠 수 없었던 건 본능이었다.

"다행이도 그런 일은 없었다고 합니다."

"아이를 낳은 여인의 모습이 너무 초췌해 보이더구나. 아무도 모르게 그들이 먹을 수 있는 쌀과 음식을 가져다주거라."

"예. 그리하겠습니다, 세자 저하."

이겸은 그들을 떠올리다가 문득 겁도 없이 덤벼들었던 여자도 잠시 떠올렸다. '금'이라는 단어에 당황해하며 이리저리 눈을 굴리며 입을 쩍 벌리던 모습은 제 앞에서 늘 수줍게만 서 있던 숱한 여인들에게서 쉽게 볼 수 없던 우스꽝스러운 표정이었다.

"밤이 깊었으니 너도 가서 쉬도록 하여라."

"편히 쉬십시오, 저하. 그럼, 소인 물러나겠습니다."

김 내관이 나가고 밤이 더욱 깊어져 가고 있지만, 창호지 문 너머의 검은 인영은 사라지지 않고 주변을 서성거렸다. 호위무사 훈일 거였다. 이겸의 세상은 언제나 고요하다. 귀에서도, 눈에서도.

"밖에 훈이냐?"

넌지시 묻는 이겸에 인영이 가만히 고개를 끄덕인다.

"피곤할 터이니, 너도 들어가서 쉬거라."

고개를 내젓는 모습에서 제 의지를 꺾지 않겠다는 확고함이 확실해 보였다. 이겸이 자리에서 일어나 문을 열고 나오자 훈이 허리를 깊숙이 수그려 그가 신을 짚신을 반듯하게 놓아 주었다. 이겸은 그 신으나 마나 한 것 같은 짚신을 신고 마당으로 나왔다.

흑백으로 물든 달이 흑백 속에 잔뜩 파묻혀, 그 형태만 어렴풋이 갖추고 있었다.

"동궁전이 아닌 낯선 이곳에서 머물게 될 밤이 평탄치만은 않겠구나."

"……"

궁궐을 떠나온 것은 이겸에게 꽤나 익숙한 일이었다. 저주에 걸려 그것을 어떻게든 풀어 보겠다고 신탁의 말대로 숲속에서 어머니와 은둔 생활도 해 보았고, 미신을 갖고 있는 나무와 물을 찾아서 지방 곳곳을 오래도록 돌아다녀 본 적도 있었다.

그래서 익숙할 만도 하지만 늘 불안한 마음으로 낯선 곳을 다녔기 때문에 평탄하거나 편안하지 못했다.

"저것이 무슨 색이더냐."

"밝은 개나리색이옵니다."

훈이 곁으로 다가와 입 모양을 정확하게 하며 대답해 주었다.

"개나리색이라…… 개나리색이라……. 그것은 자주 보지 못하고, 본 적이 너무 오래되어 기억이 나질 않는구나."

"설명이 부족한 저를 용서하여 주시옵소서."

이겸이 아무 말 없이 고요한 세상을 눈빛에 담았다. 아무리 담고 또 담아도 결코 아름답지 않은 세상. 어둠 속에 확 묻혀 어떤 빛 가닥도 보이지 않는 세상. 그 세상이 언제쯤이면 끝이 날 수 있을지. 이겸의 한숨은 오늘도 깊은 밤의 시간처럼 짙어져만 갔다.

인시(寅時)[8].

시간의 흐름 속에서 어두웠던 세상이 지고 서서히 푸르스름한 빛으로 물드는 고요한 새벽녘. 잠에서 깨어난 이겸은 채비를 하고 훈이 지키고 있는 문이 아닌 뒤쪽 창문을 통해 몰래 집을 나섰다. 익숙한 듯 그의 발걸음은 조용한 거리를 재촉하며 걸었다. 그리고 마침내 멈춘 곳은 장내에 있는 한 국밥집이었다.

"계시오?"

이겸은 아직 운영을 하지 않는 듯한 국밥집 앞에서 한참을 서성거리다가 간신히 입술을 떼어 냈다. 지극히 어두웠던 방이 살짝 흐릿한 어두움으로 변한 것을 보니, 안에 있던 사람이 불을 켠 듯 보였다. 창호지 문이 열리고 졸림이 얼굴 잔뜩 배어 있는 노인이 모습을 드러냈다.

"뉘시오?"

"잘 지내셨습니까?"

---

8) 오전 3시에서 5시.

"뉘……."

눈을 얇게 뜨며 누군가인지를 짐작해 보던 노인의 두 눈이 휘둥 그레졌다.

"세, 세자 저하!"

화들짝 놀란 노인이 맨발로 뛰어나와 차가운 흙바닥에 넙죽 몸을 엎드렸다.

"일어나시오, 어르신."

"세자 저하, 이 누추한 곳까지 어쩐 일이시옵니까."

노인은 어머니의 유모 바깥양반 최 씨 아저씨였다. 최 씨는 늙은 손으로 이겸의 차가운 손을 꼭 붙잡고 금방이라도 울어 버릴 것 같은 얼굴로 바라보았다.

"한창 자고 있을 시간에 이리 불쑥 찾아뵈어 미안하오."

"어찌 그런 말씀을……! 이 사람아, 일어나 봐, 지금 누가 오셨는지!"

최 씨의 나무람에 방 안에서 누군가가 엉금엉금 기어 나오더니, 곧 이겸을 발견하고 최 씨와 똑같은 반응을 보였다.

"아이고, 세자 저하!"

저주에 걸린 그를 신탁에선 산에 방생시켜 놓으라고 했었다. 그렇다면 신께서 아비 대신 저주를 받은 죄 없는 어린아이를 불쌍하게 여겨, 그 저주를 풀어 줄 수 있을지도 모른다고 했다. 신탁에 따라 이겸은 어린 시절 자신의 어머니와 나인들, 그리고 유모, 최 씨 아저씨와 함께 산속에서 보냈다.

신탁대로 저주가 풀리진 않았지만, 그 시절 이겸은 이분들과 많은 정을 나누었다. 자신의 저주 때문에 고생하시다 궁궐로 돌아와 얼마 있지 않아 승하하신 어머니를 대신해 어린 이겸의 슬픔을 달래 주던 분들이기도 했다.

"너무 허기가 지오. 국밥 한 그릇 얻어먹을 수 있겠소?"

"얼른 들어오세요! 저하."

얼마나 기다렸을까, 노모가 직접 끓여 준 뜨겁고 맛있는 국밥이 먹음직스럽게 익은 김치와 함께 나왔다.

"잘 먹겠습니다."

이겸은 숟가락을 들어 국밥을 내저으며 후후 불어 식혔다. 그리고 크게 한 수저를 떠 입 속에 집어넣었다. 어린 시절, 어머니도 자신도 무척이나 좋아하던 그 국밥 맛 그대로였다.

'천천히 먹으세요, 세자. 그러다가 체하시면 어쩌려고요.'

나가 살아도 대부분의 식사는 궁궐에서 해 다 주는 고급스러운 음식을 먹곤 했다. 그런데 그날은 태풍이 심하게 몰아치고 폭우가 쏟아져 궁궐에서 음식을 가져오지 못하는 상황이었다. 그때 팔을 걷어붙이고 나선 건 최 씨 부부였다.

"맛있습니다. 여전히 그 맛입니다."

제 앞에서 안쓰러운 눈빛으로 바라보고 있는 최 씨 부부에게 이겸은 애써 덤덤하게 말을 했지만, 국밥이 입 안으로 들어갈 때마다 사무치는 어머니에 대한 그리움에 목이 메는 것만 같았다.

세자의 저주를 풀어 주지 못해 미안하다며, 그래도 부디 행복해 달라고, 마지막으로 제 뺨을 어루만지며 눈물을 흘리고 가신 어머니…… 아들 걱정에 다리 한번 제대로 펴지 못하고 돌아가신 어머니의 소원을 들어주지 못하는 불효자가 된 것 같아 이겸은 서글펐다. 울지 않기 위해, 약해지지 않기 위해 국밥을 더 퍼먹었다.

그렇게 슬픔과 함께 국밥을 든든하게 먹고 나서 상을 물린 이겸은 앞에서 노심초사한 얼굴로 자신을 바라보는 최 씨 아저씨를 보며 싱긋 웃었다.

"제 얼굴로 우박이라도 떨어진 것 같습니다. 왜 그리도 심각하십니까."

"소인, 제 주제를 알고 살아야 하나, 언제나 세자 저하의 걱정뿐이옵니다. 궁궐에 계셔야 할 분께서 어떤 연유로 이곳에 계시는지 여쭤 봐도 되겠습니까?"

최 씨의 한숨은 얼굴을 덮고 있는 검버섯만큼이나 짙었고 주름만큼이나 깊어 보였다. 이겸은 지금 놓여 있는 자신의 사정을 전부 천천히 설명했다.

"어찌, 그것들은 세자 저하에게……! 감히, 어찌 세자 저하에게 그럴 수 있단 말입니까? 하늘이 두렵지도 않답니까? 죽어서 어찌 중전마마를 뵈려고……!"

노모가 가슴이 미어진다는 듯이 주먹으로 퍽퍽 내리치며 한탄했다. 최 씨는 그저 깊은 탄식 어린 한숨만 내뱉었다.

"잡히지 않고 날쌔다는 그 도둑이 직접 찾아가는 곳이 있다죠?"

그런 노모와 최 씨를 달래듯, 이겸의 목소리는 한없이 다정하면서도 기강 있었다.

"바로 가난한 백성들의 집 아닙니까."

"그래서 세자 저하께서 직접 그 가난한 서민이 되신 겁니까?"

조심스럽게 최 씨 아저씨의 질문에 이겸이 낮게 고개를 끄덕였다.

"항간에 떠도는 소문들을 직접 듣고 접하려면 이 방도밖엔 없을 거라 생각했습니다."

"하기야, 양반들 앞에서는 모두가 쉬쉬거리게 되어 있으니……."

여전히 최 씨의 얼굴엔 극심한 근심이 떠나질 않았다.

"하시고 싶은 말씀이 있으시다면 하세요."

"감히 무례한 것을 알면서도 말씀드리기를, 그 '날도'라는 자는 백성들의 신뢰와 지지를 받고 있는 자입니다. 그자가 세자 저하의 손에 잡힌다면…… 백성들의 사기가 많이 저하될 것으로 사료되옵니다. 행여, 이 일로 하여금 백성들이 세자 저하에게 불순한 마음이라도 지닐까 걱정이 되옵니다."

"아무리 좋은 의미로 도둑질하는 것이라고 한들, 어쨌든 남의 것을 탐내는 도둑 아닙니까."

이겸의 말에 최 씨가 버석하게 마른 입술을 굳게 다물었다. 이겸 또한 그 좀도둑을 잡는 것에 대해 크게 마음이 편치는 않았다. 백성들의 것을 탐내는 악랄하고 못된 자들만 생각하면 분노가 치밀어 오른다. 하지만 지금 자신의 처지로는 할 수 있는 것이 그리 많지 않았다.

그러기 위해서 자신은 강해져야 했고 꼭 왕이 되어야 했다. 정직하고 성실한 사람들이 살 수 있는 행복한 세상. 그것이 이겸이 꿈꾸고 있는 '건국'이었다. 그렇기 때문에 무슨 일이 있어도 도둑을 꼭 잡아야 했다. 자신이 아무것도 할 수 없는 바보가 아니라는 것을 똑똑히 보여 주고 싶었다. 대신들의 코를 납작하게 눌러 버리고 싶었다. 그 간절한 욕망만이 이겸의 몸에 자리 잡고 있었다.

"어르신."

"예, 세자 저하."

최 씨는 예의 바른 자세로 대답했다.

"어르신께서 저를 좀 도와주셔야 할 것 같습니다."

강단 있는 이겸의 말에 최 씨가 긴장하면서도 굳건한 얼굴을 하고서는 은밀하게 귀를 기울였다.

최 씨에게 자신의 부탁을 전부 전하고 주막을 나온 이겸은 여전히 아침을 맞이하지 않은 거리를 걸었다.

오늘은 직접 장터로 나가 떠돌아다니는 이런저런 정보를 알아봐야겠다고 생각하며 발걸음을 서두를 때였다. 주변의 공기가 지나치게 차갑고 으슥해졌다. 뒷골의 근육이 얼음 조각들이 관통하는 것처럼 쭈뼛하게 굳어졌다.

평소 궁궐 안에서조차도 경계하며 살다 보니, 이겸의 온몸의 신경세포는 주변에서 일어나는 미세한 것까지 감지했다. 주변의 온도와 바람이 전부 달라졌다는 것을 느끼며 재촉하던 이겸의 발걸음이 우뚝 멈춰 섰다.

"웬 놈이냐."

소리 하나 들리지 않는 괴괴한 침묵. 모든 신경이 그의 뒤쪽으로 맹렬하게 향해져 있었다. 섣불리 움직였다가는 오히려 역습을 당할지도 모르기에 신중을 기해야 했다. 다시 빠르게 발걸음을 옮기는 척하며 커다란 손에 퍼런 힘줄이 드러날 정도로 주먹을 꽉 쥐고 돌아봤을 때였다.

"윽."

계산을 잘못하여 순식간에 벌어진 일이었다. 날카롭고 첨예한 무언가가 그대로 가슴 아래에 박혔다가 빠져나갔다. 이로 말할 수 없는 고통이 이겸의 모든 감각들을 자극시켰다.

자객은 또 한 번 칼을 공중으로 들어 이겸에게 휘두르려 했지만, 그 칼날을 이겸이 꽉 붙잡았다. 찢겨 나간 살 안으로 차가운 바람이 불어닥쳐 더욱 시려 왔다.

"네놈을 사주한 그놈에게 전하거라. 내 반드시 너를 찾아 내가 지금 겪고 있는 고통을 몇만 배로 돌려줄 것이라고."

맨손으로 칼을 받아 낸 그의 손바닥에서 피가 고여 떨어졌다. 악에 받친 그의 눈빛에 얼굴을 가렸음에도 불구하고 자객의 눈빛이 공포로 일렁였다. 반쯤 겁에 질린 자객은 그대로 뒷걸음질 치며 도망쳤다.

"흐으……."

숨을 쉴 때마다 엄습해 오는 옆구리의 고통에 이겸은 맥없이 바닥에 주저앉아 버리고 말았다. 스산한 바람이 스치고 가는 곳이 전부 쓰라리고 괴로웠다. 손가락 사이로 흘러나오는 걸쭉한 흑빛의 피는 멈추지 않았고 쌀쌀한 날씨 탓에 체온도 점점 떨어지는 것 같았다. 그 와중에도 여전히 자신의 세상은 온통 흑백인 것이 서러웠다. 가빠지고 위태로워진 제 숨소리조차 듣지 못하는 것도 서러웠다.

"하아……."

아직 어머니를 뵐 준비가 되지 않았는데, 아직 어머니를 뵐 수가 없는데…….

정신이 점점 희미해지고 있다는 것이 느껴졌다. 손가락 사이로 흘러나오고 있는 뜨거운 피가 점점 굳어져 가고 있다는 것 또한 느껴졌다.

이겸이 그렇게 차가운 바닥에 쓰러져 점점 정신을 잃어 가고 있을 때였다. 누군가의 손길이 닿았다.

"이봐요! 이봐요! 정신 놓지 말아요! 이거 보여요?"

손가락 두 개를 펼쳐 들고 흔들어 보이는 사람의 입 모양이 그리 외치고 있었다. 자신을 품에 안고 무엇이라 다급하게 외치고 있는 앳된 사내의 얼굴이 흐릿한 의식 속으로 점점 사라져 가고 있었다.

2.

　묘시에 발견해 데려온 사내는 한낮이 될 때까지도 깨어나지 못
했다. 그를 다시 만나기를 은근히 고대했지만 이런 식의 만남은 아
니었다. 하린은 고통스러운지 간헐적으로 신음하더니 얼마 전부
터 잠잠해진 그의 고운 얼굴을 젖은 천으로 다시 한번 닦아주었다.

　"재수 없다고 해서 이렇게 된 건가. 괜히 죄책감 드네……."

　환했던 세상이 점점 어두워질 술시쯤 하린은 배고픈 것도 잊고
이겸을 간호했다. 그의 상처는 깊었지만 다행히 급소를 피해 갔다.
그래도 살이 움푹 파일 정도로 베인 상처가 얼마나 아팠을까, 피를
흘리며 정신을 잃어 가는 순간 얼마나 무서웠을까, 그가 안타깝고
안쓰러웠다.

　그림자가 많아지고 짙어지는 시간이 흘러가고 있음에도 그는
여전히 깨어나지 못하고 잠들어 있었다. 피와 땀에 젖은 양동이 물
을 한 번 더 바꿔 올 때 그가 드디어 정신을 차렸다. 곱디고운 미간

이 사납게 구겨지더니 진득하게 들러붙어 있던 눈꺼풀이 버겁게 떠올랐다.

"정신이 좀 드세요?"

하린은 정말 다행이라 생각이 들었다.

아침에 불러 온 의원의 말보다 정확히 하루쯤 더 일찍 일어난 셈이었다. 회복력이 빠른 듯싶었다. 사내는 잠시 혼란스러운 얼굴을 하고서는 주변을 살피다가 제 옆에 찰싹 달라붙어 앉아 있는 하린을 발견했다.

누군가를 발견했으면 어떤 미동이라도 보여야 하건만, 그는 아무 감정도 읽을 수 없는 건조한 눈빛으로 하린을 마주했다. 그의 눈동자가 현실을 직시하기 위해 초점을 맞추고 있었다. 붉게 물들인 눈동자에 점점 이성이 깃들어 가고 있는 것 같았다.

그러다 곧 버석하게 메마른 아랫입술을 지그시 깨물며 힘겹게 몸을 일으켰다.

"하루 내내 누워 계셨어요."

"너는…….."

통증이 밀려오는지, 거칠게 미간을 구긴 그가 말을 잠시 멈추었다. 격한 신음 섞인 호흡을 가다듬고서는 다시 입술을 떼어 냈다.

"겁도 없이, 외간 사내를 집에 들였구나."

몰려오는 쓰린 고통을 느끼면서도 사내의 입술 밖으로 나온 첫마디는 나무람이었다. 하린은 괜히 억울해져 왔다.

"그것이 지금 살려 준 은인에게 하실 말씀이세요? 그럼 다친 사람을 그냥 저잣거리에 두고 왔어야 맞는 거예요?"

서운함에 시무룩한 얼굴로 따지고 드는 하린에 사내가 버겁게 눈을 감았다가 뜨며 다시 말을 이어 나갔다.

"그래도 다음엔 함부로 나서지 말거라. 스스로도 지킬 수 없는 가녀린 몸으로 누굴 지키겠다고 나서느냐."

"그것도 뚫린 입이라고……."

하린의 중얼거림에 남자가 고운 미간을 찌푸렸지만 딱히 반박을 하지 않았다.

"방금 뭐라 했느냐?"

"아무튼, 이번엔 제가 살려 드린 거예요."

종일 굶은 데다 꽤 많은 피를 쏟은 바람에 기력이 상당히 쇠해져 있는 상태였다. 이겸은 빈혈로 어지러운 머리가 잠시 핑 하고 돌았다. 순간 정신을 완전히 잃기 일보 직전에 마주했던 앳된 사내를 떠올렸다. 그렇다. 죽어 가던 자신을 발견한 자는 눈앞에 있는 하린이 아닌 앳된 사내가 분명했다.

"내 목숨을 살려 준 자가 필시, 네가 맞느냐?"

이겸의 갑작스러운 지적에 하린은 화들짝 놀랐다. 혹시나 자신의 정체가 들통날까 봐 두려움이 몰려왔다.

"네?"

"내 분명, 앳된 사내를 본 것 같은데……."

"아, 아, 그것은 제 동생이에요."

재치를 발휘한 자신에 하린은 은근히 만족해했다.

"그렇습니다. 제 동생을 보신 것이에요. 동생과 제가 당신을 이곳으로 데려왔습니다. 그리고 밤새도록 간호는 제가 했지요. 그러니, 제가 살린 게 맞습니다."

변명을 했음에도 불구하고 제게서 거두어지지 않는 사내의 사나온 눈빛에 하린은 마른침을 꼴깍 삼켜 넘겼다. 아무리 몸이 쇠약해졌다고 해도 그의 눈빛은 어찌나 맹렬하고 기강이 있는지, 짐승의 사나운 발톱이 눈앞까지 다가온 것 같은 위압감이 들었다.

혹시, 이자에게 남장을 한 것을 들켜 버린 것일까? 남장한 것을 들키면 그것에 대한 의아함을 갖게 될 텐데, 어떤 변명을 해야 하는 걸까⋯⋯. 딱히 떠오르지 않는 변명거리를 찾으려 무던히도 애쓰고 있던 것도 잠시, 그가 경계 서린 눈빛을 풀며 낮게 중얼거렸다.

"하긴, 너처럼 여린 몸이 보통 사내하고는 비교도 되지 않을 정도로 특출한 나를 어찌 데려올 수 있었겠느냐."

자기 잘난 척을 표정 하나 바꾸지 않고 뻔뻔하게 하는 남자를 하린은 어이없게 쳐다보았다. 그럼에도 반박할 수 없었던 건 틀린 말이 아니기 때문이었다. 휴, 아주 작게 한숨을 내쉬고서는 큼, 하고 다시 목소리를 다듬은 하린이 입술을 떼어 냈다.

"제가 목숨도 살려 드렸는데, 언제 한번 시간 나시면 국밥이라도 한턱 쏘세요. 두 턱 쏘시면 더 좋고."

하지만 제게서 시선을 거둔 사내에겐 아무런 대답이 돌아오지 않았다.

"사 줄 돈이 없으시면 존함이라도 좀 알려 주세요. 그거 알려 준다고 돈 나가는 것도 아니잖아요?"

이번에도 역시 돌아오는 대답이 없자, 하린은 점점 더 시무룩해졌다.

"아니, 존함도 알려 주기 싫다, 그것도 사 주기 싫다. 뭐 그런⋯⋯."

제게 닿지 않는 그의 시선에 하린이 체념한 듯 털썩 주저앉았다.

"좋아요, 그럼 다 됐고, 사흘 뒤에 장이 열리는데……."

"그럼 가 봐야겠다."

비록 쳐다보면서 한 말은 아니지만, 어쨌든 제게 돌아온 이겸의 대답에 하린의 눈동자가 반짝였다. 이겸이 온전치 않은 몸에 고통이 느껴지는지 얼굴을 구기며 자리에서 천천히 일어났다. 그럼에도 작은 신음조차 내지 않고 악착같이 참는 그의 모습을 하린이 불안한 눈빛으로 바라보았다.

"아프면 아프다고 해도 돼요. 여기 흉볼 사람 하나 없어요."

하린이 얼른 이겸을 부축했다. 절대 닿지 않을 것만 같았던 그의 시선이 하린에게 와 닿았다.

"몸이 더욱 나아질 때까지 이곳에 머무는 것이 어때요?"

"내가 방금 '사내'에 대해 그리 경고를 했거늘, 벌써 잊어버린 것이냐."

이겸의 말에 하린이 슬쩍 그의 상처로 시선을 돌렸다.

"많이 아프셔서 힘도 제대로 못 쓰시면서 사내 타령은 뭐 그리도 하시는지……."

하린의 말이 끝나기 무섭게 이겸은 그녀의 손목을 붙잡고 벽으로 밀쳐 냈다. 화들짝 놀라 피하거나 방어할 틈도 없이 하린은 그의 손아귀에 붙들리고 말았다.

"이거 놔주세요……!"

"어디 내 손아귀에서 빠져나와 보거라. 그렇다면 내 네 말대로 몸이 나을 때까지 이곳에서 머물겠다."

힘을 주었지만 듣지 않았다. 여태 웬만한 사내보다는 힘이 세다고 자부해 오던 것이 전부 무너지는 것만 같았다. 더군다나 그는 지금 아픈 상태였다. 그럼에도 그에게 힘 한번 써 보지 못하고 끙끙거리고 있는 것이 억울할 정도로 이상했다.

"어서, 빠져나가 보래도."

그가 재촉하듯 말했다.

"진짜! 끄응……. 으윽! 무슨 힘이 이리도 센 거야!"

아무리 끙끙거리고 어금니를 악착같이 물며 빠져나와 보려고 했지만 아무 소용이 없었다. 젖 먹던 힘까지 발휘하느라 머리가 다 아플 지경이었다. 결국 제 풀에 지친 하린이 울먹이는 얼굴로 이겸을 올려다보았다.

"아파요! 놔주세요. 당장! 그래요! 당신 힘 센 거 인정하니까, 놔 달라구요!"

이겸이 자신의 커다란 손에 반도 차지 않았던 하린의 가녀린 손목을 놓아주었다. 아프고 두려운 것이 아닌 뭔가 억울한 듯 씩씩거리며 올려다보는 커다란 눈망울이 문득 귀엽다는 생각이 들었다. 여태 궁궐에서도 숱하게 봐 왔던 여자들에게서는 한 번도 느껴 본 적 없는, 그래서 처음으로 느끼는 요상한 것이었다.

"힘이 세셔서 좋겠습니다! 그렇게 힘이 세신 사람이 왜 습격을 당했는지 정말 이해가 안 가네요!"

이겸은 얼른 시선을 돌렸다.

"스스로도 지키지 못할 몸이라는 것을 깨달았을 테니, 앞으로는 남의 일에 함부로 나서지 말거라."

그대로 창호지 문을 연 순간, 이겸의 어두운 세상에서 희귀한 무언가가 보였다. 어렸을 적 세상의 색이 보였을 때조차 한 번도 보지 못했던 거였다.

끝이 보이지 않는 것 같은 둥근 언덕의 풀들 사이로 평소보다 훨씬 환해 보이는 검은 것이 연신 하늘을 향해 날아가고 있었다. 그 모습을 이겸은 넋을 놓고 바라보고 있었다. 태어나서 한 번도 본 적 없는 것이었기에 도통 무슨 색인지 감이 오지 않았다.

"반딧불 처음 보는 사람처럼 왜 그리 넋을 빼고 있어요?"

옆으로 다가온 하린이 어느새 불평스러운 표정을 거두고 황홀해하는 표정으로 반딧불을 함께 바라보았다.

"반딧불이요."

하린의 입 모양을 읽은 이겸이 의아한 표정을 지었다.

"반딧불?"

"네. 반딧불. 너무 아름답지 않아요? 전 기분이 우울하다가도 저 것만 보면 금세 풀려 버려요. 세상에 이렇게 아름다운 것이 있다는 게 너무 행복하기도 하고."

"반딧불이라는 그것이 무슨 색이더냐?"

비록, 모든 것이 흑빛으로 보여도 아름다웠다. 필시 아름다운 모습임이 분명했다. 그 아름다움에 넋이 나간 이겸이 자신도 모르게 묻게 된 질문이었다.

"예?"

갑작스러운 색의 물음에 하린이 잘못 들었나 싶어 되물었다.

"무슨 색이냐고 물었다."

분명 찬란한 색을 지녀 사람을 황홀하게 만들 것만 같은 반딧불에서 시선을 거두어 하린을 바라보았다. 하린은 잠시 망설이는 듯, 커다란 눈망울을 굴렸다.

"저 반짝거리는 색을 굳이 비유하자면, 개나리가 빛나는 색이죠."

대답을 하는 그녀의 적당히 도톰하고 자두 같은 작은 입술이 유난히도 이겸의 시야에 들어찼다.

"개나리가 빛나는 색? 그것은 무슨 색인데?"

하린은 '이 남자가 지금 나랑 뭐 하자는 거야?' 하는 의아해하는 눈빛이 있었지만 금세 거두어졌다.

"개나리색이요?"

뭐라 혼자 연신 중얼거리는 하린을 가만히 내려다보았다. 한참을 고민하던 하린이 '아!' 하고 작은 탄식과 함께 다시 이겸에게 시선을 옮겼다.

"제 손을 한번 잡아 보시겠어요?"

듣지는 못했지만 자신의 눈앞으로 불쑥 내밀어진 하린의 손을 지그시 내려다보았다.

"싫다."

"어서요, 개나리색이 궁금하시다면서요."

"……"

"아휴, 손 닦았어요. 못 만질 것을 만지라는 것도 아닌데, 표정이 왜 그러세요? 그리고 이 손으로 당신을 구했다니까요? 그러니 어서 한 번만 잡아 보세요."

재촉하듯 흔들어 보이는 하린에 이겸은 자신답지 않게 홀린 사람처럼 그녀의 작은 손바닥 위에 제 손을 올려놓았다. 그리고 여태 자신을 응시하고 있던 하린을 마주 봤다. 두 사람의 눈동자가 반짝거리는 반딧불의 그것처럼 서로를 향해 반짝이고 있었다.

"전 어린 시절부터 손이 따뜻하다는 소리를 많이 들었어요. 필시, 개나리색은 이런 색일 거예요. 이렇게 따뜻한 색."

이제야 개나리색이 떠오른다. 손에서 느껴지는 부드러움과 따뜻함. 그 따뜻함이 손끝에서부터 올라와 심장 부근까지 닿아 온 신경세포에 퍼져 나가는 것만 같았다.

"어떠세요? 이제 무슨 색인지 아실 것 같으세요?"

티끌 하나 없는 뽀얀 피부와 작은 얼굴, 귀여운 콧방울과 한 번도 본 적 없을 어여쁜 색이 씌워져 있을 것만 같은 작고 도톰한 입술, 눈을 감고 뜰 때마다 보이는 풍성한 속눈썹과 적당히 앙증맞게 솟은 이마까지.

순간, 세상의 색이 더 궁금해졌다. 이 여자를 통해 보게 될 색이 궁금해졌다.

기대가 가득 찬 그녀의 또랑또랑한 눈을 마주하는 순간 이겸은 얼굴에 뜨거운 무언가가 확 올라오는 듯한 괴기한 기분을 느꼈다. 어색하고 이상했다.

"모르겠다."

잡고 있던 하린의 손을 매정하게 확 뿌리치고선 급하게 자리에서 일어났다.

"모르시겠다고요?"

"그래, 전혀 모르겠구나."

저 작은 손에서 어찌 이리 감촉을 잊을 수도 없을 만한 따뜻함이 나온 것일까. 어찌 저 작은 손이 어찌 차갑고 외로웠던 자신을 위로했을까.

"치이……. 그건 그렇고, 원래 좋은 가문의 자제셨습니까?"

갑작스러운 하린의 질문에 이겸이 살짝 당황해했지만 금세 이성을 찾고 하린을 마주 보았다.

"그런 건, 왜 물어보느냐?"

"얼굴 말입니다. 절대, 고생을 한 얼굴이 아닙니다. 그리고 손을 만져 보니까, 더 확신이 듭니다. 서민들처럼 절대 고생한 손이 아니라는 것을요! 전부터 옷만 무명옷이지 풍기는 분위기가 예사롭지 않다고 느끼기는 했는데. 망한 가문의……."

"어허, 더는 듣고 싶지 않구나."

하린은 자신이 큰 실수를 한 것이라고 생각했다. 그는 필시 엄청난 사대부의 자제였을 것이 분명하다. 하지만 안 좋은 일에 휘말려 망하게 된 가문.

그런 가문이 한두 집이 아니니 하린은 그렇게 확신을 할 수밖에 없었다.

"제가 실수를 했네요."

"반성하거라."

"네. 그러는 의미에서 장날에 국밥은 제가 살게요. 저희는 장날 몇 시쯤에 만날까요? 저는 오시쯤이 좋겠는데."

"밤이 깊으니 네가 헛소리를 하는구나. 내가 왜 너와 만난다는 약조를 해야 한단 말이냐."

"에? 아까 전엔 저와 장내를 간다고 약조하시지 않으셨습니까!"

"난 그런 적 없다."

"와, 사내가 한 입으로 막 두말하시고 그러시네. 그렇게 안 봤는데? 생긴 것처럼 안 노시네."

"생긴 것처럼? 내가 어찌 생겼는데?"

"되게 듬직하고 헛소리 안 하고 정직하게 생기셨……. 이게 다 무슨 소용입니까? 그저 잘못 본 것이지요. 잘못 봐도 한참을 잘못 봤어."

하린은 고개를 한쪽으로 휙 꺾으며 불만을 토해 내고 있을 때였다.

"나를 보고 말하라."

등 뒤에서 들려오는 그의 목소리가 방금 전과는 조금 다르다는 것이 느껴졌다. 어딘가 모르게 서글픔이 배어 있는 그 목소리에 하린이 살짝 놀라 돌아보았다.

"나와 이야기를 나눌 때는 얼굴을 돌리지 말거라."

명령을 하는 것처럼 들리지는 않았다. 그의 표정과 목소리는 오히려 부탁을 하는 것에 가깝게 느껴졌기 때문에 하린의 마음 깊숙이 어딘가에서 무언가가 징 하고 퍼져 나가는 것만 같았다.

"네. 대화를 나눌 때는 얼굴을 돌리지 않겠습니다."

"방금 고개를 돌리고 내 흉을 봤더냐."

"흉까지는 아닙니다. 다만, 사내가 한 입으로 두말하시기에, 내가 사람을 잘못 봤다고 말했습니다."

"잘못 본 것은 아니다. 난 여태껏 내가 한 말을 단 한 번도 지키지 않은 적이 없다."

"그런데 왜 저와의 약조를 어기시는 거예요?"

"어길 약조를 한 적이 없는데, 왜 자꾸 말도 안 되게 우기는…….
근데 왜, 나랑 장내 구경에 가고 싶은 것이냐."

예기치 못하게 그의 허를 찌르는 질문에 하린이 크게 당황해했다.

"그냥 딱히 다른 연유는 없습니다. 그냥……."

대충 얼버무리며 시선까지 힐끔거리는 그녀의 모습에 이겸의 입가에서 작은 웃음이 새어 나왔다. 그리고 놀랐다. 자신이 누군가로 하여금 이런 감정으로 웃을 수 있는 사람이었다는 것에.

"겁도 없는 녀석이구나……."

"어렸을 적부터 그런 소리 숱하게 들어 왔어요."

"좋은 뜻으로 한 말은 아니니, 그렇게 입이 찢어지도록 웃을 이유 없다."

이겸의 말에 머쓱해진 하린이 얼른 입술을 다물었다. 그 모습에 이겸은 또다시 웃음이 새어 나오고 말았다. 표정이 가지각색이다. 얼마 가지 않아 변하고 또 변하는 것이 바라보고만 있어도 재미졌다.

"내 시간이 나면 가겠지만, 그러지 못한다면 못 간다. 만약, 가더라도 내가 오시 안에 오지 않는다면 미련 갖지 말고 돌아가거라."

불확실한 자신의 말에 하린이 크게 불만을 갖은 듯 입술을 한쪽으로 모아 비죽이는 모양이 꼭 이제 막 태어나 어미의 젖을 찾는 새끼 강아지 같았다.

"가 봐야겠다."

"데려다 드릴까요?"

하린의 말에 이겸은 어이가 없어서 고개를 내저었다.

"아직도 겁이 없이. 이 야밤에 데려다주겠다고 설치는구나."

"그래도 다치셨잖아요. 혹여 당신을 습격한 자가 또 나타나면 어찌합니까."

걱정이 서려 있는 하린에 이겸은 들리지 않게 낮게 한숨을 내쉬었다. 이렇게 한번 겁을 주고 나서 바로 이어서 습격하는 일은 없었다. 아마 그들은 이렇게 한번 겁을 주고 나면 한동안 자신이 잠잠해질 거라고 믿고 있기 때문일 거라 확신했다.

"괜찮다."

"그런데 정말 존함은 알려 주시지 않으실 거예요?"

이겸이 대답 없이 바라보자 하린이 어깨를 한 번 으쓱였다. 끝까지 대답하지 않고 돌아서는 이겸의 듬직해 보이는 등에다 대고 하린은 외쳤다.

"그럼 제 이름이라도 알아 두세요. 전, 하린입니다. 공하린이요!"

하지만 그 마지막 순간까지도 그에게선 어떤 대답도 들을 수가 없었다.

"세자 저하!"

마당으로 들어서는 이겸의 모습을 보고 놀란 김 내관과 훈이 달려왔다. 이겸은 그들의 부축을 받으며 안으로 향했다. 이불 위에 겨우 눕는 이겸을 보며 김 내관은 눈동자 가득 눈물을 머금으며 말했다.

"대체, 이게 무슨 일이옵니까! 어느 작자들이 세자 저하에게 감히 이런 짓을 했단 말입니까!"

"소란 떨지 말거라. 아직 날이 어둡다."

날이 어둡다는 것은 주변이 지나치게 고요하다는 것. 김 내관의 울먹이는 소리가 밖으로 새어 나갈 수도 있다는 뜻이었다. 자신이 머물고 있는 이 주변을 감시하는 자가 있을 수도 있다는 것을 배제하지 못하는 일이었다. 김 내관은 소매로 눈물을 거칠게 닦아 냈지만, 놀란 가슴을 쉽게 잠재우지는 못하는 듯싶었다.

이겸은 놀라긴 했지만 김 내관보다 훨씬 침착한 모습으로 앉아 있는 훈에게 시선을 돌렸다.

"혹여, 장내에 내 소문이 퍼지지 않았더냐."

"안 그래도 그것에 대해 소신이 여쭤 보려던 참이었습니다. 그런데, 저하께서 갑자기 사라지시는 바람에 걱정을 많이 하였습니다."

죄책감에 훈의 표정이 어두웠다.

"세자 저하를 지켜야 하는 것이 제 사명이거늘. 그것을 행하지 못한 저를 용서하지 마시고 죽여 주시옵소서."

훈의 미세하게 떨려 오는 저음의 목소리가 이겸의 귓가를 스쳐 지나갔다. 아마 그의 죄책감은 오래도록 스스로를 괴롭힐 것이 분명했다.

"개의치 말거라. 네 잘못이 아니다."

이겸의 말에 두 사람이 안타까운 눈을 하고서는 입을 굳게 다물었다. 세상에서 가장 안온하고 편해야 할 공간에서도 가장 큰 위협을 받고 자라 온 이겸이었다. 독극물이 들어 있는 음식을 눈앞에 둔 적도 있었고, 벌레가 저주받은 세자로 인해 나라인 건국이 망할 것이라는 글을 파먹은 나뭇잎 때문에 공포에 떨기도 해야 했고, 심지어는 자객이 쳐들어온 적도 있었다.

그래서 어린 날의 이겸은 잠을 한숨도 자지 못하고 두려움에 떨며 뜬눈으로 밤을 샌 적도 많았다. 가뜩이나 보이지 않고 들리지 않아 불안했던 삶이 그것들로 인해 더욱 극심했던 거였다.

물론 지금은 궁궐 안에서 그런 일이 드물지만 이 모든 것을 겪으며 자라 온 이겸은 하루도 편안하게 잠을 자 본 적이 없었다. 살기 위해서 살아야 했다. 그것이 자신의 운명이었다. 혹여나 스무 살이 되면 풀어져 버릴지도 모르는 저주를 기대하며 그렇게 어렵게 생명을 연명해 왔다.

이겸은 낮은 한숨과 함께 깊게 떨어지려던 사념에서 빠져나왔다.

"김 내관. 훈아."

"네, 세자 저하."

"아마 소문이 퍼졌다면, 필시 그 '날도'라는 도적이 이곳에 오게 될 것이다."

누군가에게 수시로 목숨의 위험을 당하는 사람답지 않게 차분한 목소리였다.

"준비하도록 하겠습니다."

이겸의 말에 훈과 김 내관이 동시에 절도 있게 고개를 숙여 대답했다. 이겸의 눈동자가 허공 속에서 무섭게 빛나고 있었다.

"나는 반드시 그 도둑을 잡을 것이다. 그래서 잠시뿐이겠지만, 당황스러움을 감추지 못하는 그자들의 표정을 꼭 내 두 눈으로 확인할 것이다."

하지만 그들이 알아야 할 것이 있다. 더는 이겸은 어린 날 두려워 이불을 뒤집어쓰고 몸을 덜덜 떨며 울고만 있던 어린 세자가 아니라는 것을. 건드리면 건드릴수록 더욱 거세고 거칠게 튀어 오르고 있다는 것을, 그들은 반드시 알아야 했다.

"후……. 이만 나가 보거라. 쉬고 싶구나."

"예, 저하."

두 사람이 나가고 혼자 남겨진 이겸은 무겁게 내려앉던 눈꺼풀을 이제야 편히 감을 수 있었다.

'개나리는 필시, 이런 색일 거예요. 이렇게 따뜻한 색.'

눈을 감자마자 환하게 미소 짓던 하린의 얼굴이 선명하게 떠올랐다. 그래서 궁금했다. 그 아이의 목소리가 어떨지…….

아마 따뜻했던 손만큼이나 자신의 심장을 울릴 정도로 따뜻하고 부드러운 목소리를 지녔을 것이 분명했다. 어쩐지, 가슴이 답답할 정도로 아쉬웠다.

다음 날.

김 내관으로부터 입궐하라는 아버지의 전갈을 전해 들은 이겸은 비단 도포로 옷을 갈아입고 궁궐로 향했다. 가장 먼저 동궁전에 들러 오랜만에 입어 보는 듯한 곤룡포로 갈아입은 후, 아버지를 뵈러 강녕전으로 향했다. 가는 동안, 이겸은 자신의 동생 인영 공주와 마주쳤다. 인영 공주는 열세 살의 귀여운 소녀였다.

"오라버니!"

인영이 반갑게 이겸을 향해 달려왔다.

"인영 공주, 정말 오랜만에 보는구나."

"저는 오라버니가 보고 싶었는데, 오라버니는 제가 보고 싶지 않으셨습니까?"

입 모양을 또박또박하여 묻는 공주의 머리를 다정하게 쓰다듬어 주었다.

"아니다. 나도 네가 무척이나 보고 싶었다."

키 차이가 굉장히 많이 났기 때문에 목을 꺾어서 올려다보는 인영 공주가 불편할까 싶어, 이겸은 살며시 앉아 눈높이를 맞추었다.

"날이 갈수록 예뻐지는구나, 우리 인영 공주."

하나뿐인 귀엽고 귀한 여동생.

이겸은 애틋하게 손등으로 동생의 오동통한 볼을 쓰다듬으며 다감하게 말했다.

"오라버니는 다른 오라버니들과는 달리 참 다정하십니다."

이겸이 그게 무슨 뜻이냐는 듯 눈빛으로 물었다.

"가끔 궁궐에 놀러 오는 규수들의 오라버니는 꽤 짓궂은 분들이 많으시더라구요. 하지만 오라버니는 언제나 제게 따뜻하게 대해 주시지 않으십니까."

"그러하냐?"

"네. 그러하옵니다. 그래서 늘 그들에게 오라버니를 자랑합니다. 그럼 그들이 말하죠. 거짓말하지 말라고, 세상에 그런 오라버니가 어디 있냐고. 오라버니들이 보기가 싫어서 빨리 시집가고 싶다고 하는 분들도 많이 계십니다."

오랜만에 만난 인영 공주는 신이 나는 듯 연신 재잘거렸다. 이겸은 그런 인영이 귀여워 소리 내어 웃었다.

"하하, 오라버니들이 보기 싫어서 시집을 가고 싶어 하다니."

"재밌지요? 저도 참 재미있다고 생각했습니다. 아, 그리고 말입니다, 오라버니. 이거요!"

그러다 제 안쪽에서 작은 손수건 하나를 꺼냈다.

"제가 직접 넣은 '수'입니다."

이겸은 인영에게 손수건을 받았다. 구석에 인영이 직접 수 놓은 듯한 꽃과 나비가 있었다.

"이것은 나팔꽃이 아니냐."

"기쁜 소식이라는 꽃말을 갖고 있는 나팔꽃입니다. 오라버니에게 언젠가는 꼭 기쁜 소식이 왔으면 하는 제 간곡한 바람으로 수를 넣어 보았습니다."

이겸은 인영 공주가 안쓰러웠다. 자신의 저주 탓에 함께 산으로 가야 했던 어머니와 떨어져 지냈고 제대로 된 사랑을 받지도 못한 상태로 잃어야 했다. 힘없는 오라비를 만나 어린 나이임에도 불구하고 대신들의 눈치를 보며 살아야 하는 공주에게 이겸은 언제나 미안했다.

"이제 곧 봄이 온다고 하여도 아직은 많이 쌀쌀하구나. 고뿔에 들지 않도록 두껍게 입고 다니거라."

"예. 그리하겠습니다. 오라버니도 날씨가 추우니, 꼭 따뜻하게 입고 다니십시오."

이겸은 해맑게 대답하는 인영 공주를 뒤로하고 강녕전으로 다시 걸음을 옮겼다. 상선이 이광에게 이겸을 고했다.

"안으로 들라 하라."

궁녀들의 손으로 여러 개의 창호지 문이 열리고 나서야 이겸은 이광을 마주할 수 있었다.

"소자, 아바마마의 명을 받고 입궐하였나이다. 지난날, 직접 찾아뵈어 문안 인사를 드리지 못한 불효를 저지른 소인을 너그러이 이해하여 주시옵소서."

건국의 왕, 이광은 자신의 무책임과 권력을 위해 지난날 쌓아 온 죗값을 대신 받고 있는 것 같은 소중한 아들을 안타까운 눈으로 바라보았다. 이광은 인정해야 했다. 왕이 되기 위해 너무 많은 피를 보았고 무수한 사람들이 목숨을 잃었다. 그리고 자신을 도와준 세력들에게 힘을 실어 주었고 그들의 부패가 건국을 장악

하고 있었다.

'백성들이 지르는 고통의 소리에 귀를 막고 고통을 보고도 눈을 감은 자, 너에게 그 저주를 내리나니, 세상에서 가장 귀한 것의 소리와 색을 가져갈 것이다.'

잔뜩 분노가 서려 있는 누군가의 폭언을 듣고 미몽에서 깨어났던 이광은 동시에 밖에서 번쩍거리는 천둥에 불길함을 느꼈다. 그리고 다음 날 아침, 동궁전에 있던 이겸의 비명 소리를 들어야만 했다.

세상에 태어난 지 7년이 되던 해. 그때부터 이겸이 그 모든 저주를 가지고 살아야 했다.

"바깥에서 하는 생활에 어려움은 없느냐."

이겸을 한참 동안 안쓰러운 눈길로 바라보던 이광이 어렵사리 입술을 떼어 내 물었다. 마음속 가득 아들을 걱정하는 애틋함이 담겨져 있지만, 이광은 절대 겉으로 그것을 티 내지 않았다. 아들이 강해져야 한다는 것을 이광 또한 알고 있었기 때문이었다.

"예, 아바마마. 염려시켜 드려 그저 죄송할 따름이옵니다."

"그래. 그 '날도'라는 자를 잡을 수는 있겠느냐?"

이광의 물음에 이겸은 잠시 낮게 한숨을 내쉬고서는 입술을 떼어 냈다.

"네. 소자 반드시 그 도둑놈을 잡아 오겠습니다."

"꼭 잡아 오거라. 그리하여 꼭 증명해 보이거라."

"네. 반드시 그자를 잡아 아바마마의 심려를 덜어 드리겠사옵니다."

이광이 이겸을 부른 이유는 크지 않았다. 단지, 매일 보던 얼굴을 요 며칠 사이 보지 못해서 보고 싶었을 따름이었다. 그래서 그는 한동안 아무 말도 없이 자신의 아들 얼굴을 바라보기만 할 뿐이었다.

마당을 쓸고 장작을 패고 냇가에서 빤 빨랫감들을 부지런히 널며 바쁘게 움직이고 있는 사람들이 드나드는 풍채 좋은 기와집은 한양에서 땅이 가장 비싸기로 소문이 난 곳에 위치하고 있었다. 다사로운 햇살을 받으며 평온할 것만 같던 그곳에 앙칼진 여자의 목소리가 새어 나오고 있었다.

"마음에 드는 게 하나도 없어!"

커다란 경대 안에 있는 수십 개는 되어 보이는 머리 장신구들을 신경질적으로 노려보며 손으로 거칠게 내쳤다. 그 바람에 경대가 넘어지면서 장신구들이 바닥으로 흩어졌다. 옆에서 시중들던 여자 종이 떨어진 장신구를 하나하나 주워 경대에 넣으며 말했다.

"이것도 예쁘고, 이것도 예쁜데. 이걸로 해 보시는 게 어떠세요?"

"닥쳐. 쥐뿔도 없는 주제에 뭘 안다고 네까짓 게 나한테 권유를 해? 그리고 누가 멋대로 내 장신구 만지래?"

마치 초롱초롱한 사슴의 눈망울같이 커다랗고 예쁜 눈을 가졌지만 여자는 눈을 사납게 치켜뜨며 독설을 쏟아부었다.

장신구를 정리하던 여종은 금세 시무룩해져서는 고개를 조아리며 손에 들고 있던 장신구를 내려놓았다.

"죄송합니다, 아가씨."

이렇게 막말을 퍼붓고 제멋대로 행동하고 있는 여자는 다름 아닌 영의정 김원석의 막내딸 김혜림이었다. 아들을 낳고 10년이 넘게 더는 아이 소식이 없자 자식 운이 없다고 생각했던 원석은 어렵게 낳은 막둥이 혜림을 꽤나 애지중지 아꼈다. 사고만 치고 다니는 아들과는 달리, 성질머리는 좀 있지만 야무지고 애교도 많은 혜림을 아끼지 않을 이유가 없었다.

그래서일까. 혜림은 건방지고 눈에 뵈는 것이 없었다. 아버지는 건국에서 최고로 잘나가는 사대부의 수장이었으니, 모두가 제 발아래에 있다고 여겼다. 심지어는 건국의 왕, 이광까지도.

"노비 출신에 천박한 네 손에 닿은 거, 불쾌해. 전부 가져다 버리고 새것으로 사 와야겠어."

화려한 수들이 놓여 있고 곱고 비싼 비단으로 만든 진주색의 복주머니에서 넉넉한 화폐를 확인한 혜림은 여종 한 명과 집을 나섰다.

"너무 바짝 붙어서 걷지 마. 목욕도 자주 못 하는 너한테 이라도 옮겨 붙으면 난감하니까."

"네, 아가씨."

입만 열면 상대방에게 상처밖에 주지 않는 혜림의 짜증 섞인 명령조에 여종은 한 발자국 뒤로 물러서서 천천히 따라나섰다.

혜림이 지나갈 때마다 남자들과 여자들의 시선이 고스란히 닿았다. 그것도 그럴 것이, 예쁘장한 얼굴과 화려하고 고급스러운 옷이 그녀를 더욱 빛나게 해 주고 있었다. 혜림은 천천히 장내를 구경했다. 고운 비단도 구경하고 꽃신과 복주머니도 하나씩 샀다.

그리고 마침내 장신구 가게를 발견한 혜림은 그곳에 시선을 고정시키느라 앞에서 오고 있는 사내 무리들을 발견하지 못하고 그대로 어깨를 부딪혀 바닥에 주저앉고 말았다.

"아가씨!"

뒤에 있던 여종이 와서 얼른 부축했다.

"어이, 미안하오."

부딪친 남자가 가볍게 사과하며 지나쳐 가려 하자 혜림의 얼굴이 바로 구겨지며 가는 길을 가로막았다.

"네 이놈! 고작 그따위 것을 사과라고 하고 가는 것이냐?"

따지고 드는 사나운 혜림에 사내들은 가던 길을 멈추었다. 산만한 덩치와 험상궂은 인상을 갖고 있는 사내들에게 둘러싸이는데도 혜림은 눈 하나 깜빡이지 않았다. 혜림과 어깨를 부딪쳤던 사내가 한껏 비아냥거리는 얼굴을 하고서는 저보다 키가 작은 혜림과 눈높이를 맞췄다.

"그럼, 어찌 사과를 해야 받아 주실 겁니까?"

"무릎을 꿇고 사과하거라. 손을 싹싹 빌며 사과하란 말이다."

악다구니를 쓰는 혜림에 사내들은 그저 어이가 없다는 듯이 웃을 뿐이었다. 혜림이 그런 남자의 뺨을 후려쳤다. 예상하지 못한 갑작스러운 공격에 사내는 얼굴이 돌아간 채 잠시 넋을 잃었지만 금세 정신을 차렸다.

"내 이 미친년을!"

그리고 말릴 틈도 없이 혜림의 머리끄덩이를 잡고서는 구석으로 질질 끌고 가기 시작했다.

"이거 놓거라! 네 이놈! 내가 감히 누구의 자제인 줄 알고 이리 대하느냐! 죽고 싶어서 환장한 것이냐!"

주변에서도 말리는 이가 없었고 일행들도 남자의 행동을 말리지 않았다.

"아가씨!"

말리려고 드는 여종은 배를 차여 그대로 바닥에 쓰러져 움직이지 못했다. 여종이 맥없이 쓰러진 것을 본 혜림은 여전히 제 머리를 잡아끌고 가는 남자에게 발버둥을 치기 시작했다. 머리의 살갗이 다 벗겨지는 것 같은 고통이 몰려왔지만 눈물도 잘못했다는 호소도 하지 않는 대단한 고집을 부렸다.

"내게 이렇게 함부로 대한 것을 너는 반드시 후회하게 될 것이다! 내 아버지가 네놈의 사지를 갈기갈기 찢어 버리실 테니!"

"닥쳐, 이 정신 나간 년아. 어차피 부양할 가족들도 없고 사는 거 지긋지긋하던 참에 너 잘 걸렸어!"

장내에서 벗어나 인적이 드문 구석으로 온 남자는 가차 없이 혜림을 내던지듯 놓았다. 그 바람에 차갑고 더러운 바닥에 패대기쳐졌다. 몸은 아팠고 아끼는 옷은 온통 더러워져 있었다.

"야, 일단 몸 뒤져서 돈부터 뺏는 게 어때?"

혜림의 머리를 질질 끌고 온 사내의 일행 중 한 명이 말하자 남자는 고개를 끄덕였다.

"네 이놈들이!"

허락도 없이 여자의 몸을 이곳저곳을 뒤지더니 기어코 복주머니를 꺼내 화폐를 손에 쥔 그들은 액수에 꽤나 만족하는 눈치였다. 하지만 혜림에게 수모를 당한 남자는 여전히 화가 난 얼굴로 바닥에 주저앉아 씩씩거리며 저를 노려보는 혜림에게로 향했다.

혜림의 턱을 가볍게 잡은 남자는 협박에 가깝게 말했다.

"사과하거라."

"사과? 내가 천박하기 그지없는 너 따위에게 어찌 사과를 할 수 있……!"

투박하고 두꺼운 남자의 손이 뺨을 치는 바람에 혜림의 말은 이어지지 못했다. 처음으로 느껴 보는 얼얼하고 따가운 고통에 말문이 다 막혔기 때문이다.

"마지막으로 기회를 주지. 나한테 사과……."

"길 좀 지나가겠습니다."

이번엔 남자의 말이 다 이어지지 못하고 끊어져야 했다. 뒤에서 들려오는 중저음이지만 강건하고 품격 있는 목소리 때문이었다. 남자는 붉으락푸르락한 얼굴을 하고서는 돌아보았고 혜림은 여전히 분에 풀리지 않는 얼굴로 목소리가 나는 쪽을 바라보았다.

무명옷을 입고 있음에도 풍기는 분위기에서 예사롭지 않은 기품이 느껴지는 사내에 혜림과 남자의 무리들은 의아함을 느꼈다.

"냉큼 지나가시오."

남자의 제안에도 무명옷을 입은 사내는 꼼짝하지 않았다. 남자와 그의 무리들은 그런 사내에게 험상궂은 표정을 지어 보였다.

"지나 갈 수 있게, 좀 비켜 주시오."

그럼에도 사내는 겁먹지 않은 덤덤한 목소리로 말했다. 그제야 사내의 길을 비켜 달라는 말의 본연의 의미를 파악한 남자가 한껏 비웃으며 사내를 응시했다.

"좋은 말로 할 때 참견 마시고 그냥 지나가시오."

사내는 나름 풍채가 좋았으나 자신들보다 못했고 무엇보다도 수적으로도 한참 모자랐다. 남자는 밀릴 것이 없다고 여겼다.

"그쪽이야말로 좋은 말로 할 때 길을 좀 비키시오."

남자는 도저히 안 되겠다 싶었는지 자리에서 일어나 일행과 함께 사내를 둘러쌌다. 그때까지도 사내의 눈동자는 여전히 덤덤했다. 그것이 남자를 자극시켰다.

"말로 할 때 그냥, 곱게 지나갔으면 좋았으련만!"

크고 우람한 주먹을 사내에게 야심차게 휘둘렀지만 그가 아주 가볍게 피하자 제 속도를 이기지 못한 남자는 그대로 나가떨어져 창고 문짝으로 처박히고 말았다.

"아이고."

그러자 둘러쌌던 일행들이 한꺼번에 사내에게 덤벼들었다. 그들은 해적질을 하다가 배가 태풍을 만나 고장 나면서 육지로 올라온 이들이었다. 포악하기 그지없고 어느 정도의 무술을 익혔던 그들인데, 주먹과 발길질을 할 때마다 잘도 피해 가는 사내 때문에 진땀을 빼야 했다.

"이 자식이!"

남자가 고함을 냅다 지르며 다시 주먹을 휘둘렀다. 이번에는 사내가 피하지 않고 그 주먹을 가볍게 잡더니 그대로 복부를 무릎으로 올려 찍었다. 장기들이 전부 입 밖으로 튀어 나오기라도 할 것 같은 극심한 고통에 남자가 다시 바닥을 굴렀다. 사내는 그 뒤로도 능숙하면서도 절도 있게 남자들을 때려눕혔다. 쌍코피가 나고 입술이 터지면서 겁에 질린 남자들이 허둥지둥 일어나 하나둘씩 달아나기 시작하자 혜림은 그제야 낮게 안도의 한숨을 내쉬었다. 겉으로는 온갖 센 척은 다 하고 있었지만, 그들은 무서울 게 없는 놈들이었으니 자신을 어떻게 하려고 마음먹었다면 분명 하고 말았을 거였다.

혜림은 겨우 진정을 하고 자신을 구해 준 사내를 바로 보게 되었다. 사내는 바닥에 처참하게 나뒹굴었던 꽃신을 주워 흙을 살짝 털고서는 혜림의 앞에 가져다주었다.

곁으로 다가온 그에게서 좋은 꽃의 향기가 났다. 혜림은 가까이서 보니 더욱 멋있는 사내로 인해 마치 심장이 멎기라도 한 것처럼 넋이 나가 있었다. 사내에게선 상대방을 홀리게 하는 특유의 분위기를 풍기고 있었다.

꽃신을 놓아준 그는 아무 말 없이 몸을 돌렸다.

"이봐! 멈추거라!"

감히 자신이 부르는데도 끝까지 무시하고 사라지는 사내에 혜림은 기가 차면서도 쉽게 눈을 뗄 수가 없었다. 남자들을 때려눕히던 그의 동작과 잘생기다 못해 완벽했던 외모와 압도적인 분위기. 태어나 처음 본 진정한 남자의 모습이었다.

"그래도 천민인데, 그래 봤자 천민 따위인데."

혜림은 그렇게 중얼거리며 자꾸만 사내가 사라진 곳을 힐끔거리는 저를 합리화하려 애썼다.

하린은 영운에게 필요한 것이 있어 장을 본 후 허기진 배를 채우기 위해 국밥집으로 왔다.

"안녕하세요, 아재."

"장 보고 오는 게야?"

"네."

"하루라도 빨리 영운이가 급제를 해서 이리 고생하는 누이의 한을 풀어 줘야 할 텐디."

"그러게 말이에요. 저보다도 지 마음이 편안해질 수 있게 하루라도 빨리 급제를 했으면 좋겠어요."

"그럼 맛있게 먹어라."

하린은 따뜻한 국밥을 입에 욱여넣었다. 허기가 져서 그런지 오늘도 국밥 맛은 일품이었다. 한창 국밥을 먹고 있는데, 옆 단상으로 가서 손님과 나누는 최 씨의 대화가 들려왔다.

"요 아래 개순이네 집 옆에 혼자 살고 있는 사내에 대한 소문 들었는가?"

"아, 들었다네. 귀머거리라지? 혼자 살아 밥벌이도 제대로 못 한다고."

"들리는 소문에 의하면 그 부친께서 한 백성이 억울하게 당한 일이 있어 항소문을 올렸다가 음모로 안타깝게 처형을 당했다고 하더군."

"안타까운 일이여."

"요 며칠 전에는 자객에게 공격당해 몸이 크게 다쳤다고 하더군!"

최 씨의 말에 듣고 있던 남자들이 화들짝 놀랐다.

"그게 사실인가? 아이고, 어째?"

"그래도 예전에 무술을 배워 놓아서 목숨만은 건졌다고 해."

"어떡하나? 배도 굶고 치료할 돈도 없어서, 그러다가 금방 송장하나 치르게 생겼어!"

"안타깝구만."

"그래도 우리에겐 '날도' 님이 계시지 않은가? 그분께서 분명 그 사내를 도와줄 것이네."

"그렇고말고, 우리의 영웅 아닌가?"

개순이네…….

하린은 입에 국밥을 물고서는 천천히 씹으며 그 말을 되풀이했다. 집으로 돌아와서도 한동안 하린은 오늘 저잣거리에서 들은 대화들이 자꾸만 신경이 쓰였다. 백성들을 위해 항소문을 올렸다가 억울하게 처형을 당한 의로운 사람의 피를 받은 자손을 그렇게 허무히 죽어 가게 할 수는 없었다. 그래서 가야 했다.

하린은 이불 더미에 숨겨 놓은 명부를 꺼냈다. 부패한 정치인들의 이름이 적혀 있는 것들이었다. 횡령과 뇌물수수를 밥 먹듯이 하며 직권을 남용하여 선한 백성들을 괴롭히는 자들. 절대 용서를 하고 싶지도 할 수도 없었다.

"큼."

그때 밖에서 낯익은 소리가 들려왔고 깜짝 놀란 하린은 얼른 명부를 숨겼다. 자리에서 일어나 문을 열어 밖을 확인하자 그곳엔 이겸이 서 있었다.

"어!"

"설마 이 시간에 자고 있었던 것이냐?"

"아니요! 지금 제 머리 지저분하다고 놀리시는 거죠?"

하린이 얼른 머리를 가다듬으며 마당으로 달려 나갔다. 이겸이 손에 들고 있던 보따리를 건네주었다.

"이게 뭐예요?"

"오다가 주웠다."

궐에서 나올 때, 아무래도 하린이 생각나 도통 발걸음이 떨어지지 않았던 이겸이었다. 자신의 목숨을 살려 준 자였는데 보답하지 않은 것이 마음에 걸렸다. 그래서 훈이를 시켜 귀한 음식들을 싸

줄 것을 명했고 그것을 받자마자 곧바로 하린에게 오는 길이었다. 음식을 보고 좋아할 하린을 생각하니 벌써부터 마음이 뿌듯해져 왔다.

"예? 주우셨다고요?"

"어서 풀어 보거라."

주운 것치고는 너무 고급스러워 보이는 보따리를 푼 하린의 입이 크게 벌어졌다. 그곳엔 태어나서 본 적도 없던 귀한 음식들이 한가득 있었기 때문이었다.

"와!"

이겸의 예상대로 하린은 입을 크게 벌리며 좋아했다.

"이것이 진정 오다가 주운 음식이 맞아요? 이런 귀한 음식들을 누가 버려요? 이것은 전복 아니에요?"

"그래. 오다가 주웠다는 것은 농이다. 그냥 아는 사람이 줬다."

"아는 사람이요? 어떤 아는 사람이기에 이렇게 귀한 음식을 준 건지……. 정말 대단한 사람이셨군요!"

하린이 환한 미소를 지으며 이겸에게로 얼굴을 쓱 내밀었다.

"저리 치우거라. 못생긴 얼굴."

"못, 못생긴 얼굴? 와, 살다 살다 그런 얘기는 처음 들어 보네!"

"거짓말하지 말거라."

"거짓말 아니거든요?"

하린이 크게 흥분하며 대답했다. 흥분할 때 짓는 하린 특유의 귀여운 표정이 있었다. 이겸이 보고 싶었던 표정이어서 그러면 안 되는데도 하린을 놀리고 싶었다.

"그래, 그렇다고 치고. 어찌 됐든, 날 구해 준 보답이다. 그러니 아끼지 말고 먹도록 하거라."

"매우 찝찝한 대답이지만, 얼굴만큼이나 심성이 고운 제가 그냥 넘어가 드리겠습니다. 식사하셨어요?"

"아직 안 했다."

"그럼 같이 드세요."

두 사람이 나란히 마루에 앉았다. 마침, 허기가 져 있는 상태라 하린은 정신없이 음식을 먹었다. 먹을 때마다 크게 감탄하는 하린에 이겸은 저도 모르게 웃음이 새어 나왔다. 누군가가 먹는 것을 보면서 이렇게 큰 뿌듯함을 느껴 보기는 또 처음이었다. 이런 기분도 개나리색의 따뜻함을 알려 줄 때 느꼈던 그 묘한 기분도 전부 처음으로 알려 준 사람이 하린이었다.

"입맛에 맞나 보구나."

"입맛에 맞고말고요! 없어서 못 먹는 귀한 음식 아닙니까."

"웬만한 음식들은 다 입맛에 맞지?"

"저 돼지라고 놀리시는 거죠?"

"잘 먹는다고 칭찬하는 거다."

"전혀 칭찬처럼 느껴지지 않지만, 고맙습니다."

대답을 하며 하린은 야무지게 닭다리 하나를 뜯었다. 부드러운 고기가 얼마 씹지 않아도 입에서 사르르 녹아 내렸다.

"이곳에 있으면 그 반딧불을 또 볼 수 있는 것이냐."

"반딧불이요?"

그렇긴 하다. 하지만 오늘은 이렇게 여유를 부릴 시간이 없었다. 어떻게 돌려 말해야 하나 고민하다 그에게 시선을 다시 돌렸다. 언제부터 바라보고 있었던 걸까. 그의 눈동자 가득 자신이 들어차 있었다.

"너의 눈동자는 무슨 색이더냐."

물어 오는 그의 목소리가 봄바람처럼 부드럽고 따뜻했다.

"제 눈동자는 밤의 깊은 바다 같은 색이지요. 굉장히 요염한 눈빛입니다."

"요염?"

"네. 요염이요. 이 요염은 구미호의 눈처럼 마음만 먹으면 사람을 마구 홀릴 수 있습니다."

"요염이라는 단어의 뜻을 제대로 모르고 쓰는 모양이구나."

결코 호락호락하지 않는 이겸의 대답에 하린이 또 뚱한 표정을 지었다.

"그 색을 표현해 볼 수 있겠느냐."

"그 색이요?"

"네 눈빛의 색 말이다. 그 뜻 모르고 쓰는 요염하다는."

하린이 자리에서 살포시 일어나 손바닥으로 그의 눈을 가렸다. 이겸이 깜짝 놀라 몸을 뒤로 뺐다.

"뭐 하는 짓이냐."

"표현해 보라면서요. 제 눈동자."

자기가 한 말이 있어 이겸은 대답하지 못했다.

"어서 이리 와 보세요. 제 눈동자가 어떤 색인지 보여 드릴 테니."

하는 수 없이 이겸은 다시 제 고운 얼굴을 하린에게 살짝 내밀었다. 하린이 다시 그의 눈을 손으로 가렸다. 칠흑 같은 어둠이었다. 늘, 익숙하지만 익숙하지 않은…….

"이런 색이에요. 사실, 그렇게 예쁜 색은 아니지요? 그래도 까만색은 절대 나쁜 색은 아니에요. 모든 색을 다 흡수하고 어떤 것에도 쉽게 흔들리지 않는 색 같아서요.”

그의 손이 천천히 올라와 하린의 손등을 부드럽게 그러쥐었다. 하린은 마치 손등에도 심장이 달린 것처럼 모든 세포들이 격렬하게 뛰고 있는 것을 느낄 수 있었다. 손등을 그러쥔 그의 손이 그녀의 손등을 쓸었다.

“어린 여자아이의 손이 그 나이답지 않게 많이 거칠구나.”

그가 부드럽게 쓸어 주는 손길이 좋아 하린은 굳이 손을 빼지 않고 한참을 그렇게 서 있었다. 그러다 문득 전부터 머릿속에 스쳐 지나갔던 것들을 떠올렸다.

“그런데 항상 궁금했어요. 예에 어긋나는 것이 아니라면, 여쭤 봐도 돼요?”

“물어보거라.”

“어찌하여 매번 ‘색’에 대해서 물어보시는 거예요?”

손등을 어루만지던 그의 손길이 멈추었다. 아쉬움과 동시에 부끄러움이 몰려와 그의 손에서 얼른 제 손을 뺐다.

“나중에. 나중에 알려 주마.”

“나중요? 왜요? 지금 알려 주세요.”

“아까부터 저 아이가 나를 못마땅한 눈길로 바라보고 있으니 말이다.”

이겸이 몸을 살짝 돌렸다. 그곳은 영운의 방이었고 안에서는 창호지에 구멍을 뚫고 매서운 눈으로 누이와 낯선 남자를 노려보고 있었다. 하린이 화들짝 놀라 얼른 저리 들어가라 손짓을 했다. 영운이 못마땅한 눈길을 뚫린 창호지로부터 치웠다.

“제 남동생이에요.”

"아, 나를 살려 준 그 아이더냐?"

"네? 네. 아, 뭐…….."

"그럼 고맙다는 말을 해야겠구나."

"아닙니다!"

하린이 얼른 이겸의 앞을 가로막았다.

"지금 굉장히 중요한 공부를 하고 있어서 방해가 될 겁니다."

"공부?"

"네. 제 동생은 장원급제 할 녀석이거든요."

"아…….."

의외로 이겸은 쉽게 인정하고는 자리에서 일어났다. 그것이 못내 서운했지만 오늘은 할 일이 있으니 어쩔 수 없었다.

"이만 가 보겠다. 그리고 내일 사시(巳時)[9]에 포목점 앞에서 보자꾸나."

"내일 포목점 앞에서……. 어! 혹시, 저랑 같이 장 구경을 해주시는 거예요?"

나가려던 이겸이 걸음을 멈추어 다시 뒤를 돌아보았다. 배웅하던 하린이 그런 그를 보며 싱긋 웃었다. 뭐가 그리도 좋은지, 싱글벙글하기만 한 하린을 보고 있으니 이겸도 덩달아 기분이 포근해지는 것 같았다. 늘 빡빡하고 긴장하며 살아왔던 삶에 하린이라는 존재가 따뜻함을 실은 단비처럼 내려 이겸을 조금씩 아주 조금씩 적시는 것 같았다.

"잘 자거라."

이겸의 목소리가 오늘따라 솜의 그것처럼 부드럽고 포근하게

---

9) 오전 9시에서 11시.

느껴졌다.

이겸을 배웅한 후, 하린은 영운이 잠들 때까지 기다리려고 했지만 평소보다 훨씬 집중이 잘되는지 영운은 쉽게 잠들지 않았다. 그래서 하는 수 없이 먼저 자겠다고 하고서는 이불 안에 베개를 넣어 이불을 뒤집어쓴 것처럼 속임수를 쓰고 집을 나서야 했다. 그리고 명부에 있는 자들 중 하나인 양반의 금품들을 완벽하고도 무사히 털어 화폐로 바꾸기 위해 온 움막으로 향했다.

'내일 사시(巳時)에 포목점 앞에서 보자꾸나. 잘 자거라.'

"푸홋."

성구가 안으로 들어가 화폐로 바꾸고 있는 동안 이겸이 한 말이 떠오른 하린은 주체할 수 없이 흘러나오는 웃음에 낮게 흥얼거리기까지 했다.

"위험한 짓을 하는 녀석이 뭐가 그리 좋다고 히죽히죽거리는 게야?"

성구의 말에도 하린은 그저 싱글벙글이었다.

"그런 일이 있어요."

"너 남자 생겼구나."

"허억! 아저씨, 여기서 이러고 계실 게 아니라 돗자리를 깔고 점 보셔야 하는 거 아니에요?"

"점은 무슨……. 지가 얼굴에 티를 팍팍 내고 있으면서."

"티가 난다구요?"

하린은 제 따뜻해진 얼굴을 감싸며 놀란 얼굴로 되물었다.

"그래. 나도 너무 난다, 녀석아! 참고로 여자는 말이다. 그렇게 좋다 좋다 다 티가 나면 매력이 없는 법이야."

"아재?"

"좀 좋아도 안 척하란 말이야. 사내놈의 심장을 이리저리 애태워야 진짜 매력이 있어 보이는 거야."

"요즘 세상에 무슨……. 그냥, 좋아하는 사람이 더 좋아하면 되는 거지."

"에에?"

"좋아하는데 안 좋아하는 척하면서 두 번 볼 수 있는 거 한 번으로 줄여 상사병 나는 것보다는 훨씬 낫거든요? 화폐나 얼른 주세요. 곧 날 새요."

"갈수록 어째 성질머리가 더 급해지는 것 같아, 녀석하고는."

성구가 어이없다는 듯이 호탕하게 웃고서는 바꾼 화폐를 건넸다.

"가 보겠습니다."

"녀석아."

막 움막집 문을 밀고 나가려던 하린이 저를 부르는 소리에 걸음을 멈추고 성구를 마주 보았다.

"너도 이제 사내도 생겼겠다. 평범하게 살거라. 서방 사랑 오래오래 받으면서 금두꺼비 같은 귀한 아이들 낳고 오래오래. 평범하게 그렇게 살아."

평범한 삶이라.

성구의 말대로 하린은 서방의 사랑을 듬뿍 받으며 귀한 아이들을 낳고 오순도순 사는 것을 상상해 보았다. 하지만 그 뒤로 바로 따르는 것은 불행히도 가난한 백성들을 가혹하게 대하는 세상이었다. 외면할 수 없는 현실. 그것이 하린의 발목을 끝까지 잡고 늘어졌다.

자신과 자신의 부모의 삶이 그랬던 것처럼.

"아재, 내가 그럴 수 있을까요? 평범하게 살 수 있을까요?"

하린이 무슨 말을 하려고 하는지, 눈치를 챈 성구의 눈빛이 연민과 걱정스러움으로 바뀌었다.

"아니요. 이 썩은 세상에서는 절대 평범하게 살 수 없어요. 평범하게 산다는 것을 과분한 욕심으로 만들고 있는 세상이 되어 버렸잖아요. 제 서방과 제 아이들은 가난에 허덕이게 될 거고 불이익을 받고도 도리어 가혹한 벌을 받겠죠. 이 나라의 왕과 신하들은 백성들을 인간으로조차 대해 주지 않으니까."

성구는 크게 부정할 수 없었다.

"그래서 난 이 썩은 세상을 그래도 아주 조금은 정화시켜 주고 싶은 거뿐이에요. 열심히 사는 자들에게 작은 희망을 주고 싶은 거뿐이에요. 나처럼 많은 아이들이 사랑하는 부모를 그렇게 허망하게 잃어버리지 않길 바라는 마음뿐이에요."

목울대까지 차오르는 서글픔과 부모에 대한 그리움을 하린은 웃음으로 참아 넘겼다.

"말이 길어졌네요. 이러다가 진짜 날 새겠어요!"

심각했던 표정은 어느새, 하린 특유의 말간 미소로 돌아와 있었다.

"가 볼게요, 아재!"

하린이 씩씩하게 움막을 나섰다.

"어린것이, 가녀린 여인의 몸을 하고서 기구한 운명을 갖고 태어났어. 에휴……."

그곳에 혼자 남겨진 성구는 그런 하린을 안타까운 눈으로 바라보았다.

한편, 하린은 움막 밖으로 나와 여태 순하게 보였던 얼굴을 비장함으로 감추었다. 그리고 주머니에 넣어 두었던 검은 천을 꺼내 눈만 두고 얼굴을 가린 후 동네 끝자락에 있는 개순이네로 빠르게 향했다.

이제 제법 따뜻해진 바람이 살결을 스쳤고 어딘가에 피어오른 듯한 꽃의 내음들이 천을 뚫고 들어와 하린의 코끝으로 향기를 남겼다.

"이 옆집이라고 그랬지?"

꽤 먼 거리임에도 불구하고 금세 도착한 담벼락에 가볍게 올라선 하린이 낮게 중얼거리며 주변을 살폈다. 쥐 죽은 듯 조용한 것이 어쩐지 등골이 다 써늘했다. 확실히 다른 집과는 다른 음산한 기운이 있다는 것을 하린은 직감적으로 느꼈다.

"얼른 주고 가자……."

마당에 화폐 자루를 던지려는 순간 갑자기 누군가의 필사적인 비명 소리가 들려왔다.

"흐억!"

비명 소리는 다름 아닌 방 안에서 나는 소리였고 하린의 머릿속으로 일순간 낮에 들은 대화가 떠올랐다.

'요 며칠 전에는 자객에게 공격당해 몸이 크게 다쳤다고 하더군!'

어쩌면 그가 성치 않은 몸으로 누군가에게 또다시 공격을 당하고 있는지도 몰랐다. 거기까지 생각에 미친 하린이 몸을 틀었고 그 순간 화살이 날아와 하린의 발목에 박혔다.

"아악!"

살을 뚫고 들어온 화살의 고통에 외마디 비명과 함께 담벼락에 올라가 있던 하린의 몸이 그대로 마당으로 떨어져 버렸다. 그러곤 구덩이로 파 놓은 안으로 한없이 빨려 들어가 온몸이 흙에 쓸리며 그대로 추락해버리고 말았다.

"하아……."

모든 것이 너무 순식간에 벌어졌다. 추락하면서 입을 가리고 있던 천이 벗겨졌고 화살이 박혀 있는 발목은 움직이지 못할 정도로 시큰 거렸다. 너무 깊은 구덩이를 암담한 눈으로 올려다보던 하린의 두 눈 동자가 휘둥그레졌다. 추락한 것이 몸이 아니라 심장처럼 느껴졌다.

그 사람. 바로 이겸이 달빛을 등지고 자신을 바라보고 있었다. 제발 자신을 알아보지 않길 바랐지만 자신만큼이나 놀란 눈을 하고 있는 이겸의 표정은 모든 것이 물거품이 되었다는 것을 알려 주고 있었다.

"어찌하여……."

탄복하는 하린의 시야로 그물들이 놓였다. 하린은 완전히 포박된 것이다. 그 그물 위로 이겸을 제외한 사내 네 명이 하린을 향해 화살을 겨누었다. 그 순간 잡혔다는 두려움보다 제 시야를 꽉 채운 사람이 왜 하필이면 이겸일까 하는 낙담이 하린의 모든 것을 절망스럽게 짓눌렀다.

하린은 자신이 마주하고 있는 이 모든 상황이 제발 꿈이길 바랐다. 이게 어찌 된 연유인지, 왜 하필 지금 자신을 보고 있는 사람이 이겸인지……. 왜 하필…….

하린은 더는 이겸을 바라볼 수 없을 것 같아 고개를 돌렸는데, 그것이 반항의 시작인 줄 여긴 한 남자가 그대로 활을 쐈다.

"윽!"

그 화살은 무방비한 상태의 하린의 팔에 와 박혔다. 날카로운 화살촉이 살을 뚫고 들어와 극심한 고통을 주며 붉은 피가 튀었다. 하린은 그대로 옆으로 꼬꾸라졌지만 여전히 제게 겨누어진 화살들도 이겸의 시선도 거두어지지 않았다.

겁이 났다. 처음으로 겁이 났다. 누군가에게 붙잡혀 죽게 될지도 모를 운명이 겁이 난 게 아니라, 자신을 바라보는 그가 어떤 생각을 하고 있을지 그것에 대해 겁이 났다.

그 와중에 하린은 조금씩 의식이 희미해져 가고 있었다. 이미 발목에 화살이 박혀 흘린 피가 상당했고 구덩이에 추락하며 사정없이 머리도 부딪혔고 방금 맞은 팔에서도 피가 새어 나오고 있었다. 팔에 박힌 화살을 잡은 손에 슬슬 힘이 빠지고 몸에서 흐르는 피만큼이나 땀이 몸을 적셔 가고 있었다.

"하아……."

그녀의 입술 사이를 비집고 나오는 신음 또한 점점 작아지고 있었다.

"거두어라."

위에서 들려오는 이명 같은 목소리에 하린이 가쁜 숨을 몰아쉬며 고개를 들어 올렸다. 눈을 감을 때마다 뜰 수 없을 만큼 눈꺼풀이 무거워졌다.

"저하."

저하?

희미하게 들려오는 호칭.

"활들을…… 당장 거두어라."

그의 목소리가 점점 멀어져 갔다. 귓가에는 제 불규칙한 호흡 소리만 들려올 뿐이었다. 딱 거기까지였다. 하린은 그대로 정신을 잃고 쓰러졌다.

반짝반짝한 반딧불들이 검은 하늘을 밝게 빛내며 높이 날아올랐다. 그 황홀하고도 진귀한 광경을 바라보는 하린은 설레는 마음으로 무작정 갈대밭을 달리기 시작했다. 산산하게 불어오는 바람엔 향긋한 갈대 향이 묻어 있었다.

모든 순간이 평온하다. 반딧불 하나를 잡아 보려고 폴짝 뛰어오른 순간, 누군가가 하린의 어깨를 감쌌다. 감싸는 팔이, 품이 지독히도 따뜻하고 다정했다. 마치 영원히 함께 있자고 하린에게 달콤한 귓속말을 속삭이는 것만 같았다.

굳이 확인하지 않아도 누구인지 알 것만 같았다. 하린이 천천히 고개를 들어 올린 순간 팔과 발목에서 통증이 몰려오고 추위가 느껴졌다. 정신이 든 것이었다.

"으흐……."

볏짚이 잔뜩 쌓여 있고 아주 작은 창살이 있는 이곳은 곳간이었다. 하린은 가쁜 숨을 몰아쉬며 상처가 난 곳을 보았다. 천으로 칭칭 감겨져 있는 상처는 누군가가 치료를 해 준 것이 분명했다. 몸에는 두꺼운 솜이불도 덮여져 있었다.

"죄인을 다루는 거치고는 참 친절하시네……."

그래도 통증은 나아지지 않았다. 아픔이 몰려오는 와중에도 하린의 머릿속을 어지럽히는 사람은 오롯이 이겸뿐이었다. 크게 놀라며 믿을 수 없다는 듯한 그의 표정이 잊히지 않는다.

"제발, 꿈이기를. 제발……."

보고 싶어서, 헛것을 본 것이기를 잘 믿지도 않던 신을 찾으며 빌고 또 빌었다. 아픈 몸을 볏짚에 기대며 제발 그러기를 간절히 바랐다. 창살로 들어오는 영롱한 달의 빛이 오늘따라 유난히도 밝아 슬프기만 했다.

성구는 제 앞에 앉아 한쪽 입꼬리를 들어 올려 웃는 남자를 보며 본능적으로 느낀 위협감에 마른침을 꼴깍 삼켜 넘겼다.

"이자를 알지?"

남자는 용모파기를 성구에게 들이밀었다. 일명 '날도' 하린이었다. 언젠가는 이런 일이 터질 거라고 예상은 했지만, 막상 터지고 나니 겁이 나서 심장이 바짝 얼어붙고 오줌이라도 지릴 것 같았다.

"모, 모르오."

"모른다고? 자세히 보시오. 분명, 당신이 알고 있는 자요."

남자의 외모는 누군가를 위협할 정도로 붉으락푸르락한 것은 아니지만 그 눈빛에서 풍기는 살벌하다 못해 살의가 가득 들어차 있는 무언가가 성구를 긴장하게 만들고 있었다. 그리고 지금 움막 밖에는 건장한 사내놈들이 쭉 둘러싸고 있다. 성구는 겁이 나서 자신도 모르게 다리를 덜덜 떨고 있었다.

"난, 난 모른다고 몇 번이나 말해야 알아듣겠소? 나 역시 날도라는 도적놈을 소문으로만 들었지, 직접 본 적이 없단 말이오."

하지만 남자는 절대 믿는 눈치가 아니었다.

"다시 한번 묻겠소. 내가 입으로 묻는 말은 이번이 마지막일 수도 있으니, 신중하게 대답해야 할 것이오. '날도'는 지금 어디에 있습니까?"

남자는 무서울 정도로 침착했다. 성구는 마른침을 꼴깍 삼켰다. 온몸을 파고드는 긴장감 때문에 숨을 쉬는 것조차도 버거웠다.

"아후, 거참. 진짜 미쳐 버리겠네, 그거. 아까부터 계속 나는 모른다고 하지 않아……. 으윽!"

순식간이었다. 남자가 팔을 뻗어 성구의 목을 꽉 그러쥐었다. 손아귀에서 나오는 엄청난 힘을 성구는 감당할 수 없었다. 숨통이 끊어질 것 같은 고통에 침이 질질 새어 나오고 눈이 붉은 핏물 색으로 물들어 지며 관자놀이에 힘줄이 곤두섰다. 살고자 하는 간절한 마음으로 제 목을 조이고 있는 남자의 팔을 후려쳐 보았지만 아무 소용이 없었다.

눈앞이 까마득해졌다. 지난날 모든 추억들이 하나둘씩 떠오르기 시작했다. 지나치게 고통스러운 이 감각에 성구가 정신을 잃기 일보 직전, 남자는 손을 놓아주었다.

"캑캑캑."

성구가 괴로운 듯, 몸을 엎드리고 구역질을 해 댔다.

"죽는다는 것은 참, 두려운 일이지요?"

그런 성구를 향해 남자는 이번엔 칼을 들이밀었다.

"대, 대체 내게 왜 이러시오."

성구는 잔뜩 얼어붙은 몸으로 금방이라도 울어 버릴 얼굴로 겨우 말을 했다. 섬광 때문에 그 위협은 더욱 강하게 느껴졌다.

"제발. 이, 이러지 마시오."

"모든 것을 알고 왔소. 날도가 이곳에서 훔친 금품들을 화폐로 바꾸어 간다는 것 말이오. 그리고 당신이 중국과 불법으로 거래하고 있다는 사실까지."

남자는 성구의 목에 댄 칼을 느긋하게 끌어당기면서 입가에 옅은 미소를 띠었다. 그 미소가 어쩐지 섬뜩하여 성구는 바라볼 수도 없었다.

"사실 날도의 위치를 알려 주지 않는다고 죽이는 건 너무 가혹한 거 같고."

"다, 당연하지!"

목에서 벗어난 칼을 보며 성구가 안도의 한숨을 내쉰 순간이었다.

"얘들아, 여기 중국과 불법 거래를 하고 있는 이분을 친히 포도청으로……!"

"아! 말하겠소! 내가 그 날도가 어디에 사는지! 말한다고!"

성구는 다급하게 남자를 붙잡았다. 남자는 매우 흥미로운 얼굴을 하고서 성구를 마주 보았다.

"대신, 절대 내가 말했다고 하면 안 돼요. 그럼 녀석은 두 번 다시는 날 보지 않을 거고, 괘씸해서 날 포도청에 일러바칠 수도 있으니 말이오."

"그건 절대 걱정하지 마시고. 어서 말해 보시오."

성구는 마른침을 꼴깍 삼켜 넘겼다.

하린을 지켜 주고 싶었지만, 그랬다가는 자신들의 가족이 굶어 죽게 생겼다. 불법을 저지른 자신은 분명 죽은 목숨이었고, 자신이 죽게 된다면 남겨질 어머니와 어린 자식, 그리고 몸이 유난히도 약한 아내……. 그들을 두고 죽을 순 없었다.

'미안하다. 미안하다, 하린아. 내 너를 배신한 죗값은 달게 받으마. 정말, 미안하다.'

성구는 속으로 그리 중얼거리며 아주 은밀하고 작은 목소리로 남자의 귀에 대고 속삭였다.

3.

아직도 믿겨지지 않는다.

어제 밤새도록 단 한숨도 이루지 못한 이겸은 지끈하게 아파 오는 관자놀이를 엄지로 짓눌렀다. 처음엔 잘못 본 줄 알아 기절을 한 하린의 얼굴을 몇 번이고 확인하고 또 확인했다.

하지만 정말 맞았다. 아무리 남장을 했어도 오롯이 이겸만 알아볼 수 있는 하린의 얼굴이 맞았다.

'세자 저하, 이자가 정말 낭도가 맞는지요. 이자는 여자의 몸을⋯⋯.'

'함구하라.'

지금 이곳에선 하린이 여자인 것을 알게 된 사람은 부상을 입고 기절한 하린을 치료하러 온 의원과 자신, 둘뿐이었다.

'하나 세자 저하, 이 일은⋯⋯.'

'이자가 여자인 것이 소문이 난다면, 네놈의 목이 가장 먼저 달아나게 될 것이다.'

이겸의 살벌한 목소리에 의원은 잔뜩 겁을 먹고 굳게 입을 다물었다. 하린의 진짜 정체가 다른 이들에게 알려지는 것이 망설여지는 까닭은 무엇일까. 이겸의 적당히 붉은 입술 사이로 깊은 한숨이 간헐적으로 흘러나오고 있었다. 그사이 날이 서서히 밝아 오고 있었다. 오늘 함께 장을 구경하러 가기로 약조했거늘…….

"세자 저하."

창호지로 김 내관의 그림자가 보였다. 이겸은 자리에서 일어나 문을 열고 나갔다.

"그자가 깨어났사옵니다."

이겸은 툇마루에서 내려와 곳간으로 향했다. 그 뒤를 김 내관뿐만 아니라 훈과 몇몇의 무사들이 따랐다. 곳간 안으로 들어간 이겸은 함께 따라오려는 사람들을 제지시켰다.

"모두 나가 있거라."

김 내관과 훈이 불안한 눈빛으로 이겸을 바라보았다.

"난 괜찮다. 나가 보거라."

이겸의 단호한 말에 모두가 예를 갖추고 나갔다. 이제 좁은 곳간에 남은 사람은 이겸과 하린, 두 사람이었다. 쉽게 깰 수 없을 정도의 무거운 침묵이 흘렀다.

여전히 통증이 느껴지는지 고운 미간을 찌푸리고 아픈 얼굴로 누워 있는 하린을 이겸은 가만히 내려다보았다. 그런 이겸의 눈동자를 하린은 고개를 돌려 외면했다.

"네가 어찌하여 이곳에 있는 것이냐……. 넌, 오늘 이곳이 아닌 포목점 앞에 있어야 하거늘."

안타까움이 물씬 묻어나는 이겸의 목소리에도 하린은 고개를 들지 않았다.

"고개를 들어라."

제 명에 그제야 하린이 천천히 고개를 들어 이겸을 마주 보았다. 언제나 사랑스럽기만 했던 그 눈빛엔 상처에 대한 고통과 자신에 대한 조금의 원망이 서려 있었다.

"왜 그랬느냐."

"……."

"왜 그런 짓을 했느냐고 물었다."

자신이 묻고도 참 멍청한 질문이라는 생각이 들었다. 그래도 이겸은 지금 제 눈앞에 보이는 하린의 존재를 외면하고 싶어 그렇게 물을 수밖에 없었다.

"제 할 일을 한 것뿐입니다."

"너의 할 일이라고?"

"자신의 것이 아닌 것을 가지고 있는 자들에게서 다시 제 주인에게 돌려준 것뿐입니다."

"이유가 어찌 되었든, 도둑질하는 건 옳은 행동이 아니다."

"도둑질을 한 건 제가 아니라 권력을 가진 그자들입니다! 그렇게라도 하지 않으면 빼앗긴 자들은 억울해서 어떻게 삽니까?"

"남의 일에 그리도 나서지 말라고 주의를 줬거늘."

"남의 일이 아닙니다. 그게 제 일이 될 수도 있고 제 서방과 제 자식의 일이 될 수도 있습니다. 이렇게 잡혀 왔지만, 제가 한 일에 대해서 절대 후회하지 않습니다."

"후회하지 않는다……."

배신을 당한 기분이다. 속이 먹먹하고 막막하여 돌처럼 딱딱하게 굳어 가는 것만 같았다. 왜 자신은 덫에 걸린 하린을 보며 후회하고 있을까……. 왜.

"혹시 처음부터 덫을 치신 겁니까? 미끼를 던진 겁니까? 장내에 퍼져 있는 거짓 소문. 전부 당신의 계획이었냐고 묻고 있습니다."

차갑고 투박한 말투. 그러나 끝까지 차가울 수 없던 하린의 표정이 조금씩 눈물로 물들어 가고 있었다. 이겸은 하린의 앞에 앉아 그녀와 눈높이를 마주했다.

"이 일을 사주한 자가 누구냐."

지금 함께 눈을 마주하고 있어도 믿을 수 없는 현실에 혼란스러운 감정을 안고 한참을 그녀를 애틋하게 바라보던 이겸이 어렵게 말을 꺼냈다.

"사주한 자 같은 거 없습니다. 모든 걸 저 혼자 한 겁니다."

"어찌, 너 같은 여린 몸이 이런 위험한 짓을 혼자 다 했다고 거짓을 말하고 있는 것이냐. 너를 사주한 자를 말하거라. 그럼 내, 너의 목숨은 보장해주마."

"목숨 보장이요?"

하린은 이겸의 말에 미소를 지었다. 그것이 허탈해 보이기도 했고 이겸의 말을 비웃는 것 같아 보이기도 했다. 필시 화사하게 핀 연꽃을 닮았을 것 같은 아이가 이제는 시린 한겨울의 숲속을 가득 채우는 날카로운 나무가시들이 된 것만 같았다.

"지금 당장 죽으나, 가난에 굶어 죽으나, 그것도 아니면 불이익을 당해서 흠씬 매를 맞아 죽거나! 죽는 건 매한가지입니다."

"어서 너를 사주한 자를 고하라고 하지 않느냐!"

이겸은 제발 하린이 아니길 바랐다. 협박이 두려워 세뇌를 당하여 이런 짓을 저질렀기를 바랐다. 하린이 펑펑 울면서 사주한 자의 이름 석 자를 말해 주길 바랐다.

그래서 자신이 하린을 궁궐로 데려가 문초하는 일이 없기를…….

"그런 거 없다고요!"

하지만 이겸의 바람은 그대로 박살 났다.

"세불십년(勢不十年)이라 하였거늘 그 세월 동안 백성들의 덕을 쌓지 않고 오히려 가렴주구(苛斂誅求)한 자, 곧 망(亡)하여 피눈물을 흘리게 될 것이다! 왕이라는 작자가 탐욕에 눈이 먼 신하들에게 겁을 먹어 백성들의 고충을 외면하니, 왕 대신 저라도 백성들의 귀가 되고 입이 되어 주는 것뿐입니다! 전 처음부터 그런 운명을 타고난 자입니다."

가녀린 하얀 목대에 퍼런 핏줄이 선명하게 세워질 만큼 그녀는 악에 받쳐 말했다. 그 목소리에 백성들의 사무치는 한이 느껴지는 것 같았지만 이겸은 그런 하린의 모습을 보며 휘청일 정도로 큰 배신감에 휘말렸다.

"네가 감히, 건국의 왕을 능멸하다니."

"자격조차 없는 자가 왕이 되어 내 나라가 점점 말라 가고 있습니다."

"닥치거라."

"아니요. 들으셔야 합니다!"

하린의 눈의 색이 보이진 않지만 분명 피의 색으로 물들어 가고 있다는 것을 이겸은 직감적으로 느꼈다. 분노와 원망, 화와 억울함. 그 모든 것이 하린의 눈에 박혀 있었다. 지금 제 눈앞에 있는 하린은 이전에 자신이 알던 하린이 아니었다.

"닥치라 하였다! 왕의 위상을 더럽힌 너를 절대로 용서하지 않을 것이다. 내 너를 의금부로 데려가 네가 저지른 죄에 대한 대가를 똑똑히 치르게 할 것이다."

하린은 물러서지 않고 이겸을 똑바로 마주했다. 차가운 눈으로 자신을 바라보는 하린에 상처도 없는 마음이 시큰하게 아파 오는 것만 같았다.

"세자 저하라 하셨죠? 당신마저 백성들을 외면할 겁니까? 신하들에게 겁에 질려 뒷걸음치실 겁니까!"

뒷걸음질.

그 말이 이겸의 심장에 화살이 되어 박히는 기분이었다. 자신은 늘 그들과 맞서고 있다고 생각했다. 하지만 아니었다. 어쩌면 겁쟁이처럼 보이는 제 아비처럼 자신 또한 겁쟁이처럼 계속 뒷걸음질을 치고 있었던 것일지도 몰랐다. 도적을 잡으면 가장 속 시원한 건 어쩌면 자신이 아니라 그들이었다. 자신이 그들을 위해 이런 일을 하고 있다는 사실을 지금 하린이 알려 주고 있는 것이었다.

"백성들을 위한 일이라면 절 잡는 게 정말 맞는 일입니까? 절 잡길 원하는 사람들이 누구인지를 잊으셨습니까! 당신 역시 그들을 위해 살고 있는 거 아닙니까? 그들에게 잘 보이고 싶어서 백성들의 고충을 외면하고 있는 거 아니냐고요!"

"……."

"제가 저지른 죄에 대한 대가를 똑똑히 치르게 해 준다고 말씀하셨죠? 그렇게 하세요. 전 하나도 두렵지 않으니까요."

도망치는 자신을 향해 하린이 겁쟁이라고 외치는 것만 같았다. 이겸은 피가 거꾸로 솟는 기분이었다.

"그 기강이 죽음을 앞에 두고도 계속되는지, 내 반드시 지켜보마."

이겸이 곳간을 빠져나오자, 그 앞을 지키고 있던 신하들이 허리를 굽혔다.

"저자를 오늘 신시에 의금부로 데려갈 것이다. 빠져나가지 못하도록 철저히 지키도록 하여라."

"네, 세자 저하."

무거운 한 걸음. 더 무겁게 느껴지는 두 걸음. 세 걸음.

이겸은 목울대까지 자꾸만 감정이 치솟아 올라 침을 삼키는 것조차 버거웠다. 그렇게 곳간에서, 하린에게서 멀어져 가던 그때였다. 바닥에 보이던 그림자가 무언가로 천천히 뒤덮이는 현상이 보였다. 의아해하며 주변을 살펴보았을 때, 모두가 하늘을 바라보고 있는 것이 보였다.

무엇이지?

흑백에도 더 밝고 더 밝지 않은 것이 있다. 지금 이겸의 눈에는 밝은 태양으로 추측되는 그것이 어두운 무언가로 천천히 뒤덮이고 있었다. 처음 보는 그 희귀한 광경을 바라보던 이겸의 어깨를 김 내관이 두들겼다.

"세자 저하, 저 현상은 개기일식(皆旣日蝕)[10]인 듯싶습니다."

"개기일식…… 개기일식이라……."

낮게 중얼거리며 다시 하늘을 올려다보았다. 태양이 달에게 반쯤 가려져 있었다. 그것이 마치 태양이 달에게 먹히는 것처럼 보였다. 모든 사람들이 멈춰서 하늘을 올려다보았다. 생전 처음 보는 현상이니 충분히 그럴 수 있다는 생각이 들었다. 이겸 역시 그 자

---

10) 태양이 달에 완전히 가려 보이지 않는 현상.

리에 멈춰서 하늘을 한참 올려다보았다. 마침내 달이 완벽하게 태양을 가린 순간이었다.

"흐으……. 흐으……."

갑자기 이겸의 몸에 이상한 증상이 나타나기 시작했다. 이겸의 심장이 얼어붙고 온 신경세포가 번개에 맞아 번쩍하고 빛나는 것만 같았다. 고통스러우면서도 시원한 무언가가 온몸을 관통하고 지나가는 느낌이었다. 이런 느낌, 언제 한 번 받아 본 적이 있는데, 경험해 본 적이 있는데…….

쥐어짜 내듯 떠오른 장면은 유년기 때였다. 그러니까, 보이지 않고 들리지 않았던 그날의 전날 밤……. 그래, 그 전날 밤, 이 감각들 때문에 잠에서 깨어났다. 혹시나 하는 기대와 희망 자락이 고통과 함께 이겸의 몸을 감쌌다. 몸이 하늘로 붕 뜨는 것 같기도 하고 영혼이 빠져나가는 것 같기도 했다.

그리고 정말 믿을 수 없는 일이 이겸에게 일어났다.

들린다. 소리가 들린다. 아주 옅고 가쁜 누군가의 신음이 귓가에 와 닿았다. 몇십 년 만에 다시 듣게 된 소리가 낯설고 믿을 수 없었다. 이겸의 눈동자가 점점 붉어지며 호흡이 가빠져 왔다. 갑갑했던 귀에 바람이 통과하는 것 같은 시원한 느낌.

'흐으……. 으윽.'

이명처럼 희미한 무언가가 멀찍이서…….

자신이 상상하여 머릿속에서 들려오던 그것이 아닌,

"으흑."

정말 제 귀를 통해 들려오는 소리. 들린다.

물에 적신 천으로 꽉 막은 것처럼, 아니 그보다 더한 것으로 틀

어막은 것같이 귀로 들려오는 이 희미한 소리에 이겸의 심장은 걷
잡을 수 없을 만큼 뛰기 시작했다.

다른 어떤 소리도 들리지 않고 오롯이 신음만 들려올 뿐이었다.
반쯤 정신이 나간 사람처럼 이겸은 소리를 찾아 걸음을 옮겼다. 세
상은 여전히 달에 삼켜진 태양 때문에 어두웠다. 소리가 나는 곳은
방금 자신이 머물러 있던 곳간.

이겸은 다급하게 곳간 문을 열고 안으로 들어갔다. 그리고 숨이
턱 막힐 만큼 거짓말 같은 일들이 눈앞에 펼쳐졌다. 하린이 입고
있는 옷과 팔에 감겨져 있는 붕대에 묻어 있는 피의 색이 보이고
하린이 기대고 있는 볏짚과 이불의 색이 보인다.

하린의 신음이 들린다. 고통을 호소하던 하린이 이겸의 등장에
어금니를 물고 신음을 멈추었다. 쉽게 믿을 수가 없었다. 이겸은
반 미친 사람처럼 하린의 앞으로 성큼성큼 다가갔다.

"소리를 내 보거라."

"뭐라구요?"

느닷없이 다시 나타나서 아픈 사람을 붙잡고 무슨 헛소리를 하
냐는 표정을 짓고 있는 하린을 보며 이겸은 다시 한번 명했다.

"목소리를 내 보거라, 지금 당장……!"

"목소리. 자, 됐습니까?"

들린다. 들린다.

귓가에 아주 선명하게 들려온다. 생각 이상으로 얇고 말간 하린
의 목소리가 귀를 통해 들어와 심장까지 와 닿는 것 같았다.

이겸은 확실히 느껴지는 감각에 꿈이 아니라는 것을 알면서도 꿈
만 같은 이 상황을 받아들이기 위해 필사적으로 애를 쓰고 있었다.

믿을 수 없었다. 몇십 년 만에 들려오는 이 소리를 이겸은 어찌 감당해야 할지 감조차 오지 않았다. 꿈이 아니기를 간절히 염원했다. 이 기적 같은 일이 하필이면 이런 극단적인 상황에 나타난 것이 한없이 개탄스러울 뿐이었다. 이겸은 헛웃음이 다 나왔다. 이제야 생각이 났다.

'달이 태양을 삼키는 시간, 그 아이로 인해 죽었던 세상이 다시 피어나게 될 것이다.'

신탁에 말대로 산에서 지내다가 다시 궁궐로 돌아가기로 한 전날 밤. 이겸의 꿈에서 얼핏 들렸던 그 목소리. 달이 태양을 삼키는 시간…… 제 세상을 다시 피어 주게 될 아이.

그 아이가 바로 눈앞에 있는 하린이었던 것이다. 저를 원망스러운 눈빛과 표독한 표정으로 바라보고 있는 하린이.

이겸이 그대로 힘을 잃고 바닥에 주저앉았다. 그것이 왜 하필이면 너인 것이냐. 왜 하필이면…….

"세자 저하."

어느새 김 내관과 훈이 그의 곁으로 다가와 섰지만 이겸의 시선은 오롯이 하린을 향해 있었다.

그 어느 때보다도 서글픈 눈동자를 하고서는.

달이 해를 삼켰던 세상은 어느새 다시 밝아져 오고 있었다.

김 내관과 훈의 눈이 공중에서 불안하게 얽혔다.

분명 신시에 의금부로 향하겠다고 했던 이겸은 곳간을 수십 번은 왔다 갔다 하더니, 결국 아무런 명도 없이 방에서 꿈쩍없이 앉아 있었기 때문이었다. 결국, 기다리다 못한 김 내관이 방 안으로 들어섰다.

"세자 저하, 시간이 많이 지체되고 있사옵니다. 저 죄인을 어서 의금부로……."

김 내관의 목소리는 여전히 들리지 않는다. 그러니까, 지금 제게 들리는 목소리는 오롯이 하린밖에 없다는 것이었다. 몇 번을 확인해 봤다. 그런데 정말 하린의 목소리만 너무 생생하게 들려왔다.

"조금만, 더, 시간을……."

생각할 시간이 필요했다. 김 내관이 나가고 이겸은 다시 생각에 잠겼다. 하지만 아무리 생각해도 결론은 단 하나뿐이었다. 자리에서 일어나 다시 곳간 앞으로 온 이겸이 문을 열려다 말고 멈칫했다.

"마시지 않겠습니다."

"지금 마시지 않으면 정말 두 번 다시는 기회가 없을지도 모릅니다. 그러다 탈수로 의금부에 가기 전에 죽겠습니다."

"어찌 보면 여기서 죽는 게 낫지요. 그 모진 고문을 받는 것보다. 전 죽음 따위는 두렵지 않습니다."

심장이 걷잡을 수 없이 박동 쳤다. 몇십 년 동안 죽어 있던 감각들이 예민하게 곤두섰다. 하린 말고 또 다른 누군가의 목소리가 들린다. 이겸이 다급하게 곳간을 열고 들어가자 창살 쪽에서 물을 건네던 훈이 빠르게 몸을 감추는 것이 보였다.

"방금, 훈이와 대화를 나누고 있었던 것이냐?"

하린은 대답 대신 지친 얼굴로 이겸을 바라볼 뿐이었다. 창살의 나무 색이 보였다.

'그 아이로 인해 너의 세상이 다시 피어나게 될 것이다.'

곳간을 나온 이겸은 급하게 훈을 찾았다. 훈은 그런 이겸 앞에 무릎을 꿇고 사죄했다.

"죽을죄를 지었사옵니다, 세자 저하. 하지만, 어릴 적 납치되어 감금을 당하던 일이 떠올라, 저도 모르게……. 제가 잠시 미쳤던 것 같습니다. 세자 저하, 저의 이런 행동을 절대 용서하지 마옵소서."

정말 훈의 중저음 목소리가 완벽하게 이겸의 귀에 소리가 되어 들려왔다. 이제 알 것 같다. 하린과 나누는 모든 것엔 소리가 날 것이고 하린이 닿는 모든 것엔 색이 보이게 될 것이다. 자신의 저주를 풀 수 있는 아이. 그것이 공하린이었다. 더는 다른 것을 생각하고 싶지 않았다. 이겸, 자신에게 공하린은 꼭 필요한 존재라는 것을 깨닫는 순간이었다.

그랬기에 생각은 더욱 깊어지고 행동은 더욱 신중해질 수밖에 없었다. 필시 하린을 의금부로 데려간다면 능지처참을 당해 죽게될 거였다. 자신의 저주를 풀 수 있는 유일한 아이를 그렇게 허무하게 죽일 순 없었다. 그래서 이겸은 생각하고 또 생각했다. 하린을 살리기 위한 방도를.

그리고 유시가 지나도록 생각에 잠겨 있던 이겸이 자신의 생각을 다짐하며 곳간을 찾았다. 이겸은 아직도 여전히 떨렸다. 세상의 소리가 들리는 것이, 세상의 색을 볼 수 있다는 것이. 꿈만 같지만 절대 꿈이 아니길 간절히 바랐다.

이겸이 곳간의 문을 열고 들어섰다. 그러자 탈수가 된 하린이 힘겹게 눈을 뜨고 이겸을 바라보았다. 이겸은 하린의 앞에 놓여 있는 물 잔을 가만히 바라보았다. 물 잔은 이겸의 명대로 훈이 가져다준 그대로 단 한 모금도 마시지 않은 상태였다.

그녀는 마치 지금 당장 자신이 죽는다고 해도 상관없다는 식이었다. 어쩌면 그것이 이겸의 애간장을 더욱 태웠을지도 몰랐다. 알고 있다. 이제 완벽히 자신과 하린의 입장이 바뀌었다는 사실을. 하린은 자신이 필요하지 않을지 몰라도 자신은 하린이 필요했다. 그것도 매우 절실히.

볏짚에 반쯤 몸을 기대어 쓰려져 있는 하린에게 다가간 이겸은 그 앞에 앉아 그녀와 마주했다.

"죽는 게 두렵지 않다고 말했느냐?"

이겸의 물음에 하린이 버석하게 마른 입술을 간신히 떼어 냈다.

"네. 지금 당장 제가 죽는다고 해도 제 행동에 대해 후회하지 않습니다."

"역모라는 대역죄를 저지른 너를……."

하린의 색은 상상했던 그것보다 훨씬 더 예뻤다. 초췌하긴 하지만 연꽃 빛이 감도는 볼이나 하린이 직접 시범을 보여 주었던 까만 눈동자도 예뻤다.

그것이 예뻐서, 너무 신기해서, 잠시 숨을 멈추고 바라보았던 이겸이 겨우 정신을 가다듬고 다시 말을 꺼내 놓았다.

"너를 누이로 둔 죄로 평생을 노예로 살다 죽게 되겠지. 그것이 네가 바라는 동생의 삶이더냐?"

여태 독기 어린 눈으로 자신을 바라보던 하린의 눈이 동생에 대한 언급에 점점 풀어지더니 곧 눈물로 차오르기 시작했다.

"제 친동생이 아닙니다. 그래서 전 별로 걱정되지 않습니다."

"그래? 뭐라도 난 상관없다. 난 기필코 급제를 하는 사람들의 얼굴과 신상을 모두 살필 것이다. 네 동생 영운이 급제를 할 수 없게 만들 것이야. 그뿐이 아니다. 그 아이를 반드시 노예로 만들어 평생을 고통 속에서 살게 만들 것이다. 그것이 핏줄이든 아니든 너를 가까이 둔 그 아이의 운명이다."

이겸의 단호한 말에 하린의 눈동자가 조금씩 떨려 오기 시작했다. 그러더니 힘겨운 몸을 움직여 기필코 사죄하는 자세를 취해 보였다.

"제발, 영운이만큼은 건드리지 말아 주세요."

하린이 애원하고 있었다. 가족을 건드리는 건 비겁한 짓이었지만 어쩔 수 없었다. 하린이 살고 싶은 이유를 만들어야 했으니까.

"아무 죄도 없는 아입니다. 제발, 우리 영운이만큼은……."

하린은 기억한다. 자신을 아껴 주던 선비가 얼마나 온화한 사람이고 정치 일을 하고 싶어 하던 사람이었는지를. 자신이 이루지 못한 꿈을 늘 아들인 영운에게 기대하면서도 똑똑하지만 여자로 태어난 하린을 은근히 아쉬워해서 공부를 가르치기도 했던 사람이었다.

자신의 여식처럼 아끼고 사랑해 주었던 선비님. 영운 또한 이루지 못했던 제 아비의 꿈을 꼭 이루고 싶어 했었다. 그 은혜를 탄탄대로로 행복해질 수 있는 영운의 삶을 자신으로 인해서 망치고 싶지는 않았다.

그리된다면 죽어서 어찌 선비님을 만날 수 있을까?

"지금도 죽는 것이 두렵지 않느냐?"

이겸을 바라보는 하린의 눈동자는 두려움에 차 있었다. 죽음이 두려운 것이 아니다. 죽은 후 혼자 남겨질 영운의 삶이 두려웠다.

"두렵습니다. 영운이를 지켜야 해요. 그러려면……."

"넌 살아야 한다."

하린은 눈물을 펑펑 쏟아 내며 고개를 끄덕였다. 그 모습이 안쓰러워 이겸은 여러 번이고 한숨을 몰아 내쉬었다.

"살려 주마. 내 너를 살려 주마."

눈물 젖은 눈을 한 하란이 이겸을 올려다보았다.

"하나 너를 살려 주는 대가를 치러야 할 것이다."

"대가요?"

"너를 궁으로 데려갈 것이다."

하린의 질문에 이겸은 기강 있는 목소리로 말했다. 조금의 흔들림도 없는 그 목소리에 하린의 눈이 휘둥그레졌다.

"궁이요?"

"내 아내. 세자빈이 되거라."

"세, 세자빈이요?"

화들짝 놀라 되묻던 하린의 귓전으로 밖의 소란이 들려왔다. 그럼에도 앞에 앉아 있는 이겸은 조금의 흐트러짐도 없었다.

"자객이다!"

동시에 문이 벌컥 열렸다.

"세자 저하!"

훈의 다급한 목소리에 하린과 이겸이 동시에 뒤를 돌아보았다. 제 목소리에 뒤를 돈 이겸의 모습에 훈은 잠시 당황했지만, 지금 그것을 헤아릴 여유는 없었다.

"세자 저하!"

훈의 뒤로 흑백의 사람들의 몸이 뒤엉키고 칼들이 공중에 부딪히며 맹렬히 싸움을 벌이고 있었다. 이겸이 반사적으로 자리에서 일어나 칼자루를 거머쥐었다.

"무슨 일이냐."

"신원을 알 수 없는 자들이……."

보고를 알리던 훈이 칼을 빼고 몸을 돌렸다. 뒤에서 누군가가 공격을 한다는 것을 직감적으로 알게 된 것이다. 도끼를 들고 공격하려던 남자가 순식간에 제 몸을 베어 버리는 날렵한 훈의 칼에 피를 흘리며 그 자리에서 쓰러졌다.

"몸을 피하십시오! 세자 저하!"

훈이 다급하게 외치며 이겸에게 무섭게 다가오는 자객들을 향해 칼을 휘둘렀다. 움직임을 제대로 파악할 수 없을 만큼 날렵하고 능숙한 훈의 몸이 자객들과 싸워 나갔다. 이겸은 누워 있는 하린에게로 다가갔다.

"일어날 수 있겠느냐?"

하린이 고개를 억지로 끄덕이며 자리에서 일어났지만 발목 통증이 너무 커서 다시 그대로 주저앉았다.

"으……."

아무래도 무리였다. 그냥 걷는 것도 힘든데, 힘도 세고 빠르게 움직일 자객들에게서 도망을 가는 건 지금 몸 상태로는 할 수 없을 것 같았다.

"아무래도 저는……."

하린의 말이 마무리도 짓기 전에 순식간에 일이 벌어졌다. 어느새 하린의 몸이 이겸의 품에 안겨져 있었다.

"어, 어……!"

깜짝 놀랄 틈도 없이 하린을 안아 올린 이겸이 곳간을 나와 앞에 묶어 놓았던 말 위에 하린을 올려 태웠다. 그 순간 흑백이었던 말의 색이 갈색으로 바뀌었다. 이겸은 그 놀라운 광경을 바라보며 아주 가뿐하게 말 위로 올라탔다. 뒤로 앉아 있던 하린은 이겸과 마주 보고 앉아 있어야 했다.

"꽉 잡거라."

이겸의 말에도 하린은 꼼짝하지 않았다. 여전히 그녀의 눈에는 이겸에 대한 불신이 박혀 있었다.

"살고 싶다 하지 않았느냐. 네 동생을 위해서라도."

동생이라는 말에 하린의 눈동자가 또다시 흔들렸다.

"살고 싶다면 나를 잡거라, 살고 싶다면 나를 놓지 말거라."

이겸은 하린의 손을 제 허리를 감싸 쥐게 했다. 그러자 죽어 있던 이겸의 색이 다채롭게 바뀌어 갔다.

어딘가를 향해 힘차게 내달리던 말이 멈춘 곳은 산속 깊은 곳에 있는 한 기와집이었다. 말에서 가볍게 먼저 내린 이겸은 여전히 상처 때문에 고통스러워하는 하린을 향해 양팔을 뻗었다.

"혼자 내릴 수 있어요."

하린은 그런 이겸을 냉랭하게 외면한 채 어금니를 꽉 물어 고통을 참으며 스스로 말에서 내렸다. 이겸은 뻗은 손이 민망하여 얼른 내렸다.

한편, 하린의 귀는 여전히 뜨거웠다. 말이 힘차게 내달릴 때마다 하린은 균형을 잡지 못하고 끌어안고 있던 이겸의 품에 자꾸만 안겨졌던 것이다. 그 바람에 하린의 귀는 이겸의 가슴에 밀착되어 그의 심장 소리를 들어야만 했다. 일정한 속도로 뛰던 그의 심장 소리가 여전히 이명처럼 들려오는 듯했다.

"들어가자."

하린은 앞서 걷는 이겸을 따라 안으로 들어갔다. 'ㅁ'자 형태로 만들어진 기와집은 푸른 유약을 발라 만든 청기와로 지붕을 한 아담하지만 아주 고급스러운 자태를 풍기고 있었다.

"이곳이 어디예요?"

툇마루에 걸터앉는 이겸을 보며 하린이 조심스럽게 물었다.

"내가 충년 시절 머물던 곳이다."

세자가 화려하고 편안한 궁을 두고 이렇게 외지고 험한 산속에서 머물렀다는 것이 궁금했지만 하린은 묻지 않았다. 물어볼 힘도 없을 뿐더러 이겸과 사이좋게 대화를 나눌 만한 관계가 아니라고 생각했기 때문이었다. 하린은 이겸이 앉아 있는 자리에서 최대한 멀리 떨어져 앉았다. 이겸은 순식간에 툇마루의 흑색이 나무색으로 변하고 기왓장이 그 색으로 변하고 있는 신기한 광경을 넋 놓고 바라보았다.

하린은 천천히 주변을 둘러보았다. 그가 충년 시절 머무른 곳임에도 불구하고 관리가 잘되고 있는지 어디 하나 부식된 곳 없이 깨끗했다. 산속에 있는 거라 그런지 바람이 흙냄새와 나무 냄새를 실어 와 하린의 코끝을 간질였다.

재잘거리는 새의 소리와 산 냄새를 맡고 있으니 불안하고 분노로 차 있던 마음들도 조금씩 가라앉는 기분이었다. 하린은 옆에 앉아 있는 이겸에게로 고개를 돌렸다. 언제부터 바라보고 있었는지 그의 시선이 온전히 하린을 담고 있었다. 하늘이 정해 놓은 이 기구한 운명이 싫었다. 그를 보고 싶은 건 지금 이곳이 아닌 사람들로 북적거리는 시장 한가운데였다. 시선을 먼저 피한 건 하린이었다.

"날이 춥구나, 안으로 들어가거라."

산속의 바람은 꽤 찼다. 더군다나 몸의 기력이 많이 쇠약해진 하린은 이겸의 제안을 거절하지 않고 방 안으로 들어갔다. 방도 밖과 별다를 바는 없었다. 아주 미세한 바람만 피했을 뿐 바닥이 겨울에 꽁꽁 얼어붙은 눈처럼 차가웠다.

함께 따라 들어온 이겸이 화려하고 큰 이 층 농 안에서 솜이불을 꺼냈다. 누군가가 이곳을 계속 관리라도 하는 모양인지 이불 또한 눅눅한 것 없이 뽀송뽀송하기만 했다.

"잠시 덮고 있거라."

꽤 무거울 이불도 가볍게 펴서는 하린의 몸에 덮어 준 이겸이 그대로 방을 빠져나갔다.

갑작스럽게 쳐들어온 자객들뿐만 아니라 누가 들어와도 맞서지 못할 시원찮지 않은 몸 때문인지 하린은 이 큰 방에 덩그러니 혼자 남겨지는 것이 조금 두려웠다.

그래서 곁에 이겸이 있는지 확인을 해 보려 입술을 떼어 내는데 문득 지난날의 기억이 떠올랐다.

'세자 저하!'

'저하!'

자신도 저하라고 불러야 하나 잠시 고민하다가 쉽게 떨어지지 않는 입술을 질근 깨물었다. 그를 부르는 것보다 직접 눈으로 확인하는 것이 나을 듯싶어서 무리해서 일어났다.

하린은 문을 열고 나와 툇마루 주변을 살폈다. 이겸은 보이지 않았다. 말이 밖에 묶여 꼬리를 펄럭이고 있는 것을 보니 다른 곳으로 가지 않았다는 안도감이 들었다.

"캑, 캑."

이겸의 격한 기침 소리가 들렸고 하린은 소리가 나는 방향으로 조심스럽게 다가갔다. 부뚜막 아궁이 앞에 앉은 그가 불을 지피고 있었다. 매우 격하게 손을 흔들고 있는데 불은 전혀 붙을 기미를 보이지 않고 있었다. 그저 까만 연기만이 계속 이겸을 공격했고 그는 그 앞에서 얼굴을 있는 대로 찌푸리며 고통스러워하고 있었다.

불을 붙이는 실력이 보기 안쓰러울 정도로 형편없었다. 이전에 느꼈던 기강 있는 모습과 헛부채질을 하고 있는 모습이 비교되어 이겸을 보며 하린은 저도 모르게 피식하고 웃어 버리고 말았다.

그런데 웃음소리가 생각보다 컸던 걸까, 그의 시선이 곧장 하린에게로 향했다. 하린은 당황해하는 것도 잠시, 팔을 걷고 그에게로 다가갔다.

"부채 이리 주십시오. 제가 불을 붙이겠습니다."

"몸도 온전치 않은 자에게 내가……."

하린은 이겸의 손에서 부채를 빼앗았다.

"이러다가 추워서 입 돌아가겠습니다. 몸도 아픈데, 입까지 돌아가면……. 생각만 해도 끔찍하네. 곱게 자란 티 팍팍 내시지 말고 제가 불붙이는 거나 제대로 보십시오."

한마디 할 줄 알았던 이겸이 아무 말도 없자 하린이 슬쩍 그를 바라보았다. 그는 자신이 잡고 있는 부채를 바라보고 있었다. 그냥 넋을 놓고 있는 줄 알았는데, 그의 눈동자에 묘한 감정이 배어 있는 것만 같았다. 추워질 때만 되면 직접 아궁이에 불을 붙이곤 했던 하린은 부채질 몇 번으로 순식간에 불을 붙였다.

따뜻하다 못해 뜨거운 불이 활활 타오르고 있었다. 하린은 그제야 얼었던 몸이 조금 녹아드는 것만 같았다. 두 사람은 한동안 말없이 불만 바라보고 있었다. 이겸이 자리에서 일어나 벽에 달려 있는 작은 찬장을 열었다. 그곳엔 말린 국화꽃이 있었다. 솥에 물을 받아 놓았던 모양인지, 솥뚜껑을 열어 잔에 뜨거워진 물을 떠서는 국화꽃 몇 개를 띄웠다.

이겸은 따뜻한 차를 하린에게 건넸다. 하린은 그 차를 받아 한 모금 마셨다. 은은한 맛이었다. 좋은 방 놔두고 굳이 아궁이 앞에 나란히 앉은 두 사람은 따뜻한 국화차를 마시며 사념에 잠겼다.

이겸은 아까는 정신이 없어서 급한 대로 이곳으로 도망을 왔지만, 그곳의 상황이 어떤지, 어떻게 날도라는 신분을 숨기고 하린을 궁으로 안전하게 데려갈 것인지 생각에 잠겼고, 하린은 이겸이 곳간에서 말했던 궁으로 데려갈 것이라는 말이 진짜인지 아닌지에 대한 생각에 잠겼다. 그러곤 먼저 입술을 떼어 낸 건 하린이었다.

"아까는 정신없어서 물어보지 못했는데, 절 정말 궁으로 데려갈 생각이십니까? 그것도 세자빈으로요?"

"그래. 널 세자빈으로 데려갈 것이다."

"전 사대부 집안의 자식이 아니지 않습니까. 그런 제가 어찌 세자빈이 될 수 있겠습니까? 더군다나 전 건국에서 잡고 싶어 혈안이 되어 있는 도적이 아닙니까."

도적. 그렇다. 이자는 도적이다.

하나 지금 제 눈앞에 있는 하린은 그저 복숭앗빛의 볼을 가지고 있는 여린 여인일 뿐이었다. 용모파기를 통해서 날도의 얼굴을 수십 번은 보았지만 여인의 모습을 하고 있던 하린과 전혀 동일 인물이라 생각하지 못했었다.

그 정도로 하린의 변장은 눈속임이 가능할 만큼 제법 그럴싸했다. 이겸은 순간 머릿속에 섬광 같은 무언가가 스쳐 지나갔다.

"너의 정체를 숨기면 되지 않느냐. 날도라는 정체도 잘 숨기고 온 네가 천민의 신분 또한 숨기지 못하겠느냐."

돈을 주고 가문을 사는 것쯤은 별일도 아니었다. 내로라하는 명문 집안이지만 자식이 없고 몸이 쇠약해지면서 앓아눕게 되어 하루가 멀다 하고 배를 곯고 있는 사대부 가문을 찾는 건 그다지 어려운 일이 아니었다. 그것이 안 되면 사기를 쳐서라도 반드시 하린을 궁으로 데려가야 했다.

"가문을 살 것이다. 그것이 여의치 않으면 가짜 가문을 만들어서라도 너를 반드시 궁으로 데려갈 것이다."

바람 한 점 들어갈 틈도 없이 굳건한 이겸의 말에 하린은 낮은 한숨을 내쉬었다. 자신이 모르는 비밀이 내재되어 있다는 것을 부정할 수 없었다.

"왜 그렇게까지 하면서 저를 궁으로 데려가려 하시는 거예요? 저는 나라를 흩트려 놓은 도적 아닙니까? 당신 같은 왕족이나 대신들, 부잣집이나 터는 저를 왜 죽이지 않고 세자빈으로 두려고 하시는지 도통 이해가 가지 않습니다."

왕에게 적대감을 갖고 있는 하린에게 모든 사실을 말할 수 없었다. 왕이 되기 위해서 너를 곁에 둔다고 말하는 순간 행여나 그녀가 적대감으로 인해 자결이라도 할까 싶어 두려웠다. 도망을 가는 건 두렵지 않다. 죽을힘을 다해서 찾아낼 것이니.

이 아이를 옆에 둘 수 있는 확실한 이유. 그 이유가 이겸에겐 절실히 필요했다.

"너를 연모한다."

그것이 비록 거짓말이라도, 지금 이겸에겐 꼭 있어야 할 이유였다.

"뭐라구요?"

전혀 예기치 못한 이겸의 고백에 하린은 넋이 나가 되물었다.

"너를, 연모하였다."

마치 잔잔히 흐르는 호수의 물결 같은 이겸의 목소리에 하린은 울컥하고 무언가가 치밀었다. 성구 아재가 말했던 평범한 남자가 아니라는 사실에, 절대 자신과 이겸은 평범하게 사랑할 수 없는 관계라는 것에 알 수 없는 서글픔이 몰려 들어왔다.

"저는 아닙니다."

"상관없다."

조금의 흔들림도 없는 이겸의 대답에 하린의 마음은 착잡해져 왔다. 시선을 마주하고 있는 그의 눈동자가 자신을 가득 채우기라도 하듯, 자꾸만 끌어당기는 것 같았다.

"똑똑히 알아 두셨으면 좋겠습니다. 저는 당신을 위해서 당신 곁에 있는 게 아닙니다. 제 동생, 영운을 위해서 있어 주는 겁니다."

더는 이겸을 마주 보고 있을 자신이 없어 먼저 자리에서 일어나 방 안으로 들어왔다. 차가워 발도 대기 싫었던 방은 어느새 따뜻해져 있었다.

"보이지 않습니다!"

마당 안으로 재빠르게 들어와 보고하는 부하를 보며 민현은 깊은 한숨을 내쉬었다. 금세 도망가 버리다니, 분노가 저절로 터져 나와 뭐라도 부숴 버리고 싶은 마음이 간곡했다.

흙먼지가 자욱한 마당에 포박되어 있는 남자들 중 패배를 했다는 사실에 분에 못 이겨 분노와 살의가 섞인 눈빛으로 바라보고 있는 남자. 훈의 어깨에 민현은 발을 척 하니 올렸다.

"넌 알고 있지? 날도가 어디에 있는지, 날도와 함께 비겁하게 도망친 그 자식이 어디에 있는지."

"네 이놈! 천박한 네놈 따위가 감히 입에 담을 수 있는 분이 아니시다! 이런 짓을 저지르고도 살아남을 수 있을 거라 생각하느냐!"

훈의 포악한 윽박에도 민현은 눈 하나 끔뻑이지 않고 그대로 발을 짓눌렀다. 어깨에 큰 부상을 당한 훈은 아플 법한데도 불구하고 미간 하나 찌푸리지 않고 민현을 살벌하게 노려보았다.

민현은 이자가 보통 인물이 아니라고 직감했다. 투박하고 필사적으로 훈련을 받은 자신의 부하들도 꽤 많은 죽음과 부상을 당했다. 민현은 제가 밟고 있는 이자가 굉장한 실력을 갖고 있는 자라고 단정했다.

민현이 옆에 있는 부하에게 고개를 까딱이자 그 순간, 부하가 허리춤으로 손을 가져가 칼을 꺼내 포박되어 있는 자의 몸을 베었다. 윽, 소리와 함께 피를 흘리며 쓰러지는 남자를 보면서도 훈은 미간 한번 찌푸리지 않았다.

"네놈이 불지 않는다면, 이곳은 곧 피바다가 될 것이다."

민현의 경고가 끝나기가 무섭게 갑자기 훈의 입술 옆으로 붉은 피가 흘러나오기 시작했다. 말을 할 바에는 스스로 자결이라도 하겠다는 듯이 훈은 혀를 베어 문 것이었다.

"어떤 놈의 사주로 네놈이 이런 짓을 저지르고 있는지는 모르나."

입술 사이에서 흘러나오는 피만큼, 훈의 눈동자가 악다구니를 쓰며 붉게 변해 갔다.

"천인공노한 짓을 하고도 무사히 살아남을 것을 바라지 말거라. 네놈 또한 반드시 피를 토하게 될 날이 올 것이다!"

입에서 피를 토해 내면서도 훈은 악독하게 민현을 저주했다.

"독한 놈이로세……."

대체 얼마나 잘난 놈이기에 제 목숨까지 버려 가며 지키려고 드는 건지 민현은 날도를 데리고 간 그자에 대해 궁금해졌다. 훈은 입에서 토해 내는 피보다 더욱 붉은 눈으로 끝까지 민현의 시선을 피하지 않고 그대로 바닥에 쓰러졌다.

훈은 정신을 잃어 가는 와중에도 이겸에게 사죄했다. 끝까지 지켜 드리지 못한 죄는 하늘로 올라가 단단히 받겠노라, 반드시 훌륭한 성군이 되시어 대성하시라는 바람과 함께 눈을 감았다.

민현은 쯧쯧 혀를 차며 고개를 내저었다. 훈을 제외한 나머지 것들에는 딱히 관심이 가지 않았다. 그래서 빨리 처리하라는 손짓을 하고 돌아서는데, 부하 하나가 급하게 마당으로 들어와 민현의 앞에 무릎을 꿇고 앉았다.

"행수! 산으로 향하는 말굽의 자국을 발견하였습니다! 그것이 그자의 것인지 확실치는 않지만……."

"확실치 않으면 가서 확인을 해 보아야지! 어서 말을 가져오거라!"

확인의 필요성을 느낀 민현이 부하에게 명했다. 바람을 베어 버릴 만큼 강한 목소리였다.

강녕전.

서안 위에 책을 펴 읽고 있는 이광은 김 내관이 왔다는 상선의 말에 불길한 예감이 들었다. 밖에서 세자를 보필해야 할 김 내관이 이 시간에 혼자 자신을 만나러 왔다는 것이 이상했기 때문이었다. 아니나 다를까, 문이 열리자 김 내관의 하얗게 질린 상처 난 얼굴이 이광의 눈에 가장 먼저 들어왔다. 얼마나 급했으면 사복을 그대로 입은 채 들어온 김 내관의 옷은 엉망진창이었다.

"세자에게 무슨 일이라도 생긴 것이냐?"

행여나 말이 새어 나갈까 싶어 최대한 목소리를 줄여 묻는 이광의 눈가가 파르르 떨려 왔다.

"부디 저를 죽여 주시옵소서, 전하."

김 내관은 무릎을 꿇고 아뢰며 한겨울에 맨몸으로 차가운 비라도 맞은 사람처럼 벌벌 떨었다.

"당장 고하라, 세자에게 무슨 일이 생긴 것이냐."

김 내관은 날도를 잡은 순간, 정체를 알지 못한 자객들의 쳐들어오고 이겸이 날도와 함께 사라진 사실에 대해 고했다. 이광은 그대로 숨이 넘어갈 것만 같았다. 제 목숨과도 바꿀 수 있는 소중한 아들, 세자 이겸의 생사조차 알 수 없다는 말에 이광은 눈이 뒤집히고 정신이 아득해졌다.

"김 내관, 자네에겐 세자를 제대로 보필하지 못한 죄를 반드시 물게 할 것이다!"

"죽여 주시옵소서, 전하!"

"지금 당장, 내금위를 풀어 세자를 찾도록 하여라! 내금위뿐만이 아니다. 세자를 찾을 수 있는 모든 인력들을 동원하거라!"

이광은 상선에게 명했다. 이광의 목은 퍼런 힘줄이 굵게 자리 잡고 있었다. 감정이 격해졌다는 뜻이었다. 명을 내리는 동안에도 제발 세자가 무사하기만을 이광은 간절하게 바라고 또 바랐다.

이겸은 여전히 믿을 수 없이 제 눈앞에 펼쳐진 색에 조심스럽게 손을 뻗어 기둥과 바닥을 매만져 보았다.

"나무색……."

이것은 필시 나무색이었다. 어린 시절, 궁중에서 숱하게 봤지만 시간이 지날수록 점점 잊혀 가고 있던 나무색과 지붕을 꾸민 청색과 적색이 이겸의 시야를 채우고 있었다. 문밖에 있는 말의 색이 보이고 안으로 들어오는 문지방의 색도 보인다. 가슴이 벅차올랐다. 얼마 되지 않는 색들이지만 얼마나 보고 싶어 했던 것들이던가……!

어머니.

이제야 떠오른 어머니에 자신의 불효를 빌며 이겸은 사무치는 그리움에 가슴 부근의 옷깃을 움켜잡고 중얼거렸다. 제게서부터 그토록 듣고 싶었던 말을.

"보입니다……. 그리고 들립니다, 어머니."

이 툇마루에 나란히 앉아 먼 산을 바라보고 있던 어머니의 작고 여린 뒷모습이 환영처럼 이겸의 시야를 흐렸다. 앞으로 더 보고 들을 수 있는 것이 많아진다는 기대감과 스무 살이 되기 전에 저주가 풀렸으니 죽지 않아도 된다는 안도에도 이겸은 한동안 어머니 생각에 무너져 버렸다.

아직도 얼떨떨한 마음을 뒤로하고 안이 조용하기에 문을 열어 보니 하린은 솜이불을 돌돌 말아 끌어안은 채 잠이 들어 있었다.

이불의 색과 하린의 색이 보이고 하린의 소리가 들렸다!

워낙 깊은 산속에 있는 공간이지만, 결코 안전한 곳은 아니었다. 더군다나 신원을 알 수 없는 자객들의 공격까지 받은 이겸에게는 시간적 여유가 없었다.

그들이 쳐들어온 이유가 무엇일까? 자신을 공격하기 위해서? 아니면 날도를 빼돌리기 위해서? 두 가지 전부 같은 이유라고 해도 이상할 것이 없었다. 한시라도 빨리 그나마 이겸과 하린을 대놓고 공격할 수 없는 궁으로 돌아가야 했다.

이겸은 방 안으로 들어가 이불을 펴 하린에게 덮어 주고 아궁이의 불을 확인하고는 땔감을 더 밀어 넣은 후 묶여 있던 말을 풀어 안장 위에 가뿐히 앉았다.

가짜 신분을 만들든 진짜 가문을 돈으로 사든 이겸은 서둘러야 했다. 발이 넓어 많은 도움을 받을 수 있는 최 씨 아저씨를 만나러 가기 위해 말고삐를 돌렸다.

"이랴!"

그리고 절도 있게 말고삐를 움직여 달렸다. 엄청난 속도에도 몸의 흐트러짐 하나 없이 산속을 달려 내려가던 이겸은 우거진 나무 사이에서 무언가를 느낄 수 있었다.

일전에 저잣거리에서 칼을 맞고 쓰러졌을 때와 비슷하게 음산하고 살의가 느껴지는 살벌하고 무거운 기운에 말고삐를 잡아끌었다.

"워, 워."

말이 멈추자 이겸은 주변을 매서운 눈동자로 살폈다.

"비겁하게 숨지 말고 당장 나와 얼굴을 비추어라!"

서늘한 바람이 낙엽들 사이를 비집고 불어왔다. 나뭇잎끼리 부딪히는 소리가 한층 음산해졌지만 이겸에겐 지독히도 무거운 침묵뿐이었다. 피가 차가워지는 듯한 이 느낌. 이 불쾌한 느낌을 애써 떨어트리며 다시 말고삐를 움켜잡았을 때였다.

검은색 옷과 천으로 무장한 자객들이 나무 위에서 하나둘씩 떨어지더니 이내 이겸의 주변을 원으로 둘러싸 포위했다. 그들은 오른쪽에 차고 있는 칼자루로 손을 뻗어 칼날과 화살을 이겸에게 겨누었다. 이겸은 품 안에 넣고 다니는 은장도 하나를 꺼내 활시위를 당기고 있는 남자에게 던졌다. 바람을 가르며 절도 있게 날아간 은장도가 남자의 가슴에 정확히 꽂혔다.

"윽!"

예상치 못한 그의 공격에 남자가 화살을 놓치며 힘없이 바닥에 쓰러졌다. 칼을 겨누고 있던 남자들이 순식간에 이겸에게 달려들었다. 안장 위로 중심을 잡고 올라선 이겸이 그대로 몸을 공중으로 돌려 자신을 에워싼 남자들을 피해 땅에 버려진 화살과 활을 들었다.

이겸은 거침없이 화살의 시위를 당겨 제게 다가오는 남자들에게 쐈다. 쓰러진 남자의 화살통에 들어 있는 화살들을 빼서 쏘는 이겸은 정확하게 자객들을 맞혔다. 더는 화살통으로 손을 뻗지 못하게 되자 이겸은 나무를 발판 삼아 뛰어 자객 하나의 얼굴을 내려쳤다.

남자가 쓰러지며 놓친 칼을 들어 제게 칼날을 겨누는 자들을 베었다. 조금의 빈틈도 잡을 수도 없을 만큼 그의 몸짓은 오래도록 단련되어 있는 듯 날렵하고 정확했다.

가히 상대하기 버거운 훌륭하고 절도 있는 실력이었다. 제 주위를 둘러싸던 자객들이 부상을 입고 끙끙거리는 모습을 바라보던 이겸은 순간 혼자 두고 온 하린이 떠올랐다. 급하게 다시 안장에 올라탄 이겸이 전보다 훨씬 빠르게 왔던 길을 다시 되돌아갔다.

분명 닫고 왔던 대문은 활짝 열려 있었다. 심장이 불안함으로 거칠게 뛰었다. 급하게 내리느라 신발이 벗겨졌지만 다시 신을 겨를도 없이 안으로 들어갔다. 활짝 열린 방 안엔 덩그러니 붉은 비단으로 만든 이불과 잔만 놓여 있을 뿐 하린은 보이지 않았다.

"공하린!"

혹시 몰라 하린의 이름을 부르며 주변을 맴돌았다. 하지만 자신이 나가기 직전과 같은 색들만 있을 뿐이었다. 잠이 든 하린을 업고 갔다는 뜻이었다. 그녀가 만진 것이 있었다면 색이라도 볼 수 있을 텐데……. 그 어디에도 색은 없었다.

이겸은 좌절하며 그 자리에 힘없이 주저앉아 버리고 말았다.

겨우 잠에서 깨어난 하린은 주변에서 들리는 남자들의 함성과 창문 틈 사이로 비집고 들어오는 햇살에 화들짝 놀라 일어났다. 나무로 지어져 열악해 보이는 이곳은 자신이 잠들어 있던 기와집이 아니었다. 때마침 문이 벌컥 열리고 어딘지 모르게 낯설지 않은 얼굴의 남자가 들어섰다. 하린은 얼른 공격 자세를 취했다.

"나는 당신을 절대로 해칠 의향이 없으니, 긴장을 푸세요."

남자는 공격적인 자세나 칼 그러니까 자신을 위협할 어떤 행동이나 무기 따위를 지니고 있지 않았다.

"이렇게 극단적인 상황에서 만나게 된 것은 나도 참 유감이오."

그럼에도 경계태세를 풀지 않는 하린의 주먹 쥔 손을 남자는 가만히 내리며 말했다. 생긴 것만큼이나 부드러운 목소리였다.

"당신은 누구신가요?"

여전히 경계하며 목소리와 눈빛으로 말하는 하린에게 그는 대답 대신 따라오라는 자세를 취했다. 하린은 자리에서 일어나 그를 따랐다. 밖으로 나온 하린은 제 눈앞에 보이는 광경에 입을 다물 수가 없었다.

사람의 인적이 드문 높은 산을 둘러싸고 있는 평지에는 불안정하고 거칠기 짝이 없는 사내들의 호흡과 함성 소리가 울려 퍼졌다.

나무로 사람의 형태를 만들어 세워 두고 사내들은 각목으로 급소만 찾아서 구령에 맞춰 내려치고 있었고, 한 곳에서는 두 사람이 사람들에게 둘러싸여 거친 신음을 내뱉으며 격투를 벌이고 있었다. 다른 곳에선 바람을 가르고 수십 개의 화살이 과녁에 꽂혔다.

"명중이오!"

하얀 깃발을 든 남자의 외침에 사내들은 다시 한번 활을 꺾었다.

"대체, 이곳이 어디인지……."

혼란스러워하며 묻는 하린에 그제야 남자는 통성명을 해 왔다.

"내 성명은 서민현이오. 이곳 낙영회를 총괄하고 있는 행수이지요."

"낙영회요?"

"'지는 해'를 뜻하고 있는 낙영회는 현재 백성들에게 귀를 닫고 부정부패한 신하들에게 기죽어 입을 닫고 있는 왕, 이광을 지는 해로 만들자고 모여 민란을 준비하고 있는 백성들이오."

"한데, 저를 왜 이곳으로 데리고 온 것입니까?"

"백성들을 위해 목숨을 걸고 싸우고 있는 분 아니십니까."

"그래서 그날 그곳에 쳐들어온 이유도……."

"맞습니다. 그들에게 끌려가게 둘 순은 없었습니다. 많은 것들을 익히 들었습니다. 그래서 오래전부터 무척이나 뵙고 싶었지요."

민현은 하린을 애틋하게 바라보다 이내 한쪽 무릎을 꿇고 앉았다.

"뭐, 뭐 하시는 겁니까? 어서 일어나세요!"

하린은 민현을 일으켜 세우려 했지만 소용이 없었다.

"오랜 시간 동안 들키지 않고 제 사리사욕만을 채운 양반과 부자들을 응징하신 낭도 님의 뜻과 함께하고 싶습니다. 그러니……."

그가 자신의 허리춤에 끼워 둔 검을 뽑아 하린을 향해 높이 치켜들었다. 낙영회를 상징하는 한자와 해가 그려져 있는 검이었다.

"부디, 낙영회의 지도자가 되시어 저희가 당신을 도와줄 수 있게 해 주십시오!"

"도와줄 수 있게 해 주시옵소서!"

민현의 말에 뒤에 서 있던 사내들이 다시 한번 반복하며 무릎을 꿇자, 훈련을 받고 있는 자들도 모든 동작을 멈추고 하린에게 무릎을 꿇었다. 그들을 바라보는 하린의 눈동자가 태풍과 비바람을 맞은 파도처럼 심하게 요동쳤다.

"그들은 소자를 버리고 간 것이 아니라, 소자를 위해 목숨을 바쳐 싸운 자들이옵니다. 부디, 명을 거두어 주시옵소서!"

선정전 앞마당에 엎드린 이겸은 피를 토하는 심정으로 간곡히 애원했다. 이광은 김 내관과 훈, 그리고 나머지 부하들에게 겸을 지키지 못했다는 죄목으로 벌을 내렸다.

이 넓고 외로운 궐에서 언제나 제게 첨예한 칼날만 세우고 있는 사람들 중에 유일하게 믿고 의지했던 김 내관과 훈이었다. 그 두 사람이 미련하게 대처한 제 선택 때문에 그런 가혹한 벌을 받는다는 사실에 겸은 마음이 무너져 내리는 것만 같았다.

"부디, 명을 거두어 주시옵소서. 저들에게 아량을 베풀어 주시옵소서, 전하!"

이광은 밖에서 들려오는 간절한 세자의 목소리에 이미 흔들리고 있었다. 그럼에도 쉽게 명을 내리지 못하는 건 꼼짝하지 않는 대신들 때문이었다.

대신들은 세자의 안위를 볼모 삼아 절대 그들을 좌시해서는 안 된다고 강력하게 반발했다. 이광 또한 세자를 제대로 수행하지 못한 그들을 쉬이 용서할 수는 없는 일이었다. 밖으로 나와 마주한 이겸의 얼굴은 반쪽이 되어 있었다. 그 정도로 마음고생을 했다는 뜻이었다.

"아바마마…… 부디, 그들의 목숨을 살려 주시옵소서. 어린 시절부터 저와 함께했던 이들입니다. 제발, 저를 봐서라도 한 번만 그들에게 아량을 베풀어 주시옵소서."

그 모습이 무척이나 안타까웠지만 이광은 애원하는 이겸을 두고 대신들과 그대로 지나쳤다. 잠시 고개를 들어 마주친 원석이 그를 보며 비릿하게 웃고 있었다. 그는 날도를 잡아 오지도 못하고 소중한 이들을 지키지도 못한 무능한 세자 이겸을 비웃고 있었다.

들리지 않았지만 들리는 것만 같았다. 자신을 비웃는 웃음소리가 궁궐의 높은 담벼락을 넘어 건국의 모든 땅 위에서 그리 들리는 것만 같았다. 그리고 김 내관과 훈은 모진 고문을 받고 모든 품계를 박탈당한 후 궐 밖으로 추방되고 말았다. 대신들은 사형에 처할 것을 제시했지만 그것도 그나마 애원하는 이겸을 위한 이광의 배려였다. 이제 궁궐에 저를 위해서 발을 움직여 줄 사람은 없었다.

4.

　극심한 허기짐에 시달리던 하린은 민현이 내어 준 잘 익은 닭 한 마리를 거뜬히 해치우고 소화도 시킬 겸 나무집을 빠져나와 주변을 산보했다.

　휘황찬란한 달빛이 마치 나무에 걸려 있는 것처럼 무척이나 가깝게 떠 있었다. 하린은 상처 난 곳을 가만히 내려다보다가 순식간에 나무를 타고 올라갔다. 올라오는 동안 극심한 통증으로 몇 번이고 신음을 내며 고운 미간을 찌푸렸지만, 높은 나뭇가지에 올라와서 세상을 내려다보는 것만으로도 전부 위로가 되는 것 같았다.

　"산이 꽤나 깊은 곳이긴 한가 보네."

　마을의 불빛 하나 보이지 않고 안개가 많이 껴 있었지만 그 안에서 하린은 안정을 찾으려 애썼다. 그때 옆에 울창하게 솟아 있던 나무의 흔들림이 느껴졌다. 하린이 경계하며 돌아섰다.

　"놀라게 했다면 미안해요."

다행이 그곳엔 민현이 서 있었다.

"괜찮아요."

두 사람은 거리를 두고 나란히 앉아서 달빛이 비추고 있는 깊은 산속의 절경을 바라보았다. 한참 동안 절경에 넋을 놓고 있던 하린은 불쑥 그의 시선이 제게 닿아 있는 것을 느낄 수 있었다.

"제 얼굴에 뭐가 묻었어요?"

자신을 뚫어져라 바라보고 있는 민현 때문에 어디에다 눈을 둬야 할지 몰랐던 하린이 제 얼굴을 쓰다듬으며 물었다.

"아닙니다. 제아무리 사정이 있어도 건국 여인 얼굴을 이리 뚫어져라 보는 것은 예의가 아닌데도 불구하고 잠시 누군가가 떠올라 예를 범했습니다."

"사대부 자제들이나 할 법한 얘기입니다……. 제 성명은 공하린입니다. 날도가 아니라 편하게 하린이라고 불러 주십시오."

그러면서도 하린은 저를 위하는 듯한 민현의 말이 싫지 않아 살며시 미소 지었다.

"사실 처음에는 많이 놀랐습니다."

민현의 말에 하린이 그의 눈을 마주했다.

"건장한 사내일 줄 알았습니다."

"그런데 생각보다 너무 예쁜 여인이라 놀랐단 말씀이시죠?"

민현이 고개를 갸웃했다. 아무래도 그가 '예쁜'이라는 단어에서 고개를 갸웃한 것 같아 하린은 민망해져 왔다.

"농입니다! 농도 못 합니까? 그리 진지하게 받아들이시니, 너무 민망하기 그지없습니다."

하린은 민망함에 크게 웃어 보였지만 앞의 민현은 그저 연한 미소만 짓고 있을 뿐이었다. 두 사람 사이에 잠시 무거운 침묵이 흘렀다.

"어쩌다 그렇게 위험한 일을 하게 되었습니까?"

침묵을 깬 건 민현이었다. 하린은 그의 질문에 시선을 돌려 어두운 숲을 바라보며 이전의 시간들을 떠올렸다. 힘겨운 시간들이었지만, 그것을 굳이 잊고 살진 않았다.

잊지 않아야 그들을 향해 더 날카로운 칼날을 들이밀 수 있다는 것을 알고 있기에, 하린은 한순간도 제 부모들의 죽음을 잊지 않았다.

"나름 가문이 있던 집안이 역적으로 몰려 저희 어머니는 노비의 신세가 되었습니다. 저희 아버지는 상인이셨지만 몸이 많이 불편하시어 일을 제대로 하지 못했고, 관아에 속해 있는 노비인 어머니와 아버지는 전부 세금을 내야 했지요."

하린은 말을 이어 가며 차오르는 분노와 서글픔을 눌러 담았다.

"처음부터 말도 안 되는 세금이었고 시간이 지나갈수록 그 세금은 빚으로 쌓여 가기 시작했습니다. 결국, 몸이 불편하신 아버지와 어머니가 일을 나가셨는데 사고가 일어났지요. 양반이 저희 어머니를 겁탈하려 했고 그것을 말리는 과정에서 아버지가 돌아가셨습니다. 양반의 얼굴에 상처를 냈다는 이유만으로 어머니는 여인이 감당하지 못할 매질을 맞고 며칠 뒤에 숨을 거두셨습니다."

시퍼렇게 질린 얼굴과 얻어맞아 여기저기 살이 찢어져 피가 굳어 있던 아버지의 모습은 아직도 하린의 가슴을 미어지고 찢어지게 만들었다.

없이 살아도 늘 자식에 대한 애틋함은 누구보다도 풍족하였기에 하린은 절대 아버지의 죽음을 잊고 싶지 않았다. 너무 어렸기 때문에 부모님의 모습을 모두 다 기억하는 건 아니지만 돌아가시던 그 순간만큼은 정확하게 기억하고 있었다.

"제가 괜한 것을 물었습니다. 아픈 상처를 억지로 끄집어내게 만들어 미안합니다."

진심이 담겨 있는 민현의 무거운 목소리에 하린은 고개를 내저었다.

"아니요. 잊지 않기 위해 늘 머릿속에서 지우지 않고 기억하고 기억해 내던 일들입니다."

하린은 마음이 갑갑하고 먹먹했다.

"부당한 법으로 가난한 백성들의 등골을 빼먹으려는 이 나라의 관직들과 왕이 너무 싫습니다."

자신의 전부였던 부모를 한순간에 앗아가 버린 추악하고도 악랄한 인간들. 앞으로도 그들의 행태를 절대 잊지 않고 살아갈 것이다. 누구보다도 강했던 하린은 부모 생각에 그대로 무너져 내렸다. 무릎을 끌어안아 얼굴을 박고서는 숨죽여 울었다. 그런 하린을 민현은 뒤에서 조용히 바라봐 주었다.

얼마의 시간이 흘렀을까, 밤은 너무 깊어졌고 바람도 점점 차가워지는 것 같았다.

"이제 그만 내려가시죠."

"네."

대답을 하고 내려가려던 하린이 나뭇가지 위에 올려놓았던 손등이 간질간질하다는 것을 느꼈다. 뭐지 하고 바라보니 엄지만 한 벌레 한 마리가 제 손등 위를 살금살금 기어가고 있었다. 하린은 눈이 휘둥그레지고 소름이 머리끝까지 쭈뼛 올라갔다.

"엄마야!"

비명 같은 소리를 내지르며 벌레를 털어 내던 하린은 결국 균형을 잃고 몸이 뒤로 넘어갔다. 중심을 잡으려고 팔을 허우적거렸지만 이미 때는 늦어 있었다. 상당한 높이에서 떨어지면 다칠 것 같아 정신을 차리고 몸을 앞으로 돌렸다. 뒤보다는 앞으로 착지하는 것이 더 안정적이고 덜 다칠 것을 계산해서였다.

그런데 언제 벌써 밑으로 내려갔는지 민현이 팔을 벌리고 떨어지는 자신을 받을 준비를 하고 있었다.

"비켜요!"

소리쳐 외쳤지만 민현은 비키기는커녕 더욱 안정감 있게 자리를 잡고 비장한 표정을 지었다. 그리고 이내 하린이 떨어지면서 민현의 품에 안겨 바닥을 뒹굴었다. 하지만 민현이 어찌나 꽉 끌어안고 있었는지 모든 충격은 전부 민현이 받았을 정도였다.

구르던 몸이 겨우 멈췄을 때도 바닥에 있는 것은 민현이었다.

"괜찮아요?"

하린이 화들짝 놀라 물었다. 바닥에 깔려 있는 민현은 대답 대신 하린의 상태를 빠른 눈으로 살폈다. 크게 다치지 않은 것을 확인하고 나서야 민현은 안도의 미소를 지었다.

"전 괜찮습니다."

"아니요. 하나도 괜찮지 않은 것 같습니다."

하린이 단호하면서도 걱정스럽게 한마디를 내뱉고는 조심스럽게 뻗어진 그녀의 손가락이 민현의 뺨에 닿았다. 그제야 얼굴이 쓰라리다는 것을 느낀 민현이 미간을 구겼다.

"그러게 제가 비키라고 하지 않았습니까, 잘생긴 얼굴에 이리 상처가 났으니…… 속상하네요. 일어나 보세요."

몸을 일으킨 하린이 민현을 부축해서 나무에 기대게 했다. 그리고 제 옷 안쪽을 뒤져 작은 천을 꺼내 들었다.

"잠시만 기다리세요."

"네."

짧막하게 대답한 민현은 계곡물 흐르는 소리에 집중하며 걸음을 옮기는 하린의 뒷모습을 가만히 바라보았다. 방금 전까지만 해도 쓰라리던 상처의 통증이 무뎌지는 이유는 아마 하린이 했던 말 때문일지도 모른다.

'잘생긴 얼굴에 이리 상처가 났으니…… 속상하네요.'

"잘생긴이라……"

몇 번 들어 온 말이었다. 그런데, 그 말이 하린의 입술에서 나오니 새롭게 들렸고 답지 않게 심장이 떨렸다. 하린은 천에 물을 축축이 적셔 빠르게 현민에게 다가왔다. 물기를 야무지게 짠 후 민현의 상처를 톡톡 건드려 피와 흙을 닦았다.

그러고는 다시 제 옷 안주머니에 손을 집어넣어 자그마한 도자기 용기를 꺼냈다. 그것을 열어 보니 붉은색 연고가 있었다. 하린은 연고에 새끼손가락으로 쓱쓱 문지르더니 민현의 상처 위로 가져갔다. 그녀의 손이 뺨에 닿자 민현의 심장은 더욱 거세게 뛰기 시작했다.

가까운 얼굴, 약을 바르며 신중함을 기울이기 위해 한껏 모아진 입술 사이에서 나오는 옅은 숨결. 자꾸만 뜨거워지는 제 몸의 변화가 발칙하다고 생각하며 민현은 얼른 시선을 내리깔았다.

"자운고입니다. 아마 금방 상처가 나을 겁니다."

자신 때문에 다쳤다는 죄책감에 미안해하며 하린은 입술을 떼어 냈다.

"미안하고 고맙습니다. 하지만 굴러떨어져 다쳐도 저 혼자 다치 겠습니다. 그러니, 다음부터는……."

'그래도 다음엔 함부로 나서지 말거라. 스스로도 지킬 수 없는 가녀 린 몸으로 누굴 지키겠다고 나서느냐.'

일순간 떠올라 버린 이겸의 목소리에 하린은 그대로 입술을 다 물었다. 말이 끊기자 앞에서 의아하게 바라보고 있는 민현에 하린 은 무거운 미소를 지었다.

"아닙니다. 아무튼 정말 고맙고 미안합니다."

하린은 민현의 손목을 잡고 가져와 손바닥 위에 자신의 자운고 가 담겨져 있는 용기를 올려 주었다.

"수시로 바르세요. 상처가 얼른 나아야 하니까."

민현이 낮게 고개를 끄덕였다.

"그럼 이만 들어가서 쉴까요?"

"네."

앞서 걸어가는 하린을 민현은 뒤에서 조용히 따라나섰다. 부엉 이는 여전히 서글프게 울고 찬바람은 나무 사이를 거침없이 유영 했다. 영롱한 달빛이 어두운 길을 환히 밝혀 주던 밤은 그렇게 서 서히 잠들어 가고 있었다.

커다랗고 따뜻한 등이었다.

이겸은 어마마마가 보고 싶다고 매일 밤을 뜬눈으로 지새우며 울던 자신을 등에 업고 저잣거리에 떠돌아다니는 민담을 들려주 던 김 내관의 목소리에 서서히 잠에 빠져들었다. 그 넓고 든든했던 등이 언제나 함께할 거라 의심치 않았었다.

'세자 저하! 살려 주십시오! 제발, 제발 저희를 살려 주십시오!'

'김 내관! 훈아!'

'살려 주시옵소서! 세자 저하!'

잠들었던 이겸이 깨어났을 때는 더 이상 김 내관의 따뜻하고 넓은 등 위가 아니었다. 그의 시야를 압도하며 감히 다가갈 수 없을 정도로 뜨겁게 치솟는 불길 안에 김 내관과 훈이 갇혀 있었다.

안에서 그들이 살려 달라고 울부짖고 있었다. 그들에게 다가가고 싶어 발을 옮겨 보려고 했지만 누군가가 끌어 잡고 있는 것처럼 몸이 움직이질 않았다. 뜨거운 불길은 그렇게 제 소중한 사람들을 한순간에 삼켜 버렸다.

"흑!"

이겸은 악몽에 시달려 절박한 비명을 내지르며 일어났다. 온몸이 땀으로 흠뻑 젖어 있었고 사시나무처럼 떨려 왔다. 무거운 무언가가 심장을 짓누르는 것 같은 가혹한 감각에 잠이 드는 것조차 두려웠다. 김 내관. 훈아. 그 그리운 이름들이 입 밖으로 나오지 못하는 것이 죄책감으로 사무쳤다.

"세자 저하."

이겸의 비명 소리에 놀란 유 상궁이 곁으로 다가왔다.

"악몽을 꾸신 것이옵니까, 세자 저하."

"김 내관…… 훈아……."

"세자 저하……."

유 상궁은 이겸을 눈물 젖은 눈으로 바라보았다.

"내가 두 사람을 지키지 못했습니다. 이곳에서도 심지어 꿈에서조차도 지키지 못했습니다. 나약한 저를 만나 그 두 사람이……."

"세자 저하의 잘못이 아닙니다. 결단코, 세자 저하의 잘못이……."

차마 말을 끝까지 잇지 못하고 유 상궁은 눈물을 삼켜야 했다.

이겸은 그날 이후로 쉽게 잠들지 못하고 입맛이 없어 여러 날을 굶었더니 그의 고왔던 얼굴은 눈에 띄게 야위어졌다. 이광이 내의원에 일러 이겸의 상태를 호전시키라 명했지만 단순히 약으로 고쳐질 병이 아니었다. 매일 악몽을 꿨고 함께했던 자신의 사람들에 대한 죄책감과 그리움으로 하루를 보냈다.

그렇게 고통의 나날들이 반복되고 있을 무렵이었다. 이겸은 속이 갑갑하여 동궁전을 나서 궁궐을 거닐고 있는데, 한껏 뭉쳐 있는 대신들과 마주하게 되었다. 선두로 서 있던 원석이 이겸을 발견하고는 다가와 예를 갖추었다.

"세자 저하."

이겸은 제 소중한 사람들을 빼앗아 간 대신들을 용서할 수가 없었다. 이겸은 두 주먹을 그러쥔 채로 어금니를 물고 핏줄이 곤두선 살벌한 눈빛을 하고 원석을 노려보았다.

"안색이 많이 좋지 않습니다. 어서…… 그 귀하신 몸의 기운을 차리고 일어나시옵소서, 세자 저하."

가증스러운 것. 어서 일어나는 것이 아니라, 이대로 죽길 바라고 있는 것이겠지. 너희들의 그 새카만 속내를 내가 모를 줄 아느냐? 그들에게 하고 싶은 폭언을 이겸은 버석하게 마른 입술을 깨물며 참았다.

다시 예의 바르게 인사하고 제 곁을 지나쳐 가는 대신들에 이겸은 분노를 집어삼켰다. 입술 밖으로 나오는 숨들이 전부 분개와 화로 뒤엉켜 있었다. 자신의 사람들을 더 이상 잃지 않기 위해, 그리고 그 사람들을 다시 데려오기 위해선 이렇게 계속 나약하게 누워 있어서는 안 된다 생각했다. 힘을 내야 했고 그 힘이 필요했다.

그러기 위해선 하린이 필요했고 그녀를 찾아야 했다. 하린에 의해서 잠시 보였던 세상과 들렸던 소리를 완벽하게 제 것으로 만들어야만 저를 무시하는 대신들과 공정하게라도 맞설 수 있는 힘을 얻는다. 궁의 높은 담벼락을 넘어 그녀의 소식은 절대 들을 수 없는 법.

누구 하나 쉬이 믿음이 가지 않아 이겸은 직접 사복을 입고 저 잣거리로 나섰다. 먹은 것도 없고 잠도 제대로 못 잔 그의 발걸음은 평소와는 다르게 힘이 없었다. 혹시 몰라 그녀의 집을 찾아가 봤지만 동생 영운만 있을 뿐 하린의 흔적은 어디에서도 찾아볼 수 없었다.

한편 고운 한복을 입은 혜림은 여종들이 열어 주는 문을 통해 안으로 들어갔다. 방 안에는 벌써 사대부 여식들이 모여 앉아 자수를 놓고 있었다. 자주면 보름에 한 번 뜸하면 그믐에 한 번쯤 모이는 사대부 여식들의 만남엔 당연 혜림이 가장 돋보였다.

"왔어?"

"어머, 혜림이 네 옷은 오늘도 어쩌면 그렇게 곱고 예쁘니?"

"그러게 말이야. 혜림이 옷은 볼 때마다 예쁘고 장신구도 단 한 번도 같은 걸 하고 온 걸 본 적이 없어. 역시 김 대감님 딸다워."

모두에게 좋은 소리를 한마디씩 들은 혜림의 콧대는 더욱 높아졌다. 그녀는 자신이 늦어도 언제나 비워져 있는 중간 자리로 향해 가서 앉았다. 예전에는 이 방 가득 넘쳐 났던 여식들이었는데, 이

제 꽤나 시집들을 가서 손가락에 꼽을 수 있을 정도로밖에 남지 않았다.

여식들은 자수를 놓으며 명랑한 목소리로 수다를 떨기 시작했다. 그때, 한 여식이 짜증이 난다는 듯이 들고 있던 바늘을 천에 꽂고서는 뒤로 벌러덩 드러누웠다.

"큰일이다. 이런 거 잘해야 시집갈 수 있다고 그랬는데!"

"갑자기 생각난 건데, 그러고 보면 공주님 말이야, 나이도 어리신데, 자수 정말 잘 놓지 않니?"

"어, 맞아!"

혜림보다는 공주가 나이가 어려 만나지 못했지만, 여기에 있는 사대부 여식들 중에 몇 명은 공주와 같은 강학청을 다니기도 했었다. 그래서 졸업 후에도 공주와 함께 스스럼없이 지내며 궁궐을 들락날락했다.

"공주님 말이 나와서 하는 얘기인데!"

벌러덩 드러누워 있던 여식이 갑자기 무언가가 떠올랐는지 자리를 박차고 일어났다.

"공주님은 정말 상상 속에서나 볼 만한 오라버니가 있으시더라고."

"공주님의 오라버니라면……. 세자 저하 말하는 거야?"

잠시 나온 '세자 저하'라는 단어가 혜림의 관심을 끌었다. 늘 자신의 집에서 아버지와 오라버니가 했던 대화 속 중심이던 인물이자 말도 안 되는 흉측한 저주를 가진 자.

"응. 그렇게 따뜻하시고 자상하시고 다정하신 오라버니가 세상에 존재하다니. 공주님은 정말 복받으신 분이시지."

"그러게 말이야. 우리 오라버니라는 인간은 매일 나 못 잡아먹어서 안달인데."

"야, 나는 오라버니랑 눈이 마주치기만 해도 신경질이 머리끝까지 올라와."

그건 혜림 또한 공감하는 부분이었다. 나이 차이가 아무리 많이 난다고 하더라도 오라버니와는 사이좋게 지내려야 지낼 수가 없다. 지나가는데 발 걸어 넘어트리기 같은 유치한 장난부터 시작해서 부모님들은 괜찮다는데도 지가 나서서 버릇없이 군다고 종아리를 때리는 인간이었다. 막상 사고는 지가 제일 많이 치고 다니면서 말이다.

"그건 그렇고 궁에 다니면서 들은 얘기인데, 저주에 걸린 세자 저하가…… 그렇게 잘생기셨대."

"나도 오가다가 궁녀들이 하는 얘기 들었어. 정말, 쳐다보는 것조차 미안할 정도로 잘생겼다고. 그래서 궁에 그렇게 자주 들락날락하면 한 번이라도 좀 뵐 줄 알았는데."

"혜림아, 너도 다음에 궁 한번 같이 가자. 공주님도 뵙고 운이 좋으면 그렇게 잘생겼다는 세자 저하도 뵐 수 있을 테니."

'잘생겼다'라는 말에 혜림은 문득 며칠 전, 저잣거리에서 자신을 도와주던 무명옷 입은 사내를 떠올렸다. 어느 고급 비단으로 만든 고운 옷을 입은 사내보다 그런 구질구질한 무명옷을 입었는데도 빛나던 사람은 결코 흔치 않았다. 그래서일까, 혜림은 그날 이후 지금까지 계속 틈만 나면 그 사내를 떠올리곤 했다. 그래서 저잣거리로 나가 그를 찾아보곤 했지만, 그 뒤로는 코빼기도 볼 수가 없어 갑갑할 지경이었다.

"응. 다음에 뭐 시간 나면 한번 갈게."

그 뒤로도 자수를 놓고 이런저런 대화를 하던 여식들은 시간이 되자 하나둘 나와 각자의 집으로 향했다. 혜림 역시 여종을 데리고 집으로 향하던 길이었다. 행여 오늘은 볼 수 있지 않을까 싶어 더 빠르게 갈 수 있는 지름길을 내버려 두고 저잣거리를 연신 둘러보며 집으로 향했다.

"휴, 대체 어디에 꽁꽁 숨어 있는 거야?"

역시 오늘도 못 만나는 건가 싶어서 신경질이 확 나 있던 혜림의 시야로 무명옷 사내와 뒷모습이 지극히도 비슷한 남자를 발견하게 되었다.

"어!"

"아가씨!"

여종이 따라올 틈도 없이 혜림은 사람들을 팔로 거칠게 밀치고 길을 만들며 사내를 따라갔다. 사내의 걸음이 어찌나 빠르던지 혜림이 뛰고 있는데도 간격이 좁혀지지 않았다. 그런데 사내는 전과는 달리 고운 비단옷을 입고 있었다.

"아닌가?"

하지만 너무 닮은 뒷모습에 얼굴이라도 확인을 해야겠다고 생각한 혜림은 집요하게 좇아가 드디어 옆모습을 보게 되었다.

"어!"

아는 척을 하려는 찰나, 누군가가 혜림을 가로막았다. 정신을 차리고 보니 자신이 궁궐 앞까지 와 있었고 방금 그 사내는 그 안으로 들어가 버린 후였다. 궁궐은 아무나 들어갈 수 없는 곳이었다. 명패가 있거나 궁 쪽에서 누군가가 마중을 나와야만 들어갈 수 있는 곳이 궁궐이었다.

며칠 만에 겨우 만난 사내를 이렇게 눈앞에서 놓치다니……!

"치우거라, 그 더러운 손."

자신을 들어가지 못하게 막는 문지기들에게 한껏 짜증을 부리고 나서도 혜림은 아쉬운 눈길로 궁궐 안을 살폈다. 이미 굳건하게 닫혀 있는 문 때문에 더는 사내가 보이지 않았지만, 혜림은 확신했다. 그 무명옷을 입은 사내가 확실하다고. 그러자 그의 정체가 궁금했다. 그러기 위해서는 그가 아주 당당하게 들어간 궁에 들어가야 한다.

"어떻게 궁에 들어가……."

'혜림아, 너도 다음에 궁 한번 같이 가자.'

미간을 구기며 고민하던 혜림은 문득 오늘 사대부 여식이 했던 말이 떠올랐다.

"그래. 그렇게 하면 되겠구나."

문제가 해결되자 한쪽 입꼬리를 씨익 하고 올린 혜림은 높디높은 웅장한 궁궐을 올려다보았다.

하린은 아침 일찍 일어나 무사들을 위해 식사를 준비하는 아낙네들을 도왔다.

큰 솥의 뚜껑을 열자 확 올라온 뜨거운 하얀 연기가 눈을 가려 후후 불어 가며 그릇에 열심히 밥을 퍼 날랐다. 하지만 그것이 얼마나 어설프던지 국을 거의 반쯤 흘리는 바람에 아낙네들에게 쓴소리를 들어야 했다.

"날도 님, 그냥 가만히 계셔요."

"아니, 그냥 가서 쉬시는 게 어떠신지요."

아낙네들의 핀잔 어린 몇 마디에 하린은 주눅이 들어 어깨를 축 늘어트리며 커다란 나무를 찾아 앉았다.

그러다 얼마 못 버티고 구석에서 단단한 나뭇가지로 칼싸움을 하는 아이들에게 자세와 동작을 가르쳐 주었다.

그 모습을 민현은 한순간도 놓치지 않고 바라보았다. 아이들과 소소한 대화를 나누며 함박웃음을 짓는 하린이 다사로운 햇살을 받아서 그런지 더욱 반짝 빛이 나 보였다.

"역시, 저것이 적성에 더 맞는가 보군……."

민현이 혼잣말을 낮게 중얼거렸다.

"행수, 대체 아까부터 허파에 바람이라도 들어간 것처럼 그리도 웃어 대십니까?"

뒤에서 갑자기 들려오는 말소리에 민현이 화들짝 놀라며 민망함에 헛기침을 해 보였다.

"내가 언제 그랬다고……. 쓸데없는 소리 말고 습사나 하거라."

"예."

부하가 물러나고 나서 민현은 들킨 것이 민망하여 시선을 주지 않으려 해도 그의 시선은 자꾸만 하린에게로 이끌리듯 향했다. 그녀가 절도 있는 자세로 나무칼을 직선으로 뻗고 있었다. 그것이 강하지만 무척이나 아름다워 보였다.

식사를 끝내고 다시 나무 밑에서 휴식을 취하면서 나뭇가지를 들고 허공에 이리저리 휘두르고 있는 하린에게 민현이 칼자루를 던지다시피 건네주었다. 하린이 반사적으로 허공으로 손을 뻗어 능숙하게 잡았다.

"몸 상태가 괜찮으시다면 한번 겨뤄 보시겠습니까?"

"전 칼은 잘 만지지 못합니다. 전문이 도망인지라."

그래도 보통의 여자들보다는 칼과 활을 훨씬 잘 다루는 편이었다. 하린은 자리를 털고 일어났다.

"좀 봐 드릴까요?"

민현의 장난스러운 물음에 하린은 눈을 새초롬하게 떴다. 역시 명성 자자한 날도답게 자존심도 세다고 생각했지만.

"좀이요? 많이 봐주세요."

돌아온 하린의 대답이 의아하면서도 귀여워 민현은 웃음을 터트렸다. 하린이 칼을 꺼내 공격 자세를 취했다. 민현 또한 싸울 자세를 취했다. 두 사람의 얇지만 날카로운 칼날이 부딪혔다. 강하게 부딪히며 칼이 휘기도 했고 쇳소리를 내기도 했다.

민현이 휘두르는 칼은 강하며 정확했지만, 무언가를 피하고 도망치는 것에 탁월한 능력이 있는 하린은 속속 잘 피했다. 피하는 과정에서 다친 발을 헛디디며 하린이 잠시 뒤로 휘청거렸다. 그녀가 넘어질까 민현이 얼른 팔을 뻗어 받았다. 작은 몸집의 하린이 듬직하고 넓은 민현의 품 안으로 들어왔다.

두 사람의 얼굴이 서로를 아주 가깝게 바라보고 있었다. 가깝게 바라본 하린의 얼굴은 더욱 앳되고 이목구비가 앙증맞으며 어여뻤다.

"싸우는 도중에 적을 이리 감싸 주시면 어찌합니까?"

퉁명스럽게 말하던 하린의 눈동자가 민현의 뺨으로 향했다.

"그래도 상처는 많이 나은 것 같아서 다행입니다. 다시는 다치지 마십시오."

말을 끝낸 하린이 다리의 반동으로 민현의 품에서 빠져나와 바로 칼을 뻗었다. 민현이 가볍게 피하며 팔꿈치로 하린의 손목을 쳤다. 그 바람에 하린은 들고 있던 칼을 놓쳐버리며 무방비 상태가 되고 말았다. 기회를 잡은 민현이 빠른 속도로 칼날을 겨냥한 순간 하린이 공중으로 몸을 띄워 민현의 위를 가뿐하게 넘어 뒤로 향했다. 민현은 반사적으로 몸을 돌렸지만 하린은 이미 저 멀리 뛰어가 있는 상태였다.

정말 순식간에 벌어진 일이었다.

"언제 거기까지 간 겁니까."

"말씀드리지 않았습니까, 전 도망이 전문이라고."

하린이 해맑게 팔을 휘적거리며 움막집을 향해 내달려 갔다. 그런 하린을 바라보던 민현은 여전히 제 품에 안겨 있는 하린의 온기로 인해 걷잡을 수 없을 만큼 뛰는 심장을 달래기 위해 호흡을 가다듬어야 했다.

가마 여러 개가 궁궐 앞에 멈췄다. 미리 나와서 대기하고 있던 상궁과 궁녀 두 명이 멈춰 선 가마에서 내리는 사대부 여식들을 반겼다.

"공주님께서 기다리고 계십니다."

가장 화려하고 큰 가마에서 내리는 혜림을 보며 상궁이 살짝 의아해했다. 사대부 여식 중 한 명인 지영이 혜림에게 팔짱을 끼며 살갑게 말했다.

"김원석 대감의 여식이십니다."

말을 전해 들은 상궁이 작게 탄식하며 혜림에게 예를 갖춰 인사했다. 어쩐지 가마도 그렇고 복장과 장신구, 그리고 얼굴에 한 화장도 가장 화려하고 눈에 띄어 영의정의 여식이구나 싶었다.

"안으로 모시겠습니다."

혜림이 가장 선두로 서서 상궁과 궁녀를 따라 안으로 들어갔다. 처음으로 와 보는 궁궐은 생각 이상으로 넓고 웅장한 곳이었다. 한양에서 따라 지을 수 없을 정도로 큰 집에 살고 있는 혜림이지만,

이 궁궐에 비하면 제집이 너무 작다는 것을 느꼈다.

그러다가 문득 이런 생각이 났다. 이렇게 넓고 웅장한 공간이 온전히 제집이 되고 제 것이 된다면 그건 어떤 기분일까.

제집에 있는 종들과는 비교되지 않을 정도로 많은 궁녀들을 곁에 두고 중전으로 살아가는 기분은 어떨까.

그러면서도 혜림은 주변을 산란하게 살피며 사내를 찾았으나 보일 리가 없었다. 이렇게 널찍한 궁궐에서 그렇게 쉽게 찾아질 리가 없겠지. 혜림은 궁궐 곳곳을 돌아다니며 그를 찾고 싶다는 생각이 들었다.

"안으로 드시지요."

공주가 머무는 곳에 도착한 상궁의 말에 여식들은 하나둘씩 신을 벗고 안으로 들어갔지만 혜림은 꼼짝하지 않았다. 상궁이 그녀를 의아하게 바라보았다.

"뒷간을 좀 가고 싶은데."

"아, 제가 안내해 드리지요."

"아닙니다. 제가 누가 있으면 볼일을 편하게 못 보는지라 말씀만 해 주시면 알아서 찾아가겠습니다."

"궁궐이 워낙 넓어 길을 잃으실 수도 있으십니다."

"궁녀가 이리도 많은데 공주님이 머물고 있는 이곳 하나 못 찾아올까 봐서요. 행여나 저를 무시하시는 겁니까?"

상궁은 한마디도 지지 않는 혜림이 보통내기가 아니라는 것을 직감했다. 더군다나 제 아버지를 믿고 더욱 기고만장하는 인물이라 깨달으며 넘어가기로 했다.

혜림은 상궁이 말해 준 뒷간 쪽으로 가는 척하다가 옆길로 샜다.

"휴, 대체 어디에 있는 거야? 이 넓은 궁궐에서 뭘 하는 사람이지?"

변장을 하고 고급스러운 옷을 입은 것으로 보아 꽤나 높은 직책을 갖고 있는 자인 것 같던데. 사내의 얼굴을 떠올리며 혜림은 궁궐 이곳저곳을 돌아다녔다. 그러다 아직은 말라 있는 연꽃이 떠 있는 꽤나 깊은 수심이 있어 보이는 연못까지 오게 되었다. 그리고 정자 위, 며칠 전에 보았던 사내의 옆모습을 한 사내가 혼자 앉아 있었다.

혜림은 미간을 확 구겼다. 그것도 그럴 것이 정자 위에 있는 사내는 다름 아닌 곤룡포를 입은 세자 저하였던 것이다.

"말도 안 돼……. 천민인 줄 알았던 그자가 세자 저하였다는 거야? 그래서 불러도 대답이 없었던 거구나. 못 들으니까."

앞모습을 보고 확실히 확인하고 싶은 마음에 걸음을 재촉하려다 말았다. 무작정 가서 다짜고짜 물어본다면 자신의 인상이 썩 좋은 인식으로 박힐 것 같지 않아서였다. 우연을 가장한 만남이 좋을 것 같다고 생각한 혜림은 제 안쪽에 있는 손수건을 꺼내 들었다.

그리고 최대한 정자 쪽으로 은밀하게 다가간 다음에 바람을 확인하고 펼쳐 든 손수건을 살포시 놓았다.

"제발, 제발."

혜림은 손을 부여잡고 바람이 부디 손수건을 세자 저하인 이겸에게까지 가져다주길 바랐다. 그리고 그 바람은 정확하게 이루어졌다.

어디선가 날아온 손수건을 잡은 이겸이 주변을 돌아보려는 조짐이 보이자, 혜림은 그쪽으로 급하게 뛰어갔다. 혜림을 발견한 이겸이 자리에서 일어나 정자 밖으로 나왔다. 이겸의 앞까지 달려온 혜림은 거짓으로 숨을 몰아쉬며 예를 갖춰 인사했다.

"그대의 것이오?"

이겸은 손수건을 들어 물었다. 그때와 똑같은 중저음의 매력적인 목소리, 듬직한 체격과 어디 하나 흠 잡을 곳 없는 완벽한 외모. 그때 그 남자가 확실했다.

"송구하옵니다, 세자 저하. 땀을 닦으려고 꺼낸 손수건을 놓치는 바람에⋯⋯."

혜림의 시야로 손수건이 내밀어졌다. 기다랗고 힘줄이 도드라진 그는 손마저도 매우 멋진 세자 저하라는 생각이 들었다. 손수건을 받으며 혜림은 살포시 고개를 들어 이겸과 눈이 마주치자마자 놀라는 척 눈을 휘둥그레 떴다.

하지만 건조해 보이는 이겸의 표정엔 아무런 변화가 없었다. 기억을 하지 못하고 있는 것이 분명했다. 그것이 살짝 심술이 났지만, 보고 싶었던 그를 다시 만났다는 생각이 혜림의 심술을 잠재웠다.

"여기서 이렇게 다시 만나 뵙게 되다니!"

들리지 않는다고 하니, 고개를 반쯤 들어 입 모양을 제대로 볼 수 있게 하고서는 말을 이어 나갔다.

"그때는 세자 저하이신 줄 모르고 무례를 범한 것 같습니다. 죄송합니다."

"다시 만나다니? 우리가 언제 본 적이 있었는가?"

역시 그는 자신을 기억하지 못했다. 자신의 외모가 절대 기억 못할 외모가 아니라고 자부해 왔던 혜림의 자존심에 금이 가는 순간이었다. 하지만 혜림은 그 감정을 밖으로 드러내지 않으려고 애썼다.

"일전에 저잣거리에서 사내들에게 나쁜 짓을 당하려 할 때, 세자 저하께서 도와주시지 않으셨습니까."

"아."

이겸은 금세 그날 일을 떠올렸다.

"그때 좀 놀랐을 텐데, 안부를 뒤늦게 묻게 됐네. 몸은 괜찮은 가?"

그다지 다정하진 않았지만, 그래도 저를 걱정하며 묻는 이겸에 혜림은 크게 만족했다.

"네. 괜찮습니다. 저도 뒤늦게 말씀드리네요. 그때는 정말 감사 했습니다."

수줍어하며 혜림이 올려다보자 이겸이 말했다.

"건장한 사내가 지나가다가 본 불미스러운 일을 돕는 건 당연한 일이지. 그런데 궁궐은 어쩐 일로."

"공주마마를 뵈러 왔는데, 길을 잃었습니다."

"공주의 처소는 이곳으로 쭉 올라가 우회전하면 두 개의 갈림길 이 나오는데, 거기서 좌회전하여 조금만 올라가면 있다네."

"아, 네."

"그럼 공주와 재미있게 놀고."

그냥 자신을 지나가려는 이겸을 혜림은 용기 내어 가로막았다.

"세자 저하."

제 앞을 가로막는 혜림을 이겸은 무심하게 내려다보았다.

"하도 돌아다녀 또 잃을까 봐 겁이 납니다. 다리도 아프고……. 송구스럽지만 직접 데려다주시면 아니 되겠습니까?"

이겸이 주변을 살폈다. 자신이 아닌 혜림을 안내해 줄 만한 궁 녀를 찾는 듯했지만 아무도 보이지 않았다. 누구도 탓할 수 없는 일이었다. 생각을 좀 하고 싶다고 전부 물려 버린 것이 자신이었으 니까.

유 상궁에 의하면 공주가 제 오라비가 큰 실의에 빠진 것을 알고 꽤나 걱정되어 사대부 자제들을 불러 오라비를 위해서 할 수 있는 것이 없을지 눈물로 호소를 한다고 했다. 이겸은 그런 인영 공주도 볼 겸 걸음을 옮겼다.

지난 시간 동안, 그들이 베푼 호의는 대단했다.

그럼에도 하린은 더 이상 이곳에 마냥 머물 수 없었다. 민현에게 낙영회에 대한 이야기를 듣고 나서부터 하린은 줄곧 고민에 빠져 있었다.

하지만 아무리 생각해도 결심과 선택은 자꾸만 영운에게로 쏠렸다. 약한 백성들의 손이 되고 발이 되어 움직여 주는 것은 맞지만, 그보다 가장 먼저 지키고자 하는 영운을 위해 살고 싶었다. 이대로 낙영회의 손을 잡는다면 약조를 어긴 것이고, 이겸이 영운을 가만두지 않을 수도 있었다.

'너를 연모한다.'

더군다나 그 말이 자꾸만 오래도록 끈질기게 귓가와 머릿속을 떠돌아다녔다. 하린은 장작을 패고 있는 무리들에게로 다가갔다. 그 안에는 민현도 있었다.

"저 한번 해 볼게요."

"위험합니다."

"그럼, 가서 밥 차리는 거 도와 드릴까요?"

어제는 밥상을 뒤집어 엎어 버리는 대참사를 보았기에 민현은 순순히 하린에게 도끼를 건네었다. 하린이 나무토막을 세워서 아주 야무지게 내려찍자 그대로 두 조각이 났다. 주변에 있던 남자들이 이 신기한 광경을 보며 박수와 환호성을 내질렀다.

"몸은 괜찮아지신 겁니까?"

"네. 이제 괜찮아요. 빨리 살 붙으라고 많이 먹었더니, 진짜 붙었나 봐요."

하린은 생살이 돋아나고 아픔이라고는 전혀 느껴지지 않는 다쳤던 곳을 휙휙 돌리며 씩씩하게 말했다.

두 사람은 장작을 패는 무리에서 멀어져 산속을 거닐었다.

"이제 정말 봄이 왔나 봐요."

하린이 이전에 함께 왔었던 계곡물을 보며 말했다.

"그런가 봅니다."

"미안합니다……."

갑작스럽지만, 하린이 제게 하는 사과가 무엇을 의미하는지 민현은 금세 알아차렸다.

"전 꼭 지키고 싶은 사람이 있습니다. 그래서 누군가와 약조를 한 것이 있고, 그것을 꼭 지켜야 합니다. 뜻을 함께하지 못하여 미안합니다. 그리고 보잘것없는 제게 이리 친절을 베풀어주신 것 너무 감사합니다. 평생 잊지 않을게요."

마음 한구석이 아려 왔지만 하린은 말을 멈추지 않았다.

"한동안은 제 움직임도 멈추게 될 것입니다. 하지만 꼭 기억해 주십시오. 전 여기서 끝내지 않을 것입니다. 건국의 주인은 백성입니다. 그들의 삶이 평탄해질 때까지, 그래서 제 목숨이 다하는 날까지, 전 반드시 힘쓸 것입니다. 그럼, 전 이만 돌아가 봐야겠습니다."

사람이 그렇게 가볍게 보이지는 않았지만, 하린은 행여나 이겸의 마음에 변동이 생길까 싶어 서둘렀다. 또한 한동안 집에 들어오지 않는 제 누이를 애타게 기다리고 있을 영운도 걱정이 되었다.

공손하게 인사하고 나가려는 하린을 향해 민현이 굳건한 목소리로 말했다.

"이대로 가시면 위험한 거 아니십니까? 그자들은 당신을 잡아 의금부로 넘길 계획을 갖고 있던 자들입니다."

차마 이겸의 존재를 당장 밝힐 수가 없는 하린이 어렵게 입술을 떼어 냈다.

"그들을 총괄하는 자와 한 약조가 있습니다. 그는 분명 그 약조를 지킬 것입니다."

"어찌 그리 확신을 하십니까?"

하린은 연모한다는 이겸의 말 한마디에 그를 믿고 신뢰하는 것은 아니다. 뭐라 설명을 해야 할지도 감이 오지 않았다. 하지만 자신을 바라보던 그의 짙고 깊던 눈빛이 하린의 마음속에 굳건히 자리매김하고 있었다. 하린은 마침 바람으로 떨어져 살살 내려오고 있는 나뭇잎을 손바닥 안으로 받았다. 그리고 그 푸른 나뭇잎을 민현에게 건네었다.

"제 걱정은 마십시오. 부디 안쓰러운 백성들을 위하여 힘써 주십시오. 언젠가는…… 반드시 그대들을 도와 함께하겠습니다."

민현의 걱정스러운 눈빛을 애써 외면하며 하린은 천근만근 무거운 마음을 그들에게로부터 돌려야 했다.

다음 날, 그다음 날도 날이 밝아지면 이겸은 저잣거리로 나가 하린을 찾았다. 그러다 헛짓거리만 하고 있는 것 같아 최 씨 아저씨에게 도움을 좀 청하고자 그날도 어김없이 저잣거리로 나갔던 이겸의 눈에 저잣거리의 모래알이 박힌 길들의 색이 들어왔다. 이겸의 눈이 휘둥그레지면서 온 세포들이 심장이라도 된 것처럼 뛰고 발작했다. 궁에서 이곳으로 오는 거리만 해도 흑백이었던 땅이 금빛의 모래알 색을 하고 있었다.

분명 하린이 이쪽 근처에 있다는 뜻이었다. 거기까지 생각이 닿자 이겸은 침착해질 수 없었다. 산만하게 구는 심장을 꺼내 밖으로 던져 버리고 싶을 만큼 심장은 몸을 지배하듯이 거세게 뛰었다.

신기한 광경이었다. 하린의 몸에 직접 닿은 듯한 것들은 전부 색이 보이고 있었고 그렇지 않은 것들은 여전히 흑백을 보이고 있었다. 이겸은 색을 보이는 것들을 따라 발걸음 속도를 높였다. 그렇게 저잣거리를 지나, 외진 길을 지나, 정신없이 산속으로 따라 올라가다 보니 이겸은 그곳이 곧 하린과 함께 갔던 별제에 가는 길이라는 것을 깨달았다.

버석하게 마른 나뭇잎들이 이제 제법 차가워진 바람에 실려 우수수 떨어져 내리고 있었다. 그 낙엽을 밟으며 이겸은 더욱 서둘러 별제에 도착했다.

거칠게 문을 열고 들어서자, 마당에 서 있던 하린이 어깨를 움찔하며 깜짝 놀라 돌아보았다. 하린은 날도의 모습이 아닌 처음 만났던 그 모습을 하고 있었다.

"세자 저하."

하린은 갑작스러운 이겸의 등장에 꽤나 놀란 눈치였다.

"서한을 보내야 할지, 고민하던 중이었는데……. 이곳에 어찌 오시게 되셨습니까?"

꿈이 아닌 건가? 제발 꿈이 아니기를 간절히 바라며 한 걸음 한 걸음 하린과의 간격을 좁혀 갔다. 이겸은 손을 뻗어 여전히 꿈인지 생시인지 확인하기 위해 하린을 잡고 싶은 충동을 애써 억누르며 입술을 떼어 냈다.

"여긴 내 소유의 별제이다. 내가 오고 싶을 때마다 언제든지 올 수 있는 곳이야."

말은 퉁명스럽게 하고 있지만, 이겸은 하린을 보자마자 마음속 깊은 곳에서 감정이 울컥하고 치밀어 올랐다. 천 길 물속은 알아도 한 길 사람 속은 모른다고 했거늘, 더군다나 하린은 왕족과 조정을 증오하는 도적이었다. 그럼에도 하린의 존재가 제게 왜 이리도 안심이 되고 위로가 되는지 알 수 없었다. 그녀가 죽지 않았음에, 다시 돌아온 것에, 그래도 아직은 누군가를 믿을 수 있음에.

"너를…… 한번 만져 봐도 되겠느냐."

간절함이 느껴지는 이겸의 눈빛에 하린은 거절할 수가 없었다. 그래서 저도 모르게 고개를 끄덕이며 허락했다. 이겸의 손이 천천히 하린에게로 뻗어져 뺨을 어루만졌다. 부드러우면서도 조심스러운 그의 손길에 하린의 감정이 묘해졌다.

무언가를 확인이라도 하려는 듯이 이겸은 뺨을 계속 어루만지고 눈으로 끌어당기듯 자신을 바라보고 또 바라보았다.

"세자 저하의 일행들 말입니다. 다들 무사하십니까?"

갑작스러운 하린의 물음에 이겸은 아무 말도 할 수가 없었다.

"그때는 저도 정신이 없어 몰랐는데, 돌이켜 생각해 보니 그자들의 안위가 온전치 않을 것 같아서요."

어머니가 돌아가신 후로도 들리지 않고 보이지 않아 매일을 괴로워하고 악몽을 꾸며 울던 자신을 등에 업고 달래 주던 것은 김 내관이었다. 때로는 아버지보다 훨씬 더 다정하고 따뜻했던 그 등이 떠오르자 이겸은 참을 수 없을 만큼 눈물이 차오르기 시작했다. 훈 또한 자신이 겉만 세자일 뿐 그 속은 어둡고 마른 우물 같던 자신을 유일하게 믿고 따라 준 진실한 신하였다.

"지켜 주지 못하였다…… 언제나 날 지켜 주느라 희생만 했던 그들 중 나는 그 누구도 지켜 주지 못했어."

자신을 위해 목숨까지 바치며 충성을 다했던 그들을 위해 막상 자신은 아무것도 하지 못했다는 죄책감에 가슴에 화살이 박힌 것처럼 쓰라리고 아팠다. 이겸은 한참을 그렇게 마당에 서서 그들에 대한 미안함과 그리움에 아무것도 할 수가 없었다.

별제에서 조금 떨어진 숲 안에 있는 울창한 나무 위.

나란히 앉아 있는 두 사람을 가만히 바라보던 민현의 눈동자가 힘없이 바닥으로 떨어졌다. 데려다주겠다는 자신의 제안을 끝까지 뿌리치고 기어코 혼자 가는 하린이 걱정되어 몰래 쫓아와 곁을 지키고 있었다. 두 사람이 무사히 만난 것에 안도를 해야 하는 것인데, 어쩐지 감정은 더욱 복잡하고 불편하게 뒤엉켜지는 것 같았다.

함께할 수 있을 거라고 생각했다. 고민을 하고는 있었지만 결국 자신의 제안을 받아들이고 곁에 둘 수 있을 줄 알았다. 하지만 민현은 제 욕심보다 그녀의 선택을 존중해 주었고 그녀가 하는 일에 도움이 되고 싶었다. 두 사람의 대화 소리는 들리지 않았지만 간간이 하린이 작은 미소를 짓기도 했다.

제게만 지어 주길 바랐던 것이 커다란 욕심이라는 것을 알면서도 아직도 그 바람을 버릴 수가 없어 민현은 실없는 웃음이 새어 나오고 말았다. 이제 그만 일어나서 가야 하건만 민현은 도저히 발걸음이 떨어지지 않아 별제에 있는 두 사람의 곁에 한동안 더 머물렀다.

　방 안 가득 따뜻한 기운이 조금씩 올라오고 이겸은 저번에 자신이 그랬던 것처럼 국화차를 건네는 하린과 마주 보고 앉았다. 뜨거운 국화차를 마시자 심란했던 마음이 아주 조금은 차분해지는 것 같았다.
　"방은 좀 따뜻해졌나?"
　하린이 이겸의 근처를 손으로 톡톡 만졌다.
　"따뜻하네."
　말을 이으며 힐끔 이겸을 바라보았다. 본의 아니게 감정에 휘말려 제 연약한 모습을 보인 것 같아 이겸은 마음이 불편했다.
　"뭘 보느냐."
　"그냥, 그냥……."
　말을 흐리는 하린을 보며 이겸은 고개를 내저었다.
　"할 말이 있으면 해 보거라."
　"의외셔서요."
　이겸은 말 대신, 뭐가 말이더냐? 하고 하린을 가만히 바라보는 눈빛으로 물어 왔다.
　"누군가를 잃었다고 우시고 슬퍼하시는 모습이요. 전 백성들에게 너무 가혹하게 구시어 피도 눈물도 없으신 분인 줄 알았습니다. 하긴, 돌이켜 생각해 보면 저희 처음 만났던 저잣거리에서도 제가 위험에 처했을 때 그냥 지나가지 못하셨지요?"
　"그건, 감히 내가 가는 앞길을 막고 있어서 그랬던 것뿐이다."
　"쎈 척은……."

하린이 낮게 중얼거리자 이겸이 미간을 찌푸렸다. 소리가 들린다는 것이 썩 좋은 것은 아닐지도 모른다는 생각이 문득 우습게 들었다.

"지금 뭐라 하였느냐?"

"아무 말도 안 했는데요."

"쎈 척이라고 말하지 않았느냐."

"들으셨으면서 물어보시는 이상한 취향을 갖고 계시네요."

"넌 내가 무섭지도 않느냐?"

"네. 별로 안 무섭습니다."

"내가 만만한 것이로구나."

"만만하다기보다는……. 됐습니다. 더 말해 봤자 제 입만 아플 것 같습니다."

그리 말하며 몸을 살짝 제게서 돌려 국화차를 홀짝거리는 하린을 보며 이겸은 헛웃음이 새어 나왔다. 건국의 왕세자를 저리 막 대하는 것에 대해 분명 기분이 나빠야 하는 건데, 오히려 위로가 된다. 기분이 이상했다.

"그건 그렇고, 너를 데려간 그자들의 정체는 알고 있느냐?"

민란군이라 말할 수 없었다. 그건 목에 칼이 들어오는 한이 있어도 절대 함구할 것이라 하린은 속으로 굳건하게 다짐하고 또 되새겼다. 그들을 도울 수 없다면 들키게 해서도 안 된다는 것이 하린의 다짐이었다. 그래서 짐짓 밝게 웃었다.

"모릅니다. 아무래도 제 외모에 반해서 그런 짓을 저지른 것 같습니다."

"혹시 약주를 하였느냐?"

"네? 왜요? 세자 저하도 저를 연모하는 이유 중 하나는 외모에 있는 거 아니었어요?”

“나는 상대를 볼 때 절대 외모를 보지 않는다.”

하린은 하! 하고 헛웃음을 지었다. 이겸은 그런 하린을 한참 동안 가만히 바라보았다. 오목조목 예쁜 얼굴임이 분명하다. 그럼에도 그렇게 대답을 한 건 하린 특유의 열불이 나는 귀여운 얼굴을 보고 싶어서였다.

하린은 제게 꽂혀진 이겸의 시선이 쉽게 거두어지지 않는 것에 민망함을 느끼며 다 마신 국화차의 빈 그릇만 바라보고 있었다.

“그자들에게서 어떻게 빠져나온 것이냐? 행여, 상한 곳은 없느냐.”

여태 장난스러웠던 이겸의 목소리는 사라져 있었다. 담백하면서도 걱정이 서려 있는 목소리로 물어 오는 이겸에 하린은 하마터면 속을 뻔했다. 그가 자신을 연모한다는 거짓말에.

“제가 달리 날도이겠습니까? 바람을 가르고 달릴 정도로 출중한 이 두 다리로 빠져나왔습니다.”

하린이 자신 있게 제 다리를 치맛자락 밑으로 살짝 드러내 뻗어 보였다. 찹쌀떡처럼 하얗고 얇은 하린의 다리에 깜짝 놀란 이겸이 국화차를 마시다 말고 캑캑거렸다.

그 모습을 하린은 달래 주지도 않고 바라보며 여유롭게 국화차를 마셨다. 나중에야 겨우 정신을 차렸지만 이겸은 자꾸만 치마에 가려진 하린의 다리 쪽으로 가려는 시선을 겨우 하린의 눈으로 고정시켰다.

“저를 진짜 궁으로 데려가려고 하시는 이유가 무엇입니까?”

“전에도 말하지 않았느냐. 연모한다고.”

"아니요. 전 알고 있습니다. 세자 저하께서 저를 진심으로 연모하고 있다는 생각은 들지 않습니다."

하린의 말에 이겸은 어쩐지 서운했다. 왜 자신의 말이 진심이 아니라 생각하는지 묻고 싶었다. 하지만 스스로조차도 그녀를 연모하여 곁에 두려는 것이 아니라는 것을 알기에 물을 수 없었다.

"저를 연모한다는 거짓말을 하시는 이유가 어떤 것인지는 모르겠으나, 언젠가는 꼭 말씀해 주세요. 대신 궁에 가는 데 있어서 저도 청이 좀 있습니다."

"청? 그것도 좀?"

"네. 두어 개 정도 있습니다. 말이 좋아 청이지, 이건 거래와 마찬가지입니다."

"거래라, 네가 나와 거래를 하겠다고?"

"네. 그리하면 안 됩니까?"

당돌하기가 그지없는 아이였다. 하지만 이겸은 행여나 기분이 상해 하린이 빠른 속도로 도망이라도 가 버릴까 싶어 근엄하여야 할 세자의 체통을 지키지 못하고 얼른 입술을 떼어 냈다.

"그래. 들어 보고 결정하도록 하지."

"이전에 저를 신분을 속여서라도 세자빈으로 데려간다고 하셨죠?"

이겸은 낮게 고개를 끄덕이며 하린의 말을 인정했다.

"더는 가면을 쓰고 살고 싶지 않습니다. 전 여태 날도라는 가면 뒤에서 공하린이라는 저를 잃고 살아야 했습니다. 하지만 이제 그 삶이 지겨워졌습니다."

"그래서 네가 원하는 것이 무엇이냐."

"궁녀로 들어가게 해 주십시오. 어차피 세자 저하의 곁에만 있으면 되는 거 아닙니까? 그리고 언젠가는 절 출궁시켜 주십시오. 저를 연모하시는 세자 저하께는 좀 잔인한 말이 될 수도 있겠지만, 전 생각만 해도 갑갑한 궁에서 평생을 살고 싶지 않습니다."

하린의 제안은 신분도 되지 않는데 세자빈으로 데리고 들어가는 것보다 훨씬 더 나은 조건이었다. 이겸은 아무래도 상관없었다. 그저 하린을 궁에 데리고 가서 가까이 두기만 하면 그만이었다.

"궁녀로 들어가는 것은 허락하마. 하나 뒷말은 내가 장담하지 못하느니, 네가 하는 행동을 봐서 그때 가서 결정하도록 하마."

마음에 들지 않는지 하린이 아랫입술을 지그시 깨물었지만 딱히 토를 달진 않았다.

"청이 하나 더 있습니다."

"아주 물 만난 물고기가 따로 없구나."

"기왕이면 수라간이나 침방, 수방의 궁녀로 들어가고 싶습니다."

"수라간과 침방? 그것은 안 된다."

이겸은 하린을 자신과 가장 가까운 데 있을 수 있는 지밀궁녀로 두고자 했다. 잠이 드는 마지막 순간까지 볼 수 있고 잠에서 깨어났을 때 가장 먼저 볼 수 있으며 시도 때도 없이 불러도 의심받지 않고 이상할 것 없는 지밀궁녀.

"왜 안 된다는 거예요?"

"네가 할 일은 한시도 떠나지 않고 내 곁에 있는 것이다. 지밀궁녀가 아닌 다른 궁녀는 그것이 힘든 편이니, 그것은 들어줄 수가 없겠구나."

이겸의 확고한 의지가 들어간 대답에 하린이 낮은 한숨을 내쉬었다. 충분히 수긍하는 것 같았다. 더 이상 토를 달지 않고 국화차를 마시는 하린의 모습을 이겸은 가만히 바라보았다.

영락없이 가녀린 여인의 몸이었다. 갑자기 왜 이런 결의가 뜬금없이 들었는지는 모르겠으나, 그 가녀린 몸을 지켜 주고 싶었다. 그러다 곧 생각을 고쳤다. 그녀가 건강하고 안전하게 제 곁에 있어야 자신 또한 더 많은 것을 보고 들을 수 있으니 충분히 지켜 주고 싶다는 생각이 들을 수도 있다고.

하지만 오래도록 제 곁에 머무를 생각이 없어 보이는 하린에 이겸은 또 다른 결심을 했다.

"네가 내 곁을 떠나게 되는 날, 그때 내가 너의 생이 끝날 때까지 먹고살 수 있도록 모든 것을 마련해 주마. 그러니 궁에서 나가 먹고살 것에 대해서는 걱정하지 말거라."

차분하며 부드럽기까지 한 이겸의 음성에 하린은 마주친 그의 깊은 눈빛에 안도감이 들었다.

"대신 너도 나와 약조를 하나 해야겠어."

"무슨 약조요?"

"궁에 들어가면 나를 두고 숙덕거리는 이야기들을 많이 듣게 될 것이다. 그것을 믿든 안 믿든 네 마음이겠지만…… 무슨 이유가 되었든 내 허락 없이는 내 곁을 떠나지 않겠다고 약조하거라."

어차피 그의 제안을 받아들이기로 결심했을 때부터 짐작했던 일이었다. 그랬기에 하린은 망설이지 않고 고개를 끄덕였다. 그리고 씩씩하게 대답했다.

"네. 제 미래를 책임지어 주시고 영운이를 방해하지 않겠다고 하시니 저도 그 약조는 꼭 지키겠습니다. 세자 저하의 허락 없이는 절대 떠나지 않겠습니다."

"영운아."

돌아오지 않는 하린을 기다리며 매일 밤을 뜬눈으로 꼬박 지새
우던 영운은 밖에서 들려오는 희미한 하린의 목소리에 이부자리
를 벅차고 일어났다.

"누이?"

어둠이 자욱하게 깔린 뒤편 마당에 있는 하린을 발견한 영운은
버선발로 뛰어나갔다. 하린은 궁으로 들어가기 전 영운을 보고 가
고 싶다 청했고 이겸은 쉽게 허락했다. 영운은 하린을 확인하고는
뺨 위로 눈물을 펑펑 쏟아 냈다.

"누이!"

있는 힘껏 끌어안으며 기다리는 동안 잔뜩 졸여 있던 마음의 안
도를 찾았다. 하린은 저를 품에 안고 눈물을 쏟아 내는 산만한 덩
치의 동생을 다독여 주었다.

"대체, 어딜 다녀온 거예요? 하나밖에 없는 동생 피 말리게 하려
고 작정했어요? 제가 누이를 찾으려고 얼마나 방방곡곡을 돌아다
녔는지 알고 계십니까?"

"미안해. 걱정시켜서 미안하고, 빨리 돌아오지 못해서 미안해."

하린이 달래 주는 위로에 영운은 어린아이처럼 펑펑 울기 시작
했다.

"어디 다친 곳은 없어요?"

"그럼, 내가 얼마나 씩씩한지 알고 있잖아."

"씩씩하긴 뭐가 씩씩해요? 누이가 구미호라도 돼요? 도깨비라

도 되냐고요. 제 타들어 가는 속사정도 모르고 왜 자꾸 그런 위험한 일을 자처하시는 거냐고요!"

영운의 비통한 목소리에 하린의 두 눈동자는 심하게 요동쳤다. 마주하고 있는 영운은 모든 것을 알고 있는 표정이었다.

"영운아……."

"내가 모르고 있을 줄 알았어요?"

"어떻게 안 거야?"

"왜 모르겠어요. 내 가족의 일인데, 모르는 게 더 이상하잖아요. 하지만 일부러 모른 척했어요. 어렸을 적부터 불이익을 당하는 그들을 가엽게 여긴 아버지의 뜻을 위해서라도 모른 척해도 된다고 생각했어요. 하지만 그건 미련한 짓이었어요. 제게는 그들보다 더 소중한 건 누이입니다. 그러니까, 이제 제발 그만두세요."

영운은 하린의 손을 부여잡고 호소에 가까운 부탁을 했다. 두 남매의 애틋한 대화를 이겸은 담 너머에서 숨 죽여 들었다. 가지 말라는 영운의 간곡한 부탁에 행여나 하린의 결정이 흔들리진 않을까, 은근히 몰려오는 초조함을 끌어안으며 여전히 어둠에 잠겨 있는 하늘을 올려다보았다.

"난 가 봐야 해, 영운아."

"어디를요? 또 어디를 가신다는 거예요?"

"걱정하지 마. 이번에는 절대 위험한 곳이 아니야."

"그렇다면 어디에 가는 것인지 말씀이라도 해 주세요. 위험한 곳이 아니라면 말씀해 주실 수 있는 거잖아요. 아닙니다. 저랑 같이 갑시다, 누이!"

하린은 뒤에 있는 이겸의 눈치를 살폈다. 여태 정신이 없던 영운은 그제야 하린의 시선을 따라 담 너머에 있는 이겸을 발견했다. 그는 담벼락을 낙동강 오리알 신세로 만들 정도로 큰 키와 온몸에 소름이 돋을 정도의 분위기를 풍기고 있었다.

그런데 그의 차가운 인상은 어디서 많이 본 듯 낯설지 않았다. 그러다 문득 예전에 저잣거리에서, 그리고 자신의 집에서 본 것을 기억해 냈다.

"아니, 저 사람은?"

하지만 그때는 분명 자기보다도 못한 무명옷을 입고 있었는데, 지금은 보통 양반들보다도 고급스러운 비단의 도포를 입고 갓을 쓰고 있었다. 같은 듯 다른 사람처럼 보였다.

영운이 긴가민가하며 어리둥절해 있는 사이 이겸은 자신에게 솔직하게 말을 해도 되느냐고 눈짓을 보내 온 하린에게 낮게 고개를 끄덕였다. 모든 것을 솔직하게 말해도 된다는 허락이었다.

"나는 저분과 함께 궁으로 갈 거야."

"궁이요?"

영운은 여전히 상황 파악을 하느라 혼란스러워 보였다.

"저분이 누구신데 함께 궁으로 들어간다는 거예요?"

"너무 놀라지 말고 들어."

진중해진 하린의 목소리에 영운은 덩달아 긴장을 했다.

"저분은 세자 저하이셔."

하린의 대답에 두 눈이 휘둥그레진 영운은 그 자리에 바로 넙죽 엎드려 세자 저하에 대한 예를 갖췄다. 지난날 자신이 이겸을 째려보고 못마땅하게 여겼던 것이 떠오르며 식은땀이 다 나는 것만 같았다.

"제가 세자 저하를 못 알아보고 무례를 저질렀습니다. 용서하여 주시옵소서."

이겸은 영운이 자신에게 했던 행동을 충분히 이해하는 바였다. 처음 보는 낯선 남자가 인영 공주를 찾아와 이런저런 대화를 나누고 있다면 자신 또한 영운과 같은 행동을 했을 거였다. 아니, 아예 동궁전에 불러 집요할 정도로 이것저것 물어보며 붙잡고 있을 것이 뻔했다. 자신에 비해 영운은 양호한 편이라고 인정해야 했다.

"일어나거라."

이겸의 명에 영운이 자리에서 천천히 일어났지만 여전히 눈은 마주치지 못했다.

"네가 소중하게 여기는 누이를 나 또한 소중하게 여기겠다고 약조하마."

하린의 이야기가 나오자 그제야 영운이 고개를 들어 이겸을 마주 보았다. 영운의 눈빛 가득 그 약조를 꼭 지켜 달라는 간곡한 당부가 서려 있었다.

"그러니, 너의 누이에 안전과 생활에 대해서는 걱정하지 말거라."

영운은 옆에 서 있는 하린의 손을 와락 붙잡았다. 세자 저하가 왜 자신의 누이를 궁궐에 데려가려고 하는지 아직도 어리둥절하고 있지만, 감히 세자 저하의 명을 어길 수 없던 영운이었다.

"정말로 괜찮은 거겠죠?"

하지만 끝까지 걱정을 버리지 못하는 영운이 하린을 보며 물었다. 하린은 가볍게 미소를 지으며 고개를 끄덕여 주었다.

"네 누이가 누구더냐, 일명 날도이다. 행여 무슨 일이 생기면 바로 도망 나올 테니 걱정 말거라."

"부디, 건강한 모습으로 다시 만나야 합니다, 누이."

"응. 내 걱정은 말고……. 너도 건강하게 공부 열심히 해야 해, 영운아."

한 번도 헤어져 본 적 없는 남매의 아쉬움과 아련한 마음들이 밤처럼 더욱 깊어져 갔다.

'인영 공주, 이제 이 오라버니는 괜찮으니, 마음 놓고 친구들과 재미있게 노세요.'

부드럽게 미소를 지으며 공주를 대하던 이겸의 모습은 혜림이에겐 충격 그 자체였다.

이전에 사대부 여식들이 말했던 것처럼, 이겸은 확실히 자신들이 알고 있는 오라버니와 달라도 너무 달랐었다.

그날, 자신뿐만 아니라 세자 저하를 처음으로 본 사대부 여식들은 너 나 할 것 없이 세자빈이 되고 싶다고 입을 모으고 호들갑을 떨다가 그 빌어먹을 저주 때문에 너무 아쉽다며 발을 동동 구르기도 했다.

정말 이래도 되나 싶을 정도로 하루가 멀다 하고 매일 이겸의 생각에 아무것도 손에 잡히질 않았다. 그래서 그 뒤로 종종 궁에 들어가서 다시 이겸을 찾으러 다니곤 했지만, 다시 마주치기는 정말 힘이 들었다.

궁녀가 창호지 문을 열어 주자 안에서 자수를 놓고 있던 인영 공주가 힐끔 혜림을 바라보고는 관심 없다는 듯이 시선을 돌렸다. 다른 사대부 자제들은 강학청을 같이 졸업해서 하며 친분이 있어 자주 오는 것이 반가웠지만, 이제 막 얼굴을 알고 지낸 혜림이 오는 것은 탐탁지 않아 하는 듯했다.

"공주마마."

혜림은 마음 같아서는 저보다 어린 것이 건방을 떠는 것이 꼴사나워 머리라도 쥐어박고 싶었지만, 상대는 공주였다. 법도에도 어긋날 뿐만 아니라 세자인 이겸이 무척이나 아끼는 누이이니, 자신도 아껴 줘야 하는 것이 맞다고 판단한 것이다.

"네. 또 오셨군요. 할 일이 정말 없으…… 아니, 무척이나 심심하셨던 모양입니다."

별 관심 없다는 듯 눈길도 주지 않고 말하는 공주의 반응에 이제 막 다과상을 가져오던 궁녀가 큭큭 하고 웃었다. 혜림의 미간이 사납게 구겨지며 궁녀를 노려보았지만 궁녀는 별 대수롭지 않은 표정을 지으며 나갔다.

혜림은 어금니를 꽉 물고 저 궁녀를 머릿속으로 새겨 넣었다.

"제가 며칠 전에 장신구를 사러 갔다가 공주마마가 생각이 나서 좀 사 왔습니다."

장신구 얘기가 나오자, 그제야 인영이 관심을 보이며 시선을 옮겼다. 혜림은 보자기 주머니를 펼쳤고 그 안에는 오색찬란한 장신구들이 있었다.

"우와!"

공주가 크게 감탄하며 자수까지 거두고선 장신구를 구경했다.

"이게 다 나에게 주려고 사 온 겁니까?"

"네. 그러하옵니다, 공주마마."

이것저것 정신없이 구경하던 인영은 아차 싶었다. 상대방은 제 오라버니를 가장 많이 괴롭히는 김원석 영의정의 여식이었다. 고작, 이런 걸로 홀라당 넘어가서는 안 된다고 생각했다. 즐거워하던 표정을 굳히며 인영은 손에 들고 있던 장신구를 내려놓고 보자기를 밀어 버렸다.

"다시 보니까, 별로 예쁘지도 않네요."

인영의 갑작스러운 변화에 혜림의 표정이 사나워졌지만 금세 온화한 미소로 바꾸었다.

"그럼, 이건 다시 가져가고 더 예쁜 것을 사 오겠습니다."

"그럴 필요 없습니다."

혜림은 서러운 표정을 지었다.

"전 단지, 공주마마와 친하게 지내고 싶어서 그러한 건데, 혹여 제 행동에 기분이 상하신 것이 있으신지요."

하지만 혜림의 연기가 어린 인영에게 먹히지 않았다.

"좀 피곤해서 그러는데, 오늘은 이만 물러가 주시겠습니까?"

혜림은 인영이 의외로 만만치 않은 존재라고 느끼며 끝까지 예를 갖추고 나왔다.

휴……. 어쩌지? 인영 공주랑 친해져야 궁궐을 마음껏 왔다 갔다 하면서 이겸을 만날 수가 있는데, 그렇다고 세자 저하 얘기만 나오면 으르렁거리기만 하는 아버지와 오라버니에게 따로 부탁을 드릴 수도 없는 노릇이었다.

"아, 짜증 나."

공주의 처소에서 나와 돈화문으로 향하며 어딘가에 흠씬 화풀이라도 하고 싶던 혜림의 시야로 이겸이 들어왔다. 그는 외출을 하고 들어오는 것 같았다. 반가운 마음에 환하게 미소를 지으며 말을 걸기 위해 막 한 발자국 내딛던 혜림의 얼굴이 싸늘하게 굳어졌다.

이겸의 곁에 한 여자가 있었던 거였다. 단순히 나란히 걷는 것을 넘어서 눈을 마주치며 대화를 나누고 있었다. 그리고 이겸이 보일 듯 말

듯 하지만 분명 웃고 있는 것을 보며 혜림은 두 손을 꽉 그러쥐었다.

"저 거지 같은 년은 또 뭐야?"

제 시야에서 멀어져 가고 있는 두 사람을 보며 인영은 치밀어 오르는 분노를 궁에서 폭발이라도 할까 싶어 참기 위해 어금니를 꽉 깨물고 몸을 부들부들 떨었다.

동궁전에 앉아 하린을 기다리는 동안 책을 읽고 있던 이겸이 귓가로 희미하게 들려오는 소리에 고개를 들어 올렸다. 상궁과 함께 궁녀의 옷으로 갈아입으러 간 하린이 돌아오는 소리가 분명했다.

아직은 아무 색도 보이지 않는 널찍한 동궁전. 이겸은 자리에서 일어나 나갔다. 밖을 볼 수 있는 모든 문을 열라고 명했다.

상궁과 함께 하린이 동궁전 안으로 막 들어서고 있었다. 그녀가 밟은 동궁전 앞마당의 색이 보이고 댓돌의 색이 보이고 기둥의 색이 보인다.

긴 바닥의 무색이 나무로 된 제 색으로 번져 가며 상궁과 함께 하린이 곁으로 왔다. 비록, 비단은 아니었지만 말끔한 옷을 입고 있는 하린의 모습은 고왔다.

"세자 저하, 밖의 바람이 많이 차옵니다. 안으로 드시지요."

유 상궁은 어머니를 보필하던 상궁이었다. 어머니가 돌아가신 후 이겸의 부탁으로 김 내관과 함께 곁에서 보필을 해 주었다. 어린 시절 들었던 것처럼 생기가 있진 않았지만, 여전히 부드러움 속에 단호함 이 배어 있는 목소리 그대로였다. 항상 자신의 모든 것을 받아 주던 김 내관과는 달리 유 상궁은 무서운 호랑이 스승 같은 사람이었다.

그런 유 상궁의 모습을 어머니에게 이른 적이 한 번 있었다. 어머니는 무서워하는 이겸의 머리를 쓰다듬으며 유 상궁은 정말 좋은 사람이라고 온화한 미소를 지으며 그를 달래 주곤 했었다.

"괜찮습니다."

거절하는 이겸을 유 상궁이 살짝 사나워진 눈빛으로 바라보았다. 이겸은 얼른 꼬리를 내려야 했다.

"그리하지요. 그런데 좀 출출합니다."

"생과방에 전해 다과상을 가져오겠습니다."

"그래요. 그게 좋겠군요."

대답을 하며 이겸은 어느새 곁으로 다가와 있는 하린에게 안으로 따라 들어오라는 눈짓을 보냈다. 하지만 하린은 눈만 굴릴 뿐 쉬이 따라오지 않았다.

"안으로 들어오거라."

결국, 이겸의 한마디에 하린은 그를 따라 안으로 들어갔다. 방금 전까지만 해도 보이지 않았던 방 안의 색이 하나둘씩 보이기 시작했다. 보면 볼수록 신기했다. 마주 보고 앉은 하린의 얼굴엔 어울리지도 않게 많은 긴장감이 서려 있었다.

"안색이 좋지 않구나. 그 짧은 시간에 무슨 일이라도 있었던 것이냐."

이겸의 물음에 하린은 깊은 한숨을 내쉬었다.

"역시, 궁궐이라는 곳은 만만치 않네요. 이 삼엄하기 그지없는 분위기에 숨 막혀 죽겠어요."

자유가 억압되었다며 불만을 늘어놓으면서도 자선당 안을 호기심 가득한 눈빛으로 바라보았다. 그 모습을 이겸은 자기도 모르게 입가에 옅은 미소를 띠며 지그시 바라보다가 갑자기 마주친 하린의 시선에 얼른 풀었다.

"궁금한 것이 있는데, 여쭤 봐도 돼요?"

이겸은 대답 대신 담담하게 고개를 끄덕였다.

"혹시 궁궐 안에서 길을 잃으신 적도 있나요? 꼭 넓은 미로 같아요. 아까 왔던 길도 다 그 길이 그 길 같고 막 그래요."

"내 집에서 길을 잃는 바보가 어디 있겠느냐, 더군다나 난 누구보다도 기억력이 좋은 왕세자다."

"그 교육을 받으시나요?"

"무슨 교육을 말하는 것이냐?"

"자기 잘난 척을 할 때 눈 하나 깜빡이지 않거나 뻔뻔한 표정으로 말하기, 같은."

밖에 누군가 들었다면 난리가 날 정도의 무례한 그럼에도 이겸은 기분 나빠하기는커녕 소리 내어 웃었다.

"겁도 없는 녀석. 이곳은 궁궐이다. 나와 단둘이 있을 때는 괜찮지만, 다른 이가 있을 때는 말을 삼가서 하도록 하여라."

"아…… . 무례를 저지른 것 같네요, 세자 저하. 앞으로도 주의하도록 하겠습니다."

하린의 말이 끝나기 무섭게 밖에서 유 상궁의 그림자가 보였다. 안으로 들어가겠다고 고하는 유 상궁의 목소리가 아주 선명하게 들려왔다. 창호지 문이 열리고 다과상이 들어왔다. 생과방 나인들이 이겸과 마주 보고 앉아 있는 하린을 곁눈질로 훔쳐보았다. 그 시선에 하린은 흠칫하고 놀랐다.

모두가 물러서고 다시 단둘이 있는 방 안.

"방금 보셨어요?"

"앞으로 네가 궁궐에 있으면서 감당해야 할 일 중 하나일 뿐이니, 소란 떨지 말거라."

"이곳은 정말, 이래저래 엄청 살벌한 곳이네요."

낮게 중얼거리는 하린의 시야 앞으로 약과 하나가 내밀어졌다. 번지르르한 게 식욕을 확 당길 만큼 먹음직스럽게 생겼다.

"이거 먹고 기운 차리거라."

이겸에게 약과를 받아 한 입 베어 물었다. 쫀득쫀득하고 달달한 것이 하린의 입 안에서 기분 좋게 퍼져 나갔다.

"맛있어요. 역시 기분이 꿀꿀할 때는 단것이 최고!"

"실컷 먹도록 하거라."

약과와 차를 번갈아 먹는 하린을 이겸은 가만히 바라보았다. 약과를 한 번 더 내오게 한 후 그릇을 비우고 나서야 하린의 간식 시간은 끝이 났다.

"이렇게 귀한 음식으로 배를 채우다니, 궁궐에 들어온 것을 잘했다는 생각이 듭니다."

방금 전 답답하다고 투덜거릴 때는 언제고 고작 약과로 배를 채웠다고 좋아하며 말하는 하린의 단순함이 이겸을 또 웃게 했다. 하린의 말대로 삼엄하고 살벌하기 그지없는 궁궐 안. 어쩌면 이겸은 숨통이 트일 유일한 공간이 생겼다는 생각이 들었다.

"그럼 앞으로 제가 할 일은 무엇이에요? 저도 보통의 궁녀들처럼 같은 일을 하면 돼요?"

"유 상궁에게 이미 모든 것을 말해 놓았다. 넌 지밀궁녀들처럼 일에 큰 집중을 하지 않아도 된다. 다만, 내 곁에서는 한시도 떨어져서는 안 된다."

하린으로 인해 변하게 될 제 세상에 대한 기대와 설렘이 컸다. 그리고 그 기대만큼 많은 것들을 미리미리 준비해야 했다.

"내가 볼 수 있는 곳에 항상 있어야 하고 내가 부르면 들을 수 있는 곳에 항상 있어야 한다. 알겠느냐?"

"네. 알겠습니다. 그런데 세자 저하."

"응?"

"저 식혜 한 그릇만 더……."

세 번을 거뜬히 먹고도 빈 그릇을 한 번 더 내미는 하린에 이겸은 입을 살짝 벌리며 놀라 했다. 보통의 여인이 아니라고 생각은 했는데, 먹성 또한 보통의 여인이 아니라는 것을 깨닫는 순간이었다.

"세자가 직접 말입니까?"

빈청에 모여 있던 대신들은 궁에서 떠도는 소문에 대해 보고를 받자 다들 의아한 얼굴들이었다. 세자가 직접 궁녀 하나를 궁으로 데리고 왔다는 소식 때문이었다.

궁녀의 일들은 내명부의 일이라 세자가 직접 개입을 했다는 것은 매우 이례적인 일이었다. 거기에 소문은 그녀가 곧 승은궁녀가 될 것이라고 보태져 있었다.

여자에 대해 일체 관심도 없어 보이던 이겸의 갑작스러운 이런 행동은 모두들을 당황하게 했지만, 원석만이 여유로워 보였다.

"밖에 나가서 잡아 오라는 도둑놈은 못 잡아 오고 대신 마음 도둑을 데리고 온 모양입니다."

원석의 말에 대신들이 하나둘씩 의아한 얼굴을 풀며 웃기 시작했다.

"세자도 어쩔 수 없는 사내인가 봅니다."

"정신을 바짝 차리고 살아도 위험한 마당에…… 별 보잘것없는 여자에 빠지다니, 우리 세자 저하도 참……."

원석 또한 이겸의 사람 보는 안목이 참으로 형편없다며 속으로 한껏 비웃었다. 퇴궐하기 위해 빈청에서 나오던 대신들은 마침 이겸과 마주쳤다. 이겸의 곁에는 자그마한 체격의 궁녀 하나가 붙어 있었는데, 원석은 그가 방금 전까지 떠들던 중심의 인물이라는 것을 알아차렸다.

"세자 저하."

서로 걸음을 멈추자 대신들이 예를 갖춰 이겸에게 인사를 건넸다. 이겸은 가볍게 묵례를 취했다.

"퇴궐하시는 길인가 봅니다."

"네. 그러하옵니다."

이겸은 곁에 서 있는 궁녀에게 원석을 소개했다.

"인사하거라. 우리 건국과 백성, 그리고 왕위의 안전을 위하여 힘써 주시고 계시는 영의정이시다."

원석은 고작 궁녀 따위에게 자신이 소개되는 것이 어이가 없었지만, 세자가 직접 소개를 건네고 총애하는 인물이라 어쩔 수 없이 인사를 나눠야 했다.

"세자 저하의 곁에서 정신을 바짝 차리고 보필을 잘해 주게."

"네. 그리하겠습니다."

"성명이 어찌 되는가?"

"공하린이라고 합니다."

"음……. 이름이 참 예쁘구나."

이겸은 영의정 원석뿐만 아니라 그곳에 있는 다른 대신 신료들도 모두 하린에게 소개를 시켰다.

"그럼 세자 저하, 소신들은 이만 퇴궐하겠나이다."

허리를 굽혀 인사를 건넸기 때문에 이겸에서 돌아오는 대답은 없었다. 영의정은 겸의 곁을 지나가면서 아주 작게 중얼거렸다.

"참 재밌습니다, 세자 저하."

워낙 작은 목소리라 이겸의 옆에 있는 궁녀조차도 듣지 못했다. 영의정은 제 목소리를 듣지 못하는 이겸을 한 번 더 비웃고 천천히 멀어져 갔다.

그런 원석의 모습을 이겸은 눈빛으로 좇았다. 드디어 세상에서 가장 듣고 싶었고 꼭 들어야 했던 목소리가 들린다. 이겸은 어금니를 꽉 깨물었다. 저를 비웃으며 사라지고 있는 대신들의 모습을 마지막까지 놓치지 않고 노려보았다.

'재밌다……. 맞습니다, 대감. 앞으로 무척이나 재밌는 일이 일어날 것입니다.'

이겸은 속으로 원석에 대한 응징을 다짐하며 멈췄던 걸음을 옮겼다. 강녕전으로 향한 이겸은 잠시 하린을 밖에 세워 두고 자신만 안으로 들어섰다. 아버지이자 한 나라의 왕에 대한 예를 갖춘 후 마주 보고 앉은 이겸은 자신을 걱정하느라 많이 초췌해진 아버지의 얼굴을 안타깝게 바라보았다.

"저의 나약함 때문에 아바마마의 심려를 끼쳐 드린 불효를 용서하여 주시옵소서."

"그래, 세자가 이 시간에 무슨 일로 왔느냐."

이겸은 호흡을 한 번 가다듬고 차분하고 덤덤하게 여태 있었던 모든 일들을 이광에게 은밀하게 고했다. 이야기가 진행됨에 따라 이광의 표정은 급격하게 어두워졌고 크게 놀라며 심장 부근을 쥐었다. 얼마나 세게 집고 있었으면 그의 손등에 퍼런 힘줄이 굵고 선명하게 도드라지고 있었다. 물론, 하린이 '날도'라는 정체에 대해서는 아버지에게도 철저하게 감추었다.

"그것이 사실이냐. 그래서 네가 직접 그 아이를 이 궁으로 데려온 것이구나."

상선에 의해 이겸이 여자 하나를 궁으로 데려왔다는 말에 이광은 생각이 복잡했던 참이었다. 그 빌어먹을 저주 때문에 세자의 자리가 휘청거리고 위험해지는 것이 한이 되어 죽어서까지도 편치 못할 것이었는데, 이제 그 저주를 풀 수 있는 희망이 생겼다는 말에 이광은 안도의 눈물이 다 나오려 했다.

"어서 그 아이를 들라 해라. 내 눈으로 직접 확인해 보아야겠다."

이광의 명에 하린이 안으로 들어왔다. 아직 하린은 자신이 저주를 풀 수 있는 희망이라는 것을 모르고 있다는 이겸의 말에 이광은 티를 내서는 안 되었다.

이광은 잔뜩 긴장한 눈으로 하린을 바라보았다. 평범하기 그지없는 여린 여인처럼 보이는 이 아이가 아들의 저주를 풀어 줄 수 있다는 것이 믿기지 않았다.

"전하께 예를 갖추거라."

이겸의 엄한 목소리에 하린은 이광에게 절을 올리고 앉았다.

"소녀, 공하린이라고 하옵니다."

"고개를 들어 보거라."

이광의 말에 하린이 천천히 고개를 들어 올렸다.

"오목조목한 이목구비가 번듯하고 야무지게 생겼구나."

하린은 이광을 보며 웃지 않았다. 건국 최고의 겁쟁이라며 속으로 연신 원망하고 비웃었다. 당신으로 인해서 건국의 백성들이 고달픔 속에서 어떻게 죽음에 맞서 살아가고 있는지 아느냐고, 마음 같아서는 모든 백성들을 대신하여 따져 묻고 싶었으나 이겸과 약속한 것이 있어 그러지 않았다.

한편, 이광은 하린과 짧은 대화를 나누고 이겸을 바라보았다.

"세자……."

이광의 부름에 낮게 고개를 숙이고 있던 이겸이 천천히 고개를 들어 올렸다. 그의 눈엔 투명한 눈물이 차오르고 있었다.

"아바마마……."

오래도록 듣지 못했던 아버지의 목소리는 힘도 빠지고 많이 늙어 있었다. 자신의 목소리가 들린다는 것을 알아차린 이광이 참지 못하고 자리에서 일어나 이겸에게로 다가왔다. 그리고 하린의 시선에도 불구하고 아들을 있는 힘껏 끌어안았다.

"이제 나는 죽어도 여한이 없을 것 같구나. 세자, 우리 세자……."

자신의 죄로 인해 고통받아야 했던 아들에게 여태 짊어지고 있던 죄책감이 덜어지고 앞으로 아들의 삶이 조금은 평탄해질 것이란 안도감에 눈물이 차올랐다.

세자, 세자, 세자.

여러 번이고 제 아들을 부르는 아버지의 목소리엔 뜨겁고도 서글픈 목소리가 배어 있었다.

강녕전에서 나와 동궁전으로 향하는 길.

이겸은 옆에서 자꾸만 저를 힐끔거리는 하린이 신경 쓰여 결국 가던 걸음을 멈춰 세웠다. 덩달아 그의 뒤를 따르던 궁녀들과 내관도 걸음을 멈췄다. 이겸은 가까이 붙어 있는 그들에게 잠시 떨어지라 손짓을 해 보였다.

"멀리."

소리가 들리지 않을 정도로 벌어진 간격을 확인하고 나서야 이겸은 하린을 마주 보았다.

"왜 자꾸 내 얼굴을 힐끔거리는 것이냐? 꿀이라도 묻은 것이냐?"

"꿀은 달달한 거니까 달달하고 사랑스러운 눈빛으로 보았겠죠? 하지만 전 그런 눈빛은 아니었습니다. 착각을 좀 하신 듯싶습니다."

이겸이 듣기에는 그다지 기분이 나쁘진 않았지만, 궁에서 일하며 극성을 떠는 사람들의 특성상 하린의 말은 꽤 건방진 말이었다. 다행히 유 상궁과 내관이 듣지는 못한 듯했다. 멀리 물러서라고 한 것이 정말 다행이다 싶었다.

"내 궁에서만큼은 그 입을 조심하라 그리도 당부하였거늘."

"그저 물어보셔서 친절하게 대답을 한 것뿐인데……."

"착각. 그 착각이라는 단어가 거슬린다."

"아……. 네."

"인정 안 하는 그 표정도 거슬린다."

"아, 네."

"웃으면서 대답하거라."

이겸의 말에 하린이 억지로 입술을 들어 올리며 웃었다. 이유가 무엇이든 하린은 웃는 것이 훨씬 예쁘긴 했다. 이겸은 충분히 만족하며 다시 걸음을 걸었다. 뒤를 따르던 신하들이 바싹 따라붙으려는 것을 이겸은 손을 뻗어 간격을 맞췄다. 하린이 언제, 어디서, 어떻게, 다시 말실수를 하여 유 상궁의 분노를 일으키게 할지 불안해서였다.

"그건 그렇고…… 세자 저하는 생각보다 눈물이 좀 많으신 것 같습니다."

"눈이 건조해서 그런다."

"무슨 사연이 있는지는 모르나, 전하의 눈물이 백성들을 위해 흘리는 눈물이 되었으면 좋겠다는 생각이 들었습니다. 나중에 세자 저하가 왕이 되신다면 꼭 백성들을 위해 눈물을 흘려 주세요."

틀린 말은 단 한마디도 없었다. 자신이 슬플 때 진정 자신의 곁에 있어 주던 사람들……. 지금은 당장 그 사람들을 볼 수 없다는 슬픔에 이겸은 씁쓸하게 미소를 지었다. 그것을 하린은 금세 눈치를 차렸다.

"제가 괜한 말을 한 거 같습니다."

"네가 날 자꾸만 가르치려고 드는구나."

하지만 금세 그 씁쓸함을 거두어 낸 이겸이 하린을 보며 작게 웃었다.

혜림은 궁에서 집으로 오는 내내 이겸의 곁에 붙어 있던 여자의 존재가 신경을 날카로운 손톱으로 긁듯이 거슬렸다. 제 방에 앉아서 씩씩거리고 있던 혜림은 아버지와 오라버니가 퇴궐을 했다는 방 서방의 말을 듣고 서둘러 나갔다. 아버지와 오라버니는 대화를 나누며 마당으로 막 들어오고 있었다.

"세자 저하가 이 와중에 여자한테 푹 빠져서 직접 궁으로 데리고 오다니, 정말 철이 없어도 너무 없으신 거 아닙니까?"

서둘러 두 사람에게 걸어가던 혜림은 오라버니인 양호의 말에 가뜩이나 일그러졌던 얼굴이 더욱 사납게 구겨졌다. 푹 빠져? 그 보잘것없고 형편없는 계집애한테? 한 나라의 왕세자가 그렇게 품위 있고 완벽한 모습을 갖고 고작 그딴 여자애한테 빠졌다고?

"혜림아."

자신을 마중 나온 딸을 발견한 원석이 답지 않게 인자한 미소를 지으며 반겼다.

"아버지."

혜림은 제 열불이 나는 감정을 숨기지 못한 얼굴로 원석에게 다가갔다. 인자한 미소를 짓고 있던 원석은 바람이라도 불면 날아갈까, 언제나 애지중지하던 딸의 어두운 안색에 금세 걱정의 낯빛으로 바뀌었다.

"왜 그러느냐, 무슨 일이라도 생긴 것이야?"

"딱 봐도 누구한테 고백이라도 했다가 차인 얼굴이구나."

걱정하는 원석과는 달리, 옆에서 깐죽거리는 양호에 혜림이 눈을 치켜떴다.

"아이고, 무서워라. 성깔머리가 저러니 남자들이 쉬쉬하지."

"어허! 하나뿐인 사랑스러운 누이에게 못하는 말이 없구나."

원석의 나무람에 그제야 양호는 얄미운 입술을 다물었다. 양호가 이겸의 인품을 따르려면 건국 전체를 백 바퀴는 더 돌아야 겨우 견줄 정도가 될 것이라 여긴 혜림은 원석에게 응석 부릴 준비를 했다.

"아버지, 아버지는 제가 원하는 것을 다 들어주신다고 하셨지요?"

"그럼, 우리 사랑스러운 딸을 위해 이 아버지는 뭐든 다 들어줄 준비가 되어 있단다."

혜림은 생각이 그렇게 깊지 않았다. 즉흥적이며 감정이 나오는 대로 행동에 옮기는 다혈질이었다. 그런 혜림이 아버지와 오라버니가 원수처럼 여기는 세자인 이겸에 대해 며칠을 말하지 않았다는 건 엄청난 인내심과 고민을 했다는 뜻이었다. 그리고 그것은 오늘 이겸의 옆에 있는 여자의 존재로 박살이 나 있는 상태였다.

"저도 시집가고 싶어요."

미세하게 음성까지 떨리며 말하는 혜림의 목소리에 원석의 눈이 휘둥그레졌다. 귀하디귀한 딸이 직접 시집가고 싶다고 하소연에 가까운 말을 하자 상대방 사내는 뭘 했나 싶어 괘씸하면서도 딸을 이제 보내야 할 때가 됐나 싶어 서운함이 몰려오기도 했다.

"대체, 우리 혜림이의 마음을 사로잡은 그 사내가 누구더냐? 어느 집안의 자제인 것이냐?"

"일단 놀라지 말고 들어 주세요, 아버지."

설마 보잘것없는 사내를 얘기하는 건가 싶어 원석은 단단히 각오를 했다. 굳건한 아버지의 눈빛을 확인하고 나서야 혜림은 입술을 떼어 냈다.

"세자 저하이십니다. 세자빈이 되고 싶습니다."

"아니 된다."

한 치의 망설임도 없이 단호하게 일축하는 원석에 혜림은 절망했다.

"아버지!"

"세자는 절대 아니 된다."

"왜 아니 됩니까? 그깟 저주 때문입니까? 혹시 모르지 않습니까, 그게 단순한……!"

"입 다물지 못할까. 어찌하여 넌 이렇게 철이 없는 말을 하여 아버지를 힘들게 만드는 것이냐."

혜림은 한 번도 제게 이렇게 냉랭하게 대한 적이 없던 아버지였기에 충격이 컸다. 하지만 여기서 순순히 물러설 혜림이 아니었다.

"시집을 보내주시지 아니하시면, 오늘부터 물 한 모금도 마시지 않을 것입니다!"

"마음대로 하거라. 네가 그렇게 작정을 한 것은 우리 집안의 씨를 말리는 짓과 같은 행위이다! 네 아무리 그리해도 세자만큼은 아니 된다!"

원석은 눈 하나 끔뻑이지 않고 윽박을 내질렀다. 그러고는 주저앉아서 울음을 터트려 버리는 혜림을 달래 주지도 않고 찬바람을 일으키며 지나갔다. 한 번도 제게 '아니 된다'라고 말을 한 적이 없던 아버지의 야속한 뒷모습이 혜림은 낯설어 보였다.

그래도 뺏기고 싶지 않았다. 그렇게 보잘것없는 여자에게, 첫눈에 반하게 하고 자신을 오랫동안 아무것도 하지 못하게 만들었던 이겸을 뺏기고 싶지 않았다.

5.

　하린이 하는 일은 정말이지 하루 종일 이겸을 따라다니는 일밖에는 없었다. 지밀궁녀로서 해야 할 심부름 같은 것은 전혀 하지 않았고 이겸이 공부할 때를 제외하고 휴식을 취할 때는 함께 산보하며 맛있는 간식을 먹었다. 그리고 언제나 뒤가 아닌 옆에 붙어 있었다.

　그것이 이겸의 명령이라 어쩔 수 없었다. 그래서일까, 시간이 지날수록 자신을 쳐다보는 궁녀들의 시선이 점점 차갑고 따가워졌고 하는 행동들은 유치해졌다.

　"아……!"

　궁녀들과 함께 모여서 밥을 먹는데 모래알이 씹혔다. 얼른 입에서 밥을 뱉어 내자 주변에서 낄낄거리는 소리가 들려왔다. 그럼에도 하린은 참았다. 세세한 것을 전부 말하면 이겸이 자신의 곁에 두려는 것이 더욱 강해질까 싶어서였다. 대신 밥맛이 떨어져 나왔는데, 이번엔 신발이 사라졌다. 하린은 기가 막힌 얼굴로 뒤를 돌아 자신을 바라보며 웃음을 참지 못하는 궁녀들을 노려보았다.

"대체, 이게 몇 번째니?"

결국 맨발로 선배 궁녀에게 신발 하나를 청해야 했다. 온갖 짜증을 내는 선배에게 사과하며 겨우 얻어 낸 신발을 신고 나왔다. 이렇게 화나는 일들이 계속 일어나니 바깥에서 지냈던 날들이 그리워졌다. 하린은 높디높은 궁의 담벼락을 보며 낮게 중얼거렸다.

"영운아…… 보고 싶다. 이곳은 너무 답답해."

하지만 궁 생활은 어느 것도 하린의 그리움을 해결해 줄 수 없었다. 하린은 한참을 그렇게 담벼락을 바라보다 시간이 꽤 흘렀다는 것을 깨닫고 동궁전으로 향했다.

"어딜 다녀오는 것이냐."

오지 않는 하린을 찾으려 마침 밖으로 나왔던 이겸은 종종걸음으로 다가오고 있는 하린을 보며 채근하듯 물었다.

"속이 좀 갑갑하여 산보를 했어요."

"속이 갑갑하다. 잠깐 기다리거라."

이겸은 다시 동궁전 안으로 들어가더니 곤룡포를 벗고 붉고 푸른색의 조화를 이룬 철릭을 입고 나타났다.

"사정으로 가자."

앞장서 가는 이겸을 하린이 따라나섰다. 그곳까지 집요하게 따라오는 궁녀들과 내관을 뒤로 물러서게 한 이겸은 사정 안에서 오로지 하린만을 옆에 두고 있었다. 멋스럽게 활을 집어 든 이겸이 겨누어 쏜 화살은 명중이었다.

이겸은 곁에 있는 하린에게 활을 내밀었다.

"너도 쏴 보거라."

"예?"

하린이 깜짝 놀라 주변 사람들의 눈치를 살폈다. 궁에서 궁녀의 몸으로 화살을 쏘는 건 이례적인 일이었다.

"속이 갑갑하다면서. 이렇게 활을 쏘고 맞히면 속이 뻥 뚫린다. 그러니 어서 쏴 보거라."

"보는 눈이 많습니다. 여기서 제가 명중이라도 하게 되면, 의심할지도 모릅니다."

"그럼 이렇게 하면 어떻겠느냐?"

이겸이 팔을 뻗어 하린을 뒤에서 감쌌다. 그리고 활을 쥐게 한 다음 함께 화살을 과녁에 겨누어 쐈다. 살짝 빗나가는 화살에 아쉬워하는 이겸의 낮은 한숨이 하린의 귓가를 스쳤다.

마치 불이 스친 것처럼 뜨거워졌다. 등에서 느껴지는 이겸의 심장 소리, 그리고 귓가에 스며드는 이겸의 일정한 숨소리.

모든 것이 하린을 정신없게 만들었다.

"한 번 더 시도해 보자꾸나."

언젠가는 떠나야 할 사람이다. 평생을 곁에 둘 수도, 평생 곁에 있어서도 안 되는 사람이다. 도적이라는 신분을 숨기고 평생 이 삼엄한 궁에서 살 수는 없을 것이다. 그럼에도 하린의 마음은 자꾸만 반응을 보였다.

오직 단 한 사람, 이겸에게.

그 뒤로도 한참 동안 활을 쏘며 심란한 마음을 달랬다.

"기분이 좀 나아졌느냐."

"훨씬 나아진 것 같습니다."

서로의 정체를 알고 난 이후 하린은 자신의 마음을 헤아려 주고 있는 이겸에게 마음이 설레었다.

하지만 그 설렘은 사정에서 나와 동궁전으로 향하는 길에 찬물을 끼얹은 것처럼 꺼져 버렸다. 대신들과 마주치게 된 것이다. 하린이 제대로 본 것이 맞다면 방금 원석은 이겸의 옷차림을 위에서부터 아래로 훑어보더니 비소를 머금었다.

하린이 조심스럽게 이겸을 올려다보았다. 잔뜩 경계 서린 눈빛을 하고 있는 것을 보니 그들의 관계를 대충 유추해 볼 수 있었다. 신하를 두려워하는 왕과 그런 신하에게 대적하려 드는 세자.

적어도 하린에겐 그렇게 보여서 조금은 안도가 되었다. 적어도 이겸이 왕이 된다면 신하들에게 마음껏 휘둘리지는 않을 수도 있겠다는 생각이 문득 들었기 때문이었다.

"세자 저하."

맨 앞에 선 원석이 이겸을 향해 인사했다.

"어딜 다녀오십니까, 세자 저하."

"머리가 좀 복잡하여 사정에서 머리를 식히고 오는 길입니다."

"세자 저하, 아뢰옵기 황송하오나, 지금 건국에는 비가 내리지 않아 많은 백성들이 가뭄에 시달리고 굶주리며 고통에 몸부림을 치고 있사옵니다."

이것은 분명, 백성들의 고통을 헤아리지 못하고 제 머리만 식히려고 드는 세자라고 비꼬는 듯한 말이었다. 하린은 무례하기 그지없는 원석의 말에 발끈하여 아랫입술을 지그시 깨물었다. 오히려 백성들의 것을 빼앗는 건, 자신들이면서…….

이런 말을 직접 들은 이겸은 얼마나 기분이 상할까 싶어 표정을 살피는데, 이겸은 오히려 좀 전에 봤던 경계 어린 표정이 아닌 온화한 표정이었다.

"맞습니다. 백성들이 그리 힘들어하는데, 한 나라의 세자라는 사람이 제 생각만 한 것 같습니다. 오늘도 영의정 덕분에 제 주제를 알고 반성합니다."

"황공한 말씀이옵니다."

"백성들을 위하여 어떻게 이 사태를 해결해야 하는지, 내 반드시 고민을 하고 해결해 보도록 노력하겠소."

"굳이 그러실 필요까지 있겠사옵니까. 성체에 무리라도 생길까 염려되옵니다."

영의정은 입가에 비릿한 미소가 떠올랐다. 누가 듣고 보아도 잔뜩 비아냥거리는 것이 확실했다.

"그저 지금의 세자 저하의 할 일만 하시면 되옵니다."

이겸은 그것이 무엇을 의미하는지 알고 있다. 들리지도 보지도 못하는 그저 허수아비 같은 세자의 역할만 하라는 뜻이었다.

무어라 말하기도 전에 대신들은 거짓된 예를 갖추고 이겸의 곁을 지나쳤다. 하린은 그들이 말하는 것이 정확히 무슨 뜻인지는 모르지만, 어쨌든 꼭두각시 같은 왕처럼 세자인 이겸도 그렇게 될 거라 경고하고 있는 것으로 들렸다.

하린은 그들을 끝까지 바라보았다. 사람 염장 질러 놓고 뭐가 그리도 좋은지, 호탕하게 웃으면서 사라지는 그들에 자존심이 상했다.

자신도 이 정도인데, 당사자인 이겸은 얼마나 심할까…….

"세자 저하."

하린은 은근히 드는 걱정에 낮게 이름을 부르며 이겸을 올려다 보았다. 잠시, 두 눈동자가 심하게 일렁이고 주체되지 않는 감정에 휘말려 있던 이겸은 금세 모든 것을 가다듬고 입가에 옅은 미소를 띠었다.

"출출하구나."

미소가 오늘따라 유난히도 쓸쓸해 보였다.

"너는 안 출출하느냐?"

애써 밝게 물어 오는 이겸에 하린도 더는 어두운 낯빛을 하고 있을 수 없었다. 그래서 억지로 웃어 보였다.

"배고파서 정신이 돌아가겠습니다."

하린이 손가락으로 머리를 빙빙 돌리며 말했다. 그러자 이겸이 웃었다. 좀 전보다 훨씬 괜찮아 보이는 미소였다.

이겸이 스승과 공부를 하는 시간.

비현각 앞에 서 있는데, 뒤에서 들려오는 속닥거림의 분위기가 심상치 않았다.

"여우같은 계집애."

"대체, 어떻게 세자 저하를 꼬였는지 몰라도 그것이 꼬리 달린 여우의 짓이지, 절대 얼굴은 아닐 거야."

"그러니까 말이야. 아휴! 굴러들어 온 돌이 박힌 돌 빼낸다고…… 마음에 안 들어."

전부 꼭 새겨들으라는 듯이 그들의 목소리는 속닥거리는 말치고는 컸다. 살짝 기분이 언짢아진 하린이 쳐다보자, 궁녀들은 뭐, 뭐, 하며 대응하는 표정을 지어 보였다.

유치한 것들…….

속으로 중얼거리며 관심을 끄려는데, 누군가가 제 어깨를 툭툭 쳐 보였다. 돌아보니 평소 자신을 못마땅해하던 궁녀들 중에 최고로 못마땅해하던 선배 궁녀가 서 있었다. 그녀는 말도 없이 손을 까딱이며 하린을 불렀다. 비현각에 들어가기 전, 자신이 나올 때까지 꼼짝 말고 이곳에 있으라고 했던 이겸의 명이 있었다.

"송구하오나, 전……."

"세자 저하가 나오시려면 아직 한참이 멀었다. 그러니 따라오거라!"

당돌한 목소리로 따라올 것을 지시하는 궁녀에 하는 수 없이 하린은 발걸음을 옮겼다. 하린을 데리고 온 궁녀는 엄청난 옷가지들을 하린에게 건넸다. 전부 이겸이 입었던 옷들이었다. 산더미처럼 쌓인 옷을 하린은 휘청거리며 받았다.

"이것을 세답방에 좀 전해 주고 오너라."

"이 많은 것을 저 혼자 말입니까?"

"왜? 싫으냐? 네가 감히 세자 저하의 예쁨을 좀 받았다고 건방 지기가 따로 없구나?"

한마디 더 했다가는 끝도 없는 잔소리를 들을 것 같은 불길한 예감이 들었다.

"송구하옵니다. 전부 다 제가 세답방으로 옮기도록 하겠습니다."

"진작 그럴 것이지."

궁녀는 팔짱을 끼고 도도하게 하린의 어깨를 굳이 치며 지나갔 다.

"예쁨을 받는 거면 억울하지도 않지. 매일 곁에 두면서도 좋은 소리 한마디도 안 해 주시는 세자 저하인데……."

혼잣말을 내뱉다가 하린은 피식 하고 웃음이 새어 나왔다. 남들이 보기에는 그게 예쁨을 받는 것처럼 보였구나. 하긴 이겸은 다른 궁녀들에겐 눈길도 주지 않고 쉬이 말도 걸지 않았다.

오로지 하린, 하린, 제 이름만 부르고 다니고 귀한 음식과 간식도 자신만 먹이던 이겸이었다. 매일 찾고 부르는 것이 귀찮다가도 이 험하고 외로운 궁궐에서 그가 유일하게 의지가 되고 위로가 된 것은 사실이었다.

다른 궁녀들은 절대 그런 것을 느끼지 못했을 테니, 이렇게 질투 아닌 질투를 하는 것은 어찌 보면 당연한 거였다.

"휴……."

그렇다고 하린의 성격상 이겸에게 당장 달려가 징징거리지도 못하는지라 군말 없이 옷들을 주워 나왔다. 신을 신고 막 세답방으로 향하려는데, 맞은편에서 오던 궁녀 몇 명이 지들끼리 낄낄거리더니 슬쩍 발을 걸어 왔다.

하린은 그것을 눈치챘고, 뛰어넘을 수도 확 밟아 비틀어 버릴 수도 있었지만, 기어이 걸려 넘어져 주었다. 그것이 보통의 여자들의 모습이니까. 본능적인 '날도'의 본능을 그렇게 억지로 감추었다.

"앞 좀 똑바로 보고 다니거라!"

"조심성도 없이 뭐니?"

옷과 함께 바닥에 널브러진 하린을 보며 궁녀들은 얄미울 정도로 깔깔거리며 웃었다.

"네. 그리하겠습니다."

하린은 억지로 대답하며 바닥에 떨어진 옷들을 주워 담았다. 그리고 속으로 말했다.

'봐주는 건 이번만이다. 그 이후로도 이런 짓을 하면 진짜, 너희들의 발등을 내리찍어 몇 배의 고통을 느끼게 해 줄 거야.'

옷감들을 들고 세답방으로 세 번째 갔을 때 일이 터졌다. 누군가가 빨래를 나르고 있는 하린을 있는 힘껏 밀쳐 냈다. 아무 생각 없이 걷고 있었기에 어떤 방어도 할 수 없었던 하린은 빨래를 하기 위해 만들어 놓은 물구덩이에 그대로 미끄러져 빠지고 말았다.

빨랫감과 함께 입고 있던 옷이 물에 전부 젖어 버렸다. 머리 위에서 깔깔깔 웃는 소리가 들려왔다. 그런 궁녀들을 하린은 씩씩거리며 노려보았다. 지난 일순 동안 이 정도 참았으면 됐다 싶었다.

"아무튼 사람이 착하게 굴면 아주 그냥 등신인 줄 알지?"

하린은 젖어서 무거워진 빨랫감을 궁녀들에게 냅다 집어 던지며 외쳤다. 워낙 순식간에 벌어진 일이라 궁녀들은 무거운 빨랫감에 밀려 그대로 엉덩방아를 찧고 말았다. 참다못해 폭발해 버린 감정에 결국 이성마저 무참하게 끊어져 버렸다.

"이 쬐깐한 게 미친 거 아니야?"

"가만 안 둬!"

넘어졌던 궁녀들이 벌떡 일어나며 하린에게 달려들었다. 하지만 하린은 가볍게 그녀들의 손아귀를 벗어나고는 허리를 아래로 굽혀 수비의 태세를 취한 후 발을 뻗어 그들의 발목을 가볍게 후려쳤다. 궁녀들이 순서대로 다시 바닥에 널브러지고 말았다.

"이게 지금, 뭐 하는 짓들이야!"

뒤에서 삼엄하게 들려오는 목소리는 분명 유 상궁의 것이었다.

너부러져 있던 궁녀들이 널뛰기처럼 벌떡 일어나 억울해 죽겠다는 얼굴로 유 상궁에게 달려갔다.

"마마님! 정말, 무서워서 같이 일 못 하겠습니다. 일을 좀 시켰다고 저희를 바닥으로 밀쳐 내며!"

"어허! 어디서 소란을 피우고 있는 게냐? 그 입 닥치지 못할까."

유 상궁의 엄하고도 절도 있는 핀잔에 열심히 일러바치던 궁녀들은 입술을 굳게 다물었다. 유 상궁은 어떤 변명도 하지 않고 온몸이 젖은 채 서 있는 하린을 노려보았다.

"따라오거라."

하린이 걸음을 옮기자 궁녀들은 고소하다며 혓바닥을 내밀고 약 올렸다. 하린이 다시 주먹을 치켜들자 후다닥 도망가는 꼴이 우스워 보여 실소가 터지고 말았다. 앞서가던 유 상궁이 뒤를 돌아 그런 하린을 노려보았다.

하린은 제 감정을 자중시키며 유 상궁을 따라 궁녀 방으로 들어왔다. 문을 굳게 닫은 유 상궁이 뒤를 돌아본 순간 하린에게로 손이 올려졌다.

퍽 소리와 함께 하린의 머리가 한쪽으로 쏠렸다. 생각보다 아프진 않았다. 날도로 지낼 때는 더 많은 상처와 아픔을 견뎠기 때문이었다. 그런데 왜 눈물이 나오는지 모르겠다.

"너의 그 기고만장한 행동이 세자 저하에게 어떤 악영향을 끼치는지 모르고 있는 것 같구나."

유 상궁은 어금니를 꽉 물며 치밀어 오르는 분노를 삼키고 있는 것 같았다. 아니, 하린이 보기에는 유 상궁은 자신의 행동으로 인해 행여나 세자 저하에게 폐가 끼치는 일이 생기진 않을까 노심초사하는 것만 같았다.

"세자 저하의 사람은 절대 튀어서는 안 된다. 조금의 빈틈을 보여서도 안 돼. 그것이 전부 세자 저하께서 가시는 길을 방해하고 있다는 것을 너는 명심, 또 명심해야 할 것이야."

맞은 머리가 얼얼했다.

"저도 그러려고 했습니다. 그런데……."

"알고 있다. 전부 다 알고 있다."

하린은 울지 않으려 애썼다.

"하지만 참고 견디거라. 세자 저하를 위해서라도 그렇게 하거라. 우리보다 더 큰 상처와 아픔을 겪고 견디고 계시는 분이시다."

문득 지난번 조롱하고 비웃던 대신들 앞에 서 있던 이겸의 모습이 떠올랐다. 자존심이 뭉개지고 왕족의 위상이 바닥을 치고 있다는 것을 알면서도 이겸은 참고 견뎠다. 하린은 자신의 행동이 경솔했다는 것을 느꼈다.

"다시 한번 이런 일이 발생하면 그땐 내가 너를 가만두지 않을 것이다. 아무리 세자 저하의 친애를 받는 너라 하여도! 가만두지 않을 것이야."

"네. 죄송합니다."

하린은 푹 고개를 수그리고 아랫입술을 지그시 깨물었다. 행여 이번 자신의 일로 이겸에게 피해가 가는 건 아닐까 걱정스러운 마음에 낯빛이 점점 더 어두워졌다.

하린은 수업을 끝낸 이겸과 간단하게 산보를 끝내고 궁녀 방으로 들어왔다.

"쟤가 개야?"

끼리끼리 뭉친 궁녀들이 하린을 향해 대놓고 삿대질을 하고 속 닥거렸다. 어딜 가나 사람들의 안줏거리가 되어 씹히는 건, 그다지 유쾌한 기분은 아니었다. 하린은 애써 무시하고 자신의 잠자리를 정리했다.

"세자 저하께서 저주 때문에 여자를 멀리하시는 줄 알았는데, 알고 보니 취향이 많이 독특하신 거였네."

취향이라는 단어는 둘째 치고 하린의 귀를 자극한 것은 '저주' 라는 단어였다. 사실 이전에도 궁녀들이 속닥거리는 소리를 몇 번 들은 적이 있었다. 그때마다 들렸던 '저주'라는 것이 꽤나 신경 쓰 이던 참이었다.

갑작스럽게 드리워진 그림자에 궁녀들이 화들짝 놀라서는 위를 올려다보았다.

"뭐, 뭐!"

매서운 눈으로 자신들을 바라보고 서 있는 하린에 궁녀들이 바 짝 긴장해서는 말까지 더듬으며 물었다. 하린은 그들 사이에 조심 스럽게 앉았다.

"저주라니?"

묻는 하린에 누구도 쉽게 대답을 하지 않고 서로의 눈치만 살폈 다.

"세자 저하가 저주에 걸렸다니? 그게 무슨 막말이야? 왕족을 능 멸한 죄가 얼마나 큰지 몰라서 이렇게들 막말을 하고 다니는 거야?"

"막말 아니거든?"

궁녀 한 명이 발끈해서 대답했다.

"막말이 아니면?"

"너만 모르는 사실이라는 거지, 이 멍청아. 왜, 세자 저하의 총애를 받고 있으면서 막상 저주에 걸린 분이라고 하니까, 싫어져?"

"개소리하지 말고 있는 그대로 모든 것을 말해. 그러지 않으면 네 혀를 뽑아다가 저잣거리에 달아 놓을 터이니."

이전에는 궁녀들 사이에서 들어 보지도 해 보지도 않은 살벌한 말을 아무렇지도 않게 하는 하린에 궁녀들은 놀라서 입을 쩍 벌렸다.

"궁궐에서 그런 상스러운 말을 하다니!"

"세자 저하를 뒤에서 험담하는 너희들보다 나은 것 같은데?"

"험담 아니라니까, 진짜라고! 세자 저하는 듣지도 보지도 못하시는 분이시라고!"

"듣지도 보지도 못하시다니?"

"우리도 자세한 건 모르지만, 세자 저하께서는 듣지 못하셔. 보는 것도 일부분일 뿐이지. 세상이 온통 흑색으로 보이신다고. 충년 시절 어느 날 걸린 저주로 지금까지 고통받고 계신다고. 대신들이 세자 저하를 무시하는 이유, 세자 저하가 혼기가 차셨음에도 불구하고 아직까지도 세자빈을 들이시지 않는 이유. 그게 다 빌어먹을 저주 때문이라고."

빠르게 쏟아지는 궁녀의 말을 들으며 하린의 마음은 먹먹해져 갔다.

'나를 보고 말하라.'

'나와 이야기를 나눌 때는 얼굴을 돌리지 말거라.'

'너의 눈동자는 무슨 색이더냐.'

그가 했던 말들이 주마등처럼 스쳐 지나갔다. 색에 대해서 물어

보는 것을 그때는 이해하지 못했는데, 지금은 전부 이해가 되는 말들이었다. 듣지 못하는 세상, 제대로 보지 못하는 세상…….

그 세상이 얼마나 갑갑하고 막막하게 느껴질까. 지금 겪고 있는 그 갑갑한 세상 속에 혼자 덩그러니 있을 그를 생각하니, 이상할 정도로 마음이 쓰라렸다. 이 세상에는 무수히 많은 아름다운 소리와 색이 존재하는데, 그걸 듣지도 보지도 못하다니. 하린은 잠자리에 누워서도 온통 이겸의 생각에 한동안 뒤척여야 했다.

땅거미가 내려앉은 거리 위로 화려한 도포를 입은 사대부 자제들이 부지런히 어딘가를 향해 걸어가고 있었다. 손에는 각자 도자기가 하나씩 들려 있었는데, 그것은 크기와 모양이 제각각 다른 것들이었다.

"해마다 한 번씩 돌아오는 생일을 뭐 때문에 이리도 화려하게 하는지."

"지 잘사는 거 팍팍 티 내는 거지. 영의정 아들인 거 팍팍 티 내는 것이야."

"들었나? 이번에는 폭죽까지 터트린다는 얘기."

"그 비싼 폭죽까지?"

놀라움을 금치 못하며 발걸음을 바삐 했다. 양호의 생일잔치는 그야말로 매우 호화롭게 진행되었다. 널찍한 마당은 오색찬란한 여러 색의 등롱이 어두워지는 세상에서 굳건히 저를 빛내고 있었고 기생과 악극단의 구수한 가락이 잔잔하게 퍼져 나가고 있었다.

무술 연습을 해도 될 만큼의 커다란 정자 위엔 상다리가 휘청거릴 정도의 많고 먹음직스러운 음식들이 가득 준비되어 있었다. 대부분의 이들은 늘 해마다 이렇게 요란스럽게 생일잔치를 하는 양호가 질투 나면서도 부러웠다.

"어서들 오시게."

양호가 입이 찢어지게 웃으며 친우들을 맞이했다. 하지만 친우들의 관심과 시선은 양호가 아닌 그의 어깨 너머의 무언가에 잔뜩 홀려 있었다. 양호가 의아해하며 돌아본 그곳엔 오늘따라 유난히도 더 신경을 쓴 듯한 누이 혜림이 다가오고 있었다.

"어서들 오세요. 저희 오라버니의 생일을 축하하러 와 주셔서 너무 감사합니다."

혜림이 곱고 온화한 미소를 지으며 말했다.

성깔머리 지독한 녀석이 그래도 나름 사대부 앞에서는 세상 얌전한 척, 여우 짓을 하는 게 양호는 꼴값이라 생각하면서도 귀여웠다.

"양호의 누이는 시간이 지나면 지날수록 더욱 예뻐지시는 것 같습니다. 이 마당에 등롱 따위가 뭐가 필요하겠습니까? 이리도 빛나는 분이 계신데."

"과찬이십니다."

혜림은 쑥스럽게 웃었다.

"자자, 위로들 올라가지."

모두가 신을 벗고 널찍한 상 앞에 자리를 잡고 앉았다. 그러자 풍악이 더욱 크게 울리며 기생들이 하나둘씩 등장하여 각자의 옆자리에 앉아 빈 잔에 술을 따라 주었다. 주인공인 양호가 술이 가득 들어 있는 잔을 공중으로 들어 올렸을 때였다.

고 서방이 급하게 안으로 들어와서는 양호의 귀에 대고 무언가를 속닥였다. 그 모습을 밑에서 인사만 하고 들어가기 아쉬워 기웃거리고 있던 혜림도 보며 의아해했다. 고 서방에게 무언가를 전해 들은 양호의 표정은 눈에 띄게 놀라며 일그러졌다.

혜림만큼이나 친우들도 매우 궁금해하며 이유에 대해서 물어보려던 찰나, 양호의 시선이 대문으로 향했다. 모두의 눈동자가 대문으로 향했을 때 누군가가 안쪽으로 당당하게 걸어오고 있는 것이 보였다.

모두의 눈이 똑같이 휘둥그레졌고 입이 살며시 벌어졌지만 혜림은 달랐다. 무미건조했던 얼굴에 슬그머니 웃음기가 서렸다. 언제 보아도 이겸은 자신이 꿈꿔 왔던 이상의 남자의 모습을 하고 있었다. 보면 볼수록 남자의 향기는 짙어지는 것 같고 탐이 났다. 하지만 혜림의 표정은 얼마 가지 않아 다시 굳어져야 했다.

이겸 옆에 전에 보았던 여자가 찰싹 붙어 있었기 때문이었다.

"아니, 세자 저하가 어떻게 여기를 오실 생각을 다 하신 거지?"

"그러게 말이야. 생전 사대부 자제들 생일잔치뿐만이 아니라 사대부 대신들의 행사에 참석하지 않으셨던 분이 말이야."

"오늘은 입조심해야겠어."

"입 모양만 조심하면 되지. 어차피 못 듣는 분 아니던가."

정자는 다소 소란스러웠다. 모든 이들이 자리에서 일어나 정자로 들어서는 이겸을 맞이했다. 그리고 그 뒤에 바짝 붙어서 들어오는 하린을 모두 의아한 눈빛으로 바라보다가 다시 귓속말을 하기 시작했다.

"아무래도 저 여자가 요즘 세자 저하가 푹 빠졌다는 여인인 거 같지?"

"그런 것 같네. 궁궐에서도 꽤나 애지중지한다지? 바깥나들이에도 데리고 올 정도면 엄청난 애정을 쏟아붓는 모양이야."

다급하게 이겸을 따라 올라간 혜림은 그와 꽤 거리를 두고 있는 남자들의 귓속말에 얼굴에 표독해졌다. 한편, 양호는 제 자리를 고스란히 이겸에게 내줘야 한다는 것에 큰 불만을 가지며 얼굴을 샐쭉거렸다.

"세자 저하께서 어찌 누추한 이곳까지 행차하셨습니까."

하지만 상대는 세자 저하이기 때문에 억지로라도 예의를 갖추어야 했다. 이겸은 양호의 자리에 앉아서는 어서 앉으라는 손짓을 해 보였다.

"다른 분의 자제도 아닌 나라를 위해 가장 큰 공을 들이고 계시는 영의정 대감의 자제분을 축하하러 오는 건 당연한 발걸음이지."

차분하면서도 담백한 이겸의 대답에 양호는 속으로 한껏 비웃었다. 여기가 어딘지도 모르고 나약하기 그지없는 양이 호랑이 소굴을 들어온 거나 마찬가지라고 여기며 양호는 이겸의 옆에 찰싹 붙어 있는 여인에게로 시선을 옮겼다.

그 시선을 이겸이 알아차리고선 입술을 떼어 냈다.

"요즘 내가 무척이나 총애하고 있는 아이네. 궁궐이 워낙 적적한 곳이라 혼자 두는 것이 마음에 걸려 같이 나오게 됐네."

"아, 예……."

양호는 대답하면서 입꼬리를 들어 올렸다. 그건 양호뿐만 아니라 여기 있는 모든 자제들이 전부 같은 반응을 보이고 있었다.

하지만 이겸은 자신의 발언에 후회는 없다. 이미 궁궐이고 밖이고 소문이 전부 퍼져 있는 상태였기 때문에 이겸은 숨길 것도 없다 생각했다. 그리고 무엇보다도 앞으로 계속 하린을 데리고 다녀야 하니, 그만한 핑곗거리가 필요했다. 철없어 보이는 세자로 보이는 것, 그래서 갑작스러운 제 변화에 살짝 의아해하는 그들의 경계를 풀게 만드는 것. 그것이 이겸의 참된 목적이었다.

"인사하거라. 영의정 대감의 장손이시다."

이겸은 곁에 있는 하린에게 말했다. 여태 사람들의 대화를 듣고 있던 하린이 양호와 더불어 이겸이 소개해 주는 모든 자제들과 인사를 주고받았다.

"먼 길 오시느라 목이 텁텁하실 터인데, 한잔하시죠, 세자 저하."

이제야 그들의 목소리가 선명하게 들려 속이 다 시원한 이겸이었다. 들리지 않았던 세상의 소리가 하나둘씩 들려올 때마다 이겸의 마음은 걷잡을 수 없을 만큼 부풀어 올랐고 기대가 컸다. 양호가 두 손으로 채워 주는 술을 받은 이겸은 공중으로 잔을 들어 올렸다.

"생일 축하하네."

언제까지 이 축하 인사를 받게 될지 모르겠지만, 받을 수 있을 때 실컷 받아 두거라.

이겸은 속으로 그렇게 생각하며 입 안으로 술을 가볍게 털어 넣었다. 쓰디쓰다고 여겼던 술이 지나치게 달콤하게 느껴지는 순간이었다.

한편, 어딘가에 화풀이를 하고 싶었던 혜림은 정자에서 내려와 거친 발걸음으로 주방 옆에 있는 장독대를 발견했다. 그것을 발로 거침없이 차서 깨트리고는 마구 짓밟았다.

'요즘 내가 무척이나 총애하고 있는 아이네.'

보기만 해도 황홀해질 정도로 아름다운 미소를 지으며 그 계집아이를 바라보고 소개하는 이겸을 생각하면 분노가 치밀어 올랐다.

"아가씨!"

놀란 여종이 와서 말리려고 들자, 혜림은 거침없이 밀어냈다.

"내 몸에 손대지 말랬지! 어디 고귀한 양반 몸에 함부로 손을 대는 것이야!"

"죄, 죄송합니다, 아가씨."

"매일 말로만 죄송, 죄송. 내 오늘 네년의 버릇을 제대로 고쳐야겠구나!"

화만 나면 이성이고 뭐고 전부 없는 혜림이었다. 불쌍한 여종에게 실컷 발길질을 하고 화풀이를 했지만, 한번 몸을 지배한 화는 쉽게 잠재워지지 않았다.

"그 빌어먹을 저주만 아니었으면 세자빈의 자리는 내 것이 될 수 있었던 것인데……!"

그가 스무 살이 되기 전까지 저주를 풀지 않으면 몸과 마음이 닿은 사람의 집안이 몰락할 거라는 신탁의 저주 때문에 아버지가 망설이고 있는 것이 분명했다. 세자가 저주만 걸리지 않았다면 아버지는 분명 더 많은 권력을 잡기 위해 자신을 세자빈으로 밀었을 것이다.

그 저주가 지독히도 원망스러웠다. 열이 받은 채로 주방 근처에서 벗어나 다시 정자로 향하던 혜림의 시야에 정자에서 내려와 연못으로 향하는 하린의 모습이 보였다. 아무래도 세자와 사대부 자제들이 모여서 할 만한 정치 얘기로 지루해진 자리를 벗어난 듯싶었다. 혜림은 곧바로 하린에게로 다가갔다.

"이봐."

혜림의 부름에 하린이 뒤를 돌아섰다.

"저를 부르셨습니까?"

"네 이름을 몰라서 그리 불렀다. 이름이 무엇이니?"

세자 저하의 사람이었기 때문에 함부로 대해선 안 된다고 생각하며 혜림은 애써 친절하게 물었다. 기껏 해야 천민 출신과 이렇게 친절하게 대화를 주고받아야 하는 것 자체가 혜림에겐 곤욕이지만 참았다.

"제 이름은 공하린입니다. 아가씨 성함은 어찌 되십니까?"

"내 이름은 김혜림이야."

"김혜림……. 그러고 보니 저희 초성이 같습니다."

불쾌했다. 감히 지 따위가 고귀한 양반의 이름과 초성이 같다는 말을 씨불이다니. 하지만 이번에도 혜림은 환한 미소를 지으며 대답했다.

"그러게, 신기하구나."

"처음 이곳을 들어왔을 때부터 느꼈던 것인데, 아가씨 정말 곱습니다."

"그래?"

"네. 얼굴도 고우시고 한복도 고우시고."

칭찬에 좋은 척 웃고 있는데, 정자에서 이겸이 내려오고 있었다. 혜림은 이겸에게 관심을 끌고 싶었다.

"하린아."

저를 부르는 소리에 하린이 돌아서는 순간 혜림은 한 발자국 앞으로 다가가 일부러 그녀의 어깨에 몸을 부딪쳤다. 그러고는 휘청거리다 손을 휘적거리며 몸을 연못으로 기울였다. 놀라서 잡으려는 하린의 손을 가볍게 뿌리치고는 그대로 연못으로 몸을 던졌다.

풍덩!

소리와 함께 연못에 빠진 혜림은 생각보다 찬물에 기겁하는 와중에도 이겸을 바라보며 몸을 허우적거렸다. 간절하게 호소하면 그가 몸을 날려 구해 줄 거라 생각했다.

"살려…… 줍, 살려 주세요!"

하지만 불행하게도 이겸보다는 전혀 도움 따위가 되지 않는 하린이 더 빨랐다.

"하린아!"

그대로 연못으로 몸을 날려 저를 잡아끄는 하린에게 힘으로 거부하려고 했지만, 어찌 된 일인지 전혀 통하지 않았다. 무슨 힘이 이리도 쎄? 혜림은 놀라며 하린에게 거의 질질 끌려가다시피 연못에서 빠져나올 수 있었다. 이겸을 포함하여 정자에 있던 양호와 사대부 자제들도 놀라서는 허겁지겁 혜림에게로 다가왔다.

"캑캑."

혜림이 몸을 엎드리고 가짜로 잔기침을 했다.

"괜찮은 것이냐."

위에서 들려오는 이겸의 목소리에 슬쩍 웃으며 고개를 든 혜림의 얼굴이 사납게 구겨졌다. 이겸이 걱정 가득한 목소리로 물어본 상대는 자신이 아니라 하린이었다.

"전 괜찮습니다. 아가씨 괜찮으세요?"

보는 눈이 너무 많아 특히 이겸의 시선이 와 있었기 때문에 혜림은 필사적으로 표정 관리를 하며 대답했다.

"나를 살려 준 이 고마운 은혜를 어찌 갚아야 할지."

"아닙니다. 무사하시니 다행이십니다."

하린은 그렇게 대답했지만 옆에 있는 이겸은 그래 보이지 않았다. 그래서 혜림의 신경은 예민하고 날카로워졌다.

"쓰개치마를 좀 빌려주게."

굳은 얼굴의 이겸이 말했다. 양호가 여종에게 쓰개치마를 가져오라고 일렀고 그것을 가져다주자 활짝 펴서는 하린의 몸을 감싸듯 덮어 주었다.

"우리는 이만 궁으로 돌아가야겠습니다."

"아, 예. 그리하시죠."

서둘러 대답을 한 양호를 포함하여 사대부 자제들이 허리를 굽혀 세자를 배웅했다. 혜림은 아랫입술을 지그시 깨물며 그제야 저를 부축한다고 손을 뻗는 사대부 자제들과 제 오라비의 손을 거칠게 뿌리쳤다. 이겸이 하린을 걱정하며 다정하게 감싸 안고 가는 모습을 보니 지켜야 할 이성의 끈이 끊어져 버린 것이다.

두 사람을 노려보는 혜림의 눈빛은 매우 위험하고 위태로워 보였다.

'없애 버리고 싶어. 저하의 옆에 찰싹 붙어 있는 저 계집애를 없애 버리고 싶어.'

혜림은 무서운 생각을 하며 무언가를 크게 결심했다.

한편, 궁에 도착한 하린은 괜찮다는데도 자신을 굳이 궁녀 방

앞까지 데려다준 이겸에 난감하기만 했다. 자신만 이 궁녀들의 살벌한 시선이 느껴지는 걸까? 왜, 세자 저하는 전혀 느끼질 못하고 계시는 걸까?

세자 저하와 자신이 오래 붙어 있으면 오래 붙어 있을수록 궁녀들에게선 날 선 질투의 시선을 고스란히 느껴야 했다.

"데려다주셔서 감사합니다. 세자 저하도 얼른 가서 쉬셔요."

"고뿔 걸리지 않게 바로 들어가서 따뜻한 물로 목욕을 하고 쉬어라."

"네. 그리하겠습니다."

"그리고 내 누누이 말을 하지만 제발 남의 일에 함부로 나서지 좀 말거라."

"하지만."

"행여나 불미스러운 일로 너를 잃을까 두렵다."

말을 이어 나가려던 하린은 다음으로 들려오는 이겸의 말에 멈춰야 했다. 사랑하는 사람을 잃는다는 것을 극히 두려워하는 이겸을 제대로 헤아리지 못했다는 사실에 하린은 마음이 착잡해져 왔다. 연모한다 하였다. 티를 내지 않았지만 저를 마음에 두고 있는 이겸이 많이 놀랐다는 것도 알 수 있었다.

"잃고 나서 내가 겪어야 할 고통은 왜 생각을 해 주지 않는 것이냐."

"명심하고…… 또 명심하겠습니다."

굳건한 하린의 대답을 듣고 나서도 근심 가득한 이겸의 얼굴은 좀처럼 돌아오지 않았다.

"정말입니다. 앞으로는 함부로 위험한 일에는 개입하지 않겠습니다."

하린이 새끼손가락까지 들어 올리며 약조하자 이겸은 못 이기는 척 그 새끼손가락을 걸었다.

"나와 분명 약조하였다."

"네, 세자 저하. 그러니 이제 그만 걱정은 훨훨 날려 버리십시오. 네?"

말간 얼굴을 하고서는 고개를 갸웃거리며 어떻게든 근심을 덜어 주려는 하린의 노력에 이겸도 더는 버티지 못했다. 결국 슬그머니 웃으며 하린의 머리를 쓰다듬어 주었다.

참으로 이상한 여인이었다.

제 세상을 다시 보고 듣게 해 주면서 한 번도 느껴 보지 못한 다른 세상까지 느끼게 해 주는 여인.

그 여인이 하린이었다.

보름 후.

비가 내리지 않아 건국의 땅이 메말라 가고 있었다. 선정전 안, 이광의 분노 서린 목소리가 문을 뚫고 나왔다.

"그것이 어찌 세자 탓이겠소!"

대신들은 틈만 나면 세자의 핑계를 대기 바빴다. 이번에도 비가 오지 않는 이유가 세자의 덕이 부족하여 하늘이 노했다는 이유로 그 책임을 세자에게 물려고 하고 있었다.

"이것은 우리 모두의 부족한 덕이 하늘을 노하게 만든 것. 금주령을 내릴 것이오."

말이 좋아 금주령이지, 사대부와 관료사회에서는 잘 지켜지지 않을 것이라는 걸 이광은 잘 알고 있었다. 이광의 명에 대신들은 대충 받아들이는 척을 하고 선정전을 나섰다. 대신들이 나간 후에도 이광의 골치는 지끈지끈 여전히 아파 왔다. 그럼에도 조금 희망이 있는 건 하린의 존재였다.

"세자에 대해서 보고하거라."

이광의 말에 상선은 요 며칠 사이에 있었던 일들을 이야기했다. 궁에서는 이미 이겸이 하린에게 푹 빠져 있다는 이야기도 심심치 않게 나온다고 했다. 대신들 사이에선 정신을 바짝 차리고 있어도 모자랄 판국에 여자에 빠져서 늘 곁에 두려는 이겸을 한심하게 여기고 있다고 했다. 하지만 이광은 모든 사정을 알고 있기 때문에 함구했다.

한편, 빈청에 모인 대신들은 이광에 의해 내려진 금주령에 대해서 얘기 중이었다.

"혹여 전하께서 우리의 자금줄을 알고 금주령을 내리신 건 아니시겠죠?"

"자금줄이라는 것을 알고 금주령을 내려도 별 소용 없다는 것은 아시겠죠. 명백한 증거가 없지 않습니까?"

오고 가는 대신들의 조바심 서린 대화에 원석은 쉽게 끼지 않고 느긋함을 유지했다.

"그런 그렇고, 엊그제 내 아들놈이 말입니다. 의아한 말을 하더군요."

신중한 목소리로 전하는 한 대신의 말에 원석은 자잘한 호기심을 보였다.

"요즘 '날도' 말입니다."

"어허, 그러고 보니 요즘은 털리는 집이 없는 것 같군요?"

대신의 의아함에 모두가 고개를 끄덕이며 동요했다. 그것은 원석 또한 공감하던 부분이었다. 그때 막 빈청으로 신료 하나가 밖에 세자 저하가 왔다는 보고를 했다. 대신들은 의아해하며 억지로 자리에서 일어섰고 문이 열리며 안으로 이겸이 들어왔다.

"설마, 방금 우리들의 대화를 듣지 않으셨겠지?"

고개를 숙인 상태로 한 대신이 옆에 있는 동료에게 말을 하자, 그가 입꼬리가 보이게 웃었다.

"아직도 세자를 몰라? 귀가 안 들리잖아."

"아······. 아, 맞다."

깊은 깨달음을 느낀 대신의 입꼬리엔 비릿한 비웃음이 걸려 있었다. 이겸은 가운데 자리에 앉아 손짓했다.

"모두 앉으시오."

이겸의 말에 대신들이 모두 자리에 앉았다.

"금주령을 내렸다고 들었습니다. 이것이 제 부족한 덕으로 인한 하늘의 노여움임을 알고 있지요. 저 때문에 대신들께서 고생이 많습니다."

"아니옵니다. 세자 저하의 노여움이 아니라, 이것은 모두의 부족함 때문이옵니다. 너무 개의치 마시옵소서."

이겸의 말에 원석은 예의상 그리 대답을 했다. 이번에도 고개를 수그리고 조롱하듯이 말을 했다.

"영의정은 고개를 들고 나를 마주 보고 대답해 주시오."

자존심이 살짝 상한 듯한 이겸의 말에 김원석은 고개를 들어 이겸을 마주 보고 똑같이 말해 주었다. 한데, 이겸의 눈빛이 평소와는 무척이나 달라 보여 원석은 의아해했다.

"금주령이라……. 이전 대왕들께서도 금주령을 종종 내리셨다지요?"

"그러하옵니다."

"그럴 때마다 효과가 있었습니까."

"효과가 있을 때도 있었고 그러지 못할 때도 있었습니다."

"그러지 못할 때는 그 이유가 무엇이라 생각하십니까?"

"쉬이 감시를 하는 것도 아니어서 금주령이 잘 지켜지지 않아서 그런 것 같사옵니다."

"감시를 하지 않았다……. 그럼, 이번엔 감시를 하면 되지 않겠소?"

세자의 말에 모두가 비웃고 싶은 것을 꾹 참았다. 감시를 해 봤자 어차피 자신들이 눈을 감아 주면 그만이었다. 제대로 보이지도 들리지도 않는 세자에다 이제 일을 봐주는 김 내관과 훈도 없었다. 그렇다고 자신들의 눈치를 슬슬 보는 아버지가 도와줄 수도 없고 완벽한 증거를 절대 잡아 낼 수 없을 만큼 나약한 존재였다.

그런 이겸의 제안이 대신들은 우스울 수밖에 없었다.

"감시 말입니까? 세자 저하."

"내 부족한 덕 때문에 하늘이 노한 것이라면, 또 영의정의 말대로 모두의 부족한 덕 때문에 하늘이 노한 것이라면 우리가 할 수 있는 최선의 방법들을 동원하여 노력을 해야 한다고 생각하는데, 대신들의 생각은 어떻습니까?"

이겸의 말에 대신들은 잔뜩 비웃으며 설렁설렁 고개를 끄덕였다. 그럼에도 이겸은 아랑곳하지 않았다.

"금주령을 감시할 수 있는 기관을 만드는 건 어떠하겠습니까?

금할 금, 어지러울 난, 방 방으로 어지럽고 혼란스러운 것을 금지시키는 방. 금란방(禁亂房)."

"괜찮은 방법과 이름인 것 같습니다."

원석이 차분하게 대답했다.

"금지된 것을 실행하는 자들에겐 어떤 형벌을 가할 것인지도 미리 말씀을 주시는 게 어떠신지요?"

"직급을 좌천시키는 것이 어떠신지요?"

그래도 한 나라의 세자의 장단을 맞춰 주기 위해 원석은 제 나름대로 성심성의껏 대답을 해 주었다.

"좌천이라……. 어디, 하늘을 노하게 한 짓을 저지른 자에게 그렇게 미미한 형벌을 내린다면 하늘이 더욱 크게 노하지 않겠습니까?"

하늘이 노했다며 오래도록 저주에서 풀리지 않는 자신을 뇌물로 바쳐야 다음 계통을 무난히 이어 나갈 수 있을 거라 의견을 모았던 대신들이었다.

감히 한 나라의 세자를 아무렇지도 않게 뇌물로 바치자고 했던 그들의 추악하고 괘씸한 욕망들을 이겸은 용서할 수 없었다. 이겸은 잠시 고민하다가 입술을 떼어 냈다.

"전 재산을 몰수하고 교수형에 처하는 것은 어떻습니까?"

그의 의견에 대신들은 모두 흠칫 놀라는 눈치였다. 하지만 곧 이성들을 되찾고 속으로 이겸을 또 비웃었다.

"세자 저하의 말씀대로 하늘을 노한 짓을 저지른 자에게 파직은 미미한 형벌이었던 것 같습니다. 만일, 법도를 어기는 자가 나타난다면 그리 시행할 수 있도록 상소문을 올리겠나이다."

"고맙습니다. 제 하찮은 의견을 이리도 잘 들어주시다니, 그리고 마지막으로 이 일은 형조와 한성부의 이족들이 맡아 주셨으면 하는데.”

이겸의 시선이 형조판서에게 향했다.

“그리하겠나이다.”

모든 의견이 끝이 나고 이겸이 자리에서 일어섰다.

“하루라도 빨리 건국의 땅에 비가 내려 백성들과 그들을 위해서 살고 계시는 대신들의 삶에 환한 빛이 들길 전 고대하고 소망하고 있습니다.”

이겸은 마지막 말로 대신들의 인사를 받고 빈청을 나왔다. 안에서는 연거푸 웃음소리가 새어 나오고 있었다. 자신을 비웃는 소리를 직접 듣는다는 건, 생각보다 그다지 유쾌한 일은 아니었다.

스승과 수업 중인 이겸을 기다리며 비현각 앞에 서 있는 하린의 어깨를 누군가가 툭툭 건드렸다. 뒤를 돌아보니, 자신을 매일 괴롭히는 재미에 살고 있는 듯한 궁녀들이 새초롬한 얼굴로 따라오라 턱짓해 보였다.

그들을 따라간 하린은 자신 앞으로 툭툭 던져져 쌓인 옷가지들이 산을 이룬 것을 볼 수 있었다.

“알지?”

세답방에 가져다 놓으라는 뜻이었다. 갈수록 옷들은 더 많이 쌓이는 것 같았다.

“네. 알겠습니다.”

하지만 하린은 또다시 소란스러움으로 가뜩이나 힘들 이겸을 심란하게 하고 싶지 않아 군말 없이 옷들을 주워 날랐다. 양이 너무 많아 앞도 제대로 보지 못할 만큼 낑낑거리며 옷을 나르고 있을 때였다.

"아!"

앞에서 누군가가 낮은 신음과 함께 넘어지는 소리가 들려왔다.

"공주마마!"

그 뒤에 외쳐진 호칭에 하린은 화들짝 놀라며 들고 있던 빨래 더미를 바닥으로 집어 던졌다. 바닥에 주저앉아 이제 막 상궁의 부축을 받아 일어서고 있는 여자는 곱디고운 한복과 화려한 장식품으로 한껏 꾸민 어여쁜 소녀였다.

"네 이년! 대체, 정신을 어디에 팔고 다니기에 감히, 공주마마에게!"

"그만하세요, 최 상궁. 정신은 제가 팔고 다녔습니다. 이 아이 빨 랫감을 보세요. 어찌 앞을 볼 수 있었겠어요."

하린을 나무라는 상궁을 말린 공주는 앞에 있는 하린을 보며 걱정스러워했다.

"많이 놀라지 않았느냐?"

"아닙니다. 앞을 제대로 보지 못하여 공주마마의 길을 가로막은 제 불찰입니다. 죄송합니다."

"아니다. 근데, 빨래가 이렇게도 많은데 이걸 다 너 혼자서 가져 다 놓는 길이었느냐? 이 궁에 일을 하는 궁녀가 몇 명인데."

"네. 그러하옵니다. 제가 힘 하나만큼은 자신 있는 사람이라서."

"여자가 힘센 게 뭐가 좋다고?"

"없는 것보다는 훨씬 낫지요."

"그럴 수도 있겠구나. 하긴, 뭐 하나라도 가지고 있으면 밥벌이는 하니까. 그건 그렇고 빨래를 들고 가는 것을 보니, 세답방 소속인 것이냐?"

"아닙니다. 전 동궁전 지밀 소속입니다."

"동궁전?"

공주의 얼굴에 눈에 띄게 밝아졌다.

"최 상궁! 나 잠깐 이 아이와 대화를 좀 나누고 싶은데."

인영 공주의 제안에 최 상궁은 못마땅한 눈길로 하린을 노려보았지만 곧 허락했다. 하린이 세답방에 가져다 놓으려던 빨래를 다른 하녀에게 시키고 두 사람은 산책로로 향했다.

"오라버니는 잘 지내고 계시느냐? 매일 바쁘시지? 혹여 이 왔다 갔다 하는 날씨에 고뿔이라도 걸리시진 않으셨겠지?"

인영은 한꺼번에 많은 질문들을 쏟아 냈다. 얼굴 가득 걱정스러움이 한껏 깔려 있었다.

"네. 바쁘긴 많이 바쁘셔도 고뿔도 걸리시지 않고 아주 잘 지내고 계십니다."

"다행이구나. 식사는 항상 잘하고 계시느냐?"

넓긴 하다만, 한 집 안에서 같이 살고 있으면서 직접 찾아가서 확인을 해 보면 될 것을, 이렇게 자신에게 꼬치꼬치 묻기만 하는 것이 하린은 살짝 이해되지 않았다.

"네. 식사도 무지 잘하고 계십니다. 활도 무지 잘 쏘시구요."

뒷말에 딱히 웃기라고 한 말은 아닌데, 환하게 웃어 버리는 인영 때문에 하린도 덩달아 웃어 버렸다. 그러던 인영은 잠시 걸음을 멈추고 앞에 있는 연못을 바라보았다. 어느새 수심이 가득한 눈빛과 깊은 한숨을 내쉬는 것이 그 나이에 어울리지 않아 보였다.

"오라버니를 항상 보고 싶어. 하지만 행여나 하시는 일에 방해가 되진 않을까 싶어 늘 찾아가지도 못하고 이렇게 뒤에서 궁금해하고 있어."

궁궐에서 살면 무조건 좋을 줄 알았다. 적어도 밥을 굶지 않고 불합리한 일에 휘말려 억울해하지 않고……. 특히 왕족들의 삶은 더 그럴 것이라고 여겼다.

하지만 이때 동안 지내 왔던 궁궐은 하린이 생각해 왔던 곳과 달랐다. 굶는 것보다 더 잔인한 외로움이 있고 불합리한 일보다 더욱 치명적인 무시와 공포가 있는 곳.

하린은 오라버니와 긴 담소조차 나누지 못하는 인영을 보며 문득 다 무너져 내릴 것만 같았던 초가집 마당에서 영운과 함께 달을 보며 시시덕거리던 시절을 떠올렸다. 가난해도 분명 행복했던 그 순간을.

평생 내 편인 가족이 있다는 건 행복한 일이다.

"공주마마."

"응?"

"뒤에서 앞으로 나오세요."

"그게 무슨 말이야?"

"여동생이 찾아온다고 얼마나 많은 일이 방해가 된다고……. 굳이 그러시지 않으셔도 될 것 같습니다. 공주마마의 말씀처럼 세상에 단 하나뿐인 여동생 아니십니까? 분명 세자 저하에게도 큰 도움과 위로가 될 것입니다."

"내가 오라버니에게 정말 큰 도움과 위로가 될 수 있을까?"

"그럼요. 늘 곁에 함께 있다는 것을 말해 주고 영원한 오라버니

편이라는 것을 대놓고 마구 티 내세요. 그러면 없던 힘도 생기는 법이니까요."

낮게 고개를 끄덕이던 인영의 얼굴이 하린의 어깨 너머에 무언가를 보며 깊은 미소로 바뀌었다. 하린이 인영의 시선을 따라 뒤를 돌아보았다. 그곳엔 이겸이 서 있었다.

"오라버니!"

인영을 발견한 이겸도 지친 기색을 지우고 화사하게 웃어 주었다. 인영의 말간 목소리가 들려왔다. 한 번도 듣지 못했던 목소리였기에 이겸은 가슴이 벅차고 무언가가 울컥하고 올라와서 감정을 겨우 추슬러야 했다.

"오랜만이구나."

제 곁으로 다가온 인영의 머리를 다정하게 쓰다듬어 주는 이겸과 그 앞에서 또 무언가를 재잘거리고 있는 인영의 모습을 하린은 가만히 바라보았다.

"정말 오랜만이지요? 오랜만에 뵙는 오라버니의 외모는 더욱 멋있어지신 것 같아요."

"하하, 우리 인영 공주의 외모도 나날이 예뻐지는 것이 이 오라비를 걱정스럽게 만드는구나. 잘 알아 두거라, 남자는 다 도둑놈이다."

두 사람의 모습을 말없이 바라보던 하린은 이겸에 대한 안쓰러움과 영운에 대한 그리움이 밀물처럼 몰려와 괜히 마음이 씁쓸해졌다. 한참 동안 대화를 나누던 이겸과 인영이 하린의 곁으로 다가왔다. 인영은 갑자기 하린의 손을 덥석 잡았다. 그 순간 흑백으로 보였던 인영의 색이 변했다. 이겸은 크게 감격하며 마음이 벅차올랐다.

"오라버니, 종종 이 아이를 제 방에 불러 수다를 떨어도 되지요?"

이겸은 인영 공주가 자신만큼이나 궁궐 생활에 답답함과 외로움을 느끼고 있다는 것을 잘 알고 있다.

"그리하거라."

이겸의 대답이 만족스러운지 인영이 하린의 손을 꼭 붙잡고서는 이가 다 드러날 정도로 환하게 웃었다.

"언제든 부르면 나와 꼭 놀아 주어야 한다."

"네. 그리하겠습니다, 공주마마."

그 뒤로도 한참 수다를 떨던 인영이 돌아가고 두 사람은 동궁전으로 향했다. 평소 좋아하는 다과를 앞에 두고도 하린은 속으로 한숨만 내쉬고 있었다.

"너의 한숨에 높은 궁궐의 담장도 넘어가게 생겼구나."

"과하십니다."

"말해 보거라, 지금 네가 걱정하고 있는 것이 무엇인지."

그를 보자 마음속 어디선가 무언가가 울컥하고 올라왔다. 울컥한 감정은 쉬이 가라앉지 않고 얼굴에 가득 퍼져 나갔다.

그를 위로해 주고 싶었다. 하지만 하린은 아무 말도 할 수 없었다. 애써 씩씩하게 살고 있는 사람의 아픔을 굳이 당사자로 하여금 꺼내게 하고 싶진 않아서였다.

"해결이라도 해 주실 거예요?"

"해 줄 수 있는 거라면, 해 주지."

호언하는 이겸의 말에 하린은 살짝 마음이 풀렸다. 자신의 기분을 위로하고 덜어 주려는 이겸의 마음이 와 닿았다. 이겸이 이렇게 의지가 될 사람이라고는 궁궐을 들어오기 전에는 알지 못했다. 하지만 하린은 이제 알고 있다. 그가 이곳에서 자신의 가장 큰 의지이자 위로라는 것을.

"됐습니다. 딱히, 큰 고민은 아니니."

"그리 말하니 더 궁금해지네."

자신 말고도 궁 생활을 하며 심란한 일이 많을 이겸이다. 하린은 말을 아끼고 싶었다.

"어서 말해 보거라. 궁금해서 잠도 못 자겠다, 이 녀석아."

"아무것도 아니라니까요."

"말하기 전까지 이 방에서 나갈 생각지 말거라."

하지만 집요하게 구는 이겸 때문에 하는 수 없이 하린은 제 고민을 말해야 했다.

"영운이가…… 보고 싶어서요. 전에도 무척이나 보고 싶었는데, 오늘 세자 저하와 공주마마의 모습을 보고 있으려니 더 그리워지는 것 같아서요."

하린을 충분히 영운에게 보내 줄 수 있다. 잠시 보고 오라고 할 수도 있지만 대신들이 하린을 알고 있는 이상 영운과의 만남은 위험해질 수도 있었다. 하린의 정체를 들키는 데 가장 치명적인 사람은 영운이었다.

"알고 있어요."

그것을 눈치챘는지, 하린이 체념한 표정으로 말했다.

"이곳에 들어온 이상 지킬 건 지켜야죠. 그러니 저를 너무 신경 쓰지 마세요."

저는 괜찮으니 부디 세자 저하 스스로만 신경 쓰시고 챙기세요.

그 말을 하린은 속으로 삼켰다. 하지만 이겸의 입장은 달랐다. 그것이 어디, 딱 '신경 쓰지 말자!'라고 다짐한다고 될 일은 아니었다. 이겸은 하린을 보내고도 늦도록 잠을 이루지 못했고 결국 또 한 번 자리를 벅차고 일어서야 했다.

기생들의 노랫소리와 풍악이 한데 어우러져 고요한 밤거리에 은밀하게 퍼져 나갔다. 기생들을 옆에 끼고 거하게 술을 마시던 대신들은 갑자기 열리는 문에 모두들 이목을 집중되었다. 문을 연 자는 행수 유향이었다.

"대감님들, 단속이 떴습니다."

유향의 말에 술을 마시고 있던 대신들이 허둥지둥 자리에서 일어났다.

"어이쿠, 단속이? 어서들 몸을 피하세!"

기생들도 덩달아 일어나 허둥지둥하고 있을 때, 대신 하나가 덥석 하고 뒤에서 기생을 끌어안았다.

"술에 취해 힘이 전부 다 빠져 버린 나는 글러 먹은 것 같네! 나는 우리 윤이랑 한바탕 더 재밌게 놀고 갈 터이니, 자네라도 피하게!"

"무슨 소리인가?"

문까지 갔던 남자 또한 다시 되돌아와 자신의 옆에 있던 기생의 치맛자락을 들어 안에 얼굴을 파묻고 껄껄거렸다.

"나도 힘이 풀려서 한 발자국도 못 가겠네!"

문이 열리고 안으로 금란방을 맡고 있는 형조판서가 들어왔다. 그는 엄한 얼굴로 두 대신들에게 큰 소리로 나무랐다.

"지금 이 건국이 마르고 백성들의 고충이 하늘을 찌르고 있어, 우리의 주상 전하께서 필히, 금주령을 내리셨거늘!"

형조판서의 옥박지름에 두 대감들은 마른침을 요란스럽게 삼켰다. 하지만 형조판서의 엄한 표정은 점점 풀리더니 익살스럽게 웃기 시작했다.

"주등은 좀 꺼 줘야 하지 않겠는가!"

형조판서의 말에 유향은 깔깔거리며 그리하겠다고 전하고 물러났다. 기생의 치맛자락에 얼굴을 박고 있던 대신이 몸을 일으켜 세우고선 자리를 잡는 형조판서에게 술을 따랐다.

"이러다가 교수형당하시는 거 아니십니까?"

세자인 이겸이 제시했던 형벌을 한껏 비웃는 말투였다.

"무서워서 내가 잠을 못 잡니다. 술이라도 한잔해야지 잘 수 있지."

형조판서는 잔 가득 채워진 술을 망설이지 않고 마셨다.

"금주령이라니. 이 술에 살고 술로 죽는 우리에겐 교수형만큼이나 너무 가혹한 벌이나 마찬가지 아니겠습니까?"

"맞습니다. 금주령을 내리면 요 예쁜 것들은 뭘 먹고살라고?"

형조판서의 말에 크게 동감하며 한 대감은 기생의 볼에 입을 맞춰 댔다.

"맞아요. 주상 전하는 정말 너무하십니다. 저희는 백성도 아니랍니까?"

"세자 저하의 형벌은 얼마나 또 가혹합니까? 제가 다 두려워 행여나 오해할까, 물도 못 마시겠습니다."

기생들은 요염한 목소리로 맞장구를 쳤다. 대감들과 한바탕 웃어젖힌 형조판서는 옷소매에서 상당한 양의 돈 꾸러미를 꺼내 놓았다.

"그게 무엇입니까?"

"단속 나왔다니까, 유향이가 찔러 주더이다."

불법인 장사를 돈만 주면 눈감아 주겠다는 적나라한 속셈이었다. 어차피 대신들과 양반들은 모두가 한편이고 술장사를 하는 서민들은 술을 팔지 못하면 큰 손해를 보니, 금주령과 금란방은 사실상 별 의미가 없었다. 자신들이 돈을 꽂아 준 것 또한 아무에게도 말하지 못할 큰일이었다. 그리고 만약 어쩔 수 없이 걸린다 하더라도 잠시 폐업하고 뒤를 봐주면 되는 거였다. 형조판서는 오히려 신이 나 있었다. 이겸 덕분에 공돈을 벌게 생겼으니 말이다.

"우리 세자 저하가 아직도 세상 물정을 모르는 것 같아서 걱정이오."

"그러게 말입니다. 이거 원, 너무도 안타까워서."

"물정을 모를 수밖에. 뭐가 보이고 들려야 세상 돌아가는 소리를 듣고 보지 않겠습니까?"

그들은 잔을 부딪치고 세자 이겸을 안주 삼아 씹으며 술을 마셨다. 형조판서가 몸을 비틀거리며 기생방을 나왔을 때 유향이 붙잡았다. 그녀는 작은 항아리를 건네었다.

"이것이 무엇이냐?"

"이번에 담근 술입니다. 좋은 것은 많이 들어 있는 술이어요. 앞으로도 잘 부탁드립니다."

유향이 건넨 술의 냄새는 좋았다.

"아무튼, 아부는! 걱정 말거라. 내 유향이 너만큼은 굶어 죽이지 않게 해 줄 터이니."

"고맙습니다, 대감."

유향이 매혹적인 미소를 짓자 형조판서는 좋아 죽겠다는 듯이 호탕하게 웃으며 항아리를 품에 안았다.

쉽사리 깨트릴 수 없는 무거운 침묵으로 모두가 잠들어 있고 어디선가 구슬프게 우는 부엉이 소리와 영롱한 달빛이 하늘 높이 떠 있는 야심한 밤.

'하린아. 하린아.'

귓가에 얼핏 들려오는 누군가가 자신을 부르는 소리에 하린의 정신이 점점 돌아오고 있었다. 격한 잠결에 취해 잘못 들은 것이라 생각하며 다시 잠을 청하려는데, 그 목소리는 점점 더 선명해졌다.

"하린아."

정신이 번쩍!

"세자 저하?"

하린이 주변의 눈치를 살피며 몰래 자리에서 일어나 옷을 입고 밖으로 나갔다. 정말, 이겸이 사복을 입고 밖에 서 있었다. 이겸의 저주를 듣고 나서부터 하린은 자꾸만 감정 관리가 되지 않는 자신을 느꼈다. 그 감정은 고스란히 얼굴로 번져 가고 있었다.

"안색이 좋지 않구나. 악몽이라도 꾸었느냐?"

"아닙니다. 자다 일어나서 정신이 없어서 그런 겁니다."

"피곤한 모양이구나. 그럼 다시 들어가서 잠을 청하겠느냐?"

"무슨 일 때문에 오신 건데요?"

겨우 감정을 추스른 하린이 물었다. 그러자 이겸은 손에 들고 있던 하린이 궁으로 따라 들어올 때 입고 있던 사복을 건넸다.

"가서 갈아입고 오너라."

"어딜 가시려고요? 벌써 축시입니다."

"미리 말해 주면 재미가 없지. 나를 따라갈 마음이 있다면 어서 갈아입고 오너라."

하린은 의아함과 궁금증으로 걸음을 서둘러 궁녀의 방 뒤편으로 가서 사복으로 갈아입었다.

"따라오거라."

삼엄한 궁의 경비를 뚫고 잘 숨고 달리는 이겸의 모습이 한두 번 해 보는 솜씨는 아닌 것처럼 보였다. 이겸은 중간마다 하린이 자신을 잘 따라오는지 살폈다. 따라오는 소리가 들리지 않아 자꾸만 돌아보는 것 같은 이겸에 따라가는 하린의 마음은 편하지 못했다.

"저 담벼락만 넘으면 된다. 넘을 수 있겠느냐?"

기둥 뒤에 숨어서 담벼락을 가리키며 물었다. 하린은 호기롭게 고개를 끄덕였다.

"담벼락 넘는 건, 제 전문입니다."

호언장담하며 기둥을 벗어나던 하린은 채 두 발자국도 내딛지 못하고 그대로 이겸의 품에 안겨 버렸다. 아슬아슬하게 금군들이 기둥 뒤를 지나쳐 갔다. 하지만 하린이 놀란 건 지금의 상황을 들킬 수도 있었다는 것보다 이겸의 품에 안겨 있다는 사실이었다. 심장이 너무 세게 뛰어서 제 귀에까지 울릴 지경이었다. 행여나 심장 소리가 이겸에게 들릴까 싶어 얼른 품에서 빠져나왔다.

"많이 놀랐느냐? 귀에서 피가 나는 것처럼 빨갛구나."

"안 놀랐습니다. 고작, 이런 거에 놀랄 쥐 똥구멍만 한 심장 아닌 거 아시지 않습니까."

하린은 일부러 이겸을 보며 소리는 작지만 입 모양을 크게 또박또박 내어 말했다.

하린의 씩씩한 대답에 이겸이 작게 웃어 보이고서는 앞장서서 담벼락으로 향했다. 하린은 별 소용도 없는 손부채질을 하며 이겸을 따라 가볍게 담벼락을 넘었다. 두 사람은 무사히 궁궐을 빠져나올 수 있었다. 군말하지 않고 이겸을 따라가던 하린은 익숙해지는 길에 그가 어디로 향하는 것인지 알 것만 같았다.

6.

하린이 자주 찾아들던 집에서 조금 떨어진 동산.

하늘에 떠 있는 달은 손을 뻗으면 닿을 것만 같이 얕게 떠 있었다. 동산을 채우는 풀들 사이로 날아다니는 반딧불들. 궁궐에 있는 동안 보지 못하고 느끼지 못해 무척이나 그리웠던 것들이었다.

"제 소원을 들어주셔서 감사합니다, 세자 저하."

"안 들어주면 매일 못생긴 울상 진 얼굴을 볼까 싶어서 들어준 것이다."

그의 대답에 한마디 하고 싶었지만 한동안 그의 '저주'라는 단어에 익숙해질 때까지 참기로 했다.

"네. 감사합니다."

톡 쏘아보는 눈빛으로 한마디 할 줄 알았던 하린이 의외로 순순히 인정하자, 이겸은 조금 의아할 수밖에 없었다.

"반딧불……."

하린은 손을 뻗어 날아다니는 반딧불이 하나를 톡 하고 만졌다. 그제야 이겸은 반딧불이 어떤 색을 하고 있는지 볼 수 있었다. 곁으로 다가오는 반딧불이를 향해 하린이 마구잡이로 손을 휘둘렀다. 반짝이는 제 색을 찾은 반딧불들이 아름답게 하늘을 향해 날아갔다. 그 모습을 이겸은 넋을 놓고 바라보았다.

어둠을 비추는 반딧불의 반짝임은 달보다 더욱 찬란하게 빛나고 있었다. 어디든 자유자재로 날아다니며 어두운 세상을 밝힐 수 있는 반딧불의 존재가 이겸은 내심 부러웠다.

희망이 없다 생각하는 백성들에게 반딧불의 작은 불빛처럼 희망의 존재가 될 수 있다면 얼마나 좋을까.

"반딧불 색이, 그다지 예쁘진 않습니다."

한편, 하린은 세상을 보지 못하는 것을 너무 아쉬워하지 않길 바라는 마음에 거짓말을 했다.

"예쁘지 않다고?"

갑작스러운 하린의 말에 이겸은 반딧불을 바라보고 있던 시선을 돌렸다. 반딧불을 바라보는 하린의 눈빛은 분명 그 빛으로 인해 반짝였지만, 단호했고 슬픔에 잠겨 있는 것 같기도 했다. 반딧불은 분명 예쁘다 못해 찬란하고 아름다운 색이었다. 그럼에도 하린이 이렇게 말하는 데는 그럴 만한 이유가 있을 거라 생각했다. 그리고 그는 바로 알아차릴 수 있었다.

"혹시, 내 소문에 대해서 들은 것이냐."

대답 없이 눈동자를 바닥으로 떨구는 하린의 행동이 어려운 대답을 대신해 주고 있었다.

"틀린 소문은 아니다."

하지만, 너로 인해서 내 세상이 바뀌어 가고 있다.

이겸은 그 말을 마음속으로 삼켰다. 행여나 하린이 자신을 이용해 먹는다고 원망하거나 큰 부담을 느껴 떠나진 않을까 하는 근심 때문이었다. 조금만 더 자신을 이해해 줄 그때가 오면 말하고 싶었다. 오히려 지금 매우 자신을 안타깝게 바라보고 있는 하린이 동정심이라도 생겨 자신의 곁을 떠나지 않길 바라고 있었다. 그 정도로 이겸에게 하린은 절실한 빛이자 희망이었다.

"하지만 너와 함께 있으면 즐겁다. 세상 소리가 들리지 않아도, 세상의 색이 보이지 않아도……. 너와 함께 있으면 계속 웃게 되는 구나."

"……."

"내가 저잣거리에서 칼을 맞고 쓰러져 너희 집에 갔을 때를 기억하느냐?"

"네. 기억합니다."

"아마 그때부터였던 것 같구나. 너와 함께하는 시간이 다른 사람들과는 달리 편안하고 즐거웠던 것이."

하린을 궁에 데려온 것을 이겸은 여전히 잘한 일이라고 생각하고 있었다. 그녀로 인해서 세상을 듣고 볼 수 있는 단순한 문제가 아니라, 자신이 말했던 것처럼 하린과 함께 있는 시간은 유일하게 숨통이 트이는 순간이기도 했다. 불현듯 예전에 자신의 숨통을 트여 주었던 김 내관과 훈이 떠올랐다. 하린 역시 그들처럼 자신이 지켜 내지 못할까 봐 두렵고 불안하기도 했다.

"왜 그러세요……?"

하린이 갑자기 어두워진 이겸의 얼굴에 걱정스럽게 물었다.

"아무것도 아니다."

"아무것도 아닌 표정이 아니신데……. 감정을 군이 제 앞에서까지 감추지 마세요. 전 흉을 보지도 우습게 생각하지도 않아요. 아프고 상처받아서 우는 사람을 흉보고 우습게 생각하는 것만큼 비열한 사람도 없잖아요."

그리고 보면 이겸은 하린 앞에서는 자신의 감정을 몇 번 드러낸 적이 있었다. 서러움에 북받쳐 눈물까지 흘리는 다소 부끄러운 짓도 했었다. 그때 하린이 조금 놀라기는 했었지만 다른 사람들처럼 한심스럽게 여기거나 비웃지는 않았다.

"김 내관이랑 훈이 생각나서 그랬다."

"아……. 충분히 이해 가요. 보고 싶겠죠. 오래도록 함께한 사람들이었으니까. 어쩌면 세자 저하에게는 가족과도 같은 사람들이었으니까."

하린의 심심찮은 위로가 이제는 큰 힘이 되고 있었다.

"앞으로 제가 그런 사람이 되어 주겠습니다, 세자 저하."

자신의 어깨 부근을 주먹으로 툭툭 치며 하린이 강건하게 결의를 다졌다.

"하찮은 제 소원을 이리 들어주셨으니, 그 보답으로 세자 저하를 지켜 드리겠습니다. 떠나기 전까지는…… 제가 세자 저하의 사람이 되어 드리겠습니다."

어디선가 불어오는 바람이 그녀의 머리카락을 쓸어 만지고 다사로운 반딧불들은 그녀의 곁을 맴돌았다. 화사한 미소를 머금고 있는 하린에게서 이겸의 눈동자는 조금도 벗어나지 않았다.

"솔직하게 말해 보거라. 아직도 반딧불이 예쁘지 않은 것이냐?"

"사실……."

머뭇거리는 하린을 향해 말했다.

"내 사람은 내게 솔직해야 한다는 것을 모르는 것 같구나."

이겸의 말에 하린은 겨우 입술을 떼어 냈다.

"예쁩니다. 너무 예뻐서 한시도 눈을 뗄 수 없고 눈물이 다 나올 정도입니다. 눈을 감아도 아른거릴 정도로 예쁩니다."

"눈과 귀에 실컷 담고 가거라. 심장과 머리에도 실컷 담아 두거라. 그래서 그리워질 때마다 하나씩 하나씩 아껴서 꺼내 보거라. 그것이 위로가 될 터이니."

"네. 그리하겠습니다."

달을 으깨어서 뿌린 것같이 반짝이는 반딧불만큼이나 하린의 눈동자도 찬란하게 빛이 났다. 하린이 반딧불로 시선을 돌렸지만 이겸은 여전히 하린을 바라보았다.

"그래. 예쁘구나."

하린에겐 들리지 않을 아주 작은 이겸의 혼잣말이 바람을 타고 반딧불과 함께 하늘로 날아 사라졌다.

반딧불 구경을 하고 하린은 몰래 집으로 향했다. 자고 있던 영운은 오랜만에 만나는 누이를 눈물과 함께 반겼다. 애틋하게 서로를 바라보며 이런저런 대화를 나누다 보니 아침을 향해 열심히 달려가는 하늘이 어둠을 밀어내고 있었다. 아쉬움을 뒤로하고 하린과 이겸은 궁으로 다시 돌아와야 했다.

"세자 저하, 정말 감사합니다."

옷을 갈아입고 궁녀 방으로 향하려던 하린이 말했다. 궁 생활로 인해 지쳐 있던 얼굴은 꼭 봄에 피는 화사한 꽃처럼 활짝 피어 있었다.

"그래. 잘 자거라."

동궁전으로 오는 동안, 이겸은 자기도 모르게 낮게 흥얼거렸다.

'정말 감사합니다.'

그 말이 그토록 사람을 기분 좋게 하는 말이라는 것을 처음 느꼈다. 하지만 곧,

'떠나기 전까지는⋯⋯.'

"떠나기 전까지라⋯⋯."

하린이 뱉어 낸 그 말이 떠올랐고 금세 이겸의 머릿속을 어지럽게 떠돌았다.

대낮.

저잣거리에서 조금 떨어진 곳에 서 있는 남자들의 표정은 못마땅함에 잔뜩 찌푸려져 있었다. 금란방의 관리원들은 제 손에서 달그락거리며 움직이는 상당한 엽전의 소리가 마냥 좋은지 놓을 줄 몰랐다.

하지만 이것들을 곧 형조판서에게 줄 생각을 하니 입이 다 마를 정도로 아까웠다. 불법으로 술을 파는 곳에서 뜯어낸 돈이었다.

"그냥, 내가 꿀꺽할까?"

"그러다가 큰일 나려고. 그래도 수고 값은 챙겨 줄 테니, 우린 그걸로 만족하자고."

"이게 뭐야? 금란방인지 뭔지, 죄다 그 양반 새끼들 배 불리는 일 아니야?"

"어디 나랏일 하는 인간들이 백성을 위해서 일하는 거 봤어? 죄다 지들 배때기 채우려고 하는 짓들이지?"

"뒤져서 전부 다 들고 갈 것도 아니면서. 아휴, 천벌이나 받아라."

"그래도 양심상 우리도 그런 말 하면 안 돼."

동료의 지적에 연거푸 공중에 대고 흥분을 가라앉지 못하던 남자가 입술을 굳게 다물었다. 장사꾼들에게 뜯어낸 이 푼돈으로 자신 역시 쏠쏠한 재미를 보고 있었기 때문이었다.

얼마 안 있어 형조판서의 오른팔이라고 할 수 있는 김 서방이 와서는 뜯어 온 돈을 확인해 명부에 적고 그 일부분을 나누어 주었다. 그러고는 전부 확인된 명부와 돈을 들고서는 형조판서의 집으로 향했다.

형조판서는 상당한 돈과 점점 돈을 찔러 주는 술집이 늘어나고 있다는 것에 크게 기뻐했다. 이 돈 일부분은 자신이 줄을 대고 있는 서인의 자금으로 쓸 예정이었다.

"그리도 좋습니까? 대감?"

수고했다며 몇 냥을 찔러 주는 형조판서를 향해 김 서방이 히죽거리며 물었다.

"멍청한 세자 덕분에 요즘 살맛이 나는구나? 술 맛보다 훨씬 더 기쁘구나! 이 금주령이 평생 갔으면 좋겠어!"

그의 웃음소리가 담장을 넘어가고 있었다.

하린은 힘차게 고개를 내저었다.

어젯밤, 이겸과 외출 후 돌아와 이룬 잠에서 이겸이 나왔다. 다른 모습이 아닌 자신을 끌어안던 순간이 나왔는데, 그 꿈이 그때 느꼈던 감정처럼 무척이나 생생했다. 그 생생한 느낌은 하린의 몸을 달아오르게 하고 심장을 간질간질 애태우며 뛰게 만들었다.

그리고 그 감정이 지금 이 순간까지 쭉 이어지고 있어 매우 난감했다. 하린은 마주 보고 앉아 있는 이겸을 제대로 쳐다보지도 못하고 눈동자를 산만하게 움직였다.

연못에 둘러싸여 있는 정자에서 책을 읽는 동안 이겸은 하린에게 제 앞에 앉아 있으라고 말했다. 그래서 앉아 있는데 이겸이 어찌나 오랜 시간 동안 고도의 집중을 보이고 있는지 이제 슬슬 엉덩이가 저리고 발에서 쥐가 날 것 같았다. 이리저리 몸을 꿈틀거리는 자신과 다르게 조금의 흐트러짐도 없이 꼿꼿한 자세를 유지하고 있는 이겸이 하린은 신기할 따름이었다.

하지만 신기한 것도 잠시, 꿈틀거리던 몸이 조금 풀리자 슬슬 잠이 쏟아지기 시작했다. 그것은 마치 갑자기 맞닥뜨린 소나기와 같아서 홀딱 젖어 버린 것처럼 속수무책이었다. 눈치 없이 서늘한 바람은 힘겹게 잠과 사투를 벌이는 하린을 골탕이라도 먹일 심보인지 지독히도 부드러웠다. 몸이 점점 나른해졌다.

이겸이 넘기는 책 소리, 하늘을 날아들며 지저귀는 새 소리, 바람에 잔잔히 흐르다 돌에 부딪히는 연못의 물소리가 희미해져 갔다. 고약한 잠결에 몸을 제대로 가누지 못할 지경까지 이르렀다. 그 와중에도 제게는 들려오는 이런 세세한 소리들이 이겸에겐 들리지 않는다는 것이 안타까웠다.

감기는 눈을 필사적으로 뜨고 또 감기는 눈을 겨우 뜨려던 하린은 결국 까무룩 잠이 들고 말았다. 적나라하게 느껴졌던 하린의 시선이 느껴지지 않자 이겸이 책에서 눈을 뗐다. 코가 바닥에 부딪혀 깨질 것처럼 앞으로 꼬꾸라져 잠들어 있는 하린을 발견했다.

사실, 아까부터 계속 저를 바라보고 있는 하린 때문에 이겸은 자신답지 않게 집중을 못하고 있던 참이었다. 하린의 시선에 이상할 정도로 잔뜩 긴장이 되었다. 누구 앞에서 긴장이라는 것을 해 본 적이 없던 이겸에겐 무척이나 생소한 기분이고 경험이었다. 졸고 있는 하린을 깨우기 위해 궁녀 한 명이 정자 위로 올라오려 했다. 이겸이 가볍게 손을 들어 제지시켰다.

　"모두 물러가 있거라."

　신하들이 물러나고 그곳에 단둘만 남겨졌다. 이겸은 졸고 있는 하린을 가만히 바라보았다. 앞에 앉아 있으라 말한 것은 자신이 집중하는 사이에 하린이 또다시 누군가에게 불려 갈까 싶어서였다.

　솜털이 햇빛을 받아 금빛처럼 빛이 나고 감은 눈의 속눈썹이 풍성하게 흐트러져 있다. 보고만 있어도 마음이 벅차고 자꾸만 입가에서 실없는 웃음이 새어 나온다. 낯설고 생소하지만 싫지 않은 이 기분.

　그러다 이겸의 시선이 하린의 입술로 향했다. 연꽃같기도 하고, 잘 익은 복숭아같기도 한 어여쁜 색을 한 입술을 보니 궁금해졌다.

　달달하고 향긋하기까지 한 복숭아 같은 향이 날까? 저도 모르게 손이 입술로 향하려던 참이었다. 꾸벅꾸벅 졸던 하린이 결국 힘을 잃고 옆으로 스르르 쓰러지려는 걸 이겸은 겨우 손바닥으로 받아 냈다. 얼마나 곯아떨어진 건지 깨어나기는커녕 오히려 입가에 옅은 미소를 지으며 더 깊은 잠에 빠져드는 듯 보였다. 그 모습에 이겸도 웃을 수밖에 없었다.

　어정쩡하고 불편해 보이는 자세로 손으로 받치고 있던 하린을 조심스럽게 자신의 허벅지를 베고 눕게 했다. 대각선으로 쏟아져

들어오는 햇볕이 하린의 달달한 잠을 앗아 갈까 싶어 팔을 들어 곤룡포 소매로 가려 주었다. 일정하게 숨을 내쉬며 잠든 하린을 눈에 담고 마음에 담았다. 평온하기 그지없는 시간이었다.

단잠에서 겨우 깨어난 하린은 머리에서 느껴지는 감촉에 화들짝 놀라서는 벌떡 일어났다. 그때까지도 곤룡포로 햇볕을 가려 주고 있던 이겸이 천천히 팔을 내렸다. 하린은 입가에서 느껴지는 침을 얼른 닦았다.

"제가 깜빡 잠이 들어서……."

"깜빡 정도가 아니던데."

밝았던 세상이 곶감 빛을 띠고 있었다. 시간이 무척이나 많이 흘렀다는 것을 알 수 있었다. 식사를 해야 한다는 유 상궁의 말에 이겸은 자리에서 천천히 일어났다. 하린을 깨우지 않으려고 계속 같은 자세로 앉아 있었고 무엇보다 하린의 머리 무게가 은근히 나간 터라 일어나자마자 쥐가 나서 비틀거렸다.

"어?"

옆에서 같이 일어나던 하린이가 반사적으로 이겸을 잡으려 했지만, 워낙 덩치가 크고 휘청거리는 와중에도 힘이 센 터라 그대로 하린과 함께 바닥으로 엎어지고 말았다.

넘어지는 와중에도 행여나 하린의 머리가 다칠까 봐 이겸의 한 손은 하린의 뒷머리를 나머지 한 손은 허리를 잡고 있었다. 그 덕에 하린은 뒤로 넘어졌어도 다친 곳이 하나 없었지만, 이겸은 팔꿈치를 바닥에 아주 세게 부딪히고 말았다.

하지만 이상하게 아픔은 느껴지지 않았다. 그러니까 지금 입술에서 느껴지는 이 촉촉한 감촉 때문에 아무 정신이 없었다.

복숭아 향……? 그것보다 더 달달한 것 같기도 하고…….

"세자 저하!"

유 상궁이 놀라서는 다급하게 들어오며 자신을 부르지 않았다면 계속 그렇게 입술을 맞대고 있었을지도 몰랐다. 유 상궁은 넘어진 이겸의 등만 보았는지, 두 사람 사이에 무슨 일이 일어났는지 전혀 모르는 눈치였다.

"내 그리 너에게 알렸거늘! 왜 이리도 조심성 없이……!"

"유 상궁, 내가 비틀거리다가……! 하린이는 아무 잘못이 없으니, 그만하세요."

잔소리를 퍼부으려는 유 상궁을 제지하며 이겸은 서둘러 정자에서 내려와 신을 신었다. 뜨거운 물에 들어갔다가 나오기라도 한 것처럼 온몸이 다 화끈화끈하고 달아올랐다. 아주 잠깐 닿았음에도 순간 느꼈던 그 감촉을 다시 느껴 보고 싶다는 욕구도 솟구쳤다.

"따라오거라."

어금니를 꽉 물며 하린에게 말하는 유 상궁 목소리에 이겸은 겨우 정신을 차렸다. 저렇게 끌려간다면 혼나게 될 것을 알기에 절대 보낼 수가 없었다. 그래서 이겸은 옮기고 있던 걸음을 멈추고 뒤돌아서 하린을 바라보았다.

"무엇 하느냐? 안 따라오고?"

유 상궁이 한마디 하려던 참에 이겸은 다시 제 목소리로 말문을 틀어막았다.

"출출하구나. 내 바로 동궁전으로 갈 것이다."

"수라상을 준비하겠나이다."

이겸은 낮게 고개를 끄덕이고서는 여전히 유 상궁 옆에 붙어 있

는 하린에게 곁으로 오라고 눈짓했다. 하린이 유 상궁의 눈치를 힐
끔 보며 이겸의 곁으로 다가갔다.

"가자."

밖에 두면 유 상궁에게 불려 가 혼이 나거나 다른 궁녀들의 텃
세로 힘든 일을 할까 싶어 이겸은 식사를 하는 와중에도 하린을
앞에 두고 있었다. 원래는 기미상궁이 옆에서 수발을 드는 것이 맞
지만 모두를 물리고 하린과 단둘이 있었다.

두 사람 사이에 묘한 기류가 흘렀다. 하린은 하린 대로 이겸은
이겸대로 아까 정자에서 있었던 일들을 떠올리고 있었기 때문이
었다. 분명 허기가 졌지만 음식이 어디로 들어가는지 모를 정도
로 먹는 둥 마는 둥이었다.

혜림은 제집에서 하린만을 위하던 이겸의 모습이 아직도 아른거
렸다. 틈만 나면 떠오르는 그날의 잔해에 짜증이 있는 대로 났다.

"그 계집애 지금도 세자 저하 옆에 찰싹 붙어서 여우 같은 짓을
하고 있겠지?"

어떻게 세자 저하의 마음을 꼬드겼을까? 혜림은 해소되지 않는
질투에 아랫입술을 지그시 깨물었다. 건국 최고의 권력가 원석의
딸로 태어나 갖고 싶은 것을 갖지 못했던 적은 단 한 번도 없었다.
누군가에게 자신이 갖고 싶은 것을 빼앗겨 본 적도 없었다.

그래서일까, 혜림은 자신이 관심을 두고 있는 이겸의 곁에 있는
하린이 더욱 꼴사나워 보였고 고작 천민한테 이겸을 빼앗긴다는
것이 분통했다. 어떻게든 하린에게서 이겸을 빼앗아 제 것으로 두
고 싶었다.

눈에서 자주 보여야 정이 드는 법인데 혜림은 그러지 못하는 제 처지가 짜증스럽기만 했다. 공주인 인영을 보러 가는 핑계도 더는 댈 수가 없었다. 자신이 올 때마다 못마땅한 모습으로 비아냥거리는 인영에 자존심이 상해서였다.

"후우······."

궁궐에 들어갈 사유가 따로 필요했다. 그리고 혜림은 오라비인 양호의 생일날 빌려주었던 쓰개치마를 떠올렸다.

"오라버니!"

들어가겠다는 말도 없이 무작정 문을 열고 들어오는 누이에 입궐하려고 준비 중이던 양호가 화들짝 놀랐다. 아버지인 원석은 이미 일찌감치 입궐을 했는데 천성이 게으른 양호는 입궐 시간에 얼추 맞춰 준비하고 있었다.

"어허, 아무리 남매라고 하여도 지켜야 할 예의가 있거늘! 너는 어찌, 날이 갈수록 더욱 기고만장해지는 것이냐? 어찌 시집을 가려고?"

"아, 됐고요. 나도 궁궐 데리고 가요."

"뭐?"

너무 당당한 누이의 요구에 양호가 기가 막힌다는 듯이 반문했다.

"궁궐 데리고 가시라고요."

양호는 이해하지 못한 얼굴로 고개를 내저으며 방을 나서려 했지만, 혜림이 옷을 늘어지게 붙들었다.

"데리고 가세요!"

"대체 왜 이리 이상한 고집을 피우는 것이냐? 궁궐이 어디 네가 가서 놀고 싶다고 노는 놀이터 같은 곳인 줄 알고 있는 게냐?"

"제 쓰개치마를 찾아와야겠습니다!"

"쓰개치마?"

"네! 일전에 제가 오라버니 생일 때 세자 저하와 그 여자한테 빌려주었던 쓰개치마요!"

혜림의 지적에 그때를 떠올린 양호가 낮게 고개를 끄덕였다.

"음, 그 쓰개치마. 내가 받아서 가져다주마."

다시 돌아서 나가려는데 혜림이 또 옷깃을 잡고 늘어졌다.

"왜 또 그래, 왜!"

"눈썰미가 좋지 않은 오라버니가 제가 무지무지 아끼던 쓰개치마를 잘못 가져오실까 걱정됩니다."

"뭐?"

"무슨 색이었는지 기억하십니까? 거기에 나비가 몇 마리 수놓아져 있는지 기억하시냐고요."

양호는 눈을 뒤집어 까서 기억을 해내려고 애썼지만, 아무것도 기억이 나지 않았다. 혜림이 입꼬리를 슬쩍 들어 올렸다.

"거보세요. 아무것도 기억하지도 못하시면서 뭘 받아다 주신다고? 따라가겠습니다."

"에휴, 그러거라."

더는 귀찮아지는 것이 싫었는지 양호는 결국 허락을 해 주었다. 혜림은 제 방으로 빠르게 건너와 치장을 하고서는 밖에서 대기하고 있는 가마에 올라탔다. 궁궐로 가는 가마 안에서도 혜림은 연신 거울로 제 얼굴 상태를 살폈다.

오늘 특별히 힘을 주었다. 청나라에서 들여왔다는 화장품으로 아주 정성을 들여 화장하고 장신구도 가장 비싼 것으로 썼다. 오늘은 예전처럼 이겸을 멀리서 지켜보지 않고 마주치게 된다면 이런 저런 대화를 시도해 볼 생각이다.

어떻게든 이겸의 머릿속에 자신을 강하게 박아 놓아야겠다고 결심하는 동안 가마는 벌써 궁궐에 도착해 있었다.

"오라버니, 궁녀 방이 어디입니까? 저는 그 공하린이라는 아이를 찾아가겠습니다."

"나도 잘 몰라. 지나가던 궁녀한테 물어보거라. 그리고 한 시진 뒤에 여기로 다시 돌아오거라."

"네. 알겠습니다."

가볍게 양호에게 인사를 하고 혜림은 곧바로 몸을 돌렸다. 양호에게는 궁녀 방을 간다고 했지만 혜림의 진짜 목적은 이 궁궐에서 최대한 빠른 시간 내에 세자인 이겸과 마주치는 거였다. 혜림은 마음이 급해졌고 그럴수록 걸음걸이는 빨랐다. 그때 이겸을 만났던 정자로 향하던 혜림의 귓가로 익숙한 목소리가 들려왔다.

"너무 많이 먹은 것 같습니다. 저 살찐 거 같죠?"

"어디 보자."

혜림은 소리가 나는 쪽을 바라보니, 이겸이 상체를 내려 하린의 얼굴을 가까이 살펴보고 있었다. 저 여우 같은 계집애……! 쓸데없이 살쪘다는 질문으로 이겸과 저런 순간을 만들어 내는 하린이 혜림의 눈엔 가시처럼 보였다. 매일 저렇게 궁궐에서 이겸과 함께한다고 생각하니 분통이 터져 견딜 수가 없었다.

하지만 그것을 보며 부들부들 질투만을 하고 있을 수는 없었다. 혜림은 살포시 제 치마를 들어 급하게 달려오는 척하며 제 스스로 발을 걸어 앞으로 풀썩 넘어졌다.

"앗!"

가느다란 비명 소리와 함께 신발이 벗겨지고 바닥에 주저앉자 서로 마주 보고 있던 두 사람의 시선이 혜림에게로 닿았다.

"어?"

먼저 알은체를 해 온 것은 하린이었다.

"아가씨는……. 일어나실 수 있으시겠어요?"

곁으로 다가와 저를 일으키려는 하린의 손을 발이 삔 척 다시 넘어지며 거절했다. 그러고는 간절한 눈빛으로 천천히 간격을 좁혀 오고 있는 이겸을 올려다보았다.

"세자 저하……."

"크게 다친 것 같아 보이지는 않는데, 일어나기가 힘든가?"

무뚝뚝한 이겸의 말에 혜림은 살짝 당황해했다. 벗겨진 신발을 가지러 간 하린은 나지막하면서도 차가운 이겸의 목소리를 듣지 못한 듯싶었다. 혜림은 어색하게 웃으며 자리에서 천천히 일어났다. 그리고 제 발 앞에 하린이 놓아준 신발을 신었다.

"고마워요."

혜림은 가족이 아닌 타인에게 난생처음으로 고맙다는 말을 했다.

"아닙니다."

티끌 하나 없는 말간 미소를 지으며 대답하는 하린에 혜림이 어색하게 웃고 있는데, 이겸이 그녀를 나지막하게 불렀다.

"하린아."

방금 전 자신에게 했던 목소리와는 확연히 다른 온도였다.

"네, 세자 저하."

"내 곧 따라갈 터이니, 너 먼저 정자에 가서 내가 읽어야 할 책들을 순서대로 정리해 두고 있거라."

"네. 그렇게 하겠습니다."

하린은 혜림에게도 인사하는 것을 잊지 않고 예를 갖춘 후 정자로 향했다. 혜림은 이겸이 자신과 단둘이 있으려는 이유가 무엇인지 궁금해하면서도 좋은 뜻이 아닐 것 같아 걱정이 들었다.

"세자 저하."

"궁궐에는 어쩐 일로 온 것인지."

"아……. 저는…… 일전에 빌려드렸던 쓰개치마를 받으려고."

"그런 것쯤은 다른 이를 시켜도 되는 일 아닌가."

이겸은 마치 진짜 궁궐에 들어온 목적에 대해서 똑바로 얘기를 하라고 경고하고 있는 것처럼 보였다. 혜림은 더 이상 머리를 굴려 봤자 소용이 없을지도 모른다고 생각하며 이겸을 마주 보았다.

"세자 저하가 보고 싶어 들어왔습니다."

솔직하게 말하면 조금은 놀랄 줄 알았는데, 허무할 정도로 이겸은 어떤 반응도 없이 여전히 무미건조한 모습을 유지하고 있었다. 처음부터 알고 있었지만 자신에게 단 한 번도 신경을 쓰지 않았던 사람마냥 덤덤한 모습이 혜림을 비참하게 만들었다.

"쓸데없는 짓으로 시간 낭비 같은 거 하지 않았으면 싶네."

이겸의 단호한 몇 마디의 말이 꽃의 가시가 되어 심장에 꽂히는 것만 같았다. 머리를 가격당한 사람처럼 멍하였다. 그를 처음 본 순간부터 지금까지 하루 온종일 그를 떠올리고 한 번이라도 보겠다고 애를 썼던 제 모습들이 주마등처럼 스쳐 지나가며 격한 억울함이 몰려들었다.

"제가 혹여 영의정의 여식이라 그러시는 겁니까?"

핑곗거리를 듣고 싶었다. 이겸이 자신을 거부하는 이유가 여자로서의 매력이 전혀 없는 자신 때문이 아닌 거의 원수처럼 지내고 있는 제 아버지와의 관계 때문에 발생한 경계일 뿐이라고.

하지만 야속하게도 이겸은 혜림의 바람을 꺾어 버렸다.

"영의정 때문이 아니라, 당신을 여인으로서 느끼는 마음이 조금도 없소."

이겸은 조금의 흔들림도 없이 강건했다. 흔들릴 만한 빈틈조차 허락하지 않는 그의 단호하다 못해 엄격하기까지 한 모습에 혜림은 아무것도 할 수가 없었다.

"그러니 괜한 노력으로 귀중한 시간을 낭비하지 말게. 쓰개치마는 사람을 시켜서 혜림 낭자의 집까지 가져다주겠네. 그러니 이만 돌아가게."

더는 당신과 대화하고 싶지 않다는 뜻을 확실히 밝히며 이겸은 몸을 돌려 하린이 있는 정자로 향했다. 그때까지도 혜림은 놀라서 굳은 몸을 움직이지 못하고 있었다. '괜한 노력'이라고 했다. 그건 자신이 넘어진 것, 어쩌면 연못에 빠진 것도 전부 일부러 그랬다는 것을 알고 있다는 것일지도 몰랐다.

경직된 시선을 겨우 돌려 멀리 떨어져 있는 정자 위의 이겸과 하린을 바라보았다. 자신은 이렇게 비참한 기분을 절실히 느끼고 있는데, 웃고 있는 하린의 모습에 혜림은 몹시 분했다.

큰일이다.

하린은 잠에서 깨어나 가장 먼저 든 생각이 '큰일이다'였다. 며칠 동안 자꾸만 이겸이 꿈에 나타났다. 그냥 단순히 나타나는 거라면 모를까 왜 그리도 자신을 끌어안고 입을 맞추는지……. 정말, 미치고 환장할 노릇이었다.

꿈인데도 불구하고 그 순간에 느껴지는 설렘과 격하게 행복해하는 제 감정에 하린은 더욱 혼란스러웠다. 하지만 문제는 그것이 아니었다. 꿈에서 느낀 감정이 현실까지 이어진다는 것이 문제였다. 이겸과 눈을 마주치는 것, 바짝 몸을 붙이고 걸을 때마다 심장이 터질 것 같아서 말이 헛나올 때가 많았다. 하린은 오늘은 그런 실수를 하지 않겠다고 다짐하며 잠자리를 정리하고 서둘러 동궁전으로 향했다.

"하린아."

동궁전으로 향하는 길에 도포 차림의 이겸과 마주쳤다. 겸사복 관원들이 함께 있었다.

"어디 가십니까?"

"내 잠시 밖에 볼일이 좀 있어서 나간다."

"따라가면 안 되나요?"

그가 예전에 저잣거리에서 칼을 맞고 쓰러졌던 모습이 자꾸만 스쳐 지나갔다. 겸사복 관원들이 함께 있다고 해도 이겸이 걱정되는 건 사실이었다. 소리가 들리지 않으니, 오로지 감각만으로 자신을 지켜야 하는 이겸이 안쓰러웠다.

"혼자 있기 심심하면 인영 공주 처소에 가 있거라."

"심심해서 그런 게 아닌데……."

"혹여 내가 걱정이 되느냐?"

하린은 대답 대신 낮게 고개를 끄덕였다.

"걱정하지 말거라, 내 이래 봐도 죽음을 피할 수 있는 특출한 능력이 있는 자다. 하늘에서도 점찍은 살 수 있는 운명인 게지. 죽을 운명이었다면 벌써 죽어도 몇 번은 죽었겠구나."

"그런 말씀하지 마세요. 죽는다느니, 뭐니 그런 말씀하지 마시라고요."

하린은 이겸이 없는 세상은 별로 상상하고 싶지 않아졌다. 좋은 말로 하면 계속 저 소리를 할 것 같아 하린은 최대한 눈에 힘을 팍 주고 말했다.

"알았다. 절대 안 하마."

이겸이 하린의 머리를 가볍게 쓰다듬었다. 하린은 그의 손길에 갑자기 뛰기 시작하는 심장 소리가 귀로 올라와 머리까지 울리는 것만 같았다. 그의 손이 머리에서 거두어질 때는 아쉽기까지 했다.

"안타깝지만, 오늘은 너를 데려갈 수가 없다."

"네. 조심히 다녀오세요."

검사복 관원들과 함께 지나쳐 멀어져 가는 이겸의 뒷모습을 하린은 완전히 사라질 때까지 그 자리에 서서 바라보고 또 바라보았다.

"대감!"

허겁지겁 달려오며 급하게 저를 부르는 김 서방에 안채에서 휴식을 취하고 있던 형조판서가 얼굴을 구겼다.

"대체, 무슨 일이기에 내 집에서 이리 경박하게 구는 게야?"

"지, 지금, 밖에, 세, 세!"

"뭐? 이놈! 정신 똑바로 차리고 고하지 못할까?"

"밖에 세, 세자 저하께서!"

"뭐? 세자 저하가?"

평소에는 자신을 딱히 긴장케 하지 않았던 인물이었지만, 지금의 형조판서는 살짝 긴장할 수밖에 없었다. 그때 유향이 줬던 술이 생각난 형조판서가 급하게 입술을 떼어 내는 순간 문지방에 익숙한 그림자가 드리워졌다.

"안에 형조판서 있습니까?"

세자, 이겸의 목소리였다. 형조판서는 얼른 문을 열어 세자를 맞이했다. 다행스럽게도 세자와 함께 온 관원들은 마당에 있었기 때문에 형조판서는 안도의 한숨을 내쉬었다.

"세자 저하, 안으로 드시지요."

형조판서가 이겸을 안쪽으로 안내한 후 옆에 있는 김 서방에게 말했다.

"유향이가 줬던 술 항아리 알지? 그거 당장 숨기거라."

"어, 어디에다가……."

김 서방이 등을 보이고선 안을 천천히 구경 중인 이겸의 눈치를 살폈다. 정말 두 사람의 대화가 이루어지고 있는데도 관심 하나 없는 것을 보니 못 듣는다는 저주가 사실이었던 모양이다.

"사랑채 뒤에 있는 곳간에다가 숨기거라. 마당도 지나가지 않으니, 관원들에게 들킬 일도 없고 그곳은 구석이라 괜찮을 것이다."

"네, 대감. 열쇠를 주십시오."

중요한 것이 많이 넣어져 있는 곳간이었기에 열쇠는 오로지 형조판서만이 갖고 있었다. 형조판서가 김 서방에게 열쇠를 건넸다.

"그리고 청주댁을 시켜 간단한 다과상도 내오고."

"네."

김 서방이 대답함과 동시에 구경을 끝낸 이겸이 몸을 돌렸다. 김 서방은 끝까지 이겸의 눈치를 살피며 문을 닫았고 방에는 단 두 사람만이 남게 되었다. 형조판서는 능글맞은 웃음으로 이겸을 대했다.

"어찌 아무 통보도 없이 누추한 이곳까지 행차하게 되셨습니까, 세자 저하."

"제가 금란방이라는 힘들고 무거운 직책을 드려 고생이 많지 않으십니까. 해서 심심치 않은 위로를 하고자 지나는 길에 들렀습니다."

"성은이 망극하옵니다, 세자 저하."

곧 다과상이 들어오고 두 사람은 마주 보고 앉아 차를 음미하듯 마셨다.

"차 맛이 좋군요."

곧 밖에서 문이 닫힌 채로 김 서방의 목소리가 들려왔다.

"대감, 항아리는 무사히 숨겼사옵니다."

형조판서는 앞에서 아무것도 모른 채 차를 마시고 있는 이겸을 보며 참으로 태평한 바보 천치라 욕하며 한껏 이죽거렸다.

"대감."

이겸이 입술을 떼어 낸 건, 가득 차 있던 차가 바닥을 보일 때쯤 이었다.

"네, 세자 저하."

"혹시 알고 계십니까?"

"무엇을 말씀입니까?"

"제가 세상의 색이 잘 보이지 않고 세상의 소리가 잘 들리지 않

238

아 그런지, 무척이나 예민한 감각이 하나 있다는 것을요."

형조판서는 그게 무슨 뚱딴지같은 소리냐는 표정으로 이겸을 보았다. 이겸은 그때까지도 찻잔을 들고 정자세를 유지하고 있었다. 저주니 뭐니 해도 참으로 품위 있는 세자라고 생각하던 형조판서의 얼굴이 점점 굳어졌다.

시종일관 이곳에 들어와서부터 줄곧 입가에 짓고 있던 이겸의 여유로운 미소가 점점 사라지기 시작했다. 형조판서는 갑자기 뒷골이 싸해지는 것을 느꼈다.

"그것은 바로, 후각이지요."

이겸은 찻잔을 상에 내려놓고 자리에서 일어섰다.

"세, 세자 저하."

그러고는 말릴 틈도 없이 방문을 거칠게 열고 나가 마당에서 대기하고 있는 관원들을 향해 소리쳤다.

"다들 나를 따라오거라!"

갑작스러운 이겸의 행동에 놀란 형조판서는 신도 제대로 신을 겨를도 없이 이겸을 따라갔다. 이겸은 거침없이 뒤쪽 사랑채로 향했고, 곧 항아리를 숨긴 곳간 앞에 멈췄다. 곳간은 굳게 닫혀 있었다.

"이 문을 당장 열거라!"

"세자 저하, 왜 이러시는 겁니까!"

"왜 이리 호들갑입니까? 혹여 안에 무엇이라도 잔뜩 숨겨 놓으셨는지요."

"그런 건 아니지만……."

"그렇다면 가만히 계세요."

이겸은 뒤에 있는 관원들에게 눈짓했다. 관원들은 힘을 합쳐 곳 간 문을 내리쳤고 부서지듯 열렸다.

안에 든 항아리들이 관원들의 재빠른 움직임에 밖에 있는 이겸 의 앞으로 놓아졌다. 뚜껑을 열어 보니 술이 들어 있었다. 이겸의 매서운 눈이 형조판서를 향해 날아들었다.

"세자 저하, 이것은 오해이십니다! 금주령이 내리기 전에 이미 만들어 놓은 술이옵니다."

"아, 그러셨습니까?"

절대 그 말을 믿는다는 반응이 아니었다. 더욱 싸늘해져 가는 이겸의 표정에 형조판서는 다리가 후들거리기 시작했다. '교수형' 그 말이 자꾸만 머릿속을 떠돌아다니고 있었다.

"그자들을 데리고 오너라."

이겸의 명에 관원들이 데리고 온 자는 유향과 금란방 관리원들 이었다. 그뿐만이 아니었다. 불법으로 운영하는 술집 주인들이 하 나둘씩 들어오기 시작했다. 유향은 앞에 놓인 항아리들이 금주령 이후에 자신이 준 술이라고 자백을 했다.

"네 이년! 감히 세자 저하 앞에서 거짓을 고하다니! 이것은 내가 금주령이 내리기 직전 집에서 직접 만든 술이다!"

형조판서가 노발대발하자 유향은 다시 침착한 목소리로 말했다.

"항아리 안쪽에 저희 주루의 표시가 되어 있습니다."

관원이 술을 죄다 바닥에 쏟아부었다. 안에는 유향이 말한 대로 주루를 상징하는 특유의 표시가 그려져 있었다.

"누, 누군가의 음모입니다. 이것은 모르는 일이옵니다!"

"음모요? 이 곳간은 대감댁에서 유난히 구석에 있는 곳이라, 쉽게 찾으려야 찾을 수도 없는 곳 아닙니까?"

이겸의 지적에 형조판서는 풀려 버린 다리로 마당에 꿇어앉았다. 곳간에서 발견된 것은 술이 든 항아리뿐만이 아니었다. 구석에 쌓여 있는 볏짚이 무척이나 의심스러웠다. 이겸은 그것을 거둘 것을 명했고 안에는 역시나 철저하게 자물통이 채워져 있는 나무 상자가 하나 있었다.

이겸은 상자를 직접 바닥에 내리쳤다. 한두 번으로는 되지 않아 몇 번이고 내려치자 그대로 박살 났다. 안에는 상당한 돈과 장부가 있었다.

형조판서의 얼굴이 새하얗게 질렸다.

대충 살핀 장부에는 그간 금란방을 운영하면서 불법으로 술을 파는 술집에 들러 돈을 받아 낸 기록들이 적혀 있었다.

"세자 저하, 죽을죄를 지었습니다!"

"죽을죄를 지었다⋯⋯."

"세, 세자 저하."

장부를 살피던 이겸의 손길이 멈추고 무릎을 꿇고 있는 형조판서를 바라보았다. 모든 것을 꿰뚫는 싸늘한 눈빛이었다. 이겸이 무섭게 느껴지는 건 이번이 처음이었다. 형조판서는 입이 바짝 마르고 머리와 심장이 그대로 절벽으로 곤두박질 쳐지는 기분이었다.

그런 형조판서를 향해 이겸이 말했다.

"그럼⋯⋯ 죽으셔야죠."

"세자 저하!"

"이자를 당장 의금부로 데려갈 것이다!"

일어서는 이겸의 다리를 형조판서가 부여잡았다. 이겸은 불쾌하다는 듯이 그를 뿌리쳤고 관원들이 형조판서의 몸을 포박했다.

소식을 전해 들은 원석이 대신들과 함께 급하게 의금부 안으로 들어섰다. 정말 그곳에는 몸이 포승줄로 꽁꽁 묶인 형조판서와 그 앞에서 추국을 하고 있는 이겸이 있었다. 형조판서가 원석을 보고 울먹이더니 겨우 입을 벌렸다.

"대감, 대감."

살려 달라는 간절함이 스며들어 있는 호소였다. 평소에 친분 있게 지내던 형조판서는 간두지세(竿頭之勢)상태에 놓여 있었다. 원석은 형조판서의 위기를 넘기기 위해 열심히 머리를 굴렸다.

그런 원석의 얼굴 위로 길고 커다란 그림자가 드리워졌다. 평소에는 그리 느껴지지도 않았던 이겸의 존재였다. 조금의 웃음기도 없는 이겸의 얼굴이 이렇게 자신을 소름 끼치게 만들었던 적이 있던가. 원석은 평소의 자신답지 않게 긴장까지 하고 있었다.

"오셨습니까."

평소 같은 이겸의 인사에도 원석은 오만함을 드러내지 않고 굳은 얼굴로 맞이해야 했다.

"어찌 된 영문인지……."

"참으로 개탄스러운 일이 일어났습니다. 형조판서가 금주령의 명을 어기고 술을 마시는 것으로도 부족해 금란방의 권위를 내세워 불법 운영자들에게 돈까지 뜯어내는 비리를 저지르며 자신의 이익을 챙기고 있었습니다. 이런 개인의 욕심을 채우고자, 어찌 임금의 명을 어기고 동료들의 눈과 귀를 속였는지, 제가 다 화가 나서 견딜 수가 없습니다."

쉽게 감정을 내세우는 이겸은 아니었다. 말을 하는 동안에도 목소리는 일정한 감정과 속도를 유지하고 있었다. 그랬기 때문에 원석은 이겸의 존재가 더 살벌하게 느껴졌다. 하지만 원석은 곧 침착성을 되찾았고, 어차피 그래 봤자 이겸은 여전히 하룻강아지에 불과하다고 생각했다.

다른 대신들은 상황 파악을 끝낸 후 서로 눈치를 살피고 죽상이 되어 속닥거렸다. 원석은 그런 대신들을 향해 엄한 표정을 지었다.

"제발 목숨만은 살려 주시옵소서! 대감, 대감!"

형조판서가 펄쩍펄쩍 뛰며 목에 퍼런 핏줄까지 세우고 간절히 방성대곡했다. 그를 향해 이겸이 천천히 다가갔다. 형조판서는 이겸이 가까이 오자 두려움으로 바르르 떨었다.

"이리도 한심하기 짝이 없으시다니…… 형조판서, 어찌 영의정에게 목숨을 구걸하시는 겁니까? 잊으셨습니까? 금주령의 법도를 어기는 자를 교수형에 처한다는 상소문을 올리신 분이……"

이겸은 모두에게 들리는 목소리로 말하며 마지막에는 원석에게 보이고 있던 등을 돌려 그를 마주 보았다. 그러고는 손을 뻗어 친히 원석을 가리키며 입술을 떼어 냈다.

"바로 영의정이십니다."

이겸과 원석의 눈동자가 공중에서 서로를 응시하며 매섭게 부딪혔다. 누구도 먼저 피하는 일이 없을 정도로 살벌한 눈빛이었다.

이겸은 원석을 똑바로 응시하며 지난날을 떠올렸다. 이번 금주령을 내리게 된 것은 이광이 아니라 이겸의 간청 때문이었다. 이겸은 이광을 통해 가뭄으로 인해 고통받는 백성들을 위해 금주령을 내릴 것을 부탁했고 계획을 세웠다.

일명, 금란방(禁亂房).

그것을 설치한다고 해서 절대 금주령이 지켜지는 것이 아니라는 것쯤은 알고 있었다. 이겸은 그것을 이용한 거였다. 금주령이 내려지고 금란방을 통해 원석에게 그것을 어기는 자를 '교수형'에 처한다는 상소문을 올릴 것을 약속받고 곧바로 최 씨 아저씨를 찾아갔다.

그리고 그를 통해 금란방의 비리를 알려 주는 백성에게는 불법으로 술집을 운영하더라도 크게 벌하지 않을 것이라 약속했다. 그랬기에 백성들은 자신의 돈을 뜯어 가는 관리원들을 최 씨 아저씨에게 전부 고발했다.

그리고 대감들이 자주 드나드는 기방의 유향을 설득했다. 이번 일을 도와준다면 일급기생으로서 궁중의 여악으로 어전에 나가 가무를 할 수 있는 1패를 주겠다고 약속하였다. 그리하여 형조판서는 이겸이 철저하게 쳐 놓은 쥐덫에 순순히 발을 들여 놓은 거였다.

먼저 눈을 돌린 건 원석이었다. 원석은 분노로 어금니를 세게 물며 형조판서를 한 번 바라보았다. 형조판서는 살려 달라고 외쳤지만, 원석은 기어코 그를 외면하고 세자인 이겸에게 예를 갖춰 인사한 후 대신들과 함께 돌아섰다.

이겸은 원석을 향해 외쳤다.

"저자의 전 재산을 몰수하고 참수하거라. 나라의 법도를 어기는 자의 본보기가 될 것이다."

원석의 걸음이 잠시 멈칫했지만 돌아보지 않고 다시 가던 길을 향했다.

'원석 대감, 똑똑히 기억하십시오. 전 이렇게 대감의 팔과 다리를 전부 잘라 버릴 것입니다. 그것이 나를 지키고 백성을 지키는 일이라는 것을 알고 있기 때문이지요. 귀가 들리지 않고 세상이 보이지 않아 당하고 있던 지난날의 내가 아니지요. 당신과의 싸움은 지금부터가 시작입니다.'

퇴궐하여 도착한 영의정의 안채에 대신들이 모여 있었다. 그들은 잔뜩 겁을 먹고 얼굴이 하얗게 질려서는 아무 말도 하지 못하고 넋이 나가 있었다. 원석은 자신을 피하지 않고 똑바로 응시하던 이겸의 날카로운 눈동자를 아직도 잊을 수가 없었다.

건방지고 오만한 세자.

그것은 확실히 예전과는 달리 자신감에 가득 차 있는 눈빛이었다. 원석은 세자에게 미세한 변화가 일어났다는 것을 직감할 수 있었다. 그것이 무엇일까…….

한동안 겁을 주지 않았더니 자신이 뭐라도 되는 것마냥 날뛰는 것이 원석은 꼴 보기 싫었다. 이겸의 기를 확 눌러 놔야겠다는 생각이 들었다. 사대부 무서운 줄 모르고 까부는 하룻강아지가 언제까지 뛰어다닐 수 있을 거라 생각하는 건지…….

"아버지, 정말, 그 말이 사실일까요?"

양호의 물음에 원석은 자신의 거친 수염을 가만히 쓰다듬으며 사념에 잠겼다. 사건은 이랬다. 형조판서의 집에 이겸이 오고 안에서 대화를 나누다 갑자기 사랑채 뒤쪽에 있는 술 장독대를 숨긴 곳간으로 향했다는 것이다. 당시에는 자신의 후각이 발달이 되어 그랬다는 말을 했다지만, 아무리 발달이 되었다고 한들, 멀리 있는 냄새를 맡았다는 것은 상식적으로 이해가 가지 않았다.

"곳간에 가기 직전, 형조판서가 김 서방이랑 은밀히 대화하였다는 얘기도 있습니다. 하지만 그것을 세자가 들었을 리도 없고……."

"그러게 말입니다. 정말, 후각이 그렇게까지 뛰어나셨던 건지."

"세상의 색이 제대로 보이지 않고 귀가 들리지 않으니, 후각이 좀 민감할 수도 있겠지요."

"그야말로 개보다 더한……."

실속 없는 대신들의 대화에 원석이 한심하고 불쾌하다는 듯이 거칠게 헛기침을 해 보였다. 대신들은 원석의 눈치를 살피며 굳게 입을 다물었다.

몇 년 동안 들리지 않았던 소리가 들린다? 그건 불가능한 일이었다. 실력이 엄청나다고 소문난 그 유명한 어의들을 불러 치료를 해도, 온갖 신들에게 제물을 바치며 제사를 지냈어도 고치지 못한 병이었다. 더군다나 며칠 전 산보를 하던 이겸을 뒤에서 불렀을 때도 전혀 돌아보지 않았다. 이번 사건은 그저 우연일 뿐이라고 단정지을 수밖에 없었다.

"냄새를 맡았다……."

하지만 우연이라고 단정만 짓고 그냥 넘어갈 사건은 아니었다. 원석은 그의 저주를 다시 한번 이용해 먹기로 했다. 그냥 넘어갔다가는 분명, 형조판서에서 끝나는 것이 아니라 곧 제 목을 조여 올지도 몰랐다.

물론, 하룻강아지 따위에 겁이 나는 건 아니지만, 그래도 감히 무시할 수 있는 존재는 아니었다. 원석은 아랫입술을 지그시 깨물고 서안을 주먹으로 있는 힘껏 내리치며 속에서 부글거리는 분노를 여지없이 내비쳤다.

숙덕이던 대신들이 입을 다물고 서로의 눈치를 살피느라 급급
했다.

"이대로 넘어가서는 안 되지. 암, 이대로 넘어가서는 안 됩니
다."

함부로 날뛰었다가는 어떤 꼴을 당하는지 똑똑히 깨닫게 해 주
어야 했다. 이겸에 대한 모의를 계획하려는 원석의 눈이 살기를 띠
며 붉게 변해 갔다.

그로부터 며칠 후.

희뿌연 안개가 껴 있음에도 불구하고 영롱한 달빛이 세상을 비
추고 있는 이슥한 밤. 넓고 고풍스러워 보이는 한옥은 발칵 뒤집어
져 있었다. 자기 집만큼은 털리지 않을 거라고 생각했던 대신은 재
물 대신 상자 속에 남겨져 있던 종이를 손에 쥐고 울기 일보 직전
이었다.

〈세불십년(勢不十年)이라 하였거늘 그 세월 동안 백성들의 덕을 쌓지 않고
오히려 가렴주구(苛斂誅求)한 자, 곧 망(亡)하여 피눈물을 흘리게 될 것이다.

이 모든 것들은 처음부터 너의 것이 아니니 가져가 원래의 주인에게 돌려
주겠다.〉

"당장, 당장 이 날도 놈을 잡아들이거라!"

대신은 몸을 부들부들 떨며 빈 상자를 바닥에 집어던졌다. 밖에
서는 횃불을 든 종들이 허둥지둥하며 빠른 움직임으로 집을 벗어
나는 자를 따라 뛰었다.

"왜 저렇게 빠른 것이야? 저쪽으로 뛰어간 것 같은데!"

"이쪽 아니었어?"

"아, 그럼 양쪽으로 가 봐!"

양쪽으로 나누어서 달려가는 종들을 나무 뒤에서 바라보던 검은 인영은 반대쪽 담벼락을 가볍게 넘어 그곳을 너무 손쉽게 빠져나왔다. 사람들의 웅성거리는 소리와 절규에 가까운 대신의 고함 소리가 점점 이명처럼 멀어져 갔다.

거리를 한참이나 두고 나서야 검은 천을 벗은 남자는 다름 아닌 이겸이었다.

"후우······."

며칠 전, 금란방을 들어갔을 때 대신들이 '날도'의 행방에 관심을 갖고 있다는 것을 알아차렸고 빨리 실행에 나서야 했다. 다행히 바로 금란방으로 화제와 관심을 돌렸길 망정이지 그것이 아니었다면 그들의 관심은 날도에게 더욱 깊어졌을지도 몰랐다. 그렇다고 말이 나오자마자 바로 움직이는 것 또한 의심을 살 만한 충분한 상황이었기에 이겸은 시간을 두고 움직였다.

"그건 그렇고, 이건 어찌해야 된단 말인가."

훔쳐 온 상당한 무게의 금괴 자루를 난감한 낯빛으로 바라보았다. 이겸은 진짜 날도인 하린처럼 불법으로 어디에다 팔아넘길 만한 곳을 알지 못했고, 이 상태로 불쌍한 백성들에게 나누어 주었다가는 도리어 그들이 억울하게 도둑으로 몰려 난감한 일이 발생할 터였다.

그때 이겸은 주변의 기온이 좀 전과는 확실히 달라졌다고 느껴졌다. 누군가가 자신을 감시하고 있다는 것을 감지한 몸은 경계라도 하는 듯이 뒷골이 오싹해졌다. 자루를 바닥에 내려놓고 옷 안에 숨겨져 있는 칼자루를 그러쥐었을 때였다.

"당신을 해칠 생각, 없습니다."

어두운 공간에서 들려오는 낯선 남자의 목소리에 이겸은 미간을 구겼다. 처음 듣는 목소리였지만 들리는 것을 보니 분명 하린과 관련이 있는 자임을 알 수 있었다. 상대방을 완전히 믿지 못하고 여전히 칼자루에서 손을 놓지 않고 있던 이겸의 시야로 어둠이 거두어지고 목소리의 주인공인 남자의 얼굴이 드러났다.

"너는……!"

목소리는 낯설었지만 얼굴은 생생히 기억나는 자였다. 일전에 하린을 잡아 곳간에 가두었을 때, 갑자기 습격을 해 온 자들 중 한 명이었다. 이겸은 칼자루를 거침없이 빼서 날카로운 칼날을 남자의 목에 겨누었다.

"네가 죽고 싶어 나를 쫓아온 것이구나."

이겸의 노여움 서린 으르렁거림에도 남자는 공격 대신 두 팔을 공중으로 들며 항복을 의미하는 자세를 취했다.

"다시 한번 말씀드리지만, 저는 당신을 해칠 생각이 없습니다."

"그렇다면 왜 날 쫓아온 것이냐."

여전히 이겸이 거두지 않은 칼날이 달빛에 비추어 잠시 번뜩하고 빛났다.

"매우 염치없으나, 도움을 좀 받고자 따라오게 되었습니다."

"방금 뭐라고 하였느냐."

이겸은 어이가 없어서 실소가 다 나오려고 했다. 이자는 자신에게 어떤 치명적인 실수와 절망을 안겨 주었는지 모르고 있는 것 같았다.

"매우 염치가 없으나, 세자 저하에게……!"

민현의 말이 다 이어지기도 전에 이겸은 가볍게 그의 팔을 베었다. 옷이 찢기면서 민현의 살이 칼에 베여 피가 흘러나왔다. 민현이 상처 난 곳을 손으로 감싸며 휘청거렸지만 넘어지진 않았다. 다시 제 목을 향하는 날카로운 칼날에도 민현은 절대 공격 태세를 취하지 않았다. 그럼에도 이겸의 분노는 첨예한 칼날만큼이나 날카롭게 민현을 향해 있었다.

"네놈만 아니었다면, 김 내관과 훈이를 잃지 않았을 것이다. 너는 내게서 가장 소중한 사람을 잃게 만든 놈이다! 이 자리에서 너를 죽여도 시원찮을 판국에 감히 나에게 도움을 받고자 한다?"

민현은 아무 말 없이 이겸을 바라볼 뿐이었다. 그의 목에 겨누었던 칼을 공중으로 높이 치켜들었다. 김 내관과 훈의 원수를 갚아야 한다고 여기며 그대로 내리치려는데 횃불 화살이 날아와 이겸을 아슬아슬하게 피해 바닥으로 떨어졌다.

화살이 날아온 방향을 보려는 순간, 이번엔 반대쪽에서 화살이 또 날아왔다. 양쪽에서 포도청 수령들이 달려오고 있었다. 민현과 꾸물거리고 있는 동안 신고가 들어갔고 위치를 들킨 거였다. 어느쪽으로 가든 포도청 수령들과 맞부딪히는 상황이었다. 이겸은 얼른 복면을 썼다. 수령들이 이겸과 민현을 포박하다시피 둘러쌌다.

앞장서 있던 포도부장이 말에서 내리며 복면을 쓰고 있는 이겸과 민현에게 칼을 겨누었다.

"죄인들은 무기를 버리고 항복하라."

포도부장의 협박에 이겸은 복면에 가려진 입꼬리를 들어 올리며 비소했다. 쉽게 가도 될 상황이 이렇게 어려워진 것에 대해 어이가 없었다. 하지만 굴복을 해서는 절대 아니 되는 일이었다. 세자가 포도청에 끌려가 죄인 신분이 되기라도 한다면 끔찍한 일이었다. 제게 겨누어진 칼을 상체를 뒤로 넘겨 가볍게 피한 이겸이 팔로 땅을 짚어 한 바퀴 돌며 발로 툭 포도부장의 칼을 내쳤다.

순식간에 제 손에서 칼이 날아가 버린 포도부장이 매우 당황하며 부하들에게 공격하라는 손짓을 했다.

무리는 족히 서른 명은 훨씬 넘어 보였다. 아무리 무술에 뛰어나다고 하더라도 이겸 혼자서 다 상대하기에는 벅찬 인원들이었다. 도망가려고 했지만, 누군가가 지원 요청이라도 한 것인지, 멀찍이서 포졸들이 더 뛰어오고 있었다.

칼 하나가 불쑥 이겸의 오른쪽 턱과 목 사이를 겨누었지만 아슬아슬하게 피했다. 제게 겨눈 수령의 팔목을 잡아 뒤로 꺾어서는 무릎으로 허리를 가격한 후, 급소를 주먹으로 내리쳐 기절시켰다. 그러자 다른 수령들의 공격이 더욱 가해졌다.

여럿이 한꺼번에 달려들어 정신을 바짝 차리고 칼날과 주먹을 피하며 공격을 하는데 포도부장의 지시로 화살이 겨누어졌다. 꼼짝없이 화살을 그대로 받겠구나 싶었는데, 시야 앞으로 민현의 뒷모습이 보였다. 민현은 제 칼로 날아오는 화살을 전부 받아 잘라 냈다.

두 사람의 시선이 잠시 허공에서 부딪혔다. 그 순간 다시 포졸들의 공격이 이어졌고 두 사람은 서로 뭉쳐야 여기서 빠져나갈 수 있다는 사실을 직감하며 등을 맞부딪혔다. 살기 위한 합은 생각보다 잘 맞았다. 민현의 등을 밟고 공중을 날듯이 뛴 이겸이 밑에 있는 포졸들을 공격했고 민현은 수령 한 명의 목을 잡고 몸을 지탱하여 반대쪽에 있는 수령의 목을 발로 제압하여 동시에 기절시켰다.

두 사람의 발과 몸, 그리고 칼은 쉬지 않고 상대방을 공격했다. 하지만 아무리 싸우고 싸워도 도저히 끝이 나질 않았다. 힘도 점점 빠지고 있었다. 계속 이어지는 싸움에 조금씩 집중을 잃게 된 이겸의 팔 옆으로 화살이 스쳐 지나가며 옷깃과 살결이 동시에 찢어졌다.

"윽."

그대로 중심을 잃고 비틀거리던 이겸의 시야로 불쑥 팔이 내밀어졌다. 올려다보니 언제 말을 뺏어 탔는지 민현이 위에 있었다.

"어서 제 손을 잡으십시오!"

이겸이 어금니를 꽉 깨문 채 민현을 원망 서린 눈빛으로 올려다보았다. 제 원수 같은 놈의 도움을 받는다는 것이 탐탁지 않았지만, 제게 다시 달려드는 수령들을 보며 더는 고민할 틈이 없다고 생각했다. 그래서 민현의 손을 잡고 능숙하게 말 뒤쪽으로 올라탔다.

민현이 고삐를 세게 그러잡자 말이 빠르게 달렸다. 허둥지둥 포졸들이 뒤를 따랐지만 말의 속도로 인해 점점 멀어지더니 곧 작은 점이 되어 사라졌다.

포졸들을 완전히 따돌리고 도착한 곳은 작은 동산 뒤쪽 폐가가 모여 있는 곳이었다. 말에서 내린 이겸은 쓰라린 팔을 붙잡고 벽에 기대앉았다. 민현 또한 팔을 붙잡고 있었다. 하필 다쳐도 오른쪽 위, 똑같은 부위를 다쳤다. 물론, 민현의 상처는 자신이 낸 것이지만.

하지만 민현은 제 상처보다는 이겸의 상처를 더 신경 쓰는 듯, 제 옷깃을 찢어 이겸의 상처에 봉합을 해 주려고 들었다.

"됐다. 네놈의 도움 따위는 필요 없어."

냉랭하게 뿌리치는 이겸에 민현도 더는 권하지 않았다. 이겸은 미련 없이 자리에서 일어나 돌아가야 하는 궁궐과의 거리를 잰 후에 말 쪽으로 향했다. 날이 새기 전에 돌아가는 것을 서둘러야 했다.

"하린이를……."

말에 막 올라타려던 이겸은 뒤에서 들려오는 민현의 목소리에 멈추지 않을 수가 없었다.

"하린이를 지키고 싶습니다."

마주한 민현의 눈빛은 이전에 보았던 반항과 거침이 아닌 간절함이 가득 스며들어 있었다. 그 눈빛에 기분이 나쁘면서도 이상하게 이겸의 관심을 끌고 있었다.

하린이를 지키고 싶다.

분명한 건 이자가 하린에게는 위험한 자가 아니라는 것이다. 일전에 납치를 당했다가 오히려 혈색과 낯빛이 훨씬 좋은 상태로 돌아온 하린이를 생각해도 그랬다.

"궁으로 들어가 곁에서 지키고 싶습니다. 그러기 위해서는…… 세자 저하의 도움이 필요합니다."

하지만 하린에게만 위험하지 않을 뿐 제게는 매우 위험한 자일 수도 있다는 경계를 이겸은 버릴 수 없었다.

"어찌하여 넌 하린을 지키고 싶은 것이냐."

"도움을 받았습니다. 날도에게."

민현은 자신의 진짜 정체를 말할 수 없어서 거짓말했다. 이겸은 경계를 전혀 풀지 않은 모습으로 답했다.

"내가 너를 어찌 믿고 궁으로 데려가겠느냐."

"하린이의 뜻을 따라 움직이겠습니다."

저 말은 곧 하린을 믿고 자신을 믿어 달라는 뜻이었다. 그럼에도 이겸은 쉽게 결정을 내릴 수 없었다. 하지만 하린을 위해서라면 민현이 움직여 주어야 할 것이 있었다. 이겸은 자신이 쓰고 있던 복면을 거칠게 떼서 민현에게 던졌다.

"네가 진정 하린을 지키기 위해서 해야 할 일이 무엇인지, 잘 생각해 보거라."

모호한 말을 꺼내 놓고 말을 몰아 궁궐 쪽으로 사라져 가는 이겸을 보며 민현은 손에 쥐고 있는 복면을 꽉 그러쥐었다. 이겸의 한마디가 무엇을 의미하는지 잘 알고 있었다. 민현은 작게 보이는 궁을 하염없이 바라보며 속으로 굳은 결심을 되새겼다.

7.

독하게 마음을 먹었지만, 그 일이 일어나고부터 이겸은 몇 날 며칠 제대로 잠을 이루지 못했다. 교수형당한 형조가 계속 나오는 악몽에 시달렸고 입맛조차 없었다. 좋아하던 학업에조차 집중하지 못하고 있으니, 이겸의 한숨이 날이 갈수록 깊어져 가고 있었다.

그리고 지금, 이겸의 상황을 전부 알고 있는 하린 또한 걱정이 이만저만이 아니었다. 그는 웃는 것을 버거워했고 말수가 현저히 줄어들었으며 잠을 자지 못해 얼굴엔 피로함이 잔뜩 깔려 있었다. 어떻게든 위로를 해 주고 싶었다.

그러다 떠올렸다. 이겸이 환하게 웃던 순간을.

"세자 저하."

벌써 몇 시진째 정자에 앉아 잔잔한 연못의 물결만 바라보고 있는 이겸을 가만히 불렀다. 그가 하린에게로 천천히 시선을 옮겼다. 주변을 둘러보고 궁녀들과 떨어져 있는 것을 확인한 하린이 그에게 살며시 고개를 기울였다.

"저희 나갑시다."

"뭐라 하였느냐?"

"나가자고요. 오늘이 장날 아닙니까."

하린이 나가자며 몰래 눈짓과 손짓으로 밖을 가리켰다.

"제가 기분이 우울할 때 늘 써먹던 방법입니다. 나가서 이것저
것 정신없이 구경하면 기분이 한껏 나아질 것입니다."

"……."

"정말입니다. 절 믿어 주세요. 유랑 광대들도 보고 돌아오는 길
에 세자 저하가 좋아하시는 반딧불도 보고."

이겸이 썩 내켜하지 않자, 하린은 얼른 말을 덧붙였다.

"궁이 아무리 넓고 좋은들 갇혀 있는 새장 같지 않아요? 이 새
장에서 나가면 기분이 한결 좋아질 수도 있다니까요? 저 믿고 나
가요. 제가 오늘 세자 저하 기분 책임지겠습니다."

나쁘지 않은 조건이었다. 하린의 말마따나 밖에 나가 이것저것 정
신없이 구경하다 보면 잡다한 생각이 잠시 무뎌질 것 같기도 했다. 이
겸이 뒤에 있는 신하들을 살폈다. 그러고는 하린과 은밀한 눈빛을 주
고받았다. 두 사람의 얼굴에 짓궂은 장난기가 가득 퍼져 나갔다.

도포 차림의 이겸이 담벼락을 가볍게 넘어 착지한 후 뒤를 돌아
보았다. 이거쯤이야, 라고 할 정도로 한 발로 담벼락을 딛고 착지
한 후 하얀 이가 다 보일 정도로 씩 하고 웃는 하린을 이겸은 사랑
스럽다는 눈빛으로 바라보았다.

두 사람은 나란히 서서 장내로 향했다. 장날을 맞이한 장내는

사람들로 북적거렸다. 쌀을 파는 싸전부터 약을 파는 한약방, 옷감을 파는 포목점까지 다양한 상점들은 사람들의 관심을 이끌었다.

구경꾼들로 둘러싸여 있는 남사당패도 있었다. 풍자를 하며 연신 웃긴 광대 짓을 하는 남사당패에 이겸과 하린은 함박웃음을 터트렸다. 하린은 남사당패를 보며 춤도 따라 추다가 사람들 틈 사이로 자신을 바라보는 남자와 눈이 마주쳤다. 그 남자는 눈이 마주치자, 빠르게 사라졌다.

"왜 그러느냐?"

이겸이 신경을 쓸까 싶어서 하린은 감추었다.

"아닙니다. 그건 그렇고 허기가 지시지 않으십니까?"

"아직은 괜찮다."

"이쪽 모퉁이를 꺾으면 끝내주게 잘해 주는 국밥집이 있습니다. 허기가 지시면 언제든 말씀……."

하린은 자신의 말이 다 끝나기도 전에 그의 품에 와락 안겨져 버린 것에 크게 당황해했다. 하린의 옆으로 무거운 땔감을 짊어진 탓에 땅만 보며 걷는 남자가 스쳐 지나갔다. 이겸이 아니었다면 남자와 부딪혀 큰 사고가 났어도 났을 거였다. 하지만 다치지 않았다는 안도감을 하는 것도 잠시, 하린은 자신의 어깨를 감싸고 있는 그의 커다란 손의 감촉을 느꼈다.

'좋은 냄새……. 아, 세자 저하의 품은 정말 따뜻하고 좋단 말이야.'

얼굴이 불에 덴 것처럼 붉어지더니 금방이라도 폭발해 버릴 것만 같았다. 이겸에게선 꽃향기가 났다. 이렇게 안기고 나니 감정이 뒤숭숭해져 왔다.

"오늘따라 왜 이리도 덤벙거리는 것이냐? 앞을 똑바로 보고 걷거라. 그러다가 넘어져 코가 깨지면……."

내 마음이 편치 않을 것이다, 라는 말은 애써 속으로 담아 둔 이
겸은 품에 안겨 있던 하린을 놓아주고 다시 앞장서 걸었다.

사실 이겸은 처음 장내에 들어설 때부터 계속 덤벙거리고 물건
에 정신이 팔리거나 자신을 보느라 앞을 제대로 보지 않고 걷는
하린이 신경 쓰였다. 그래서 얼마 걷지 못하고 뒤돌아보기를 반복
했고 걸음도 훨씬 느리게 걸을 수밖에 없었다.

"와, 이것 좀 보세요!"

이번엔 또 뭘까. 이겸이 뒤를 돌아보았다. 하린이 어서 와 보라
고 환한 미소와 함께 손짓을 해 보였다. 하린이 집어 든 것은 다름
아닌 옆꽃이였다. 화사한 색이었다. 그럼에도 지금 제 눈앞에서 웃
고 있는 하린의 미소만큼은 화려하지 못했다.

하린이 옆꽃이를 제 머리에 살짝 가져다 대고선 거울을 보았다.
그녀의 손에 놓여 있던 것이 이겸의 손으로 옮겨졌다. 그러고선 그
대로 머리에 꽂혔다.

"잘 어울리는 게 널 위해 나온 옆꽃이인 것 같구나."

그의 묘한 말에 하린이 고개를 들어 올렸다.

"그런 말씀도 하실 줄 아세요?"

자기도 모르게 한 말이기에 하린의 되물음에 이겸은 쑥스러움
이 몰려왔고 돈을 지불한 후 그대로 몸을 돌려 앞서 걸었다.

"예쁜 옆꽃이가 저를 위해서 만들어진 것이라……. 그럼 저도
그만큼 예쁘다는 거예요?"

뒤를 따라가며 하린이 물었다. 이겸은 묵묵부답하며 계속 앞서
걸었다.

"허기가 지는구나."

"말 돌리시는 거 보니까……."

"허기가 지면 말하라고 하지 않았느냐?"

하린은 이쯤에서 이겸에게 치는 장난을 그만두기로 했다. 그러지 않았다가는 다 구경도 못 한 장내를 두고 다시 궁궐로 돌아가게 될지도 몰라서였다.

"따라오세요."

익숙한 길인 듯 거침없이 전진하던 하린이 멈춘 주막집.

"사람 엄청 많지요? 이 집이 꽤 유명합니다."

하린의 말에 이겸 역시 공감하는 눈치였다. 그녀가 장내에서 최고로 맛있고 푸짐한 곳이라 소개하고 데려온 곳은 다름 아닌 최 씨 아저씨네였다.

"저기 빈자리가 났다!"

하린이 이제 막 빈 단상을 향해 냅다 달려갔다.

"아저씨! 국밥 두 그릇 주셔요! 남길 걱정은 절대 하지 마시고 고기 완전 푸짐하게 주세요. 다 먹을 수 있습니다."

식기를 치우기 위해 다가온 최 씨가 하린의 맞은편에 앉아 있는 이겸을 보고 화들짝 놀랐다. 이겸은 손가락으로 입술을 가리키며 모른 척하라 눈짓했다. 최 씨가 입을 굳게 다물고 상을 빠르게 치웠다. 그러고는 국밥 두 그릇을 내왔다. 뜨끈뜨끈한 김과 두꺼운 크기의 고기가 둥둥 떠다니는 국밥은 정말 없던 식욕도 돌게 할 만큼 먹음직스러웠다.

"많이 드세요."

"그래. 너도 많이 먹어라."

"사실, 전 지금 국밥 안 먹어도 다 든든합니다. 이거 때문에요."

하린은 제 머리에 꽂혀 있는 옆꽂이를 만지며 말했다. 그런 하린을 못 말린다는 얼굴로 바라보았다.

"그건 먹을 수도 없는 물건이 아니더냐?"

"그래도……."

말은 그렇게 하면서도 하린은 국밥에 있는 고기를 보며 눈빛을 반짝였다. 그리고 자신도 모르게 '고기'라고 들뜬 목소리로 외치며 입으로 가져갔다. 하린의 국그릇 안에 있던 고기가 순식간에 사라진 것을 직접 목격한 이겸은 크게 놀라며 자신의 고기를 덜어 주었다.

"지금 고기를 양보하신 거예요?"

"왜, 싫은 것이냐?"

"싫다뇨? 고기 양보하는 사람이 최고."

고기를 양보했다고 멋지다고 말하는 하린에 이겸은 또다시 실소를 터트리고 말았다. 이겸은 별거 아닌 것에 자신이 이렇게 함박웃음을 지을 수 있다는 것이 그저 신기할 노릇이었다.

"아차, 그 소식 들었는가?"

"무슨 소식?"

옆 단상에서 남자 둘이 거하게 반주를 하며 큰 목소리로 나눈 이야기가 들려왔다.

"형석이네 애기 말이야. 심한 고뿔에 시달리는데, 치료할 돈이 없어서 쩔쩔매고 있었잖아."

"아차차, 그랬지. 어떻게 됐어?"

"다행히도 이번에 날도 님이 도와주신 덕분에 치료받고 건강해졌다고 하더라고."

"역시, 우리 날도 님!"

국밥을 먹던 하린의 손이 멈칫해졌다. 날도인 자신이 활동하지 않고 있는데 날도가 나타났다니? 그렇다면 누군가가 자신의 행세를 하고 다닌다는 뜻인 건가?

부지런히 움직이던 하린의 손이 멈추자 이겸이 의아하게 바라보았다.

"왜 그러느냐?"

듣지 못하는 이겸은 방금 전 아저씨들이 한 대화를 듣지 못했을 터였다. 확실히 알지 못하는 상황을 괜히 알려서 이겸을 혼란스럽게 만들고 싶지 않았다.

"아무것도 아닙니다."

잠시 찝찝함을 거두어 내고 다시 식사를 시작한 하린이지만 머릿속 가득 자신의 행세를 하고 다니는 자의 정체를 밝혀내야겠다고 결의했다.

든든하게 국밥을 다 먹고 이겸은 최 씨 아저씨에게 계산을 하러 갔다. 계산만 하러 간 줄 알았는데, 둘 사이에 오고 가는 대화가 길어졌다.

"무슨 말을 나누는 거지?"

호기심에 이겸과 최 씨 아저씨에게 향하려던 하린의 뒤가 소란스러워졌다.

"어디 감히 천민 주제에 양반의 앞길을 가로막느냐!"

고운 비단 용포를 입은 남자가 거세게 내친 발길질에 작고 여린 사내아이가 그대로 바닥으로 나가떨어지고 말았다. 손에 쥐고 있던 보잘것없는 주먹밥이 흙이 잔뜩 묻어 주막에서 달려 나온 하린의 발치에서 멈추었다. 아이는 눈물을 터트렸고 남자는 그 소리가 더 듣기 싫다면서 발길질을 해 댔다.

"아이고! 나으리!"

그때 행색이 누추한 노인이 다급하게 달려와 무작위로 발길질을 해 대는 남자로부터 아이를 끌어안으며 보호했다.

"이 버러지는 또 뭐야?"

노인의 얼굴은 남자의 발길질로 찢어지고 터져 피가 흘러내리고 있었고 아이의 울음소리는 점점 더 커져 갔다.

"아이고, 나으리! 저를 죽이시면 아니 됩니다. 이 어리고 불쌍한 것에게는 저밖에 없는디, 아이고!"

노인이 힘겹게 사정을 했지만 양반의 발길질은 멈추지 않았다. 주변의 누구도 쉽게 말리지 못하고 쩔쩔매고 있었다. 그것도 그럴 것이, 자신에게 불똥이 튀어 버리면 자신뿐만이 아니라 소중한 가족들마저도 피해를 볼 수 있으니 가만히 있을 수밖에 없었다. 하지만 하린은 노인이든 어린아이든 상관없이 사람을 벌레 취급하고 있는 남자의 횡포를 더는 방관할 수 없었다.

횡포를 제지하기 위해 한 발짝 내딛던 하린을 누군가의 팔이 가로막아 세웠다. 어느새 다가와 있는 이겸이었다.

"나서지 말거라."

"하지만 이리 그냥 보고만 있을 수……!"

하린의 말이 끝나기도 전에 이겸의 행동이 먼저 옮겨졌다. 하린의 곁에 있었던 이겸은 벌써 난동을 피우고 있는 남자의 다리를 한 손으로 움켜잡고 있었다.

"어, 어어?"

한순간에 이겸에게 한쪽 다리가 잡힌 남자가 균형을 잃고 당황해했다. 그 순간 이겸은 남자의 다리를 저만치 밀어 던졌다. 힘 한 번 제대로 못 쓴 남자가 흙바닥으로 나가떨어졌다. 여기저기에서 감탄하는 목소리들이 새어 나왔다.

"아이고! 도련님!"

자신을 일으켜 세워 주려는 종의 손길을 뿌리친 남자는 붉으락푸르락한 얼굴로 이겸에게 다가왔다. 키가 훨씬 큰 이겸을 올려다보던 남자의 동공이 두려움에 휘둥그레진 건 이겸이 한 말 때문이었다.

"나라에 왕명으로 금주령이 내려졌거늘, 술을 마신 것이냐?"

가뜩이나 그에게서는 사람 기를 죽이는 특유의 고압적 분위기가 풍겼다. 그런 그에게서 나온 '왕명'이란 단어에 남자는 잠시 당혹감을 감추지 못했다. 하지만 그것도 잠시, 남자는 어린 시절 청나라로 유학을 다녀와 이겸을 제대로 알아보지 못했다. 이번 사대부 자제들과의 모임을 갔을 때도 보이지 않았던 이겸이었다. 그건 사대부 자제가 아니라는 뜻이었다. 남자는 거기까지 생각에 미치자, 긴장했던 얼굴을 지우고 썩은 미소를 지어 보였다.

"내가 감히 누구의 자제인 줄 알고 이리도 건방지게 구는 것이냐? 내가 무려 판의금부사의 아들이거늘!"

남자의 엄포에도 이겸은 눈 하나 깜빡이지 않았다. 오히려 그의 표정은 더욱 살벌해져 갔다.

"네가 누구인들 감히 왕명을 어기고, 가뭄으로 실의에 빠져 있는 백성들을 업신여긴 죗값을 반드시 치르게 될 것이다."

"대체, 네놈 따위가 뭐라고 감히 내게 죗값을 치르느냐 마느냐 하는 게냐! 내가 마음만 먹는다면 네놈 따위 쥐도 새도 모르게 없애 버릴 수도 있다!"

온갖 협박에도 이겸은 겁은커녕 한쪽 입꼬리를 올리며 남자의 말을 한껏 비웃었다.

"네놈이 지금 나를 비웃은 게냐?"

이겸이 남자와의 간격을 바싹 좁혔다. 그리고 허리를 굽혀 그의 귀에 입술을 가져다 댔다. 일으켜진 바람은 분명 따뜻한데 남자는 등골이 서늘해져 오고 있다는 것을 느꼈다.

"네가 그토록 궁금해하는 내 성명은 이겸."

"이겸?"

남자가 그 이름을 되새기다 점점 얼굴이 하얗게 질려 갔다. 그러고는 두려운 눈빛으로 이겸을 곁눈질로 바라보다 마주친 시선에 휘둥그레졌다. 그런 남자를 향해 이겸은 낮고 강한 목소리로 말했다.

"건국의 왕세자다."

이겸의 목소리가 마치 뾰족한 활이 되어 고막을 찌르는 것 같았다.

남자는 마른침을 힘겹게 삼키며 다리에 힘이 풀려 그대로 주저앉아 버렸다. 이번에 금주령을 어긴 형조판서가 교수형을 당했다는 사실은 진작 사대부 사이에서 떠돌고 있었다. 그럼에도 술의 유혹이 너무나 강해서 남자를 막지 못한 거였다. 그리고 설마, 이 저잣거리 한복판에서 형조판서의 교수형에 적극 관여를 했다는 세자를 만나게 될 줄은 꿈에도 몰랐다.

튀는 게 상책이라 여긴 남자는 정신을 차리고 몸에 힘을 주어 일어나 무작정 반대로 뛰었다. 허둥지둥.

그자를 한심하게 바라보던 이겸은 몸을 돌려 노인과 아이에게 향했다. 아이는 겨우 울음을 멈추었지만, 또래 같지 않게 많이 야위어 있었다. 노인의 얼굴엔 상처가 꽤 심해 보였고 거둥조차 불편해 보였다. 제 백성들이 이리 고통받고 있는 것을 보니 이겸의 마음이 시큰하게 아파 왔다.

"혜민서로 모시겠습니다."

이겸과 하린의 부축에 겨우 일어났지만 노인은 쉽게 걸음을 떼지 못했다. 첫 번째 이유는 가뜩이나 굶주려 힘없는 몸이 매질까지 당했으니 기력이 없었고, 두 번째 이유는……

"마음은 감사하나, 가서 치료를 받을 돈이 없습니다."

"그건 걱정 마십시오. 제가 지불할 것입니다."

"어찌 이렇게 보잘것없는 노인네에게 그런 선처를 베푸시는 것이옵니까."

노인은 터져서 피가 고인 입술로 겨우 물었다.

세상에 보잘것없는 존재는 없다. 하다못해 한낱 발에 채는 흙조차도 아름다운 꽃을 피우게 하는 존재이거늘. 보잘것없는 존재를 굳이 꼽자면 권력을 내세워 약한 자들의 재산을 약탈하고 제 이익만을 채우고 남에게 피해를 끼치는 자들이었다.

"오래전부터 듣고 보고자 한 것들입니다. 듣고 보았으니, 외면하지 않으려고 합니다. 비겁하게 도망도 치지 않을 것입니다."

알아들을 수 없는 말이지만 주변 사람들은 모두 경건해졌다. 외면하지 않고 도망치지 않는다는 그 말이 힘겹게 삶을 연명해 나가는 모두에게 그저 위로가 되어 주고 있었다.

노인을 혜민서에서 치료를 전부 받게 하고 나오는 길에 이겸은 아이에게 돈을 쥐여 주었다. 그러고는 지저분한 머리를 다정하게 오래도록 어루만져 주었다. 아이는 그 따뜻한 손길에 처음으로 미소를 지으며 이겸을 올려다보았다.

"제 할아버지를 도와주시고 저에게 은혜를 베풀어 주셔서 감사합니다. 이 은혜를 평생 잊지 않고 살겠습니다."

"그래. 잊지 말고 살아가거라. 이 세상 어딘가에 너를 소중하게 여기는 누군가가 있다는 사실을."

아이는 힘차게 고개를 끄덕였다.

이겸은 지금 가진 돈이 얼마 되지 않는 것이 안타까웠다. 아이와 노인은 이 돈으로 닷새 정도는 굶지 않을 수 있을 것이다. 아낀다면, 조금 더 버틸 수는 있겠지만 어쨌든 다시 굶주리는 고단한 날들이 오게 될 것이다. 사람과 상황이 바뀌지 않는 이상, 세상은 절대 변하지 않을 것이다. 열심히 사는 자가 잘사는 세상을 만들고 싶다. 물론 오롯이 제 스스로, 불법이나 권력을 이용하지 않는 정직하게 성실한 자들이.

부당한 일에 속수무책 노출되어 피눈물을 흘리고 살고 있는 백성들을 생각하니 마음이 저미었다. 그렇게 깊은 실의에 빠져 목적도 없이 저잣거리를 걷고 있는데, 갑자기 하린이 몸을 가깝게 붙여 왔다.

"돌아보지 마시고 제 말 들으십시오."

혜민서에서 나왔을 때, 누군가가 자신들을 몰래 훔쳐보고 있는 것이 느껴졌다. 이겸은 아이와 노인에게 정신이 팔려 느끼지 못했지만 하린은 몸에 소름이 끼칠 정도로 확실히 느낄 수 있었다.

이겸은 전에도 누군가에게 피격을 당한 사람이었다. 분명 그때와 연관된 자라고 확신하며 하린은 온 감각을 기울였다. 그자가 따라오려 걸음을 옮겼다.

"어떤 자가 저희를 쫓고 있는 것 같습니다."

비장함까지 엿보이는 하린의 말에 이겸이 걸음을 멈추었다. 하린은 그가 자신의 입 모양을 볼 수 있게 얼굴을 치켜들었다.

"달리세요!"

그 발걸음이 다시 이쪽으로 다가오는 것이 들리는 순간 하린이 이겸의 손목을 낚아챘다. 그러자 그 발걸음 또한 빨라진 것이 느껴졌다. 하린은 더욱 속도를 냈다. 그렇게 하린과 달려 도착한 곳은 마을에 있는 작은 정자 밑이었다. 하린은 땀이 흠뻑 젖은 얼굴로 주위를 살폈다.

"다행이 잘 따돌린 것 같습……!"

말을 다 잇지 못한 건 고개를 돌렸을 때 너무 가까이 와 있는 이겸의 얼굴 때문이었다. 그의 얼굴은 당장이라도 손을 뻗어 만지고 싶을 만큼 고왔다. 가깝게 마주하고 있는 그의 얼굴 때문에 하린의 몸은 순식간에 붉게 달아올랐다. 그때 진회색을 두르던 하늘에서 번개가 치며 비가 내리기 시작했다. 이겸의 시선이 비로 향했다. 그곳엔 여전히 어두운 빛만이 자리 잡고 있었다.

"비에도 색이 있느냐?"

비의 색이라…….

색을 묻는 이겸에 하린의 마음 어딘가가 저려 오는 것 같았다. 얼마나 갑갑할까? 비가 내리는 것이 오히려 잘되었다 싶었다. 하린은 너무 뜨거워 타 버릴 것 같은 제 몸을 차가운 비로 식히고자 했다.

"비는 색이 없습니다. 대신 느낄 수 있지요."

그래서 그대로 빗속으로 뛰어들었다. 하린의 옷이 순식간에 젖었다. 하린의 갑작스러운 행동에 이겸이 화들짝 놀라는 눈치였다.

"느껴 보세요."

하린이 손을 뻗어 이겸을 빗속으로 잡아당겼다. 이겸의 옷 역시 순식간에 비에 젖어 버리고 말았다. 당황스럽고 어이가 없다가도 앞에서 비에 흠뻑 젖은 채로 웃고 있는 하린을 보니 웃음이 나오고 말았다. 궁궐에선 절대로 있을 수 없는 일이었다. 타인에 의한 것도 있지만, 자신 또한 비를 맞고 싶지 않았다. 병에 걸릴까 봐, 나약하다는 것을 보여 주게 될까 봐, 남의 시선이 두려워서…….

이겸은 처음으로 비를 온몸으로 느끼고 있었다.

"이것이 비구나."

비단, 처음으로 느끼고 있는 건 비뿐만이 아니었다.

"시원하지요?"

앞에서 웃고 있는 하린을 바라보며 심장이 격하게 움직이고 있다는 사실, 입가에 자꾸만 미소가 떠오른다는 사실……. 이 아이와 하는 모든 순간이 즐겁다는 사실.

"세자 저하, 아까 너무 멋있으셨습니다."

그녀의 한마디에 이렇게 마음이 벅차다니…….

세상의 빛을 보게 해 주고, 세상의 소리를 다시 듣게 해 주고, 세상에서 유일하게 자신을 웃게 해 주는 존재. 그 무엇보다 지키고자 하는 강한 마음을 들게 하고 있는 존재.

언젠가는 네가 내 곁을 떠난다고 할 때, 그때 내가 과연 너를 보내 줄 수 있을까?

미안하지만, 확신할 수가 없었다.

미안하지만, 보낼 자신이 없었다.

어떤 이유를 대서라도, 어떤 핑계를 대서라도, 너를 내 옆에 두고자 한다. 어떤 이유를 대서라도 네가 내 곁을 떠나지 못하게 만들고 싶구나. 나는 백성들과 건국을 지키고 나를 지킬 것이다. 너를 지키기 위해서 꼭 지켜 내고 말 것이다.

한참이나 비를 맞고 나서 구름 밖으로 나온 해를 하린은 가만히 올려다보았다. 온전히 기분 탓일 수도 있겠지만 궁에서 보는 해와 궁 밖에서 보는 해의 느낌은 달랐다. 뭐랄까, 더 뜨겁고 더욱 환하게 빛나며 크게 느껴졌다. 어두운 빛들을 거두어 내고 환하게 밝히는 해를 하린은 황홀한 눈빛으로 바라보았다.

하지만 이겸의 눈은 지금 자꾸만 엉뚱한 곳을 향해 가고 있었다. 하얀색 천이 젖으며 고스란히 드러난 하린의 속살을 향해 가려는 눈동자에 당황함을 감추지 못했다. 굴곡진 가슴골은 젖은 하얀 옷 때문에 물기를 머금고 있는 것처럼 촉촉하여 유난히도 탐스러워 보였다. 손끝으로 만지면 어떤 감촉이 느껴질까 궁금했다.

그러다 자신이 지금 하린을 두고 이런 해괴망측한 생각을 하고 있다는 자괴감에 낮게 고개를 내저으며 신경을 다른 곳에 두려고 했다. 하지만 지금 이겸의 관심은 오로지 하린의 젖은 살결과 더불어 불그스름한 볼살과 작게 오물거리고 있는 입술뿐이었다. 돌겠네, 그 소리가 저절로 흘러나왔다.

한 번도 여인에게 이런 격한 감정을 느껴 본 적이 없는 이겸으로서는 뜨거워지는 제 몸이 감당이 되지 않아 미칠 것 같았다.

"세자 저하."

갑자기 고개를 휙 돌려 저를 부르는 하린 때문에 당황한 이겸은 급기야, 딸꾹질을 하기 시작했다.

"딸꾹!"

"갑자기요?"

하린이 손을 뻗어 이겸의 등을 두들겨 주었지만, 그 손길마저 지금은 무척이나 자극적이어서 이겸은 얼른 피했다.

"제 손길이 그리도 싫으세요?"

"잘 알지도 못하는…… 딸꾹! 소리 말거라!"

만지면 어딘가가 터져도 터질 것 같은 자신의 심정도 제대로 모르면서 서운한 소리를 하는 하린에 이겸은 힘겹게 딸꾹질을 하면서도 대답했다.

"이렇게 해 보세요."

하린이 느닷없이 일어나서 코를 막고는 숨을 참기 시작했다. 얼굴이 홍화 꽃잎처럼 점점 붉어지기 시작했다. 입에 바람이 들어가는 것은 꼭 붕어 같았다. 한참 동안 숨을 참던 하린이 푸후 하고 힘겹게 숨을 토해 냈다. 그 모습이 어찌나 사랑스럽던지 이겸은 넋을 놓고 보고 있었다.

"그럼 딸꾹질이 멈출 거예요."

"어찌하라고?"

그 귀여운 모습을 다시 한번 보고 싶어 모르는 척 능청스럽게 물었다.

"아휴, 이렇게요."

하린이 코를 다시 막고 숨을 참기 시작했다. 그녀를 바라보는 것에 한참 집중하고 있으니 어느새 어깨까지 들썩이며 하던 딸꾹질은 멈춰 있는 상태였다. 그것도 모르고 이겸은 계속 하린을 바라보았다.

"푸하!"

하린이 다시 힘겹게 숨을 토해 냈다. 그러고는 어서 해 보라며 손짓을 했다.

"이미 딸꾹질은 멈춘 것 같구나."

"예?"

그러고 보니 하린이 몸을 미세하게 떨고 있었다. 이겸의 걱정이 금세 깊어졌다.

"잠깐 이곳에서 기다리고 있거라."

"어디 가시는데요?"

"이렇게 앉아서."

이겸은 일어나 있던 하린을 다시 앉히고선 등을 앞으로 밀었다. 그 바람에 하린의 무릎과 상체가 딱 달라붙어 불편했다.

"불편해요. 왜 이런 자세로."

"어허, 이리 있으라 하면 이리 있거라."

그래야 안 보이니까. 행여나 지나가던 사내새끼들의 눈이 하린에게로 돌아갈까 염려되어 몇 번이고 그 자세로 있으라 경고를 한 이겸은 유 상궁이 보면 난리를 쳤을 정도로 빠르게 달려갔다.

"대체, 어딜 가시는 거지?"

이겸의 말대로 하린은 그 자세를 유지했다. 다만 조금 지루한 듯, 검지로 비로 인해 축축해져 진흙탕이 되어 있는 바닥을 쿡쿡 문지르고 있었다.

봄을 맞이했다 하더라도 비와 바람은 여전히 차가웠기 때문인지, 하린의 몸이 슬슬 추워 오기 시작했다. 떨려 오는 정도가 점점 더 심해지고 있을 때 이겸이 다시 돌아오는 소리가 들렸다. 고개를 든 순간, 쓰개치마가 펼쳐지며 하린의 몸을 감쌌다.

"지저분하게 이건 왜 만지고 있는 것이냐."

놀랄 틈도 없이 이겸이 하린의 손목을 가볍게 잡고서는 자신의 도포로 직접 닦아 주었다.

"옷이 더러워지십니다."

"괜찮다."

자신의 도포로 하린의 손을 깨끗이 닦아 준 이겸은 그녀의 몸에 대충 덮어져 있는 쓰개치마의 매무새를 잘 다듬어 주었다. 사실 젖은 하린의 몸이 무척이나 신경 쓰였지만. 그것보다 더 신경이 쓰였던 건 하린이 추위에 떨고 있다는 거였다.

"얼른 궁으로 돌아가자꾸나."

주변이 전부 나무로 뒤덮어 있는 깊은 산속.

사내가 도끼를 공중에 치켜들어 강하게 나무를 내리찍었다. 나무에 깊은 자국이 생겼고 사내는 다시 한번 힘차게 나무를 향해 도끼질을 했다. 나뭇조각들이 사방으로 튀어 오르며 점점 제 형태를 잃어 갔다. 몇 번의 도끼질 끝에 커다란 나무가 기울어지더니 곧 바닥으로 맥없이 쓰러졌다. 그 위로 올라가 조각을 내기 위해 또 한 번 도끼를 공중으로 들어 올렸을 그때였다.

사삭-

바람 한 점 불지 않고 있건만, 산속의 풀들이 요란스럽게 나부끼는 소리가 들려왔다. 사내의 등골이 오싹해질 정도로 불길한 예감을 감지하며 주변을 빠르게 살폈다. 인적 없는 깊은 산속에서 느껴지는 이 살벌한 감각에 사내는 잔뜩 긴장을 하고선 손에 든 도끼에 더욱 힘을 쥐어 잡았다.

"뉘시오?"

겁에 잔뜩 질린 얼굴과 목소리로 겨우 물었지만 대답이 없었다.

아래에는 웬만한 땔감들을 전부 베어 간 탓에 너무 깊숙이 들어온 것이었다. 사내는 한 번 더 용기를 내어 입술을 떼어 냈다.

"거기 누구 있소?"

하지만 역시 돌아오는 대답은 없었다. 혹시 자신이 잘못 들은 건가 싶어 고개를 갸웃하며 다시 나무를 베려고 몸을 돌렸다. 손에 쥐고 있던 도끼로 나무를 베려는 순간, 뒤에서 아까와 똑같은 소리가 들려왔다.

"대체, 무엇이지?"

정체를 확인하려 돌아섰다. 어디선가 바람에 부대끼는 나뭇잎 사이로 한 가락의 서글프면서도 매혹적인 음성이 흘러나오고 있었다. 홀리듯 사내는 그 소리에 점점 빠져들기 시작했고 손에 들고 있던 도끼를 놓아 버린 채 소리를 따라 걸음을 옮겼다. 사내는 어느새 웃고 있었고 난생처음 듣는 음악에도 낮게 흥얼거리고 있었으며 걸음은 더욱 빨라졌다.

그렇게 깊은 숲속으로 사내의 모습이 점점 멀어지고 있었다.

밤새 시달리며 땀에 흠뻑 젖은 하린은 창틀 사이로 다사로운 햇살이 비집고 들어와 눈 위로 자비 없이 쏟아져도 일어날 수 없었다.

엊그제 이겸과 비를 맞고 돌아왔을 때부터 으슬으슬하더니, 이겸이 수업을 듣는 동안 궁녀들의 잡심부름을 하며 몸 상태는 더욱 나빠진 것이다. 그들의 시선이 하린에게 닿았지만 비웃는 것이 보였다.

"쟤 고뿔 걸린 거 같지?"

"어쩐지, 나댈 때부터 알아봤어."

"의녀라도 부를까?"

"시간도 없는데, 무슨? 한숨 자고 나면 나아지겠지. 늘 동궁전 앞에 세자 저하의 옆에 서 있는 거 꼴 보기 싫었는데, 오늘은 그 꼴 안 보겠다. 얼른 가자."

이명처럼 들리는 그들의 대화 소리마저 멀어져 갔다. 그리고 이 작은 궁녀 방엔 아픈 하린이 혼자 외롭게 남게 되었다. 큰 바위가 몸을 누르고 있는 것처럼 무겁고 아팠다. 누군가가 저를 불구덩이에 집어 던진 것처럼 몸이 뜨겁고 목이 타들어 갈 것 같은 극심한 갈증이 났다. 관자놀이가 깨질 것 같은 고통에도 하린은 어렴풋이 머릿속에 자리 잡는 이겸을 떠올렸다. 이 아픈 와중에 그가 너무 보고 싶었다. 눈물이 나게 보고 싶었다.

함께 비를 맞으며 뛰던 것,

마주 보고 앉아 국밥을 먹고 반딧불을 보던 것,

품 안에서 활도 쏘고 나란히 궁궐 안을 산보하던 것…….

"세자 저하……."

버석하게 마른 입술이 하늘을 향해 힘겹게 말아 올라갔다. 그러다 한순간에 가녀린 신음을 내뱉던 하린은 그렇게 정신을 잃듯 잠이 들었다.

이겸은 하린과 함께 정자에 앉아 책을 읽고 오늘은 그림 실력도 한껏 보여 줄 계획이었다.

"아, 눈이 뭐가 좀 들어간 것 같구나. 경대를 좀 가져오거라."

이제 곧 하린이 올 시간이 되었다는 것을 깨달은 이겸은 궁녀가 대령한 경대에 자신을 들여다보았다. 눈에 무엇이 들어갔다고 한 것은 온전한 핑계였다. 이겸은 익선관을 바르게 하고 곤룡포의 매무새도 가다듬고 얼굴 상태를 살폈다. 그러고 나서도 한참 동안을 기다렸는데, 어찌 된 영문인지 하린은 올 시간이 훨씬 지났는데도 보이지 않았다.

결국 참지 못하고 서 내관을 부르려던 이겸은 왔다 갔다 하는 시간을 줄이고자 자신이 직접 일어났다.

"늦잠이라도 자는 건가."

이겸은 동궁전에서 나와 급히 서둘렀다. 이겸을 따라가느라, 서 내관과 궁녀들도 덩달아 발걸음을 빨리했다. 단숨에 궁녀 방 앞에 도착한 이겸이 큼 하고 목소리를 가다듬었다.

"하린아."

넌지시 불러 본 부름에도 하린이 특유의 말간 대답이 없었다. 이겸은 뒤에 서 있는 궁녀에게 들어가 보라 눈짓을 해 보였다. 궁녀가 눈치를 살피며 안으로 들어가는 것이 이겸은 의아하게 느껴졌다. 금방 다시 나온 궁녀가 난감한 얼굴로 머뭇거렸다.

"뭐 하고 있는 것이냐? 그 아이를 깨워 오지 않고."

이겸 대신 서 내관이 궁녀를 나무랐다. 궁녀는 겨우 말을 꺼냈다.

"고뿔에 걸려, 지금……."

우물쭈물하는 궁녀의 전달도 다 듣지 못하고 이겸은 궁녀 방으로 발을 옮겼다. 놀란 서 내관이 얼른 그의 길을 막아 세웠다.

"아니 되옵니다, 세자 저하. 이곳은 금남 구역이옵니다."

"비키세요. 내 그 아이의 상태를 직접 보아야겠습니다."

"세자 저하."

서 내관이 곤란하다는 얼굴로 말했지만 이겸 역시 고집을 꺾지 않았다.

"나 때문에 그 아이가 아픈 겁니다. 내가 괜히 색 따위를 물어서……."

"그래도 아니 되옵니다, 세자 저하. 사소한 법도이긴 하여도 지키실 건 지키셔야 하옵니다."

이렇게 만류하는 서 내관의 심정을 모르는 건 아니었다. 작은 법도 하나를 어겨도 목에 핏대를 세우며 죽일 듯이 달려드는 대신들에게로부터 이겸을 보호하고자 그렇다는 것을 충분히 알고 있다. 하지만 이겸은 벽을 사이에 두고 추위에 떨며 아픔과 싸우고 있는 하린을 따뜻하게 안아 주지도 못하는 것이 마음 아팠다.

"하린아."

이름을 불러도 대답이 없자 애가 타들어 가고 피가 마르는 것 같았다. 그리고 그때 궁녀 방 창틀 사이로 버겁게 내쉬는 하린의 옅은 신음이 들려왔다.

"세자 저하!"

결국, 이겸은 앞에 서 있는 서 내관을 밀치고 궁녀 방의 문을 세게 열어젖혔다. 그 앞에 겨우 숨을 몰아쉬고 있는 하린이 서 있었다. 버석하게 메마른 입술과 땀으로 흠뻑 젖어 얼굴에 붙어 있는 머리카락과 생기를 점점 잃어 가고 있는 눈동자가 전부 제게로 향해 있었다.

"하린아……."

작은 법도라도 지켜야 한다는 서 내관의 말을 들은 하린이 죽을 힘을 다해서 일어나 문까지 걸어 나온 거였다. 자신으로 하여금 이겸이 사소한 무엇이라도 불리함을 받는 건 싫었다. 그래서 어금니를 물고 온 힘을 다해 걸어 나왔지만, 더는 버티기가 어려웠다. 몸이 붕 뜨고 정신이 혼미해졌다.

"세자 저하, 저는 괜찮……."

"하린아!"

이겸이 앞으로 고꾸라져 쓰러지는 하린을 품으로 받았다. 품 안에 있는 하린의 몸은 뜨거웠고 옷은 축축이 젖어 있었다. 혼자서이 고통에 시달렸을 하린을 생각하니, 이겸은 마음이 미어졌다.

"동궁전으로 갈 것이다. 당장 어의를 부르거라!"

이겸은 품에서 쓰러진 하린을 안고 일어섰다. 자신들이 대신하겠다고 만류하는 내관들을 뒤로하고 이겸은 직접 하린을 안고 동궁전으로 향했다.

"고뿔이옵니다. 약을 처방하였으니, 곧 회복할 것입니다."

안심하라는 듯한 어의의 담담한 진단에도 이겸의 걱정스러운눈초리는 거두어지지 않았다. 어의가 물러가자 의녀들이 열을 식히기 위해 대야와 수건을 들고 들어왔다. 하린의 옆에 앉으려는 의녀들을 이겸은 제지시켰다.

"내가 직접 할 것이니, 물러나 있거라."

"하지만 세자 저하……."

"누구든, 내게 법도를 운운하는 자들은 더 이상 가만두지 않을것이다."

매섭게 몰아치는 이겸에 의녀들은 겁에 질린 얼굴로 어쩔 줄 몰라 했다. 뒤에서 그런 광경을 바라보고 있던 유 상궁이 그들에게나오라 눈짓을 하고 자신도 자리를 비켜 주었다. 이겸은 물에 수건을 적셔 짜낸 후 뜨거운 열을 식히기 위해 하린을 닦아 주었다.

"미안하구나. 내가 괜히 너에게 색 따위를 물어서……."

이겸이 하린의 손등을 애틋하게 어루만졌다. 흔한 고뿔에 걸렸을 뿐인데도 심장이 덜컹하고 내려앉았다. 이겸은 조금씩 알 수 있을 것 같았다. 자신이 하린을 곁에 두고자 하는 이유가 단순히 세상을 보고 듣기 위해서만은 아니라는 사실을.

"하린아⋯⋯."

이름을 부르면 돌아서서 자신과 눈을 마주치던 하린의 말갛던 모습을 한시라도 빨리 다시 보고 싶었다. 그래서 이겸은 한시도 떨어지지 않고 그 자리에서 정성껏 그녀를 간호했다.

잊혀지지 않는 그리웠던 날들이 많았다.

그리고 지금 하린은 자신을 두고 앞서 걷는 엄마를 따라가기 위해 무던히도 애를 쓰고 있다. 하지만 자꾸만 차가운 눈 속으로 깊숙이 빠지는 발과 어려서 아직 짧은 다리로는 도저히 엄마를 따갈 수가 없었다.

함께 가자고 울부짖었다. 자신을 두고 가지 말라고 애원했다. 그럼에도 엄마는 단 한 번도 뒤돌아보지 않고 그렇게 하린에게서 점점 더 멀어지고 있었다. 살을 베는 것 같은 극심한 추위와 그 추위보다 더 무서운 공포가 하린의 몸을 금방이라도 잡아먹을 것 같은 매서운 기세로 달려들었다.

살기 위해 발버둥 쳤다. 그럼에도 생생히 느껴지는 고통에 하염없이 무너져 내렸다. 속수무책이었다. 괴롭고 두려웠다. 자신이 이 세상에 사라지고 있다는 것이⋯⋯. 그렇게 필사적으로 발버둥을 치며 뻗은 손길을 누군가가 잡아 주었다. 따뜻하고 부드러운 손길이었다. 두 번 다시는 놓치고 싶지 않을 만큼⋯⋯.

어둡고 추웠던 공간을 따뜻하게 감싸 주었다. 이제는 괜찮다고, 너는 괜찮다고…….

천천히 깃드는 정신에 무거운 눈꺼풀을 떴다. 다사로운 햇살보다 제 앞에 있는 이겸이 먼저 보였다. 그 어둡고 외로운 공간에서 자신을 이끌어 준 것이 이겸이라는 것을 깨달을 수 있었다.

"세자 저하……."

들릴 듯 말 듯한 부름에 그가 응답이라도 하듯, 무겁게 감고 있던 눈을 천천히 떴다. 그의 눈동자에 자신의 모습이 온전히 담겨 있었다.

묻고 싶은 말도, 듣고 싶은 말도 많았다. 사경을 헤매면서까지 떠올렸던 사람……. 이것이 현실인지 꿈인지 구별조차 가지 않을 정도로 몽롱한 상태. 잠재워져 있던 제 본색은 아픔을 겪고 잃어버린 이성을 건너뛰어 남은 본능으로 말했다.

"아픈 와중에 제가 걱정한 건, 다시는 세자 저하를 보지 못할까 싶어서였습니다."

"별걱정을 다 하는구나."

그를 향했던 감정을 보이고 싶었다.

조금은 식혀진 제 뺨을 만지는 그의 손길이 무척이나 애틋해서 서러웠다. 당신과 나 사이는 애절해야 애절할 수 없는 관계라는 것을 알기에 하린의 입장이 더욱 혼란스러웠다. 그럼에도 그의 손길은 거부할 수 없을 만큼 따뜻했다. 두 사람의 눈동자가 오랫동안 서로를 담았다.

"너에게 묻겠다."

"……."

"아직도 내 곁에 있는 연유가 네 동생 영운이 때문인 게냐."

그의 울림처럼 들려오는 말에 하린은 고개를 내저었다. 이 고독하고도 갑갑한 궁에 남아 있는 건 영운이 때문인 것도 있지만, 확실한 건 오롯이 그 때문은 아니었다. 그러니까…….

세자…… 저하…….

그가 자신을 보며 웃는 것이 좋았다.

그가 자신을 마주하며 행복해하는 모습이 좋았다.

그것을 계속 보고 싶었고 자신으로 하여금 행복해하는 모습에 세상을 다 가진 것마냥 행복했다. 이제 궁에 남는 이유는 온전히 이겸 때문이었다.

말을 하고 싶은데 목소리가 나오지 않아 눈앞에 흐릿하게 보이는 그를 바라볼 뿐이었다. 그러다 겨우 입술에 힘을 주어 눈앞에 보이는 그의 입술에 가볍게 가져다 대었다. 무척이나 보드랍고 촉촉한 감촉이었다. 놓치면 평생 후회할 만큼의 황홀한 감정이었다.

"그러다 고뿔이라도 옮으시면…….”

"상관없다."

이겸의 입술은 오래도록 하린의 입술에 머물러 있었다.

8.

　분명, 손으로 책을 넘기고는 있지만 도통 집중이 되지 않았다. 하얀색은 종이요, 검은색은 글자일 뿐 머릿속에 들어오는 건 아무것도 없어 이겸은 혼란스럽기만 했다. 그럼에도 자꾸만 앞에 앉아 있는 하린을 향한 웃음 서린 눈동자를 거둘 수 없었다. 이겸의 시선이 천천히 내려가 하린의 입술에 머물렀다.

　제게 닿았던 그 입술을 떠올리고 있자 하니, 어지러울 정도로 정신이 아득하고 현기증이 나는 것 같았다. 어디 그뿐일까. 별로 뜨겁지도 않은 바람의 핑계를 대고 싶을 정도로 몸은 후끈하게 달아올랐다. 여러모로 공부에는 절대 집중이 되질 않았다.

　이겸이 자선당을 나설 때 유 상궁과 모두가 하린이 승은을 입었는지 안 입었는지에 대한 유무를 매우 신경 쓰고 있는 것 같았다. 승은을 입은 것은 아니니 이겸은 너무 개의치 말라는 말을 전했다.

　승은궁녀라…….

하린이 승은궁녀가 된다면 원할 때마다 마음껏 보고 만질 수도 있겠지만 이겸은 아직 그럴 생각이 없었다. 그녀가 독사 같은 대신들의 관심을 한 몸에 받아 정치적으로 이용을 당할지도 모를 일이었기 때문이었다.

"아무래도 안 되겠구나. 머리가 복잡하여 식힐 겸 좀 걸어야겠다."

하린에게 일어나라 눈짓하고 정자에서 내려왔다.

그 뒤를 하린과 궁녀들이 따라나섰다. 잰걸음으로 따라오는 하린에 이겸은 자신의 빠른 발걸음을 천천히 늦추었다.

그것을 금세 눈치챈 하린이 고개를 살며시 들어 이겸을 바라보았다. 하지만 서로 오래도록 쳐다보지 못하고 다급하게 시선을 돌려야 했다. 서로의 입술을 탐했던 그 순간이 불현듯 떠올랐던 거였다.

"큼."

"크큼."

두 사람의 헛기침이 주변을 의아하게 맴돌았다. 결국 뒤에 있던 서 내관이 이겸의 곁으로 다가왔다.

"세자 저하, 불편한 것이라도 있는지요."

"그대들이 따라오는 것이 불편합니다."

"네?"

직설적인 이겸의 말에 서 내관이 화들짝 놀라며 당황해했다.

"머리를 좀 식히고자 하니, 다들 물러가 주세요."

하린과 단둘이 있고 싶었다. 망설이던 서 내관은 궁녀들을 데리고 물러섰다. 비로소 바람대로 하린과 단둘이 남게 된 이겸은 다시 걸음을 천천히 옮겼다. 봄이 점점 지나가고 있지만 여전히 궁궐 나무는 화사한 꽃잎을 머금고 있었다.

살며시 불어오는 바람에 연꽃 색의 꽃잎들이 사방으로 흩어져 날았다. 그 황홀한 광경을 넋 넣고 보던 하린이 손을 뻗어 꽃잎을 손에 담았다. 그리고 느꼈다. 이 아름다운 광경을 이겸은 볼 수 없구나, 하는 안타까움을.

"너무 안타까워하지 않아도 된다."

"어찌, 아셨어요?"

"너의 눈빛이 그리 말을 해 주고 있구나."

"죄송합니다. 주제에 넘는 걸 알면서도 저도 모르게 자꾸 그런 마음이 듭니다. 그런 마음이 드는 것은 둘째 치고 세자 저하를 위해서라도 표현을 감추어야 하거늘, 그것 또한 감추지 못하여 죄송합니다."

"감추지 말거라."

쥐고 있던 손을 조심스럽게 펴 보았다. 그 안엔 어여쁜 색을 두른 꽃잎이 있었다. 바람을 타고 손 위에서 날아가 버리는 꽃잎을 바라볼 여유도 없이 하린의 눈동자는 오롯이 이겸만을 담고 있다. 하늘에서 쏟아지는 이 다사로운 햇살보다 더욱 따뜻한 눈빛을 한 이겸을…….

"네가 나를 걱정하고 관심을 갖고 감정을 표현하는 것이 싫지 않구나. 하지만 내가 더 싫지 않은 것이 무엇인지 아느냐."

"무엇인데요?"

"내가 너를 걱정하고 너로 인해 하루에도 수십 번은 넘게 바뀌는 내 감정이다."

아마 그는 모르겠지? 자신이 이겸을 만나기 전과 만난 후의 삶이 얼마나 바뀌었는지를 말이다. 항상 억울함만 쌓여 있어 불평불만만 가득했던 세상이 조금씩 아름다워 보인다는 것, 별것도 아닌 일에 자꾸만 웃음이 새어 나오고 때로는 잠마저 설치고 있다는 것을, 지키고자 하는 것이 더욱 간절해지고 아름다운 여인이 되고 싶다는 것을.

"살고 싶구나. 너로 인해서, 너 때문에……. 미치도록 찬란하게 살고 싶어지는구나."

시무룩하던 하린의 얼굴이 옅게 펴지더니 곧, 웃음으로 가득 번져 나갔다. 이겸이 손을 뻗어 하린의 하얗고 보드라운 볼을 매만졌다.

"꼭 명심하거라. 너는 내가 살고 싶은 단 하나의 이유이다."

자신의 볼을 어루만지는 이겸의 손등을 잡았다. 마치, 그곳에도 심장이 달린 것처럼 무언가가 걷잡을 수 없을 만큼 뛰었다.

"네. 꼭 명심하겠습니다, 세자 저하."

서로를 바라보는 두 사람의 눈빛은 더욱 깊어졌고 잡고 있던 손길은 점점 애틋해졌다. 틈 사이에서 불어오는 온화한 바람과 곁을 맴도는 달달한 꽃 향, 그리고 서로를 향해 있는 달콤한 눈빛에 취해 이겸은 차마 감지하지 못했다. 멀리서 자신을 바라보고 있던 시선들을.

이제 막 입궁을 한 원석과 이조판서는 두 사람 사이에서 흐르고 있는 심상치 않은 기류에 미간을 찌푸렸다.

"세자 저하가 무척이나 행복해 보입니다."

원석의 말에 옆에 있던 이조판서도 공감했다.

"그러게 말입니다."

"이제 슬슬 우리 세자 저하도 지아비가 되셔야 하지 않겠습니까? 그래야 책임감도 더욱 강해지실 것 같은데, 이조판서 생각은 어떻습니까?"

원석이 지금 무슨 계략을 꾸고 있는지, 이조판서는 단박에 알아들었다. 원석은 다시 한번 연못을 사이에 두고 멀리 있는 이겸과 하린을 바라보았다.

'세자 저하에게 시집을 가서 세자빈이 되고 싶습니다.'

제 여식인 혜림이 마음에 걸렸지만 어차피 이겸과 혜림은 이루어질 수 없는 운명이었다.

그들은 여전히 행복에 겨워 얼굴 가득 함박 미소를 짓고 있었다. 그러다 그 적나라한 시선이 느껴졌는지 이겸의 고개가 원석에게로 향해졌다. 그대로 표정을 굳히는 이겸을 향해 원석이 가볍게 고개를 숙여 인사를 했다.

이겸이 행복한 꼴은 잠시도 보고 싶지가 않았다. 그는 왕세자라는 자리에서 절대 행복이라는 것을 느껴서는 안 될 사람이었다. 늘 불행하고 두려움을 느끼다 결국 달아나야 할 자리였다. 보이지도 들리지도 않는 저주에 걸린 이겸에게 왕세자와 한 나라의 국왕은 어울리지 않았다. 물론 진짜 속내는 자신들을 경계하고 자신들의 뜻을 짓밟으려 하기에 이겸이 절대 왕의 자리에 앉아서는 안 되었다.

불행과 두려움에 떨지 않을 방법은 오로지 하나였다. 이광처럼 자신들에게 반항하지 않는 것. 고분고분만 해진다면 그를 충분히 왕으로 섬겨 줄 수 있었다. 하지만 그는 끝까지 자신들의 그림자에 갇혀 살지 않을 것이라는 걸 잘 알고 있었다.

사랑하는 여인을 마음껏 안아 보지도 못할 거라는 자신의 처지를 알려 주고 싶었다. 원석은 비릿하게 미소를 지어 보이고선 그들로부터 돌아섰다.

쥐 새끼 한 마리 지나가지 않고 부엉이조차 울지 않는 유난히도 고요하고 적막한 밤. 작은 바람 소리마저도 크게 들리는 고독함을 뚫고 하린은 빠르게 움직였다. 횃불을 손에 들고 순찰을 돌고 있는 별관군들을 피하며 궁궐 밖으로 나갈 수 있는 담벼락까지 오게 되었다.

별관군이 입는 평상복을 훔쳐 입은 하린은 치마를 입을 때보다 한껏 가벼워진 몸으로 아주 능숙하게 담벼락을 넘어 빠져나왔다. 그리고 날다람쥐라는 별명답게 쉽게 지치지 않는 날쌘 속도로 저 잣거리를 벗어나 숲속으로 향했다.

고작 한 번밖에 가지 않았지만 눈썰미와 기억력이 좋아 나무와 나무 틈을 지나며 낙영회 기지로 향했다. 아른거리는 붉은 빛이 눈에 들어왔다. 얼마 있지 않으면 도착을 한다는 뜻이었다. 빠른 속도로 내달려 가던 하린은 귓가를 스치는 웬 서글픈 노랫소리에 잠시 걸음을 멈추고 주변을 살펴보았다.

하지만 아무것도 보이지 않았다.

"잘못 들은 것인가?"

온몸에 오소소 소름이 돋아났다. 하린은 더 빠르게 속도를 올렸다. 기지 가까이 다가오자 경비를 서고 있던 자들이 칼을 빼 들었다.

"접니다."

하린이 두 팔을 들고서는 천천히 다가가 신분을 밝혔다. 이곳에서 지낼 때 오고 가다 마주친 자들은 하린을 보고 반가워했다.

"날도 님!"

"다들 잘 지내셨지요?"

"그럼요. 저희는 뭐……. 날도 님도 잘 지내……. 어? 민현 행수님!"

남자가 하린의 어깨 너머를 보며 말했다. 하린이 뒤를 돌아보니 자신이 왔던 길을 통해 온 듯 민현이 서 있었다.

"민현 오라버니."

"어찌나 빠르시던지, 따라잡기가 힘들더군요."

"아, 저잣거리에 다녀오시던 길이십니까?"

"예. 일단 안으로 드시죠."

민현의 제안으로 하린은 한동안 자신이 마음대로 들락날락했던 공간으로 들어섰다. 이곳은 오랜만에 와 보는데도 전부 그대로였다. 커다란 나무 탁자를 사이에 두고 두 사람은 마주 보고 앉았다.

이겸은 날도를 잡지 못하고 자신을 궁궐에 데리고 오면서 날도의 활동은 완전히 사라졌다. 요즘엔 이겸과의 기 싸움 때문에 눈치를 못 챈 대신들이지만, 언젠가는 활동을 하지 않는 날도의 존재를 의심할 테고, 그 의심을 막기 위해 누군가가 뒤에서 대신 움직여 준 것이리라 짐작했다.

그리고 그것은 자신의 존재를 잘 알고 있는 자들 중에 하나일 가능성이 크다. 자신의 정체가 '날도'인 것을 알고 있는 사람은 이겸과 낙영회, 그리고 성구 아재뿐이다. 가장 유력한 후보로 민현을 예상하고 있었다.

"어찌 이 야심한 밤에 저를 다 찾아오신 겁니까."

민현의 물음에 여태 깊은 생각에 잠겨 있던 하린이 겨우 빠져나왔다.

"혹여 여전히 날도가 활동하고 있다는 말을 들으셨습니까?"

바로 대답하지 못하고 잠시 머뭇거리는 민현에 하린은 예상했던 것들이 확신으로 변해 갔다.

"민현 오라버니가 저 대신 움직여 주고 계시는 겁니까?"

"……."

"얼마나 위험한 일인데."

"갑자기 날도의 활동이 멈춰지면 많은 이들이 의심하게 될 것입니다."

"아무리 그래도 저 대신 그리해 주신다는 것이 전 걱정되고 미안해서 마음이 편치 못합니다."

"그런 마음 갖지 않으셔도 됩니다. 이것이 곧 나라를 위한 일이고 백성들을 위한 일이니, 저 또한 마땅히 해야 할 일을 하고 있는 것뿐입니다."

민현은 불안해하는 하린을 달래듯 차분한 목소리로 덧붙였다.

"그리고 제가 누구입니까, 낙영회의 행수입니다. 쉽게 잡히지 않습니다."

"아무리 그래도……."

하린은 그 뒤로도 민현에게 활동을 멈추라고 몇 번이고 설득을 했지만, 민현의 각오는 완강했다. 그는 꺾이지 않았고 시간이 지날수록 더욱 굳건하게 제 의견을 표할 뿐이었다. 하린도 더는 그를 막지 못했다.

"그리고 아이 하나를 심어 놓겠습니다. 무슨 일이 생기면 이렇게 기지까지 오시는 것이 번거롭고 위험하오니 그 아이에게 대신 전달하시면 될 것 같습니다."

"저는 아무 도움도 되질 못했는데, 저는 민현 오라버니뿐만이 아니라 낙영회에 아무 도움도 주지 못했는데, 매일 이렇게 받기만 해서 어쩝니까."

"받기만 하다니요."

"……."

"의로운 도적, 날도 님이 아니십니까. 가난하고 불이익을 당하는 백성들에게 그래도 살아남아야 한다는 희망을 주신 분이십니다. 그러니 제가 이렇게 뒤에서나마 돕는 건, 당연한 일이지요."

따뜻한 민현의 말이 이어졌음에도 하린의 표정은 도통 나아지지 못했다. 하린은 자신이 직접 만들어 늘 품에 가지고 다니는 자운고를 꺼내 들었다. 그리고 민현의 손바닥 위에 올려놓아 주었다. 자운고의 통에는 행운을 상징하는 네잎클로버가 그려져 있었다.

"몸은 함께이지 못하나 마음만큼은 늘 함께하겠습니다. 일전에 저와 함께 했던 약속 기억하시죠?"

"어떤 약속 말씀하시는 겁니까?"

"다치지 않기로 하셨잖아요. 그러니 부디 절대 다치시면 아니 됩니다, 민현 오라버니."

민현이 손바닥에 올려 있는 자운고를 꼭 쥐었다. 그것이 마치 그녀의 손을 붙잡고 있는 것처럼 따뜻하게 느껴졌다.

"이리 와 보거라."

남자의 말에 궁녀가 사람의 흔적은커녕 개미 새끼 한 마리도 보이지 않는 것 같은 주변을 둘러보고 나서야 그에게로 살며시 다가갔다. 남자는 궁녀를 있는 힘껏 껴안았고 궁녀는 안에서 조그마한 목소리로 자지러지게 웃었다.

"아니, 어찌도 이렇게 예쁜 것이야? 꼬리가 아홉 개라도 달린 것이냐? 어디 달렸는지 한번 봐야겠구나."

그리 말하며 남자는 아무렇지도 않게 궁녀의 엉덩이를 만졌다. 궁녀가 부끄럽다며 몸을 흔들었지만 싫지 않다는 듯한 과한 애교가 섞여 있었다.

"아무리 그리하여도 궐 안에서는 티 내지 마십시오. 그랬다가는 저희 둘 다……."

궁녀가 목을 긋는 흉내를 내자, 남자가 소름 끼친다는 듯 몸을 으스스 떨었다.

"그런 무서운 소리 말거라."

"나리와 항상 이렇게 꼭 붙어 있고 싶어요. 너무 외롭습니다."

"나도 그러고 싶구나. 왜 하필이면 네가 궁녀여서……."

"그러게 말이에요. 궁녀로 들어오기 전에 나리를 먼저 봤어야 하는데."

"그렇담, 궁녀가 되지 않았을 것이야?"

"그럼요! 첩이라도 좋으니, 나리하고 살았죠."

궁녀의 교태 섞인 목소리에 남자는 그저 좋다고 껄껄 웃었다. 그 웃음이 꽤나 경박스러웠음에도 불구하고 궁녀의 눈은 분명 사랑에 빠진 여자처럼 반짝이고 있었다. 어둠 속에서 움직이는 무척이나 위험한 그림이었다.

궁으로 돌아와 쪽잠을 자고 일어난 하린의 입가에 옅은 미소가 지어졌다. 좋은 꿈을 꿨다. 그것이 무엇인지 정확히 기억은 나지 않지만 분명 이겸이 나온 꿈이었다. 떠오르는 이겸의 생각에 이불을 끌어안고 주체할 수 없는 웃음을 터트린 하린은 주변에 부지런히 움직이는 소리에 겨우 일어났다.

나가기 전 단장을 하는 동료들의 움직임을 아직 다 뜨지 못한 눈으로 가만히 살펴보았다. 분백분을 바르자 얼굴이 희고 더욱 화사해 보였으며, 홍화 꽃잎을 말려 찧은 가루를 입술에 바르니 생기가 있어 보였다. 버드나무 재를 기름으로 갠 미묵을 이용해 눈썹을 그리니 얼굴의 이목구비가 더욱 선명해졌다.

확실히 말하자면 바르지 않은 얼굴보다는 바른 얼굴이 훨씬 더 예뻐 보인다는 점이었다. 하린은 그나마 제게 텃세를 부리지 않는 유일한 동료 남옥에게 다가갔다.

"저기, 남옥아. 너 그거 바르니까, 가뜩이나 예쁜 얼굴이 훨씬 더 예뻐지는구나."

일단 여자들의 경계를 풀 수 있는 칭찬으로 말문을 열었다. 분백분을 바르고 있던 남옥이 힐끔 하린을 바라보았다.

"홍화 꽃잎은 즙을 거르는 과정을 많이 거치면 거칠수록 더욱 색이 예쁘다는데, 맞아?"

예전에 저잣거리를 돌아다니다 여자들에게서 들은 얘길 꺼내 놓았다. 공감대로 관심을 끌게 하기 위함이었다. 남옥은 입술에 홍화 즙을 바르다 말고 하린을 바라보았다.

"맞아."

"나도 그렇게 될까? 나도 그거 바르면 너처럼 예쁘게 될까?"

그리고 마지막 말은 일말의 호기심과 동정심이다. 하린은 최대한 나도 그 예쁨을 한 번만이라도 느끼게 해 줘, 제발이라는 눈동자로 남옥을 바라보았다. 남옥은 못 이기는 척 자신의 홍화 꽃잎 즙을 건네주려 했다. 적어도 뒤에서 들려오는 말소리들만 아니면.

"유남옥!"

동료들은 하린에게 꽃잎 즙을 주는 순간 너도 끝이야, 라는 뜻을 담아 살벌하게 남옥을 노려보고 있었다. 자신 때문에 남옥이마저 곤란한 상황에 놓인 것을 알게 된 하린은 뒤로 물러섰다. 화장은 하지 못해도 자신을 빛나게 해 줄 수 있는 것이 있다. 그것은 바로 이겸이 사 준 옆꽂이! 자선당에 들어가기 직전에 해야지 생각하며 자신의 전용 문갑을 열었다.

"어?"

그런데 그곳에 있어야 할 옆꽂이가 보이지 않았다.

"내 꽂이!"

하린의 외침에 뒤에서 깔깔거리는 비웃음 소리가 들려왔다. 하린의 눈이 그들을 원망스럽게 쏘아보았다. 많이 하면, 아니 많이 보기라도 하면 닳을까 봐서 보는 것조차도 아끼면서 봤던 옆꽂이였다. 이겸과의 추억이 고스란히 남겨져 있고 그가 처음으로 사 준 선물이기도 했다. 그랬기에 이대로 그냥 넘어가서는 안 됐다.

"내 꽂이 내놔."

모여 있던 궁녀들이 불쾌하다는 듯이 하린 쪽으로 몸을 돌렸다.

"네 꽂이를 왜 우리한테서 찾아?"

"그러지 않고는 내가 꽂이 얘기할 때 왜들 웃은 건데?"

하린의 지적에 궁녀들은 살짝 머쓱한 표정을 지었다. 그러다 자신을 유난히도 싫어하는 라영이가 팔짱을 끼고 빈정거렸다.

"우리끼리 얘기하다가 웃은 거 가지고 지금 도둑년 취급을 하고 있는 게야?”

“똑똑히 알아 둬. 만약, 정말 꽂이를 너희들이 훔쳐 간 거라면…… 난 너희들을 절대 용서하지 않을 거야.”

“네가 우리를 용서하지 않으면 어쩔 건데?”

라영은 검지로 하린의 어깨를 쿡쿡 찌르며 화를 자극했다. 싸워서는 아니 되는데, 이겸에게 조금의 흠점이 되어서는 안 되는데…….

“그 화려한 옆꽂이가 너하고 가당키나 해?”

“근데 말이야.”

하린이 매서운 눈으로 라영을 올려다보았다. 순하게 생긴 외모에서 보이는 살벌한 눈빛에 라영이 흠칫 놀랐다.

“난 옆꽂이라고 한 적 없는데, 내 꽂이가 옆꽂이인 건 어떻게 알았어?”

하린의 지적에 라영이 우물쭈물하는 동안, 유 상궁이 안으로 들어왔다.

“지금 시간이 몇 신데, 아직도 제 일터로 향하지 않고 이곳에서 우물쭈물하고 있는 것이냐!”

황급하게 돌아서서 가려는 라영을 하린이 붙잡았다. 하지만 라영은 있는 힘을 다해 하린을 뿌리치고 급하게 궁녀 방을 빠져나갔다.

“너도 어서 가 보거라. 세자 저하가 기다리고 계시니.”

“네, 마마님.”

동궁전으로 향하는 동안 근심이 얼굴을 가득 채웠다.

“이 등신아, 이 상태로 세자 저하를 만나려고 그래? 대체 세자 저하를 얼마나 걱정하시게 만들려고 이러니, 너.”

하린은 걷던 걸음을 멈추고 제 머리를 쥐어박으며 애써 웃었다. 호흡을 가다듬고 조금 진정이 되는 것 같아 다시 걸음을 옮겼지만, 한번 자리 잡은 서러움은 쉽게 사라지지 않았다. 도저히 이 상태로 이겸을 만나면 안 될 것 같아 돌아서려는데, 하린의 앞에 커다란 그림자가 드리웠다.

고개를 돌려 그림자의 주인을 굳이 확인하지 않아도 누구인지 알 것 같았다. 귓가에 낮게 울리는 숨소리와 코끝을 스치는 이 특유의 향을 지닌 주인을.

"얼굴을 들어 보거라."

웃자, 웃어야 돼.

"무엇 하고 있는 것이냐, 당장 고개를 들지 못할……."

어르고 달래는 이겸의 목소리 뒤로 서 내관의 엄한 목소리가 날아왔다가 반 토막으로 잘렸다. 아무래도 이겸이 제지를 시킨 것 같았다. 더 망설였다가는 이겸을 우습게 생각하는 꼴밖에는 안 될 것 같아 하린은 손등으로 급하게 눈물을 훔쳐 내고 천천히 고개를 들어 올렸다. 이겸과 눈이 마주치니 또 한 번의 서러움이 몰려오기 시작했다.

"누가 널 괴롭히기라도 하는 것이냐."

"아닙니다……."

겨우 대답을 했다.

"어서 말해 보거라."

"실은…… 세자 저하께서 사 주신 옆꽂이를 잃어버렸습니다."

말을 하면서도 어찌나 서럽게 울던지, 이겸은 주변에 보는 눈이 많음에도 불구하고 하린의 눈물을 손등으로 직접 닦아 주었다.

"그게 무슨 큰일이라고 이리도 서럽게 우는 것이냐. 옆꽂이야 하나 더 사 주면 되지 않느냐."

이겸은 별일이 아니라 다행이라 생각했다. 하지만 하린은 아닌 모양이다.

"그래도 태어나 난생처음으로 받아 본 선물이고 더군다나 세자 저하께서 처음으로 주신 선물인데. 그걸 제대로 간수하지 못하고 잃어버린 것이 너무……. 세자 저하가 사 주셨기에 제게는 훨씬 더 소중한 옆꽂이입니다. 그것을 잃어버린 것이 너무 화가 나고 서러워서……."

자신이 사 준 거라 더욱 소중하다고 말을 하며 눈물까지 글썽이는 하린이 안쓰럽기도 하면서 귀엽기도 했다.

어찌 달래 주어야 할지 몰라 고민하던 이겸은 뒤에 있는 서 내관에게 귓속말을 해 보였다. 서 내관은 살짝 의아해하는 모습이지만 곧 수긍하며 뒤에 있는 궁녀에게 무언가를 지시했다.

"자."

이겸이 자선당으로 데리고 와서 건넨 것은 다름 아닌 잘 익은 통통한 곶감이었다.

"설마 우는 아이도 달래 준다는 곶감이라고 제게 곶감을 주시는 거예요?"

하린의 질문에 이겸이 너무 아무렇지 않게 고개를 끄덕였다. 그 모습에 어이가 없기도 하고 어떻게든 자신의 서러움을 달래 주고 싶어 하는 이겸에 웃음이 나왔다. 절대 곶감 때문이 아닌데…….

"거봐라, 곶감을 앞에 두니 눈물을 멈추고 웃지 않느냐."

"곶감 때문이 아니거든요……."

그러면서도 통통한 곶감을 받아 든 하린이 한 입 크게 베어 먹었다. 쫀득거리면서도 달달한 것이 입에 퍼지자 한층 기분이 좋아졌다.

"그리고 저는 '아이' 아닙니다. 엄연히 '여인'입니다."

"알았다. 그럼 앞으로 곶감은 우는 여인도 달래 주는 것이라 생각하겠다."

하린은 자신이 곶감 하나에 눈물을 그치고 웃음까지 새어 나오니 이겸의 말에 딱히 부정하지 못했다. 곶감 두 개를 해치우고 막하나를 더 집으려던 하린의 입가로 이겸의 손끝이 닿았다.

"당분이 묻었구나."

곧 하얀 가루를 묻힌 하린의 입가를 손끝으로 살포시 털어 주었다. 느낌이 요상할 정도로 찌릿했고 그의 손끝으로 인해 자극당하는 입술에 지난날 이겸의 입술과 맞닿았던 것이 떠올랐다. 하린은 얼른 시선을 돌리고 곶감을 입에 급하게 가져다 댔다.

"안 묻히고 먹어야겠다."

낮게 웅얼거리는 하린을 향해 이겸은 당당하게 말했다.

"묻히고 먹거라."

"네?"

다시 되묻는 하린을 향해 이겸이 능청스러운 미소를 지으며 한쪽 눈썹만 치켜뜨고 고개를 갸웃해 보였다. 하린이 곶감을 한 입베어 먹자, 입술에 당분이 또 묻었다. 이겸이 손을 뻗어 다시 한번 입술 곁을 털어 주었다. 이제야 계속 묻히고 먹으라는 뜻이 무엇인지 알 것 같아 하린도 결국 웃어 버리고 말았다.

"국혼이라니."

대신들이 세자의 국혼을 논하자, 이광은 크게 당황해하며 되물었다.

　"말씀드린 그대로이옵니다. 벌써 세자 저하의 나이가 열아홉이시옵니다. 선왕들께서 지내시던 세자 시절에 비하면 저희 세자 저하는 많이 늦은 편으로 아뢰옵니다. 내명부가 든든해지면 세자 저하 또한 더욱 단단해지실 것이라 믿고 있사옵니다."

　내명부가 든든해질 일도, 그로 하여금 이겸이 단단해질 일도 없을 것이다. 원석은 명문가였으나 현재는 몰락한 집안의 여식을 세자빈으로 밀어 주기로 했다. 그래야지만 자신의 정치에 크게 방해가 되지 않을뿐더러, 나중에 이겸이 왕권에서 쫓겨나게 되더라도 반대하거나 피해 보는 자가 없을 테니 말이다.

　더군다나 스무 살이 되기 전까지 저주를 풀지 않으면 몸과 마음이 닿는 집안이 망한다고 했는데, 이미 망한 집안들은 잠깐의 명예와 돈만으로도 충분히 허락할 일이었다. 해서 삼간택까지 올라가는 여식들 모두 그리 배치할 계략이었다.

　"하나 아직 세자는 세자빈을 맞이할 준비가 되지……."

　"전하."

　원석은 이광의 말을 날카롭게 잘랐다.

　"소신이 보기엔 세자 저하가 신분이 미천한 궁녀와 놀아나는 것이 그저 걱정이 되옵니다. 고귀하신 세자 저하께서는 명문가 집안 여식을 세자빈으로 맞이하여 세자로서의 위치를 더욱 강화시키는 것이 옳다고 판단되옵니다."

　말은 전부 세자를 위한 것이라 포장되어 있다. 그래서 이광은 더는 대신들의 의견을 무시할 수가 없었다. 여기서 계속 거절을 한다면 대신들은 이광마저도 자신들을 따르지 않는다고 여겨 머리를 굴려 세자를 더 최악의 상황으로 밀어붙일 수도 있었다.

요즘 궁 안에서는 이겸의 웃는 모습을 본 자들이 꽤 많았다. 하린과 함께하는 순간부터 세상을 듣고 볼 수 있으니 얼마나 행복할까 하고 생각하다가도 단순히 그것 때문만은 아닌 것 같았다.

이광이 보는 아들 이겸은 하린과 있는 순간 자체를 행복해하는 것 같았다. 젊고 어여쁜 나이에 떠나야 했던 중전과의 애틋했던 사랑이 떠오른 이광은 그런 이겸의 사랑을 최대한 지켜 주고 싶었다. 하지만 자신은 힘이 없는 허우대만 멀쩡한 왕일 뿐이었다.

"알겠소. 내 세자에게 그리 전하겠소."

"당장 금혼령부터 내리셔야 하옵니다."

원석과 대신들의 독촉에 이광의 눈은 하염없이 흔들리고 있었다. 선정전에서 나와 강녕전으로 향하는 동안 이광은 상선에게 착잡한 목소리로 말했다.

"내 동궁전으로 갈 것이다."

한편 전하가 납신다는 말을 전해 들은 이겸은 오랜만에 동궁전으로 향한 아버지의 발길에 불안함을 느꼈다. 책을 읽는 동안 함께 있던 하린에게 궁녀 방에서 쉬고 오라 명한 뒤 아버지를 맞이할 준비를 했다

"아바마마."

곧 상궁의 아룀과 함께 문이 열리고 이광이 안으로 들어왔다. 이겸은 왕과 아버지에 대한 예를 갖췄다.

"학문을 익히는 데 방해가 된 것은 아니냐."

"아니옵니다. 마침, 머리를 좀 식히고 있던 참이었습니다."

자리에 앉은 이광은 맞은편의 아들을 바라보며 한동안 침묵을 지켰다. 하린이 들어오기 전보다 훨씬 안색이 좋아진 아들을 보며 어디서부터 말을 꺼내야 할지 착잡하고 막막하여 한숨밖에 나오질 않았다. 이광의 반응을 보며 이겸은 역시 아버지가 좋은 일로 이곳에 오신 것은 아니라는 것을 확신할 수 있었다.

"아바마마의 안색이 좋아 보이시지 않아 소자가 걱정되옵니다."

한참을 고민하던 이광은 힘겹게 말을 꺼냈다.

"세자의 국혼을 위해 곧 금혼령이 내려질 것이다."

이겸은 큰 바위로 머리를 세게 얻어맞은 기분이었다.

"국혼이라니요. 갑자기 그게 무슨……."

언젠가는 해야 할 국혼이라고는 알고 있었지만, 이런 시기에 갑자기 결정된 자신의 혼인에 이겸은 아연할 수밖에 없었다.

요즘 들어 이겸이 하린과 함께 붙어 다니며 웃음을 자주 보인다는 유 상궁의 말에 이광 또한 안타까움을 지울 수가 없었다.

하나 원석의 제안을 뿌리칠 수도 없었다. 혼기가 찬 세자를 저리 방치할 수 없을뿐더러, 망한 가문이라 하더라도 다시 궁에 데리고 오면 장인 될 자가 분명 이겸을 도와줄 것이라는 말 때문이었다. 그 말을 모두 전했지만, 이겸은 전혀 이해하지 못했다.

"아바마마, 영의정 대감의 말을 믿는 것이옵니까? 그자는 저를 도울 자가 아닙니다."

"세자……."

"소자는 아직 빈을 맞이할 준비가 되지 않았사옵니다. 그러니……."

머릿속 가득 채워진 하린을 밀어낼 수 없었다. 세자빈을 맞이한다면 법례대로 그녀를 아내로 맞이하여 보듬어야 할 지아비가 되어야 했다. 물론 하린을 후궁으로 얻을 수 있다. 하지만 그건 나중의 일일 뿐이었다. 공식적인 모든 일정을 철저하게 지켜야 하는 곳이 궁궐이었다. 하린이 아닌 다른 여자를 위한 남자의 삶은 살고 싶지 않았다.

하나 알고 있다. 평생을 하린의 남자로서만 살 수는 없다는 것을. 제 의지나 절실한 바람과는 달리, 한 나라의 세자로 태어나 법도를 지켜야 한다는 것을 안다. 그래서 언젠가는 강제적으로 국혼을 해야 할 날이 오기도 하겠지만, 적어도 지금 당장은 아니었다. 이겸은 다시 한번 국혼에 대한 간택령이 거두어지길 바라며 애원했다.

"아바마마께서도 아시다시피, 저는 아직 들어야 하고 보아야 하는 것들이 더 많습니다. 전 아직…… 하린이 곁에 있어야 합니다. 그러니 제발 국혼을 거두어 주시옵소서."

"세자……."

간절한 이겸의 부탁에도 이광은 쉽게 결정을 내리지 못했다. 이겸은 여전히 신하들의 그림자에 눌려 아무것도 하지 않으려는 아버지가 오늘따라 유난히도 야속하고 원망스러웠다.

"그리 알고 있거라."

이겸의 애절한 사정을 더는 보지 못할 것 같아 이광은 그대로 일어나 동궁전을 빠져나갔다. 혼자 남겨진 이겸은 한동안 그 자리에서 온몸에 힘이 빠진 채로 앉아 있었다.

사람들의 왕래가 적은 폐가가 즐비하게 늘어진 곳을 찾은 혜림은 쓰개치마로 철저하게 얼굴을 가리고 눈만 빠끔히 내민 채 걸음 속도를 올렸다. 미리 약속한 곳 안쪽으로 더 들어가 보니 한 여자 역시 자신처럼 쓰개치마로 철저하게 얼굴을 가린 채 자리를 지키고 있었다.

"동백꽃."

"제비."

미리 정해 놓은 암호를 듣자, 혜림은 그제야 여자의 곁으로 가까이 다가갔다. 혜림이 다가오자 여자는 쓰개치마를 살며시 벗고서는 허리를 굽혀 예의 바르게 인사를 했다.

"알고 왔다시피 나와 만났다는 것이 누설되면 네 목뿐만이 아니라 네 식구들의 목도 날아갈 것이다. 알겠느냐?"

"알겠사옵니다."

여자의 확고한 대답을 듣고 나서야 혜림은 은밀하게 제 치마 안에서 복주머니를 꺼내 건넸다. 두둑하고 양이 상당히 나가 보였다. 여자는 복주머니를 받아 안을 살피고서는 눈이 휘둥그레졌다.

"약속했던 것보다 훨씬 더 많이 넣었다. 그러니 너 역시 나를 실망시켜서는 아니 될 것이야."

"예. 최선을 다하겠습니다."

"최선을 다하지 말고 제대로 하거라. 제대로."

"예."

"절대 들켜서도 안 돼. 그리고 만약, 들키게 된다면 네가 어찌해야 하는지도 알고 있지?"

여자는 다소 겁먹은 눈빛으로 미적지근하게 고개를 끄덕였다. 그것이 못마땅했던 혜림은 손을 뻗어 여자가 쥐고 있던 복주머니를 빼앗았다.

"미적지근한 너의 대답이 마음에 들지 않는구나. 다른 이를 알아보겠다."

"아닙니다!"

지독히도 가난한 집. 아무리 제가 일을 해도 벗어날 수 없는 그 가난함에 어머니가 죽어 가는 것을 지켜봐야 했던 여자는 다급하게 혜림을 붙잡았다. 당장 이 돈이 있어야 어머니를 치료할 수 있었다. 그랬기에 여자는 제 마음을 크게 먹을 수밖에 없었다.

"들키지 않게 하겠습니다. 하지만 들키게 되더라도 절대 아가씨와는 관련 없다는 것을 확실히 하겠습니다."

"알고 있지? 내가 너의 식구들을 다 알고 있다는 것을. 내가 피해를 보게 된다면 내 아버지가 너희 가족들 또한 가만두지 않을 것이다. 그걸 늘 명심하고 있거라."

협박하는 혜림에 여자는 다시 전해 받은 복주머니를 손에 쥐고 고개를 끄덕였다.

"네. 그리하겠습니다."

이제야 확고해진 여자의 대답에 혜림이 만족스러워했다.

"괴롭히거라. 세자 저하의 곁에 붙어 있는 그 요망한 계집애 말이다."

"아……."

여자는 바로 하린의 존재를 눈치챘다. 혜림은 질투에 먼 눈에 불을 켜고 악독하게 말했다.

"괴롭히고 또 괴롭히란 말이다. 그래서 궁궐에서 도망쳐 버리고 싶을 만큼."

신이 또 사라졌다.

하린은 정말 미치고 팔짝 뛸 노릇이었다. 며칠 전에는 목욕을 하고 나왔는데, 입고 나가야 할 옷이 갈기갈기 찢겨져 있기도 했다. 어디 그것뿐일까, 옆꽂이까지 훔쳐 간 것을 보면 어느 날부턴가 괴롭힘이 더욱 심해졌다는 것을 느낄 수 있었다. 나이도 먹을 만큼 먹은 여자들이 남의 물건을 이렇게 숨기는 유치한 행동을 하고 있다는 것이 그저 기가 막힐 일이었다.

신을 달라고 하면 또 한 소리를 크게 들을 텐데, 아침부터 잔소리를 들을 생각을 하니 벌써부터 귀가 따가운 것 같았다. 그래도 평생을 맨발로 다닐 수는 없으니 얼른 신을 얻기 위해 서둘러 일어섰을 때였다.

"마마님! 잘못했습니다!"

소란스러운 소리에 하린은 버선발을 한 채로 그곳으로 향했다. 궁녀 방 뒤쪽에 있는 공간엔 라영이 유 상궁을 향해 무릎을 꿇고 손을 싹싹 빌고 있었다. 그 앞에는 자신의 잃어버린 신이 놓여 있었다.

"감히 궁궐에서 도둑질을 하다니! 내 너의 죄를 그냥 넘어가지는 않을뿐더러 출궁을 시킬 것이다!"

"출, 출궁은 아니 되옵니다. 마마님! 제 봉급에 네 식구의 입이 달려 있사옵니다. 그러니 부디 출궁만은……."

"남의 것을 탐하고 훔쳐 놓고 제 사정을 비는 네 모습이 무척이나 뻔뻔스럽구나. 한 번 훔치기가 어렵지, 두 번은 쉽지 않겠느냐? 바늘 도둑이 소 도둑이 된다고, 네가 동료의 것을 훔친 후 대담해져 왕실의 물건에도 손을 댈지는 누구도 모르는 일이더냐!"

"마마님, 아닙니다. 절대, 절대 아닙니다. 단 한 번도 왕실의 물건에는 욕심을 내 본 적이 없습니다. 정말 한사코 그런 적은 없사옵니다, 마마님."

라영은 손이 발이 되도록 싹싹 빌었지만 유 상궁의 차가운 얼굴은 풀리지 않았다. 내릴 처벌을 기다리라며 돌아선 유 상궁은 앞에서 버섯발로 서 있는 하린과 마주쳤다.

"신을 신고 따라오거라."

라영의 앞에 있는 신을 신고 유 상궁을 따라 궁녀 방 밖으로 나왔다. 엄숙한 유 상궁의 모습에 하린은 잘못한 것도 없으면서 괜히 긴장이 되어 입술만 잘근잘근 깨물었다.

"어찌 너는 제 신 하나도 간수하지 못하는 것이냐?"

"죄송합니다."

"이렇게 덤벙대고 사소한 것 하나도 그르치는 네가 세자 저하를 지켜 드릴 수는 있겠느냐?"

"죄송합니다."

같은 대답만 연신 하던 하린의 시야로 유 상궁이 거칠게 뒤를 돌아섰다. 다 끝난 건가? 하고 안도의 한숨을 내쉬는 순간 그녀가 다시 돌아서 하린의 지척까지 다가왔다. 어찌나 쌀쌀맞게 왔는지 곧 다가오는 여름의 바람 같지 않게 차갑게 느껴질 정도였다.

"어차피 주러 오기로 마음을 먹었으니……."

유 상궁은 안에서 무언가를 꺼내 하린에게 내밀었다. 그것은 다름 아닌 주로 화장품을 담는 분합이었다.

"받거라."

"이건 분합이 아닙니까?"

"맞다. 여자는 특히 왕의 여자들이라 할 수 있는 우리들은 언제든 몸을 가꾸어야 하는 것이다. 그것이 예의이니라."

여태 아무것도 바르지 않고 다니던 밋밋한 얼굴을 예의 없는 얼굴이라 지적하는 것 같아 민망한 마음에 하린은 입술을 꾹 다물었다.

"곧, 세자 저하가 너를 찾을 것이다. 얼른 서두르거라."

"감사합니다. 선물."

해맑게 말하는 하린을 향해서 유 상궁은 끝까지 차가운 눈빛을 하고서는 돌아섰다. 궁녀 방으로 들어온 하린은 경대를 편 후 유 상궁이 주었던 두 개의 분합을 열어 보았다. 하얀 가루와 붉은 가루가 있었고 설레는 마음으로 흥얼거리며 얼굴과 입술에 덧발랐다.

날이 좋아 자선당의 문을 전부 열어 놓고 하린을 기다리며 간헐적으로 밖을 내다보던 이겸은 멀리서 다가오고 있는 무언가를 보고 화들짝 놀랐다. 계자(鷄子)[11] 귀신 또는 청나라 경극 때 주로 보던 그 얼굴을 한 자가 자신에게로 가까이 다가오고 있었다. 그리고 그것이 하린이라는 사실에 이겸은 경악을 감추지 못했다.

"세자 저하."

하린이 무서워 보이기는 처음이었다. 자신을 보며 해맑게 웃는 하린에 이겸은 어디다가 눈을 둬야 할지 몰라 멋쩍게 웃어 보이고만 있었다.

"화장을 하였느냐?"

"아! 여인은 가꾸어야 한다고 해서……."

계자귀신 같은 얼굴을 하고서는 새삼 부끄러워하는 모습에 이겸은 자꾸만 헛웃음이 새어 나왔다. 저 아이는 하린이다……. 계자

---

11) 달걀.

귀신이 아니다……. 계자귀신이 아니야. 속으로 그리 외치며 눈을 마주쳤지만, 자꾸만 견딜 수 없는 무언가가 이겸의 심장을 콕콕 찌르는 것만 같았다.

결국 얼마 가지 못해 다시 시선을 피하듯 고개를 돌려야 했다. 웃으면 기분 나빠 할 것 같아서 참아 보려고 하는데, 그게 도통 곤욕스러웠다.

"그래. 여인은 가꾸어……!"

갑자기 터져 버린 이겸의 웃음에 하린은 어리둥절해하는 표정이었다.

"왜……."

"아니다. 무척이나 예쁘구나."

"지금 세자 저하의 표정과 목소리, 그리고 눈빛은 말씀하시는 것과 전혀 다른 의미를 지니고 있습니다."

"무슨 의미를 지니고 있어 보이느냐."

"아주 웃겨서 어쩔 줄 몰라 하고 계십니다. 마치, 저잣거리의 광대들의 공연을 보는 것보다 더 즐거워하시는 듯합니다."

이겸은 차마 부정하지 못했다. 이번엔 하린이 경악을 금치 못했다.

"왜, 아니라 대답 안 하십니까?"

대답 대신 여전히 웃음을 참고 있는 이겸에 하린이 울상을 지었다.

"너무하십니다. 전…… 전."

세자 저하에게 예쁘게 보이고 싶어서 무척이나 정성을 들인 화장인데, 반응이 저러니 정말 당장이라도 개울가에 몸을 빠트려 버리고 싶은 심정이었다. 아무 말도 못 하고 입술만 삐쭉이며 시무룩해하는 하린을 향해 이겸은 서안에 팔을 기대고 상체를 기울여 간격을 좁혔다. 그가 하린의 지척까지 다가왔다.

"하린아."

넌지시 불러오는 이겸의 목소리가 따뜻하고 다정했다. 그래서 하린은 더는 불만스러운 표정으로 불평을 터트릴 수 없었다. 가까이서 보는 그는 멀리서 보는 것보다 훨씬 더 제 마음을 떨리게 만들었다.

"하린아."

대답을 하지 않는 하린을 이겸이 다시 한번 불렀다. 하린은 가까이 붙어 있는 그에게 자신의 뜨거운 입김이 닿을까 싶어 얼굴을 살짝 돌려 대답했다.

"네, 세자 저하."

"너는 너 자체로 향이 나는 아이다. 감히 분백분과 홍화 꽃잎 따위가 너의 향과 아름다움을 전부 덮은 것 같아, 나는 오히려 그게 싫구나."

너 자체가 아름답다고 말해 주고 있는 이겸에 하린은 마치 꽃잎을 타고 하늘을 나는 것만 같은 기분이었다. 그의 칭찬 한마디에 이렇게 제 기분이 수시로 변할 수 있다는 것이 하린은 내심 신기했다. 이겸이 손을 뻗어 하린의 볼을 손가락으로 쓰윽 하고 문질렀다. 검지에 상당한 양의 흰 분백분이 묻어 나왔다.

"정말이십니까? 전 제 자체로 향이 나요?"

"그럼, 너 자체의 향이 나는 좋구나. 그러니, 그것을 싹 다 갖다 버리거라. 아무 미련도 두지 말고."

"네? 그래도 유 상궁 마마님께서……."

"네가 못 할 것 같으면 내가 버려 주마."

"그렇게도 별로입니까?"

"말하지 않았느냐, 너는 너의 향만으……."

다시 말을 해 주려는 이겸에 하린은 눈을 얇게 떴다. 왠지 그의 비유가 다른 것을 의미하고 있는 것만 같아서였다.

"그거 그냥, 저 달래 주려고 하시는 소리 아니십니까? 결론은 지금 제가 못생겨서 그러시는 거죠?"

"큼, 하린아."

하린이 그대로 자리에서 일어섰다. 이겸이 놀라서 하린을 올려다보며 행여나 삐쳐서 그냥 나갈까 싶어 한마디 하려 입술을 떼어냈다.

"세안하고…… 오겠습니다."

화장을 지워야 한다는 아쉬움을 품고 있는 하린이 이겸은 이해가 되지 않았다.

"그래. 얼른 씻고 오거라."

"하지만 분백분이랑 홍화 꽃잎은 절대 버릴 수 없어요. 여인의 필수품이라고요. 그리고 유 상궁 마마님께서 직접 주신 건데. 못 바르면 떡에라도 넣어 먹을 겁니다. 금방 돌아오겠습니다."

아쉬워하며 사라지는 하린의 처진 어깨에 이겸은 또 한 번 짙은 미소를 띠었다. 자신을 언제나 웃게 만드는 하린을 두고 다른 여자의 남자가 된다는 것은 상상조차 하기 싫은 끔찍함이었다. 하나 어찌하였든 왕권을 조금이라도 강화시키려면 후사를 이어야 하는 법.

이겸의 고민으로 어느새 방 안은 따뜻한 바깥바람이 아닌 고단한 한숨으로 채워지고 있었다.

이겸이 석강을 듣는 동안, 인영 공주의 부름을 받고 처소로 향하던 하린은 허리에 검은 띠를 두른 글월비자의 한 궁녀와 눈이 마주쳤다. 저를 질투하는 궁녀의 눈빛이 아니었고 단순히 한 번 마주쳐서 끝나는 눈빛도 아니었다. 하린은 인영 공주를 모시는 궁녀에게 양해를 구했다.

"아까 세안을 하다가 옷이 너무 젖은 것 같아서요. 금방 갈아입고 가겠습니다."

"칠칠맞기는. 소문대로 너 정말 칠칠맞은 아이로구나."

"죄송합니다."

"공주마마께서 널 무척이나 기다리고 계시니, 얼른 와야 한다."

"네."

하린은 글월비자가 사라진 방향을 따라갔다. 그녀는 마치 하린이 따라오기라도 기다렸던 것처럼 기둥에 숨어 그녀를 바라보고 있었다.

"혹시……."

"맞아요."

이전에 민현이 궁에 심어 놓는다는 아이라는 것을 쉽게 알아차릴 수 있었다.

"내 이름은 주세아예요."

세아는 동글동글한 귀여운 외모를 하고 있었다. 표정 자체가 '나 진짜 활발한 아이예요'를 의미하고 있었는데, 특히나 통통한 볼살에 우물처럼 파인 자국은 그 기운을 한층 더 짙게 만들었다.

"내 이름은 공하린이에요."

통성명을 하고 나서 둘은 주변의 경계를 풀지 않은 상태로 말했다.

"혹여 내게 필요한 것이 있다면 꼭 말하세요."

"알겠어요."

"서로 얼굴도 알았으니, 이제 그만 가 보겠습니다."

사라져 가는 세아를 보며 하린의 얼굴의 근심이 커졌다. 낙영회의 일원으로서 어쩌면 세아는 자신의 편이겠지만 이겸에겐 적일 뿐이었다. 그런 적을 곁에 두고도 모른 척해야 한다는 것이 그저 갑갑하고 혼란스럽기만 했다.

여자로서의 삶을 살고 싶다는 욕심이 자꾸만 든다. 이전에 못된 사대부 집 담벼락을 넘나들던 도적의 모습은 자꾸만 머릿속에서 사라지려고 하고 있다. 하린의 눈동자가 갈 길을 잃고 허공에서 서글프게 떠돌았다.

여인의 삶……. 결코 평범하다고 할 수는 없지만, 여인의 삶으로 살고 싶은 욕심…….

그러다 문득 인영 공주가 떠올라서 서둘러 궁녀 방으로 달려가 옷을 갈아입고 처소로 향했다. 인영 공주는 하린이 들어서자 자리에서 일어서며 반겼다. 맛있는 다과를 내오라고 말한 인영은 하린이 앉기가 무섭게 이겸의 소식부터 물어 왔다. 하린은 인영이 궁금해하는 모든 것을 친절하게 답해 주었다.

"근데, 너는 어찌하다 옷이 젖게 되었느냐?"

"아, 그것이……."

있었던 일들을 전부 이야기해 주자, 인영 공주의 얼굴 가득 의아함이 퍼져 나갔다.

"대체, 화장을 어찌하였기에 오라버니께서 그런 반응을 보이셨던 거지?"

"좀 반응의 과장이 과하셨던 겁니다."

"그래도 궁금하구나! 나에게도 네가 했던 화장을 한번 보여 주겠느냐?"

"그럴까요? 그게 그렇게 이상하지 않거든요?"

공주의 화장품과 경대를 이용하여 하린은 아까와 똑같이 화장하기 시작했다. 시간이 지날수록 인영의 얼굴이 굳어졌다. 그러고는 하린이 화장을 끝낸 얼굴을 보이자, 웃음을 참지 못하고 뒤로 그대로 쓰러지듯 웃었다.

"이러니, 이러니! 오라버니께서 그런 말씀을 하셨겠지. 꼭 계자귀신 같구나."

"계, 계자귀신?"

하린은 크게 충격 먹었다.

"그것도 아니면 뭐 잘못 먹은 구미호 같기도 하고."

"공주마마?"

"화장은 그리하는 것이 아니다. 내가 여자의 화장법을 알려 주겠다."

다시 세안을 하고 온 하린의 얼굴에 인영은 아주 정성스럽게 화장하기 시작했다. 새하얀 분백분 가루가 이제 막 지기 시작하는 석양에 반사되어 마치 금가루처럼 빛났다. 입술 안쪽에만 아주 살포시 바른 홍화 꽃잎 즙을 볼에도 바르니, 마치 이제 막 피어난 꽃처럼 하린의 얼굴의 생기가 아름답게 피어 갔다. 땋았던 머리를 다시 풀어 참빗과 기름을 이용해 더욱 단정하게 묶어 주기도 했다.

"다 끝났다."

인영의 말에 하린이 감고 있던 눈을 살포시 떴다. 인영이 내밀어 준 경대에 비친 자신의 모습은 전에 자신이 했던 화장과 비교 자체가 민망할 정도로 화사함을 띠고 있었다.

"와."

"이게 화장이란다. 어때?"

"너무 고와요."

자신의 얼굴을 감싸며 크게 감탄하는 하린을 인영이 어이없다는 듯이 코웃음을 쳤다.

"자신의 얼굴에 도취가 되다니. 하지만 나도 인정한다. 너 지금 무지 예쁜 거. 얼른 오라버니한테 보여 주러 가거라!"

"네. 감사합니다, 공주마마."

"그런데 하린아."

갑작스럽게 한풀 꺾인 인영 공주의 불음에 하린이 고개를 돌렸다.

"오라버니가…… 어찌 너의 색을 보았을까?"

오롯이 화장을 해야겠다는 생각 하나만으로 그 화장을 하면 자신이 얼마나 예쁘게 변할까에 대한 기대와 설렘으로 다른 것을 생각하지 못했는데, 인영 공주의 말에 하린의 심장이 거칠게 내려앉는 기분이었다.

"하긴 흑백에도 그것이 진하고 연한 것은 구별을 하신다고 들었으니……. 너의 얼굴이 무척이나 연한 흑백이었나 보구나."

인영 공주의 방에서 나와서까지도 하린의 머릿속은 복잡했다. 아니다, 그는 단순히 흑백의 연한 것을 보던 표정이 아니었다. 비교가 되니 이제야 자신의 화장이 무척이나 엉망이었다는 것을 깨달은 하린은 그 역시 자신의 엉망인 화장을 보고 웃음을 참지 못했던 거였다. 깊게 빠져드는 사념에 땅을 보고 걸으며 귀퉁이를 도는 순간 하린은 바닥으로 맥없이 주저앉아야 했다. 누군가와 부딪혀 버린 거였다.

"이런, 이런. 세자 저하를 모신다는 나인이 어찌 이리도 경거망동할꼬."

천천히 올려다본 그곳엔 원석과 대신들이 서 있었다.

"한낱 나인도 이 엄숙한 궁궐을 무시하고 이리도 경거망동하며 뛰어다니고 있으니……."

"죄송합니다. 주의하겠습니다."

분명 세자 저하를 빗대어 비아냥거리는 것이 분명했다. 하린은 자리를 털고 일어나 예를 갖췄다. 원석은 그녀를 한동안 한심하다는 듯이 바라보다가 혀를 두르며 스쳐 지나갔다.

하린의 시선이 등을 보이며 멀어져 가는 그들에게 한동안 매섭게 꽂혀 있었다. 자신을 무시하는 건 상관없었지만 세자인 이겸마저 무시하는 것은 절대 이해도 용서도 할 수 없었다.

"여기서 무얼 보고 있는 것이냐?"

이미 사라져 보이지도 않았지만 그 분노를 눈에 담아 노려보고 있던 하린은 뒤에서 들려오는 이겸의 목소리에 눈 힘을 풀었다. 하린은 이겸의 눈을 마주쳤다.

보이십니까?

혹여…… 제 색이 보이십니까? 저하?

묻고 싶었지만, 듣는 이가 많아 물을 수 없었다.

"세자 저하, 어찌 여기 계십니까?"

"공주와 놀다가 잠이라도 든 건 아닐까 싶어 깨우러 가던 참이었다."

"제가 마침 가던 참이었는데."

"넌 걸음이 너무 느리다."

"세자 저하께서……."

'참을성이 없는 것입니다.'라고 말하고 싶었지만 이곳은 엄연히 궁궐이요, 상대는 세자 저하였고 뒤에서 눈이 마주친 유 상궁 때문에 하린은 얼음처럼 굳어야 했다.

그런 하린의 마음도 모르고 이겸의 얼굴이 가까이 다가왔다. 조금만 입술을 앞으로 내밀어도 닿을 정도의 거리였기에 하린은 숨조차 쉴 수가 없었다.

"색이 조금 달라 보이는구나. 또 화장을 한 것이냐?"

"네? 네……. 공주 마마께서."

"예쁘구나."

이겸의 눈에는 화장을 한 하린이나 하지 않은 하린이나 똑같이 예뻤지만, 아까 너무 놀라서 놀린 것이 미안하여 이번만큼은 제대로 말해 주기로 했다.

어느새 석양이 지고 있었다. 바닥에 포개진 두 사람의 그림자가 마치 서로를 부둥켜안고 있는 것처럼 길게 늘어져 있었다.

근래에 벌어진 죽음 사건으로 인해 한양은 발칵 뒤집어졌다. 산속으로 나물이나 약재 또는 나무를 하러 간 젊은 사내들이 처참한 모습으로 목숨을 잃고 있다는 거였다. 해당 고을의 수령들이 몇 번이고 조사를 하고 오작(仵作)사령이 시신의 75군데를 절차에 따라 검사를 해 봐도 결과는 똑같았다.

사람의 짓으로 단정 짓기에는 석연찮은 부분이 많았다. 그렇다고 날카롭고 매우 포악한 짐승의 짓이라고 하기에도 애매했다. 몇십 년 동안 봐 왔던 시체 중 이런 시체는 단 한 번도 본 적이 없다며 많은 오작사령들이 입을 모았다.

그래도 혹시 몰라 포수들을 시켜 그 원인이 될 만한 짐승들을 잡아 보았지만, 그 뒤로도 산속에 들어간 젊은 사내들이 죽어났다. 짐승이 잡히지 않고 사내들이 자꾸 목숨을 잃기 시작하자, 이 죽음에 대한 흉흉한 소문들이 덧붙여지기 시작했다.

그건 신의 노여움을 받은 누군가가 겸손과 덕을 쌓기는커녕 오만방자하게 굴어 신의 분노가 애먼 사내들을 그로 착각하여 잡아간다는 거였다. 신의 노여움을 받은 그 '누군가'는 이 나라의 세자, 이겸이라 확신 지어져 저잣거리를 떠돌았다. 그런 흉흉한 소문이 아직은 궁궐 담장을 넘어가진 않았지만 그것은 단순한 시간 문제였다.

"그것이 사실인가? 한양의 젊은 사내들이 죽어 나간 이유가 세자 때문이라고?"

원석의 물음에 아들 양호가 술잔을 들이켜며 거하게 취해 대답했다.

"예, 아버지. 저잣거리 어디에 나가도 요즘 그 얘기뿐입니다."

양호가 비아냥거리며 대답했다. 원석의 눈빛이 아들을 가만히 바라보다가 이내 뿌듯하다는 듯 웃어 보였다. 양호는 무언가를 알고 있다는 듯이 원석을 따라 웃어 보였다.

"이런, 이런. 어디서 그런 가당치도 않은 소문이……."

"이래저래 세자가 참 많은 피해를 끼치고 다닙니다. 날도 도적 하나 잡지 못해 아직도 한양을 판치고 다니게 하질 않나. 그래 놓고 여자에 푹 빠져 있는 꼴이라니. 그것이 어디 한 나라의 왕세자가 지녀야 할 모습입니까? 아버지?"

아들 양호의 말 중 틀린 것은 하나도 없었다.

"형조 하나 잡았다고 기고만장한 꼴 여태 보았으면 된 것 같습니다, 아버지."

원석이 낮게 고개를 끄덕이며 비릿하게 웃었다. 무척이나 재미난 일이라도 생긴 것마냥.

9.

　책을 보고 있던 이겸의 수심이 더욱 깊어진 건, 며칠 전부터 머릿속을 떠다니던 장면 때문이었다. 이겸은 저잣거리에서 양반이라는 이유로 노인과 아이에게 폭행을 가하던 파렴치한 양반의 행동에 열불이 났다. 장유유서를 중요하게 여기는 건국의 땅에서 아무리 양반이라 하더라도 노인에게 그런 일을 저지른 건 용납되지 않았다.

　노인은 억울하지만 어디 가서 제대로 호소할 수도 없을 터였다. 그것에 대한 해결책을 고민하던 이겸의 마음을 걸리게 하는 건 굶주린 어린아이였다. 보잘것없는 주먹밥이 흙에 묻자 세상을 잃은 것처럼 오열하더니 곧 다시 입으로 가져다 대던 아이의 모습은 심장이 찢어지는 것 같이 안타까운 광경이었다.

　"후우……."

　이겸의 한숨이 연기로 나온다면 아마 건국의 모든 땅을 스쳐 지나갈 수 있을 정도로 길고 깊었다. 그들을 위한 어떤 해결책을 내세우고 싶었다. 머리가 아플 정도로 고민을 하고 잠도 제대로 이루지 못할 정도로 오로지 그들을 위해 머리를 썼다. 그러다 보니 속이 갑갑하게 느껴졌다. 궁궐을 산보해도 예전에 하린이 했던 말 때문인지 이 넓은 궁궐이 새장처럼 느껴져 오히려 더 답답했다.

그래서 민정 시찰이라는 명분을 내세워 이겸은 나갈 채비를 했다. 밖에 나가서 백성들의 고충을 직접 보고 느끼면 더 좋은 것이 떠오르지 않을까 하는 희망도 있었다. 민정 시찰은 하린과 함께하기로 했다. 그들의 이야기를 직접 듣고 느끼려면, 그들의 목소리를 듣게 해 줄 수 있는 하린이 필요했기 때문인 것도 있지만,

"저도 같이 가면 안 돼요?"

도포 차림의 이겸을 보며 하린이 조심스럽게 기대를 한껏 품고 물었기 때문이다. 거절할 수도 없었고 거절하고 싶지도 않아서 그렇게 하겠다고 대답하고 함께 나왔다. 이겸은 자신을 따라 나온 호위 병사들에게 간격을 지키며 따라오라 명하고 하린과 나란히 걸었다.

"기분이 이상합니다."

하린이 이겸을 바라보며 낮게 말했다.

"무엇이 말이냐?"

"이곳을 나올 때는 매일 담벼락을 넘었는데, 오늘은 이렇게 정상적인 문으로 나오니 좀 어색합니다."

이겸은 적잖게 공감하며 보일락 말락 한 희미한 미소를 지었다. 하린은 그런 이겸을 가만히 올려다보았다. 화장 사건 이후 그에게 자꾸만 물어보고 싶은 것을 참느라 곤욕이지만, 더 곤욕인 건 자신이 이겸에 대해서 모르고 있는 것이 많을지도 모른다는 쓸쓸함이

었다. 감히 한 나라의 세자 저하에게 이런 서운함과 쓸쓸함을 느끼는 것은 마땅치 않은 감정이나, 자꾸만 그런 감정들이 자신을 괴롭히는 건 어쩔 수 없었다. 하지만 티를 내지 않으려 애썼다.

이겸은 예전과 달리 저잣거리를 거닐며 웃지도 사당패들을 구경하지도 않았다. 무언가 골똘히 생각하다가 간혹 지나가는 행색이 누추한 아이들에게 말을 걸곤 했다. 아이들의 발음이 어눌하여 그것을 하린이 직접 통역을 해 주기도 했다.

"흉년이나 가뭄 때뿐만이 아니라, 버려져 걸식을 다니는 아이들이 의지할 곳을 찾을 때까지 보호할 수 있는 기관을 만들고 싶구나."

이겸은 꼬질꼬질한 모습으로 무리지어 몰려다니며 바닥에 희망 없이 넋 나간 채 앉아 있는 아이들을 보며 말했다. 그는 결국 참지 못하고 저잣거리에서 파는 주먹밥을 사다가 아이들에게 나누어 주었다. 그러다 두 사람은 마을의 구석에 있는 커다란 나무 아래에 계곡물이 흐르고 있는 작은 개울가 앞에 자리를 잡고 앉았다. 함께 따라 나온 호위 병사들에겐 식사를 하고 오라 전했다.

"예전에 그 아이를 기억하느냐?"

나무가 바람에 부대끼는 소리를 듣고 있던 하린이 이겸에게로 시선을 돌렸다.

"어떤 아이요?"

묻던 도중에 하린은 이겸이 누구를 말하는지 단숨에 알아차릴 수 있었다.

"아, 떨어진 주먹밥을 보고 울었던 아이를 말씀하시는 건가요?"

"맞다. 그 아이를 보호할 수 있는 가족은 그 노인뿐이라 했던 것도 기억하느냐?"

"네. 전부 기억합니다."

"그 노인이 죽으면⋯⋯ 아이는 이 치열하고 부당한 세상에서 혼자 살아가야 한다는 것이 막막하고 안타깝구나."

이겸의 목소리와 눈빛에서 절실한 진심이 느껴져 하린은 마음속에서 울컥하고 무언가가 치밀어 올랐다.

"그러게 말입니다. 다 큰 성인도 살아가기 어려운 것이 삶인데, 그 어린아이가 단 하나뿐인 가족, 할아버지를 잃고 살아갈 인생을 생각하니, 저 또한 동굴에 갇힌 것처럼 캄캄하고 갑갑하기만 하네요."

하린과 마주하고 있던 이겸의 눈동자가 거두어졌다.

"그 아이를 위한 대책을 만들 것이다. 아이들을 위한 대책을 만들 것이야. 이 나라의 미래를 위해⋯⋯. 건국의 땅이 권력을 가진 사대부와 재력을 가진 자들만의 땅이 아니거늘, 그 아이 또한⋯⋯ 다른 백성들 또한, 제 나라에서 당당하게 발을 들여 놓을 수 있는 건국을 만들 것이다."

"⋯⋯."

"이 건국은 왕의 것도 권력을 가진 대신들의 것도 돈을 가진 자들의 것도 아니다. 모두의 것, 이 땅에 살고 있는 모든 사람들의 것이다."

굳은 다짐을 하던 이겸의 귓가로 갑자기 훌쩍거리는 소리가 들려왔다. 이겸은 당황하여 먼 산을 바라보던 시선을 바로 옆에 있는 하린에게로 옮겼다. 하린은 아예 무릎에 얼굴을 묻고 숨죽여 울고 있었다.

"왜 그러는 것이냐."

무릎 사이에서 천천히 고개를 든 하린은 붉게 물들어진 눈을 하고선 말했다.

"그냥, 마음이 좀 싱숭생숭합니다."

어쩌면 그는 정말 부당하고 억울한 삶을 살고 있는 백성들을 위해 힘을 써 줄 왕이 될지도 몰랐다. 자신의 사욕만을 챙기는 신하들에게 기가 죽어 그들의 그림자로 숨어드는 그런 겁쟁이 왕은 되지 않을 거라는 확신이 생겼다. 그래서 고마웠고 안도가 되었다. 하지만 그러면서도 한편으로는 앞으로 그가 대신들과 싸우며 겪어야 할 고초와 위험이 심히 걱정되고 안타까워 눈물이 났다.

그가 앞으로 백성들을 위해 살아갈 왕이 될 때 자신이 크게 도움은 되지 못하더라도 늘 곁에서 작은 힘이라도 보태고 싶었다.

"힘이 되고 싶어요. 세자 저하에게 힘이 될 수 있는 일이라면, 모든 하고 싶어요. 그러니까, 제가 힘이 될 수 있는 일이라면 무조건 말씀해 주세요. 최선을 다해서…… 세자 저하를 보필할게요."

"너는 지금도 충분히 내게 힘이 되어 주고 있고 내겐 없어서는 안 될 존재이다. 수많은 이유로."

참으로 듣기 좋은 음성이었다. 이렇게 자신을 따뜻한 눈빛으로 바라보는 그와 마주하고, 듣기 좋은 음성을 들으며 일평생을 함께 살아간다면 얼마나 행복할까……. 이겸을 향하는 마음이 더욱 깊어지고, 짙어지려는 욕심과 그러지 못할 거라는 현실이 충돌해 하린의 기분을 끝도 없이 추락시켰다.

그 뒤, 얼마 있지 않아 하린은 나무에 머리를 기대고 잠이 들어 버렸다. 이겸은 조심스럽게 머리를 받혀 제 허벅지를 베고 잘 수 있게 배려했다. 그리고 자신도 산산한 바람을 느끼며 나무에 몸을 기대었을 때였다.

주변의 공기가 바뀌었다는 것을 온몸으로 느낄 수 있었다. 이겸은 소매 안쪽에서 천을 꺼내 펼쳐 들어 하린의 머리를 조심스럽게 옮긴 후, 자리에서 일어나 나무 뒤쪽으로 향했다.

"언제까지 쫓아다닐 생각이었느냐."

자신의 등장에도 당황하지 않고 예를 갖춰 인사하는 민현을 보며 이겸이 불쾌한 목소리로 물었다.

"송구하옵니다. 하나 하린이 걱정되어 쫓아왔습니다."

한 치의 망설임도 없이 대답하던 민현의 시선이 애틋할 정도로 하린이 잠들어 있는 방향으로 향했다. 단언컨대 민현은 하린을 여인으로서 품고 있는 것이 분명했다. 저 눈빛은 같은 남자로서 충분히 직감할 수 있는 눈빛이었다. 그는 분명 여러 가지의 이유로 이겸과는 적대 관계였다. 그럼에도 이겸은 그를 외면하고 경계하는 감정들을 아주 조금씩 허물고 있었다. 다른 건 전부 다를지라도 단한 가지 지키고자 하는 것이 같기 때문이었다.

더군다나 민현이 '날도'를 자처하여 대신들의 의심도 전부 거두어져 있었다. 물론 날도를 잡지 못한 제 무능력에 대해 재평가되는 무시가 돌아오고 있지만, 하린이 의심을 받지 않는 것만으로도 이겸은 만족했다.

"세자 저하."

민현은 무언가 할 말이 있다는 얼굴로 이겸을 응시했다.

"지금 저잣거리에선 흉흉한 소문이 나돌고 있습니다."

"흉흉한 소문?"

"한양에선 현재 혼자 나무를 하러 간 사내들이 집으로 돌아오지 못하고 있습니다."

꽤나 심각한 얘기에 이겸이 잔뜩 긴장을 했다.

"그리고 그 원인이…… 세자 저하께서 하늘의 신뢰를 얻지 못해 생겨난 일이라는 이상한 소문이 나돌기 시작했습니다."

놀람과 분노보다는 헛웃음이 다 새어 나왔다. 어쩐지, 그 소문의 근원이 어디서부터 발생했는지 굳이 따져 보지 않아도 알 것 같아서였다.

"그에 대한 대책을 세우시는 것이……."

"쉬다 갈 것이다."

물러나라는 말 대신 그리 말하며 이겸은 나무에 기대며 조용히 눈을 감았다. 하린이 깨어나기 전까지 민현은 그곳에 머물러 있는 듯했다.

궁으로 돌아가는 길에 이겸은 하린을 이끌어 어딘가로 향했다. 어디 가는 것이냐고 물어도 대답 없이 데리고 간 곳은 옆꽂이를 파는 곳이었다.

"내가 또 사 준다고 하지 않았느냐. 어서 골라 보거라."

"괜찮습니다."

하린의 거절에도 이겸은 진지하게 옆꽂이를 보더니 하나를 집었다. 그러고선 하린의 머리에 직접 꽂아 주었다.

"잘 어울리는구나."

"정말 안 사 주셔도 되는데……."

하린은 좋으면서 미안한 마음에 슬쩍 던진 말인데, 돌아오는 이겸의 말 때문에 마음이 불안해졌다.

"너의 그리움을 위로해 주는 것 하나쯤은 있었으면 싶어서 사 주는 것이다."

"그게 무슨 말씀이세요?"

"내가 보고 싶을 때는 이것을 보거라."

"보고 싶을 때는…… 그냥, 보러 가면 되는 거……."

말을 하다 하린은 헛웃음과 함께 입술을 다물었다. 처음부터 이별을 약속하고 들어온 궁이었다. 그의 말마따나 나중에는 지독한 그리움만 남을 관계였다. 하린은 이겸이 꽂아 준 옆꽂이를 손끝으로 애틋하게 매만졌다.

"이번엔 절대, 잃어버리지 않겠습니다. 절대, 잃어버리지 않을게요."

옆꽂이도…….

이 순간을 함께했던 당신도…….

절대, 잊지 않을게요.

쌓여 있는 상소문이 줄어들면 줄어들수록 이광의 분노는 더욱 치솟아 올랐다. 급기야 분개로 덜덜 떨며 쥐고 있던 상소문을 집어 던져 버리고는 목에 핏대를 세우고 호통쳤다.

"어찌 그런 해괴망측한 소문이 났으며 그것을 믿고 있는 대신들은 무엇인가? 젊은 사내들이 죽어 가는 것이 어찌하여 우리 세자의 탓이냔 말인가!"

상소문에는 죄다 덕을 쌓지 않은 세자로 하여금 나라에 흉한 일이 발생한 것이라 적혀 있었고 그것에 따라 합당하고 현명한 명을 내려 달라는 상소문들이었다. 겨우 살아 돌아온 자가 말하기를, 태어나 처음 보는 흉측한 짐승이라 했다. 그것은 분명 하얀 털을 한 짐승이었는데, 두 발로 걸어 다니기도 하고 네발로 기어 다니기도 하며, 어둠 속에서 눈은 붉은 혈색으로 빛난다고 했다.

생전 처음 보는 짐승이었지만, 굳이 비유하자면 호랑이와 개 그리고 늙은 노인을 합쳐 놓은 기이한 얼굴이라 했다. 그리고 죽어 간 시체들도 이상하다고 했다. 시체들은 마치 수분과 피가 전부 빨린 것처럼 버석하게 메말라 있었고 다른 곳엔 생채기 하나 나 있지 않고 오로지 심장만 사라졌다는 거였다.

나라에 가뭄이 들고, 백성들이 죽어 나가는 것이 짐승의 짓이어도 그것이 전부 제 마음에 들지 않는 세자의 탓이라고 여기는 대신들이 이광은 그저 원망스러울 뿐이었다.

"그래서 경들은 뭘 어쩌고 싶은 생각으로 이런 상소문을 올리는 것이오."

이광의 말에 예를 갖춰 몸을 낮추고 있던 원석이 말문을 열었다.

"좀도둑을 잡지 못해 저희의 사기를 꺾으신 세자 저하이십니다. 이번엔 반드시, 그 흉측한 짐승을 잡아 저희의 사기를 불어 주시고 동시에 흔들리는 민심을 잡으시길 바라옵니다."

"한 나라의 세자에게 지금 짐승을 잡아 오라 한 것인가? 어느 선례에 한 나라의 세자가 그리도 위험한 일에 가담을 했는가!"

"하나 전하, 만에 하나 세자 저하의 저주가 온 백성들에게 알려진다면, 그 어떤 백성도 세자 저하를 신뢰하지 않을 것입니다. 듣지 못하고 제대로 보지 못하는 왕을 어느 백성들이 믿고 따르겠나이까. 그러기 전에 백성들을 위해 몸소 나서는 모습들을 보여 주며 신뢰를 쌓는 것 또한……."

"그만하시오!"

이광은 참을 수 없다는 듯이 용상을 박차고 일어섰다.

"아무리 백성들의 신뢰와 경들의 사기를 충족시키는 일이라 하여도, 내 세자가 그 짐승을 잡는 건 허락하지 않을 것이오."

"전하, 백성들을 위한……."

"전하, 세자 저하 납시었사옵니다."

원석의 말이 다 끝나기도 전에 선정전 문 너머로 이겸이 납셨다는 목소리가 들려왔다.

"세자가? 들라 하라."

이광을 포함하여 모든 대신들이 의아해하며 문 쪽을 바라보았다. 문이 천천히 양쪽으로 열리고 날이 갈수록 더욱 단단해져 가고 있는 듯한 이겸이 안으로 들어섰다.

그는 이전에도 그들 앞에 서는 것에 위축되지 않았지만, 요즘은 유난히도 더욱 강해져 있다는 것을 모두가 느낄 수 있었다. 이겸은 용상의 앞까지 다가와 왕에게 예를 갖추었다.

"세자, 여긴 무슨 일로 왔는가."

보기만 해도 안쓰러운 아들을 향한 이광의 애틋한 목소리가 선정전에 조용히 스며들었다.

"소자, 백성들을 생각하는 대신들의 뜻을 받아 그 짐승을 잡아 오겠나이다."

"세자!"

이광이 자리에서 펄쩍 뛰어오를 정도로 반대하는 모습을 보였지만, 이겸은 흔들리지 않았다.

"대신들도 백성들을 이리 생각하고 있는데, 장차 한 나라의 왕이 될 세자가 외면해서는 안 될 문제이옵니다."

"하나 세자……! 그리 위험한 곳에 너를 보낼 순 없다. 이 아비의 마음도 헤아려 주거라.”

그곳에서 처할 위험이나 이 궁에서 처할 위험이나, 이겸에겐 똑같은 것이었다. 지고 싶지 않았다. 자신의 목 앞까지 칼을 들이미는 원석에게 겁을 먹고 도망치고 싶지 않았다. 도망치느니 차라리 죽음으로 떨어지는 것이 더 나을지도 몰랐다. 하나 그들이 바라는 대로 쉽게 죽지 않는다는 것을 똑똑히 보여 주고 깨닫게 해 줄 것이다.

그래서 이겸은 더욱 강하게 밀어붙였다.

“도적을 잡아 오는 것은 실패하였으나 짐승은 반드시 잡아 오겠습니다. 그리하여 백성들의 신뢰를 쌓고 대신들의 사기를 충족시키겠습니다, 아바마마.”

곤룡포가 아닌 철릭을 입고 화려한 깃털이 박혀 있는 전립을 쓴 이겸은 차분하게 호흡을 가다듬었다. 문안 인사를 드리러 갔을 때 이광은 이겸의 손을 붙잡고 말했다. 반드시 살아 돌아와야 한다고. 곧 문이 열리고 안으로 들어오는 유 상궁과 서 내관을 마주했다.

“잘 다녀올 테니, 너무 걱정들 마세요.”

“네. 걱정 안 됩니다. 당연히 무사히 돌아올 것을 알고 있으니까요.”

말과는 다르게 서 내관의 눈동자는 힘없이 떨리고 있었다. 두 사람은 노심초사함을 감추지 못하고 있었다. 그런 둘을 보며 이겸은 애써 입가에 미소를 짓고 자선당을 나왔다.

“하린이는요?”

이겸이 짐승을 잡으러 간다는 것은 측근들을 제외하고는 궁 안에서도 비밀이므로 하린이 동궁전 근처에 오지 못하게 하라고 전했다. 하린을 보면 쉽게 걸음이 떨어지지 않을 것 같아서였다.

"급한 대로 퇴선간에 일손이 부족하니 가서 돕고 오라 보냈습니다."

퇴선간은 궁 입구와 거리가 머니, 우연으로라도 하린을 볼 일은 없었다.

"잘하셨습니다."

말은 그리하면서도 이겸은 하린을 보지 못하고 가는 아쉬움에 자꾸만 가던 길을 멈추고 몸을 돌려 주변을 살폈다. 그러다 겨우 입구까지 오게 되었다. 호위 병사들과 이겸의 훌륭하고 늠름한 흑마가 대기하고 있었다. 이겸이 아주 가뿐하게 말안장 위에 올라타 칼과 활을 착용했다. 고삐를 쥔 손에 힘이 들어가지 않았다. 어디선가 하린이 말간 미소를 지으며 세자 저하! 하고 달려 나올 것만 같았다.

"세자 저하, 이제 출발하셔야 하옵니다."

곁으로 와서 입 모양으로 전하는 익위사에 이겸은 애달픔을 뒤로한 채 고삐에 힘을 주었다.

"이랴!"

절도 있는 이겸의 한마디와 함께 말이 힘차게 달려가며 순식간에 궁과 멀어지고 있었다.

계속 수그리고 있었더니 허리가 아프게 저려 왔다. 하린이 천천히 허리를 뒤로 꺾는데, 우두둑하는 살벌한 소리가 들려왔다.

"삭신이 쑤신다."

아픈 어깨를 주먹으로 내려치다가 문득 떠오른 이겸의 생각에 하린은 저도 모르게 실쭉거렸다. 언제나 품에 품고 다니는 옆꽂이를 꺼내 보며 겨우 위로를 받고 다시 설거지를 하기 위해 손을 뻗어 그릇을 집었을 때였다.

쨍그랑!

"엄마야!"

손에서 그만 미끄러진 그릇이 그대로 바닥에 떨어져 처참하게 깨져 버렸다. 바닥에 날카롭게 깨져 있는 그릇 파편을 보며 하린은 갑자기 숨이 쉬어지지 않고 눈 가득 눈물이 차오르기 시작했다.

불현듯 치밀어 오르는 서글프고 불길한 추억이 생각났다. 혼자 집에 있는 것이 심심하여 부엌으로 가서 놀다가 실수로 그릇을 깼고 그날 부모님이 돌아가셨다. 불길한 건 거기서 끝나지 않고 영운의 아버지인 선비님이 돌아가셨을 때도 하린은 그릇을 깼다.

그릇을 깨는 날엔 이상하게 소중한 사람을 잃게 되었다. 몰려오는 불안감을 애써 잠재우며 깨진 그릇을 치우려 엎드린 하린의 귓가로 궁녀들의 대화 소리가 들려왔다.

"아니, 그 짐승이 나타난 것이 어찌 우리 세자 저하 때문이라는 거야?"

"내 말이 그 말이야. 부디 아무 탈 없이 건강하게 돌아오셔야 할 텐데……!"

지극히 극비라고 했건만 그새를 참지 못하고 입을 놀리는 궁녀들의 대화에 하린의 심장이 쿵 하고 내려앉았다.

"어머, 너. 거, 거기 있었어?"

아무도 없을 거라 생각하고 대화를 나누던 궁녀는 하린의 존재에 놀라서는 서로의 눈치를 살폈다.

"우리 얘기……. 야! 야!"

갑자기 퇴선간 일을 시킨 것이 이상했다. 정신을 차렸을 때는 이미 퇴선간을 뛰쳐나와 동궁전을 향해 달리고 있었다. 서러울 정도로 고요한 동궁전에 하린의 눈물은 더욱 차오르기 시작했다.

"세자 저하……."

비현각과 자선당, 그리고 그가 자주 다니던 정자와 산보를 하던 곳, 활을 쏘던 사정까지 가 보았지만 그 어디에서도 이겸의 흔적을 볼 수가 없었다. 보이지 않는 이겸에 극심한 불안감을 느끼며 궁을 헤매다 하린은 유 상궁을 마주했다.

"유 상궁 마마님, 혹시 세자 저하를 보셨습니까?"

"세자 저하는 왜 찾는 것이야."

"보이시지 않으셔서요. 지금 세자 저하께서는 어디 계십니까?"

이 와중에도 대화를 나눈 궁녀들에 대해서 얘기를 하면 그들이 문책이라도 받을까 돌려서 얘기했다. 하린은 유 상궁을 쫓아가며 절박하게 물어보는데도 유 상궁은 아무 대답이 없었다.

"아무리 찾아봐도 안 계십니다. 대체, 어딜 가신 건지……."

"잘 듣거라."

걸음을 멈추고 마주한 유 상궁의 눈빛은 눈물이 울컥하고 치밀어 오를 정도로 불안해 보였다.

"마마님……."

유 상궁은 침착하게 지금 이겸이 어떤 상황에 처해 있는지를 전부 말해 주었다. 그럴수록 하린의 얼굴은 절망에 싸인 절절한 얼굴로 뒤바뀌고 있었다. 궁녀들이 했던 대화가 전부 맞았다. 그를 기어코 이렇게 벼랑 끝으로 내몰려는 자들을 전부 활로 쏴 버리고 싶을 만큼 원망스러웠다.

"어찌 한 나라의 세자 저하에게 그리할 수 있는 것입니까? 어찌,

어찌……!"

하린이 이 분통하고 어이없는 처사에 차마 말을 잇지 못했다.

"아직은 늦지 않았습니다. 지금이라도 따라가겠습니다."

"그건 아니 된다. 아녀자의 몸으로 어딜 따라가겠다는 것이야. 너의 그런 경거망동한 행동들이 세자 저하의 일에 누가 된다는 것을 모르고 있는 것이냐."

"하지만!"

"무탈하게 돌아오시기만을 바라고, 또 바라거라. 그것이 네가 세자 저하를 위해서 할 일이다."

매정하게 말하며 돌아서는 유 상궁 뒤로 하린이 그대로 무너져 내리듯 주저앉았다. 불안함이 격하게 몰아닥친 하린의 마음은 이미 건드리는 것조차도 막막할 정도로 쑥대밭이 되어 있었다. 그럼에도 간절하게 바랐다. 단 한 번도 찾아보지 않는 신을 찾으며 간절하게 바랐다. 제 손에서 미끄러진 그릇이 바닥으로 떨어져 깨져 버리면, 늘 틀려 본 적 없는 이 악운을 제발 이겸만큼은 비껴가기를…….

제발, 그 사람만큼은 피해 주기를……. 꼭 무사히 돌아오시기를, 하린은 눈물로 호소하고 애원했다.

제집 정자 위, 상을 앞에 두고 아버지인 원석과 마주 보고 앉은 양호는 서로의 술잔을 채워 주고 입에 털어 넣은 후, 궁금했던 말들을 꺼내 보았다.

"아버지, 과연 세자가 그 짐승을 잡아 올까요?"

"한낱 인간인 도둑놈도 잡지 못한 세자가 어찌 그 짐승을 잡을 수 있겠느냐?"

"사실 세자가 짐승을 잡든 말든 그딴 건 별로 관심 없습니다. 그저, 궁으로 영영 돌아오지 않았으면 좋겠습니다."

아버지에게 용돈을 얻어 내기 위해 종이 가져다줘야 할 음식을 들고 정자로 올라오던 혜림은 두 사람의 대화에 세자가 지금 궁궐에 있지 않다는 것을 알게 되었다. 원석은 음식을 들고 귀여운 총총걸음으로 안으로 들어오는 여식 혜림을 보며 입이 찢어져라 흐뭇하게 웃었다.

"아버지."

세자와 결혼하고 싶다고 한동안 속을 썩이던 여식이었지만, 세상에 이보다 귀엽고 사랑스러운 아이도 없었다. 원석은 제 옆에 앉아 음식을 놓아주는 혜림을 사랑스러운 눈빛으로 바라보며 머리를 쓰다듬어 주었다.

"그래도 요즘엔 우리 혜림이가 많이 좋아진 것 같아 다행이구나."

아버지의 칭찬에 혜림은 마음 놓고 웃을 수가 없었다. 정말, 세자인 이겸하고는 아예 가능성이 없는 것일까? 이겸의 마음도 얻지 못해 답답해 죽겠는데, 가족인 아버지가 저리 극구 반대하고 있으니 혜림은 애간장이 타지 않을 수 없었다.

"예, 아버지."

하지만 티를 내 봤자 좋을 건 없었다. 지금 당장은 하린에게 쏠려 있는 이겸의 마음을 돌리는 것이 더욱 급했다.

"더 좋아져야 해. 그래야 시집가지. 저 성질머리 지닌 여자를 어느 남자가 좋아하겠어?"

지나 잘할 것이지. 꼭 입만 열면 시비를 거는 오라버니에 혜림이 눈을 날카롭게 떴다.

"오라버니는 어찌하여 하나밖에 없는 누이를 그리 매일 괴롭히십니까? 막상 시집가면 서운하실걸요?"

"서운하겠지. 놀릴 사람이 없으니까."

"오라버니!"

투닥투닥거리는 남매의 모습이 귀여웠는지 원석이 허허 사람 좋게 웃었다. 그런 아버지의 품에 혜림은 아이처럼 응석을 부리듯 안겼다.

"그리 웃지 마시고 오라버니를 혼쭐내 주세요, 아버지."

어리광을 피우는 딸아이의 볼을 귀엽다는 듯이 쓰다듬어 주던 원석은 제 안쪽에서 주머니를 꺼내 화폐를 건넸다. 용돈이었다.

"이거 받고 오라비에게 받은 짜증 전부 다 씻어 버리거라."

"역시 아버지밖에 없어요!"

원래부터 계획하고 받아낸 용돈이지만 혜림은 몰랐던 척 기뻐했다. 그렇게 아버지, 오라버니와 앉아서 한참 대화를 하다가 두 사람이 더 깊은 대화를 나누겠다며 안으로 들어가고 나서야 혜림도 제 방으로 들어왔다. 그리고 아버지가 주신 용돈을 확인해 보았다.

"이 정도면 충분하겠네. 그건 그렇고, 지금 세자 저하가 궁에 없다……."

어쩌면 이번이 하린을 궁에서 쫓아내는 완벽한 기회일지도 몰랐다. 궁에서 유일하게 하린을 감싸 주는 이겸이 없다는 건, 궁을 버티게 할 힘도 없다는 것을 뜻했다. 혜림은 급하게 붓과 종이를 꺼내 들었다.

봄이 지나고 이제 여름이 다가오고 있는 날씨임에도 불구하고 이겸이 이끌고 있는 무리들이 들어온 깊은 산속에선 몸이 미세하게 떨릴 정도의 찬 기운이 느껴졌다.

선두로 앞장서서 천천히 가고 있는 이겸의 뒤에서 따라오고 있는 병사들의 긴장 어린 숨소리는 점점 커지고 있었다. 음산할 정도로 부는 바람으로 인해, 나뭇잎 부딪히는 소리에도 병사들은 민감한 반응을 보이고 있었다. 그럼에도 앞에서 꼿꼿하게 허리를 세우고 천천히 전진해 나가는 이겸을 보며 병사들은 귓속말을 했다.

"아무래도 세자 저하는 들리시지 않으니, 이 음산함을 잘 모르시는 것 같아."

"그러게 말이야. 대낮의 산속이 이리도 으스스한 곳인지 처음 알았네."

하지만 그들의 짐작과는 달리 이겸은 들리지 않아서 겁을 먹지 않는 것이 아니라, 그들보다 확실히 겁이 없었고 대범했기 때문이었다. 그런데 아무리 돌아다녀도 소문의 괴물은커녕 다람쥐 한 마리도 보이지 않았다.

"죽임을 당한 그자들이 전부 혼자 있었다지?"

이겸의 물음에 익위사가 곁으로 다가와 대답했다.

"네. 그러하옵니다, 세자 저하."

"그렇다면, 각자 혼자 다니는 것이 좋겠구나."

익위사가 화들짝 놀랐다.

"그건 아니 되옵니다. 행여, 세자 저하의 성체에……."

"이것을 불겠다."

이겸은 작은 나각을 꺼내 들었다. 그럼에도 익위사의 눈은 걱정스러움으로 가득 차 있었다.

"이러다가는 몇 날 며칠을 새겠구나. 나는 괴물을 잡으러 온 것이지, 숲을 구경하고자 온 것이 아니다."

"하나 세자 저하……."

"명이다. 각자 흩어지거라. 그리고 나는 중간마다 하늘을 보고 있을 터이니 너희에게 문제가 생길 때는 하늘 위로 붉은 천을 단 활을 쏘거라."

결국 병사들은 단호한 이겸의 명에 못 이겨 각자 흩어져야 했다. 모두가 시야에서 멀어지거나 사라진 후에야 이겸은 다시 말고삐를 잡고 숲 깊숙이 천천히 들어갔다. 여전히 쥐 새끼 한 마리도 보이지 않는 숲속을 거닐며 오늘 안에는 마주치지 못하는 것인가 싶었다. 궁을 나온 지 벌써 초사흘이 흘렀다. 초사흘 동안 이렇게 하염없이 숲만 돌아다니다 보니 이겸은 자꾸만 맥이 빠지는 것만 같았다.

"후우……."

나지막이 한숨을 내쉬던 이겸은 지난 초사흘 동안 한 번도 오지 않았던 곳까지 오게 되었고, 울창한 나무가 마치 길처럼 빈틈없이 나 있는 곳을 발견하게 되었다. 이겸은 여태 자신이 걸어왔던 길을 돌아보았다. 확실히 저곳과는 풍겨 오는 온도나 분위기가 다르다는 것이 느껴졌다.

이겸은 마음을 굳게 먹고 그곳으로 향하려는데, 갑자기 말이 걸음을 멈추고 안으로 들어가지 않으려 힘을 주었다. 고삐를 움직이고 발로 가볍게 몸을 치기도 했지만, 그럴수록 더욱 격한 거부 의사를 보였다.

그럼에도 계속 재촉하자 급기야 앞발을 들고 괴로운 소리를 내지르며 도망가 버리는 바람에 안장에 타고 있던 이겸이 그대로 바닥에 떨어지고 말았다.

"윽."

짤막한 신음과 함께 넘어졌지만 큰 탈은 없었다. 이미 흔적도 없이 도망가 버린 말에 이겸은 깊은 한숨을 내쉬었다. 하나 이겸은 피가 점점 차가워지고 온몸의 신경세포가 예민하게 곤두서고 있다는 것을 느낄 수 있었다. 망설이지 않고 발걸음을 안으로 조심스럽게 옮겼다.

그만 듣지 못하는 희미한 음악 소리와 자신이 밟는 나뭇잎 소리가 엉켜 스산하게 퍼져 나갔다. 그렇게 안으로 들어가던 이겸은 갑자기 불어오는 바람에 급하게 다리에 힘을 주어 버렸다. 이전에는 한 번도 느껴 본 적 없는 거센 바람이 울창한 나무들 사이로 앞이 잘 보이지 않을 정도로 어두운 곳에서부터 불어왔다. 거센 바람에 의해 거친 나뭇잎들이 사정없이 이겸의 고운 얼굴에 생채기를 냈다. 두 다리로 지탱할 수 없을 정도의 바람에 겨우 눈을 뜬 이겸의 눈동자가 휘둥그레졌다.

길고 하얀 털을 가진 그것은 발이 여섯 개고 상아만 한 이빨을 드러내며 입을 벌리고 제 눈앞에 와 있었기 때문이었다.

난생처음 보며 엄청난 크기의 흉측한 괴물이었기에 이겸의 심장 또한 얼어붙었다. 코끝으로 풍기는 고약한 냄새 때문에 구역질이 다 올라올 것만 같았다.

다리가 움직여지지 않고 마치 제 영혼이 빨려 들어가는 기분이었다.

하지만 얼어붙은 것도 잠시, 필사적으로 정신을 되찾은 이겸이 그대로 다리에 힘을 조금 빼서 괴물과의 간격을 벌린 후 칼자루를 집어 들었을 때였다. 순식간에 제 몸을 드세게 밀어냈던 바람과 괴물이 눈앞에서 사라졌다. 바람으로 인해 끌어당겨지고 있던 몸에 힘이 갑자기 빠져나가 버리는 바람에 앞으로 패대기치듯 자빠졌다. 동시에 첨예한 화살이 앞에 있는 나무에 박혔다.

괴물에게 끌려가는 이 정신없는 와중에 뒤에서 누군가가 자신을 겨냥하여 화살을 쏜 것이었다. 검은 복면을 쓴 자들이 순식간에 이겸을 포박했다. 간격을 좁혀 오는 자들과 나무 위에서 시시탐탐 이겸의 움직임을 파악하며 화살을 겨누고 있는 그들에 이겸은 옷 안에 있는 칼자루를 손으로 꽉 움켜잡았다. 고도의 집중을 하지 않으면 한순간에 그들에게 목숨을 빼앗길 판국이었다.

쥐고 있던 칼자루를 꺼내 들자, 검은 복면을 쓴 자들이 한꺼번에 이겸을 향해 몸을 날리며 칼을 겨누었다. 시퍼렇게 날이 선 칼들이 공중에서 과격하게 부딪혔다. 귀와 어깨 사이로 파고드는 칼을 상체를 뒤로 완전히 꺾어 피한 이겸은 그대로 땅을 짚고 한 바퀴 돌아 반대쪽에 있는 자객의 어깨에 올라타 맞은편에 있는 자객을 칼로 베었다. 그리고 내려오면서 어깨에 올라타고 있었던 자객의 명치를 후려쳐 기절시켰다.

이겸은 한꺼번에 몰려드는 자객들을 온 힘을 다해 뿌리치며 다리 하나를 단단히 지탱한 채 한 바퀴 돌며 칼을 휘두르자, 원으로 둘러싸고 있던 자객들이 그대로 나가떨어졌다.

나무에서 날아오는 화살을 칼로 가볍게 치며 품에 있는 은장도를 던졌다. 나무에 올라가 있던 자객들이 헉 소리도 내지 못하고 바닥으로 떨어졌다.

"하아……."

하지만 아무리 자객들을 상대하여도 수적으로 열세하였다. 무엇보다도 방금 전 본 그 괴물로 하여금 이겸의 정신은 많이 헝클어져 있는 상태였다. 싸우면 싸울수록 점점 체력이 떨어지고 앞으로 나가는 것보다 뒤로 물러서는 경우가 더 많게 되었다. 결국 이겸은 거센 물결이 치는 계곡의 절벽 위로 몰리게 되었다. 이겸이 이제야 떠오른 나각을 꺼내 불려는 순간 멀리서 날카로운 화살이 날아와 이겸의 가슴에 그대로 박혔다.

피가 새어 나와 그의 푸른색이었던 철릭을 검게 물들였다. 살결이 찢어지고 타들어 가는 고통에서도 마지막 힘까지 발휘하여 겨우 나각을 불었지만, 또 한 번 날아든 화살로 인해 제대로 불지도 못하고 그대로 놓치고 말았다. 화살을 맞은 이겸은 휘청거리다가 결국 낭떠러지의 끝을 밟고 그대로 아래로 추락하기 시작했다.

손을 뻗어 도움을 청하고자 했으나, 그 누구도 이겸을 보지 못했다. 머릿속에 박혀 있는 수많은 기억들이 이겸을 스쳤다. 저잣거리에서 작은 몸으로 미역을 들고 서 있던, 따뜻한 개나리색이라며 손을 잡아 주고, 자신이 가져다준 귀한 음식에 함박웃음을 터트리던…….

하린아.

줄에 몸이 묶인 채 도망치고 숨지 말라고 윽박을 내지르던 모습과 옆꽂이를 받고 수줍게 웃던 모습이 겹쳐 이겸의 심장을 울렸다. 그의 눈동자가 붉게 물들어 가고 뺨 위로 투명한 눈물들이 흐트러졌다. 거센 물결이 치는 깊은 계곡으로 떨어지는 와중에도 이겸의 머릿속엔 온통 저를 향해 웃던 하린의 모습뿐이었다. 그가 물 안으로 깊숙이 빠졌다. 정신은 점점 흐릿해져 가고 있었다. 기력을 잃은 그의 몸이 속수무책으로 물속 깊이 어두운 그곳으로 가라앉았다.

하린아.

소리 내어 부르고 싶은 그 이름을 이겸은 속으로 부르고 또 불렀다.

하린아.

대답 없는 그 이름을, 이제 부를 수 없게 되어 버린 그 이름을……

하린아. 나의 단 하나뿐인 여인.

투명했던 물이 그가 흘린 피의 색으로 번져 나갔다.

하린은 뜬눈으로 날을 샜다.

이겸이 무사히 돌아오는 것을 보지 않고는 아무것도 할 수가 없을 것 같아서였다. 밤새도록 목이 쉬고 손바닥이 붉어질 때까지 기도를 하고 또 했다. 그럼에도 이겸만 궁으로 돌아오질 않았다.

이광은 크게 통탄하며 세자를 찾겠다고 모든 군사들을 동원했다. 산속은 물론 혹여나 그가 떨어졌을지도 모를 계곡과 동굴까지 싹싹 뒤져 보았지만, 이겸의 흔적은 어디서도 발견할 수가 없었다.

이광은 충격과 고통에 아들 이겸을 부르짖다가 산속 한가운데서 혼절하여 앓아눕고 말았다. 그가 돌아오길 바라는 염원으로 수많은 사람들이 기도를 했지만 감감무소식이었다.

날마다 오라버니 걱정에 눈물이 마르지 않는 인영을 겨우 달래고 나오는 길, 하린은 이렇게 궁궐 안에서만 그의 소식을 마냥 기다리고 있을 수는 없다고 생각했다. 직접 나가서 찾기로 결의했다. 혼자 찾는 것은 무리라고 판단한 하린은 민현의 도움을 받기 위해 세아를 찾으러 다닐 때였다.

"만약 세자 저하가 이렇게 사라지신다면 어찌 되는 겁니까, 아버지?"

모퉁이를 꺾던 하린은 반사적으로 걸음을 멈추고 숨소리를 죽였다.

"어찌 되겠느냐. 한 나라의 세자 자리를 영원히 공석으로 둘 수는 없지 않겠느냐."

반대쪽으로 향해 걸어가고 있는 남자는 분명 웃고 있었다. 마치 그의 공석을 처음부터 바랐던 사람처럼 무척이나 뿌듯해하는 모습이었다. 관자놀이가 아파 올 정도로 어금니를 물었다. 손바닥에 손톱자국으로 상처가 날 정도로 주먹을 쥐었다.

괴물이 있다는 이유로 그를 사냥터로 내보낸 저자로 인해, 분명 이겸이 위험에 처해 있다는 것을 하린은 쉽게 깨달을 수 있었다.

"김원석……."

죽을 때까지 절대 용서할 수 없는 원수였다. 그럼에도 하린은 결단코 원석이 원하는 대로 모든 것이 흘러가게 내버려두지 않을 것이라고 다짐했다. 이겸은 그렇게 쉽게 세상을 등지고 자신을 두고 갈 정도로 나약한 사람이 아니었다. 그는 분명 돌아올 것이다. 그렇게 굳게 믿으며 하린은 쏟아지려는 눈물을 악착같이 견디고 돌아섰다.

사람들의 발걸음이 잦은 궁궐 구석엔 그림자 두 개가 한껏 엉켜 있었다. 간혹 격하게 흘러나오는 여자의 농염한 신음이 주변에서 울고 있는 부엉이 소리와 뒤섞여 들려오기도 했다.

"어허, 목소리를 낮추시오. 그러다가 우리 들키겠소."

"하나 나리께서 소녀의 몸을 이리도 만지시는데 어찌 소리를 안 낼 수 없겠습니까?"

궁 안에서는 들려서도 해서도 안 되는 가장 위험한 대화였다.

"한데 세자 저하가 정말 승하하신 걸까요?"

호기심과 걱정이 섞인 궁녀의 물음에 남자는 대답 대신 잠시의 헛기침을 해 보이더니 말을 이어 갔다.

"그러지 않고서야, 어찌 몇 날 며칠을 궁궐로 돌아오지 않고 계시겠느냐."

"그리 허망하게 가시다니……."

"왜? 그래서 아쉽더냐?"

"예? 아니요. 얼굴 한 번도 본 적 없는 세자 저하이시기도 하고 제게 사내라고는 나리밖에 없는데, 어찌 아쉽겠습니까?"

콧소리를 내며 대답하는 궁녀에게 만족이라도 하는 듯, 남자는 조심성도 없이 껄껄 웃다가 멀리서 들려오는 사람들의 발걸음 소리에 입을 틀어막았다. 두 사람은 놀란 눈을 하고서는 서로를 마주 보고 있다가, 곧 소리가 멀어지자 피식 웃어 버렸다.

"나리."

궁녀가 한껏 교태를 부리듯이 남자의 품 안으로 파고들었다.

"그래."

두 사람은 환한 달빛 아래에서 게걸스러울 정도로 입을 맞추었다.

한 나라의 세자가 행방불명된 지 벌써 사흘이 지나가고 있는 와 중에 원석의 집에선 마치 잔치를 연 듯 푸짐한 밥상을 앞에 두고 대신들이 모여 앉았다. 그들의 얼굴엔 감출 수 없는 속 시원함과 묘한 흥분감이 적나라하게 드러나 있었다.

"전하의 용안이 좋아질 기미가 없으신 것 같은데, 어찌해야 할지 모르겠습니다."

"그러게나 말입니다. 그러다 성체에 변고라도 생기시는 게 아닌지, 심히 걱정스럽습니다."

오고 가는 말과는 달리, 그들은 근심이나 걱정이 전혀 없어 보였다. 그들의 마음속에는 굳이 자신들이 헛된 힘을 빼지 않아도 알아서 사라져 준 세자가 그저 고마울 뿐이었고 하늘이 자신을 도왔다고 굳게 여기고 있었다.

"대체, 세자 저하는 어디에 계신 것인지……."

"그런데 대감, 언제까지 세자의 자리를 비워 둘 수는 없는 것 아닙니까. 저희도 대책이라는 것을 미리 마련해 두어야 하는 것 아닌지……."

"어허, 아직 세자 저하가 살아 계실지도 모르는데, 말씀들을 삼가세요."

원석의 나무람에 대신들은 너도나도 입을 굳게 다물었지만 삐져나오려는 웃음은 감추지 못하고 있었다. 큼직한 고기를 천천히 씹는 원석의 입가에도 비릿한 미소가 자리 잡고 있었다.

세아를 만난 하린은 직접 민현을 만나기를 청했다.

그들의 도움을 받으면 실종된 이겸을 찾는 것이 훨씬 더 수월할지도 몰라서였다. 숨을 쉴 때마다 갑갑했고 가장 좋아했던 석양 지는 하늘이 지옥의 불처럼 느껴졌다. 이겸이 없는 세상은 더 이상 아름답지 못했고 의미조차 없었다. 세아는 날이 저물면 이동하자고 약속했다.

기다리는 시간이 피가 마를 정도로 더디게 흘러갔다. 건국의 땅을 환하게 비추던 해가 어둠에 완전히 집어삼켜진 자시(子時), 두 사람은 은밀히 궁을 빠져나왔다. 밖에 세아가 미리 대기시켜 놓은 말을 타고 낙영회가 있는 기지로 향했다.

멀고도 험한 산속을 지나자 마치 도깨비불처럼 멀찍이서 희미한 불빛들이 아른거렸다. 나뭇가지들이 자꾸만 얼굴을 치는 바람에 자잘한 고통이 느껴졌지만, 하린은 그것을 신경 쓸 겨를도 없이 말을 더 급하게 몰았다.

"엄마야!"

앞서가던 세아가 무언가를 보고 깜짝 놀란 듯 소리를 질렀다.

"왜 그래?"

"흰색 물체가 하나 지나간 것 같은데. 다시 보니까 별거 아니네."

"요즘 떠돌아다니는 그 괴물 아닐까?"

"그, 그 숲속에서 사내들을 잡아먹는다는 그 괴물?"

세아가 잔뜩 긴장한 표정으로 마른침을 삼켰다. 하린이 주변을 경계하듯 살폈다. 음산함이 어둠만큼이나 지독히 강하게 느껴졌다. 이곳을 떠돌며 사람을 해친다는 괴물이 이겸 또한 해친 것이라면 하린은 지금이라도 당장 괴물과 맞닥뜨렸으면 좋겠다는 생각도 했다.

"하린아, 서두르는 것이 좋겠어."

하지만 재촉하는 세아 탓에, 하린은 다시 고삐를 세게 잡아 말의 속도를 높여야 했다. 작았던 불빛이 점점 더 커져 가고 있었다. 낙영회 기지와 가까워지고 있다는 뜻이었다.

"안녕하세요. 오랜만에 보는 것 같네요."

기지 앞에 도착하자 남자가 하린을 향해 인사를 건넸다.

"그러게요. 정말 오랜만에 뵙네요. 안에 민현 오라버니 계시죠?"

"네. 안에서 기다리고 계십니다."

민현이 기다리고 있다는 나무 집으로 들어가려던 하린은 문득 뒤에서 느껴지는 시선에 몸을 돌렸다. 아무것도 보이지 않는데, 무엇 때문인지 몰라도 갑자기 마음이 울컥해졌다.

아마 앞에서 자신을 부르는 남자의 목소리가 없었다면 보이지 않는 허공에 대고 울어 버렸을지도 몰랐다. 하린은 안으로 들어가 민현과 마주했다.

"민현 오라버니."

민현은 많이 야위어 버린 하린의 초췌한 얼굴을 보며 마음이 아팠다. 하지만 그런 민현의 마음을 아는지 모르는지, 하린은 현재 이겸에게 처한 상황을 전부 말하고 그를 찾아 달라 부탁했다.

"너무 걱정 마세요. 그렇게 쉽게 돌아가실 분이 아니잖아요."

"그러겠지요?"

저를 두고 그리 쉽게 가시진 않으셨겠지요?

하루에도 수십 번은 넘게 마음속으로 했던 질문에 하린은 또다시 목이 메어 왔다.

"세자 저하를 찾아 주세요. 제발, 부탁드립니다."

"그리하겠습니다. 얼굴이 많이 야윈 것 같아요. 끼니 잘 챙겨 먹고 건강에 신경 써야 합니다."

민현은 많이 지쳐 보이는 하린을 보며 걱정스럽게 달랬다.

"민현 오라버니, 제발, 제발, 세자 저하를 찾아 주세요."

손을 조심스럽게 뻗어 하린의 눈물을 닦아 주었다. 손끝에 닿는 눈물이 시리도록 차갑게 느껴졌다.

"꼭 찾아 드리겠습니다. 그러니 궁궐로 돌아가셔서 밥도 먹고 잠도 잘 자고 계십시오. 세자 저하가 다시 돌아갔을 때 이 모습을 보이고 계시면 얼마나 마음 아파하시겠습니까."

하린은 민현의 말에 힘겹게 고개를 끄덕였다. 날이 밝아지기 전에 궁으로 다시 돌아가야 했기 때문에 하린과 세아는 서둘러 다시 말에 올라탔다.

"조심히 가십시오."

하린은 무거운 발걸음을 겨우 떼어 내며 끝내 눈물을 보이고 세아와 함께 돌아섰다. 그리고 두 사람을 배웅하던 민현의 곁으로 누군가가 다가왔다.

시선을 천천히 거둔 민현은 자신의 옆에 서 있는 남자를 올려다보았다. 이겸의 행방을 부탁하며 눈물짓던 하린의 얼굴이 선연하기만 한 민현의 마음은 막막했다.

"하린의 얼굴이 말도 못 하게 많이 상하였습니다."

남자는 대답이 없었기에 민현은 더욱 갑갑할 수밖에 없었다. 하지만 그의 대답을 재촉할 수도 없는 노릇이었다.

"왜, 살아 계시고 있다는 것을 말씀하시지 않으시는 겁니까."

잠시의 침묵, 그 침묵을 뚫고 민현은 어렵게 입술을 떼어 냈다.

"세자 저하."

민현이 보고 있던 사람은 다름 아닌 세자, 이겸이었다.

이겸은 이제 완전히 사라져 보이지 않는 하린이 떠난 방향을 여전히 눈에 담으며 낮게 한숨을 쉬었다. 자신이 살아서 그 짐승을 잡으러 간다고 한다면 하린은 따라나설 것이 분명했다. 하린이 위험에 처하는 것은 원하지 않았다. 하지만 궁궐에 혼자 남겨질 하린이 걱정되어 민현이 심어 놓은 세아에게 하린을 잘 보살피고 위험에 처하면 바로 알려 오라고 일렀다. 다행히 아직 하린에겐 어떠한 일도 일어나지 않은 듯싶었다.

조금만 기다리거라, 아프더라도 아주 조금만 더 기다려 주거라.
내 반드시 살아서 너에게로 돌아갈 것이다.

"으으……."

하린은 막 잠에서 깨어날 때쯤 가까이에서 옅게 앓는 소리를 듣
게 되었다. 졸린 눈을 비비며 겨우 자리에서 일어나 소리가 나는
쪽을 확인해 보니 세수간 궁녀가 땀이 흠뻑 젖은 채로 거의 사경
을 헤매고 있었다. 자신을 괴롭히는 궁녀 중 하나였지만 그냥 모른
척할 수가 없어 하린은 가까이 다가가 이마에 손을 짚었다. 그다지
뜨겁지는 않았지만, 궁녀는 계속 앓는 소리를 내고 있었기 때문에
하린은 걱정이 들었다.

"내 의녀를 불러다 줄게. 조금만 기다려."

일어서는 하린의 옷깃을 궁녀가 붙잡았다. 뭔가 할 말이 있는지,
버석하게 마른 입술이 뻐끔거렸다. 하린은 일어났던 몸을 다시 낮
춰 궁녀의 입가로 귀를 가져다 댔다.

"뭐 할 말이라도 있는 거야?"

"지금 바로 나가야 하는데 내 몸이 여의치 않아서 염치없지만
의녀를 불러 주고 오늘 강녕전으로 네가 한 번 나가면 안 되겠니?"

"강녕전?"

"응. 내가 오늘 거기 담당이거든. 근데 보시다시피 몸이 말을 안
들어서……."

이겸이 궁궐에 없으니 딱히 할 만한 일이 없던 하린이었다. 더
군다나 매일 동궁전에 가서 이겸을 기다리는 동안 생각만 깊어지
는데 그것들이 전부 좋지 않은 생각들이라 오히려 도움이 되지 않

을 것 같아 걱정이 이만저만이 아니었다. 몸을 바쁘게 움직이면 못된 생각도 달아날 것 같아서 하린은 허락했다.

"그래. 내가 그렇게 할게. 그러니 넌 푹 쉬도록 해."

하린은 궁녀에게 이불을 잘 덮어 주고 궁녀 방을 나와 의녀를 불러 준 후에 강녕전으로 향했다. 몇몇 궁녀들은 벌써 청소를 시작하고 있었다. 하린도 서둘러 헝겊을 손에 쥐고 강녕전 안으로 들어가 물건들 위의 먼지를 없애고 바닥을 깨끗이 닦았다.

몸이 바빠지면 생각이 좀 잠잠해질 줄 알았지만, 그건 하린의 큰 착각에 불과했다. 선배들의 지시에 바쁘게 움직이면서도 머릿속은 이겸의 생각으로 가득 차서 실수를 저지르기 일쑤였다. 책을 떨어트린다든지, 바로바로 걸레를 빨을 수 있게 둔 대야를 건드려 물바다를 만든다든지. 그래서 결국 하린은 청소 반, 꾸지람 반을 들고 다시 궁녀 방으로 복귀했다.

아침 내내 끙끙거리고 있던 궁녀는 어느새 자리를 털고 일어나 동료들과 대화를 나누고 있었다. 저를 위해서 대신 일해 준 하린에게 고맙다는 말 한마디도 없이 힐끔 올려다보고 마는 궁녀에 하린은 기가 막혔지만 싸울 힘도 없었다. 그렇게 방으로 들어와 이불을 대충 깔고 누워서는 오늘도 돌아오지 않은 이겸에 대한 그리움에 제대로 잠도 이루지 못하고 있었다.

"씻어야 하는데."

힘이 없어서 게으름을 피우고 있던 그때 밖이 소란스러웠다. 여기저기 방문이 열리는 소리가 들리고 사람들의 다급한 발걸음이 뒤엉켜지는 소리가 들려왔다. 무슨 일이냐며 웅성거리는 소리에 하린은 무슨 일이 터져도 단단히 터졌다는 생각이 들었다.

"고 상궁마마님!"

고 상궁이라면 강녕전에 있는 지밀상궁이었다. 밖에서 일어나는 소란스러움을 확인하기 위해 몸을 일으키던 하린의 방문이 벌컥 열렸다. 고 상궁은 표독스러운 눈빛을 하고서는 뒤에 서 있는 궁녀들에게 다그치듯 물었다.

"저 아이도 아니더냐?"

고 상궁의 호령에 궁녀들은 몸을 덜덜 떨며 하린을 바라보았다.

"이 아이였던 것 같습니다."

뭐가 이 아이가 맞다는 건지, 영문을 알 수가 없어 어리둥절해하는 하린을 고 상궁은 몹시 날카로운 눈빛으로 노려보았다.

"당장 이 방을 뒤져 보거라!"

뒤에서 대기를 하고 있던 궁녀들이 무작정 하린의 방으로 쳐들어왔다. 하린은 두 팔을 벌려 막았다.

"잠시만요! 아무리 제가 등급이 없는 궁녀라고 하여도 어찌 이리 무례한 짓을 하시는 겁니까?"

"무례한 짓이라 하였느냐?"

"아무 말씀도 없이 무작정 방으로 들어와 물건을 뒤지라니요? 연유라도 말씀을 해 주셔야 하는 거 아닙니까?"

"정말 뻔뻔하기가 그지없는 년이로구나. 네년이 오늘 강녕전에서 나오면서 무언가를 황급하게 숨겼다는 것을 본 자가 한둘이 아니다."

"그런 적 없습니다."

"한둘이 아니라고 하지 않느냐!"

하린은 자신이 맞다고 대답을 한 궁녀들을 원망스럽게 바라보았다. 그들은 예사롭지 않은 하린의 눈빛을 허둥지둥 피하느라 바빴다.

348

"사실이야? 네들이 본 것이 사실이냐고!"

"어디서 큰 소리를 치는 것이냐!"

고 상궁의 다그침에 하린은 억울해서 눈물이 다 나오려고 했다. 하지만 울지 않았다. 울지 않기 위해 주먹을 꽉 쥐고 참았다. 적어도 눈물로 호소하며 그들의 악질적인 행위에 지고 싶지는 않았다.

"저자들은 평소에도 저를 못마땅하게 여겼던 자들입니다. 마음만 먹는다면 저런 거짓말쯤은 지들끼리 입을 맞추고 해도 충분하다고요!"

"당장 방을 뒤지지 않고 무얼 하고 있는 것이냐!"

막고 서 있는 하린을 거칠게 밖으로 내치듯 밀어 버린 궁녀들은 아무렇게나 물건들을 엎어트리고 헝클어뜨리기 시작했다. 밖으로 패대기쳐진 하린은 안에서 마구 뒤지고 지시를 내리고 있는 고 상궁을 향해 악을 질렀다.

"아무리 찾아보세요, 원하는 것이 나오나! 훔치지 않은 물건이 절대 여기서 나올 리가 없지요!"

그러다가 자신도 모르게 실소가 나왔다. 도둑 취급받는 게 이렇게 억울하고 화가 나는 게 새삼스러웠기 때문이었다. 하린은 당당하게 그들과 대립하려 했다. 하지 않은 일에 주눅이 들 이유가 없었기 때문이었다. 하지만 그 당당함은 곧 더욱 격한 억울함이 되어 돌아왔다.

"찾았습니다!"

궁녀 하나가 방에서 왕의 금반지를 들고 나왔기 때문이었다. 난생처음 보는 것이었다. 열린 문틈 사이로 처참하게 버려진 옆꽂이가 누군가에게 밟혀 일그러져 있었다. 하린은 또 이겸이 준 것을 제대로 지키지 못했다는 죄책감에 서러움이 몰려왔다.

"감히, 네년이 왕실의 물건에 손을 대고 뻔뻔하게 거짓말을 일삼아? 내 네년의 버릇을 단단히 고쳐 줄 것이다!"

"아닙니다. 제가 훔친 것이 아닙니다!"

일전에 라영이 제 물건을 훔쳐 출궁을 당할 뻔한 위기가 있었다. 그런데 이번 상대는 하찮은 궁녀 따위가 아닌 왕실, 그것도 전하의 물건을 훔쳤으니 출궁보다 더한 벌이 내려질지도 몰랐다. 그럴 수 없었다. 돌아올 이겸을 다시 만나기 위해서 하린은 악착같이 살아남아야 했다. 하지만 고 상궁은 하린의 말을 믿어 주지 않았고 궁녀들을 시켜 하린을 질질 끌고 밖으로 나가기 시작했다.

"제가 훔친 것이 아닙니다. 제발 믿어 주시옵소서! 저는 억울하옵니다!"

하지만 훔치지 않았다는 명백한 증거가 없었다. 하린은 빠르게 머리를 굴리려고 했지만, 자꾸만 벼랑으로 떨어질 것만 같은 제 운명에 하얀 백지가 되어 아무것도 떠오르지 않았다. 그저, 자신이 없는 궁으로 돌아온 이겸이 자신을 그리워하는 모습만 떠돌아다닐 뿐이었다.

세자 저하…… 저는 어찌해야 합니까, 저는 어찌해야 합니까.

그렇게 질질 끌려오던 하린이 또다시 바닥에 패대기쳐진 건, 그녀를 끌고 오던 궁녀들이 갑자기 누군가를 향해 허리를 굽혀 예의를 차렸기 때문이었다. 바닥에 엎드리고 있던 하린이 천천히 고개를 들어 올렸다. 제 머리 위로 드리워진 그림자의 주인공은 이 나라의 왕, 이광이었다. 그 옆에는 유 상궁이 함께 있었다.

"웬 소란인 것이냐."

유 상궁이 이광 대신 고 상궁을 향해 물었다.

"오늘 청소를 하던 한 나인이 이자가 강녕전에서 무언가를 훔쳐 나오는 것을 봤다고 말하여 추궁을 하던 중이었사옵니다."

"증거는 갖고 그런 짓을 저지른 것이냐?"

"예."

고 상궁은 주머니에 넣어 두었던 반지를 유 상궁에게 건넸다. 유 상궁의 눈이 휘둥그레졌지만, 이광은 여전히 침착했다. 하린은 행여나 이광이 자신을 도와줄 수도 있다고 생각하며 필사적으로 하소연했다.

"훔친 것이 아닙니다, 전하. 전 그 반지를⋯⋯!"

"그래. 훔친 것이 아니지. 내가 너에게 직접 준 반지가 아니더냐."

그 반지를 처음 보는 것이라고 말하려던 하린도 그 옆에 있던 유 상궁과 고 상궁도 놀란 얼굴을 하고 이광을 바라보았다. 생사를 알지 못하는 아들로 인해 피가 마르고 속이 타는 이광의 안색은 많이 야위어 보여 하린을 더욱 안타깝게 만들었다.

"어린 시절부터 세자가 갖고 싶어 하던 반지인데, 세자가 돌아오면 꼭 전해 주라고 내가 직접 너에게 준 반지가 아니더냐."

하린은 눈물을 참아 보려 했지만, 쉽지 않았다. 목이 메고 몸 전체가 아플 정도로 억눌러진 그리움에 제대로 말할 수가 없었다. 하지만 하린은 자신만큼이나 이겸을 애타게 기다리고 있는 이광에게, 자신을 도와준 이광에게 위로를 해 주고 싶었다.

"네. 그리하셨지요. 그래서 제가 꼭 전해드린다고 했지요. 세자 저하께서는 분명 무사히 돌아오실 테니까."

"그리해야지. 우리 세자."

하린은 그렇게 한동안 바닥에 엎드려 숨도 제대로 쉬지 못할 만큼 울며 시간이 지날수록 더욱 간절해지는 이겸의 귀환을 바라고 또 바랐다.

글월비자를 통해 평소와는 달리 밤에 은밀하게 만나자는 궁녀의 말에 혜림은 불안감을 느꼈다. 일이 제대로 성사되었다면 서한으로 끝냈을 텐데, 꽤나 다급해 보이는 궁녀에 좋은 생각이 들려야 들 수 없었다.

혜림은 부모님과 오라버니가 잠이 들 때까지 기다렸다가 여종과 함께 몰래 집을 빠져나왔다. 통금이 있기 때문에 서두르지 않으면 안 됐다. 늘 만나던 그곳으로 가 보니 궁녀가 나와 있었다. 잔뜩 조바심 서린 얼굴을 한 궁녀는 오늘 있었던 모든 일들을 혜림에게 하나도 놓치지 않고 털어놓았다. 혜림의 표정이 날카롭게 구겨졌다.

"대체 그거 하나 똑바로 못 하고 뭐 하는 거야!"

혜림은 치밀어 오르는 짜증을 감당하지 못해 몸을 바들바들 떨다가 결국 궁녀를 있는 힘껏 밀쳐 내 버렸다. 궁녀가 바닥에 맥없이 주저앉았다. 그럼에도 풀리지 않는 짜증에 혜림은 아랫입술을 잘근잘근 깨물었다. 궁녀가 했던 말 중에 가장 걸리는 부분은 바로 '전하가 직접 오셔서 편을 들었다'라는 말이었다.

하린이 세자인 이겸의 마음뿐만이 아니라 전하의 신뢰까지 얻은 듯싶었다. 그렇다면 상황이 더욱 어려워졌다. 더군다나 이번엔 전하가 일에 개입된 만큼 한동안은 일을 쉽게 벌려서는 안 됐다.

혜림은 이겸이 돌아오기 전에 하린을 무조건 궁궐 밖으로 내보내고 싶었다. 기다림을 참지 못하고 결국 도망가 버린 여자의 꼴처럼 보이게 하고 싶었는데, 그것이 실패로 돌아가 한동안은 움직이지도 못하니 혜림의 마음은 더없이 착잡해진 것이다.

"아, 짜증 나! 그 많은 돈 받아 가면서 그 계집애 하나 못 내쫓아?"

"죄송합니다, 아가씨."

그러면서도 혜림은 하린이 참으로 독한 계집애라고 생각했다. 궁녀의 말에 의하면 자신이 포섭하기 전부터 궁녀들에게 따돌림과 괴롭힘을 당했다고 했다. 그럼에도 하린은 그곳에서 주눅 들지 않고 꿋꿋하게 살고 있었다. 보통내기는 아니었다.

"한동안은 움직이지 말아야겠어. 내가 다시 연락할 때까지 얌전히 기다려. 아차, 그리고 네가 포섭한 그 궁녀들은 어찌 됐어?"

"모두 출궁당했습니다."

"출궁을 당했다고? 걔들 입단속은 단단히 시켰어?"

"네. 아마 돈을 받았다고 하면 더 큰 처벌이 있었을 겁니다. 그저 자신들이 잘못 본 것이라 계속 우겨서 출궁 정도만 당한 것이니, 그것은 너무 걱정 마셔요."

"아무튼 그 궁녀들이 입을 함부로 내둘러 내 이름이 나오게 된다면 네 목이 달아날 줄 알아."

"예……."

궁녀의 못마땅한 대답을 들으며 혜림은 집으로 돌아가기 위해 다시 오던 길을 향했다. 성질이 나서 집으로 돌아가면 시원한 냉수 한잔 마셔야겠다고 생각했다. 쓰개치마를 뒤집어쓰고 치마가 살짝 휘날릴 정도로 빠른 걸음으로 걷던 혜림의 걸음이 멈추게 된 것은 누군가가 앞을 가로막고 섰기 때문이었다. 누가 감히 제 길을 막아서나 하고 올려다본 그곳엔 뜻밖의 인물인 하린이 서 있었다.

쓰개치마도 하지 않은 하린이 무표정한 얼굴에 사나운 눈빛을 하고서는 자신을 뚫어져라 보고 있었다.

"궁에 있어야 할 네가 이 시간에 여긴 어쩐 일이니?"

끔찍하게 싫다는 것을 티 내지 않고 애써 미소를 장착하며 혜림은 다정하게 물었다. 하지만 하린은 웃지 않고 성큼 혜림에게 다가왔다. 갑작스러운 하린의 행동에 화들짝 놀란 혜림이 저도 모르게 뒤로 한 발자국 물러섰지만, 그 이상은 자존심이 상해서 제 면전까지 오는 하린을 피하지 않았다.

"이게 무슨 무례한 짓이야?"

"무례한 짓이라 하셨습니까?"

"그래. 갑자기 밤에 찾아와 연유도 말해 주지 않고 이리 행동하니, 내가 불쾌하기가 짝이 없구나."

"다 보고, 다 들었습니다. 그러니 쥐구멍을 찾아 도망갈 생각은 마세요."

"뭐? 쥐구멍?"

혜림은 하린이 쥐구멍이란 단어로 자신을 더럽고 보잘것없는 쥐에 비유하며 한껏 비아냥거리는 것을 참을 수 없었다. 어차피 들킨 마당에 저깟 천민에게 가면을 쓰고 대할 필요가 없었다.

"천민 주제에 사대부 여식을 쥐로 비유하다니. 네년이 아주 겁대가리를 상실했구나?"

"사대부 여식이면 그 직책에 맞는 행동을 좀 하십시오. 없어 보이게 뒤에서 이렇게 숨어 있지 말고."

"그런데 이게!"

화를 이기지 못한 혜림이 손을 치켜들었지만 하린에게 아주 가볍게 붙잡혔다. 혜림은 빠져나오려고 했지만 힘이 어찌나 센지 꿈쩍도 하지 않았다. 혜림은 열이 받아 다리를 들어 하린의 정강이를 내려치려고 했지만 하린이 그대로 발을 걸어 버리는 바람에 땅에 세게 엉덩방아를 찧으며 넘어졌다.

"악!"

"아가씨!"

여태 뒤에서 벌벌 떨고 있던 여종이 혜림에게 달려와 부축하려 했지만, 늘 그랬듯이 손에 닿는 것이 불쾌하다며 여종을 밀쳐 낸 혜림은 씩씩거리며 하린을 올려다보았다.

하린은 그런 혜림 앞에 앉아서 눈을 마주했다.

"아주 당당하시네요."

"당당하지 못할 건 또 뭐가 있다고. 내게 이렇게 큰 상처를 주고도 네가 무사할 줄 알아? 내가 아버지에게 이 모든 사실을 고한다면 아버지가 네년을 가만 둘 줄 아냐고!"

"그럼 그냥 고하십시오. 저도 전하께 가서 모든 말을 전하도록 하겠습니다. 어디 전하뿐인 줄 아십니까? 세자 저하께서 궁궐에 돌아오시는 대로 이 일을 바로 고할 것입니다."

지기 싫어서 아버지를 꺼냈지만, 사실 이 일이 발각되면 제일 곤란해지는 것도 아버지가 될 거였다. 이러지도 저러지도 못하며 혜림은 하린의 눈을 원망스럽게 노려보았다. 하지만 하린은 피하거나 겁을 먹기는커녕 더욱 당당하게 맞섰다.

"사람은 모두 '주제'를 알고 살아야 합니다. 비록, 저의 지금 신분은 아가씨보다는 못하지만 세자 저하의 마음속에서만큼은 저보다 아가씨가 훨씬 더 못합니다. 그러니 주제를 아시고 세자 저하의 마음에 들어오실 생각도 저를 괴롭히실 생각도 하지 마세요."

"내게 주제가 없다? 감히 너 따위가!"

"한 번만 더 이런 일이 발생하면 그때는……!"

하린이 손을 치켜들었고 혜림이 깜짝 놀라 반사적으로 두 팔로 얼굴을 감싸고 눈을 찔끔 감았다. 날아오는 손찌검은 없었다. 그랬기 때문에 순식간에 벌어진 일이었지만 혜림은 자존심이 상해서 눈물이 다 나오려고 했다.

"기억하세요, 오늘 일을. 지금 이 순간을 잊지 말고 꼭 기억하세요. 그렇지 않으면 그때는 정말, 당신도 당신 아버지도 위험해지는 일이 생길지도 모르니."

끝까지 경고를 하며 사라지는 하린에 혜림은 그제야 안도의 한숨을 내쉬었다. 하지만 그것도 잠시, 오늘 겪은 이 치욕스러움을 반드시 갚을 것이라고 방금 전까지만 해도 집어먹고 있던 겁을 완전히 잊어버린 채 결심했다.

혜림에게 경고를 하고 돌아온 하린은 저보다 먼저 궁궐에 들어와 자리를 정리하고 있는 궁녀 미영에게로 성큼성큼 다가갔다. 그림자가 드리워졌음에도 불구하고 철저하게 모른 척하는 미영에 그녀가 들고 있던 이불을 뺏어 집어 던졌다.

"뭐 하는 짓이야?"

미영이 당황스러움을 감추지 못하고 물었지만, 결코 따지고 드는 말투는 아니었다. 적어도 혜림보다는 양심이 덜 썩었다는 것을 뜻했다.

"너 어찌 이 삼엄한 궁궐에서 그리도 위험한 짓을 하는 거야?"

"위, 위험한 짓이라니? 그게 뜬금없이 무슨 소리야?"

일단 모른 척 오리발을 내밀었지만, 양심에 찔려 어쩔 줄 몰라 하는 미영의 모습이 적나라하게 보였다. 눈을 사방으로 굴리며 제대로 마주치지도 못하는 미영의 어깨를 꽉 잡은 하린은 눈을 똑바로 마주 보았다.

"얘, 얘가 왜 이래!"

어깨를 털며 하린의 손에서 벗어나려고 했지만 아무 소용이 없었다. 하린은 미영의 어깨가 으스러질 정도로 꽉 힘을 주어 잡았고 미영은 아프다며 비명을 내질렀다. 고요해야 할 새벽에 궁녀들의 잠을 깨우고 싶지 않았기 때문에 하린은 살짝 힘을 뺐지만 손을 거두지는 않았다.

"너, 영의정의 여식을 몰래 만났지?"

"그걸 네가 어떻게……!"

이제야, 미영의 눈이 휘둥그레지며 반항하지 않았다.

"널 쫓아갔지. 그날 그다지 아프지도 않았던 것 같은데 아픈 척을 하며 나를 굳이 강녕전으로 보내고, 하필이면 또 그날 내가 도둑년 취급을 당하는 걸 의심하고 네 뒤를 밟았어. 그런데 아니나 다를까, 내가 생각했던 모든 일들이 내 눈과 귀에서 일어나고 있더라고."

"그, 그게……."

"내가 금반지를 훔쳐갔다고 이른 그 궁녀들도 네가 포섭한 거지? 돈 몇 푼으로! 그래서 결국 그들을 출궁당하게 만들었고, 진실을 고하려는 자들에게 김혜림의 존재를 언급하지 못하게 협박을 하기도 했겠지."

제게 무섭게 따지고 드는 하린에 미영의 얼굴은 점점 겁에 질려 가고 있었다. 그러다 이내 하얗게 질린 얼굴을 하고서는 바닥에 납작 엎드렸다.

"미안해. 용서해 줘. 제발, 제발 이 일을 누구에게도 알리지 말아 줘!"

급기야 미영은 무릎을 꿇고 앉아 손을 싹싹 빌며 눈물로 호소했다.

"내가 이 일로 출궁을 당하면······!"

"어디 출궁만 당하는 줄 알아?"

미영은 크게 아연하며 싹싹 비는 손의 속도를 더욱 높였다. 그 모습이 안타까워 보이면서도 한심해 보였다.

"내게 무슨 일이라도 생기면 입에 풀칠을 해야 하는 식구들이 다섯이나 돼. 말도 안 되는 세금 때문에 아버지는 돌아가시고 원인 모를 병으로 누워 있는 어머니와 막냇동생은 이제 겨우 네 살배기야. 제발 부탁할게. 하린아, 제발, 제발 한 번만 용서해 줘."

여태 이렇게 안타까운 처지에 몰려 있는 백성들을 위해 움직이던 하린이었다. 조금만 마음이 독하면 좋으련만, 미영의 사정을 듣고 나니 그녀가 왜 이렇게도 위험한 선택을 하게 되었는지 이해할 수가 있었다. 하지만 하린은 그녀에게 경고하는 것을 잊지 않았다.

"이번이 마지막이야. 다음부터 네가 이런 짓을 벌인다면 절대 용서하지 않을 거야. 감히 신성해야 할 궁궐에서 이런 장난질을 한 너를 용서하지 않을 거라고."

하린은 미영의 관자놀이에 손가락을 올려놓았다.

"여기에 똑똑히 새겨 넣어."

강건하면서도 단호한 하린의 경고에 미영은 망설이지 않고 고개를 끄덕였다. 이래저래 하린의 마음이 많이 무거운 밤이었다.

10.

　사람의 왕래가 적은 고즈넉한 깊은 산속 작은 오두막의 낡은 문이 열리고 안으로 남자 하나가 급하게 뛰어 들어왔다. 원목으로 만든 커다란 상에 몸을 기대고 앉아 있던 민현의 곁으로 다가온 남자는 심각한 얼굴로 무언가를 말하고선 물러섰다.

　남자의 이야기를 듣는 동안에 내내 심각했던 민현의 표정은 더욱 짙어져 그늘졌다. 머릿속으로 생각을 정리하고 떨어지지 않는 입술을 겨우 떼어 내 말했다.

　"예상했던 것과 전부 똑같이 흘러가고 있는 듯합니다."

　민현은 길쭉한 다리가 달려 있는 안쪽 평상을 향해 엄숙한 목소리로 말했다. 등을 보이고 정자세로 앉아 있는 그를 향해 민현은 마른침을 삼켰다. 오두막의 틈 사이를 비집고 겨우 들어오는 미미한 햇살의 기온을 받고 있던 이겸이 천천히 눈을 떴다. 그의 심장으로 날아와 날카롭게 꽂혔던 화살의 상처는 흔적도 없었다.

처음부터 이겸이 예상하고 계획했던 일이었기 때문이었다. 민현에게 흉흉한 소문에 대해 미리 접한 이겸은 이 일을 원석이 그냥 넘어가지 않을 거라 예상했다. 분명 '나라를 위한 일'이라는 명분을 내세워 자신을 그 위험한 사냥터로 떠밀어 사냥터에서 공격할 것쯤은 이제 어렵게 고민하지 않아도 충분히 예상되는 일이었다. 그래서 미리 두꺼운 갑옷을 입고 안에 돼지 피를 넣어 두었던 것이다.

그들이 본 피는 이겸의 뜨거운 피가 아니라 돼지 피였을 뿐이었다. 민현에게 이미 협조를 요청한 상태였다.

자신이 일부러 계곡 쪽으로 몸을 옮겨 빠질 터이니, 자신을 구하고 또한 자신을 이렇게 만든 자들이 어디로 향하는지도 알아보라 명했다. 그리고 민현은 그 일을 완벽하게 해 주었다.

"그자들의 우두머리로 예상되는 자가 이 일을 마치고 김원석의 집으로 들어가는 것을 확인했습니다. 함께 궁에서 나온 병사들은 세자 저하를 찾으러 다녀 이 일과는 무관한 듯 보이며, 현재도 궁에서 인력을 동원하여 세자 저하를 찾고 있습니다. 그리고 요즘 김원석의 집에 대신들이 자주 모이고 있다고 합니다."

자주 모이고 있다는 것은 다른 생각을 하고 있다는 뜻이었다. 자신이 사라진 지 이제 겨우 여드레가 되었을뿐더러 아직 시체도 발견하지 못했는데 벌써부터 본색들을 드러내고 있다는 것이 한심하기 그지없었다.

이겸은 낮게 고개를 끄덕이다 아직도 신경세포가 전부 기억하고 있는 그 괴물을 떠올렸다. 기껏 해 봐야 범이거나 멧돼지 정도로 생각했던 괴물에 대한 정체는 한 번도 듣도 보도 못한 것이었기에 그 충격이 더욱 컸다.

대체, 무엇이었을까…….

그것이 자신의 소중한 백성들의 목숨을 앗아 가고 두려움으로 떨게 만들고 있었다.

"곧 김 대감의 생일이 다가올 것이다. 세상에서 본 적 없는 선물을 드려야겠구나."

이겸은 그 괴물을 반드시 죽여야만 했다.

그때는 한시가 급해 다른 것은 생각하지 못하고 민현에게 협조를 요청했지만 이겸은 그의 존재가 결코 제게는 약이 아니라 독이라는 것을 알고 있었다. 그럼에도 그에게 도움을 청한 이유는 누구도 자신을 이렇게 도와줄 사람이 없었기 때문에 필사적으로 손을 뻗어 뜯어질 것을 알면서도 지푸라기라도 잡아야 했다. 자신을 해하려는 신하들에게 쫓겨 죽으나, 왕족에 대한 적대감을 가진 자들에게 죽으나 어차피 죽는 건 매한가지였다.

하지만 민현에게선 자신을 향한 그런 살기를 느끼지 못했다. 어쨌든 민현의 도움으로 이겸은 원석에게 눈속임을 할 수 있었다. 그럼에도 궁금한 건 절대 참고 싶지 않았다.

"어찌하여 네놈이 나의 협조를 따라 주는 것이냐."

민현은 갑작스러운 이겸의 질문에 그를 응시했다. 사나운 이겸의 눈동자가 그의 날카로운 눈빛을 전부 흡수하고 있었다.

"하린을 지키고 하린이 지키고자 하는 당신을 지키는 것입니다."

민현은 그리 대답을 하면서도 이겸을 도우고자 했던 결의가 전부 하린이 때문만은 아니었다. 그가 지금의 왕 이광과는 다르게 신하들의 그림자에 겁먹어 숨지 않고 당당하게 나와 오로지 백성들을 위해 항쟁하고 있기에 민현은 극렬했던 적대감을 잠시 누르고 그의 손을 잡아 준 거였다.

'흉년이나 가뭄 때뿐만이 아니라, 버려져 걸식을 다니는 아이들이 의지할 곳을 찾을 때까지 보호할 수 있는 기관을 만들고 싶구나.'

'그 노인이 죽으면 아이는 이 치열하고 부당한 세상에서 혼자 살아가야 한다는 것이 막막하고 안타깝구나.'

단 한 사람도 헛되게 생각하지 않았던 이겸은 지나가는 자리마다 눈에 밟히는 것마다 안타까워하며 그들을 위해 더욱 강해질 거라 결심하는 것을 민현은 똑똑히 보고 들었으며 느꼈다. 어쩌면 백성들을 지키고 건국을 다시 세울 왕이 될지도 모를 거라는 아주 작은 희망의 빛이 어둠을 조금씩 밝히고 있는지도 몰랐다.

그건 자신이 직접 본 것도 있지만, 오래도록 적대감을 품었던 하린의 변화에서도 뼈저리게 느낄 수 있었다.

"돕겠습니다."

민현의 말에도 이겸의 무표정한 얼굴엔 어떤 변화도 없었다. 그런 그를 향해 민현은 다시 한번 강건하게 말했다.

"세자 저하를 돕겠습니다. 제게 그럴 기회를 주십시오."

지금으로서는 믿어야 하고 함께할 수 있는 유일한 자가 민현이라는 것을 알았다. 혼자서는 감당하기 너무 벅차고 물러설 수도 없는 일이었다.

"가서 종이와 붓을 가져오거라."

거절 대신 명을 하는 이겸에 민현의 눈동자가 더욱 굳건해졌다.

중요한 역할을 할 자들이 모인 가운데, 이겸은 떠오르는 기억들을 최대한 끄집어내어 그 짐승을 그려 냈다.

짐승의 형상이 점점 더 뚜렷해질수록 민현과 모여 있던 모두의 얼굴이 점점 경악스러워졌다. 마침내, 이겸이 붓을 내려놓았다.

종이를 바라보는 사람들의 눈에는 공포가 서려 있었다. 민현은 종이 위에 그려진 짐승에게서 눈을 떼지 않고 물었다.

"정말, 이리 생긴 짐승이었단 말입니까?"

"몸집은 건장한 사내 열 명 정도는 합쳐 놓은 것처럼 크다 못해 위협적인 크기였다."

"어찌, 이런 짐승이 이곳에……."

민현은 믿을 수 없다는 듯 종이에 그려진 짐승을 바라보며 탄식했다. 모두들 처음 보는 괴물이 겁이 나는지 상당히 굳은 얼굴을 하고 있었다. 민현의 옆에서 종이를 자세히 들여다보던 남자 하나가 불쑥 말을 꺼내 왔다.

"이 짐승, 흡사 '창귀'라 하는 것과 많이 닮은 거 같습니다."

"창귀?"

"호랑이에 물려 죽은 사람의 혼이 다른 곳으로 가지 못하고 호랑이의 노예가 되어 앞장서서 먹이를 구하러 다닌다는 원귀입니다."

"그렇다면 이것이 범이라는 것이냐."

이겸의 물음에 남자는 자신 없게 고개를 내저었다.

"저도 실제로 창귀를 본 적은 없으나, 전해 오는 창귀와는 분명 닮았지만 다른 모습이긴 합니다. 창귀는 범과 거의 흡사하게 생긴 모습을 하고 있는 것으로 알고 있습니다."

이겸도 수긍하듯 고개를 끄덕였다. 범이라고 하기엔 그 짐승의 크기가 컸고 털도 길었으며 생김새도 달랐기 때문이었다.

"이 짐승은 노래를 불러 사람의 혼을 빼어 버린다지요?"

유일하게 살아 돌아온 자가 퍼트린 저잣거리의 소문을 주워들었던 민현이 말했다.

"노래?"

그 짐승과 직면했을 때 노래 같은 건 듣지 못했다. 그러다 이겸은 하린을 거치지 않는 것들의 소리는 들리지 않는다는 것을 깨달았다. 자신의 혼이 다른 사람들처럼 쉽게 홀리지 않았던 건 소리가 들리지 않았기 때문이었다. 그러니 그 말인즉, 그 짐승을 잡을 수 있는 건 소리를 듣지 못하는 자신이 꽤나 유일하다는 거였다.

"또 특이한 특징은 없었습니까?"

민현의 질문에 이겸은 조용히 눈을 감고 짐승을 마주했던 순간을 집요하게 떠올렸다. 혼자 있는 자를 노리는 것이 확실했고 매우 빠른 짐승이며 인간이 감당하기 어려울 정도의 엄청난 강풍을 일으킨다는 거였다. 그런데 문득 이겸은 이상한 것을 느꼈다. 그때는 갑작스러운 상황에 경황이 없어서 몰랐는데, 그 짐승이 일으킨 강풍이 보통의 것처럼 미는 것이 아니라 자신의 쪽으로 잡아당기는 반대 방향이었던 것이다.

이겸은 더욱 집중하여 짐승의 특징을 찾고자 했다. 낫의 모양을 하고 있던 발톱과 상아처럼 단단하면서도 날이 잔뜩 서 있던 짐승의 이빨. 더러운 침들이 거미줄처럼 엉켜 있었고 냄새는 음식이 썩은 것보다 더욱 고약했었다. 끌어당기던 힘을 악착같이 버텨 내며 겨우 떴던 눈꺼풀. 자신을 집어삼키려던 그 찰나의 흑백 속에서 무언가가 꿈틀거리고 있었다는 것을 극적으로 떠올렸다.

"그것이 무엇이었을까……."

해답을 쉽게 찾을 수 없는 갑갑한 마음과 볼 수 없는 하린에 대한 절실한 그리움에 막막한 밤이 속절없이 흘러가고 있었다.

이겸이 궁을 떠나 돌아오지 않고 있는 것이 벌써 아흐레가 되어 가고 있었다. 부탁을 했던 민현에겐 아무런 소식도 전해 들을 수가 없었다. 아무리 숨을 내쉬어도 꽉 막힌 숨통이 트이기는커녕 굳어 가는 것처럼 갑갑하게만 느껴졌다. 그토록 좋아해 없어서 못 먹었던 음식을 단 한 숟가락도 목구멍으로 넘길 수가 없을 정도로 하린은 이겸에 대한 그리움으로 하루하루를 괴로움 속에서 살고 있었다.

가는 곳마다 걷는 곳마다 숨을 쉬고 있는 순간과 눈으로 바라보는 모든 곳에 이겸이 존재했다. 마주 보고 있던 정자 안에서 금방이라도 자신을 바라보며 환한 미소로 이리 오라 손짓하는 이겸이 보였고, 사정엔 활을 들고 다정하게 화살을 쏘는 이겸이 있었고, 자선당엔 '하린아' 하고 다정하게 부르던 그의 목소리가 들려왔다. 거뜬하게 담벼락을 넘으면 그가 자신을 기다리고 있을 것만 같았다.

궁궐이 싫었다. 그가 없는 궁궐에선 숨을 쉬는 것조차, 한 걸음을 내딛는 것조차 버겁고 힘에 겨웠다.

"대체, 대체 어디 계시는 거예요, 세자 저하……."

그가 유난히도 오래 머무르고 있던 비현각 앞에서 그리움의 무게를 버텨 내지 못한 하린이 쓰러지듯 주저앉았다. 심장을 삼지창으로 찌르고 가르는 듯 견딜 수 없었다. 모든 것이 제 탓인 것 같았다. 자신이 그릇만 깨지 않았어도, 자신이 조금만 더 빨리 달려 그를 따라갔었어도…….

이렇게 고통과 괴로움 속에서 살 바에는 차라리 함께 죽어 버리는 것이 나았을 것만 같았다. 그럼에도 아직 죽지 못하는 건 그가 살아 돌아올 거라고 믿고 있기 때문이었다.

'너의 그리움을 위로해 주는 것 하나쯤은 있었으면 싶어서 사 주는 것이다.'

'내가 보고 싶을 때는 이것을 보거라.'

"그래서 이걸 사 주신 겁니까?"

이겸의 말을 떠올리며 하린은 언제나 제 품에 갖고 다니는 옆꽂이를 꺼내 보았다. 이제 하린의 몸의 일부라고 해도 될 정도로 하린은 그가 떠난 이후로 한시도 옆꽂이를 다른 곳에 두지 않았다. 옆꽂이는 무너져 내리고 있는 하린의 심정을 알지도 못하고 찬란하게 빛나고 있었다.

"이깟 것으로는 하나도 위로되지 않아요."

목울대 가득 서러움과 눈물이 차올랐다. 옆꽂이 위로 하린의 뜨겁고 투명한 눈물이 쉴 새 없이 떨어져 내렸다.

"그러니까, 제발⋯⋯. 제발 이제 좀 돌아와 주세요."

옆꽂이를 소중하게 품으며 하린은 핏대가 서고 입 안 가득 비릿한 피 맛이 날 정도로 쉰 목으로 간절하게 애원했다.

울고 있던 하린의 귓전으로 거슬리는 웃음소리가 조심성도 없이 들려왔다. 세자 저하가 사라진 이 마당에 궁에서 절대 들려서는 안 될 웃음소리였기에 격한 분노를 일으키고 있었다. 웃음소리를 따라 시선이 닿은 그곳엔 김원석을 포함한 대신들이 퇴궐하고 있었다.

살기에 가까운 눈빛이 느껴진 모양인지 원석이 주변을 둘러보다 하린과 눈이 마주쳤다. 자리에 멈춰 서서 자신을 살벌하게 노려보고 있는 하린을 향해 원석은 불쾌한 듯 미간을 구겼다.

매의 눈처럼 사납기 그지없는 자신의 눈빛에도 하린은 주눅은커녕 더욱 살기가 진해지는 눈을 하고 있었다. 찝찝했지만 단순히 자신의 기분 탓이라 여기며 하린에게서 멀어져 갔다.

"그래. 실컷 웃어 두거라. 네놈이 건국 땅에서 숨 쉬고 살아갈 날도 얼마 남지 않았을 테니."

하린은 주먹을 굳세게 쥐었다. 이겸을 죽음으로 몬 원석을 절대 살려 둘 생각은 없었다. 이겸이 없는 궁에선 살아갈 이유가 없었다. 이겸이 없는 세상에선 살아갈 이유가 이제 더는 없었기에 하린은 제 목숨을 버려서라도 반드시 원석의 숨통을 끊어 놓으며 이겸의 복수를 갚기로 굳게 결의했다.

작전 같은 건 없었다.

어떤 작전을 짜더라도 혼자가 아니면 나타나지 않는 짐승이 노래로 혼을 빼는데, 작전 같은 게 통할 리가 없다고 판단했다.

몸으로 직접 부딪히는 방법밖엔 없기에 무작정 사냥터로 나가야 했다. 사냥을 나가기 전 배를 채우는 남자들을 보면서도 입맛이 없던 이겸은 민현이 권한 매실차로 끼니를 대신 하였다.

"소화가 잘되는 차입니다. 아마, 없던 입맛도 돌아오실 겁니다."

마지못해 꿀꺽꿀꺽 마시는데, 너무 시어서 깜짝 놀라 일부분을 앞섶에 흘려 적시고 말았다. 가뜩이나 이겸을 힐끔 쳐다보고 있던 여인들이 그 모습에 깔깔거리며 웃었다. 궁에 있었다면 상상도 못할 일이었지만, 이곳에서는 그저 짐승을 잡으러 온 '사내'로 알고 있기 때문에 대수롭지 않게 넘겨야 했다.

이겸이 머쓱해하는 걸 보고 있으려니 민현은 웃음이 새어 나왔다. 이겸의 불쾌하다는 시선이 마치 첨예한 활처럼 민현을 향해 꽂혔다.

"왜 웃는 것이냐?"

"늘 고고하시던 분에게서 처음 보는 표정이라 낯설어 웃었습니다."

말을 하면서도 계속 웃음을 참지 못하는 민현에 이겸이 엄한 목소리로 말했다.

"그만 웃거라."

"네."

"그만 웃으래도?"

또 한 번의 경고에도 억지로 참는 민현이 꼴 보기 싫어 이겸은 가차 없이 등을 돌렸다. 하지만 그 빌어먹을 웃음이 전파라도 된 건지, 이겸은 저도 모르게 피식 웃어 버리고 말았다.

식사를 끝낸 모두가 이겸을 선두로 무기를 단단히 챙기고 숲속으로 향했다. 꽤 깊은 계곡을 지나 짐승의 흔적을 찾으려 숲속을 헤매었다.

"혹여 노랫소리가 들리느냐?"

자신은 듣지 못하는 걸 남들은 듣고 있을까 싶어 물었지만, 아무도 노랫소리를 듣지 못했다는 답이 돌아왔다. 역시 여러 사람이 모여 있을 때는 코빼기도 보이지 않았다.

"아무래도 모두 따로 움직여야 할 것 같구나."

"그래야 할 것 같습니다."

이겸은 말 위에서 비장한 표정을 짓고 있는 남자들을 보았다. 확실히 궁에서 함께 왔던 호위 병사들보다는 용맹해 보이는 자들이었다. 그럼에도 이 짐승에겐 속수무책으로 당할지도 모른다는 생각이 들자 먹먹한 마음으로 말했다.

"꼭 다시 만나자꾸나."

모두가 가볍게 묵례를 취하고 각자 흩어지기 시작했다. 이겸은 바랐다. 짐승이 다른 누구도 아닌 제게 모습을 드러내기를. 말에서 내려 고삐를 나무에 묶은 후, 이겸은 직접 걸어서 움직였다. 겨우내 깔려 있던 메마른 나뭇잎을 밟고 산산하게 불어오는 바람에 날리는 나뭇잎 사이사이로 햇살이 비집고 들어왔다.

평온했다. 폭풍전야처럼.

아직은 이전에 이겸이 느꼈던 그 스산한 기운도 잡아당기는 강풍도 없었다. 그럼에도 이겸은 긴장을 놓치지 않고 걸음을 안쪽으로 더욱 옮겼다. 그러다 멈춰 선 자리에서 이겸은 주변을 경계 어린 눈빛으로 둘러보았다. 그때는 이쯤에서 괴물과 직면했었다.

혹여 근처에서 노랫소리가 들리는데, 자신이 듣지 못하고 있는 건 아닐까 싶어 신경을 더욱 곤두세웠다. 다시 걸음을 더욱 안쪽으로 옮겼다. 날씨가 은근히 덥고 아까 흘린 매실 때문에 끈적이는 옷이 오래 걸어 다녀 땀이 난 살에 달라붙어 불쾌했다. 궁에서 입고 온 철릭은 이미 칼과 활로 찢겨 급한 대로 민현의 옷을 빌려 입은 것인데, 생각보다 두껍게 입었는지 갑갑했던 이겸이 겉옷 하나를 벗었다.

"후우……."

벗고 나니 몸이 한결 시원하고 가벼웠다. 주변은 여전히 한산했다.

이미 다른 자들에게 간 것인가? 혹시 몰라 다른 자들에게 가 보려 몸을 돌린 순간, 팔에 두르고 있던 천이 날아갔다. 이겸의 앞 방향이 아닌 뒤 방향이었다. 뒤에서 잡아당기는 센 바람이 익숙하다고 느껴졌다. 주변에 있던 나뭇잎들도 소용돌이를 일으키며 뒤로 날아가고 있었다.

뒷골이 서늘해졌다. 이겸은 허리에 차고 있던 칼자루로 손을 가져다 댔다. 얼어붙으려는 심장에 정신을 차리라는 압박을 밀어 넣으며 칼을 집어 빼 든 이겸이 절도 있게 돌아섰다.

하나 이겸은 칼을 휘두르지 못했다. 앞에서 보이는 기이한 광경 때문이었다. 자신이 봤던 흉측한 짐승은 이겸의 옷에 얼굴을 파묻고 있었는데, 뒤에 있는 것인지 아니면 그 안에 있는 것인지 모를 범이 자신을 무섭게 노려보고 있었다.

이겸은 재빠르게 등 뒤에서 활과 화살을 빼들어 호랑이에게 겨누려던 순간이었다. 옷에 정신이 팔려 있던 짐승이 고개를 치켜들었고 커다랗게 입을 벌리며 공격해 왔다. 이전에 봤던 단단하고 뾰족한 상아들이 박혀 있는 이빨이 있었다.

자신을 집어삼키려는 괴물의 아가리를 이겸은 온 힘을 다해 버텨 냈다. 팔에 힘을 빼는 순간 그대로 상체가 짐승에게 집어삼켜질 것이다. 이겸은 악착같이 버티고 또 버티느라, 온몸은 땀으로 흠뻑 적셔지고 있었고 힘줄이 터질 것처럼 팽팽하게 부풀어 올랐다.

어찌나 세게 어금니를 깨물고 있었는지, 이가 깨져 작은 파편들이 입 안에 맴돌았다. 시간이 지날수록 버틸 수 있는 팔의 힘이 점점 약해지고 있었다.

살아야 한다.

반드시 살아야 한다.

마지막 젖 먹던 힘까지 발휘하며 괴물을 밀어내던 이겸의 시야로 벌어진 입 안에서 방금 전에 보았던 범의 눈이 보였다.

위험한 판단일지도 모른다. 칼을 꺼내 안을 깊숙이 찌르려면 한쪽 손으로만 괴물의 힘을 버텨야 하는데, 칼을 빼 드는 순간까지 버틸 수 있을지 장담할 수 없었다.

하지만 달리 다른 방도가 없으니 그리해야겠다고 생각하며 한 손을 내리려던 찰나였다.

"여기다!"

멀리서 들려오는 목소리, 화살은 정확하게 범을 향해 내리꽂혔다. 예전처럼 순식간에 사라지는 것은 아니었지만, 화살을 맞은 범은 빠르게 안으로 사라졌다.

"괜찮으십니까?"

다급하게 달려온 남자의 질문에 대답할 정신도 없이 이겸은 그 괴상한 것이 사라진 곳을 가만히 바라보았다. 그 자리에는 자신의 옷만이 덩그러니 남겨져 있었다. 이겸은 거친 숨을 몰아쉬며 여전히 선명하게 남은 괴물의 잔상을 기억했다.

다시 낙영회의 기지로 돌아온 이겸은 옷을 앞에 두고 깊은 사념에 빠졌다.

"이 옷……."

이 옷에 집착한 이유가 무엇일까, 옷에 얼굴을 파묻고 있던 괴상한 짐승과 그 뒤에서 분리되어 있는 범의 상태.

"대체, 무엇 때문에."

전에는 옷에 집착하던 꼴을 보지 못했다. 올라온 상소문에도 그런 것을 보지 못했고 유일하게 살아 돌아온 자에게도 듣지 못했던 이야기였다. 밤이 아침을 향해 부지런히 달려가는 시간 동안 옷을 바라보고 만져 보던 이겸은 매실이 묻어 있던 끈적끈적한 부분이 사라졌다는 것을 느꼈다. 어쩌면, 옷이 아니라 매실에 집착을 보이고 있었던 것일지도 모른다는 생각이 들었다.

"매실이라……."

다시 한번 분명 옷에 묻어 있었으나 지금은 흐릿한 흔적만 남아
있는 매실 자국을 바라보았다. 이겸의 의문이 점점 확신으로 바뀌
어 가는 순간이었다.

환하게 켜져 있던 주등이 꺼졌다.

"오늘 여기 장사 안 합니까?"

"예, 안 합니다. 그러니 아쉽더라도 돌아가 주십시오."

술과 안주 맛뿐만이 아니라 유난히도 예쁜 기생들이 있어 언제
나 발이 끊이지 않았던 곳이기 때문에 문지기의 말에 술을 마시러
온 사람들은 격한 아쉬움으로 돌아서야 했다. 문지기는 이제 겨우
사람들의 발길이 끊긴 골목을 두리번거렸다.

커다란 마당에는 무척이나 매혹적인 붉은 꽃들과 인위적으로
만든 작은 정자와 연못이 아름답고도 고풍스러움을 풍겼다. 장사
를 하지 않는다는 그곳에선 은은한 가야금 소리가 퍼져 나가고 있
었다. 유일하게 불이 켜져 있는 방에서 들려오는 소리였다. 안에서
거하게 술을 마시던 남자가 공중으로 손을 뻗자 가야금을 치던 기
생들이 물러났다.

"듣기 좋은 가락이었는데, 내 아쉽소."

젊은 남자의 투정에 원석과 대신들은 인자하면서도 멋쩍은 미
소를 지어 보였다. 젊은 남자는 그런 그들에게 사기에 가득 채워진
술을 건배하자며 치켜들었다.

술과 여자를 좋아하는 한심한 한량처럼 보이지만, 그는 엄연히
왕족이었다. 이광의 동생 이민의 아들, 희원군 이현이었다.

세상의 모든 술을 접해 보아야 한다며 지방 곳곳을 돌아다녔을 뿐만 아니라 청나라까지 넘어가서 술을 마시고 올 정도로 술에 대단한 애착을 보이는 이현은 오늘도 술에 반쯤 취해 실없는 말과 웃음을 깔고 있었다.

"어제도 그리 술맛이 좋더니, 오늘도 이리 좋단 말인가? 술 없이는 못 살아서 내, 금주령이 내려져 있는 동안에는 청나라로 갔다 왔다네. 이 술 없이 어찌 살 수 있겠는가?"

이현의 말에 원석을 포함한 모두가 공감하듯 허허 웃어 젖히며, 서로 빠르게 눈빛 교환에 나섰다. 어쩌면 모두가 같은 생각을 하고 있었던 것일지도 몰랐다. 고집덩어리에 자신들이 무슨 말만 해도 반대하고 나서며 반항하는 이겸보다는 훨씬 더 쉽게 주물럭거릴 수 있는 상대였다.

그런 이겸이 벌써 열흘째 행방이 묘연했고, 그 바람에 왕인 이광은 앓아누워 회복의 차도를 보이지 않았다. 분명 다음 대위를 이어야 할 차기 왕이 있어야 하는데, 지금으로서는 없는 상태이니 저들끼리만 생각하는 충신으로서 차기 왕을 선정해야 한다고 판단했다. 그래서 고른 사람이 이현이었다.

"그건 그렇고. 정말 이 건국 땅에서 떠돌아다니고 있는 소문이 사실인가?"

입가에 묻은 술을 손등으로 닦아 내며 이현은 과장되게 몸을 수그리고선 속닥거렸다.

"어떤 소문을 말씀하시는 것인지."

"세자 저하께서 행방이 묘연하다는 소문."

"사실입니다."

원석은 침착하게 대답했고 이현은 이번에도 역시 과장되게 놀랐다.

"이런, 이런. 어찌 이런 비통하고 어처구니없는 일이 있는 것인가? 한 나라의 세자의 행방이 묘연하다니! 대체, 대신들은 무엇을 하고 있었기에 세자 저하의 안위를 호위하지 못한 것인가!"

그러면서 이현은 속상하다는 이유로 술을 한 잔 쭈욱 들이켜고는 소매로 거칠게 입술을 닦았다.

"전하의 성후는 어떠신가?"

이현의 의례적인 질문에 대신들은 하나같이 똑같은 얼굴을 하고선 깊은 한숨을 내쉬었다.

"이런……. 하나뿐인 아드님인 세자 저하로 인해 전하마저 위독하신 건가?"

여태 시종일관 장난이 서려 있던 눈빛이 묘하게 바뀐 것은 그때였다. 자신을 은밀히 불러들인 이유를 알 것 같아서였다.

대신들 또한 그가 지금 당장 무엇을 생각하고 있는지 단숨에 알아차릴 수 있었다. 방 안에는 무엇이라 규정하기 어려운 분위기가 흘러갔다. 누구도 쉽게 감정을 내보이지 않았지만, 서로의 눈빛은 오로지 한 감정을 위해서 움직이고 있었다.

"허허, 위험하고 발칙한 사람들일세."

한동안 그 사람들과 눈빛을 주고받은 이현이 호탕하게 웃으며 다시 한번 술잔을 들어 올려 건배를 취했다.

모두와 헤어지고 집으로 돌아온 원석은 피로에 젖은 몸을 눕혔다. 일이 무난하게 잘 흘러가고 있는 것 같았다. 그래도 착오가 생기지 않게 꼼꼼하게 계획을 짜야겠다고 여기며 입가엔 흐뭇한 미소가 떠올랐다.

목에 낀 가시처럼 내내 거슬렸던 이겸의 존재가 사라지고 자신의 손바닥 안에 있던 건국을 다시 움켜잡을 생각을 하니, 밥을 먹지 않아도 배가 부를 것만 같았다. 조금 다급한 건 하루라도 빨리 이겸의 시체를 찾는 것뿐이었다.

심장에 화살을 맞고 피를 흘리며 살기 위해 발버둥 치며 죽어 갔을 이겸의 모습을 직접 보지 못하는 것 또한 아쉽다는 생각이 들던 찰나, 원석은 주변의 온도가 격하게 싸늘해졌다는 것을 느껴 감고 있던 눈을 번쩍 떴다.

"윽!"

어둠 속에서 누군가가 자신의 목을 향해 은장도를 겨누려고 들었다. 언제 들어왔는지도 모를 정도로 빠르고 은밀한 움직임이었다.

원석은 반사적으로 팔을 뻗어 제 목 지척으로 들이밀어졌던 은장도를 겨우 막았다. 복면을 쓴 자는 누구인지 알 수 없었지만 유일하게 밖으로 드러난 눈에선 살기가 가득 느껴졌다.

"웬 놈이냐."

어금니가 미세하게 깨질 정도로 힘을 주어야 했던 원석이 겨우 내뱉은 말이었다. 자객에게선 그 어떤 대답도 돌아오지 않고 손에 쥔 은장도에는 더욱 힘이 실려 원석을 압박했다. 자객은 금방이라도 원석의 숨통을 끊어 버릴 거라는 듯이 강압적이었다.

"네놈이 감히……!"

원석은 필사적으로 팔에 힘을 주어 자객을 밀쳐 냈다. 원석은 이를 세게 물며 없던 힘까지 쥐어짜 냈다. 자객이 마침내 밀쳐지며 들고 있던 은장도가 방바닥에 미끄러져 문 앞까지 날아가 버렸다.

"누구 없느냐! 자객이다! 자객이다!"

원석은 목에 핏대를 세우고 얼굴이 붉어질 정도로 고함을 질렀다. 깜깜했던 주변이 환해지자 자객은 노려보는 것을 잊지 않고 창호지 창문에 몸을 던져 사라졌다. 뒤늦게 문이 열리더니 아들 양호가 허겁지겁 뛰어 들어왔다.

"아버지!"

"저쪽이다. 저쪽!"

자객이 빠져나간 창문을 가리키자 양호가 밖에서 우왕좌왕하고 있던 하인들에게 방향을 가리켰다. 그러고는 분노로 거친 호흡을 하고 있는 원석을 걱정했다.

"아버지……."

"대체 어떤 놈인 것이냐."

원석은 누구의 짓인지 도통 감이 오지 않아 분개를 터트리며 자객이 사라진 밖을 서슬 퍼런 눈으로 노려보았다.

여전히 감감소식인 이겸에 속이 뭉개지고 있던 하린은 분실한 옆꽂이에 더욱 정신이 없었다. 자신이 쓰고 있는 방과 자리를 전부 살펴보고 오고 갔던 길을 눈에 불을 켜고 몇 번이고 찾아봤지만 보이지 않았다.

멍청하게 그거 하나 제대로 간수하지 못하고 잃어버린 것이 한심하여 제 머리를 몇 번이고 쥐어박았다. 그러다 주마등처럼 어제 김원석의 방에서 창문 쪽으로 도망치다가 떨어트리고 왔을지도 모른다는 생각이 들었다.

처음부터 김원석을 해치고자 했던 건 아니었다. 그의 뒤를 밟으려고 한 것인데, 그가 아직 정확한 생사조차 확인 되지 않은 이겸의 자리를 넘보는 반역을 꾸미고 있어 용서할 수가 없었다.

"하아……."

그런 치명적인 실수를 저지르다니, 하린은 입술이 찢어져 피가 날 정도로 깨물었다. 그날 해시가 될 때까지 옆꽂이를 찾다가 녹초가 되어 방으로 들어온 하린은 옹기종기 모여 있는 궁녀들을 무의식중에 힐끔 바라보고 나선 다시 제 갈 길을 가려 했다. 그러니까 그 틈 사이에서 자신의 옆꽂이를 꽂고서는 경대를 앞에 두고 연신 예쁜 척을 하고 있는 궁녀 염희를 발견하지 않았다면 말이다.

하린은 단숨에 염희에게로 다가가 그녀가 머리에 꽂고 있는 옆꽂이를 자세히 들여다보았다. 자신이 손톱 모양으로 살며시 표시를 해 놓은 것까지 그대로 있었다. 하린은 손을 뻗어 옆꽂이를 신경질적으로 뽑아 버리듯 뺐다. 분명 이성을 지켜야 했지만 이미 이겸의 실종 이후로 전부 날아가 버린 상태였다.

"꺄악!"

염희가 놀라서는 날카롭게 고함을 내지르자 담소를 나누고 있던 궁녀들의 모든 시선이 한 곳으로 쏠리게 되었다.

"야! 이 미친년, 이게 뭐 하는 짓이야?"

한쪽 머리가 쥐어 뜯겨진 것 같은 모양을 한 염희가 냅다 소리를 내질렀다.

"너 이거 어디서 났어?"

"어, 어디서 났기는? 내 삯으로 산 것이지!"

잠시였지만 당황하는 낌새가 하린의 눈에 포착되었다. 옆꽂이를 뺏으려고 뻗는 염희의 팔을 하린은 가볍게 제지시켰다.

"아아."

하린에게 팔이 붙잡혀서는 뒤로 젖혀진 염희가 앓는 소리를 내며 하린을 노려보았다.

"거짓말하지 마. 이거 네 삯으로 산 거 아니잖아."

"내가 산 거라니까!"

"이건 내 거야. 그렇다면 이 옆꽂이에 손톱만 한 자국이 있는데, 그것이 오른쪽이야 왼쪽이야?"

염희의 눈이 심하게 흔들렸고 궁녀들의 호기심 어린 시선이 와 닿았다. 사실 다른 궁녀들 역시 평소에는 하린이 물건을 훔쳐 골탕을 종종 먹이긴 했지만, 혜림의 사건 이후로 다들 쉬쉬하는 분위기였다. 그 상황에서 염희가 또 하린의 물건을 훔쳤다니, 어떤 궁녀는 행여나 유 상궁이 이쪽으로 오진 않을까 노심초사하고 있었다.

"왼쪽?"

한참 머리를 굴리던 염희가 눈치를 보며 대답했다.

"틀렸어. 자국은 위에 있어."

하린이 내버리다시피 염희의 손목을 놓아주었다. 근처에 있던 궁녀 하나가 하린의 옆꽂이에서 자국을 확인했다. 작은 옆꽂이에 손톱만 한 자국이라면 보이지 않으려야 않을 수가 없을 정도로 큰 편이었다.

"정말, 위에 있네⋯⋯."

궁녀들까지 확인하고 나서자 염희는 크게 당황해했다.

"아, 아니라고, 훔친 건 아니라고!"

"그렇지 않다면 내 것이 왜 너에게 있는 거야?"

"정말이야, 훔친 건 아니야. 훔친 것은 아니라고!"

한마디를 더 하려고 했지만 누군가가 유 상궁 마마가 온다고 외쳤고 모두들 뿔뿔이 제 방으로 흩어졌다. 결국 하린은 옆꽂이를 되찾아 자신의 자리로 돌아왔다. 누웠지만 절대 잠이 올 리가 없었다. 되찾은 옆꽂이를 가만히 들여다보며 하린은 곰곰이 생각했다.

이것을 분명 김원석 집에 떨어트리고 온 것 같은데, 어찌하여 염희에게 있는 것이지? 더군다나 염희가 한 말이 좀 애매하다.

'훔친 것은 아니다'라고 말을 했다. 훔친 것은 아니라면 샀을 것인데, 확실히 손톱자국이 있는 것을 보니 새것은 아니고 하린 제 것이 분명하였다. 새것도 아니고 훔친 '것은' 아니라면……. 누군가에게 받았다는 것인데.

받았다. 누구에게?

하린의 눈동자가 혼란스러움으로 가득 차 있었다.

"뭣이라?"

이른 새벽, 아들 양호가 전하는 말에 원석은 민감하게 반응을 보였다. 그것도 그럴 것이, 양호는 매우 위험한 발언을 하고 있었기 때문이었다.

"그러니까, 네가 어제 바닥에서 주운 옆꽂이를 궁녀에게 주었는데, 그 옆꽂이를 하린이라는 아이가 제 것이라며 가져갔다는 것이냐?"

"네, 아버지."

"네놈이, 죽으려고 환장을 하였느냐? 어찌, 그 옆꽂이를 궁녀에게 전해 준 것이야!"

자신이 대단한 것을 발견한 양 기쁜 마음에 말을 전했던 양호는 생각지도 못했던 아버지의 지적에 크게 놀라며 몸을 조아렸다. 얼굴은 쌀가루를 뒤집어쓰기라도 한 것처럼 이미 사색이 되어 있었다.

"아버지, 저는 그저……!"

"궁녀와 사통을 하면 누구든 상관없이 모두 교수형을 당한다는 것을 모르고 있는 것이냐?"

항상 자신을 아끼던 아버지의 무자비한 호통 속에서 유난히도 크게 들렸던 '교수형'이라는 단어에 양호는 몸을 벌벌 떨었다. 원석은 골치가 아프다는 듯이 이마를 쥐어짜며 쓰러지듯 몸을 털썩 기대었다. 그래도 그나마 다행 중에 하나는 지금 궁궐은 이겸 때문에 정신이 없다는 거였다.

"그 궁녀를 다시는 만나지 말거라."

"예, 아버지."

"썩 물러가 있거라!"

성가시다는 듯이 아들을 쫓아낸 원석은 염희라는 궁녀를 어찌 처리할지 골치를 썩다가 하린의 존재에 다시 관심을 돌렸다.

그렇다면, 그날 자신을 습격한 자객이 하린이라는 것인가? 어둠 속에서 자신을 향해 은장도를 겨누며 마주쳤던 눈빛. 그래, 어디선 가 많이 본 듯한 눈빛이라 생각하였는데 며칠 전 궁궐에서 기분 탓이라고 여겼던 그녀의 눈빛이 맞았다.

그저 이겸이 한날 데리고 놀던 보잘것없는 년이라 생각했는데 보통이 아니었다. 어찌 여인의 몸에서 나오는 힘이 그리도 세고 남자 여럿이서 달려들어도 잡지 못할 만큼 날렵했던 것인가? 뒤통수를 얻어맞은 기분이었다. 등잔 밑이 어두웠고 자신이 이겸을 너무 과소하게 여긴 것 같았다.

이겸, 이 능구렁이 같은 자식…….

"내가 이리 당하고 있을 수만은 없지."

원석은 자신의 뒷일을 봐주는 구 서방을 급하게 불러 은밀하게 전했다.

"사람을 좀 알아봐야겠구나."

늦은 밤, 큰 소리가 난다며 걱정하는 종들의 말을 듣고 다급하게 아버지 방으로 온 혜림은 안으로 들어가지 않고 다시 밖으로 나왔다.

"아가씨?"

"별일 아닌 것 같구나. 다들 물러나 있거라."

종들을 돌려보낸 혜림은 훌쩍이며 아버지 방에서 나오는 오라버니 양호의 눈에 띄지 않으려 얼른 기둥 뒤로 몸을 감추었다.

"궁녀와 외간 남자가 사통을 하면 모두 참수형에 처한다……."

혜림은 아버지 방 앞에서 듣게 된 말을 되새김질했다. 참수형에 처하게 되면 궁궐에서 내쫓는 것보다 훨씬 수월할 것이고 법도가 그리되어 있으니 아무리 왕이라 하여도 어찌할 도리가 없을 거였다.

이제 이겸을 갖겠다는 욕심보다는 자신이 가질 수 없다면 하린조차도 갖지 못하게 만드는 것이 혜림의 목적이 되었다. 아니, 어찌 보면 제 자존심을 밟고 큰 상처만 준 이겸 또한 자신만큼이나 큰 상처를 받길 원하고 있던 것일지도 몰랐다.

"내가 행복해질 수 없다면 모두 다 행복해질 수 없어."

궁궐이 있는 방향으로 향해 있는 혜림의 눈빛은 독하게 바뀌어 갔다.

이겸은 매실이 가득 담겨 있는 바구니들을 말 위에 단단히 고정시켰고 남자들의 귓구멍에는 천을 돌돌 말아 꽂게 했다.

"정말 성공하게 될까요?"

걱정스럽게 묻는 민현의 말에 이겸은 확신하지는 못했다.

"부탁 하나만 하자꾸나."

"네. 말씀하세요."

"만일 이번 일이 어긋나서 내 목숨이 끊어진다면, 네가 하린이를 보살펴 주도록 하거라. 내가 없는 궁에서의 삶은 하린에겐 어떤 의미도 없을 것이다. 그 아이가 무사히 궁에서 빠져나올 수 있도록 도와주거라. 그리고 저잣거리의 최 씨 아저씨를 찾아가거라. 그곳에 내가 하린이가 평생 먹고살 수 있을 만큼 준비해 두었으니."

잠시의 시간을 두었지만 민현은 굳은 목소리로 대답했다.

"그리하겠습니다."

그저 성공을 바라는 수밖에 없었다. 매실을 실은 말들은 각자 흩어졌다가 괴물이 나타나는 순간 하늘을 향해 활을 쏘아 위치를 알리기로 했다. 처음에 직면했던 괴물이 저를 잡아먹으려 입을 벌렸지만, 두 번째로 직면한 괴물은 자신보다는 옷에 묻은 매실에 정신이 팔려 있다는 것을 이용한 거였다.

아마 이 작전이 성공한다면 괴물은 누구를 만나든 그 인간보다는 이 매실에 먼저 관심을 갖게 될 것이고, 그렇다면 위기에 처한 사람은 충분히 자신의 위치를 알려 줄 시간을 벌 수 있을 거였다.

이겸은 작전이 제발 맞아떨어지길 바랐다. 괴물을 빨리 잡아서 벌써 보름이나 가깝게 돌아가지 못하고 있는 궁으로 가서 하린을 만나고 싶었다. 이겸은 말을 다시 출발시켰다.

그때와 마찬가지로 모두가 뿔뿔이 흩어져 숲속을 걸었다. 작전에 성공할 수 있을 거라는 기대감과 실패를 하면 또다시 겪게 될 절망 속에서 이겸은 침착하게 주변의 기온을 느끼려 집중하고 애썼다.

정신을 차리지 못하면 순식간에 목숨을 잃게 된다. 정신을 차리거라, 이겸아. 수십 번은 더 제 마음에 채찍질을 하며 주변을 살폈다.

쉽게 제 모습을 드러내지 않는 괴물에 속이 터져 조바심은 더욱 깊어졌다. 실망감에 자꾸만 흐트러지려는 정신을 다잡으며 걸었다.

그러나 괴물이 주변에 있을 때 느껴지던 그 특유의 분위기가 도통 느껴지질 않았다.

"후, 대체 어디에 있는 것이냐……."

속이 뭉그러져 탄식을 내뱉고 있던 그때, 멀찍이서 하늘을 향해 화살이 쏘아졌다.

나타났구나.

"이랴!"

이겸은 말을 재촉하며 빠르게 내달렸다. 말에 실은 매실들이 출렁거리며 밖으로 온통 쏟아졌지만 그것을 신경 쓸 겨를이 없었다. 가는 동안 매고 있던 활을 꺼내 손에 움켜쥐고 옷이 바람에 휩쓸려 가는 것처럼 빠르게 달렸다. 그리고 마침내 혼자 덩그러니 있는 말의 바구니에서 매실을 먹고 있는 그 해괴한 괴물을 발견했다. 그때와 마찬가지로 그 뒤에 범이 앉아 있었다.

이겸은 온 신경을 최대로 집중하여 범에게 위치를 맞추고 시위를 비틀어 쐈다. 팽팽한 줄에 튕겨 나간 화살은 정확하게 범의 오른쪽 다리에 가 꽂혔다.

범이 격하게 몸부림을 치며 이겸을 향해 잡아먹을 듯 달려왔다. 순식간에 몸을 덮쳐 와 이제 막 칼을 뽑아 든 이겸이 그대로 말에서 추락하여 바닥으로 뒹굴었다. 범은 그 틈을 놓치지 않고 이겸의 몸 위로 달려들어 포효했다.

범의 위협적인 이빨과 맹렬한 눈빛이 이겸의 코앞에 있었다. 발톱에 찍힌 어깨가 으스러질 것 같았고 피가 흘러넘쳤다. 억누르는 힘이 감당이 되지 않을 정도로 큰 바위에 짓눌리고 있는 것처럼 속수무책이었다.

힘을 주느라 이가 깨지고 눈의 핏줄이 터져 핏물이 가득 찬 것 같았다. 심장이 얼어붙는 것 같았지만 살고자 하는 의지가 더욱 강했기에 필사적으로 몸부림쳤다.

급기야 범이 이겸의 다리 한쪽을 물고 빠르게 반대쪽으로 내달렸다. 이겸이 속수무책으로 질질 끌려갔다. 몸이 바닥에 정신없이 쏠리는 탓에 아픈 소리조차 지를 수가 없었다. 범은 인정사정 보지 않고 무작정 달렸다.

이겸은 정신이 점점 아득해져 가고 있다는 것이 느껴졌다. 시야가 뿌예지고 몸이 점점 나른해졌다.

'정신을 차리거라, 아가야. 넌 반드시 살아야 한다. 넌 반드시 살아야 해.'

정신을 잃기 직전, 제 볼을 쓰다듬으며 해 주었던 어머니의 목소리가 떠올랐다. 반드시 살아남겠노라, 약조했다. 반드시 살아서 돌아가겠다고 하린과도 약조했다. 살아야 했다. 꼭 살아야 했다.

기적처럼 번쩍 정신을 차린 이겸은 품에 차고 다니던 패도를 꺼내 있는 힘을 다해 범의 몸에 집어 던졌다. 날카로운 칼이 범의 피부를 뚫고 피로 적셔져 갔다. 그럼에도 멈추지 않는 폭주에 이겸은 또 하나를 꺼내 집어 던졌고 목덜미에 타격을 당한 범의 속도가 늦추어졌다.

범은 더욱 크게 포효하면서도 마지막으로 몸부림을 치듯 입을 벌려 이겸을 삼키려 했으나 그러지 못했다. 마지막 남은 패도를 범의 입 안에 정확히 던져 꽂아 버렸기 때문이었다. 몸이 타들어 가는 고통 속에서 범은 괴로워하다가 그대로 바닥에 쓰러졌다.

"세자 저하!"

뒤에서 들려오는 민현의 긴박한 목소리에 죽은 범 위에 깔려 있는 이겸은 격한 기침을 하며 구역질을 했다. 매실에 정신이 팔려 있는 요상한 괴물은 마치, 짐승을 박제시켜 놓은 것처럼 메말라 죽어 있었다.

그것이 흡사 죽임을 당했다는 인간들의 시체와 비슷한 모습이었다. 이겸은 이제야 느껴지는 어깨의 통증에 손을 가져다 대며 겨우 한숨 돌렸다.

돌아갈 수 있다. 이제…… 하린을 볼 수가 있다.

"채비를 하거라. 김원석을 만나러 갈 것이다."

원석은 궐 상황이 이렇다 하더라도 오래전부터 준비하며 초대한 대신들 때문에라도 자신의 생일잔치를 그냥 건너뛸 수는 없는 노릇이었다. 대신 눈치껏 원래 진행했던 잔치보다 훨씬 더 간소하게 준비되는 것을 지켜보았다.

"그건 그렇고, 이 자식은 지 애비 생일날 어디에 가 있는 것이야?"

보이지 않는 아들 양호에 원석은 신경질이 났다. 지나가는 수하들을 잡아 물었더니, 어젯밤에 벗들과 술자리를 하고 여태껏 집에 들어오지 않고 있다는 말이 돌아왔다. 가문을 이어 갈 유일한 아들이 아니었으면 진작에 내쳤을 자식이었다.

"아버지."

혜림이 곱게 차려입고 원석의 곁으로 다가왔다. 그나마 딸아이가 있어서 조금의 위로가 되는 원석이었다. 세자에 대한 마음이 꽤나 깊어 보여서 오래 갈 줄 알았던 투정은 금방 사라졌다. 그래서 원석은 혜림을 더 예뻐라 했다.

"그래, 아가야."

"생신 진심으로 축하드리옵니다."

원석은 양호 때문에 치밀어 오르는 분노를 혜림으로 삭였다. 그러고 얼마 안 있어, 잔치가 시작되었다. 원석을 축하해 주러 오는 대신들이 하나둘씩 문간을 넘어 와 덕담과 간소한 선물들을 전해 주었다.

기생들이 연주하는 가야금 속에서 술을 채운 잔이 공중으로 치켜들어 앞으로의 원석의 건강을 위한 건배가 치러지고 있을 때였다. 구 서방이 사색이 된 얼굴로 허겁지겁 달려오다가 바닥으로 넘어져 뒹굴다시피 원석의 곁으로 다가왔다.

"어허, 왜 이리 경망스럽게 구는 것이냐."

언짢은 듯 말하는 원석에 구 서방은 대답할 정신도 없이 몸을 바들바들 떨며 귓속말을 전했다. 원석의 표정이 금세 굳어졌다. 구 서방의 말이 끝나기 무섭게 연회장 쪽으로 누군가가 천천히 걸어오고 있었다. 그리고 그의 시선을 가장 먼저 끈 것은 난생처음 보는 해괴망측한 짐승의 사체였다. 그리고 그 앞에 위풍당당한 이겸이 원석의 눈을 똑바로 마주 보며 다가오고 있었다.

아름다운 풍악과 이질적인 이겸의 위협적인 자태에 모두의 시선이 공포로 물들어 가고 있었다. 이겸은 눈을 뜨고 죽은 범보다 더욱 매서움을 띠고 있었다.

죽은 범과 알 수 없는 짐승의 사체가 원석의 눈앞에 툭 하고 무심한 듯 놓아졌다. 잔치를 하고 있던 대신들은 짐승보다 살아 돌아온 이겸에 기겁하며 하나둘씩 자리를 털고 일어났다.

원석은 가장 먼저 딸 혜림이를 살폈다. 짐승을 보고 크게 놀라하는 딸아이를 구 서방을 시켜 방으로 데려가라고 일렀다.

혜림은 끔찍한 괴물을 보고 속이 메슥거렸기 때문에 아버지의 제안을 따랐지만, 다시 돌아온 이겸에게선 쉽게 눈을 떼지 못했다.

시작도 하지 않은 연회에 이겸을 대면하고 있는 건 원석뿐이었다. 원석 역시 짐승의 사체보다 살아 돌아온 이겸의 존재에 더욱 몸을 파르르 떨었다.

"잔치에 제가 좀 늦었습니다, 영의정 대감."

여유로운 이겸의 모습에 원석도 애써 태연한 척 굴었다.

"혹여 세자저하의 성체가 무사하지 않을까 싶어, 소신 많은 걱정으로 잠조차 제대로 이루지 못하고 있었나이다. 세자 저하가 이리 강경한 모습으로 나타나시니 소신 이제 모든 걱정과 고통을 떨칠 수 있겠사옵니다."

원석의 가소로운 말에 이겸은 한껏 비웃어 주고 싶었지만, 감정을 굳이 밖으로 드러내지 않았다.

"어떻습니까, 대감. 제가 준비한 선물은 마음에 드시는지요."

이겸은 죽은 사체를 턱짓하며 물었다. 그러다 이내 원석의 입가에도 비릿한 미소가 떠올랐는데, 무척이나 불쾌하면서도 불안한 미소였다.

"저도 혹시 몰라 세자 저하에게 드릴 선물을 준비하였습니다."

정갈한 이겸의 눈썹이 한쪽으로 추켜세워졌다. 원석은 구 서방에게 눈짓을 해 보였고 그들의 수하들이 뒤쪽으로 향했다.

낯설지 않은 사내가 성한 곳이 하나도 없어 보일 정도로 두들겨 맞은 모습을 하고서는 끌려 나오고 있었다. 하린의 동생, 영운이었다.

하지만 놀란 것도 잠시, 그 뒤로 줄에 꽁꽁 묶인 채 몸부림을 치면서 끌려나오던 자와 이겸의 눈이 마주쳤다. 이겸의 눈이 금세 애틋함으로 적셔져 갔다.

"하린아……."

하린.

그토록 보고 싶었던 하린이었다.

11.

"세자 저하."

하린은 겨우 입술을 열어 그를 불러 보았다.

그가 살아 있다는 안도감에 차오른 눈물은 하린의 이성을 밀쳐 내고 멋대로 비집고 튀어나와 버렸다. 포박되어 닦을 수도 없는 눈물이 뺨을 흠뻑 적시고 마음을 적셨다.

이겸이 사라졌던 그날들을 하린은 다시는 경험하고 싶지 않은 지옥이었다. 앞으로 평생 살면서 이토록 누군가를 그리워하고, 그 그리움에 마음이 도려 나가는 아픔을 겪지는 못할 거였다. 그래서 다행이었다. 제 눈앞에 이겸이 살아서 숨 쉬고 있는 것이.

"이게 무슨 파렴치한 짓이오, 대감."

하린을 애처롭게 바라보던 이겸은 옆에서 두 사람의 애틋한 상봉을 한껏 비웃고 있는 원석을 향해 눈을 치켜들었다.

"뭘 하다니요, 세자 저하. 한동안 양반들을 농락하고 남의 것을 탐한 도적놈을 잡았지요."

원석의 눈짓에 하린을 붙잡고 있던 수하들이 그녀를 끌고 와 무릎을 꿇고 앉히려 들었다. 하린은 쉽게 원석에게 무릎을 꿇지 않으려 발버둥을 쳤지만, 수하들이 번갈아 가며 정강이를 내려찍는 바람에 그대로 무릎을 꿇어야 했다.

"누님!"

영운이 울부짖듯 하린을 불렀다. 이겸의 뒤에 있던 민현이 칼자루를 잡고 움찔했지만 이겸이 제지했다. 원석은 이겸이 살아 돌아온 것이 못내 아쉬웠지만, 그래도 하린으로 하여금 충분히 이겸의 폭주를 막을 수 있다고 단언하며 샐쭉거렸다.

"도적놈이라니? 어찌 대감은 이 여린 여인이 그토록 위험한 짓을 저지른 도적이라 확신하는 것이오?"

굳은 얼굴의 이겸이 물었다.

"저놈을 도적놈의 동생이라고 소문을 냈습니다, 세자 저하. 도적놈의 동생을 잡아들였으니 살리고 싶다면 오라는 소문에 이년이 알아서 발걸음을 하더이다."

한껏 자신감에 도취되어 있는 원석의 말이 이어지는 동안, 하린은 죄인처럼 고개를 수그렸다. 이겸을 볼 낯이 없었다.

보기만 해도 몸서리 쳐질 만큼 끔찍해 보이는 짐승을 목숨 바쳐 잡았을 그의 노고를 자신이 전부 그르쳐 버리게 된 것이다. 분명 경솔한 행동이었다. 하나 영운을 외면할 수 없었다. 민현에게 도움을 청할 여유도 없이 영운이 붙잡혔다는 소식을 듣고 이성을 차리지 못하고 어리석게도 제 발로 걸어 들어온 것이다.

"어디 그뿐인 줄 아십니까? 감히, 사대부의 목에 칼을 겨눈 파렴치한 년입니다!"

좀처럼 보기 힘든 원석의 격한 감정에도 이겸은 숨소리 하나 달라지지 않고 덤덤함을 유지했다. 그런 이겸의 반응이 원석은 기가 차기도 하면서도 의아할 뿐이었다. 알 수 없는 불안감이 슬그머니 그림자를 내비칠 때쯤 이겸이 다시 입술을 떼어 냈다.

"증거 있습니까."

"증거요? 그날 저년이 제집에 옆꽂이를 떨어트리고 갔지요. 그거뿐입니까? '날도'의 동생을 잡았다는 소식에 저리 버선발로 달려오지 않았습니까? 그것이 증거지요."

당당한 원석의 말에 이겸은 뒤에 있는 민현에게 눈짓을 보냈다. 그러자 민현은 아까부터 들고 있었던 자루를 그대로 마당에 탈탈 털어 냈다. 마당에 쏟아진 것은 원석이 이전에 보았던 똑같은 옆꽂이들이었다.

"저잣거리에 가면 아주 흔하게 볼 수 있는 옆꽂이지요."

"하나 이년은 그 옆꽂이에 작은 자국마저 맞히며 제 것이라고 우겼다지요."

"누구에게요?"

마치 기습처럼 날아온 이겸의 질문에 원석은 아차 싶었다. 이래서 쉽게 감정을 내비치면 아니 된다고 몇십 년을 저를 단련시켰지만, 오늘은 저답지 않게 너무 많은 흥분을 해 버렸다. 이겸이 살아 돌아왔다는 것만으로도 원석은 이성을 쉽게 가다듬을 수가 없었다.

이미 이겸의 입가엔 승리를 예감한 옅은 미소가 떠올라 있었다.

"누구에게 우겼단 말입니까?"

"세자 저하."

"어찌하여 그 옆꽂이가 궁녀의 손에 들려 있었던 걸까요?"

말하지도 않았던 '궁녀'의 존재를 알고 있는 이겸에 원석의 심장은 벼랑 끝으로 쿵 하고 추락하는 것 같았다. 건국의 법전에 따르면 궁녀가 왕과 세자 이외의 남자와 간통을 저지르면 남자와 여자 모두를 참수에 처한다는 법이 있었다.

그것은 즉, 궁녀와 간통을 한 자신의 아들이 이겸의 몇 마디에 목숨이 좌지우지될 수도 있다는 뜻이었다.

"영의정 대감은 법을 참 좋아하시지요?"

원석은 부정할 수 없었다. 왕인 이광이 무슨 말만 하면 전부 '법도에 어긋나는 일이옵니다'라는 말로 반대를 해 오던 자신이 아니던가?

"저를 잃고 상심한 마음으로 마을에 왔다가 동네 사람들에게 동생이 잡혀갔다는 소문을 들었다고 합니다. 그것은 '날도'의 도적이 동생을 보러 온 것이 아니라 억울하게 끌려간 동생을 보러 온 '누이'의 마음입니다."

이겸은 천천히 원석과의 간격을 좁혔다. 그리고 지적으로 다가와서는 품에서 무언가를 꺼내 들어 원석의 눈앞에 내밀었다.

"이것이 무엇인지 아십니까?"

원석은 아무 말도 못 하고 두려움과 분노가 희석된 눈으로 종이를 바라보았다.

"바로 연서입니다. 누구의 연서인지, 한번 꺼내 볼까요?"

"세자 저하."

연서를 꺼내려는 이겸의 손을 원석이 다급하게 막았다. 이겸의 입꼬리가 비스듬하게 올라갔다.

"왜요. 궁금하지 않으십니까?"

능청스러운 이겸의 모습에 원석은 자존심이 깎이고 뭉개지는 것 같았지만, 하나뿐인 자식이 참수를 당하는 것은 절대 안 될 일이었다. 이렇게 아등바등 악착같이 구는 것도 전부 가문의 대를 이어 가기 위함이었기에 원석은 지금 당장은 이 수모를 어쩔 수 없이 견뎌야 했다.

"아들의 목숨을 살리고 싶으시다면. 그저 이번 일은 입을 닫고 눈을 감고 귀를 막으시면 됩니다."

이겸은 원석의 어깨를 가볍게 툭툭 쳐 보이며 능멸했다.

"아시겠습니까, 대감."

툭툭 치던 손이 원석의 어깨를 무겁고 아프게 그러쥐었다. 자신이 느꼈던 고통에 비하면 아무것도 아니니, 굳게 참으라 눈빛으로 경고하고 있었다.

"도적은 제가 제 손으로 반드시 잡지요. 건국의 재산을 갉아먹는 진짜 도적을 말입니다."

그것은 절대, 비리를 저지른 사대부만을 찾아가 도적질을 한 '날도'를 뜻하는 것은 아니라는 것쯤은 원석도 충분히 알고 있었다. 이겸은 들고 있던 연서를 다시 품에 집어넣고 원석에게 기울이고 있던 몸을 일으켜 세웠다.

"그럼 전 이만 가 보겠습니다. 또 뵙지요."

이겸의 시선은 바닥에 무릎을 꿇고 앉아 있는 하린에게로 향했다.

원석의 집으로 가기 직전, 세아가 낙영회의 기지를 찾아왔다. 원

래는 생일잔치의 전날에 들이닥치려고 했던 계획은 잠시 미뤄야
했다.

세아는 혹시 몰라 맡긴다며 하린이 건넨 옆꽂이를 주며 사정을
자세하게 전했고, 또한 자신이 궁 안에서 원석의 아들이 궁녀와 간
통하는 것을 보았다고 전했다. 만약, 세아와 엇갈렸다면 절대 하린
을 구할 수 없었을 거였다. 생각만으로도 끔찍했다. 자신이 그토록
악착같이 살고자 했던 이유가 사라진다는 건, 생각 그 이상으로 잔
인한 일이었다. 연서 같은 건 없었다. 하지만 원석은 이겸이 만든
가짜 연서에 속아 꼬리를 내렸다.

하린에게 다가온 이겸은 한쪽 무릎을 꿇고 앉아 그녀와 눈높이
를 나란히 맞추었다. 보기만 해도 안쓰러울 정도로 야위어진 하린
의 볼을 부드럽게 쓸어 주며 울컥하고 치밀어 오르는 눈물을 겨우
삼키고 부축하였다.

"가자, 하린아."

하린과 영운을 데리고 나오는 동안 뒤에서 느껴지는 원석의 살
벌한 시선에도 이겸은 주눅 들지 않았다. 앞으로는 정신을 더욱 바
짝 차려야 할 것이다.

원석이 하린의 존재를 알고 걸고넘어지는 이상, 조금의 빈틈도
허용해서는 안 되었다. 이겸의 심장이 더욱 단단해지고 있었다.

하린은 원석의 집에서 나오자마자 뒤에서 민현의 부축을 받으
며 나오는 영운을 끌어안았다.

"영운아."

"누이."

엉망이 된 영운의 얼굴을 안타깝게 어루만지며 하린은 눈물을

쏟아 냈다.

"미안하다. 이 못난 누이 때문에……."

"아닙니다. 누이는 어디 다친 곳 없죠?"

이 와중에도 저를 걱정하는 영운에 하린은 마음이 미어졌다.

"난 괜찮다."

"다행입니다. 천만다행입니다."

두 사람을 조용히 바라보고 있던 이겸은 민현의 수하들에게 영운을 부탁했다. 그들은 혜민서에서 영운의 치료가 끝나는 대로 은밀하게 낙영회 기지로 그를 데려가 보호할 것을 명했다. 하린과 영운은 서로의 건강을 걱정하며 아쉬운 이별을 해야 했다.

"이제 우리도 돌아가자."

말 위로 이겸은 하린을 가볍게 들어 앉히고 올라탔다. 하린은 제 등에 닿을 듯 말 듯한 이겸의 심장 소리를 들으며 겨우 안정을 되찾고 있었다.

말은 아주 천천히 궁을 향해 걸었다.

"보고 싶었다."

귓가를 스치는 그의 입김은 따뜻하였고 목소리는 애틋하여 하린을 또다시 울렸다.

"네가 보고 싶어 죽고 싶다가도 살기 위해 몸부림쳤다."

한 손으로만 고삐를 잡은 이겸이 다른 한 손으로 하린의 허리를 끌어안고 어깨에 가만히 머리를 기대게 했다. 이제야 비로소 자신이 살고 있다는 것이 느껴져 감정이 북받쳐 올랐다. 두 사람은 이렇다 저렇다 할 대화 대신 서로의 온기를 전하고 느꼈다.

이겸과 하린을 궁까지 호위하기로 한 민현은 뒤에서 두 사람의 모습을 서글프게 바라보며 말의 속도를 늦추었다.

'도망이 전문인지라!'

해맑은 미소를 지으며 하린이 했던 말이 떠올랐다. 그녀는 자신의 말처럼, 민현에게서부터 점점 도망이라도 치듯 더욱 멀어져 가고 있었다. 궁에 도착하면 그녀는 다시는 자신이 탐낼 수 없는 여인이 될 것 같았다.

앞서가던 말이 멈춘 건 궁의 입구를 바로 앞에 두고서였다. 이겸은 말에서 군더더기 없이 깔끔하게 내려서 민현에게로 다가왔다. 민현 또한 말에서 내려 이겸을 향한 예의를 갖췄다.

"지금 나와 함께 궁으로 들어가자꾸나."

이겸의 제안을 굳이 뿌리칠 이유는 없었지만, 자신이 궁에 들어간다면 '날도'로서의 활동을 더 이상 하지 못하게 될 수도 있다. 가뜩이나 지금 하린이 의심을 받고 있어서 활동을 멈춘다면 원석에겐 확신을 줄 수도 있는 노릇이었다. 그것을 이겸은 바로 눈치챈 듯싶었다.

"언제든 원한다면 들어오거라."

"네, 세자 저하."

어느새 하린도 민현의 곁에 다가와 있었다. 그녀의 초췌했던 얼굴에선 조금씩 생기가 피어나고 있었다. 이겸 때문이겠지? 그리 생각하니 민현의 마음이 씁쓸해졌다.

"감사합니다, 민현 오라버니."

"제 할 일을 한 것뿐입니다."

"그래도 고맙습니다."

하린이 행복해하는 모습을 보면 됐다. 민현은 거기까지만 만족하기로 하고 한 발자국 뒤로 물러섰다.

"그럼, 다시 소식 알리겠습니다."

이겸을 바라보는 하린의 눈빛은 그 어떤 별보다 빛나고 있었다. 장담컨대, 그것은 사랑에 빠진 눈빛이었고 부정할 수 없었다. 가볍게 인사를 하고 돌아서 이겸과 궁 안으로 들어가는 하린을 바라보며 민현은 마음이 먹먹해졌다. 그리고 그 마음에서 비집고 나오는 한숨이 무척이나 깊고 진했다.

이겸은 목욕을 하고 옷을 갖춰 입는 것도 건너뛴 채 급하게 아버지 이광을 뵈러 강녕전으로 향했다. 이겸이 돌아왔다는 소식에도 이광은 쉽게 자리를 털고 일어나지 못했다. 겨우 숨을 몰아쉬며 금방이라도 쉽게 꺼질 것 같은 눈으로 하염없이 눈물을 흘렸다. 이겸은 뻗어 오는 아버지의 손을 안타깝게 그러잡았다.

"세자……."

"아바마마께서 이리되신 것은 전부 불효자인 제 탓이옵니다. 저를 용서치 마시옵소서."

"아니다. 세자 탓이 아니다. 모두 이 무능한 아비 탓이니, 자책하지도 개의치도 말거라."

이겸을 잡고 있던 이광의 손이 이번엔 아들의 뺨으로 향했다. 힘이 없는 손끝이 간절하게 아들의 얼굴을 어루만졌다.

이겸이 대신들의 계략에 빠져 행방불명이 되었을 땐 차라리 평범하게 살아갈 것을 왕이 된 자신을 원망하기도 했다. 무엇을 얻고자 왕이 되었는가. 이광은 제 목숨보다도 소중한 자식 하나 지키지 못하는 아비로 무거운 죄책감을 느껴 죽고 싶은 심정이었다.

그래도 이리 살아 돌아왔으니 한시름 놓을 수 있었다.

"내 이제 죽어도, 중전을 볼 수 있을 것 같구나."

"그런 말씀 마시옵소서, 아바마마."

"미안하구나, 세자."

그 뒤로 이광은 아들의 얼굴을 눈에 가득 채워 넣고 오래도록 매만져 주었다. 이겸은 이광만큼이나 제 걱정에 잠을 못 이루었던 인영을 만나러 갔다.

"오라버니!"

"공주."

인영도 이광과 하린만큼이나 많이 야위어져 있었다. 가뜩이나 작은 체구가 더 작아진 것 같아 이겸은 마음에 걸렸고 미안했다.

"왜 이리도 마른 것이냐."

"매일 밤을 오라버니가 살아 돌아오시길 기도하였습니다. 이리 살아 돌아오셨으니, 됐습니다. 이제 다시는 아바마마와 누이인 저를 두고 어디 가지 마셔요."

인영의 애틋한 눈물에 이겸의 눈시울도 촉촉이 젖어 갔다. 인영은 이겸의 품에서 안도의 눈물을 펑펑 쏟아 냈다. 그러다 오랜 긴장이 풀린 것인지 울다가 잠이 든 인영의 곁을 지키다가 뒤늦게 나왔다.

세수간에 일러 목욕할 준비를 명해 놓은 이겸은 오랜만에 따뜻하고 향긋한 향까지 나는 물속에서 오래도록 몸을 풀었다. 모든 긴장을 내려놓고 나른해질 때까지 휴식을 취한 후, 자선당으로 돌아오자 안에 하린이 기다리고 있었다. 어쩌면 다시는 돌아오지 못할지도 모를 이곳에 앉아 있으려니 감회가 새로웠다. 야장의를 준비하는 다른 궁녀들을 모두 물리고 이겸은 하린과 단둘이 남겨졌다.

"기력이 없어서 그런데, 네가 좀 입혀 주겠느냐"

상체에 두르고 있던 천을 거둔 이겸은 단단하고 빈틈없는 근육 사이로 날카로운 짐승의 발톱이 긁은 상처가 선명하게 나 있었다.

"어찌 이리……"

하린이 놀라며 조심스럽게 그의 상처를 손끝으로 어루만졌다. 손끝에서 그의 부드러운 살결과 더불어 거친 상처가 느껴졌고 동시에 맹렬하게 뛰고 있는 심장의 움직임도 고스란히 전해졌다. 그의 검고 깊은 눈동자가 상처를 걱정하고 있는 하린을 가득 담았다.

그가 없던 시간의 무의미했던 것들이 이제야 생기를 찾아 움직였다. 죽지 않고 살기 위해 버틴 것이 다행이라 여겨졌다. 그를 다시 만난 걸, 그래서 그의 목소리를 듣고, 그의 숨소리를 느끼고, 그와 함께할 수 있어서 정말 다행이었다. 하지만 하린은 각성해야 했다.

자꾸만 정착하려는 제 마음을 비틀고 찢고 태워서라도 없애야 했다. 이제 이겸은 자신이라는 짐 때문에 언제 원석에게 짓눌려질지 몰랐다. 이겸의 큰 약점이 되어서까지 곁에 있고 싶은 마음은 없었으나, 그럼에도 오늘은 마음껏 그를 안고 안기고 싶었다.

그래서 제게 다가오는 이겸을 피하지도 막지도 않았다. 상처 위에 얹어져 있던 하린의 손이 금세 커다란 이겸의 손에 감싸졌다.

이겸은 잡은 하린의 손을 가져와 살포시 입을 맞추었다.

"기다려 줘서, 살아 있어 줘서 고맙구나. 그것에 대한 보답을 내 똑똑히 해 줄 것이다."

촉촉한 그의 입술이 벌어지고 들어온 혀는 하린의 감각을 유혹하듯 아주 은밀하고 보드랍게 안을 유영했다. 급하게 서두르지도 그렇다고 지나치게 느긋하지도 않은 그의 입맞춤은 하린이 그토록 그리워했던 것 중의 하나였다. 깊게 파고드는 그의 야릇한 움직임에 굳건히 버티고 서 있던 다리에 힘이 풀리는 것만 같았다.

그런 하린의 허리를 잡아 중심을 잡은 이겸은 더욱 선명하게 제 흔적을 남겼다.

그의 심장과 하린의 심장이 맞닿아 더욱 거세게 뛰었다. 끝나지 않을 것 같던 길고 진한 입맞춤의 아쉬움이 오기도 전에 이겸은 제 품으로 하린을 안아 올렸다. 자리에 눕혀진 하린은 그의 손에 의해 옷이 벗겨졌다. 새하얀 살결을 가만히 바라보던 그가 조심스럽게 어루만졌다. 그럼에도 잔뜩 긴장해 굳은 하린의 몸은 풀어지지 않았고 소중한 것을 달래 주듯 이겸은 구석구석 입을 맞추었다.

무척이나 다정하고 꼼꼼한 입맞춤이었다. 그의 욕망이 느껴지는 어루만짐이 계속될수록 하린의 잠든 감각들이 하나둘씩 깨어나 저를 지배하는 것만 같았다. 이전엔 단 한 번도 느껴 본 적 없는 짜릿한 쾌락에 하린은 몇 번이고 제 입술 사이에서 나왔다고 믿어지지 않는 낯선 신음을 내뱉었다.

그가 제 안으로 완전히 들어왔을 때는 놓치고 싶지 않다는 듯 붙잡았다. 그에게 속절없이 흔들리는 몸처럼, 마음 또한 흔들리려 했지만 하린은 속으로 기분 좋은 쾌감 어린 고통을 견뎌 내면서 다짐하고 또 다짐했다.

눈이 닿는 곳마다 사랑스럽지 않은 곳이 없었고 손을 뻗어 잡는 곳마다 사랑하지 않는 곳이 없었다. 자신의 위에서 그윽하게 바라보며 때로는 부드럽게 때로는 포악하게 파고드는 이겸에게 매달리다시피 하며 하린은 있는 힘껏 끌어안았다. 그의 몸은 어느새 땀으로 젖어 있었다.

그로 인해서 처음으로 느꼈던 모든 감정과 감각들.

절대 잊지 않고 견뎌 내리.

절대, 잊지 않고 살아가리라.

굳은 다짐을 눈물과 함께 삼켜 넘겼다.

오로지 두 사람에게만 뜨겁고도 애틋한 밤이 서로를 향해 뛰는 심장만큼 더욱 깊어져 가고 있었다.

이리 편안하게 잠을 이룬 건 오랜만이었다. 그것이 전부 곁에 있는 하린이 때문이라 생각하며 다소 허전해진 품에 하린을 안으려 몸을 뒤척였다.

하나 그 어디에도 하린의 작고 녹녹한 살결이 닿지 않았다. 놀란 이겸이 번개라도 맞은 사람처럼 놀라 깨어났다. 옆에서 곤히 잠들어 있어야 할 하린 대신 곱게 접힌 종이 한 장만 덩그러니 놓여 있을 뿐이었다.

〈사랑을 받아 행복했습니다. 소녀를 짧게나마 여인으로서 살 수 있게 해 주시어 감사합니다. 세자 저하의 모든 것을 잊지 않고 평생 살겠습니다. 눈과 귀에 실컷 담고 갑니다. 머리와 심장에 넘쳐흐르도록 담아 갑니다. 하나 세자 저하는 이런 걸 절대 담지 마시고 모두 쏟아부어 주세요. 저 같은 거, 기억하지 말고 살아가 주세요. 그리하여 백성들이 모두 행복하게 살 수 있는 건국을 만들어 주세요. 감사하고 미안합니다. 〉

정신없이 글을 읽어 나가던 이겸은 밖에 있는 신하를 부르려다가 뒤쪽에서 빠르게 어딘가로 달려가는 소리를 극적으로 들었다.

"하린아."

급한 마음에 문이 아닌 창문을 뚫고 나간 이겸은 이제 막 귀퉁이를 돌아 달려가고 있는 하린의 뒷모습을 보고 더욱 속도를 냈다. 사력을 다해 달렸다. 그러지 않으면 하린을 놓치고 제 삶의 모든 것을 잃게 된다는 것을 알기에 이겸은 미친 듯이 내달렸다. 담벼락 앞에 선 자는 남자의 옷을 입고 있었지만 하린이 분명했다.

"멈추거라."

담벼락을 뛰어넘으려던 하린이 그 자리에 멈췄다. 진작 떠났어야 하는데, 그를 두고 가는 것이 자꾸만 마음에 걸리고 발걸음이 쉽게 떨어지지 않아 기웃거린 탓에 들켜 버렸다. 하린은 더욱 굳게 먹지 못한 제 마음을 자책하며 다시 담벼락을 뛰어넘으려 했다.

"가지 말거라. 제발, 가지 말거라."

그러나 이번에도 실패했다. 자신을 붙잡는 그의 간절한 목소리에 자꾸만 다짐이 무너져 내리고 있었다.

"네가 없다면 이깟 왕세자 자리가 무슨 소용이란 말이냐."

"그런 나약한 소리 하지 마세요."

하린이 천천히 뒤를 돌아 이겸을 마주했다. 남장을 했지만, 이겸의 눈엔 여전히 여리고 예쁜 하린이었다.

"건국의 왕이 되어 백성을 지키시지는 못할망정, 고작 저 하나 때문에 그런 나약한 소리를 하시는 겁니까?"

"너 하나도 지키지 못하는 내가, 어찌 이 나라를 지킬 수 있겠느냐! 그러니, 널 지키게 해 다오. 그리하여 내가 건국을 지키고 백성을 지킬 수 있게 해 다오."

멈춰 있던 이겸의 걸음이 하린에게로 한 발자국, 또 한 발자국 내디뎌졌다. 하린은 도망가지 않고 그 자리에 서서 제 지척까지 다가온 이겸을 올려다보았다.

"제가 세자 저하께 누가 되고 짐이 될까 두렵습니다. 저로 인해 세자 저하가 다칠까 봐 무섭습니다."

"그럴 리가 없다."

"저 같은 건 세자 저하께 아무 도움도 되지 않습니다. 그게 절 너무 아프게 합니다. 그게 절 너무 괴롭게 합니다. 그러니, 떠날 수 있게 해 주세요. 이 세상에서 영원히 사라져 없는 사람처럼, 죽은 사람처럼 살게 해 주세요."

이겸은 이제 진실을 말할 때가 온 것을 직감했다. 지금 하린이 짊어지고 있는 그 무거운 죄책감이 이로 인해서 덜어지길 바라는 심정으로 이겸은 입술을 떼어 냈다.

"아니다. 넌 내가 세상을 다시 살아갈 수 있게 해 준 단 하나의 이유이다."

지금 이 순간조차도 믿겨지지 않는 기적 같은 일을 이겸은 하린에게 모두 설명해 주었다. 이겸의 말이 진행될수록 하린은 놀라움을 감추지 못했다.

"어떻게 그런 일이."

"나도 믿기는 어려우나, 난 너에게서 기적을 보았고 살 이유를 찾았고 앞으로의 희망을 기대하고 있다. 그러니, 가지 말거라. 어디에도 가지 말고……."

하린은 그대로 이겸의 품 안으로 파고들며 끌어안았다. 자신이 이겸에게 짐이 아니라는 것을 알았으니, 그의 곁에 남아 있고 싶었던 간절한 바람을 계속 품어도 될 것 같았다.

자신으로 인해 이겸이 위험해질 수도 있지만, 정말 자신으로 인해 이겸이 세상을 보고 들을 수 있다면 떠나지 말아야 하는 것이 맞다. 자신이 없다면 그는 더 위험한 일에 처하게 될지도 모를 일이니 말이다.

"떠나지 않겠습니다. 세자 저하를 이제 정말 떠나지 않겠습니다."

이겸이 제 품에 안긴 하린의 볼을 두 손으로 감쌌다. 애틋하게 맞춘 입술이 점점 뜨거워졌다.

치마를 뒤집어 입고 나오는 것을 의미하는 '승은궁녀'.

내명부에서는 아직 세자빈을 두지 않고 있는 이겸이 궁녀와 밤을 보냈다는 것에 별로 탐탁지 않아 했지만 이광의 명으로 빠르게 처리했다.

이겸이 하는 것은 일단 반대부터 하고 보는 대신들도 이번에 치러진 원석과의 대립으로 인해 잠시 한 발자국 뒤로 물러나 있는 듯싶었다. 덕분에 하린은 이겸의 승은궁녀가 되어 동궁전 옆에 위치한 화미당으로 향했다. 태어나서 처음으로 이리 널찍한 처소를 쓰게 된 하린은 신기하면서 괜스레 마음이 들떴다. 거기다가 갈아입은 비단의 옷은 이루 말할 수 없을 정도로 예뻐서 닳을까 싶어 만지는 것도 아꼈다.

자신에 대한 소식을 전해 들은 이광의 부름에 하린은 강녕전으로 향했다. 이광은 처음 봤던 그때의 정정했던 모습과는 달리 많이 허약해져 있었다. 매일 아침, 점심, 저녁으로 문안 인사를 드리고 있는 이겸이 돌아올 때마다 근심 어린 낯빛으로 연신 한숨을 내쉬는 이유를 알 것 같았다.

이광은 하린에게 가까이 오라 손짓했다. 하린은 예를 갖춰 치맛자락을 붙잡고 이광의 곁으로 다가갔다. 수분이 전부 빠져나가 버린 것처럼 활기가 전혀 없는 얼굴로 옅게 미소를 지었다. 그 모습이 너무 위태로우면서도 안타까웠다.

"우리 세자를, 우리 이겸이를 잘 부탁하네."

"전하께서는 전부 알고 계셨던 건가요?"

이광은 겨우 고개를 끄덕였다.

"힘없는 아비 만나 숨 한번 마음 놓고 제대로 쉬어 본 적 없는 아이야. 언제 죽을지 모른다는 두려움으로 어린 시절엔 뜬눈으로 밤을 새기도 하고 악몽으로 괴로워하기도 했었지. 이 못난 아비를 만나…… 들리지 않고 제대로 보이지 않는 세상에 답답함도 느꼈을 법한데, 한 번도 원망한 적이 없던 그런 아들……. 컥컥."

이광은 격한 기침을 했고 하린은 얼른 옆에 놓여 있는 물을 건넸다. 간신히 물을 마신 이광은 다시 천천히 말을 이어 갔다.

"그래도 너를 만나, 이겸이 전과는 달리 많이 좋아 보여 다행이야. 이제야 그 아이의 엄마를 만나도 내가 조금은 웃을 수 있을 것 같아."

"그런 말씀 하지 마셔요. 세자 저하의 곁에 오래오래 남아 있어 주세요."

이광은 소리 없이 웃었다. 아마 자신의 몸이 그리 오래 버텨 주지는 못할 거라고 예감하고 있는 것 같았다. 하린을 향해 짓는 미소는 사랑스러운 며느리를 보는 따뜻한 시아버지의 미소였다.

"세자를 잘 부탁하네."

자신의 처소로 돌아온 하린은 불편하게 앉아 깊은 생각에 잠겼다. 이겸의 말이 사실이라면 자신이 만지는 곳은 전부 색이 보이고 자신과 대화를 나누는 자들의 목소리가 들린다. 그렇다면 많이 만질수록 좋고 많은 사람과 대화를 나눌수록 이겸에겐 도움이 될 거였다. 이렇게 처소에 멍하니 앉아서 허송세월을 보낼 여유가 없다는 뜻이었다. 하린은 서둘러 자리를 털고 일어섰다. 화미당을 나오자 하린의 일을 봐주는 어린 나인 둘이 함께 따라나섰다.

"이름이 무엇입니까?"

하린의 질문에 어린 나인들은 서로의 눈치를 살폈다.

"말을 편안하게 하십시오, 마마님."

"이게 편해요. 시간이 지나서 친해지게 되면 그때 더욱 편하게 할게요."

차분하면서도 상냥한 하린의 말에 두 어린 나인들은 서로의 눈을 마주치며 수줍게 웃었다.

"이름들이 뭐예요?"

두 나인은 번갈아 가며 제 이름들을 말했다. 그렇다면 이제 이들의 목소리도 이겸이 들을 수 있는 것인가?

하린은 궁궐을 돌아다니며 눈에 보이는 사람들마다 말을 시켰다. '어딜 가세요? 무얼 하고 있어요?' 그러다 질문이 떨어지면 '내가 누군지 알아요?'라고 집요하게 묻고 다녔다. 그뿐만이 아니었다. 눈에 보이는 모든 것들을 손으로 매만지고 다니기도 했다. 어느 것 하나 놓칠세라 꼼꼼하게 확인하고 또 확인하면서 바쁘게 돌아다녔다.

그 덕에 오늘 처음으로 하린을 모시게 된 나인은 그녀가 어디가 많이 아프지 않은가, 심하게 걱정을 했고 하린은 목이 쉬고 다리가 저려서 일찌감치 잠이 들고 말았다.

밀린 공부를 끝내고 화미당으로 온 이겸은 벌써 불이 꺼져 있는 하린의 처소에 실망감을 감추지 못했다.

"벌써 잠이 든 것이냐?"

"네. 그러하옵니다."

아쉬움에 발걸음이 제대로 떨어지지 않아 몇 번이고 망설이다가, 결국 이겸은 얼굴만 보고 나올 작정으로 살며시 방 안으로 들어갔다.

비현각에서 중간중간 하린의 안부를 물을 때마다 유 상궁은 '산보 중이라고 하옵니다'를 계속 반복해 대답했었다. 이곳으로 오는 동안 보이지 않았던 색이 보이고 들리지 않았던 자들의 목소리가 들리는 것을 보니, 하린이 얼마나 바쁘게 움직이며 말하고 만졌는지 알 수 있을 것 같았다. 이리 자신을 위해 애쓰는 여인을 사랑하지 않을 수 없었다.

"얼굴만 보고 가려 했는데."

곤히 잠들어 있는 하린을 보고 있자 하니, 마음이 편안해지면서 동시에 아래가 무지근해지는 것 같았다. 그뿐만이 아니었다. 핏줄과 피들이 전부 그쪽으로 쏠리는 것 같아서 괴롭고 뜨거웠다. 하린이 좀 식혀 줬으면 하는 간절한 욕심에 손을 뻗어 그녀의 입술을 톡톡 건드려 보았다.

어찌나 곤하게 곯아떨어졌는지 하린은 꼼짝도 하지 않았다. 이전의 제 몸은 이런 적이 없는데, 하린을 안고 나니 이제 제멋대로 반응을 보여서 곤란스러웠다.

"하린아."

결국 체통을 지키지 못하고 본능만 남겨진 이겸은 하린의 어깨를 잡아 흔들어 깨웠다. 하린이 몰아닥치는 졸음을 이겨 내고 눈을 떴다.

"세자 저하."

피곤함이 잔뜩 껴 있는 목소리에도 이겸은 그녀를 배려하고 싶지가 않았다.

"내 명을 따라 주질 않는구나."

이겸이 매우 난감한 눈으로 제 아래를 바라보았고 하린이 당황한 눈길로 그쪽으로 시선을 옮겼다.

"내가 아주 고약한 놈을 달고 있었던 것 같구나."

하린은 자신이 덮고 있던 이불을 조심스럽게 거두어 이겸이 들어올 공간을 만들었다.

"이리 오십시오. 제가 달래 드리겠습니다."

제법 대범한 하린의 말에 이겸이 얼른 안으로 들어갔다. 그러고는 성급하게 하린의 허리를 끌어안아 눕혔다. 간지럽다며 몸부림을 치는 하린을 그윽하게 바라보던 이겸이 가볍게 입을 맞췄다.

"오늘 하루 종일, 날 위해서 돌아다닌 것이냐?"

"네. 세상의 모든 것을 보고 세상의 모든 것을 들려 드리겠습니다."

"그래도 너무 무리는 말거라."

"내일은 서쪽을 좀 돌아다닐 생각입니다."

"그러지 말래도."

대답을 하면서 이겸은 하린의 옷고름을 빠르게 풀었다. 탐스럽게 드러난 그녀의 속살을 보며 이겸은 흐뭇한 미소를 머금었다.

"아닙니다. 세자 저하를 위해서라면……."

"나는 너와 좀 더 긴 밤을 보내고 싶구나. 그러니, 충분한 체력을 확보해 두거라."

능청스럽게 말을 한 이겸은 대답하려는 하린의 입술을 그대로 덮쳤다. 달달하면서도 유혹적인 입술이었기에 하린도 아무 거부감 없이 그를 받아들였다.

하린이 이겸의 승은을 얻고 승은궁녀가 되었다는 소식을 글월비자 세아에게 전해 들은 민현의 낯빛은 씁쓸함으로 물들어졌다. 충분히 예상은 하고 있었던 일이었지만, 막상 그 일이 정말 일어나니 답답하고 서운한 감정을 숨길 수가 없었다.

기지에서 빠져나온 민현은 숲속의 한 나무 밑에 도착했다. 아주 능숙하게 가벼운 몸짓으로 나무 위로 올라가 단단한 나뭇가지에 걸터앉았다. 교교한 달빛이 나무 틈 사이로 내려앉아 주변을 환하게 비추고 있었다.

'제 얼굴에 뭐가 묻었어요?'

민현은 얼굴을 매만지며 물어 오던, 예뻐서 데리고 왔냐는 물음에 무표정을 짓던 저를 향해 민망해하던 하린의 모습이 아른거렸다. 이렇게 자신과 나란히 앉아 함께 바라보던 영롱한 달은 여전히 그곳에 있는데, 하린만 없었다.

이겸의 품에서 행복해하고 있을 하린을 떠올리니, 서러운 마음이 더욱 짙어져 끝내 민현은 고개를 숙였다.

이제 더는 탐내서는 안 될 여인이었다.

이제 더는 마음에 두어서는 안 될 여인이었다.

그럼에도 불구하고 자꾸만 머릿속에서 떠오르는 하린을 밀어내지 못하는 자신의 모습이 안쓰러우면서도 괘씸하여 민현은 한동안 고개를 들지 못했다.

하린이 승은궁녀가 됐다는 소식을 전해 들은 혜림은 열불이 나고 속이 터져서 쓰고 있는 쓰개치마조차도 감당이 되질 않았다. 그래서 혜림은 감추고 은밀해야 할 상황에서 참지 못하고 쓰개치마를 벗어 돌돌 말아 집어 던졌다.

어제 밤새도록 촉촉하게 내린 비 때문에 젖어 있던 흙탕물에 고운 쓰개치마가 패대기쳐지며 더러워졌지만, 혜림은 아랑곳하지 않고 치밀어 오르는 화를 풀 것이 필요했다.

그러면서도 혹시 그때처럼 주변에 하린이 있지 않을까 살폈지만 보이지 않았다. 그때 당한 수모를 생각하면 피가 거꾸로 솟는 것 같았다. 그때의 치욕을 반드시 갚아 줘야 했다.

"아가씨."

그래서 지금 막 도착해 자신을 조용히 불러오는 미영을 붙잡고 폐가 안으로 끌고 들어갔다.

"따라오는 자 없었지?"

"하린이를 말씀하시는 건가요? 지금 하린이는 세자 저하의 처소에……."

궁녀의 말이 다 이어지기도 전에 뺨을 다짜고짜 후려쳤다. 미영은 놀라면서도 치욕스러웠는지 맞은 뺨을 붙잡고 혜림을 원망스럽게 바라보았다.

"아가씨……."

미영이 억울한 목소리를 냈다. 하린이 경고를 했음에도 불구하고 이곳을 올 수밖에 없었던 건, 그 지긋지긋한 돈 때문이었다. 혜림에게 돈을 받으면 적어도 보름은 넘게 가족들이 배불리 먹고 지낼 수 있었고 어머니의 병도 치료받을 수 있었다.

그래서 그 강력한 유혹을 뿌리치지 못하고 방으로 돌아가지 않고 세자인 이겸의 처소에 하린이 있는 것을 완벽하게 확인한 후 몰래 나오게 된 거였다.

"네가 실패만 하지 않았어도 그년이 세자 저하가 올 때까지 궁에 있었을 리도 없고 그렇다면 승은궁녀가 되었을 리도 없었을 것 아니냐……!"

미영은 아무 말도 하지 못하고 따갑고 부풀어 오르는 뺨만을 만지고 있을 뿐이었다.

"너에게 주는 마지막 기회이다."

혜림은 옷 안에 있던 복주머니를 미영의 발밑으로 던졌다. 미영은 자존심이 상했지만, 그것이 식구들 밥 먹여 주는 것도 아니었기 때문에 쭈그리고 앉아 받았다. 그런데 주머니가 평소와는 달리 유독 불룩 튀어 나와 있었다.

안에 화폐뿐만 아니라, 작은 도자기 용기가 함께 담겨져 있었다. 미영은 잔뜩 긴장한 얼굴로 혜림을 올려다보았다.

혜림의 입꼬리가 사악하게 올라갔다.

강녕전에 이광과 있던 이겸은 은밀히 부른 형조판서의 등장에 긴장했다. 금주령 사건 때에 교수형에 처한 서인 형조 대신 직급을 받아 관리에 나선 남인 측의 형조판서 최태석은 왕과 세자를 향해 예를 갖추고 앉았다.

"그래, 내가 알아보라는 건 알아보았는가."

조용히 물어 오는 이광에 태석은 고개를 낮게 끄덕였다. 이겸의 눈은 매의 그것처럼 날카롭게 빛났고 이광은 눈을 뜨고 감는 것조차도 버거워 보였다.

"병조판서 고정호는 병조에 쓸 군량미를 호조에 부풀려 보고한 후 그것을 빼돌려 이익을 챙겼는데 그것이 상당하옵니다. 그뿐만이 아닙니다. 뇌물을 받고 범죄를 숨겨 준 것도 있사옵니다. 한데 이 뇌물이 금품이 아니라, 노비옵니다."

"노비라? 지금, 뇌물을 사람으로 받았단 소리냐?"

이겸이 놀라 반문하자 뒤에서 힘없이 숨을 내쉬고 있던 이광 또한 놀랐는지 몸을 들썩였다. 지독하고 잔인한 인간들이었다. 자신들의 백성이 물건 취급당하며 함부로 굴려졌을 것을 생각하니 피가 거꾸로 솟고 마음이 미어졌다.

"어찌할까요."

고민해 보고 말 것도 없었다. 자신의 종족도 그리 함부로 대하지는 않는 짐승만도 못한 행동을 한 인간을 살려 둘 이유 따위는 없었다. 더군다나 이번 일을 계기로 원석은 이제 끝장 볼 활을 당길 것이 분명했다. 그가 자기 아들의 목숨을 손에 쥐고 있는 이겸을 가만히 놔둘 리가 없었다. 그의 힘이 될 수 있는 건 최대한 빨리 잘라 버리는 것이 좋았다.

"당연히 비리를 저지른 자인데, 법도에 따라야 하지 않겠느냐."

태석이 나가고 이광은 이겸을 불렀다. 이겸이 궁으로 돌아온 지도 벌써 보름이 훨씬 더 지났지만 이광의 병세는 더욱 악화될 뿐이었다. 오래도록 쌓아 온 마음의 병이 몸을 조금씩 갉아먹고 있는지도 모른다. 이광은 파리한 얼굴로 아들의 손을 잡았다.

아무것도 해 준 것이 없는 아들이라 보기만 해도 미안하고 지켜주지 못한 것에 대한 죄책감이 소용돌이처럼 몰아치는 것 같았다. 그런 아비를 보면서도 옅게 미소를 짓는 아들을 보며 이광은 눈물을 삼켰다.

"예, 아바마마. 법도대로 하겠사옵니다."

이겸은 곧바로 병조판서를 잡아들였다.

얼마 있지 않아 추국장에선 병조판서의 비명 소리가 난무했고, 그는 법대로 품계를 박탈당하고 서인으로 강등되어 종신 귀양을 가게 되었다. 이 일은 원석을 포함하여 모든 대신들에게 알려져 긴장을 일으키게 만들었다.

"전하의 성후가 회복할 차도를 보이지 않으니, 이러다 정말 세자가 보위에 오르겠습니다."

이겸이 사라진 후에 받았던 충격이 컸는지, 이광은 쉽게 자리를 털고 일어나지 못했다. 항간에서는 이겸의 대리청정에 관한 이야기도 솔솔 기어 나오고 있었다.

이번 일로 몇몇 대신들은 은근슬쩍 이겸의 뒤에 가 붙는 자들도 있었다. 이겸 자체를 탐탁지 않게 여겨 뜻을 함께했던 남인들이 대부분이었다.

더군다나 이번에 형조판서의 자리에 남인이 배치된 것은 분명 이겸의 뜻이 있었을 거였다. 원석은 아들 양호의 일만 아니었다면 이겸의 기를 한풀 꺾어 버릴 수도 있었을 텐데, 그 일만 생각하면 부아가 치밀어 올라 속이 부글부글 끓었다.

"세자가 보위에 오른다면……."

대신들은 불안한 눈빛으로 서로의 눈치를 살폈다. 얼굴들이 점점 어두워졌다. 자신들도 형조나 병조처럼 목숨을 잃거나 귀양 보내지는 일을 염려하고 있었다.

"더군다나 이번 병조판서 자리에 남인의 서동구가 임명될 확률이 크지 않습니까."

연속으로 비리와 실수를 저지르고 있는 서인들을 배척할 거라는 뜻이었다. 이건 분명 이광의 뜻보다도 이겸의 뜻이었겠지만, 예전처럼 호락호락하지 않고 따지고 드는 이광의 명에 서인들도 할 말이 없었다. 아마도 자신의 몸이 온전치 않다는 것을 느낀 이광은 아들인 이겸이 서인들에게 휘둘리지 않을 수 있게 적당한 선을 긋고 있는 것 같았다.

왕으로서, 아버지로서의 마지막 발악 같은 거였다.

"이 정도면 뭐, 대리청정이나 다름없죠. 세자가 매일같이 강녕전에서 틀어박혀 나오질 않는다고 하지 않습니까. 그 짐승을 잡으러 간 사건 이후로 세자가 눈에 불을 켜고 이 잡듯이 모든 것을 잡으려고 드는 것 같습니다."

틀린 말이 아니었다. 이겸은 눈에 불을 켜고 깜빡이지 않았다. 웬만한 비리는 그저 눈을 깜빡이며 넘어가 주던 이광과는 확실히 달랐다.

"맞습니다. 그곳에서 전하를 꼬드겨 이런 일을 저지르고 있는 것이 분명합니다. 대감, 어찌해야 하는 겁니까."

"세자……. 세자!"

원석은 자신을 모욕한 이겸을 절대 그냥 둘 생각이 없었다. 하지만 때를 기다릴 수도 없었다. 대신들의 말마따나 이광이 승하하게 된다면 이겸이 보위를 받아 왕이 될 것이고, 그렇게 된다면 가장 먼저 자신들의 비리를 파헤쳐 숨통을 끊어 놓을 거였다. 보이지 않고 들리지 않아 만만하게 봤던 이겸은 이제 능구렁이이자, 손톱과 이빨을 되찾은 범 같았다.

도적놈을 잡는다더니, 비리로 뒷돈을 챙겼던 대신들을 잡고 있었다. 더 지체했다가는 자신의 사람을 모두 잃어버리게 될 거였다.

피할 수 없다면 부딪히는 일밖엔 없었다. 더군다나 자신의 아들 양호의 목숨을 쥐고 있는 이겸을 빨리 처단하지 않으면 피 말리게 휘둘려질 것을 생각하니, 속이 더부룩해졌다. 원석의 눈이 위험하게 빛났다.

"뜻을 함께할 자들은 모두 은밀하게 모이라 하시오."

군사를 지닌 병조판서가 자신들과는 뜻을 다르게 하는 남인 사람이었기에 원석은 반란을 일으켜 싸울 군사가 부족했다. 지방에 있는 훈련행수와 병사들을 끌어모았지만 어림도 없었다. 머리에 쥐가 나도록 고민하던 원석에게 아들 양호가 넌지시 말했다.

"아버지, 이건 어떠세요?"

그가 내민 것은 부족한 군사들을 백성들로 채우자는 말이었다. 처음엔 가당치도 않다고 여겼는데, 그 뒤에 이어지는 말에 가능성이 있을지도 모른다는 생각이 들었다.

아들이 내민 의견은 돈으로 군사를 사자고 했다. 노숙자나 세금을 내지 못해 빚에 시달리고 있는 백성들에게 일정의 금품을 지급하면 굶주린 백성들이 제 식구들이라도 먹이기 위해 모여들 것이 분명하다는 거였다. 꽤 그럴싸한 의견이었기에 원석은 그것을 곧

장 함께 도모하는 대신들 앞에서 말했다.

그러자 모두가 그 의견에 긍정하였다. 그러곤 철저한 조사 끝에 실제로 빚이 있는 자들이나 노숙자들에게 은밀히 전달하기로 했다.

"신분과 상관없이 능력만 있다면 모두가 같이 정치를 할 수 있는 나라를 만들 것이다. 버려진 아이들이 굶주리지 않고 의지할 수 있는 어른이 나타날 때까지 보호할 수 있는 기관도 만들 것이다."

영롱한 달빛이 새어 들어오는 방 안에서 이겸은 하린을 끌어안고 담백하면서도 약간의 설레는 목소리로 앞으로 자신이 하고자 하는 계획들을 차분히 말했다.

그러는 동안 하린은 사념에 잠겨 있었다. 원석이 일을 꾸미고 있다는 사실을 알고 있었다. 하린은 어떻게 하면 그들이 이겸에게 칼을 겨누기 전에 잡아 세상의 빛을 보지 못하게 만들 수 있을까, 고민하고 또 고민했다.

"말도 안 되는 세금으로 백성들을 닦달하는 비리를 잡고 억울한 자들이 마음껏 호소할 수 있는 기관도 만들 것이다. 신분에 상관없이 폭행을 저지르는 자를 강력하게 처벌할 수 있는 법을 만들 것이고……."

한참 말을 이어 가던 이겸은 아무 대답이 없는 하린에 상체를 들어 자는지 확인을 했다. 굳은 얼굴로 깊은 사념에 잠겨 있는 하린을 보자 이겸은 그녀의 어깨를 잡아 자신 쪽으로 돌렸다. 그제야 하린의 반쯤 홀려 있던 눈이 정신을 차렸다.

"무슨 생각을 그리하였느냐."

이겸은 하린의 맨어깨를 매만지며 근심이 가득한 눈빛으로 물었다.

"그냥, 넋을 놓고 있었던 겁니다. 아무 생각 안 했습니다."

그가 근심하고 걱정하는 것이 무엇인지 알고 있는 하린이 달래듯 말했다.

"혹여, 이상한 생각을 한 것이라면……."

이겸의 말이 끝나기도 전에 하린이 그에게 가볍게 입을 맞추고 그의 볼을 쓰다듬었다.

"아무 생각 안 했습니다, 저하."

"정말이더냐?"

"그럼요. 전부 다 들었어요. 아이들을 위한 기관을 만들고 신분과 상관없이 나랏일을 할 수 있게 해 주신다고. 세자 저하는 분명, 아주 멋진 성군이 되실 겁니다."

"잘 들었구나."

"네. 아무 생각 안 하고 있다고 말씀드렸잖아요."

대답을 하며 가볍게 입을 맞추는 하린에 이겸은 꽤 많은 생각이 들었는지 난감한 표정을 지었다.

"왜 그러세요?"

하린이 조심스럽게 묻자, 이겸이 이불을 들추며 아래를 바라보았다.

"한데 녀석은 생각이 많아진 것 같구나."

"네? 또요?"

승은궁녀가 된 지도 벌써 보름. 그 보름 동안 이겸은 세 번 정도 빼고는 늘 하린을 안았다.

"지치지도 않으세요?"

그게 무슨 서운한 말이냐는 표정을 지은 이겸은 서둘러 몸을 일으켜 하린의 몸 위로 올라왔다.

"너를 사랑하는 일이 어찌 내게 지칠 일이겠느냐? 힘나는 일이지."

그리고 상체를 내려 그녀의 목에 진하게 입을 맞췄다. 잠시 쉬고 있던 짜릿한 감각들이 다시 조금씩 반응을 보였다. 그에게 지치지도 않느냐고 물어본 건 취소를 해야겠다. 하린 역시 이겸을 받아들이는 것이 지치기는커녕 점점 더 좋아지고 있으니 말이다.

아무래도 하린에게 자수를 놓는 건 적성에 맞지 않았다. 밖에 나가서 바람을 가르며 시원하게 말을 타거나 아니면 담벼락 따위를 연신 넘어 다니고 싶은 충동을 참아야 하니, 영 갑갑한 것이 아니었다. 가뜩이나 김원석 때문에 곤두선 신경에 이리 바느질만 하고 있으려니 그 답답함은 결국 폭발을 해 버리고 말았다.

그래서 잡고 있던 바늘을 내려놓고 따라오려는 나인들도 물린 후 궁궐 구석에서 열심히 달리기를 하며 생각을 정리했다.

그러다 불쑥 떠오른 생각에 하린은 급하게 처소로 돌아와 나인을 시켜 세아를 불러들였다. 그러고는 붓을 들어 새하얀 종이에 글자를 써 내려갔다. 잠시 후, 세아가 들어왔다.

"이것을 민현 오라버니에게 잘 전달해 주거라."

세아는 하린이 건넨 서찰을 얼른 안에 집어넣었다. 오랜 고민 끝에 결정을 한 하린은 원석보다 자신들이 먼저 그들을 치기로 결심했다. 서찰 안에는 그들의 움직임을 눈여겨봐 달라는 내용이 담겨져 있었다.

"네. 그리하겠습니다."

세아가 가는 것을 끝까지 지켜보던 하린은 이제 막 노을이 지고 있는 하늘을 올려다보았다. 어쩌면 이제 곧 이 궁이든 건국의 일각에서든 노을 진 하늘같이 핏빛으로 물들게 될지도 몰랐다.

핏빛으로 물들기 전에, 이겸에게 조금의 상처가 나기 전에 서둘러야 했다. 그때처럼 감정이 먼저 앞서 허술하게 덤벼 허탈하게 들켜서는 안 된다. 이것은 매우 은밀해야 하고 완벽해야 했다. 세자 저하를 절대 잃지 않을 것이다. 어떻게든 그를 지켜 낼 것이다.

하린은 하늘을 보며 그리 굳게 다짐하고 또 다짐했다.

경대를 연 하린은 제 얼굴을 살폈다. 색을 볼 수 없었던 이겸이 자신으로 인해 색을 볼 수 있게 되었다는 것을 듣고 나서부터 유난히도 치장에 신경을 썼다. 하린은 인영에게 직접 배운 화장을 정성껏 심혈을 기울였다.

아직은 많이 부족하지만 그래도 하지 않은 것보다는 훨씬 나았다. 하지만 이겸이 그리 생각하지 않을까 싶어 하린은 은근히 걱정이 되었다.

석강을 듣기 전 잠시 휴식을 취할 시간이 오면 이겸은 어김없이 하린을 찾았다. 오늘도 곱게 치장을 하고 하린은 이겸을 반갑고 상냥하게 맞이했다.

"오셨습니까, 세자 저하."

이겸이 하린의 화사한 얼굴을 보며 함박웃음을 지었다.

"갈수록 얼굴에서 꽃이 피는 것 같구나."

"괜찮습니까?"

"어쩜 이리 예쁜 것이냐. 너 때문에 하루 종일 아무것도 못 하겠다."

"거짓말 마십시오. 그래도 참 다행입니다. 예전에는 감히 분백분과 홍화 꽃잎 따위가 제 향과 아름다움을 전부 덮는 것 같다면서 싫다 하셔서, 제가 화장하는 것을 싫어하실까 걱정되었는데."

하린의 말에 이겸의 눈이 불안정하게 흔들렸다. 바로 눈치를 챈 하린이 고개를 갸우뚱 움직이며 눈을 얇게 떴다.

"그 반응은 무엇인지요?"

"반응? 나는 아무 반응도 보이지 않았다."

"아무것도 아닌 게 아니셨는데, 방금 무척 당황하셨는데?"

"내가?"

"네. 세자 저하께서요."

"그런 적 없다."

정색하며 부정했지만 여기서 그냥 넘어갈 하린이 아니었다. 하린은 손을 뻗어 그의 옆구리를 콕 찔렀다. 유난히도 옆구리가 약하다는 것을 알고 있는 하린의 손에 이겸이 자지러지듯 넘어가며 웃었다.

"어서 말씀하세요."

"어허!"

자지러지던 이겸이 몸을 꼿꼿하게 세우고 엄한 반응을 보였지만, 하린은 이것이 전부 자신의 불리함을 회피하기 위한 이겸의 장난 어린 반응이라는 것을 파악하고 있었다. 하린의 손짓은 더욱 이겸을 괴롭혔다.

"알았다. 알았다. 내 말해 주마."

웃음이 가득 담기며 항복을 외치는 이겸에 하린은 그제야 손짓을 멈추었다.

"전에 네가 했던 화장을 기억하느냐?"

하린의 눈이 천장과 벽을 천천히 훑어서 마침내 이겸의 눈동자에 닿았다.

"그럼 그때 웃었던 웃음이 진짜, 저잣거리에서 보는 광대들 보던 웃음이 맞는 거죠?"

"아, 왜 이리도 노곤한지."

대답을 회피하며 이겸은 하린의 허벅지를 베개 삼아 누웠다. 하린은 그런 이겸의 능청스러운 행동이 얄미웠지만, 이쯤에서 그만두기로 했다.

그와는 다투는 일보다 사랑을 나누는 일이 더욱 행복했기 때문이었다. 그가 유일하게 경계를 풀고 마음껏 쉴 수 있는 시간이 지금이라는 것을 하린은 잘 알고 있었다. 그래서 그의 평온을 방해하고 싶지 않았다. 하린은 자신의 허벅지에 누워 조용히 눈을 감고 있는 이겸의 머리를 살살 쓰다듬어 주었다. 그런 하린의 손을 이겸이 꼭 잡아 가볍게 입을 맞추었다. 어느새, 그의 입가엔 하린이 보기만 해도 행복한 옅은 미소가 떠올랐다.

외진 곳에 위치한 공터엔 많은 사람들이 몽둥이와 칼과 활을 들고 호흡을 맞춰 훈련하고 있었다. 어설퍼 보이기는 했지만, 사람의 머릿수가 상황을 감시하러 온 원석과 대신들을 꽤 만족시키고 있었다. 그들은 훈련이 끝나면 제시된 소액의 금품들을 받아 갔다.

그것을 가져가 굶주린 식구들의 배를 채워 주거나, 빚을 갚거나 둘 중 하나였다. 이런 원리에 한 대신은 크게 만족해했다.

"지들도 좋고 우리도 좋고, 이거야말로 꿩 먹고 알 먹고 아닙니까?"

백성들을 자신의 욕망을 채우기 위해 방패로 삼는 주제에 말이라도 못 하면 얄밉지라도 않겠지만, 대신은 그리 말했고 그곳에 있는 모두가 한심스럽게도 공감을 했다.

"세자가 아무리 군사력을 확보하고 있다고 해도 그것은 단지 일부분일 뿐이고 우리는 백성들까지 함께 손을 잡고 있으니……. 그토록 백성, 백성 하시는 세자께서 어떤 반응을 보일지 궁금합니다."

"맞습니다. 무슨 표정을 지으실지 궁금합니다."

"그렇지 않습니까, 대감?"

누군가가 원석에게 물었지만, 원석은 대답 대신 멀찍이서 보이는 작은 궁을 보았다. 평온했고 고요했다. 서서히 때가 오고 있었다. 원석은 그 때를 몹시 기다리고 있었다.

윤기가 자르르 흐르는 먹음직스러운 떡과 한과, 곶감, 따뜻한 차를 담은 다기가 작은 교자상 위에 올려졌다. 호박씨와 검은깨로 떡 위를 꾸미던 나인 하나가 구부렸던 허리를 펴며 주먹으로 톡톡 때렸다.

"아이고, 허리야. 누구는 이렇게 생고생을 하는데, 승은궁녀는 편안하게 방바닥에 앉아서 시중을 받는다고 생각하니, 배알이 꼬인다. 배알이 꼬여."

하린이 먹을 간단한 간식 준비가 끝난 궁녀는 상을 들고 입구 앞쪽으로 가져갔다.

"명월아, 이거 네가 좀 가져다주렴."

"어. 거기다가 잠깐만 내버려 둬. 내가 이것만 마무리 짓고 갈 게."

궁녀가 교자상을 입구에 놓고 다시 생과방으로 들어간 후 얼마 있지 않아 명월이 손을 털며 나왔다. 앞에 얼굴은 익숙하지만 이름 모를 궁녀가 한 명이 서 있었다.

"넌 누구니?"

"어? 아니, 길을 잘못 들어서서. 신경 쓰지 마."

다급하게 몸을 돌리는 궁녀를 명월은 의아하게 바라보며 다과 상을 들고 승은궁녀인 하린이 머물고 있는 처소로 향했다. 넓은 궁 궐의 마당을 몇 번이고 가로질러 도착한 그곳엔 세자 이겸도 와 있었다. 하린이 개인적으로 시킨 것인 줄 알았는데, 예상하지 못했던 세자를 보게 된 명월은 저도 모르게 입술을 실룩거렸다.

명월이 상을 놓아주고 나가자 하린이 다기를 들어 이겸의 잔에 따뜻한 차를 채워 주었다. 이겸이 올 줄 몰랐기 때문에 잔은 한 개밖에 없었다.

"아무래도 녹차는 내 입맛에 맞지 않더구나. 네가 마시거라."

이겸은 잔에 채워진 차를 하린에게 건넸다.

"이렇게 너를 보고 돌아가면, 정사를 보는 데 집중이 더 잘되는 것을 알고 있느냐?"

이겸이 다정한 눈빛과 목소리로 물었다. 한 손을 잔에 받쳐서 입술을 축이던 하린이 뿌듯해했다.

"제가 세자 저하에게 작은 도움이 되는 것 같아서 다행이에요."

"작은 도움이라니. 넌 내게 없어서는 안 될 존재이니라."

바닥에 펼쳐져 있는 제 곤룡포를 살짝 치워 공간을 만든 이겸은 하린에게 눈짓했다.

"이리 가까이 오거라."

"대낮입니다."

"모두 물러가라고 명하겠다."

호기롭게 일어서는 이겸을 하린은 얼른 끌어 앉혔다.

"그리하시면 더 티 납니다. 더."

"네가 안 오니, 내가 가야겠구나."

대낮부터 이겸에게 안기는 것이 쑥스러웠던 하린은 어떻게든 그의 열정을 잠재우고 싶었다.

"곶감이다."

그래서 앞에 놓인 곶감으로 화제를 돌려 보았지만, 이미 이겸은 하린의 곁으로 다가와 앉아 있는 후였다. 제 허리를 끌어안고 입을 맞추기 위해 천천히 다가오는 이겸을 향해 하린은 살며시 곶감을 내밀어 주었다.

"밤에 다시 오십시오. 아무래도 낮에는 많이 부끄럽습니다."

이제 이겸에게 유일한 휴식은 하린을 안는 것이었지만, 그녀가 원하지 않는 상태에서 안는 건 자신 또한 원하는 바가 아니었다. 그래서 허리만 끌어안은 채 볼에 가볍게 입을 맞추었다. 그것만으로도 휴식은 가능했지만 몰려오는 결핍과 아쉬움이 드는 건 어쩔 수 없는 일이었다.

"알았다. 내 그리하마. 하지만 밤에는 내 마음대로 안을 것이다.

각오 단단히 하거라."

　호탕하게 '네'라고 대답할 수 없지만 하린은 쑥스러움으로 인해 뺨이 붉게 달아오르고 있는 것이 느껴졌다. 대답 대신 손에 들고 있던 곶감을 이겸의 입에 넣어 주었다. 그런 하린의 모습에 쫀득쫀득한 곶감을 씹으며 이겸은 사랑스러워 죽겠다는 표정이 한가득 퍼져 나갔다.

　그러다 익선관을 벗고 하린의 허벅지를 베개 삼아 누운 후, 그녀를 꼭 끌어안았다. 이겸은 하린의 품이 좋았고 살포시 느껴지는 심장 뛰는 감각이 좋았고 은은하게 맴도는 하린만의 향기가 좋았다. 이대로 시간이 멈추어 마음껏 느껴 보고 싶을 정도였다.

　"내 이제 너 없이는 못 살겠구나."

　제 품에서 낮게 중얼거리는 이겸의 머리를 하린은 살며시 쓰다듬어 주었다. 이겸의 표정이 너무나 편안해 보였기 때문에 하린의 마음도 한껏 편안해지는 순간이었다.

　한참 동안 함께 시간을 보낸 후, 하린의 방에서 나온 이겸은 발걸음이 떨어지지 않아 몇 번이고 몸을 돌려 하린을 끌어안았다.

　그러자 시간 그만 지체하고 얼른 가서 일을 보라는 하린의 따가운 몇 마디를 듣고 나서야, 이겸은 겨우 걸음을 옮겨 동궁전으로 향했다. 마음 같아서는 몇 날 며칠이고 그곳에 틀어박혀 하린하고만 시간을 보내고 싶을 정도였다. 하지만 해야 할 일은 산더미처럼 쌓였고 그것을 하린이 허락하지도 않을 것 같았다.

　"그런 면에선 냉정하단 말이야."

　매일 이런 날들만 가득했으면 좋겠다. 더 이상 지독한 고민에 빠지지 않고 위협을 받지 않고 누군가를 경계하며 신경을 날카롭게 세우지 않는 이런 날들만 가득했으면 싶었다. 하지만 그것은 자신이 바라보는 허황된 꿈에 불과하다는 것을 이겸은 잘 알고 있었다. 하린을 지키기 위해 더 악착같이 버텨야 한다는 것도 알고 있다.

이겸은 밤에 하린을 찾기로 했으니, 그 안에 서둘러 일을 끝내야겠다고 생각했다. 어찌해야 효율적이고 빨리 끝낼 수 있을지 해야 할 일들을 머릿속으로 정리하며 가고 있는데, 갑자기 눈앞이 핑- 하고 돌며 다리에 힘이 빠져 저도 모르게 휘청거렸다.

"세자 저하!"

뒤에 있던 서 내관과 유 상궁이 놀라서 달려와 이겸을 부축했다. 이겸이 두 눈을 세게 감았다가 뜨며 머리를 가볍게 흔들었다. 그러고는 저를 부축하는 서 내관과 유 상궁의 손에서 제 팔을 살며시 빼냈다.

"괜찮다. 잠깐 어지……."

하지만 이겸의 기억은 거기까지가 전부였다. 말을 다 잇지 못하고 그대로 맨바닥에 쓰러져 버린 것이다.

"세자 저하!"

유 상궁의 목소리가 이명처럼 멀어져 가더니 금세 모든 소리와 감각이 끊어져 버렸다.

하린의 처소의 불이 완전히 꺼진 것을 확인한 미영은 은밀히 궁에 잠입한 남자 둘을 데리고 뒤쪽으로 향했다. 다과를 먹은 후 잠시 이겸에게 들렀다가 다시 처소로 돌아온 하린은 그때부터 줄곧 지금까지 잠을 자는 걸로 확인이 되었다.

자신이 하린에게 가져다줄 곶감에 몰래 다량으로 뿌린 수면제의 효과가 제대로 일어나고 있다는 증거였다. 앞쪽에선 처소를 지키고 있는 나인 둘이 있었기 때문에 뒤쪽으로 향하는 창문을 노릴 수밖에 없었다. 모든 동선까지 미리 다 파악을 한 미영이었다.

주변은 쥐 죽은 듯이 고요했다. 생각보다 창문의 높이는 낮아 쉽게 열 수 있었다. 남자 하나가 무릎을 꿇고 앉자, 다른 남자 하나가 가볍게 밟고 올라가 창문을 넘어 안으로 들어갔다. 그러고는 금방 잠들어 있는 하린을 들춰 안고 다시 나왔다.

하린은 수면제에 취해 세상모르게 잠들어 있었다. 미영은 그 모습을 보며 입술을 실쭉거렸다. 하린을 제대로 넘기기만 하면 혜림이 주기로 했던 화폐가 어마무시했다. 마지막은 일을 수월하게 끝날 수 있을 거라는 확신에 속이 다 시원했다.

건국의 궁궐 안에는 저잣거리로 나갈 수 있는 문이 총 아홉 개가 있는데, 그중 가장 사람들의 왕래가 잦은 곳으로 향했다. 아무래도 잠이 든 하린을 데리고 담벼락을 넘는 건 무리였기 때문이다. 중간에 횃불을 들고 보초를 서는 경비들에 걸음을 몇 번이고 멈추었지만 무사히 궁궐 밖으로 나가는 문 앞에 도착할 수 있었다.

미영은 문 앞에서 안주머니에 넣어 두었던 종이를 꺼내 남자에게 건넸다. 혜림이 미리 잡아 두었던 집으로 향하는 지도였다.

"이곳으로 가면 됩니다."

남자가 종이를 받아 들고 문을 활짝 연 순간 미영은 실색하며 그 자리에 주저앉아 버리고 말았다. 문이 열리자마자 유 상궁과 나인, 그리고 의금부 나장들이 서 있었기 때문이다. 그들은 문이 열리고 나서야 횃불을 밝혔다.

"감히 네가 궁궐에서 이런 짓을 저지르다니……!"

유 상궁의 엄격한 말이 이어지기도 전에 미영이 더욱 놀란 건, 남자의 품에 안겨 있던 하린이 눈을 떠서 일어나더니 손바닥으로 남자의 목을 뒤로 완전히 꺾어 가볍게 제압을 했기 때문이다. 바닥에 주저앉았다가 얼른 자세를 엎드리듯 고친 미영의 머리 위로 하린의 커다랗고 위압적인 그림자가 드리워졌다.

하린은 그런 미영을 보며 몇 시간 전 있었던 일들을 떠올렸다.

입고 있는 비단결의 화려한 한복이 거슬렀다. 치맛자락을 잡고 동궁전으로 향하는 하린의 발걸음은 그 어느 때보다 날렵하고 빨라서 지나가던 나인들도 죄다 놀라서 바라볼 정도였다.

방금 전까지만 해도 이곳에서 끊이질 않던 웃음을 보이던 이겸이 동궁전으로 돌아가는 동안 쓰러졌다고 전해 오는 유 상궁에 하린은 심장이 쿵 하고 내려앉는 것 같았다.

어디 그뿐이랴. 감정이 거센 소용돌이를 만나 처참하게 뒤엉켜 패대기쳐진 것처럼 아파서 한동안 아무 말도 잇지 못하고 허공을 바라보다 결국 눈물을 글썽이고 말았다.

동궁전에 도착하여 자선당으로 들어간 하린은 내의원과 서 내관이 지키고 있는 자리에 누워 있는 이겸을 보고 다리에 힘이 풀리는 것 같았다.

"세자 저하……."

누워 있는 이겸에게 겨우 다가가 이불 밖에 나와 있는 그의 손을 꼭 끌어 잡았다. 믿을 수가 없었다. 방금 전까지만 해도 이런저런 농담을 하던 이겸이 이렇게 갑자기 쓰러져 누워 있다니. 조금만 더 있고 싶다는 이겸을 등 떠밀어 보내지 않았다면 괜찮았을까? 이겸이 이렇게 된 것이 전부 자신의 탓 같았다. 하린은 이겸의 차가운 두 손을 애틋하게 끌어안은 채 옆에 있는 내의원을 바라보았다.

"이게 대체, 어찌 된 일입니까."

"지금 세자 저하는 잠이 드셨습니다."

"잠이 드신 거라고요?"

"예. 확실하진 않으나 아무래도 다량의 수면제를 복용하신 듯싶습니다."

이겸은 많은 공부와 더불어 요 근래에는 이광을 대신하여 정사까지 보고 있는 상황이었다. 그래서 늘 잠이 부족했고 밤에도 하린을 안고는 여유의 틈도 없이 금방 잠이 들어 버리곤 했다.

한마디로 수면제 같은 것이 필요하지 않는 상황이었다. 그것을 내의원도 심각하게 받아들였다.

"세자 저하께서는 수면제를 처방받으신 적이 없사옵니다."

"그런데 어찌 세자 저하께서 수면제를 복용했다고 하시는 겁니……."

오진을 한 것이 아니냐고 따지고 들려던 하린이 잠시 말을 멈추고서 내관과 내의원을 번갈아 쳐다보았다. 숨이 막히고 목이 뻣뻣하게 서는 것 같았다.

"세자 저하께서 수면제를 따로 처방받지 않으셨다는 건, 그렇다면…… 혹시, 누군가가 고의적으로 세자 저하에게 수면제를 먹였다는 뜻입니까?"

내의원은 아주 조심스럽게 고개를 끄덕였다. 하린은 몸이 휘청거릴 정도로 아연했다.

"감히, 누가 세자 저하에게!"

"수면제의 효과는 대략, 반시진이면 보이게 되어 있지요."

옆에 있던 서 내관이 말했다.

"반시진이라면, 저와 같이 있었을 시간이신데."

"네. 맞습니다."

서 내관이 하린을 의심하기보다는 그때 무언가 이상한 것을 느끼지 않았느냐는 분위기를 풍기며 여쭈었다. 하린은 반시진 전 이겸과 함께 있던 순간을 차근차근 조금도 빼먹지 않고 꼼꼼하게 떠올리려 애썼다.

"곶감……!"

곶감을 떠올린 하린의 말에 서 내관의 눈동자가 커다래졌다. 신중하게 아무리 따져 봐도 한 시진 전에 이겸이 먹은 거라고는 곶감밖에 없었다. 따뜻한 차 한 모금도 마시지 않고 자신이 그의 입에 넣어 준 곶감만 먹었을 뿐이다.

"곶감입니다. 세자 저하께서 곶감을 드셨습니다."

곶감에 수면제가 묻혀 있는 것도 모르고 무턱대고 이겸에게 넣어 준 것이, 그래서 그가 이렇게 잠들어 버린 것이 온통 저 때문이었다는 것을 알게 된 하린은 죄인처럼 고개를 떨어트렸다. 얼마나 놀랐을까, 쓰러지는 와중에 제 몸에 나타나는 이상 징후에 얼마나 놀랐을까. 그에게 미안해 하린은 마음이 미어 왔다.

"곶감이라."

심각한 서 내관의 중얼거림에 하린은 또 하나를 떠올렸다.

"서 내관님."

잔은 하나. 그래, 잔이 하나뿐이었다. 그건 다과상을 내오는 마지막까지도 이겸이 있는 줄 몰랐던 것을 뜻했다.

"이 수면제는 세자 저하가 아니라 저를 노린 것 같습니다."

이건 단순히 저를 괴롭히는 궁녀들의 짓궂은 장난을 넘어선 일이었다. 궁녀들이 자신을 아무리 시기, 질투를 한다고 하더라도 출궁을 당하거나 심각하다면 제 목숨이 달려 있는 이런 일을 저지르기란 쉬운 일이 아니었다. 만약, 있다고 하더라도 단독으로 했을 확률은 적었다.

지금 이 순간 하린의 머릿속엔 혜림이 떠올랐고 자연스럽게 혜림의 일을 봐주던 미영의 얼굴도 떠올랐다. 하린의 눈이 가느다래졌다. 그리고 미세한 하린의 변화를 서 내관은 금방 눈치챘다.

"혹여, 어느 자의 소행인지 아시는 겁니까?"

"대충 짐작은 가지만 확실한 것은 아니니, 제가 직접 알아보겠습니다."

"직접이요? 위험하십니다. 제가 직접⋯⋯."

"제가 합니다."

확고하고 다부진 하린의 일축에 서 내관은 더 이상 말을 잇지 않았다.

"그렇다면, 제가 도울 일이 있다면 꼭 말씀해 주세요."

"네. 그리하겠습니다."

아마 한 시진 뒤쯤에 깨어날 거라는 이겸을 두고 하린은 밖으로 나와 제일 먼저 유 상궁을 찾았다. 아무래도 서 내관보다는 유 상궁이 더욱 믿음직스러웠기 때문이었다. 유 상궁은 이미 내의원에게 모든 것을 전해 들은 후였다.

"제가 생각하기에는 생과방 나인들의 짓은 아닌 듯싶습니다."

"그걸 어찌 확신하십니까?"

"짐작 가는 이가 있습니다. 확실한 건 아니나, 한번 알아봐야겠습니다. 아마 생각보다 일찍, 누구인지 밝혀 낼 수 있을 것 같습니다."

하린은 주변을 살피며 아무도 없다는 것을 확인했지만, 그래도 혹시 몰라 유 상궁에게 가까이 다가가 아주 작은 목소리로 속삭였다.

"유미영을 기억하시죠?"

"유미영이라면 마마님이 나인 시절로 있을 때 함께 방을 쓰던 세수간 나인을 말씀하시는 거죠?"

"네. 맞습니다. 그자는……."

잠시 머뭇거렸던 하린은 그래도 제 편으로 움직여 줄 누군가 한 명은 필요하다고 생각하며 여태 있었던 모든 일들을 전부 털어놓았다. 아픈 척하며 저를 대신 강녕전에 보냈던 미영의 행동이 수상쩍어 뒤를 밟았고 그 뒤에서 영의정의 여식 혜림이 있었다는 사실에 대해.

이야기를 전해 들은 유 상궁의 얼굴은 경악으로 물들어 갔다.

"그 아비에 그 자식이라더니, 어찌 이리 위험하고 발칙한 짓을!"

"그래서 전 그 발칙한 짓에 응답하려고 합니다."

한 번만 더 이런 짓을 저질렀다가는 그때는 절대 용서하지 않겠다는 제 경고를 무시한 대가가 얼마나 처절한지, 하린은 보여 줘야겠다는 생각을 했다. 무엇보다도 이 일을 대충 넘어가게 된다면 오늘 같은 일이 언제든 예상하지 못하게 일어나 이겸을 위험에 처하게 할 수도 있는 일이었다.

절대 그냥 넘어가서는 안 되는 일이었다.

"상궁마마님이 절 도와주셔야겠습니다."

잠시 들었던 생각을 거두고 하린은 미영을 향해 입술을 떼어 냈다.

"내 너에게 분명 기회를 주었거늘."

"죄송합니다. 부디 한 번만, 한 번만 용서하여 주시옵소서."

"네가 뻔뻔하게도 감히 용서를 바라는구나."

전보다 훨씬 더 간절하게 손으로 싹싹 비는 미영을 외면하며 하린은 나장들에게 눈짓을 해 보였다. 반항하려는 남자들을 가볍게 제지한 나장들은 끝까지 용서해 달라고 울부짖는 미영을 질질 끌며 의금부로 데려갔다.

"한데 마마님, 어찌 저 나인만 잡으시려는 겁니까?"

유 상궁은 하린에게 다가와 저 나인의 뒤에서 일을 봐주던 혜림을 잡지 않은 이유에 대해 의아해하며 물었다.

"제 여식의 일이 터지면 영의정이 어떻게 나올지 모릅니다. 행여 세자 저하가 계획하시고 있는 일에 방해가 될지도 몰라, 일단 그의 여식은 뺀 겁니다."

유 상궁은 낮게 고개를 끄덕였다.

"하지만 이번 일로 아마 한동안은 어떤 일도 저지르지 못할 겁니다."

일을 맡긴 궁녀가 오고도 남을 시간이었다. 안으로 들어가는 것까지만 확인하고 집으로 돌아가려 했지만 혜림은 끝내 나타나지 않는 궁녀에 일이 잘못된 것을 직감했다. 수면제를 먹인 하린을 몰래 데리고 나와 미리 포섭해 놓은 남자와 한방에 있게 하려고 했다. 남자는 노숙자로 밥을 실컷 먹을 수 있게 몇 푼만 쥐여 주니 쉽게 따랐다.

승은까지 얻은 궁녀 하린이 다른 외간 남자와 사통하는 것이 발각된다면 출궁으로 끝날 것이 아니라 사형을 당할 확률이 컸다. 감히 제게 건방지게 군 대가를 똑똑히 치러 주려고 했지만, 그 일이 실패한 지 벌써 초이틀이 되었다.

혜림은 불안하고 초조한 마음을 숨길 수가 없었다. 그래서 두 사람의 서신을 자주 배달해 주던 글월비자를 만나 소식을 전해 듣게 되었다. 승은궁녀인 하린을 몰래 데리고 나가려다가 들켜서 모진 고문을 받고 지금 옥에 갇혀 있다는 소식을.

그 뒤로 혜림의 공포는 더욱 짙고 깊어졌다. 제대로 잠을 이루지 못할 정도였는데, 잠깐 잠이 들어도 악몽을 꾸기 일쑤였다. 모진 고문을 견디지 못한 미영이 전부 혜림이 시켜서 한 짓이라고 고하고 금위영에서 쳐들어와 집 안을 쑥대밭으로 만들고 제 부모와 오라버니를 잔인하게 살해하는 악몽을.

대책이 필요했다. 대책이.

하지만 이렇게 큰일을 저질러 놓고 대비할 수 있는 대책은 조금도 없었다. 일이 너무 커진 탓에 자신이 어떤 대책을 세우던 아버지의 일에 재를 뿌리는 짓을 저지를 것만 같았다. 누가 집에 찾아오는 것에 민감하게 반응했고 밥도 제대로 먹지 못해 하루하루 말라 가고 있었다.

그런 딸의 상태를 알게 된 원석은 모른 척 넘어가지 않았다. 입궐하기 전 이른 아침에 딸의 방에 들어가니, 이제 막 일어난 모양인지 이마에 송골송골 땀이 맺힌 채 초조한 얼굴로 손톱을 물어뜯고 있던 혜림이 자신을 보고 휘둥그레진 눈으로 자리에서 일어섰다.

"아버지."

원석은 혜림을 맞은편에 끌어 앉히고서는 이마에 맺힌 땀을 닦아 주며 걱정스럽게 물었다.

"대체 너에게 무슨 일이 생겨난 것이냐?"

혜림은 쉽게 입을 열지 못하고 눈동자만 산만하게 굴릴 뿐이었다. 원석의 심려가 더욱 깊어졌다.

"아버지에게 속 시원하게 말해 보거라."

원석은 최대한 딸이 허심탄회할 수 있도록 차분하게 타이르듯 말했다. 혜림은 몇 번이고 입술을 달싹이면서 망설이다가 이내 결심을 했는지 두 눈을 찔끔 감고 바닥에 몸을 엎드렸다.

"아버지! 소녀가 질투에 눈을 멀어 아버지의 명예에 흠집을 낼 일을 저질러 버렸습니다. 이런 소녀를 용서치 마셔요!"

질투와 명예, 흠집? 어쩌면 자신이 생각했던 것보다 더 심각한 일이 일어났을지도 모른다는 불길한 직감이 몰려왔다. 혜림은 울먹이며 여태 자신이 저지른 일에 대해 전부 털어놓았다. 그럴수록 원석은 피가 거꾸로 솟는 것 같았고 눈의 핏줄이 곤두섰다.

"대체, 네가 지금 얼마나 위험한 짓을 벌였는지 알고 있느냐!"

원석은 크게 분노하며 다그쳤다. 아들 양호가 벌인 사고만 해도 골치가 아프고 이겸에게 진 것 같아 자존심이 한껏 밟혀 있던 상태에서 믿었던 딸아이마저 이런 큰 문제를 일으키니 원석은 배신감과 개탄을 금하지 않을 수 없었다.

머리가 지끈지끈 아파 왔다. 탄식하며 관자놀이에 손을 가져다 댔다. 초사흘 전, 한 궁녀가 승은궁녀를 납치하려다가 발각되어 모진 고문을 받고 옥에 갇혔다는 소식을 전해 듣긴 했는데, 그 일이 제 여식과 관련된 일이라고는 꿈에도 생각하지 못했던 원석이었다. 속이 갑갑하고 눈앞이 캄캄해졌다. 제대로 정신을 차리지 않으면 하나뿐인 여식이 큰 구덩이에 빠지게 될지도 몰랐다.

"아버지……."

하나밖에 없는 혜림은 금이야 옥이야 아끼며 키운 여식이었다. 울상을 지으며 두려움에 떨고 있는 혜림을 어떻게든 지켜야 한다고 생각하던 원석은 다급하게 생각을 내려놓았다. 어찌 보면 이리 된 것이 세자인 이겸이 좋다고 결혼을 시켜 달라던 여식의 청을 매몰차게 외면해서 벌어진 일일지도 몰랐다. 모든 것이 제 탓인 것만 같아 원석은 혜림이 안쓰러웠고 미안했다.

"한동안 외할머니 댁에 가 있거라."

"외할머니 댁에요?"

"내 네가 닷새 전부터 외할머니 댁에 내려가 있었다고 말할 것이다. 지금 당장 박 서방에게 말해 놓을 터이니, 일단 내 별장으로 갔다가 오늘 밤에 바로 몰래 출발하거라."

"네, 아버지."

원석은 장모님에게 직접 서간을 써서 혜림에게 챙겨 주었다. 혜림은 아버지를 난감하게 한 불효녀라고 생각하며 눈물을 머금고 박 서방을 포함하여 건장한 사내 둘과 여종과 함께 몰래 원석의 별장으로 향했다. 딸아이가 무사히 별장에 도착했다는 전갈을 전해 받고 원석은 곧바로 입궐하여 빈청으로 향했다.

대신들은 벌써 와서 무리지어 앉아 한창 대화를 나누고 있었다. 원석의 마음은 매우 다급했지만, 그전에는 얘기가 나왔을 때 별로 관심도 갖지 않았던 궁녀에게 적극적인 관심을 보이면 의심을 받을까 봐 일단 지금 하고 있는 대화를 나누었다.

어떻게 말을 꺼내야 조급해 보이지 않을까, 원석은 최대한 제 마음을 추스르며 고민하고 있었는데 마침 누군가가 먼저 말을 꺼냈다.

"이번에 승은궁녀를 납치하려던 그 궁녀 말이오. 소식 들었소?"

"어떤 소식 말이요?"

"세자 저하께서 교수형을 내렸다고……"

대신들은 잠시 침묵을 지켰다. 원석은 저답지 않게 여식이 관련된 일이라 긴장하며 마른침을 삼켰다. 그리고 조심스럽게 그러나 담담하게 입술을 떼어 냈다.

"그 궁녀가 혼자 벌인 짓이라고 했답니까?"

"뭐, 그렇다고는 하던데, 세자가 믿는 눈치가 아니라고 합니다. 하지만 궁녀가 끝까지 말을 함구해서 교수형에 처했다고 하더군요."

그나마 다행이라 생각하며 원석은 안도의 한숨을 몰래 내뱉었다. 그리고 시간이 되어 원석은 대신들과 함께 선정전으로 향했다. 한 번 쓰러진 이광은 제대로 일어나지 못해 오늘도 그 자리를 이겸이 대신하고 있었다. 확실히 이겸은 이광보다 강건했고 풍기는 분위기가 예사롭지 않았다.

"건국 백성들의 생활이 좀처럼 나아지지 않아 걱정이 이만저만이 아닙니다."

이겸은 사대부들은 제외하고 오로지 백성들에게만 향하는 가혹한 세금 정책에 대해 바꾸고 싶어 하는 듯 보였다.

"하나 전하, 그 정도의 세금을 내지 않는다면 건국의 경제는 더욱 나아가지 못할 것이라고 예상되옵니다."

이겸과 웬만하면 부딪히지 말자고 결의하고 있던 원석을 대신하여 다른 대신이 말을 꺼내 놓았다. 이겸은 담담하면서도 여유롭게 대답했다.

"건국의 경제가 더 나아지기를 바라고 계시는 겁니까?"

"당연히 바라고 또 바라는 바이지요."

"그러실 줄 알았습니다. 그렇다면 내 방법을 하나 알려 드리지요."

용상 앞에 앉아 있던 이겸이 일어나 대신들이 양쪽으로 서 있는 그 가운데를 천천히 거닐었다.

"건국에 살고 있는 모두에게 세금을 받는 것입니다."

그것은 지금 세금을 내지 않는 사대부들을 비꼬고 겨냥하는 말이었다.

"하나 세자 저하, 사대부는 나라를 위해 일하는 자들로⋯⋯."

"그러니까 말입니다."

이겸은 대신의 말을 과감하게 끊어 버리고 그의 앞으로 다가갔다. 그러고는 얼굴을 바짝 들이밀어 사나운 눈빛을 마주했다. 대신은 피하지 않고 똑바로 응시하는 이겸의 살벌한 눈빛에 저도 모르게 몸을 움찔했다.

"나라를 위하고 백성들을 위한다는 대신분들 아닙니까? 진정 백성들을 위한 것이 어떤 것인지, 다시 한번 진지하게 생각을 해 보시죠."

"⋯⋯."

"늘 생각하시는 나라와 백성들이 만족스러워하는 답변이 돌아오기를 기대하고 있겠습니다."

대신들은 선정전을 나서며 오늘 정사에 대해 논의를 한 것 중에 단 하나도 마음에 들지 않는다며 불평불만을 토로했다. 하지만 원석은 섣불리 나서지 않았다. 퇴궐하기 위해 정문으로 향하던 중 원석은 멀리서 저를 똑바로 바라보며 다가오고 있는 하린을 발견했다.

하린은 대신들의 지척까지 다가와 가볍게 묵례를 했다. 대신들
역시 고작 승은궁녀일 뿐이지만 그래도 지켜야 할 법도가 있으니
모두 억지로 묵례를 했다.

"퇴궐하시는 길이신가 봅니다, 영의정 대감."

미소를 잃지 않은 하린에 원석은 낮게 고개를 끄덕였다.

"네. 그러하옵니다."

하린의 눈빛을 살폈다. 평소 저를 바라보던 독한 눈빛이었지만,
그다지 다른 것을 느끼진 못했다. 이겸이건, 하린이건 이번 납치
사건 배후에 혜림이 있다는 것을 모르고 있는 것 같았다.

"수고하셨습니다. 집에 조심히 들어가셔요."

"네."

인사를 하고 지나가려는데, 갑자기 하린이 낮게 탄식을 했다.

"아차, 영의정 대감."

감히 건방지게 저를 부르는 하린에 원석은 열불이 났지만 꾹꾹
참으며 돌아서 그녀를 마주 보았다.

"혜림 아가씨는 잘 계시죠?"

갑작스러운 혜림의 안부에 원석이 크게 놀라며 몸이 굳어졌다.
감정 관리를 해야 하는데, 분명 사악하게 올라가고 있는 하린의 미
소에 원석은 아무말도 할 수가 없었다. 하린은 앞에 있는 모든 대
신들을 뚫고 지나 원석의 지척까지 다가왔다.

그러고는 상체를 조금 기울여 원석만이 들을 수 있는 작은 목소
리로 속삭였다.

"그래도 자식이 귀하긴 귀하신 모양입니다."

기울였던 상체를 다시 똑바로 고정시킨 하린은 끝까지 여유로운 미소를 지으며 돌아섰다. 원석의 눈빛은 저를 협박하는 하린에 대한 격한 분노와 여식을 지켜야 한다는 결심으로 물들어 가고 있었다.

"좀 걷고 싶구나."

오전부터 이광은 아들 이겸과 딸 인영 공주를 불러 궁궐을 천천히 산보했다. 마치 어린아이들을 대하듯 양손으로 붙잡고 힘겹게 걸음을 옮기는 이광을 이겸과 인영은 정성껏 보필했다. 두 사람은 살아생전 중전이 유난히도 좋아했던 정원으로 향했다.

이곳은 봄이면 다사로운 꽃들이 피고 여름이면 무성하고 싱그러운 나무들이 자라며 가을이 되면 단풍으로 물들며 겨울이 되면 소복이 쌓인 눈으로 아름다운 풍경을 만들어 내는 곳이었다. 그곳에 위치한 정자에 세 사람은 나란히 앉았다.

"이제 제법 바람이 뜨겁구나."

"이리 바람이 뜨거우니, 어디든 돌아다니고 싶어져요."

인영이 짐짓 티끌 하나 없는 밝은 목소리로 말하며 아버지에게 팔짱을 끼고 어깨를 기대었다. 애교가 참 많은 공주였다.

"아바마마, 예전에 기억나십니까? 제가 여기 있는 붕어와 놀고 싶다고 뛰어들어서 한바탕 야단법석이었잖아요."

이광은 기억이 난다는 듯 웃으며 고개를 끄덕였다. 여름날의 일이었다. 안에 있는 주황빛의 붕어와 함께 물을 유영하고 싶다며 어린 공주가 뛰어들었다. 수영을 하지 못하던 공주는 당황하여 허우적거렸고 공주를 구한 사람은 다름 아닌 이겸이었다.

"다음부턴 그리 무모한 행동은 해서는 안 된다, 공주야."

"예. 당연하죠. 그 뒤로는 물만 봐도 무서울 때가 많아요."

그런 공주를 이광은 사랑스럽게 바라보며 옆에 있는 이겸의 손등을 어루만졌다.

"이 무능한 아비 같지 않게, 네 누이를 잘 지켜 다오."

"어찌 그런 말씀을 하시는 겁니까."

이겸은 야윈 아버지의 얼굴을 보며 안타까워했다. 이광은 마침 나뭇가지에 앉아 제 몸을 열심히 치장하며 지저귀고 있는 새를 넌지시 바라보았다.

"오랜만에 우리 세자 활 쏘는 모습도 보고 싶구나. 문예도 뛰어나지만 무예에도 무척이나 뛰어난 세자가 아니더냐."

그렇게 이광은 뛰어난 이겸의 무예 실력에 감탄을 했고 인영이 직접 수를 놓은 것을 구경하기도 했다. 세 사람은 강녕전에 오순도순 앉아 간단한 다과를 즐기며 시간 가는 줄 모르고 담소를 나누었다.

인영이 늘어지게 하품을 하다가 화들짝 놀라 입을 틀어막는 것을 보며 이광은 호탕하게 웃고는 자신 또한 피곤하다 말했다. 인영을 먼저 보내고 이광이 잠들 때까지 곁을 지킨 이겸은 피곤해진 몸을 이끌고 동궁전으로 향했다.

그날 밤 이겸은 하린의 처소에 들지 않았다. 분명, 아버지와 누이와 함께 보낸 하루에 뿌듯하거나 행복해해야 하는데 이상할 정도로 마음이 처졌다. 매일같이 들던 그곳에 오늘따라 이상하게 발걸음이 향하지 않았다. 자신을 기다릴지도 모를 하린에게 말을 전달하고 잠이 오지 않아 늦도록 책을 읽고 있었을 때였다.

밖에서 서 내관이 울음 섞인 목소리로 급하게 찾아뵐 것을 아뢰었다. 이상할 정도로 마음이 불안했다.

"세자 저하, 전하께서……!"

울먹이며 전하는 서 내관의 말이 다 끝나기도 전에 이겸은 급하게 강녕전으로 향했다. 얼마나 걸음을 서둘렀는지 중간에 몸이 앞으로 꼬꾸라지며 넘어지기까지 했지만 아픔도 느끼지 못하고 아버지에게로 향했다.

비록 대신들의 그림자에 가려져 힘은 없어도 제게만큼은 늘 힘이 되어 주던 아버지셨다. 그런 아버지를 잃을 생각을 하니 감당되지 않는 슬픔이 이겸을 하염없이 떠미는 것만 같았다.

"아바마마."

강녕전 안으로 들어서자, 벌써 유언을 받들 대신들이 기다리고 있었다. 놀란 마음을 추스르며 무겁게 발걸음을 옮기는 이겸을 향해 이광은 간신히 손을 뻗었다. 이겸은 얼른 이광의 손을 붙잡았다. 오늘 낮에 잡았던 손과 달리 지극히도 차가웠다. 동시에 문이 열리고 공주 인영이 뛰어 들어왔다.

"아바마마! 어찌 이러시는 거예요. 오늘 낮까지만 해도 저를 보고 다정하게 웃어 주시지 않으셨습니까. 제발, 저를 두고 가지 마세요."

"우리 공주……."

이광은 나머지 손으로 인영의 손을 붙잡았다. 인영의 고운 얼굴은 잔뜩 붉어져 눈물로 범벅이 되어 있었다.

"울지 말거라, 아가."

자신을 달래는 아버지의 목소리가 마지막이라 생각을 한 인영은 더 크게 오열했다.

"안쓰러운 내 새끼들……. 이토록 무능한 아비를 만나게 해서 미안하구나. 나는 늘, 세자를 생각하면 고개를 들고 숨을 쉬며 사는 것도 죄스러웠다."

이광의 숨은 점점 가빠졌고 주변 궁녀들의 흐느끼는 소리가 섞여 들려왔다.

"이제 내가 그토록 보고 싶던 중전을 볼 수 있겠구나……. 중전을 만나면 하고 싶은 이야기가 아주 많아. 당신이 그토록 사랑하던 아들이 아주 멋지게 컸다고 내가 꼭 자랑하마."

인영을 바라보며 이광은 따뜻하게 웃었다.

"우리 공주도 예쁘게 자랐다고 꼭 말해 주마."

"아바마마, 가지 마시어요. 이렇게 가지 마세요. 공주 아직 시집도 못 갔는데, 시집가는 건 보고 가셔야죠. 멋진 신랑을 구해 준다 하지 않으셨습니까. 어찌, 저와 한 약조를 지키지 않으시려고 하십니까."

인영이 어린아이처럼 이광의 품에 안겨 펑펑 울며 말했다. 이광은 힘겹게 연거푸 미안하다는 말만 되풀이할 뿐이었다.

"다음 생에도 내 아이들로 태어나 주게. 하나 아주 평범한 집안의 평범한 가족으로……. 우리 모두 그리 살자꾸나."

눈물과 서글픔이 몰려 더는 목소리조차 나오질 않았다.

"이겸아, 반드시 네가 원하는 왕이 되어 네가 원하는 건국을 만들거라."

이광은 마지막으로 왕위를 이겸에게 계승한다는 말을 힘겹게 전했다. 그러고는 온화한 미소와 함께 조용히 눈을 감았다. 잡고 있던 이광의 손힘이 풀리며 그대로 바닥으로 떨어졌다. 이겸은 이광의 인중 앞에 고운 햇솜을 가져다 댔다. 미세하게 떨리던 햇솜의 움직임이 멈추었다.

"아바마마."

제 손에서 힘없이 나가떨어진 손을 이겸은 다시 꽉 쥐었다.

"아바마마!"

울부짖는 이겸의 외침에 인영은 손으로 입을 가리고 충격에 눈물조차 흘리지 못했다.

"아바마마!"

이겸은 아무 미동도 없는 이광을 있는 힘껏 끌어안았다. 죽어가는 아버지를 끌어안고 있는 이겸의 모습이 지독히도 서글퍼 보였다.

앞 동쪽 지붕 처마로 올라간 내시의 구슬픈 상위복이 울려 퍼졌다.

12.

　원석의 손가락이 일정한 간격에 맞춰 책상 위를 톡, 톡 건드렸다. 그는 간간이 제 수염을 쓰다듬기도 했는데, 이것은 신중한 결정을 내릴 때 나오는 고질적인 습관이었다.

　"대감, 어찌해야 할까요?"

　흘러가는 시간 속에 초조함을 느낀 대신의 물음에도 원석은 입술을 굳게 다물고 깊은 사념에 잠겼다. 얼마 안 있어 수하와 함께 이현도 안으로 들어왔다.

　"궁에 들어가 잠시 멀리서 세자 저하를 뵙고 왔습니다. 얼굴이 무척이나 상하셨더라고요. 어찌하시려고……."

　이현은 낮게 한숨을 내쉬었다. 그것이 이겸을 걱정하는 건지, 아니면 같은 왕족으로서 겉으로 드러내는 예의상의 걱정인 건지 알 수 없었다.

　방 안엔 많은 사람들이 모여 있었지만, 숨소리조차 제대로 들리지 않을 만큼 고요하다 못해 적막했다. 장례 절차가 치러지는 지난 닷새 동안, 원석은 수백 번은 넘게 고민을 했다. 그리고 그때마다 나온 결론은 늘 똑같았다.

전왕인 이광에겐 매우 죄스러운 일이지만, 이겸의 손으로 옥새가 들어가기 전에 빼앗아야 했다. 아버지를 잃은 깊은 슬픔에 빠져 다른 것을 신경 쓰지 못하고 있는 혼란스러운 이 상황을 틈타 그를 끌어내려야 했다. 그러지 않으면 제 목숨이 위태로웠다.

원석은 앞에 앉아 있는 이현을 가만히 바라보았다. 그의 눈빛은 이겸만큼 열망에 불타올라 보이지 않았다. 그저 지금도 속상한 마음을 달래려면 술이 최고라며 낮게 읊조리고 있을 뿐이었다. 원석이 원하는 왕은 성군이 아니다. 자신들이 충분히 쥐락펴락할 수 있는 그런 왕을 원했다.

건국이라는 이 나라를 제 발밑으로 내리고 권력을 손에 쥔 채 대대손손 잘 먹고 잘 사는 것이 원석이 바라는 세상이었다. 그러기에 건국의 왕으로 이겸은 적합하지 않았다.

이 나라는 고작 그런 애송이가 키운 나라가 아니다. 자신들의 선조들이 탄탄히 만들어 온 나라였다. 고작 왕족이고 세자라는 이유로 나라를 갖고 신하들을 부리려 하는 이겸을 원석은 절대 내버려 둘 수 없었다.

이겸이 즉위하면 즉시 자신의 정적들을 제거하는 데 가장 먼저 주력을 기울일 거였다. 그랬기에 원석은 즉위식이 하루 남은 오늘 밤 거사를 치르기로 결정 내렸다. 이미 이겸이 짐승을 잡으러 갔다가 살아서 돌아왔을 때부터 준비했던 일이었다. 결론은 정해졌다.

원석이 붓을 들자, 긴장과 고요함 속에서 마른침 삼키는 소리만 간헐적으로 들려왔다. 제 이름을 남긴 원석은 책과 붓을 옆으로 돌렸다. 모두가 뜻을 함께하기로 약속을 하듯, 새하얀 공책에 각자의 이름을 써내려갔다.

"인시(寅時)."

이겸이 옥새를 만지게 될 일, 보게 될 일은 절대 없을 것이다. 앞으로 대략 반나절이 남은 시각이었다.

모든 절차가 끝나고 시신을 모시게 된 빈전 안.

상복을 입은 이겸은 절차가 진행되는 닷새 동안 끼니도 잠도 거른 채 아주 오래도록 그곳에 머물렀다. 많이 야위어진 그의 모습에 뒤에서 몰래 바라보는 하린은 늘 애가 타들어 갔고 걱정이 앞섰다. 지난 닷새 동안 이겸의 눈물은 마르질 않았다. 하린은 그런 이겸을 마음껏 위로도 해 줄 수 없는 것이 갑갑했다. 품에 끌어안고 펑펑 울게 해 주며 따뜻한 손길로 달래 주고 싶었지만, 이겸은 꼿꼿이 제 슬픔을 혼자 감당하고 있었다.

행여 몸이 상하진 않을까, 그리고 이 혼란스러운 틈을 타 심상치 않은 움직임을 보이고 있는 원석 때문에 하린은 신경을 곤두세워야 했다. 불안한 마음으로 이겸 주변을 서성거리다 세아가 자신을 찾고 있다는 제 소속 나인 월복이의 말에 하린은 서둘러 처소로 향했다.

세아가 화미당 마당에서 초조한 모습으로 하린을 기다리고 있었다. 늘 밝은 모습으로 자신을 대면하던 세아의 초조한 기색에 하린의 신경이 뾰족하게 곤두섰다. 올 것이 제 지척까지 다가왔음을 감지한 하린은 제 심장이 뜨거워지고 있는 걸 느낄 수 있었다.

"마마님."

하린은 주변을 살폈다. 요즘 상황이 그런 만큼 주변은 쥐 죽은 듯 고요했다.

"일단 들어와."

굳이 이곳을 누군가가 주시하고 있지 않다는 것을 깨달은 하린이 세아와 조용히 처소 안으로 들어섰다. 마당에서 보이던 초조함이 이제 진정이 된 것인지 세아는 침착하면서도 세세하게 민현에게로부터 전달받은 것들을 하린에게 말해 주었다.

세아의 말이 마무리될 때에 하린은 참고 있던 한숨을 가슴 언저리가 다 들썩일 정도로 짙게 내뱉었다. 이겸을 빈전에서 단 한 발자국도 나오게 하고 싶지 않았다. 겨우 필사적으로 슬픔의 무게를 감당하고 있는 이겸을 핏빛 바람이 부는 치열한 전쟁터에 떠밀고 싶지 않았다.

"자시에 나를 다시 찾아오거라. 내가 직접…… 가야겠다."

그를 지켜 주고 싶었고 반드시 그의 손에 옥새를 쥐어 주게 하고 싶었다. 그것은 자신의 바람이요, 이겸의 꿈이었고, 건국의 희망이었다.

닷새 내내 뭉그러지는 이겸의 속과는 달리 그래도 창창했던 하늘이 점점 회색빛으로 흐려져 갔다. 거친 태풍을 동반한 빗줄기는 나뭇가지들을 무자비하게 흔들고 떨어져 나온 잎사귀들이 사람들의 앞길을 가로막고 있었다.

사람들은 속수무책으로 바람에 날아가는 물건들을 부여잡고 정신없이 떨어지는 비를 피하며 일사불란하게 움직였다. 이겸이 앉아 있는 빈전의 창호지 문도 바람을 이기지 못하고 요란한 소리를 냈다. 그럼에도 이겸은 조금의 미동도 없이 그 자세를 유지했다.

한때는 아버지란 사람을 많이 원망하기도 했다. 한 나라의 왕이라는 사람이 신하들의 그림자에 숨어 고통받는 백성들을 외면하여 하늘의 노여움을 받고 하필이면 그 빌어먹을 저주가 제게로 오게 된 것을, 그래서 세상에서 가장 사랑하는 어머니를 잃게 된 것도 그 모든 것이 아버지 탓처럼 여겨져 미워하기도 했었다. 이겸은 아버지 같은 왕은 되지 않겠노라, 매일 밤마다 피를 토하는 심정으로 다짐을 했었다.

한데, 언제부턴가 나약하게 웅크러진 아버지의 어깨를 보며 이겸은 가슴이 울컥해졌다. 자신에게 늘 미안해하며 죄책감에 시달리는 그 눈빛을 마주할 때마다 원망을 쏟아부은 것들이 후회되었다. 아버지는 늘 자신이 힘이 없고 능력이 없다며 지켜 주지 못해 미안해했지만, 살아 계신 것만으로도 이겸에게 큰 힘이 되어 주었다. 그런 아버지를 잃은 이겸의 슬픔은 하루가 멀다 하고 더욱 깊어지고 있었다.

한 나라의 왕이기 전에 자식이었고 사람이었기에 가족을 잃는다는 건, 쉽게 이겨 낼 수 없는 애통한 일이었다.

"아버지……."

메말라 더는 흐르지 않을 줄 알았던 눈물이 또다시 이겸의 눈에 차올랐다. 미어지는 가슴을 부여잡으며 이겸은 쉰 목소리로 아버지를 찾고 또 찾았다. 혼이 돌아오길 바라는 의미에서 이곳에 시신을 모시고 있지만, 알고 있다. 이미 아버지는 제 곁을 영영히 떠나 다시는 돌아올 수 없는 길로 접어들었다는 것을.

혹여 당신을 마중 나왔을 어머니는 만나셨습니까? 어머니는 여전히 그리도 고우십니까? 만나셔서 무슨 말씀을 나누고 계십니까? 어머니께서 좋아하시는 꽃의 향기를 맡으시며 지독히도 그리워하던 순간들을 이제는 웃으면서 얘기하고 계십니까? 어머니를 잊지 못해, 새로운 여자를 단 한 번도 안지 않았던 자신을 칭찬해 달라며 어리광을 피우고 있으십니까?

이제 더는 슬퍼하지 않겠습니다. 그곳에서 행복해하고 있을 아버지와 어머니가 제 걱정에 또다시 마음 졸이지 않게 더는 슬퍼하지 않고 일어나겠습니다. 나약한 모습과 눈물을 더는 보이지 않겠습니다.

반드시 제가 원하는 왕이 되어 건국을 지키라 하셨지요? 그리하겠습니다. 제가 다짐했던 왕보다 더 훌륭한 왕이 되겠습니다. 그러니 부디 그곳에서 지켜봐 주십시오. 어머니를 다정히 품에 안고 함께 이 소자를 지켜봐 주십시오.

저를 지키고, 사랑하는 여인을 지키고, 이제 저밖에 남지 않은 누이를 지키고, 이 나라를 지키겠습니다. 당신의 아들이 얼마나 씩씩하게 모든 것을 해내는지 꼭 지켜봐 주십시오. 그리고 시간이 흘러 언젠간 제가 그곳에 가게 될 때 수고했다고 따뜻하게 안아 주십시오. 그때까지 부디 그곳에서 하지 못했던 사랑을 나누며 행복하게 지내고 계십시오. 아버지, 어머니, 훗날 뵙겠습니다.

이겸은 몸을 엎드려 아버지를 보낼 마지막 인사를 건넸다.

한바탕 쏟아진 비로 인해 건국의 땅은 질퍽해졌고 여전히 부는 바람으로 인해 궐에 피워 놓은 호롱불의 불빛은 위태롭게 일렁였다. 야간의 통행을 금지시키는 스물여덟 번의 종이 쳐지고 홍화문이 굳게 닫혔다.

적막한 밤, 부엉이가 우는 소리가 사방으로 울려 퍼졌다. 굳게 닫혔던 홍화문이 얼마 되지 않아 원석이 미리 거금을 주고 사주한 금위영 대장으로 인해 다시 활짝 열리고 있었다. 소식을 전해 들은 원석은 반란군들을 이끌고 빠르게 궁궐을 향해 달렸다.

원석은 긴장으로 입 안이 잔뜩 쓰고 건조했다. 모두를 이끌고 도착한 궁궐 앞의 성문은 앞으로 원석이 걷게 될 탄탄대로처럼 활짝 열려 있었다. 그 어디에도 궁궐을 보호하고 이겸을 지켜 줄 병사들은 보이지 않았다.

아직도 빈전에 앉아 죽은 제 아버지를 그리워하느라 죽음의 그림자가 곁으로 다가온 것도 모르고 있을 이겸을 생각하니 어리석기도 하고 불쌍하기도 했다. 하나 그 건방진 사기를 꺾어 버릴 생각을 하니 벌써부터 희열감이 몰려와 입가가 실룩거렸다.

원석은 계획대로 금품을 주고 영입한 백성들을 먼저 앞세우고, 병사들을 뒤에 세웠다. 어설프지만 숫자가 꽤 되는 백성들에게 지친 이겸의 군사들을 나중에 뒤에서 강하게 몰아붙일 작전이었다.

뒤늦게 상황을 눈치챈 익위사 병사들이 성벽으로 올라와 반란자들에게 화살을 겨누었다. 하지만 뒤늦은 수비라 숫자가 현저하게 적었다. 그들의 병사들이 더욱 투입되기 전에 일을 빨리 해치워야 했다. 원석의 손짓에 앞에 배치되어 있던 백성들도 활을 꺼내 화살을 위로 겨누었다.

그때 활짝 열린 홍화문 안에서 거친 말굽 소리가 뒤엉켜 들려왔고 말에 올라타 있는 민현의 손에 포박된 금위영 행수가 질질 끌려오고 있었다. 맨 앞의 말에 올라타 있는 자는 지금 원석이 죽이지 못한 것을 극심히 후회하고 있는 하린이었다. 활짝 열려 있던 홍화문이 다시 굳게 닫혀졌다.

"영의정, 김원석! 감히 네가 왕을 능멸하고 백성들을 방패로 이용하다니. 네 죄가 얼마나 큰 죄인지는 알고 있느냐!"

분노 서린 하린의 외침이 원석은 가소로울 뿐이었다. 그래서 한껏 비웃었다. 그의 반응에 뒤에서 은근히 긴장하고 있던 다른 대신들도 서로 눈을 마주치며 웃었다.

"한낱 계집 따위가…… 겁도 없이 달려드는구나."

고작 성벽에 있는 병사들이 전부인 주제에 어디서 저리 당돌함이 뿜어져 나오는지, 원석은 이겸을 꺾기 전에 저 건방진 계집부터 꺾으리라 다짐했다. 하린이 어깨에 메고 있던 활을 꺼내 원석에게 화살을 겨누었다.

그 활이 당겨지기 전에 여자의 숨통을 끊어 놓으리라 생각하며 원석은 공격하라는 의미가 담긴 손짓을 위에서 아래로 세게 내렸다. 그리하면 훈련을 받은 백성들이 있는 힘껏 잡아당긴 활을 궁과 하린을 향해 놓아야 하거늘,

"이, 이것이 어찌 된 것이냐?"

원석은 방금 눈앞에 펼쳐진 믿지 못할 광경에 입을 다물 수 없었다. 자신들의 계획이 틀려졌다고 여긴 몇몇 대신들이 급히 말을 돌려 도망치는 말발굽 소리가 들려왔다. 분명 성벽 위에 있는 군사들에게 화살을 쏘아야 할 백성들이 모두 몸을 돌려 자신에게로 화살을 겨누고 있었던 거였다.

"한심한 놈. 제 욕심에 눈이 멀어 봐야 할 것을 보지 못하고 들어야 할 것을 듣지 않는 것은 너다. 거짓된 충신의 가면을 벗겨 주마, 이 간신 놈아."

일정의 금품을 주고 병사를 사들인다는 소문이 퍼질 때 하린은 민현에게 은밀한 제안을 했다. 그것은 바로 낙영회가 백성들로 위장하는 계획이었다.

철저한 조사 끝에 백성들을 모집했다고 하나, 그들의 얼굴을 하

나하나 세세하게 알지는 못하는 그들로서는 별 의심 없이 백성들로 위장한 낙영회를 받았다. 뛰어난 무예를 지니고 있으나, 실력을 숨기고 어설픈 연기를 하는 건 크게 어렵지 않았다. 그래서 여기까지 들키지 않고 올 수 있게 된 것이었다.

하린은 있는 힘껏 당긴 활을 놓았다. 첨예한 화살이 뜨거운 밤공기를 뚫고 원석을 향해 날아들었다.

"아버지!"

하나 그 화살은 원석의 가슴이 아닌 그의 아들 양호에게 꽂혔다. 금세 피가 옷 위로 번져 갔다. 쉽게 이성이 무너지지 않았던 원석은 말 위에서 매가리 없이 떨어져 버리는 아들을 보며 하얗게 질린 얼굴로 신음조차 내지 못했다.

소리 없이 그의 눈에서 피눈물 같은 것이 차올랐다.

"양호를 보호하라, 내 아들을 보호하라!"

원석의 애타는 울부짖음에 병사들 몇 명이 와서 급하게 양호를 들쳐 업고 사라졌다. 원석의 분노가 하늘로 치솟았다.

"저년을 잡아라. 내 저년에게 세상에서 가장 고통스러운 죽음을 맛보게 할 것이다. 저년을 잡아라!"

뒤에 있던 병사들이 칼과 활을 들고 무서운 속도로 앞으로 돌격해 왔다. 그러자 날카로운 칼에 살이 찢어지며 피비린내가 질퍽한 흙과 뒤섞여 진동했다. 곳곳에서 고통으로 인한 날카로운 비명이 난무했고 두려움에 사시나무 떨듯 몸을 떨고 있는 자들도 있었다. 그들은 모두 가쁜 숨을 몰아쉬고 무언가를 지키고자 싸우고 죽어 나갔다.

그중 하린의 목표는 오로지 원석이었다. 하린은 제 앞을 가로막는 병사들의 칼날을 피하고 활을 쏘아 쓰러트리며 원석을 향해 집요하게 나아갔다. 저자를 죽여야 이겸이 살 수 있다. 오로지 그 생각으로 원석을 향해 갔다.

살기 어린 눈으로 저만을 바라보며 전진해 오는 하린에 위협을 느낀 원석이 직접 활과 화살을 건네받았을 때였다.

홍화문이 다시 열리고 몇몇의 병사들과 함께 철릭을 입은 이겸이 말을 타고 나왔다. 그는 오늘 오전에 보았던 상심 가득한 어리석은 소년의 모습은 온데간데없이 사라지고, 오로지 냉혈만이 남은 독하고도 강건한 사내의 모습만이 남아 있었다.

"반역자들은 무기를 내리고 투항하라. 그렇다면 내 너희 자손들의 목숨만큼은 살려 줄 것이다."

말이 좋아 목숨을 살려 주는 것이지, 투항하는 순간 자손들은 모두 노비로 강등되어 지독한 삶을 살게 될 것이었다. 그리고 이미 투항하기에는 너무 멀리 왔다는 것쯤은 모두가 알고 있는 사실이었다. 원석은 대답 대신 하린에게 겨눈 화살의 초점을 맞추었다. 시위를 당기려는 순간 전혀 감지하지도 못했던 화살이 매섭게 날아와 원석의 귓불을 뚫고 날아갔다.

"으악!"

원석은 극심한 고통에 귓불을 부여잡았다. 손가락 사이로 엄청난 피가 새어 나오고 있었다. 원석은 비명을 내지르며 핏물이 담긴 눈으로 제게 화살을 겨눈 이겸을 노려보았다. 이겸은 화살 하나를 받아 활에 메기고 다시 시위를 당겼다.

"영의정은 투항하라. 그러지 않는다면 널 죽일 것이다."

다시 한번 시위를 당기는 이겸에 원석은 이를 바득바득 갈며 분개했다.

"세자의 목을 따 오거라, 세자의 목을!"

악에 받친 원석의 고함에 잠시 주춤하던 병사들이 이겸을 향해 공격해 갔다. 누군가가 이겸이 타고 있는 말에 화살을 겨누었고 놀란 말이 몸부림을 치다가 중심을 잃은 이겸을 떨어트리고 말았다. 갑작스러운 병사의 공격에도 눈 하나 깜빡이지 않았던 이겸은 바닥으로 추락하면서 손에 들고 있던 화살을 놓치고 말았다.

"지금이다! 놓치지 말고 죽이거라!"

이겸을 보호하려는 병사들 틈 사이로 누군가가 화살들을 쏘았다. 말에서 떨어지면서 발이 꺾인 이겸은 쉽게 일어나지 못했고 임시방편으로 손으로 머리를 감싸고 몸을 웅크렸다. 날아온 화살들이 빗나간 걸까, 이겸의 몸은 어디도 상하지 않았다. 머리를 감싸고 있던 손을 풀고 웅크리고 있던 몸을 일으킨 순간, 이겸의 눈앞에 익숙한 뒷모습을 한 자가 천천히 무너지고 있었다.

바닥으로 추락하는 꽃잎처럼, 아주 천천히 무너져 내리고 있는 자는 하린이었다. 이겸은 손을 뻗어 바닥에 쓰러지는 하린을 빠르게 안아 올리곤 얼굴을 감쌌다.

뒤이어 도착한 이겸의 군사들이 이겸 주위를 감싸 보호했고 민현은 쓰러지는 하린에 극심한 분통을 터트리며 바닥에 나뒹굴고 있는 활과 화살을 들어 원석을 향해 쏘았다. 원석이 그대로 화살을 맞고 비틀거리자, 민현은 빠르게 날아 칼을 높이 치켜들고 그의 어깨를 내리찍었다.

원석은 어깨를 칼로 관통당하며 그대로 말 위에서 쓰러졌다. 민현의 충격과 슬픔이 담긴 눈동자가 이겸이 끌어안고 있는 하린에게로 향했다.

"하린아…… 네가 어찌하여 이곳에 있는 것이냐."

이겸은 감정에 북받쳐 떨려 오는 손으로 하린의 뺨을 어루만졌다. 분명 이곳을 나오기 전에 화미당에서 하린이 잠들어 있는 것을 보고 나온 이겸이었다. 그러다 불현듯 스친 것이 잠든 하린이 깰까 싶어 등을 보이고 있는 것을 굳이 돌려 얼굴을 확인하지 않았다는 것을 알았다. 이겸은 가슴에 화살을 맞고 점점 거세지는 통증에 낮게 신음하는 하린을 품으로 바짝 끌어안았다.

"세자 저하……."

"하린아."

피가 묻은 작고 여린 하린의 손이 힘겹게 이겸을 향해 뻗어졌다. 이겸은 그런 하린의 손을 붙잡고 그녀가 만지고 싶어 하는 자신의 뺨 위로 가져다 대 주었다.

"만일 제가 이리 가더라도…… 너무 슬퍼하시면 아니 됩니다."

"가다니, 네가 나를 두고 어딜 간다는 것이냐."

"맞아요……. 가면 안 되는데, 나 아직도 세자 저하에게 보여 주고 싶은 거, 들려주고 싶은 것들이 너무 많은데."

"그리해야지. 내 곁에 오래오래 머무르며 그리해야지."

이겸의 뜨거운 눈물이 하린의 피 묻은 살 위로 쏟아졌다.

"부모님이 돌아가신 후, 처음으로 세상에 태어난 걸 다행이라 생각하게 해 주신 분이 바로 세자 저하이십니다. 고마웠습니다. 그리고……."

하린의 숨이 점점 가빠지기 시작했다. 눈을 감고 뜨는 것, 그리고 옅게 숨을 쉬는 것조차 버거운지 하린의 몸이 격하게 움직였다. 슬픔에 잠긴 이겸은 목소리조차 나오질 않아 제발 가지 말라고 속으로 애원하며 하린의 몸을 있는 힘껏 끌어안았다.

아니 된다. 너마저 내 곁을 떠나가면 아니 된다.

뭉개지는 제 진심과 바람이 그녀에게 닿길 바랐다.

"사랑합니다."

잡고 있던 작은 하린의 손이 빠져나갔다.

"하린아……."

낮게 불러 본 이름에 돌아오는 대답이 없었다. 감은 눈과 굳게 다문 입술이 지독히도 찬란하여 이겸의 가슴을 더욱 후벼 팠다. 화살을 맞고 칼에 맞았던 것보다 훨씬 더 괴로워 이겸은 목 놓아 울었다.

"하린아!"

그녀의 몸이 이겸의 품에서 점점 차가워지고 있었다.

걱정과 고뇌에 가득 차 도저히 얼굴이 펴질 기미를 보이지 않는 유 상궁의 시선은 몇 날 며칠 동안 꼼짝하지 않고 하린의 곁을 지키고 있는 이겸의 뒷모습으로 향해 있었다.

"저하, 몸을 보강하셔야 하옵니다. 큰 상실로 인해 식음을 전폐하시면 몸이 많이 상하시옵니다."

한동안 밥도 제대로 먹지 않고 잠도 제대로 자지 못하면서 많이 쇠약해진 이겸에 유 상궁은 하루에도 몇 번이고 부탁을 했지만, 이겸에게선 늘 그렇듯 아무 대답도 돌아오지 않았다. 결국 수라상을 곁에 두고 유 상궁과 궁녀들은 물러났다.

의식이 돌아오지 않는 하린의 손은 더 이상 이겸을 어루만져 주지 않았다. 이겸의 마음은 찢겨져 나가고 애통했으며 살고자 하는 의욕마저 사라져 가고 있었다. 이겸은 하린의 작은 손을 제 뺨에 가져다 대며 뜨거운 눈물을 쏟아 냈다. 하린과 함께했던 지난날들이 주마등처럼 스쳐 지나갔다. 가히 그 어떤 것과도 비교하지 못할 정도로 행복한 시간이었다. 생각하면 가슴이 미어지고 코끝이 시큰해질 정도로 아련한 추억들.

그 추억을 늘 곁에서 함께 간직하고 종종 꺼내어 달달한 곶감처럼 나누길 바랐다. 그런 삶이 영원히 이어진다면 더없이 행복할 것이라 의심치 않았다. 하지만 지금 그렇게 저와 함께할 거라 생각했던 하린이 잠들어 일어나지 못하고 있었다.

"하린아."

부르면 금방이라도 환하게 미소 지으며 대답할 것 같은 하린의 잠든 얼굴에 이겸은 또다시 눈물을 흘렸다. 자신을 지키고자 했던 하린을 끝까지 지키지 못했다는 죄책감은 이겸의 숨통을 조여 오는 것처럼 괴로웠다.

"왜 이리도 오래 자는 것이냐, 날 잊은 것이냐."

울부짖는 제 목소리도 듣지 못한다고 해도 이겸은 계속 하린의 이름을 부르짖었다.

제발, 그 먼 길을 가지 말고 돌아와 달라고.

자신을 잊지 말아 달라고.

함께할 수많은 날을 외면하지 말라고.

이제 제발, 깨어나 달라고…….

살아생전 그리웠던 그곳이었다. 소복하게 눈이 쌓였고 언제나 그랬듯, 부엌에선 새하얀 연기가 피어오르고 있었다.

하린은 누구도 밟지 않은 눈 위에 제 발자국을 선명하게 남기며 설레는 마음으로 걸음을 옮겼다. 고개를 빠끔히 안으로 들이밀어 보자, 젊은 여자가 고개를 돌려 눈을 마주 보며 환하게 웃었다.

"어딜 그리 다녀오느냐? 아이고, 꼬질꼬질한 거 보아라. 이리 오거라."

여자는 솥에 데워진 뜨거운 물에 눈을 담가 녹여 미지근하게 만들고 부드러운 손으로 물을 적셔 얼굴을 닦아 주었다. 자신을 다 씻긴 젊은 여자는 어느새 방 안에 이불을 깔고 안으로 손을 밀어 넣으며 만족스럽게 웃었다.

"따뜻하다. 이쪽으로 와서 몸을 녹이거라, 우리 아가."

여자가 직접 덮어 주는 이불 안에서 몸을 녹였다. 여자의 손이 머리를 천천히 어루만져 주자 나른해지는 몸은 솔솔 잠이 쏟아지려 들었다. 팔을 뻗어 안아 달라고 졸랐다. 곧 작은 몸이 커다란 몸에 안기며 그리운 냄새에 눈물을 흘렸던 것 같기도 하다.

또 눈이 내리는 모양이다. 자신의 그리움을 달래 주듯 등을 어루만져 주는 손길이 따뜻하여 이대로 시간이 멈췄으면 좋겠다는 생각이 들었다. 평온하고 온화했다. 분명 그랬다. 그런데 왜 이리도 감은 눈에서 눈물이 나오고 있는지 알 수가 없었다. 창호지 문 너머로 눈이 쌓이는 소리가 얼핏 들려오는 것만 같았다.

한참을 자고 일어난 것 같았다. 몸이 개운했고 허기가 졌다. 곁에 함께 있던 여자가 보이지 않아 급격하게 몰려드는 불안감에 방에서 엉금엉금 기어 나와 부엌문을 열었다. 아무도 없는 부엌 너머로 소리는 들렸다. 부엌에 놓인 신을 신고 밖으로 나가자, 젊은 남자가 이제 막 해 온 나무들을 정리하고 있었다. 젊은 여자는 그 옆에서 천으로 남자의 땀을 닦아 주고 있었다.

"일어났니?"

다정하게 물어 오는 질문에 고개를 끄덕인 것 같다. 아마, 그런 것 같다. 남자가 무릎을 굽히고 팔을 뻗어 품을 만들었다. 그 품으로 무작정 달려든 것 같다. 아마, 그런 것 같다. 땀 냄새와 흙냄새가 섞였지만 거북하기는커녕 코를 박고 오래도록 맡았다.

여자와는 달리 투박한 손이었지만, 분명 따뜻하고 다정한 것이었다. 여자는 내려오라 했지만 남자의 괜찮다는 말에 계속 안겨 있었다. 찬 공기에 고뿔이 걸리면 안 된다면서 벌써 인중에 흘린 콧물을 손등으로 닦아 준 남자는 서둘러 방 안으로 들어갔다. 여자는 부엌으로 가서 무언가를 서둘러 챙겨 왔다. 무슨 말을 하는지는 전혀 들리지 않았지만, 남자는 분명 무슨 말을 듣는 것처럼 환하게 웃으며 고개를 끄덕였다.

여자가 부엌에서 무언가를 가져왔고 잘 익은 홍시가 눈앞에 나타났다.

"이거 먹어 보거라, 아주 달달하니 잘 익었다."

건네주는 홍시를 한 입 크게 베어 먹었다. 물컹하고 달달한 것이 씹을 것도 없이 그대로 입에서 녹아내렸다.

"맛있느냐?"

넌지시 물어 오는 말에 또 고개를 끄덕인 것 같다. 남자가 머리를 쓰다듬어 주었다.

정신없이 홍시를 먹고 있는데, 여자가 말했다.

"먼 길 떠나니 배고프지 않게 단단히 먹거라."

그 말이 무척이나 슬펐지만, 떠나야 된다는 것을 알고 있었다. 이곳은 자신이 머물러서는 안 될 곳이라는 것을……

그래서 목울대까지 차오르는 눈물을 삼키며 대답했던 것 같다.

"네. 어머니, 그리고 아버지."

입 안 가득 퍼지던 달달함이 사라졌다.

눈꺼풀 위를 집요하게 괴롭히는 햇살에 죽었던 감각들이 서서히 되돌아오고 있는 것 같았다. 익숙한 천장이 보이고 익숙한 감촉이 손에서 느껴졌다.

하린은 조심스럽게 시선을 돌려 제 손을 붙잡고 있는 이의 손을 따라 시선을 천천히 위로 옮겼다. 상복을 입은 이겸이 하린의 손을 붙잡고 곤히 잠들어 있었다. 꿈속에서 만난 어머니, 아버지와 단란한 시간을 보내면서도 자꾸만 눈물이 났던 이유가 이 사람 때문이었겠지?

여전히 통증이 느껴지는 상처를 참으며 하린은 다른 손으로 그의 머리를 쓰다듬었다. 그가 서서히 잠에서 깨어나 느슨하게 시선을 옮겨 하린을 마주했다. 이겸의 유난히도 까만 눈동자 가득, 무어라 표현해야 할지 모를 감정들이 뒤섞여 있었다.

"기다리게 하여, 죄송합니다."

"고맙구나. 날 잊지 않아 줘서……. 이렇게 이겨 내 줘서 고맙다, 하린아."

이겸의 뺨을 어루만지는 하린의 손등 위로 그의 뜨거운 눈물이 떨어졌다.

보름 만의 일이었다.

하린이 깨어나고 나서야 이겸은 제대로 정신을 차릴 수 있었다. 반란을 일으킨 자들은 모진 고문을 당한 후였지만, 여전히 죄를 뉘

우치지 않고 독기 서린 눈빛으로 이겸을 노려보았다. 하지만 곳곳에서는 앓는 소리가 간헐적으로 쏟아졌고 피비린내와 땀 냄새에 속이 역겨울 정도였다.

이겸은 원석에게 천천히 다가갔다. 퉁퉁 부어 오른 얼굴 가득 난 상처로 인해 흘린 피가 굳어 있어 을씨년스러워 보이기까지 했다. 원석에게서는 조금의 반성의 기미도 보이지 않았다. 이겸은 그런 원석이 한심하면서도 과한 욕심과 어리석음의 결과로 인해 가혹한 대가를 받고 있는 그가 불쌍하게 보였다.

"나라를 위해서 좀 살아 주시지 그러셨습니까."

안타까운 것도 있었다. 자신과 뜻을 함께했다면 분명, 원석은 나라의 발전에 큰 기여를 했을 사람이었다.

"역사는 기억할 겁니다. 이 시대에 살았던 추악한 간신으로, 자손들은 깨달을 겁니다. 과한 욕심과 어리석은 선택이 결국 어떤 결과를 가지고 오게 될지."

"내 다른 건 몰라도, 오만하기 그지없는 세자의 숨통을 끊어 놓지 않고 가게 되는 것이 원통하네. 저승에 가서 만나게 될 건국의 조상님들을 볼 면목이 없을 터이니."

원석은 끝까지 이겸을 향해 목에 핏대까지 세우며 독설을 퍼부었다. 하지만 이겸은 조금도 동요하지 않고 원석을 덤덤하게 응시할 뿐이었다. 그것이 승자의 여유라는 것을 깨달은 원석은 크게 분통해했다. 인정하고 싶지 않았던 것이다. 저보다 새파랗게 젊은 놈의 머리 위에서 놀아났다는 것을 원석은 죽어서까지 인정하고 싶지 않았던 것이다.

"귀신이 되어 다시 찾아올 겁니다. 반드시, 반드시⋯⋯!"

"찾아오십시오. 그럼 그때 또 죽여 드리겠습니다. 이승에서 다 받지 못한 가혹한 심판을 저승에서 마저 받길 바랍니다. 그곳으로 당신의 자손들도 곧 보내 드리지요."

"세, 세자 저하."

'자손'이라는 단어가 나오자 원석의 얼굴은 파리하게 질리며 하늘을 찌를 것 같은 기강이 격하게 꺾이고 말았다. 이미 아들 양호는 함께 이곳으로 끌려와 모진 고문을 견디지 못하고 사망했다. 하지만 하나 남은 귀하고 어여쁜 여식은 이 일과 아무 연관도 없는 그야말로 죄 없는 아이였다. 원석은 혜림이 이런 모진 고문과 두려움을 겪으며 죽음을 맞이할 생각을 하니 가슴이 미어졌다.

"죄 없는 여식입니다. 제발, 그 아이만큼만은 살려 주시옵소서."

이겸은 여식을 위해 제 목숨처럼 여겼던 자존심을 결국 내려놓는 원석을 빤히 바라보다가 몸을 돌렸다.

"제발, 제발 그 아이만큼은 살려 주시옵소서!"

원석은 울부짖으며 몸부림을 쳤지만, 포박되어 있는 몸은 멀어져 가는 이겸과의 간격을 좁히지 못했다.

그날 궁궐 밖에선 수없이 바람을 가르는 칼의 움직임에 피비린내가 진동을 했다.

포도청에 끌려와 옥에 갇혀 있던 혜림은 아버지가 참형에 처하고 어머니는 그 충격에 쓰러져 돌아가시고 오라버니마저 모진 고문을 견디지 못하고 숨을 거두었다는 소식을 듣고 좌절했다. 그래서 있는 힘껏 혀를 깨물어 자결을 시도했지만 실패로 돌아갔다.

그렇게 제대로 된 치료도 받지 못하고 옥에서 몇 날 며칠을 보내고 있던 어느 날, 혜림은 관아들의 포박으로 질질 끌려 나왔다.

"이거 놓거라! 감히 천박한 것들이 누구 몸에 손을 대는 것이야!"

"닥치거라. 이제 조금 있으면 노비로 팔려 가는 주제에. 어디서 큰 소리야."

"뭐, 뭐라고? 노비?"

반항하던 혜림이 크게 충격을 받았다. 사대부 중에서도 가장 으뜸인 가문에서 태어난 자신이 미천한 신분인 노비가 되다니…….

"그래. 널 노비로 사겠다는 자가 나타나 그곳으로 가는 중이야. 그러니까 거기서 모진 짓을 당하고 싶지 않으면 그 성질머리 먼저 죽여야 할 거야."

아버지, 어머니, 오라버니……. 왜 소녀를 혼자 두고 모두 떠나신 겁니까. 어찌하여 소녀에게만 이리도 가혹한 결과를 남겨 두고 모두들 가 버리신 겁니까.

죽지 않아 분통했고 살아 있어 원통했다. 한때 가족들과 함께했던 즐거운 기억들이 떠올라 코끝이 시큰하고 목이 메며 눈물이 절로 쏟아져 내렸다. 매일 시비를 건다고 투덜거리던 오라버니의 미소마저 그리워지는 순간, 혜림은 이제 그 시절이 다시는 오지 않을 거라 직감했다.

혜림에겐 더 이상의 희망은 없었다.

미루고 미뤘던 즉위식이 근정전에서 거행되었다.

오래도록 주인을 만나지 못했던 옥새가 이겸의 손안으로 들어왔다. 장례를 모두 치르고 정사에 복귀하게 된 이겸은 한동안 정치에 밀려 있던 남인들과 유생들, 그리고 김원석의 파가 비리로 난무하는 와중에도 꿋꿋이 정직으로 제자리를 지킨 신하들을 골고루 배치시켰다.

그리고 자신을 도운 낙영회의 노비 출신들을 양인으로 신분 계급을 올려 그들 역시 무과에 시험을 볼 수 있게 해 주었다. 세자 시절부터 계획했던 것들을 하나둘씩 차근차근 실행해 나갔다.

계절은 어느덧 무더운 여름을 지나 추운 겨울을 향해 무섭게 달려가고 있었다.

시간이 지남에 따라 신하들과 내명부에선 이겸의 발목을 붙잡듯 하루라도 빨리 중전을 들여야 한다고 아우성을 쳤다.

이제 막 왕이 되어 정사를 보는 것이 어렵고 아직은 오롯이 하린만을 품에 안고 싶은 이겸이었기에 늘 듣는 둥 마는 둥 한 귀로 흘려보내고 있었는데, 이것도 점점 한계에 부딪히고 있었다. 그래서 결국 저질러 버리고 말았다. '하린'이 자신에게 주는 기적 같은 영향에 대해서.

그 사실을 전해 들은 신하들은 한동안 믿지 못하겠다는 반응을 보였지만, 곧 하린을 데려와 직접 시범을 보여 주니 경악과 감탄을 금치 못하였다. 그 뒤로 중전을 간택해야 한다는 말은 쏙 들어가고 항간에선 하린의 품계를 올려 중전의 자리에 올려야 하지 않겠냐며 진지하게 말들이 오갔다.

이겸은 이전의 신하들과는 달리 진정 자신을 위하고 나라 건국을 위한 신하들이라는 것이 절실하게 느껴졌다. 그리고 오늘 밤 늦게까지 정사를 보던 이겸이 문득 사무치게 보고 싶은 하린에 그만 상소문을 내려놓고 강녕전을 나섰다.

"화미당으로 가겠다."

그 뒤를 김 내관과 훈이 따랐다. 왕이 되자마자 이겸은 김 내관과 훈을 다시 궁으로 불러들였다. 두 사람은 이겸을 제대로 보필하지 않았다는 죄책감으로 더는 곁에 있을 수 없다고 말했지만, 이겸은 두 사람을 절대 다른 곳으로 보낼 생각이 없었다.

이겸은 환하게 불이 켜져 있는 화미당 마당에 들어서자마자 심장이 걷잡을 수 없을 만큼 뛰었다. 얼핏 비치는 하린의 움직이는 그림자만 봐도 몸이 점점 뜨거워지며 반응을 보였다.

"모두 물러가 있거라."

단둘이 오붓하게 깊은 밤을 보내고 싶어 모두를 물리고선 이겸은 굵은 기침과 함께 안으로 들어섰다. 하린은 어울리지 않게 수를 놓고 있었다. 아니나 다를까, 이겸이 안으로 들어서자마자 바늘에 손가락이 찔린 하린이 낮은 신음을 내며 어쩔 줄 몰라 하고 있었다.

"하린아!"

급하게 다가와 피가 방울처럼 고여 있는 하린의 손가락을 든 이겸이 다급하게 외쳤다.

"거기 아무도 없느냐, 가서 당장 의원을……!"

"전하."

하린이 침착하게 이겸을 타이르듯 불렀다.

"고작 이걸로 의원을 부르다뇨? 창피해서 제가 얼굴을 들고 다닐 수 있겠어요?"

그리 말하며 하린이 손가락을 입에 물고 쪽쪽 빨아 피를 없애며 아무렇지 않다는 듯 웃어 보여도 이겸의 안색은 어두울 뿐이었다.

"정말 괜찮다니까요."

"어디 보자."

이겸이 하린의 피가 묻어 있던 손가락을 살폈다. 눈을 찌푸리고 보면 겨우 보일 듯 말 듯한 상처에도 이겸은 지나치게 걱정을 했다. 그는 수시로 내시와 궁녀들을 시켜 중간중간 하린이 무엇을 하고 있는지 보고하라고 일렀다. 식사를 하다가 사레가 걸렸다 하더라도 당장 의원을 불러 살피라고 명할 정도로, 평소에 근엄한 그답지 않게 하린에 관한 일이라면 별일 아닌 것에도 요란을 떨었다. 그래서 당사자인 하린은 민망할 정도였다.

"정말 못 말려……."

그럼에도 하린은 이겸에게 뭐라 할 수 없었다. 자신이 활을 맞고 보름 동안 사경을 헤매고 있을 때 그가 느꼈던 극한 걱정과 두려움을 알고 있기 때문이었다. 그래서 이렇게 별거 아닌 상처에도 크게 걱정하는 그가 하린은 안쓰러웠다.

"전하, 손 말고 저를 봐 주십시오."

하린은 이겸에겐 걱정보다 사랑을 받는 것이 더 좋았다. 하린의 말에 손에 두고 있던 시선을 천천히 들어 마주했다. 그리고 누가 먼저라고 할 것도 없이 서로의 입술이 맞닿았다. 그러면서 보고 만지고 느끼고 싶은 몸을 덮고 있는 옷을 서로 벗겨 냈다.

늘 서로에게만 극렬하게 반응을 보이고 있는 세포들이 서로를 탐낼수록 더욱 빠르게 요동쳤다. 수십 번은 넘게 보았던 맨몸임에도 불구하고 볼 때마다 옅은 감탄사가 나올 정도로 이겸의 몸은 훌륭했다. 여전히 그의 몸엔 낮지 않은 상처가 선명하여 마음이 아프기도 했다.

그건 이겸 또한 마찬가지였다. 시간이 지날수록 더욱 탐스러워지는 것 같은 하린의 새하얀 살결을 손끝으로 어루만지고 느끼면서도 깊이 박혀 있던 화살 자국의 상처를 보면 마음이 아파 미칠 것 같았다.

이겸이 하린의 상처에 입을 맞췄다. 더는 통증 따위는 느껴지지 않는데, 이겸의 입술이 닿자 짜릿한 감각이 온몸으로 퍼졌다. 보드라운 젖가슴과 오통통한 엉덩이가 이겸의 커다란 손아귀에서 멋대로 모양이 어그러졌다. 하린의 입술 사이로 야릇한 신음이 흘러나와 이겸의 귓불을 스쳤다. 살결이 닿은 것도 아닌데, 뜨거운 입김에 그의 볼이 데인 것처럼 붉어졌다. 그가 하린의 여린 속살을 비집고 난폭하게 들어왔다. 견딜 수 없을 것만 같은 통증에 몸부림을 치다가 곧, 스며드는 쾌락에 하린은 이겸의 움직임대로 흔들렸다.

자신의 위에서 허리를 움직이며 바라보고 있는 이겸의 눈동자에 다정함이 깃들어졌다. 굳이 목소리를 내어 감정을 말하지 않아도 전부 알 수 있을 것 같았다. 그는 자신 없는 세상이 불필요하다 말하고 있고 자신 또한 그가 없는 세상은 상상조차 하기 싫다는 것을, 두 사람은 눈빛으로 주고받았다.

하린이 자신을 더욱 힘껏 안아 달라며 그에게 손을 뻗었다. 이겸이 조금의 망설임도 없이 상체를 숙여 그녀의 품에 안기며 목덜미에 진하게 입을 맞춰 주었다. 그 와중에도 끝없이 그녀를 향해 깊이 들어가고 또 들어갔다.

두 사람만의 오붓하면서도 진한 밤이 오래도록 이어졌다.

힘차게 내달리던 이겸의 말이 멈춰 서자 대기하고 있던 사내들이 그를 향해 예의를 갖추었다. 말 위에서 기품 있고 능숙하게 내려온 이겸이 온 곳은 다름 아닌 낙영회 기지였다. 이제 이곳은 대충 정리되어 가는 중이었다.

자신을 적극적으로 도와 역모를 꾀한 자들을 물리친 낙영회를 이겸은 기꺼이 포용했고 대부분 궁궐의 금군청으로 영입되었다.

그리고 그들의 처와 자손들에게 땅과 집을 직접 내주어 보다 편안한 주거 공간을 만들어 주었다.

하지만 이겸이 이리 낙영회 기지에 친히 방문한 이유는 다른 것에 있었다. 모두들 궁궐로 들어갈 의사를 밝혔지만, 유일하게 그러지 않겠다고 한 민현 때문이었다. 내금위장이 되어 자신과 함께 이 나라를 지키자고 서한으로 제안했지만 민현은 그것을 거절했다. 그래서 직접 만나서 다시 한번 제안하기 위해 온 것이었다.

"오셨습니까, 전하."

이제 세자 저하가 아닌 건국의 왕이 된 이겸을 향한 민현의 예의는 전보다 한껏 더 강건했다. 이겸은 마주 보고 앉아 있는 민현을 가만히 바라보았다. 놓치면 참으로 아까운 인재였다. 오래도록 이끌어 온 낙영회의 행수인 것만으로도 그의 능력은 충분히 입증이 되어 있는 상태였다. 곁에 둔다면 분명 자신과 건국을 위해 크게 도움이 될 자였다. 놓치고 싶지 않았다.

"원하는 것이 무엇인지 말해 보거라. 내 네가 원하는 것은 다 들어줄 터이니. 내 제안을 받아들이고 궁궐로 함께 가자꾸나."

이겸의 서한을 받았을 때 꽤나 좋은 조건이었다. 봉급도 많았으며 무엇보다도 자신 또한 숨지 않아도 될 직업을 갖는다는 것이 설레기도 했다. 하지만 궁궐에 있으면서 이겸과 하린을 함께 보는 것이. 하린에 대한 마음이 깊어지면 깊어질수록, 신하로서 당연히 왕에게 갖추어야 할 충심이 어긋나고 깨질 것만 같았다.

이제 더는 욕심을 내서도, 다가가서도 안 되는 사람이었다. 그리고 무엇보다도 강해진 이겸이 하린을 잘 지켜 낼 거라 믿어 의심치 않았다.

"원하는 거 없습니다."

이것보다 더 단호한 대답은 없었다. 이겸은 알고 있었다. 자신이 백날 설득을 해 보아도 민현은 자신이 한번 마음먹은 일에 대해 절대 흔들릴 인물이 아니라는 것을. 인재를 눈앞에서 놓치게 생긴 이겸은 숨기지 않고 깊게 한숨을 내쉬었다.

"부디, 백성들을 가엽게 여기시어 성군이 되어 주시옵소서."

그런 이겸을 달래듯 민현이 차분한 목소리로 말했다.

"언제든 돌아오고 싶다면 돌아오거라."

이겸은 안에 넣어 두었던 호패와 화폐가 잔뜩 들어 있는 복주머니를 꺼냈다. 호패에는 왕의 자필과 옥새가 찍혀 있었다.

"그리하겠습니다. 마지막으로 마마님께 작별 인사를 좀 하고 싶습니다."

민현의 부탁에 이겸은 흔쾌히 허락했다.

하린과 민현은 궁궐의 작은 정원에서 만났다.

"민현 오라버니."

고운 비단옷에 말끔하고 어여쁘게 치장을 한 하린이 곁으로 다가오며 반갑게 알은체를 했다. 결전이 있던 그날 밤에 마지막으로 보고 소식만 들었을 뿐 이후에 본 적이 없으니 거의 몇 달 만에 보는 하린이었다. 다행히 얼굴은 걱정과는 달리 생기가 있어 보였다.

두 사람은 연못에서 소리 없이 유유히 헤엄치고 있는 붕어를 가만히 바라보았다. 그렇게 일각 정도가 흐른 듯싶었다. 하린이 머뭇거리며 오래도록 망설이던 얘기를 겨우 꺼내 놓았다.

"왜 전하와 함께해 주시지 않으시는 거예요?"

함께하지 못하는 이유는 하린 때문이었다. 곁에 있으면서 계속 보게 되면 품어서는 안 될 욕심이 생길 것 같아서……. 어쩌면 자신의 못난 욕심으로 그녀의 행복을 훼방 놓을 것 같아서 떠나기로 했다. 처음부터 탐내서는 안 될 여인이라는 것을 알고 있기에 죽을 때까지 도망가기로 했다.

"어머니의 고향으로 가기로 했습니다."

하린의 눈빛이 꼭 가야 하는 거냐고 묻고 있었다. 민현은 애써 그 시선을 외면하듯 고개를 돌렸다.

"부디 행복하십시오."

고운 손이 민현에게로 내밀어졌다. 그녀의 손은 계속 잡고 싶은 욕심이 들 만큼 지나치게 부드럽고 따뜻했다.

"감사했습니다. 이 은혜 평생 잊지 않고 살겠습니다. 오라버니도 부디 건강히, 행복하셔야 해요. 그리고 생각이 바뀌실 때는 언제든 돌아와 주세요. 전하도 저도, 오라버니를 늘 기다리고 있겠습니다."

예전에 그녀가 주었던, 더는 쓰지 않는 자운고가 민현의 품에 있었다. 하린을 기억할 물건 하나쯤은 남겨 놔도 괜찮다고 여겼기에 버리지 않고 살아갈 생각이다.

그간 가까이 두면 원석의 눈에 거슬릴까 봐, 보고 싶어도 보지 못했던 동생 영운이 문과 갑 차석으로 정7품 관리로 임명받고 당당하게 입궐했다. 하린은 제대로 축하도 해 주지 못했던 영운을 버선발로 뛰어나가 반겼다.

"영운아!"

"누이!"

서로를 와락 끌어안으며 떨어져 지내야 했던 지난날들에 대한 그리움을 풀어냈다. 하린은 고운 비단결의 의복을 입은 영운을 보고 뿌듯함에 한껏 미소를 지으며 자랑스러워했다.

　"내가 이젠 죽어서 선비님을 만나도 여한이 없겠구나."

　울컥하는 마음에 금세 코끝이 시큰해지고 눈에 눈물이 글썽글썽 맺혔다.

　"울지 마세요, 누이."

　영운 또한 한껏 격해진 감정을 감당하지 못하고 눈물 젖은 목소리로 하린을 달랬다. 밖에서 훌쩍거리고 있는 하린과 영운을 뒤에서 안타깝게 바라보던 궁녀는 방 안으로 들어갈 것을 제안했다. 영운은 입을 살포시 벌리며 널찍하고 특별히 예쁘게 꾸며져 있는 하린의 방을 둘러보았다.

　"이곳으로 오는 동안에도 어여쁜 꽃나무들이 즐비하게 있는 것을 보고 많이 놀랐는데 방도 좋네요, 누이."

　"전하께서 특별히 신경을 많이 써 주신 곳이야."

　"사랑받고 있는 것이 느껴져 아우 된 마음으로는 그저 뿌듯합니다. 우리 연정이도 이렇게 좋은 방에서 지내게 해 주어야 하는데."

　이겸에 대한 칭찬을 하는 영운에 한껏 뿌듯해하던 하린이 '연정이?' 하고 되물었다. 그러자 영운의 얼굴에 환한 꽃이 피었다.

　"연정? 그게 누군데?"

　"누이에게 꼭 제일 먼저 알려 드리고 싶었습니다. 혼례를 약속한 여인입니다."

　"혼례를 약속……. 언제, 어디서, 어떻게 만난 여인인 거야?"

　"중인의 여식입니다. 누이를 궁궐로 보내고 외로움과 걱정으로 물들었던 날들을 위로해 주던 여인입니다."

영운이 힘들 때 함께 있어주지 못한 미안함에 하린의 얼굴이 금세 어두워졌다. 그러다 다시 감정을 추스르고 말했다.

"언제 한번 데리고 오거라. 그래도 내 하나뿐인 아우와 혼인할 여인인데, 누이가 한 번쯤은 미리 봐도 되지 않겠느냐?"

"네. 그리하겠습니다."

"그리고 영운아."

하린은 손을 뻗어 동생의 손을 간절하게 잡았다.

"네."

"전하의 뜻을 받들어 이 나라를 꼭 지켜다오. 백성들이 행복한 나라가 될 수 있게 도와다오."

한 치의 망설임도 없이 영운은 고개를 끄덕였다. 제게도 이런 날이 왔다는 것에 하린은 격한 행복을 느꼈다. 그 뒤로 오랜만에 만난 남매의 수다는 시간이 가는 줄 모르고 이어졌다.

빠듯한 정사에서 잠시 휴식을 취하고 있는 이겸의 뒷모습을 발견한 하린은 환하게 웃으며 걸음을 재촉했다. 언제, 어디서 보아도 반갑기만 한 이겸이 하린의 걸음 소리를 들은 모양인지, 고개를 돌려 바라보았다.

"왔느냐."

"무엇을 하고 계셨어요?"

질문을 하면서도 하린은 이겸이 하고 있던 것을 살펴보았다. 이겸은 그림을 그리고 있었다. 정자에서 바라본 연못의 풍경을 그렸는데, 정말 손을 뻗어 보면 물이 느껴지기라도 할 것처럼 아주 생동감이 뛰어난 그림이었다. 갓 피어난 연꽃도 오히려 생화보다 더 아름답게 그려지는 바람에 하린을 홀리게 만들었다.

"와, 전하는 정말 못하시는 게 없으십니다."

"너도 그려 보겠느냐?"

"제가요?"

잠깐 그려 볼까도 했지만, 이 훌륭한 그림이 한순간에 찢어 버릴 그림이 될 것 같았다. 하린은 정중하게 거절했다.

"아니요. 전 그림 못 그려요."

하지만 이겸은 종이를 하린의 앞에 놓아주고 그 뒤로 가서 끌어안았다. 그러고는 붓을 하린에게 쥐게 하고서 살포시 손을 감싸 쥐었다.

"그럼 같이 그리자꾸나."

"아니, 왜 굳이……."

당황해서 살짝 얼굴을 돌려 묻는 하린의 입술 위로 이겸의 입술이 살포시 닿았다가 떨어졌다. 갑작스러운 그의 입맞춤에 당황스러워 눈만 끔뻑이고 있는 하린의 귓전으로 담백한 목소리가 날아와 마음으로 퍼졌다.

"무엇이든, 너와 함께하는 것이 내 바람이고 꿈이니."

금세 당황스러움은 사라지고 격한 설렘만 남은 하린이 다시 한 번 그의 입술에 입을 맞추었다. 촉촉하고 보드라운 입술을 떼어 내는 것이 아쉬울 정도로 좋았다.

"저도 그래요. 전하와 모든 함께하는 것이 제 바람이자, 꿈이옵니다."

"안 되겠구나. 그림은 그만 그리고 방에 들어가서 좀 쉬어야겠구나."

"네?"

하린이 들고 있던 붓을 뺏어 억지로 내려놓은 이겸은 그녀의 손을 잡고 정자를 내려왔다.

"아니, 전하."

하린은 아직 완성하지 못한 그림에 대한 미련으로 이겸을 아무리 불러 봐도 소용이 없었다.

"모두 물러나 있거라."

이겸은 하린을 그녀의 처소로 데려가 안으로 들어가기 직전 궁녀들에게 명했다. 궁녀들이 허리를 굽힌 채 물러나는 것을 확인하고 나서야 이겸은 하린을 품 안으로 소중하게 들어 안았다.

"어어? 내려 주세요."

하린의 앙탈에 가까운 말에도 이겸은 그대로 안고 방 안으로 들어갔다. 안에서는 곧 두 사람의 웃음소리가 엉켜 붙어 마당으로 퍼져 나갔다.

혼례가 치러졌다.

이겸은 처남인 영운을 위해 꽤 정성을 들여 혼례를 준비해 주었다. 하린은 직접 동생의 혼례를 보고 싶다 간청하였다. 이겸은 하린을 혼자 보낼 수가 없어 함께 따라나서기로 했다.

그 소식이 알려지자 인영이 잔뜩 뿔이 나서 하린의 처소를 찾았다.

"어찌, 오라버니는 누이를 시집보낼 생각을 하지 않고 있는 것인지."

"시집을 보내지 않으실 생각이 아니라, 누이에게 어떤 남자가 어울릴지 신중하게 고민 중이십니다."

하린이 괜히 둘러대는 말은 아니었다. 이겸은 공주의 남편감으로 매우 신중하고 민감하게 조사에 조사를 거치고 있었다. 외모와 성격은 기본이고 집안에 술과 여자를 밝히는 사람이 있는지 두루두루 오래 보아야 한다며 사람까지 시켜서 몰래 지켜보게 했다. 그러다 보니 시간이 오래 걸렸고 인영은 이러다 처녀로 늙어 죽겠다며 투정을 부렸다.

"조금만 더 기다려 보셔요, 공주님. 전하께서 곧 멋진 남편을 만나게 해 주실 거예요."

"휴……."

"혹여 마음에 두고 있는 남자라도 있으신 겁니까?"

"아니. 없다. 있으면 이렇게 심심하지 않지."

한참을 인영의 응석을 받아 주다가 이겸과 만나기로 한 시간보다 조금 늦어졌다. 인영이 돌아가자마자 이겸은 화미당으로 직접 하린을 데리러 왔다.

"자꾸 이러시면 여자한테 정신 못 차리는 분이시라고 대신들이 흉볼 거예요."

"네가 어찌 나에게 '여자'뿐이겠느냐? 넌 나의 빛이요, 꽃이고……."

장황하게 늘어놓는 이겸에 하린이 싫지 않게 싱긋 미소를 지었다.

"이리 예쁜 너를 두고 하루 반나절을 넘게 정사를 봐야 하는 내 고충도 헤아려 주거라."

그리 말하며 슬쩍 제 손목을 잡고 안으로 들어가려는 이겸에 하린이 어리둥절하면서도 이번에는 버텼다.

"왜?"

"알면서 뭘 묻느냐? 아직 시간은 넉넉하게 있지 않느냐."

"지금 해가 중천에 떴사옵니다, 전하?"

"해가 중천에 뜨든 달이 뜨든, 비가 오든 눈이 오든, 너를 향한 내 사랑은 늘 그대로인데 그것이 뭐가 그리 중요한 것이냐?"

말이라도 못하면. 하나 한 나라의 왕인 이겸은 상대방의 말문을 막히게 할 정도의 말재주를 갖고 태어났고 하린을 정신 차리지 못하게 할 만큼 충분히 매력적인 남자였다. 그래서 하는 수 없이 하린은 이겸에게 붙잡혀 안으로 들어가야 했다.

정신없는 혼례가 끝이 나고 하린과 이겸은 오랜만에 예전에 살던 집 뒤에 있는 동산으로 향하였다. 이곳은 처음 그들이 올랐을 때와 마찬가지로 변한 것이 없이 한결같았다. 그래서 마음이 더욱 편안하고 좋았다. 서늘해진 바람에 행여나 하린이 고뿔이라도 걸릴까 싶어 이겸은 옷을 단단히 입힌 것도 부족해서 뒤에서 포근하게 안아 주었다.

"날씨가 춥다. 얼른 들어가자꾸나."

"조금만 더 있다가요. 아무리 궁궐이 넓어도 답답하단 말이에요."

말을 하던 하린은 아차 싶었다. 귓가가 아닌 등에서 느껴지는 그의 한숨 때문이었다. 자신이 마음 쓸까 싶어 일부러 소리를 내지 않고 한숨을 쉴 만큼 그는 자신에 대한 배려가 깊은 사람이었는데, 자신은 아무 생각 없이 궁이 답답하다고 했다. 이겸은 분명 제 탓이라고 여기고 있을 게 분명했다. 하린은 얼른 몸을 돌려 이겸의 허리를 끌어안고 그의 입술에 가볍게 입을 맞췄다.

"그래도 아시죠? 전하가 있기에, 전 늘 행복하다는 거."

"정말 행복한 게 맞느냐?"

"그럼요. 전하가 없으면 제가 뭣 하러 세상을 살겠습니까."

하린의 한마디에 함박웃음을 터트리기도 했다가 서운함을 감추지 못하기도 하는 이겸이었다.

"기억나세요? 예전에 여기서 예쁜 반딧불을 보았잖아요."

"너와 있었던 일을 내 어찌 잊겠느냐."

하린은 이겸의 품에 온몸을 파묻혀 안겼다. 그녀의 귓가로 이겸의 심장이 뜨겁게 뛰는 소리가 들렸다. 이겸은 하린의 어깨에 턱을 괴고 귓가에 낮게 속삭였다.

"널 영원히 사랑할 것이다. 그러니, 어디도 가지 말고 영원히 내곁에 있어 다오."

그의 말에 응답이라도 하듯 하린이 옅은 미소를 지었다. 사랑을 속삭이기에 무척이나 좋은 밤이었다.

끝나는 글 1

인영이 하린의 처소를 찾아왔다.

오동통했던 볼살과 늘 쾌활한 웃음기가 많이 빠져 있던 인영은 곧 혼례를 앞두고 있어 예뻐 보이고 싶은 마음에 체중 조절을 하고 있었다.

"곶감도 먹고 싶고 한과, 불고기, 식혜, 먹고 싶은 게 너무 많아요."

하린은 손가락을 접어 가면서 먹고 싶은 음식에 대해 나열하는 인영이 귀여워 슬그머니 웃다가 위로하고자 입술을 떼어 냈다.

"그래도 조금만 더 힘내세요. 내일 혼례가 끝나고 나면 그동안 먹지 못하셨던 것들 실컷 드셔요."

"엄청 먹을 겁니다, 정말. 그간 받았던 짜증과 고뇌들 전부 달달한 곶감으로 날려 버릴 거예요. 혼례……."

여태 힘이 없던 인영의 입가에 슬그머니 웃음이 돋아났다. '혼례'라는 단어만 생각해도 좋은 듯싶었다.

"마마님은 어떠셔요?"

"뭐가요?"

"혼례를 하고 나서와 하지 않았을 때의 큰 차이점이요."

"아."

하린은 잠시 생각에 잠겼다. 혼례를 하기 전과 후의 가장 큰 차이점은 바로 늘 이겸의 곁에 당당하게 있을 수 있다는 거였다. 예전에는 자신을 시기, 질투하는 궁녀들 때문에 종종 눈치를 보기도 했는데 지금은 그러지 않아도 된다는 거였다. 그리고 또 하나는 이겸에 대한 걱정이 더 깊어졌다는 것이다. 사랑이 깊을수록 걱정도 깊어지는 것 같았다.

하린은 느낀 것을 차근차근 말해 주었다. 인영은 이해되는 듯하면서도 모르겠다는 표정을 지었다.

"마마님, 전하 납시었사옵니다."

밖에서 고하는 상궁의 목소리에 인영이 깜짝 놀랐다.

"호랑이십니다."

인영이 낮게 속삭이는 사이에 창호지 문이 열리고 안으로 이겸이 들어왔다. 하루에도 수십 번은 이곳을 들렀다 간다는 소식을 들었던 인영은 오라버니의 등장에 슬쩍 웃었다.

"공주도 와 있었구나."

"네, 오라버니."

웃음을 참지 못하고 실룩거리는 인영에 이겸은 의아해했다.

"왜 그러느냐?"

"네? 아닙니다. 아무것도."

하지만 인영이 또 웃음을 터트리자, 이겸은 고운 미간을 구겼다.

"아, 사실은 전하께서 마마님을 너무 좋아하시는 게, 티가 너무 많이 나서요. 근데, 그게 좋아 보여서……. 제 남편도 저를 이렇게 사랑해 줬으면 싶어서요."

"분명, 그리 사랑해 줄 것이다. 감히 너에게 함부로 대했다가는 내가 가만두지 않을 터이니."

"오라버니가 계시니, 든든합니다."

오라버니도 보통 오라버니가 아니었다. 건국 이래 가장 튼튼한 왕족으로서 백성들에게 가장 사랑받고 많은 업적을 남기게 될 성군 중에 성군이었다.

"그럼 소녀는 이만 물러가겠습니다. 가서 땀을 좀 빼야 하거든요. 그래야 내일 부기 없는 얼굴로 혼례를 할 수 있으니까요."

"너무 무리하지는 말거라."

"예."

인영은 하린과 이겸에게 예를 갖추고 나갔다. 하린은 회임을 했고 곧, 산아를 앞두고 있었다. 매일 밤마다 힘을 쓰는데도 생기지 않는 아이에 이겸이 꽤나 속이 타들어 가고 있던 찰나에 들려온 회임 소식에 그는 신하들과 함께 회의 도중에 하린에게 달려 나갔었다. 감축드린다는 의원의 한마디에 그의 웃음소리는 궁의 담벼락을 넘어 건국에 전부 퍼졌다고 해도 과언이 아니었다.

이겸이 이리도 하린의 회임에 기뻐했던 것은 현재 최대 정1품인 그녀에게 아이를 낳자마자 그 자격으로 중전의 자리를 주기 위해서였다. 요즘 슬슬 다시 나오는 '중전의 자리' 때문에 이겸은 영 골치가 아팠고 해서 하린이 하루라도 빨리 금두꺼비 같은 아들을 제품에 안겨 주길 바랐다.

하린의 뒤로 가서 앉은 이겸은 잔뜩 뭉친 어깨 근육을 부드럽게 주물러 풀어 주었다.

"전하."

부담스럽다는 듯이 어깨를 움찔대는 하린에도 이겸은 아랑곳하지 않고 어깨를 바로 세워 놓고 다시 근육을 풀어 주었다.

"이건 건국의 국왕이 아니라 지아비로서 해야 하는 당연한 일이니, 부담스러워 말거라."

하린은 자신에 대한 이겸의 사랑을 정말 못 말린다는 생각이 들었다.

"이제 정말, 우리 아이를 볼 날이 얼마 남지 않았구나."

"네. 그러게요."

"긴장되느냐?"

"사실 전…… 조금 무섭습니다."

"무섭다니?"

"산모들이 말하기를, 살이 찢어지는 고통도 느끼지 못할 정도로 아프다고 합니다. 거기다가 우리 아이가 건강하게 잘 나와야 할 텐데, 그것에 대한 걱정도 이만저만이 아닙니다."

"대신 아파 줄 수 있는 거라면 좋으련만."

그럴 수도 없는 일이라, 이겸은 그저 하린의 몸을 주물러 주며 근육과 긴장을 풀어 주는 것이 해 줄 수 있는 전부인 걸 안타까워했다. 하린은 시간이 지나도 여전히 저를 아껴 주고 보듬어 주며 애틋하게 여겨 주는 이겸의 변하지 않은 사랑에 행복했다. 이 건국 팔도에 자신보다 더 행복한 여자가 있으면 나와 보라고 당당하게 소리칠 수 있을 정도로.

"전하."

넌지시 부른 하린에 이겸이 대답 대신 눈을 마주했다.

"안아 드릴까요?"

그녀의 말에 여태 걱정으로 가득했던 이겸의 얼굴에서 살며시 미소가 떠올랐다.

"오래 안아 주거라."

그러고는 두 팔을 뻗어 품을 만들어 준 하린의 품으로 깊숙이 파고들었다. 시선이 마주치자 이겸이 하린의 입술로 다가왔다. 촉촉하고 보드라운 입술이 서로의 숨결을 가볍게 담아냈다.

"늘 내가 이렇게 곁에 있을 것이니, 겁내지 말거라."

"네."

하린의 허리를 뜨겁게 감싸 안고 이겸의 입술이 다시 하린에게로 다가갔다. 좀 전에 했던 가벼운 입맞춤과는 다르게 길고 긴 입맞춤이 이어졌다.

인영의 혼례날.

입이 찢어질 듯이 웃는 인영의 모습에 이겸은 고운 미간을 찌푸렸다. 하나뿐인 누이에게 좋은 남편을 신중하게 고르다 보니, 어언 2년이라는 시간이 지났고 어느 날은 공주가 이러다 오라버니 덕분에 처녀로 늙어 죽겠다고 생떼를 부리는 바람에 그나마 괜찮은 사내를 골라 서둘러 혼례를 치러 줘야 했다.

남편 될 작자는 감정을 일부러 숨기는 건지 아니면 저것이 진심인 건지 그저 무뚝뚝함이 전부인데, 여동생인 인영이 좋아 죽겠다는 얼굴을 하고 있으니, 이겸은 마음에 들지 않았다.

"하나밖에 없는 사랑스러운 누이가 시집을 가는 날, 표정이 왜 그러세요?"

따라오지 말고 처소에서 쉬라고 부탁에 가까운 명을 했지만 말을 듣지 않고 기어코 여기까지 함께 온 하린이 물었다. 이겸은 펑퍼짐한 한복으로도 가릴 수 없이 크게 불러 온 하린의 배를 살포시 쓰다듬으며 입술을 떼어 냈다.

"남자가 별로 성에 차지 않는다."

"오라버니가 없는 게 전 좀 아쉽습니다."

무슨 뜻이냐고 묻는 이겸의 눈빛에 하린은 웃음으로 대답을 회피했다. 두 사람은 혼례가 끝나고 전라도 쪽으로 내려가서 잠시 휴식을 취하겠다고 전했다.

모든 혼례가 끝난 후, 이겸과 하린은 다시 궁으로 향했다. 수많은 군사들의 행렬과 함께 궁으로 돌아가는 동안 이겸을 보기 위해 나온 백성들은 저잣거리를 가득 채울 정도로 상당했다.

말을 타고 품위 있는 자세를 유지하며 궁으로 가던 이겸이 문득 말을 멈추었다. 그러자 뒤에 따르던 행렬도 모두 멈추었다. 원래는 왕의 전용 가마이지만 현재 회임을 한 하린이 타고 있는 대련도 멈추었다. 하린의 시야로 이겸이 가볍게 말에서 내리는 것이 보였다. 이겸은 자신을 찬양하는 백성들 곁으로 다가가더니 한쪽 무릎을 굽혀 앉고서는 한 어린 소년과 눈높이를 맞추었다.

"전하에게 드리는 꽃이옵니다."

소년은 쑥스러운 얼굴로 예쁜 꽃다발을 건네었다. 하린은 가마꾼들에게 자신을 내려 달라고 눈짓했고 궁녀들의 도움을 받아 힘겨운 몸을 움직였다. 그리고 이겸과 소년이 있는 곁으로 다가가 꽃에 살며시 손을 가져다 댔다. 그제야 이겸이 꽃의 색을 볼 수 있었다.

"참으로 아름다운 꽃과 마음씨이구나."

이겸이 손을 들어 소년의 머리를 쓰다듬어 주며 칭찬했다. 소년이 부끄러운 모양인지 뒤에 있는 엄마의 품으로 와락 안겼다. 그 모습에 이겸도 하린도 크게 웃었다. 두 사람은 말과 대련에 올라타지 않고 서로의 손을 맞잡은 채 행렬과 함께 걸었다.

이겸은 중간에 걱정이 되어 하린에게 대련에 올라타라 했지만 함께하고 싶다며 하린이 거절했다.

"하루 종일 너무 앉아만 있는 것도 좋지 않대요. 이 정도의 산보는 괜찮을 듯싶습니다."

보다 백성들과 가까운 곳에서 소통하길 원하는 이겸의 간절한 마음이 보였다.

왕은 한 나라의 주인이 아니다. 한 나라의 주인인 백성들이 보다 잘 살 수 있는 세상을 만들어 주기 위해 노력을 해야 하는 사람이다.

적어도 이겸이 생각하는 자신의 위치는 그러하였다.

완벽한 평등이라 할 수는 없었지만, 예전의 건국보다는 훨씬 많은 자들에게 평등과 기회가 돌아왔다. 그뿐만이 아니었다.

부당한 비리가 현저히 줄어들고 잘못을 저지르면 양반과 노비 상관없이 똑같은 처벌이 이뤄져 그야말로 죄 앞에선 평등한 분위기가 조성되었다.

백성들은 지금의 왕 이겸을 찬양하고 존경했으며 부디 오래오래 살아 건국을 지켜 주길 해마다 잔치를 벌여 기원하기도 했다.

건국은 현재 가난한 백성들이 가장 살기 좋은 시대를 맞이했다. 이것은 백성의 일이라면 사소한 것 하나도 놓치지 않고 최선을 다

하여 개선하고 발전시키고자 하는 이겸의 피나는 노력이 있기 때문에 가능했다.

그로부터 며칠 뒤.

마당 앞에서 불안하게 서성거리고 있는 이겸을 보며 김 내관과 훈도 덩달아 걱정의 한숨을 내쉬었다. 안에서는 가녀린 고통의 비명 소리만 난무할 뿐 도저히 아기의 울음소리는 들리지 않았다.

"어찌 되고 있느냐?"

일각 단위로 물어보는 이겸에 궁녀들이 바쁘게 움직였다. 아직도 아이가 완벽하게 몸을 돌리지 않았다는 소식에 이겸의 속은 뭉개지고 있었다. 혼자 이 아픔을 전부 견뎌야 할 하린이 안쓰럽게 느껴졌다.

"전하."

김 내관은 벌써 한 시진 넘게 이곳에 서 있는 이겸의 성체가 걱정되어 강녕전에 가서 기다릴 것을 청하였으나, 이겸은 말을 듣지 않았다.

"저리 혼자 아픔과 싸우고 있는 하린을 두고 어찌 나만 편안히 쉴 수 있겠느냐."

시간이 지날수록 하린의 고통스러운 비명 소리가 작아지기 시작했다. 아이를 낳는 중에 혼절하면 산모의 생명에 좋지 않다는 것을 알고 있던 이겸이 산만하게 움직이던 걸음도 멈추고 사색이 된 얼굴로 바라보았다.

"어찌, 빈의 목소리가 들리지 않는 것이냐? 당장, 의원……!"

이겸의 명이 완벽한 문장으로 이어지지 않고 중간에 끊기게 된 것은 우렁찬 아이의 울음소리 때문이었다. 기분이 묘했다. 기쁘면서도 울컥하고, 설레면서도 슬펐다.

"들었느냐? 지금 아이의 울음소리를?"

믿을 수 없다는 얼굴을 한 이겸이 뒤에 서 있는 훈과 김 내관을 향해 물었다. 두 사람은 감축드린다는 말과 함께 예를 갖추었다. 안에서 곧 해산을 돕던 궁녀가 달려 나와 반가운 얼굴로 말했다.

"건강한 왕자님이십니다."

처음 대면할 아들과의 만남에 잔뜩 긴장한 이겸이 안으로 들어섰다. 하린이 이제 막 태어나 포대기에 감싸 진 꼬물꼬물한 아이를 안고 있었다. 얼굴이 잔뜩 식은땀으로 젖어 녹초가 되어 있던 하린은 아이를 보기 위해 온 이겸을 보며 마지막 힘을 쥐어짜듯 웃었다.

"수고하셨소, 부인."

이겸이 가장 먼저 한 일은 하린에 대한 수고와 고마움을 표현하는 거였다. 하린의 이마에 가볍게 입을 맞추고 나서야 이겸은 아이를 눈에 담았다.

"전하, 감축드리옵니다."

하린이 건네준 아이를 이겸은 부서질까 싶어 아주 조심스럽게 안았다. 아이는 아직 눈을 뜨지 못한 채 입을 오물거리고 있었다. 이겸은 손가락을 조심스럽게 펼쳐 들었고 아이가 아주 작은 손으로 꽉 쥐었다. 그것이 감격스러워 울컥 눈물이 나려고 했다. 자신과 하린의 사랑으로 맺어진 아이라 그런지 더욱 애틋하고 마음이 벅찼다.

"내가 너의 아버지다."

마치 알아듣기라도 하듯이 아이가 꿈틀거리며 고개를 끄덕였다.

"너를 평생 지켜 주겠노라, 약조하마."

여전히 제 손가락을 움켜쥐고 있는 아이의 이마에 이겸은 가볍게 입을 맞췄다.

끝나는 글 2

이겸이 왕이 된 지도 벌써 다섯 해가 지나가고 있었다.

경연과 업무를 끝낸 이겸이 휴식을 맞이하여 투호를 하며 오붓한 시간을 보내기 위해 세자와 하린을 불렀다. 멀리서 아장아장 걸으며 꽤나 다부진 표정을 한 세자와 하린이 다가왔다.

"소자, 아마바바에게 인사드리옵니다."

아직 발음이 정확하지 않았지만 표정만큼은 비장한 세자가 귀여워 이겸은 웃지 않을 수가 없었다. 고단한 업무에 단비 같은 존재가 바로 제 눈앞에 있는 세자와 하린이었다. 이겸은 세자를 품에 안고 사랑스러운 눈빛으로 바라보았다.

"아마바바 보는 이들의 눈이 마싸옵니다. 소자를 내려 주시오."

"괜찮소, 세자. 아버지가 아들을 예뻐하는 모습을 보며 어느 대신들이 비웃을 수 있겠소? 오히려 다들 뿌듯하니 쳐다보지요."

그래도 내려 달라고 말하는 세자에 이겸은 아쉬움을 뒤로하고 세자를 내려 주었다. 세자는 연습을 많이 했다면서 직접 투호하는 것을 보여 주겠다며 화살을 던졌다. 하지만 정확히 투호 통을 튕겨 맞고 밖으로 나가떨어졌다.

세자의 얼굴에 깃들어 있던 야무짐과 비장함은 사라지고 금세 시무룩해졌다. 이런 걸 보면 영락없이 아이였다.

"이 아비가 도와주마."

이겸이 세자의 손에 다시 화살을 쥐여 주고 뒤에서 손목을 잡아 각을 맞춰 던졌다. 그러자 투호 통 안으로 화살이 쏙 들어갔다.

세자는 하늘을 날뛰듯 좋아하였다. 그런 세자를 뿌듯하게 바라 보던 이겸이 이제 어엿한 중전이 된 하린의 곁으로 다가가 그녀의 손을 잡았다.

"요즘 부쩍 세자가 외로워하는 것 같구나."

"저는 그런 기미를 전혀 느끼지 못하였습니다."

"왜 느끼지 못했는지 이해가 가지 않으나, 외로운 것이 확실해 보이는구나."

"……."

"앞으로 밤에 더욱 힘을 써야 할 것 같은데."

이겸의 능청스러움에 하린이 화들짝 놀랐다. 지금도 이겸은 늘 잊지 않고 하린의 처소를 들르며 밤마다 뜨겁게 자신을 안고 있는 데, 이보다 더 힘을 쓴다는 포부를 밝히고 있으니……. 그래도 여 태껏 후궁 하나 들이지 않을뿐더러, 다른 여자 보기를 돌처럼 하는 이겸의 순애보 사랑이 하린은 싫지 않았다.

"이부자리를 따뜻하게 데워 놓겠습니다."

그리하여 낮게 속삭였더니, 이겸이 주변에 둘러보고 듣는 눈이 많다는 것도 망각한 채 크게 웃었다. 그 바람에 이제 막 투호 통에 화살을 던지려던 세자가 깜짝 놀라 빗나가 버렸다. 실망스러운 얼굴을 하는 세자를 보며 이겸과 하린을 서로의 눈을 마주치며 웃었다.

너무 행복하여 감당이 되지 않는 순간이었다. 그때, 김 내관이 곁으로 다가와 이겸에게 무언가를 알렸다. 이겸의 눈이 휘둥그레졌기 때문에 하린은 순간 걱정이 들지 않을 수가 없었다.

"무슨 일이라도……."

하린은 이겸, 세자와 함께 급하게 발걸음을 옮겼다. 그리고 도착한 정자 위에는 반가운 얼굴이 와 있었다.

"민현 오라버니."

붕어가 헤엄치며 잔잔하게 파동을 일으키는 연못을 바라보고 있던 민현이 저를 부르는 소리에 몸을 돌렸다. 그는 예전보다 한층 더 성숙해져 있었다. 간격을 좁혀 지적으로 다가온 이겸을 향해 민현은 예를 갖추듯 절을 먼저 올렸다.

하린만큼이나 이겸도 반가워했다.

"생각이 바뀐 것이냐?"

그래서 거두절미하고 기뻐 물었는데, 돌아오는 민현의 대답은 또 실망을 안겨 주었다.

"아닙니다. 잠시 한양에 볼일이 있어서 들렀다가 뵙고 싶어 왔습니다."

민현은 말을 이어 가며 하린의 손을 꼭 붙들고 서 있는 귀여운 외모의 세자를 바라보았다. 민현의 시선을 먼저 알아차린 이겸이 세자를 앞세웠다.

"세자 인사하거라, 예전에 이 아버지를 도와 큰일을 해내신 분이시다."

"이사드립니다. 세자, 이연입니다."

세자 이연이 고사리 같은 손을 앞으로 모으고서는 머리를 가볍게 조아려 인사했다. 민현은 한쪽 무릎을 꿇고 앉아서 키가 작은 이연과 눈높이를 맞췄다.

"도란도란한 눈빛에 다부진 콧방울, 그리고 야무진 입술이 분명, 지금의 상감마마처럼 훌륭한 성군이 되실 겁니다."

민현의 칭찬에 이연이 헤벌쭉 웃으며 이겸을 올려다보았다. 이겸은 그런 아들을 사랑스러운 눈빛으로 바라보며 볼을 가볍게 문질렀다. 민현은 제 품에 있는 은장도 하나를 꺼냈다. 손을 많이 탄 듯한 은장도였다. 아버지에게 직접 받아 항상 품에 가지고 있는 것만으로도 든든한 은장도였다.

"이것이 언제나 세자 저하를 지켜 줄 것입니다."

"감사합니다. 잘 간직하겠스마다."

이겸은 신하들과 국사를 의논하기 위해, 세자인 이연은 세자 수업을 받기 위해 자리를 비켜 주었고 정자 위에는 민현과 하린 단둘만 남았다. 두 사람은 조용히 바람에 일렁이는 연못을 가만히 바라보았다. 무겁지도 그렇다고 너무 가볍지도 않은 침묵이 흘렀다.

"어찌 지내셨습니까?"

먼저 침묵을 깬 것은 하린이었다.

"생각보다 농사에 재미가 붙어 요즘엔 그거 신경 쓰느라 나름 정신없이 살고 있습니다."

"농사요?"

"아, 네. 이번에 이것저것 채소 농사가 잘되어 수라간 상궁에게 주기도 했습니다."

"오라버니 덕분에 전하의 수라상이 푸짐해지겠네요."

민현이 보고 있는 하린은 더없이 행복해 보였다. 특히 남편 이겸과 아들 이연과 함께하는 그 순간은 더 행복해 보였다. 민현은 참 다행이라는 생각이 들었다. 자신이 그토록 바라던 하린의 행복이 완벽하게 이루어진 것 같아서.

"이만 가 봐야겠습니다. 서둘러 가지 않으면 몇 날 며칠을 더 가야 하니까."

"전하와 점심이라도 드시고 가시지요."

"아닙니다."

"그럼 제가 직접 배웅해 드리겠습니다."

넓고 넓은 궁궐을 함께 거닐며 수많은 궁녀와 내시, 그리고 신하들이 하린을 보며 예의 바르게 인사를 건넸다. 하린은 이제 그 모습에 더는 어색함을 느끼지 않고 익숙해져 있었다.

민현이 잠시 맡겨 두었던 말은 정문에 대기하고 있었다.

"그럼 조심히 돌아가세요. 그리고 자주 놀러 오세요. 비록 아주 잠깐의 시간이었지만, 오라버니를 오랜만에 뵈니 너무 기쁘고 반가웠습니다."

"네. 그리하겠습니다."

민현이 말에 올라타려다 말고 하린을 가만히 바라보았다.

"중전마마."

"네, 오라버니."

시간이 흘러 다시 만난 하린은 어리고 여린 소녀의 모습에서 벗어나 훨씬 성숙하고 고운 여인의 모습을 하고 있었다. 그 아름다운 모습에 자꾸만 넋이 나가려는 저를 민현은 겨우 달래며 입술을 떼어 냈다.

"앞으로도 이렇게…… 행복하셔야 합니다."

하린이 가볍게 고개를 끄덕이고선 입술을 떼어 냈다.

"오라버니도 행복하셔요."

말에 올라탄 민현이 가볍게 고삐를 쥐자 말이 빠르게 움직였다. 자신을 바라보고 있는 하린의 시선이 고스란히 느껴졌지만 민현은 뒤돌아보지 않았다.

버리지 않고 그대로 품에 간직하고 있는 하린의 자운고가 그가 속도를 내면 낼수록 여전히 가슴 근처에서 움직이고 있었다.

"저, 저 미친년 또 왔네."

국밥을 퍼먹던 한 남자의 퉁명스러운 목소리에 반대쪽에 있던 남자도 고개를 빳빳이 들어 주변을 살폈다. 산발의 머리와 너저분한 옷, 그리고 꼬질꼬질한 모습을 하고 있는 여자가 주변에 지나가고 있는 사람들을 삿대질하며 고성을 내지르고 있었다.

"감히 내가 누군 줄 알고 이리 대하느냐? 어? 감히 천민 주제에 날 무시하느냐!"

정신이 나가 이리저리 휘청거리고 있는 여자의 모습에 국밥을 퍼먹던 남자가 상체를 기울여 낮게 속삭였다.

"그런데 들리는 소문에 의하면 말이야, 저 여자가 정말 사대부 중에서도 최고 가문의 여식이었다는 소문이 있어."

"그려?"

"응. 한양에서 말이여. 그런데 그 아비가 역모를 일으키고 가문이 망했다고 하더라고. 그 뒤로 저 여식만 간신히 목숨을 부지했는데, 노비가 되었다고 그러던데? 태어나 생전 고생이라고는 조금도 해 보지 않았을 터인데, 노비가 되었으니 제정신으로 살기가 힘들어서 저렇게 미쳐 버린 거라고 하더군."

남자들은 여전히 저잣거리에서 고성을 지르고 다니는 여자를 바라보며 쯧쯧 혀를 찼다. 여자는 저를 피하며 눈을 위아래로 훑고 다니는 사람들을 향해 손을 치켜들었고 급기야는 한 남자를 붙잡고 어깨를 밀쳐 버렸다.

"미치려면 좀 곱게 미쳐!"

짜증이 난 남자가 여자를 확 밀어 버렸고 그 바람에 여자는 바닥에 패대기쳐졌다. 하지만 여자는 일어나지 않았다. 그저 맑고 화창한 하늘을 올려다보며 또 낮게 중얼거렸다.

"감히 내가…… 내가 누구인 줄 알고 네까짓 것들이……."

그 목소리가 방금 전 고성을 내지르던 것과는 달리 무척이나 슬프게 들려왔다.

경대를 펼쳐 자신의 매무새를 가다듬은 하린의 귓가로 전하인 이겸이 들었다는 상궁의 목소리가 들려왔다. 하린은 얼른 경대를 닫고 자리에서 일어나 막 안으로 들어오는 이겸을 맞이했다.

"오셨어요, 전하."

이겸은 점점 늘어나는 정사의 양에 잠도 제대로 자지 못할 정도로 바빴지만, 이겸이 늘 빠트리지 않는 일은 바로 하린을 보러 가는 일이었다.

이겸은 하린을 품에 안고 있어야만 잠을 푹 잘 수 있었고 하린을 보러 가지 못하는 날에는 이상하게 기분이 예민하고 정사에 집중하지 못했다. 무엇보다도 상소문을 펼쳐 들면 여전히 아른거리는 하린을 밀어내기란 쉬운 일이 아니었다.

"세월이 흐를수록 너는 더욱 고와지는구나."

이겸이 웃음을 숨기지 못하며 하린의 보드라운 뺨을 손등으로 어루만졌다.

"전하는 날이 갈수록 더욱 건장하고 멋진 사내가 되어 가십니다."

하린의 애교 섞인 목소리에 이겸이 기분 좋게 하하 웃었다. 그러고는 두 팔을 벌려 품을 만들었다.

"이리 와서 너를 마음껏 안게 해 다오."

이겸의 품은 언제 안겨도 따뜻하고 듬직했다. 하린은 그의 품에 안겨 한동안 서로를 애틋하게 바라보았다.

이겸이 하린의 턱을 가볍게 잡아 제 쪽으로 끌어당겨 입술을 맞추었다. 따뜻하고 촉촉한 이 감촉은 언제나 이겸을 설레게 하고 감정을 격하게 동요하게 만들었다. 제 가벼운 입맞춤에 여전히 수줍어하는 하린의 모습은 평생을 봐도 질리지 않을 만큼 사랑스러웠다. 이겸은 그런 하린을 다정한 눈빛으로 바라보았다.

"하린아."

"네."

"너는 내 목숨보다 훨씬 더 소중하며……."

품에 안고 있던 하린을 눕히고선 위로 올라온 이겸은 그녀의 머리를 쓰다듬어 주었다.

"평생 내게 사랑받을 유일한 여인이다. 알고 있느냐."

"알고 있사옵니다."

하린이 손을 뻗어 이겸의 뺨을 어루만졌다.

"전하 또한 제 목숨보다 훨씬 더 소중하며 평생 제게 사랑을 받을 유일한 사내라는 것을 알고 계시지요?"

이겸은 하린의 손을 입술로 가져가 가볍게 입을 맞추며 자신 있게 고개를 끄덕였다. 잠시 머물다 떨어진 입술이 다시 닿았다.

서로만이 알고 있는 달달하고 향긋한 향이 기분 좋게 입술 안으로 퍼져 나갔다. 이겸은 더욱 뜨거워졌고 하린은 그런 이겸을 있는 힘껏 받아들였다. 옅은 숨결마저도 놓칠 수 없다는 듯이 격렬하면서도 애잔하게 서로의 안에 머물렀다.

그렇게 서로를 향한 깊은 마음만큼 깊어져 가는 어느 밤이었다.

-마침-